KB248187

한국문학의 외연

저자

정은경(鄭恩鏡, Jung, Eun-kyoung)
고려대 독문학과를 졸업하고 고려대 국문과 대학원에서 석·박사학위를 받았다. 현재 원광대 문예창작학과 부교수로 재직 중이며, 2003년『세계일보』신춘문예로 등단한 이후, 문학평론가로 활동하고 있다. 평론집으로는『지도의 암실』(소명출판, 2010),『디아스포라 문학』(이룸, 2007)이 있으며, 연구서로는『한국 근대소설에 나타난 악의 표상 연구』(월인, 2006)가 있다.

한국문학의 외연

초판 인쇄 2017년 5월 10일 **초판 발행** 2017년 5월 15일
지은이 정은경 **펴낸이** 박성모 **펴낸곳** 소명출판
출판등록 제13-522호 **주소** 서울시 서초구 서초중앙로6길 15, 1층
전화 02-585-7840 **팩스** 02-585-7848
전자우편 somyungbooks@daum.net **홈페이지** www.somyong.co.kr

값 29,000원
ISBN 979-11-5905-172-2 93810
ⓒ 정은경, 2017

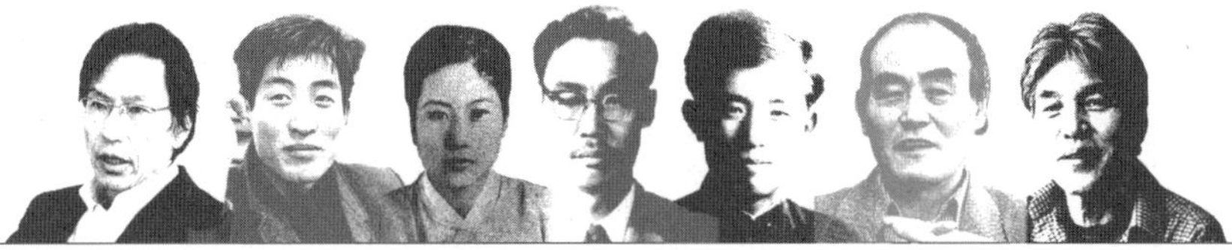

한국문학의 외연

The Extension of Korean Literature

정은경

소명출판

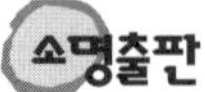

학위논문 이후 써낸 논문들을 묶어 한 권의 책으로 펴낸다. 애초에 이 연구서의 제목으로 '한국문학의 타자들'을 염두에 두었던 것만큼, 내 연구의 관심은 주로 한국문학의 주변부에 있었다. '디아스포라', '악', '낭만주의' 등의 키워드는 식민지 역사만큼이나 굴곡 많은 한국문학에서 그다지 주목받지 못한 분야였다.

지구화 시대를 맞아 이제 한국문학은 일국적 사유에서 벗어나 세계사적 지형에서 재고되기 시작했고, '근대문학'이라는 확고한 지반 또한 균열을 맞고 있다. 민주적 평등 원리에 바탕한 '탈'이념과 다원주의가 모두 바람직한 현상으로 귀착된다고 볼 수 없다. 그러나 최소한 그간 완강하게 닫혔던 '한국문학'의 경계를 흔들고, '한국'의 타자들, '문학'의 타자들을 만날 수 있는 공간이 열린다는 것은, 위기에 처한 한국 문학의 새로운 가능성을 의미한다.

이 책은 3부로 구성되어 있다. 1부에서는 '민족문학, 세계문학, 디아스포라 문학'의 담론에 대한 고찰과 디아스포라 작가들을 다루고 있고, 2부는 한국문학의 주요한 기율이었던 계몽주의 반대편에 선 '악'과 '낭만성'을 고찰하였다. 3부에는 '조연현 비평과 니체 사상', 그리고 '비평

교육과 논픽션에 대한 새로운 요청'에 대한 나름의 모색을 담았다. 타자들, 하위주체들과 더불어 한국문학이 그 외연을 넓히고, 그 새로운 영토 위에서 더욱 풍요로운 '현재형'으로 거듭날 수 있기를 기대한다.

연구자로 입문하여 더딘 사유를 밀어오기까지, 김인환 선생님은 늘 절대적 대타자였다. 부족한 제자의 두 번째 연구서를 스승님께 바친다.

수덕호를 바라보며
2017년 5월에 정은경 씀

차례

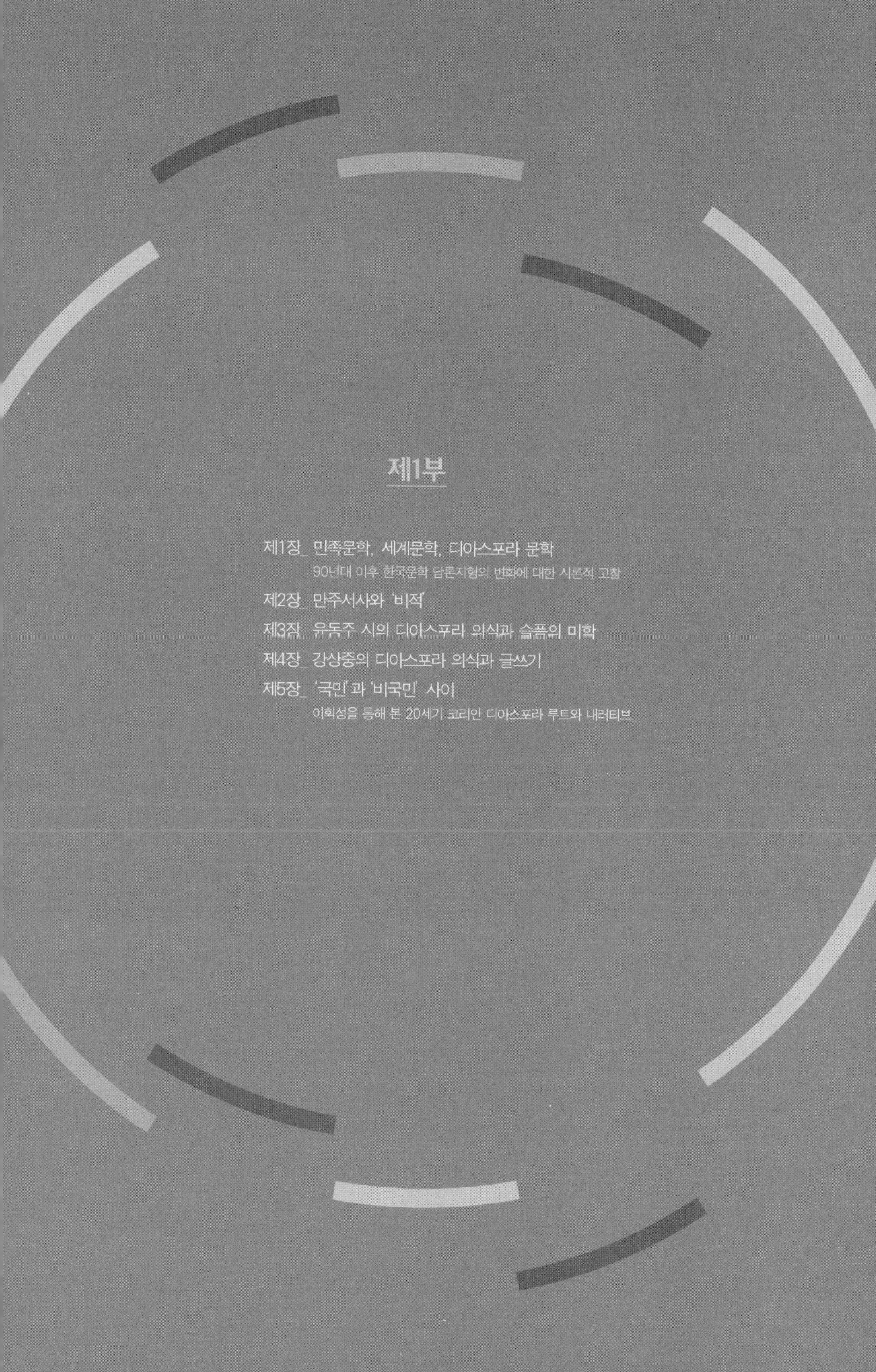

제1부

제1장

민족문학, 세계문학, 디아스포라 문학

90년대 이후 한국문학 담론지형의 변화에 대한 시론적 고찰

1. 서론

본고는 '민족문학' '세계문학' '디아스포라 문학'을 중심으로 90년대 이후 문학 담론의 지형 변화를 고찰하는 것을 목적으로 한다. 70년대 이후 한국 문학의 창작 실제와 문학운동에 강력한 테제로 작용했던 '민족문학론'은 90년대 이후 급격히 와해되면서 과거의 역동성과 효용성을 상실하게 되었다. 그 과정에서 민족문학론 갱신을 위한 많은 논의들이 있었지만, 이들은 대체로 창작에까지 이어지는 생산적인 담론을 결과하지 못하고 소모적인 논쟁에 그쳤다고 할 수 있다. 그럼에도 불구하고 이 논의들이 유의미하다면, 그것은 '민족문학'을 둘러싼 일련의 논쟁들이

'한국 근대문학'에 대한 근원적인 물음을 던지고 있기 때문이다. 즉, 주
객관적인 조건 변화에 따라 '민족문학'이 '국민문학'으로 바뀌고 '세계
문학'에 연계되기까지에는 '민족' '국가' '리얼리즘' '근대' '문학' 등등
과거 자명했던 것들에 대한 시각 교정과 문학의 새로운 구성이 요청되
었다. 일종의 한국문학의 지각 변동이라고 할 수 있는 20세기의 문학 패
러다임의 변화에는 몇 가지 주요 개념으로 단순화할 수 없는 복합적이
고 중층적인 층위들이 들어있다. 그럼에도 불구하고 이러한 담론의 지
형 변화에 대한 개략적인 고찰은 21세기 한국문학의 현 단계를 검토하
고 향후의 방향을 가늠하기 위한 시론이 될 것이다.

2. 민족문학에서 국민문학으로의 이행
리얼리즘-민족주의-근대

'민족문학론' 옹호와 반론에 있어서는 민족문학논자들마다 다양한
의견 차이를 보이지만 그 각각의 논의들을 포괄할 수 없는 한계로 인해,
본고에서는 백낙청을 중심으로 한 창비 계열의 민족문학론을 중심으로
살펴보고자 한다. 90년대의 민족문학론이 갱신과 응전 과정에서 보여
준 논의는 우선, '민족문학=근대문학=리얼리즘'[1] 정식을 전제로 이루

---

1 이 민족문학론의 정식을 확고히 한 것은 백낙청의 「民族文學 槪念의 定立을 위해」(1974)라
는 글이다.(「民族文學 槪念의 定立을 위해」, 『민족문학과 세계문학』, 창비, 1978)

어진 것이다. 민족문학은 민족 주체의 위기에서 비롯된 '근대적' 문학 이념이며, 이러한 위기를 타개하기 위해서는 '리얼리즘' 문학이 필요하 다는 이 정식은 90년대 민족문학론에서도 다음과 같이 고스란히 견지 되고 있다.

> 민족문학과 근대문학을 이렇게 본질적으로 일치시킴과 동시에, 민족문학 의 기본적인 지향을 '리얼리즘'에 두기도 했다. (…중략…) 하지만 오늘날 서양에서 리얼리즘론 자체의 전반적인 후퇴를 맞아 근대문학=민족문학= 리얼리즘 문학이라는 기본틀을 새롭게 점검할 필요가 절실하다.[2]

'민족문학론'을 둘러싼 담론의 모험은 대체로 이 정식에 들어있는 세 가지 주요 개념─민족의 현실, 리얼리즘, 근대─과 시향점을 둘러싸고 벌어진다. 우선, 민족문학론 측의 '리얼리즘'의 강조는 87년의 문민정부 시대 개막과 89년 동구권 붕괴 이후 급속하게 밀려든 '포스트모더니즘' 에 대한 응전의 형태로 제기된다.

> 참다운 리얼리즘을 통한 자기극복에는 미달하지만 리얼리즘론의 비판을 훨씬 그럴싸하게 피해나가는 논리가 '포스트모더니즘'의 이름으로 개발되 었다. 이에 따르면 리얼리즘론자들이 비판하는 현대 서양예술의 형식주의, 예술(지상)주의, 개인주의, 엘리뜨주의, 서양중심주의 따위는 모두 20세기 상반기 '모더니즘'의 고유한 특징이고 이제는 더욱 발전되고 탈산업화·탈

---

2 「근대성과 근대문학에 관한 문제제기와 토론」, 『통일시대의 한국문학의 보람』, 창비,
  2006, 111면.

중심화된 기술문명에 걸맞는 대중적이고 민주적이며 다양한 현실에 밀착된 '포스트모던'한 예술로 대체되었다는 것이다. (…중략…) 결국 범세계적 차원에서 중요한 논쟁의 축은 '모더니즘 대 포스트모더니즘'이요 '리얼리즘'은 지엽문제에 불과해지는 것이다.[3]

위 인용문은 90년대 초반, 그리고 2000년대까지 진보적 문예지를 장식했던 '리얼리즘'에 대한 강력한 요청[4]이 어떠한 맥락에서 등장했는지를 보여준다. 즉 당시 후기 자본주의 문화논리로 등장한 포스트모더니즘이 한국에서 유행하면서, 문학담론의 구도가 '모더니즘 대 포스트모더니즘'으로 흐르자 여기에 대한 강력한 반발로서 제기된 것이다. 여기에서 한 가지 주목할 것은 백낙청이 리얼리즘을 세계 보편성을 획득하기 위한 미학으로 내세우고 있다는 점인데, "리얼리즘론이야말로 민족문학의 세계문학적 차원을 해명하는 주된 방식이었다"[5] 등은 거듭 강조되는 사항이다. 이러한 백낙청의 '리얼리즘론'은 염무웅, 구중서 등의

3　백낙청, 「90년대 민족문학의 과제」, 『창작과 비평』, 1991년 봄호, 103면.

4　「특집─다시 문제는 리얼리즘이다」(『실천문학』, 1990년 가을호); 「특집 심포지엄─다시 문제는 리얼리즘이다」(『실천문학』, 1991년 겨울호) 등과 실천문학 기획시리즈로 실었던 리얼리즘 논쟁, 「좌담─최원식 윤지관 유중하 조만영 / 리얼리즘, 포스트모더니즘, 민족문학」(『창작과 비평』, 1992년 여름호); 진정석, 「모더니즘의 재인식」(『창작과 비평』, 1997년 여름호); 윤지관, 「민족문학에 떠도는 모더니즘의 유령」(『창작과 비평』, 1997년 가을호); 방민호, 「리얼리즘의 비판적 재인식」(『창작과 비평』, 1997년 겨울호); 김명인, 「「리얼리즘·모더니즘, 민족문학·민족문학론」」(『창작과 비평』, 1997년 겨울호); 임규찬, 「리얼리즘과 모더니즘을 둘러싼 세 꼭지점」(『창작과 비평』, 2001년 겨울호); 유희석, 「최근 리얼리즘·모더니즘 논쟁에 관하여」(『창작과 비평』, 2003년 봄호) 등등.

5　백낙청, 「지구 시대의 민족문학」, 『통일시대 한국문학의 보람』, 창비, 2006.
　백낙청의 제3세계 리얼리즘의 세계문학적 차원은 다음과 같은 글에서도 강조되고 있다. "우리의 민족문학론에서 말하는 뜻으로 '제3세계적'인 리얼리즘이야말로 범세계적으로 이 시대의 가장 선진전인 문학·예술이념이라는 것이 본고에서 내세우는 주장이기도 하다."(「민족문학론과 리얼리즘론」, 위의 책, 2006)

논의와 함께 80년대 급진적 리얼리즘론의 한계를 넘어서 리얼리즘의 외연을 넓혀놓았다.

진정석에 의해 촉발된 리얼리즘-모더니즘 논쟁은 민족문학론이 자기반성을 거쳐 '정신, 방법, 지혜' 등의 태도로서 그 외연을 넓히면서도 포기하지 않았던 '리얼리즘'에 대한 맹목적 편향을 뒤흔들어놓는다. 민족문학론의 창조적 쇄신을 위해 "근대성 범주를 가운데 놓고 리얼리즘과 모더니즘의 이분법적 도식을 재고하자"라는 취지의 글[6]은 리얼리즘과 모더니즘 양자가 자본주의 근대의 산물이자 이를 지양하려는 미적 근대성의 쌍생아라는 점을 언급하면서 '탈근대'에 맞선 연대의 가능성을 찾는다. 이러한 구상은 백낙청의 '근대문학=민족문학=리얼리즘'이라는 논리의 정합성에 이의를 제기하는 것과 함께 진행되는데, 그는 백낙청이 기왕에 제출하고 있는 '근대성의 성취와 근대의 극복' '근대와 탈근대의 이중과제' 등에서 보여주는 '근대주의=근대성 담론'에 대한 불신과 적대가 근대성의 미적 범주를 놓치고 있다고 지적하면서 사회적 근대성과 미적 근대성을 구분할 것을 주장한다. 자율적 예술의 양면성—사회적 근대성에 대한 비판 임무와 동시에 그 비판과 교정이 근대성의 기존틀을 온존시킨 상태에서 이루어진다는 한계—을 지닌 미적 근대성을 중심으로 새롭게 갱신될 수 있는 민족문학론은 "리얼리즘만을 유일한 미학적 원리로 상정하는 배타적 태도에서 벗어나 모더니즘의 문제의식을 적극적으로 고려할 필요가 있다"(46)고 주장하는 것이다. '왜 근대문학을 리얼리즘이 독점해야하는가'라는 이러한 질문은 백낙청의

---

6   진정석, 「민족문학과 모더니즘」, 『민족문학사연구』 11호, 민족문학사연구소, 1997.

'근대문학=리얼리즘'의 연결고리를 해체하면서 리얼리즘-모더니즘 (포스트모더니즘)의 대립구도에서 공전하던 민족문학론의 이론적 답보상태를 과감히 해소하려는 의도의 소산이었다고 볼 수 있다.

진정석의 논의를 받아 양자 대립적인 구도를 해체하는 데 적극적으로 동의하고 나선 것은 김명인이다. 90년대 후반 리얼리즘-모더니즘 논쟁과 민족문학 논쟁에 대한 일종의 결산으로 제출된 「리얼리즘·모더니즘, 민족문학·민족문학론」에서 김명인은 리얼리즘이든 모더니즘이건 하나의 역사적 현상으로 볼 것을 주문하고 있다. 그는 이 글에서 "미적 근대성의 이념도, 그 타자인 역사철학적 근대성의 이념도 그 고향은 전부 같은 곳이다" "이 두 범주를 이항대립의 족쇄에 묶어두는 한 탈근대는 불가능하다"라는 주장은 진정석이 그 대립적 구도의 해소를 요청하면서도 (무)의식적으로 강고하게 붙들려 있는 그 문제틀을 역사적으로 상대화하고 있다. "발생론적 동질성"에 대한 환기를 통해 "새로운 미학적 기준을 재구성"할 것을 요청하고 있는 이 글은 리얼리즘 편에는 "사적 유물론과 변증법적 유물론의 낡고 고식적인 미학적 강령들을 해체"할 것을, 모더니즘 편에는 "단자화와 파편화를 극복하여 '전체'로서의 현실을 중심에 두고 사고를 시작"할 것을 주문한다. 그러나 일종의 해소론이라고 볼 수 있는 이 논의가 지향하고 있는 바는 궁극적으로 근대문학의 탄생과 함께 발흥한 근대문학의 이념인바, 문학의 "본래의 위의(威儀)"의 회복에 대한 강조는 결국 탈근대의 위협에 맞선 '근대문학의 연대'의 모색이라고 할 수 있다.

김명인의 이러한 해소론 이후 리얼리즘 논쟁은 일단락된 듯하였으나, 2000년대 초 임규찬, 황종연, 윤지관[7] 등에 의해 리얼리즘-모더니즘

논쟁의 불씨는 되살아난다. 이 후속 논의는 윤대녕, 신경숙, 장정일, 최
인석 등의 90년대 작품을 매개로 이뤄지고 있다는 점에서 앞선 논의의
추상성에서 벗어나고는 있으나 어느 쪽이든 결국 '리얼리즘-모더니즘'
을 사수해야할 '진지'로 여기고 임하고 있다는 점에서 과거의 이항대립
의 틀에 여전히 고착되어있다. '모더니즘에 의한 리얼리즘 흡수통합론'
(윤지관) '리얼리즘의 경계를 넓히는 일종의 제국주의적 팽창' '리얼리즘
론의 법정'(황종연) '리얼리즘-모더니즘 회통론'(최원식) 등의 용어에서
알 수 있듯, 이들이 궁극적으로 통합과 연대를 지향하고 있다하더라도
진영의 '차이'에서 출발하고 있다는 측면에서 여전히 '자명성의 감옥'[8]
에 갇혀있는 것이다.

'리얼리즘' 신화가 문학 내부적인 사건에 해당한다면, '민족주의' 신
화의 붕괴는 외부적 사건과 관련된 것으로 이는 87년 6월 이후의 개량
적 민주화, 동구권 붕괴로 인한 전 지구적 자본주의 확산, '역사의 종언'
에 대한 불안, 탈근대 담론의 범람이라는 객관적 정세의 급격한 변화에
따른 것이다. 다음과 같은 '탈민족주의'적 시각에 의한 민족담론 비판은
90년대 이후 지성계의 지각변동의 한 단면을 보여준다.

① 무엇보다 민족, 민족주의, 민족문학이라는 주술적 강박으로부터 벗어나

---

7   임규찬, 「리얼리즘과 모더니즘을 둘러싼 세 꼭지점」,(『창작과 비평』, 2001년 겨울호); 윤
     지관, 「놋쇠하늘에 맞서는 몇 가지 방법—리얼리즘・모더니즘・민족문학」,(『창작과 비
     평』, 2002년 봄호); 황종연, 「모더니즘에 대한 오해에 맞서서」,(『창작과 비평』, 2002년 여
     름호); 최원식, 「'리얼리즘'과 '모더니즘' 회통—작품으로의 귀환」,(『한국현대문학 100
     년』, 민음사, 1999)
8   김명인, 「자명성의 감옥—최근 리얼리즘・모더니즘 논쟁에 부쳐」,『창작과 비평』, 2002년
     가을호.

는 결단이 요구될 터이다. 사회주의 붕괴 이래 변혁을 향한 모든 담론이 증발한 지금, 어쩌면 가장 강력한 위력을 행사하는 것은 민족주의일 것이다. (…중략…) 민족주의 안에 있는 억압과 배제의 기제들에 대해서는 지극히 관대한 지적 풍토! 식민지와 분단이라는 '집단적 고난'을 끊임없이 환기하면서, 타자들과의 경계를 두껍게 쌓아가는 것을 민족정체성이라는 여기는 신경증적 집착들.[9]

②　자주적인 근대 민족국가가 결여된 상황에서 그것은 불가피한 것이기도 했다. 제국주의의 야만에 맞서고 식민주의에 저항하는 전선에 민중들을 동원하는데 효과적이었을 그것은, 그러나, 값비싼 대가를 치러야만 했다. (…중략…) 우리의 시각이 여전히 저항 민족주의의 도덕적 정당성에 대한 규범적 이해에 머물러 있는 한, 북한의 '조선 민족 제일주의'나 박정희의 민족주의적 수사가 지니는 비교적 단순한 체제 유지의 정치 공학조차 간파할 수 없다.[10]

첫 번째 인용문은 90년대 이후 밀어닥친 탈근대 담론의 한 유형을 보여주는 것으로, 동일성, 이성, 총체성 등의 근대 계몽 이성 담론에 내장된 폭력성을 폭로하면서 유목적 주체로의 이행을 주장하고 있다. 두 번째 인용문은 '민족주의'라는 이데올로기 안에 내포되어 있는 여러 가지 개념적 층위를 분석적으로 고찰하면서도 70년대 이후 한국 사회의 지

9　고미숙, 「근대 계몽기, 그 생성과 변이의 공간에 대한 몇 가지 단상」, 『민족문학사연구』 제14호, 민족문학사연구소, 1999, 131면.
10　임지현, 『민족주의는 반역이다』, 소나무, 2008, 7면.

성의 중요한 흐름이었던 민족주의가 어떻게 지배권력과 이데올로기를 은폐하고 이들과 야합했는지를 비판적으로 성찰할 것으로 요청한다. 이 러한 탈근대적, 탈민족주의적 논의는 '민족문학론' 비판으로 이어져 지배 권력과의 착종관계, 공생적 적대 관계(symbiotic antagonism)[11] 등에 관한 논의들을 산출한다.

이러한 시각은 문단에서도 급속하게 확산되어 민족문학론 안팎에서 주요한 논쟁을 불러온다.[12] 문단에서 '민족문학론'의 위기와 퇴조를 단적으로 드러내는 것은, 94년 창간된 『문학동네』가 창간호에서 도전적으로 제출한 '민족문학 비판'과 이후의 '문학동네'의 성공일 것이다. 민족문학론의 논쟁에 주요 논자로 참여해온 황종연은 「민족을 상상하는 문학」[13]라는 글에서 민족주의가 값싼 대중문학의 소재로 전락하고 있는 것과 "젊은 작가들에게 민족 공동의 역사적 · 정치적 경험에 대한 관심"이 급속히 약화되고 있는 현실변화를 제기하고, 앤더슨의 "상상된 공동체"를 들어 『아리랑』 등의 민족주의 서사가 보여주는 허구성을 비판하고 있다. 같은 호에 실린 류보선의 「전환기적 현실과 민족문학의 운명」 또한 '한국문학이 아니고 왜 굳이 민족문학이어야 하는가'라는 도발적인 질문으로 시작하여 민족문학론의 자기 확신적, 금욕주의적 태도

---

11 이현석, 「60~70년대 담론의 지형과 백낙청의 문학비평」, 국제어문학회 2009년 가을 정기 학술대회 발표문, 2009.10.10, 8면.
12 '민족문학론' '민족문학'을 직접적으로 거론하는 것 이외에도 '민족' '국가'를 둘러싼 논의들은 90년대 이후 중요한 담론 지형을 차지하고 있다. 가령 다음과 같은 기획들 「특집 －민족주의는 유효한가」(『세계의 문학』, 1996년 여름호), 「특집－국가 · 시민사회 · 문학」(『실천문학』 90호), 「특집－국가주의를 넘어서」(『문학과 사회』, 2003년 여름호), 「특집－왜 '세계문학'인가?」(『현대 비평과 이론』 30호)
13 『문학동네』, 1994년 겨울호.

를 문제삼고, 작품과의 괴리를 들어 그 유효성을 심문하고 있다.

이러한 비판적 논의들에서 의문시 하고 있는 '민족' 문제를 세분화하자면 다음과 같다. 첫째, 민족문학론은 민족주의에 기초한 문학이념으로 객관적 상황이 달라진 90년대에는 그 유효성을 상실했다. 또한 반주변국으로 진입한 한국적 상황을 놓고 볼 때 배타적이고 국수적인 태도는 제국주의로 이어질 수 있다. 특히 특수성에 갇힌 일국적 민족주의는 세계화 시대에 걸맞는 보편성을 담보해내지 못한다. 둘째, 민족은 실체가 아니라 상상적 표상이다. 셋째, 민족문학론이 '민족의 주체적 생존의 위기와 그 극복'[14] 를 그 전제로 한다고 했을 때, 90년대는 과연 민족 위기의 시대인가? 넷째, '민족문학론'은 민족이라는 집단적 주체성을 강조함으로써 차이와 여타의 모순을 간과하는 환원주의이다.

여기에 대한 민족문학론의 반론은 대개 다음과 같은 논의로 모아진다. 우선, 민족주의와의 관련성을 부정하고, '비민족주의적 민족의식' '민족단위' 위에 새롭게 민족문학을 정립시키려는 논의들이다. '민족주의와 민족문학'의 연관관계를 가장 적극적으로 부인하고 있는 김재용[15]은 세계사의 흐름이 국가간 체계 속에서 '자국의 현실'과 '일국적 입지'에 바탕하고 있는 국민문학(민족문학)은 여전히 중요하며, 그것은 '일국적 비전'을 가진 민족주의와는 다르다고 본다. 그리고 그것이 '민족문학'인 이유는 '국민문학'이 환기하는 일제 말 제국주의 문학 때문이고, 또 하나는 "민족적 억압이 상존하면서 민족문제가 특별하게 문제되는 상황을 강조하기

---

14 백낙청, 「민족문학 개념의 정립을 위하여」, 『민족문학과 세계문학』, 창비, 1978, 124~125면.
15 김재용, 「민족문학론의 주체와 문제」, 『실천문학』, 1999년 봄호.

위한 것"이라고 해명한다. 자민족중심주의와 민족의식을 구분하고 있는 이러한 논의는 하정일의 '비민족주의적 민족 인식'과 김명인의 '민족단위', 백낙청의 '민족문학의 새로운 단계' 등으로 변주되면서 민족문학론의 현재성을 세계체제 극복과 관련하여 모색하고 있는 점에서 공통된다. 특히 하정일의 비민족주의적 민족문학과 이어진 '복수의 근대'는 이 시기 서구 근대를 표준으로 한 '근대' '근대 이후' 등의 근대성 논의를 의문시하면서 근대의 특수성과 다양성에 바탕한 새로운 근대의 모색, 비자본주의적 근대 기획이라는 가능성을 제시하고 있다.

90년대 이후 민족문학의 새로운 단계에 대한 총체적인 밑그림을 보여주고 있는 백낙청 논의에서 '민족문학론의 새 단계'의 핵심어는 분단체제론과 세계문학론이다. 우선, 그는 국내외 정세 변화에 의해 민족문학론의 위상이 어느 만큼 상대화된 것을 인정하면서도, 민족문학론이 퇴출될 만큼은 아니라고 주장한다. 그 자신 애당초 민족문학이 "그 개념에 내실(內實)을 부여하는 역사적 상황이 존재하는 한에서 의의 있는 개념이고, 상황이 변하는 경우 그것은 부정되거나 한층 차원높은 개념 속에 흡수될 운명에 놓여 있는 것"[16]이라고 설정했던 사실을 상기시키며, 그는 90년대 이후의 우리 현실에 필요한 '민족문학'의 새 단계를 다음과 같이 제시한다.

① 현실논의나 문학논의에서 '민족'을 깡그리 제거한다고 해서 민족이 어디로 가버리지도 않는다. 분단체제가 끊임없이 만들어내는 민족주의의 동

---

16 백낙청, 「통일운동과 문학」, 『민족문학의 새단계』, 창비, 1990, 125면.

력이 사라지는 것은 더욱이나 아니다. 민족주의는 분단을 거부하는 성향을 가지면서도 분단체제 재생산의 동력으로 작용하기도 하는데, 우리는 이 역설적인 현실을 투시하여 민족주의에도 적절한 배분을 할당하는 복합적인 전략을 구사해야 하는 것이다.[17]

② 분단체제야말로 하나의 고정된 실체로서의 '체제' 개념에 근본적인 의문을 던질 것을 요구한다. 그것은 역사 속에서 형성·변화중이며 언젠가는 소멸할 세계체제의 한 하위체제인 동시에, 일정한 독자성을 갖고 그 나름의 변동을 겪고 있는 남북한 두 '체제'의 특이한 결합이기도 한 것이다.[18]

③ 한 가지 덧붙일 점은, 우리는 분단된 한쪽만의 국민문학이 아닌 민족 전체의 민족문학이기를 지향하는 자세를 고수하면서도, 지금 이곳의 남한사회에서 대중성을 확보하고 남한사회의 상대적 독자성에 부응한다는 의미에서 '남한의 국민문학'도 겸하기 위한 좀더 적극적인 노력을 벌일 단계에 왔다는 것이다.[19]

④ 한국문학에 국한된 담론으로서 민족문학론이 분단체제론의 전개에 따라 얼마간 상대화된 반면, '한국문학만이 아닌 한민족 전체의 문학'이라는 민족문학 개념의 지시적 차원은 근년에 와서 점점 더 중요해지는 형세다. (…중략…) 남북 작가들의 대규모 만남과 2006년 초엽으로 예견되는 '6.15민족문학인협회'의 결성 등 일련의 사태진전에서 보듯이 남북의 문학을 아우르는 명칭의 필요성이 절실해졌다. (…중략…) 오늘날 '디아스포라(diaspora, 국외이산) 문학'에서는 언어를 기준으로 삼는 속어주의(屬語主義)가

---

17 백낙청, 「서장—민족문학, 세계문학, 한국문학」, 『통일시대의 한국문학의 보람』, 창비, 2006, 21면.
18 백낙청, 「지구시대의 민족문학」, 위의 책, 67~68면.
19 위의 글, 69면.

절대성을 갖지 않는다.[20]

　⑤ 이러한 지구화가 '세계화'와 문학 자체를 위협하고 있다면, 민족문학들은 한층 더 심각한 위기에 처했을 것임이 당연하다. '일국적 편향성과 편협성' 뿐만 아니라 세계문학이라는 더 큰 삶의 일부를 이루는 어떠한 독특한 민족적 전통도 '사유와 양식의 획일성'을 향한 거센 흐름 속에서 버림받게 마련이다.[21]

　이상의 핵심적인 내용으로 이루어진 백낙청의 새 단계 민족문학론이 앞선 민족문학론자들과 많은 것을 공유하면서도 보다 구체적이고 통합된 인식을 보여준다는 측면에서 쇄신에 값한다고 할 수 있다. 그것은 과거 민족문학운동이 반외세 반봉건 민주화 운동의 이념으로서 '일국적' 편향성을 보였던 것에 반해, 전 지구적 자본주의라는 세계체제론에 맞선 민족문학이자, 세계문학이라는 점에서 유의미한 지점을 개척하고 있다고 볼 수 있다. 위의 핵심 내용에 따르면, 백낙청의 '민족문학'은 민족주의를 완전히 부정하지 않으면서(인용문 ①), 그러한 민족주의의 정당성을 '분단체제'에서 찾고 있으며, 분단체제의 극복이 세계체제의 극복과 연계됨을 강조하고(인용문 ②), 현실적인 '국민문학'으로서의 남한 문학을 포용하면서(인용문 ③), 남북한을 포함한 한민족의 문학을 지시하기 위한 용어로(인용문 ④)로서 '민족문학'의 현재성을 강조하고 있는 셈이다. 즉, 과거 민족문학론이 민족적 위기를 반외세, 반봉건, 반독재 위에 세우고 노동자, 지식인, 민중의 대연합을 그 주체로서 호명했다면,

---

20　백낙청, 「서장―민족문학, 세계문학, 한국문학」, 위의 책, 22~23면.
21　백낙청, 「지구시대의 민족문학」, 위의 책, 81면.

90년대 민족문학론은 민족적 위기를 자본주의적 지구화에 대응시키고, 그 극복의 매개항으로서 '분단체제'를 설정하고 남북한과 한민족, 남한의 현실적 대중의 대연합을 그 주체로서 호명하는 것이다. 이는 과거 민족문학론의 국지적 대립구도를 전 세계적으로 확장한, 새로운 저항담론이라고 할 수 있다. 우리의 개별 문학들이 이렇게 복합적이고 확장된 지평 위에서 사유할 수 있을지는 의문이지만, 어쨌든 인용문 ⑤에서 강조하고 있는 것처럼 "지구화와 세계화가 국가간체제(inter-state system) 위에서 진행되는 것이기 때문에, 자본주의 세계체제를 넘어서기 위한 국민문학 혹은 민족문학의 중요성은 더 가중된다"는 것은 이 시대 문학 이념으로서 설득력을 지니는 논의라고 할 수 있다. 그러나 이러한 백낙청의 새 단계에 대한 부정적인 시선도 만만치 않은데, 민족문학론의 변화의 추이를 살피면서 민족문학론의 폐지론 혹은 갱신론에 앞장섰던 신승엽의 논의가 그 대표적인 예라고 할 수 있다.

여러 차례 제출된 신승엽의 '민족문학론 비판'[22]에 의하면, 분단체제론의 현실적 타당성에도 불구하고 분단문제를 주요모순을 상정한다는 것은 '가장 근원적인 규정력'을 지닌 기본 모순인 계급모순을 간과하는 것이고, 또한 분단체제론에 내재된 '민족주의 동력이 세계적 시야에서 얼마나 진보적인 기능을 할 것인가'에 대한 구체적인 방향 제시가 없다는 점에서 한계를 지닌다.[23] 이어 신승엽은 민족문학론의 갱신을 위해

---

22 신승엽, 「민족문학론의 갱신을 위하여」(민족문학사연구소와 민족문학작가회의 공동 개최 심포지엄, 1996.11); 「세기 전환기, 민족문학론에 대한 단상」(『문학동네』, 1999년 봄호); 「20세기 민족문학론의 패러다임에 대한 몇 가지 반성」(『크리티카』, 2005년 창간호); 「흔들리는 민족문학―민족문학론을 둘러싼 최근 논의에 대해」(『창작과 비평』, 2006년 여름호)

23 「민족문학론의 방향 조정을 위하여」, 『민족문학사연구』 11호, 민족문학사연구소, 1997.

과거 '자명했던 주체'에 대한 사유를 폐기하고 '새로운 민중을 재구성'하기를 요구하면서, 개인의 단자화라는 90년대적 민중 현실에 대한 천착으로부터 갱신의 활로를 찾기를 요망하고 있다.

문학담론의 실효성은 실제작품에 대한 비평에서 유효하게 작동할 수 있을 때에만 획득될 수 있는 것이라고 할 때, 90년대 이후의 한국문학의 실제는 '민족문학의 새단계'와는 괴리가 있다고 할 수 있을 것이다. 90년대 이후 생산되었던 작품들에 대한 독법을 놓고 '리얼리즘-모더니즘' '근대-탈근대' '민족-탈민족주의' 등의 개념을 둘러싸고 많은 논쟁들[24]이 있었고, 또 그 대립적 입장 모두 일정 부분 상당히 설득력을 지니고 있는 것은 분명하다. 그럼에도 불구하고 실제 작품들은 이념으로서 제기된 '민족문학, 세계문학'이라는 대립 구도를 비껴가는 복잡한 현실 지형들을 내포하고 있다. 가령 90년대 이후 한국문학은 내면성, 일상성은 물론, 가족과 새로운 공동체에 대한 사유(윤성희, 은희경), 월경하는 자본과 노동의 흐름에 대한 포착(김재영, 전성태, 손홍규, 천운영, 강영숙), 국가, 민족, 분단에 대한 사유들(김훈의 『칼의 노래』, 『남한산성』, 김영하의 『검은꽃』, 『빛의 제국』, 박범신의 『나마스테』, 강영숙의 『리나』, 정도상의 『찔레꽃』 이응준의 『국가의 사생활』) 등 다양한 국면으로 이루어져있다. 집단적 주체성 혹은 동질성을 강조하는 차원이 아니라는 측면에서 이러한 서사들은 과거 민족문학론을 비껴가지만, 또 한편 단자화된 개별자들의 일그러진 내면성과 퇴영적 현실에만 몰두하지 않는다는 점에서 과거 모더니즘과도 변별된다. 즉, 2000년대 한국소설의 실제는 리얼리즘 대 모더니즘은 물론

---

24 가령 장정일과 최인석 작품을 둘러싼 황종연과 임규찬, 김명인의 논쟁, 배수아의 작품에 대한 김영찬과 백낙청의 논쟁 등.

본격문학 대 대중문학이라는 구도를 해체하는 방향으로 진행되어 왔다고 할 수 있다. 본격문학 대 대중문학의 대립항의 해체는, 근대문학 이념의 와해와 밀접하게 관련된다.

2004년『문학동네』에 처음 소개된 가라타니 고진의「근대문학의 종언」[25]에 대해서는 여전히 논란의 여지가 있지만, 2000년대 한국문학의 상황을 압축적으로 드러내고 있다. 주지하다시피, 고진이 근대문학이 끝났다고 선언한 것은 작금의 문학이 정치, 윤리와 무관하게 되었다는 현실진단에서 비롯된다. 물론 이는 퇴영적인 문학에 대한 한탄이 아니라, 더 이상 '공감'의 공동체, 네이션의 기반이 될 수 없는, 이미 그 역할을 마친 '근대문학'의 역사성에 대한 선고이다. 고진은 내셔널리즘이 소멸한 것이 아니라, 단지 문학이 내셔널리즘의 기반이 되었던 시기가 끝났다고 말한다. 고진의 이 진단은, 그 자신 한국적 상황을 한 예로 들고 있듯, 90년대 이후 민족문학론의 퇴조와 맞아떨어지는 것이며, 이는 문학의 대중화, 오락화에 대한 비판이다.

정리하자면, 민족문학론을 둘러싼 논의들에서 한 가지 분명한 것은 '민족문학에서 국민문학으로의 이행'이다. 물론, 이 개념에는 한국적 특수성과 관련하여 중요하게 짚고 넘어가야 할 부분이 있다. '민족문학' '국민문학'은 영어로 공히 'National Literature'에 해당된다. 내셔널(national)은 '민족적' '국민적'으로 번역되지만, 한국에서 '민족'과 '국민'이라는 개념은 조금 다른 층위를 지니고 있다. 김흥규가 정리하고 있는 바에 따르면 "한국어의 '민족'은 '종족적 / 역사적 동질 집단'에서부터 '정치적 공동체로의 인민집단'까지의 의미 스펙트럼을 포괄하며, '국민'과는 제한적 접

---

25 가라타니 고진, 조영일 역, 『근대문학의 종언』, 도서출판b, 2005.

합관계를 형성한다. 반면에 'nation'은 '국가, 국민'의 의미와 함께 '근대국가를 형성했거나 그러하기를 지향하는 정치적 공동체'를 의미역에 포괄한다."[26] 박명규가 내셔널을 "국가공동체와 관련한 공공의 영역" "대한민국이라는 정치공동체"로서의 '국민적인 것'으로, 또 한편 "오랜 시기 언어와 생활방식, 정치적 경험을 공유해온 남북한을 아우르는" '민족적인 것'으로 나누어 고찰[27]하고 있듯, 국민문학과 민족문학은 한국에서 이렇듯 다른 함의를 지닌 '네이션'의 두 가지 방향을 지칭하고 있는 것이다. 여기서 '민족문학'에서 '국민문학'으로의 이행이란 이렇듯, '역사·문화 공동체에 기반한 남북한 통일문학과 그 삶의 개선에 기여하는' 이념형 문학에서 '국가체제 아래 제도화된 문화, 정치적 문학장'에서 양산되는 개별문학으로의 변화를 뜻한다.

앞에서 살펴본 민족문학론 비판론자들이 겨냥하고 있는 것은 민족문학론의 민족주체성이라는 집단 이데올로기의 폭력성, 그리고 담론적 헤게모니, 근대 국가 권력과의 상동성이다. '민족'의 허위성은 이러한 필요에 의해 호출된 측면이 강하다. 그러나 '민족문학론'이 네이션−스테이트 형성에 의해 요청된 것이고, 근대화 프로젝트의 지배 권력과 상동관계에 있다 하더라도, 근대국가 건설, 식민지 체험, 민주화 운동을 겪어오는 동안, 민족 해방과 민족국가 건설, 통일 등의 집단적, 정치적 차원의 문제와 개인적 삶의 문제를 파행적인 정치현실과는 다른 지점에서 해결해 나가려는 중요한 문학이념이었다. 앞에서 살펴보았듯, 90년대 이후의 담론은 민족문학론이 지닌 이념적 경직성이 상대적으로 '개인'과 '다

---

26 김흥규, 「정치적 공동체의 상상과 기억−단절적 근대주의를 넘어선 한국 / 동아시아 민족담론을 위하여」, 『현대비평과 이론』 30호, 한신문화사, 46~47면.
27 박명규, 「한국 내셔널 담론의 의미구조와 정치적 지향」, 『한국문화』 41, 서울대 규장각 한국학 연구원, 2008.

원주의'와 그리고 '문학작품의 실재'를 간과했다고 비판하고 있다.

그러나 90년대 이후의 담론이 문학에서 이데올로기를 제거하기 위한 도정이었다고 해도, 여기에는 또한 '개인'과 '다원주의'라는 이데올로기가 내장되어 있다는 것을 부정하기 어렵다. 이러한 문학 담론의 변화는 분명 달라진 현실 지형에 따른 것이다. '민족문학작가회의'가 '한국작가회의'로 그 명칭을 바꾼 것, 민족문학론자들도 '민족문학 내지는 국민문학'이라고 병기하고 있는 등이 구체적인 실례가 될 것이다. 요컨대, '민족문학론에서 국민문학'으로의 이행은 집단 이데올로기에서 개인 이데올로기로의 전환을 의미하는 것이며, 남북한 통일문학이라는 지향성을 제거한 남한 문학이라는 '근대 국가주의'의 표출이라고 볼 수 있다. 그러나 민족문학에서 국민문학(한국문학)으로의 이행의 과정에는 앞서 살펴본 바와 같이 많은 논점들이 있고, 그것은 여전히 더 많은 문제들을 양산하고 있다. 과거 리얼리즘–모더니즘, 순수문학, 민족문학 등을 역사적 개념으로 돌린다 해서, 모든 것이 해결되는 것은 아니다. 요컨대, 최근 문학성 논란[28]이 방증하듯, '한국문학'은 이제 질문 그 자체가 되어버렸다는 것이다.

---

[28] 2000년대 들어 '문학의 기원'을 추적하는 논의들은 국문학계의 중요한 흐름을 이루었고, '문학이란 무엇인가'(『창작과 비평』, 2008년 겨울호 특집) '문학성의 새로운 구성'(『문학동네』, 2009년 봄호 특집) 등등 문학성을 새롭게 구성하려는 논의들이 잇달아 기획되었다. 이와 같은 맥락에서, 국문학의 개념 또한 숱한 갈림길에 도달하였다고 할 수 있다. 국민국가적 시각의 역사적 유효성에 대한 의심은, 기존의 민족의 내적 통합과 동질성 형성에 기반한 국문학 연구들에 대한 전면적 검토를 요구한다. 즉, 국문학 연구에 담긴 이중적 함의—"(한)국학의 하위 분야이면서 문학 연구의 하위분야"—는 국민국가적 시각이 흔들리면서, 동시에 '문학성'의 역사적 성격과 함께 총체적인 혼란을 맞는다.(류준필, 「'국문학'의 존재 방식과 층위, 그 연구사적 검토」, 『문학동네』, 1999년 여름호 참고)

3. 지구화와 세계문학론

폐색 짙은 민족문학론에 비해 세계문학론은 90년대 이후 가장 많이 각광을 받은 문학론이라고 볼 수 있다. 세계문학은 보통, '세계 각국의 문학을 한국문학에 상대하여 이른 말' 즉 외국문학이나 고전 혹은 정전화된 명작들을 일컫는 말로 쓰였는데, 90년대 이후 '세계문학'은 이와는 다른 의미를 덧붙이게 된다. 즉, "개별 국가의 국민문학(민족문학) 속에서 보편적인 인간성을 추구한 문학"[29] "초국경적 문학운동"[30] "국제주의적인 문학운동"[31] "세계문학 구상" 등과 같은 언급에서 알 수 있듯, 일종의 21세기 문학의 새로운 이념이자 운동의 성격을 띠게 되었다. 이와 더불어 '하루키, 코엘료와 같은 전세계적인 베스트셀러를 일컫는, 세계시장을 선점한 문학'[32]이라는 의미도 지니게 된다. 이는 자본주의의 전지구화라는 '세계체제론'과 산업화, 기계화, 정보화에 의해 급속하게 좁혀진 국가간 거리와 자유로워진 세계적 이동에 따라 문학을 전 지구적 공동체의 지평에서 사유하게 되었다는 것을 의미한다. 이는 과거 1,2세계에 대한 대항담론으로서 '제3세계문학'이 지닌 배타성과 자국민 중심주의와도 변별되는 것으로, 미국과 유럽이라는 서구와 비서구를 통합하는 '하나의 체계'로서의 문학에 대한 사유가 시작되었음을 의미한다.

'가장 민족적인 것이 세계적인 것이다'라는 구호가 대변하듯, 세계문

29　이현우, 「세계문학 수용에 관한 몇 가지 단상」, 『창작과 비평』, 2007년 겨울호.
30　백낙청, 「지구화 시대의 민족과 문학」, 『통일시대 한국 문학의 보람』, 창비, 2006.
31　한기욱, 「지구화시대의 세계문학」, 『창작과 비평』, 1999년 가을호.
32　90년대 이후 '세계문학' 용어의 성격 변화는 이현우의 앞의 글 참조.

학에 대한 지평은 과거에도 민족문학론에서 중요한 기반이 되었다. 달라진 것이 있다면 그것은, 과거 민족문학론이 세계문학을 의식하면서 '민족문학'에 집중하였던 데 반해, 90년대 이후에는 그 방점이 '세계문학'으로 옮겨졌다는 것이다. 세계화와 더불어 민족과 세계의 위상을 사유하지 않을 수 없게 된 상황에서 한국문학은 "민족성의 철저화를 통한 세계문학인가 민족성에서 벗어난 세계문학인가"[33]를 고민하지 않을 수밖에 없고, 그것은 자연스럽게 민족 문학, 나아가 문학 이념에 대한 새로운 구상으로 연결된다.

우선, 새로운 이념과 운동으로서 세계문학을 가장 먼저 제출했던 백낙청의 세계문학론을 살펴보자. 앞서 언급했듯, 백낙청의 '세계문학론'은 '분단체제론'과 함께, 급격히 실효성을 상실한 민족문학론의 갱신을 위해 제시된 것이다. 따라서 백낙청의 세계문학론은 보편성보다는 특수성과 민족성을 강조한다는 점에서, 세계적 지평 속에 새롭게 탄생한, 혹은 변형된 민족문학론이라고 볼 수 있다.

백낙청은 지구화 시대 국민국가가 지난날의 권위를 누리지 못하게 되었다는 현실 진단 뒤에, 그럼에도 불구하고 "근대세계체제가 아무리 지구화되고 세계화되더라도 국가간 체제가 그것의 필수요소인 한 민족들과 국민국가들(혹은 그 잔재들)이 엄연한 현실의 일부요 우리의 지속적인 관심사가 되리라"[34]는 것을 분명히 한다. 이어 지구화의 진전에 따라 '일국적 편향성과 편협성'을 벗어난 새로운 문학이 요구되고 있으며, 그것은 바로 세계문학의 시대의 도래를 의미한다고 본다. 백낙청은 여기

---

33 조정환, 「민족문학과 세계문학을 넘는 삶문학」, 『작가와 비평』 7호, 도서출판b, 2007.
34 백낙청, 앞의 글.

서 세계문학이란, 세계 고전들을 한데 모아 놓은 것이 아니라, "여러 나라의 지성인들이 개인적인 접촉 뿐 아니라 서로의 작품을 읽고 중요한 정기간물들에 대한 지식을 공유하는 가운데 유대의 그물망을 만드는 일"이라고 하면서 일종의 "세계문학을 위한 초국적인 운동"으로 규정한다. 이러한 세계문학 개념은 맑스("일국적 편향성과 편협성은 점점 더 불가능해지며, 수많은 국민문학, 지역문학들로부터 하나의 세계문학이 형성된다")와 괴테("이제 민족문학(Nationalliteratur)은 별로 의미가 없는 용어이다. 세계 문학의 시대가 임박했고, 모든 이가 그것을 앞당기도록 힘써야 한다. 그러나 우리가 외국의 것을 소중히 하면서도 절대로 특정한 것에 얽매여 그것을 모델로 해서는 안 된다")[35]에 기댄 것으로, 백낙청은 이들의 세계문학 이념을 계승 발전시킬 것을 촉구한다. 이 세계문학론이 지닌 이념적 성격은, 초국가적 성격을 띤 획일적 사회주의 리얼리즘과 사이비 다양성 포스트모더니즘에 대항한 진정한 세계문학을 열기 위해 "민족문학 주창자들과의 적극적인 연대의식"을 가질 것을 요구하는 데에서도 드러난다. 이 지점에서 그의 세계문학은 민족문학론과 결합되는데, 이는 "우리 한국 민족문학운동의 참여자들은 그 '세계문학의 대열' 자체가 심하게 흐트러져 있어 세계문학이 살아남기 위해서도 우리의 민족문학운동과 같은 운동의 기여가 필수적"임을 피력하는 것으로 이어진다. 국적과 민족성을 강조하는 세계문학론은 그가 강조해왔던 열국체제(inter-state)의 변용, 즉 자본주의 세계체제 하위로서 국가간 체제와 유사하게, 문학이라는 보편 체제의 하위로

35　Karl Marx and Friedrich Engels, *The Communist Manifesto*(Penguin Books 1967), 84면, Johann Wolfgang von Goethe, *Conversations with Eckermann,* tr. John Oxenford, North Point Press, 1984,133면; 백낙청, 같은 글에서 재인용, 77~78면.

서 '국민문학들의 대열'과 다르지 않음을 드러낸다. 또한 그것은 세계화에 따른 '사유와 양식의 획일화'에 대한 연대적 저항이라는 점에서 초국적 문학운동임을 명확히 하고 있다. 따라서 백낙청의 세계문학 구상은 과거 '외세와 권력, 봉건과 대항한 민중, 농민, 노동자, 시민 등의 연대'에 기초한 민족문학론을 전 지구적 자본에 대항하여 국민국가 연합이라는 대열로 저항의 범주와 성격을 확장시킨 것이라고 볼 수 있다.

백낙청, 그리고 그의 세계문학 구상을 대체로 따르고 있는 창비 진영[36]과 달리 '민족주의'적 시각에서 벗어나 세계문학을 사유하거나 혹은 여기에서 비껴나 이를 비판하는 논자들도 있다. 가령, 신승엽의 경우, "'민족'의 매개없이도 세계시민으로서 사유해야 할 필요"[37]가 있다고 하면서, 민족문학론을 계승한 세계문학론이 아닌, 민족문학의 종언 뒤에 올 세계문학을 주장한다. 세계문학론의 가능성에 대한 견해는 백낙청과 동일하지만, "국지적 지역의 문제들도 직간접으로 상호연관"되었기 때문에 민족이 아닌 세계시민으로 사유하기를 강조하고 있는 그는, 백낙청이 제시한 '국민문학들의 연대'라는 전선 또한 민족주의의 산물이라고 비판하고 있는 것이다.

세계문학 구상 자체에 대해 회의하면서 본격적인 논의를 펼친 논자들은 조정환, 김미정 등이다. 조정환의 경우, 세계화에 따라 민족이 대체되는 것이 불가피하나, 과거 민족문학이 "민족 형성과 국민국가 건설의

---

36 한기욱, 「지구화시대의 세계문학」, 『창작과 비평』, 1999년 가을호.
  정홍수, 「세계문학의 지평에서 생각하는 한국문학의 보편성」, 『창작과 비평』, 2007년 겨울호.
  김명환, 「87년 이후의 민족문학론」, 『창작과 비평』, 2005년 겨울호.
  윤지관, 임홍배, 「대담―세계문학의 이념은 살아 있다」, 『창작과 비평』, 2007년 겨울호.
37 「20세기 민족문학론의 패러다임에 대한 몇 가지 반성」, 『크리티카』 창간호, 2005.

정신적 동력으로 호출"되었듯, 세계문학 또한 "세계시민의 표준"을 만드는 일일 수 있음을 경고하면서, 문학이 '민족만들기' '세계만들기'라는 권력 형성에서 벗어나려면, 삶문학-변전하는 현실 속에서 움직이는 삶의 힘과 리듬으로 드러내는 문학과 노동을 통해 주권적 문학현상으로부터 도주해야한다고 강조하고 있다.

김미정의 「포스트 네이션 공동체와 문학에 대한 단상-최근 세계문학 / 한국문학 구도의 난경을 넘어서」[38]은 2000년대에 유행하고 있는 세계문학담론에 대한 가장 강력한 비판적 논의 중 하나라고 할 수 있다. 이 글은 창비계열의 세계문학론이 '세계시장 구상'이라는 역사적 맥락을 놓치고 있으며, 괴테의 세계문학 이념은 "세계 시장 내 위계관계와 상보적 관계이며, 궁극적으론 모든 민족이 각자의 상품을 교환하면서 각자의 부를 축적해야 한다고 하는 근대 네이션의 자기 동일성, 자기 구축 원리에 기초"하고 있다고 비판하면서 세계문학 구상의 무의식을 "근대적 이념에 대한 향수와 복권"으로 분석하고 있다. 이 글에 의하면, '세계문학'의 구상은 세계화라는 새로운 현실에 대한 '문학적 적응'이나 쇄신이 아니라, '근대문학=민족문학=리얼리즘'을 정식으로 한 민족문학론의 '근대문학과 리얼리즘' 옹호하기 위한 '전선' 만들기에 불과하다. 이와 더불어, 그는 "새로운 국면의 세계화 시대에 대한 시대인식, 전지구적 자본주의, 상업주의와 밀착을 경계해야 한다는 대목들은, 그만큼 세계문학의 조건 자체가 이미 '세계시장' '자본주의 논리' 속에서 구동되고 있음을 환기" 시킨다고 지적하면서 "세계 시장 내에서 유통되어야 하는

---

38 『작가와 비평』 8호, 글로벌콘텐츠, 2008.

한국문학은 결국 메이드 인 코리아를 단 상품의 경쟁력을 높여야 하는 만큼", 세계문학 / 한국문학이라는 21세적 구도는 "전일적 자본의 지배와 시장에의 존재구속성만을 확인"하게 한다고 비판하고 있다.

앞서 살핀 논의들이 주로 '세계문학'이라는 이념을 둘러싼 추상적인 논의들이었다면, '세계문학'의 실현을 위한 실천적인 문학 운동 혹은 구체적인 담론 등도 있었다. 가령, 비서구 문학 작품을 영어와 한국어를 병행하여 싣는 계간 『아시아』의 창간(2006년 여름호), 서울 국제문학포럼(2000), 한중일 작가대회와 아시아 아프리카 문학 페스티발(2007), 아시아 아프리카 라틴아메리카 문학 심포지엄(2009.10) 등이 그 실례들이라고 할 수 있다. 이들은 표준으로 작동해왔던 '서구문학'을 극복하고 또 한편 보편성을 획득한 진정한 '세계문학'을 위해 '서구'라는 매개 없이 비서구적 연대를 모색하고 있다는 점에서 공통된 특징을 보여준다.

이상의 세계문학 논의들이 이념의 표출이었다면, 문학이라는 '하나의 체제'를 기획하고 있는 '세계문학론'들은 진정한 의미에서의 세계문학론에 가깝다. 프랑코 모레티의 『근대의 서사시』나 파스칼 카사노바의 『문학의 세계공화국(*The World Republic of Letters*)』, 쿤데라의 '소설만의 역사' '세계문학의 커다란 콘텍스트',[39] 그리고 이들의 논의들을 정리하고 있는 국내 논자들[40]이 그 예들이다. 이들의 공통점은 개별 국민국가의 역사의 병렬로 구성된 기존의 '세계문학사'를 부정하고 '서사시' '소설' 등의

39　밀란 쿤데라, 박성창 역, 『커튼』, 민음사, 2005.
40　김태환, 「세계 소설사와 이행의 문제―루카치·바흐친·쿤데라·모레티」, 『문학과 사회』, 2003년 봄호.
　　차동호, 「근대적 시각주의를 넘어서」, 『오늘의 문예비평』, 2009년 가을호.
　　전성욱, 「세계문학의 해체」, 『오늘의 문예비평』, 2009년 가을호.

형식의 변전 위에서 다양한 국가의 작품들을 배치시켜놓고 있다는 것이다. 물론 카사노바의 '중심-주변부' '불균등' '문학혁명', 모레티의 '하나지만 동등하지 않은' '나무, 물결' 등의 수사들은 문학적 자율성의 공간에서도 제국주의적 식민주의적 사유들이 반복되고 있다는 것[41]을 보여주지만, '하나의 체계'로의 '문학' 구상의 출현은 세계화의 현실성을 실감케 하는 문학 내부적 사건이라고 할 수 있다.

이상에서 살펴본 '국민문학의 대열'로서의 세계문학론은 전지구적 자본주의와 밀착되어있으며, 이와 상반되는 국가표식을 뗀 하나의 체계로서의 세계문학론 또한 '중심과 주변' '문학의 그리니치 천문대'와 같은 용어에서도 알 수 있듯 문학 표준을 둘러싼 헤게모니 싸움과 국력이 필연적으로 반영될 수밖에 없다. 그렇다면 문학은 국민, 국가, 민족 등의 문세를 근내 네이션 형성과 세세화라는 제국주의와는 어떻게 다른 지점에서 사유할 수 있는 것일까?

4. 디아스포라와 월경하는 문학

앞서 살펴본 민족문학론과 세계문학론은 실제 창작과 다소 유리된,

---

41 논자들마다 조금씩 다르지만, 이들의 '세계문학체제'에는 제국주의적 혹은 반(半)서구적 시각들이 있음을 부인할 수 없으며, 그렇다는 점에서 단일 시장체제라는 '세계화'의 문학적 변종이라는 비판을 면할 수는 없을 것이다. 이에 대해서는 구체적인 분석과 성찰이 요구된다.

새로운 문학 이념에 대한 모색이라고 볼 수 있다. 이에 반해 최근 주목받기 시작한 '디아스포라 문학'은 '세계화'에 따른 문학 패러다임의 변화를 작품에 밀착하여 논하고 있다는 점에서 현실적인 문학현상이자 담론이라고 할 수 있다. 한국문학에서만 보더라도 국내 이주노동자나 탈북자, 이주자를 다룬 작품 (강영숙 『리나』, 김재영 『코끼리』, 손홍규 「이무기」, 공선옥 「명랑한 밤길」, 정도상 『찔레꽃』, 전성태 「목란식당」, 황석영의 『바리데기』, 천운영 『잘가라 서커스』 등등)은 국경 안팎을 넘나드는 인물을 통해 국민국가, 민족, 인권, 법, 언어 등을 문제 삼고 있으며, 이러한 월경에 대한 문학적 형상화는 전 세계적으로 확산되고 있는 추세이다. 외국으로 시선을 돌려 일본, 미국, 중국, 중앙아시아 등에 널리 흩어져 있는 한인들의 문학을 살펴볼 경우, 문제는 더욱 복잡해진다. 이들 작품이 기반하고 있는 언어, 문화, 정체성 등은 앞서 살펴본 민족문학론, 세계문학론이 제기하고 있는 문제들을 개념에서부터 뒤흔들고 있기 때문이다. 최근 들어 활발해진 고려인 문학, 재미, 재일 교포 문학 연구는 이렇듯 전 세계적으로 문제적 현상으로 출현한 이산, 혹은 유목적 삶을 21세기적 패러다임으로 고찰하기 위한 것으로 과거 한인 문학연구와는 변별되는 것이다.

물론 최근에 대두된 디아스포라 문학은 비평적으로 합의되어 정착된 문학적 범주도 아니고, 현재에도 계속 변화하면서 의미의 자장을 넓혀가고 있다. 그러나 디아스포라 문학은 '민족문학 / 세계문학'이라는 구도가 자칫 빠질 수 있는 동일성의 논리와 추상성과 배타성에서 벗어나 '월경' 그 자체의 경로와 삶에 주목하고 있다는 점에서 오히려 세계화의 현재를 성찰하는 데 유효한 나침반이 될 수 있다. 또한 '민족문학' '세계문학' 논의에 포함되어 있는 민족, 국가, 정치경제, 역사, 자본, 노동, 근대, 전통 등의 개념들을 다양한 연관 속에서 복합적으로 사유할 수 있게 해준다는 점에서 구체성과 실천성을 획득한다.

2000년대 들어 디아스포라 문학 담론의 활성화는 다음과 같은 논저들에서 확인할 수 있다. 『재외한인작가연구』(김현택 외, 고려대 한국학연구소, 2001) 『한민족 문화권의 문학』(김종회 편, 국학자료원, 2003), 『경계를 넘는 새로운 글쓰기』(김의락, 신아사, 2003), 『한국계 미국 작가론』(유선모, 신아사, 2004), 『억압과 망각 그리고 디아스포라』(이명재 외, 한국문화사, 2004), 『고려인 디아스포라 문학 연구』(장사선·우정권, 월인, 2005), 『재일 디아스포라 문학』(김환기 편, 새미, 2006), 『디아스포라 문학』(졸저, 이룸, 2007) 등, 그리고 학술대회의 '다문화' '디아스포라' 기획 특집 및 2000년대 한국 문학의 탈국경 서사에 대한 문예지의 특집. 즉 '월경'하는 문학에 대한 집중조명은 지난 세기와 구별되는 2000년대 학계와 문단의 가장 뚜렷한 특징이라 할 수 있는데, 그 원인은 국가 외부와 내부의 접경에 서 있는 '디아스포라 문학'의 특징과 현상이 민족문학론, 세계문학론에 '실재성'은 물론이고 각각에 결핍된 '세계성과 민족성'을 동시에 보여주고 있기 때문이다. 구체적 논의에 있어 디아스포라 문학 담론의 다음과 같은 변화는 세계화, 지구화에 따른 자연스런 현상이다. 예를 들어 "그들의 자긍심을 심층적으로 탐색하고, 이를 우리 문학사에 편입시켜 세계에 우리 민족의 정체성과 우수성을 알릴 수 있는 길"[42] "한국문학은 해외동포문학을 거울로 민족주의적 함몰을 해독하고 또 후자는 전자를 거울로 탈민족주의적 탈주를 돌아보는 상호균형"[43]과 같이 민족문학 담

---

[42] 장사선, 『고려인 디아스포라 문학 연구』, 월인, 2005, 4면.
[43] 최원식, 「민족문학과 디아스포라」, 『창작과 비평』, 2003년 봄호, 39면.

론에서 "재일문학에 내재된 탈국가, 탈이념, 탈중심적인 월경적 시좌가 다양성과 혼종성을 기조로 다문화주의의 표상, 전지구화 시대의 보편적 가치로 이어지고 있음"[44]과 같이 세계문학으로 그 중심점을 옮기고 있다는 점. 그럼에도 불구하고, 양진영에서 '하나의 가능성'으로 호출되고 있는 것은 트랜스내셔널을 앞세운 디아스포라 문학이 동일성 담론을 벗어날 수 있는, 유효한 한 접경지대를 제공하고 있기 때문이다. 최근 디아스포라 담론이 일제시대 만주국 서사와 유랑 서사는 물론, 고대 문학 연구에까지 확산[45]되고 있다는 것은 바로 패러다임의 변동을 반증하는 것이라고 볼 수 있다.

디아스포라 문학은 민족문학, 세계문학이라는 구심력과 원심력과 달리 기존의 범주와 경계를 내파하고 교란시키면서 차라리 다음과 같은 수많은 난제들을 발생시킨다고 할 수 있다.

첫째, 민족주의와 탈식민주의—디아스포라는 우선 '국민국가(Nation)'의 연장선상에 있는 서구 제국주의의 희생자들이다. 안과 밖을 구분하고 이질적인 것을 배제하는 국민국가주의야말로 폭력을 내포하고 있으며 이러한 본질주의야말로 인종차별과 노예제를 정당화했다고 보는 해체주의적인 시각은 분명, 타자성과 이질성을 새롭게 조명할 수 있는 이론적 틀을 제공한다. 그러나 '인종, 민족, 국민'이 환기시키는 고유성과 동일성이란 허구이자 국가 이데올로기에 불과하다고 했을 때, 그것으로 충분한

44　김환기, 「재일 디아스포라 문학의 '혼종성'과 세계문학으로서의 '가치」, 『일본학보』, 일본학회, 2009.

45　가령 일제시대 유이민과 방랑의 정서를 연구한 「디아스포라 삶의 공간과 정서—백석, 이용악, 윤동주」(김경훈, 비교한국학, 국제비교한국학회, 2009), 공무도하가를 한국문학 최초의 디아스포라 문학으로 규정하고 있는 「공무도하가의 가요적 성격과 디아스포라」(구사회, 『한민족문화연구』, 한민족문화학회, 2009) 등.

가? 서구 제국주의 헤게모니를 전복하기 위해 인종, 민족국가, 문화 일체를 부정한다는 것은 과연 타당하고 가능한 것인가? 그렇다면 1991년 소련 해체 이후 CIS의 독립 국가들이 보여주고 있는 민족주의 정책은 과연 시대착오에 불과한 것인가? 이들 신생 독립 국가들의 토착적 내셔널리즘은 온당한 것이고, 제국주의적 내셔널리즘은 부당한 것이라면 민족(혹은 종족ethnicity)은 어느 지점에서 유효한 것인가? 아니면 스피박의 견해처럼 전략적 본질주의를 내세울 것인가. 재일 조선 작가 서경식이 '민족을 폐기처분해야 할 개념이라는 말은 불모의 지적게임'라고 했을 때, 그가 의도했던 바는 디아스포라인들이 탈근대적 담론의 '주연'으로 조명 받고 있지만, 여전히 민족적 현실에서 자유로울 수 없다는 것이다. 이 질문은 디아스포라인들이 자신의 민족 국가적 기원의 영토에서 벗어날 수 없을 때, 과연 이들의 탈영토의 현실에서 민족적 이상과 보편적 이상은 어떻게 만날 수 있는가에 대한 물음이다.

둘째, 디아스포라의 리얼리티—글쓰기를 통해 재현되는 디아스포라의 문제는 문화적 층위 이전에 우선 구체적인 현실의 문제를 제기한다. 이산인의 이질성과 혼종성은 분명 문화적 다원주의로 해결될 수 있는 문제가 아니라 정치경제적이며 지극히 현실적인 문제들이다. 피부색, 종족 및 국가적 기원, 문화적 차이에 대한 인정은 단지 똘레랑스 차원에 머물 수 없다. 그들의 차이를 인정한다는 것은 '차이'로 인해 '차별'이 발생하지 않도록 다양한 국가 장치 및 제도, 실정법, 경제적 시스템을 바꾼다는 것을 의미한다. 비유하자면 이들을 보편적 '인권' 안에 포함시킨다는 것은, 장애인의 불편함을 일체 없애기 위해 모든 시스템에 이들의 차이를 배려한다는 것과 마찬가지이다. 그렇다면, 그것은 어떻게 가능한가?

셋째, 이중적 정체성―코리언 디아스포라 문학, 특히 한국어가 아닌 언어로 쓰여진 재외한인 문학은 그간 재외한인문학, 해외동포문학 혹은 외국문학으로 간주되면서 국문학에 비해 상대적으로 소홀히 취급되어 왔다. 즉 한국문학에서도 외국문학에서도 이들 문학은 주변부에 위치해 있었던 것이다. 이들 문학의 이러한 무국적성 또는 주변성은 디아스포라의 특징을 대변한다. 이들의 이중 정체성은 실상에 있어서는 두 개의 동일성이 아니라 차라리 두 개의 타자성, 즉 분열성을 의미한다. 예를 들어 이민 1.5세대인 이양지나 차학경은 일본과 미국에서 의식할 수밖에 없던 자신의 타자성과 동시에 모국에서 발견한 자신의 또 다른 타자성에 대해 고백한 바 있다. 동일성의 외부에서 보는 타자성은 하나의 가능성일 수 있으나, 내부에서 보자면 이질성은 여전히 불안과 공포의 대상이다. 이는 이중 언어가 어느 누구에게도 가장 이상적인 언어운용이 될 수 없는 것과 마찬가지이다. 그렇다면, 이중의 '타자성'으로 드러나는 이러한 무정체성, 분열적 정체성, 유동하는 정체성(flexible identity), 사이성(inbetweeness)의 정체성은 어떻게 긍정될 수 있는가?

넷째, 문화적 혼종성―디아스포라의 정체성이 이중적이듯, 이들 문화 또한 혼종성(hybrid)을 특징으로 한다. 이 혼종성은 서구와 비서구, 보편과 특수, 주류와 비주류 등의 이분법적 연쇄를 환기시키는 것으로 단적으로 세계주의적 근대성과 인종적 전통주의의 혼합으로 볼 수 있겠다. 디아스포라의 개별적 현실이 그러하듯 문화적 혼종성 또한 사회역사적 상황과 조건에 따라 다양한 성격을 지닌다. 문화의 표식으로서의 언어 상황은 이 복잡성에 대한 한 예시가 될 수 있다. 2주에 한 개 꼴로 종족 언어가 사라지고 있는 지금의 현실에서 "'인도인이 영어로 쓸 수 있는가?'라는 이론적 질문을 (부질없고 어리석은 까닭에) 할 시간이 없다"라고 밝힌 인도 비평가 C.D. Narasimhaiah의 발언은 디아스포라 언어 상황을 그대로 노출하고 있다. 이론적 논쟁과 상관없이 이미 많은 인도 영어 작품들이 쏟아져 나오고 있으며, 인도 뿐 아니라 아시아 아프리카의 여러 나라들이 과거 식민지 종주국의 언어로 창작을 하고 있다. 디아스포라의 대표적인 작가들이나 비평가들, 예들 들어 프란츠 파농, 에드워드 사이드, 스피박을 비롯하여 카리브 해 출신 나이뽈, 나이지리아 출신의 쇼인카, 인도 출신의 살만 루시디, 중국 출신 레이초우, 아프리카계 미국작가의 토니 모리슨, 그리고 재미 교포 이창래에 이르기까지 세계적으로 주목받았던 작가들은 모두 새로운 정착지, 혹은 식민 지배자의 언어로 작품 활동을 한 인물들이다. 그러나 이들에게 동화주의의 혐의를 들씌워 토착적 내셔널리즘을 주장한다는 것은 더 이상 의미가 없어 보인다. 이들 문학이 소통되는 장은 엄밀히 말해 비공간(aspatial)에 기반하고 있고 제 3세계 문학이 아니라 차라리 패권 언어에 이질성을 새겨넣음으로써 종주국 언어와 문화의 지평을 확대하는 데 기여하는 혼종성이라고 볼 수도 있다.

서구 주류 언어가 토착어를 잠식하고 있고 한편에는 이와 반대되는 흐름도 있다. 1991년 소련 해체 이후 CIS 독립국가들에 의해 진행되고 있고 민족어 부흥을 그 예로 들 수 있는데, 소련 시기 꾸준히 진행된 러시아로의 언어 동화정책으로 인해 형성된 러시아어-민족어의 이중 언어 상황은 최근 민족어 부흥 정책으로 인해 조금씩 지형이 뒤바뀌면서 언어 소수자들 사이에 새로운 갈등 요인이 되고 있다. 언어의 문제에서 짐작할 수 있듯, 디아스포라의 문화적 '혼종성'은 '무분별한 요소들의 무작위적 섞기'가 아니다. 각 지역마다 독특한 색채를 지니고 있는 혼종성에는 독립과 식민, 국가주의 이데올로기와 인종적 전통주의, 세계화와 지역화, 그리고 식민주의와 탈식민 등을 둘러싼 정치학적, 경제적 논리가 뒤엉켜 있는 것이다.

디아스포라가 갖고 있는 위와 같은 복잡한 성격과 난제에도 불구하고 디아스포라적 삶에 적극적인 가치를 부여하고 있는 것은 주로 탈식민 담론에 의해서이다. 특히 호미 바바는 디아스포라의 이중적 정체성, 문화적 혼종성이 '모방'을 통해 지배 언어를 비틀고 동일성에 균열을 일으킴으로써 주류 문화의 기반을 뒤흔들고 민족의 경계선을 교란시키는 전복적 힘을 지닌다고 보고 있다. 차이와 지연의 전략에 의해 만들어지는 이러한 해체적 독법은 많은 이들이 지적하듯 구체적인 역사적 상황을 결여하고 있다는 한계는 있으나, 프란츠 파농이나 서경식 같은 실천적 지식인들이 제기했던 개입의 전술을 문화적 차원으로 변용하고 있다는 점에서 디아스포라의 저항의 방식을 다시 한번 상기시킨다.

이들 개별 문학이 상이한 기원과 조건에도 불구하고 '비서구적 연대'가 가능하다면, 이는 근대성의 폭력의 상흔과 전 지구적 자본화라는 현재적 상황을 공유하기 때문이고, '타자성'과 '차이'에 기반한 이들의 연대가 근대적 방식을 벗어나 있기 때문이다. 또한 이 저항의 연대는 비서구의 역사적 특수성을 뛰어넘어 보편성을 내포하고 있다. 그 보편성은 바로 디아스포라라는 이방인 의식에서 비롯되는 바, 이는 문학의 본질과도 맞닿아 있는 것이다. 디아스포라는 그 다양한 문화적 정체성에도 불구하고 하나의 공통된 의식을 지니고 있다. 그것은 바로 '노스탤지어'라고 할 수 있는 '조국'에 대한 그리움과 동경이다. 그러나 그들이 염원하는 '조국'은 실체로서의, 현실적인 조국이 아니다. 그것은 그들이 꿈꾸는 '차별과 고통이 없는 조국'이라는 점에서 '상상된 조국'이며, 그런 의미에서 유토피아라고 할 수 있다. 디아스포라의 이중성은 탈영토화된 민족의식을 통해 세계를 조망하고, 세계시민 의식을 통해 영토의 완강한 현실들을 '괄호'에 넣는다. 디아스포라 문학이 세계문학의 가능성을 열어 보인다면 그것은 바로 이러한 지점에서이며, 그것은 서구 근대문학과 정반대되는 지점이라는 점에서 새로운 가능성이라고 할 수 있다.

5. 결론을 대신하여

문화와 정치는 그것이 구체적으로 존립하기 위해서는 개성적인 형태로 표현되지 아니할 수 없다. 질에 있어 물론 정치도 문화도 한 가지로 세계적이다. 그러나 세계적이란 추상적인 경우이고 구체적으로는 언제나 지방적이다. 더 현실적으로는 국가적 혹은 민족이란 것의 육체를 빌어 표현된다. 행위란 언제나 개성적인 때문이다. 그러므로 문화와 정치의 세계적 성질이란 것은 경제와 사회가 그 동력이 되는 기술과 생산력에 있어서 세계적이란 말과 비슷한 것이다. 경제와 사회는 국가에까지 높아져서 정치가 된다. 또한 경제와 사회는 민족에까지 높아져서 문화가 되지 않을까? 정부(正否)는 뒤로 미루고 우리는 우선 정치와 문화가 자기동일적이고 이것들을 매개하는 생산과 경제에 있어 세계적임에도 불구하고, 그것이 개성적으로 표현된다

는 일면을 굳게 붙잡을 필요가 있다.[46]

위 글에서 임화가 적실하게 지적하고 있는 것처럼, 문화와 정치의 세계적 성질이란 그 동력을 뜻하는 것이고, 문화와 정치는 실제에 있어서 항상 '지방적'일 수밖에 없다. 민족문학 / 세계문학 / 디아스포라 문학은 모두 문학의 개성과 지방성을 어떤 지평에서 사고하느냐의 문제에 대한 담론일 뿐이다. 그러나 민족문학론이나 세계문학론은 모두 타자와의 관계에서 '자국' '주체' 중심의 수위를 어디에 두느냐를 문제 삼고 있다는 점에서, 동일하게 '자아' 중심적인 사유체계에 기반하고 있다. 이에 반해 '타자'의 위치에서 발언하고 있는 디아스포라 문학은 그러한 자아중심주의를 비껴서 있는 것으로, 민족문학과 세계문학이 지향하는 '문학 이념'을 태생적으로 지닌 것이라고 볼 수 있다. 물론 이 또한 이념형에 불과할 수 있지만, 디아스포라에서 중요한 것은, '내가 타자(서벌턴)을 재현할 수 있느냐'의 문제가 아니라 '타자인 나는 재현될 수 있는가?'라는 질문에서 출발하고 있다는 점이다. 그것은 언제나 대타자와의 관계에 서 있기 때문에 항상 노동자 계급처럼 항구적이고 본질적이다. 민족주의자도 아니고 개인주의자도 아닌, 다만 '지금 현실'에서 어쩔 수 없이 자신과 타인과, 민족과 세계의 관계를 사유할 수밖에 없는, '이방인'의 문학으로서의 디아스포라 문학은 민족문학 / 세계문학 담론의 닫힌 현재성을 열 수 있는 의미있는 성찰을 제공할 것이다.

---

46 임화, 「역사・문화・문학―혹은 시대성이라는 것에의 일 각서」, 『문학의 논리』(임화문학예술전집 3), 소명출판, 2009, 437면.

제2장

만주서사와 '비적'

1. 들어가며

　'만주'를 대표하는 이미지는 '끝없이 펼쳐진 벌판'과 '마적'이다. 풍문으로 들은 자들에게 이 풍경은 안전하고 고정된 것일 수 있으나, 풍경 안으로 들어서면 또 다른 '실체'를 마주할 수밖에 없다. 마치 사진관의 연출된 배경처럼 식민지 시대 만주서사를 지배하고 있는 이들은 구체적인 활동사진 속에서는 매혹의 대상이 되기도 하고, 혹은 공포의 대상으로 변전한다. 가령, '처녀지'와 '개척'이라는 수사 속에서 끝없는 벌판은 동경의 대지로, '물싸움'과 '토지소유권'의 맥락에서는 고난의 땅으로 변한다. '마적' 또한 약탈과 살상의 범죄자로, 혹은 치외법권의 황야를 가르는 무법자로, 혹은 '항일 독립군'이라는 영웅의 모습으로 바뀌기도 하는 것이다.

유치환의 「수(首)」(『국민문학』, 1942.3)는 그의 친일 행적 시비에서 논란이 되어왔던 시이다. 그리고 이 논란의 핵심에는 '비적(匪賊)'이 놓여 있다. "십이월의 북만(北滿) 눈도 안 오고 / 오직 만물을 가각(苛刻)하는 흑룡강 말라빠진 바람에 헐벗은 / 이 적은 가성(街城) 네거리에 / 비적(匪賊)의 머리 두 개 높이 내걸려 있나니 / 그 검푸른 얼굴은 말라 소년같이 적고 / 반쯤 뜬 눈은 / 먼 한천(寒天)에 모호(模糊)히 저물은 삭북(朔北)의 산하를 바라고 있도다 / 너희 죽어 율(律)의 처단(處斷)의 어떠함을 알았느뇨 / 이는 사악(四惡)이 아니라 / 질서를 보전하려면 인명도 계구(鷄狗)와 같을 수 있도다"(일부)에서 '비적'은 '대륙침략에 항거하던 항일세력의 총칭'이므로 이 시는 침략적 잔인행위의 고발이 아니라 항일하다 죽어 효수당한 '머리 두 개'를 꾸짖은 친일시[1]로 보아야 한다는 주장이 있다. 한편 '북만주에서 독립군을 비적이라 했는지' 등에 대한 객관적 타당성이 없다, 혹은 시적 의미망에서 '인간사회의 비정함'을 드러낸다는 주장도 있다.[2]

'비적'의 정체성이 중요한 관건이 되는 사례는 또 있다. 김재용은 식민주의에의 협력과 비협력을 논하면서 '반만주국 저항운동에 대한 태도'를 중심으로 이를 가름했다. 그는 단순히 비적을 비판하는 시선이 나온다고 해서 친일협력은 아니라고 하면서 작품에서 형상화하고 있는 '비적'의 실체를 구분하여 협력과 비협력을 구분한다. 가령, 박영준의 귀순한 '공비' 이야기와 장환기의 '비적' 비판은 협력이지만, 안수길의 '비적'은 도적화한 반만항일비, 혹은 토비이기 때문에 비협력이라는 것이다.[3]

<hr>

1 임종국, 『실록 친일파』, 돌베개, 1996, 6면.
2 이에 대해서는 전갑생의 「유치환 시의 '비적'이 항일독립군이 아니라고?」(『오마이뉴스』, 2004.10.4)와 양은창의 「유치환 「首」의 해석과 친일성격」(『語文硏究』 70, 2011) 참조.

이 글은 이렇듯 논란이 되고 있는 '비적(匪賊)'의 문학적 형상화를 고찰하고자 한다. 우선 밝혀두어야 할 것은, 주지하다시피 '비적'은 만주국을 세운 일제에 의해 적극적으로 사용된 용어이다. 일제는 만주국이라는 괴뢰국가를 건설하기 위해 국가체제 바깥의 무력, 즉 항일 유격대, 공비, 토비, 마적 등을 비적이라 총칭하고 이를 토벌과 진압의 대상으로 보았다. '약탈을 일삼는 도적떼'라는 의미의 '비적'은 그 이전에도 사용되었고 그것은 실제 비적을 가리키는 용어였으나, 만주사변 이후에는 비적 뿐 아니라 독립군, 공비, 패잔병, 비국민 등을 총칭하는 용어로 공식화된다.[4] 따라서 '비적'이라는 호명에는 이미 파시즘적 이데올로기가 작동하고 있다. 그러나 앞선 논자의 언급대로, '비적'이라는 용어를 썼다고 해서 무조건 제국 이데올로기에 순응했다고 볼 수는 없다. 실제 작품에서 '비적'은 그 구체적인 형상화에 의해 '기표'를 전복시키기도 하고, 때로는 '과잉' 혹은 '과소' '일탈'적 기의를 통해 기표를 배반하거나, 균열을 일으키기도 한다. 본고는 이러한 양상을 30년대 이후의 작품들을 통해 살펴보고자 한다. 대상 텍스트는 유진오의 「마적」, 강경애의 「소금」, 한설야의 「대륙」, 박계주의 「오랑캐[兀良哈]」이다. 이 네 개의 텍스트를 선

3　김재용, 「중일전쟁 이후 재일본 및 재만주 조선인 문학의 분화와 식민주의 협력」, 『재일본 및 재만주 친일문학의 논리』, 역락, 2004. 이상경 또한 박영준의 「밀림의 여인」에 나오는 '공비'를 '비적'과 함께 논하면서 '문명'적 협력이라 보고 있다.(이상경, 「'야만'적 저항과 '문명'적 협력」, 위의 책) 이외 '비적'에 주목하여 작품의 이데올로기를 고찰하고 있는 글로 서영인의 「만주서사와 반식민의 상상적 공동체」(『우리말글』 46, 2009)가 있다.

4　'비적'이라는 용어는 20년대에는 거의 등장하지 않다가 31년 이후 국내 언론과 만주국 언론에 본격적으로 등장하고 있다. 20년대의 '마적', '토비' 등의 용어는 30년대 들어 일제에 의해 '반만항일비'를 포함한 '비적'으로 총칭된다. 만주를 배경으로 하는 소설과 담론에서도 20년대(가령 최서해)의 작품에서 '비적'은 등장하지 않고, 35년 이후부터 본격적으로 등장하고 있다.

정한 이유는 30년대 소설에서 '비적'의 호명은 대개 일제 파시즘의 이데
올로기를 따르고 있으나 이들 텍스트는 다양한 방식으로 제국 이데올로
기를 전유, 해체하는 문제적 지점을 보여주기 때문이다.

2. 만주국의 타자, '비적'

'비적'은 일본 제국주의의 시선에 의해 규정된 '만주국'의 타자들, 즉
만주국을 위협하는 일체의 '무장세력'을 함의한다. 그러나 실상에서 있
어서는 단지 '무장세력' 뿐 아니라, "여기저기 흩어져 있는 직업적 산적,
아편 밀매업자, 국민당이나 중국공산당의 이념적 동조자, 군벌체제의
지지자, 실직한 전직 군인, 부랑자, 일자리 잃은 노동자, 농민"[5] 등을 망
라하는 사람들로, '비국민'에 대한 호명이라고 할 수 있다. 요컨대 '왕도
낙토'와 '오족협화'라는 거짓 이념 뒤의 일제의 패권적 야욕에 대항하는
모든 저항세력을 '치안'이라는 명분을 내세워 '반국가 사범'으로 낙인
찍은 것이다.

만주사변이 발발하자 만주의 수많은 민중은 자발적으로 봉기하여 항
일무장투쟁을 전개하였는데, 그 수가 1932년 여름 최대치 30만에 달했

---

5 Alvin Coox, "The Kwantung Army Dimension.", in *The Japanese Informal Empire in China,
1895~1937*, pp.395~428, edited by Peter Duus, Ramon Myers, and Mark Peattie,
Princeton : Princeton University Press, 1989, p.412; 한석정, 『만주국 건국의 재해석』,
동아대 출판부, 1999, 61면에서 재인용.

다고 한다.[6] 이들 항일무장세력들은 일제의 군사적 토벌과 치안숙정사업으로 급격히 감소하고 39년 즈음에는 거의 소멸하게 되지만 40년대까지도 계속되면서 일제를 괴롭혔던 골칫거리였다. 일제에 의해 '만주국의 치안의 암적 요소'라고 불리어진 이 '반만항일세력'은 다음 세 가지로 구분할 수 있다.[7]

첫째, 민족주의 계열의 항일유격대(일제에 의해서 정치비, 반만구국비, 반만항일비라고 불림), 둘째 토비(土匪)로 대도회, 홍창회, 자위단, 마적 등이 전화된 것, 셋째 '공비(共匪)'라고 불렸던 공산 유격대. 그런데 이러한 구분이 명확한 것은 아니었다. 만주국의 건국원훈이라 추켜세워진 군장성들(대표적으로 만주국 총리대신을 지낸 장경혜)은 마적 출신의 봉천군벌 장작림의 부하들로, 장작림과 함께 20년대 일제와 야합했으며, 관동군에 몰리자 수천 명의 부하들을 데리고 투항한 군벌체제의 장군들이다. 첫 번째 민족주의 계열의 항일유격대의 대부분을 차지하는 것 또한 이 군벌세력의 일부로 장작림을 승계한 장학량의 옛 부하들(馬占山・李杜・丁超・蘇炳文・朱霱靑 등)이 이끌고 있었다. 이 중에 마점산은 마적 출신으로 만주국 초대 군정부 총장과 헤이룽장 성장을 맡았다가 마음이 바뀌어 뒤늦게 거병하여 1932년 여름 전멸할 때까지 일제에 극렬하게 저항했다. 군벌 계열의 일부는 토벌에 쫓겨, 혹은 지방 수령과의 협상에 의해 귀순하기도 했는데, 귀순한 이들은 만주국군에 편입되어 진압군이 되기도 했다.[8]

6 　한석정, 앞의 책, 66면.
7 　이 구분은 中共 中央이 1월 26일 中國共産黨滿洲省委員會에게 보낸 書翰(소위 1월 書翰)의 분류를 필자가 좀더 압축한 것이다. (윤휘탁, 『일제하 '만주국' 연구』, 일조각, 1996, 34~39면)

두 번째, 대부분 농민들로 이루어진 토비의 경우에는 단순히 재물만을 약탈하는 강도집단, 농촌의 자위조직, 빈궁한 농민들의 결사인 대도회, 홍창회 등 소위 회비(會匪), 종교비(宗敎匪), 그리고 마적 등이 포함되어 있다. 그 중 마적은 단순 강도·약탈 무리들도 있었으나 일부는 토호들과 유대관계를 가지면서 부락을 보호하던 무리들도 있었고, 이들 중 많은 수가 항일무장대열에 참가하기도 했다. 원래 마적은 만주사변 이전부터 "작은 병변과 전화, 군벌의 악정, 위정자의 가렴주구, 천재지변, 세계적인 농업 공황 등으로 피폐해진 농민들이 반민중적인 권력 집단이나 비적들로부터 자신들을 방어하기 위해 조직한 무장집단"이라고 할 수 있는데, 장작림·마점산처럼 이름을 떨친 자가 적지 않았기 때문에 통념상 아주 나쁜 무리로 인식되지는 않았다.[9] 이들 무리 또한 항일을 하다가 귀순하여 자위단병이 되는 경우도 있고, 관병으로 일하면서 휴가철에는 관급 병기로 마적질을 일삼는 경우도 있었다.[10]

물론 반만 항일세력에는 조선 독립군도 있었다. 만주사변이 발발하자 한국독립군은 북만에서는 한국독립군이, 남만에서는 조선혁명군이 일제에 대항하여 싸웠다. 그리고 조선혁명군의 공산주의자들은 중국 공산주의들과 연합하여 1930년대까지 항일투쟁을 전개하였다.

이들 반만항일세력 중 민족주의 계열과 토비의 경우, 이념과 지도력의 부족에 의해 점차 감소하고, 1935년 이후에는 공산 유격대 주도의 동북항일연군으로 통합되어 30년대 후반까지 지속된다. 이 반만항일세

8　한석정, 앞의 책, 61면.

9　윤휘탁, 앞의 책, 44면.

10　임종국, 「대륙의 풍운 마적의 정체」, 반민족문제 연구소 편, 『일제침략과 친일마적단』, 지리산, 1991, 54면 참조.

력의 항일투쟁의 격화와 소멸(대체로 31년 이후 폭발적으로 전개되다가 38년 이후 쇠퇴)은 비적 출몰에 대한 통계, 즉 32년 30만에서 30년대 말 수백 명으로 감소[11]와 일치한다는 점에서, 비적은 '반만항일무장세력'을 뜻한다고 볼 수 있다.

앞서 살펴보았듯 비적은 구체적인 실제에 있어서 다양한 인적 구성을 보여줄 뿐 아니라, 적과 아군의 경계를 넘나들었던 존재이기도 하다. 지식인, 군벌, 산적, 농민 등의 계급적 혼종 뿐 아니라, 만주인, 중국인, 조선인 등의 민족적 혼종으로 이뤄진 이 비적들은 만주국군으로, 항일 유격대로, 관동군과 결탁한 자위단으로, 비적으로, 농민으로, 통비(通匪)로 변신하며 만주국의 치안을 교란했다. 여기서 간과할 수 없는 사실 하나는, 일제 관동군과 그 괴뢰국 '만주국'에 의해 한낱 '비적'으로 몰린 이들은 괴뢰국 '만주국'의 타자들이었으나 반드시 그 바깥의 존재였다고 할 수 없다는 것이다. 반만항일과 비적들은 만주국의 '이념'의 바깥에 있었을 뿐, 그들은 엄밀히 만주 땅에 거주하면서 현청과 경찰서, 관동군과 만철을 습격하던 '내부'의 존재들이었다. 당연히 이들 항일무장투쟁은 만주 지역의 농민들의 지지와 그 내부적 결속에 의해 지탱될 수밖에 없었는데,[12] 그런 의미에서 '비적'이라는 이 반국가적 힘은 일부 친일세력을 제외한 만주국 구성원 안에 잠재되어 있는 '항일의식'이라고 할 수 있다. 요컨대 비적은 단순히 '30만'이라는 '타자화'된 무장세력이 아니

---

11 한석정, 앞의 책, 66면.

12 윤휘탁은 기존의 연구물들이 항일무장세력의 조직 및 투쟁활동만을 주목하고 있다는 것을 비판, 항일무장 조직과 그 조직의 모체 역할을 하고 농민들 사이의 유기적 관련성을 보아야 한다고 강조하면서, 만주 항일무장 투쟁은 농민(혹은 농촌) 사회의 기반 위에서 전개되었다고 보고 있다.(앞의 책, 8~9면)

라 농민 속에 잠재되어 언제든 표출될 수 있었던 '항일의식'에 대한 이데올로기적 호명이라고 볼 수 있는 것이다.

3. 식민지 작가가 만난 '타자'의 얼굴

만주를 배경으로 하고 있는 일제 강점기의 소설에서(재만, 국내를 막론하고 어쩔 수 없이) '비적'의 형상은 대개 공식 이데올로기와 크게 다를 바 없이, 적으로 타자화되거나 추상화되어 나타난다. 물론, 이들을 '비적' 대신 '독립운동가' '사회주의자'로 호명하고 있는 작품들(가령 최서해)도 있으나 그것은 일부에 불과하고 30년대 후반 이후로는 거의 찾아볼 수 없다.

'동아신질서'가 유포되던 무렵부터 확산된 '만주붐'에 의해 많은 국내 작가들이 만주를 시찰하고 이를 기록했으나 이들은 제국주의의 시선에서 자유로울 수 없었고, 설령 그것에 동의할 수 없었다고 하더라도 공식적인 문자활동 속에서 이들의 '저항'은 허용될 수 없었다. 작품에 따라 차이가 있으나, 이들의 작품 속에서 '비적'은 타개되어야 할 공동의 적으로 그려지는 게 일반적이었다. 카프 작가 이기영(『대지의 아들』)이나 '근대'와 거리두기를 했던 이태준(「농군」) 또한 여기에서 크게 벗어나지 못했다. 물론 이 '타자화'는 일면 '물리적 거리와 체험부재'에서 발생한 것이기도 하지만, 만주에 거주하고 있던 재만 조선인 작가들도 여기에서 완전히 빗겨날 수 없었다. '집단부락' 주변에 토성을 쌓고 비적을 물리치는 안수길의 「토성」(1942)이 그러하고, 공비 여인을 귀화시키는 과정을 그린 박영준의 「밀림의 여인」(1941)이 그러하다.

안수길의 「토성」이 그리고 있는 '비적'은 '공비'나 '사상비'가 아니라 그냥 약탈을 일삼는 '반만항일비'라고 보는 시각[13]도 있으나 아래 인용문을 보면, 반드시 그렇지만은 않다.

> 반만항일의 완매한 꿈을 채 못 깨이고 처처에 준동튼 패잔비도, 황군장병과 경관대와 자위단의 주야겸행의 토벌로 아울러 협화회특별공작대(協和會特別工作隊)의 선무공작(宣撫工作)으로 일편 섬멸되고 일편 귀순하여 거의 그 자취를 감초였으나 최후까지 벌인 것이 왕덕림(王德林) 일파였다.
>
> 그들이라하여도 오시밀림중에 패주하여숨언한 토벌대의 공격에 자멸의 날을 기대리고 있을 다름이였으나 여름 곡초가 무성한 때를 이용하여 식냥약탈의 최후의 발악으로 간도성일대의 벽촌을 번그렇게 하였다.[14]

위에서 언급된 왕덕림은 만주사변 후 길림에서 항일무장투쟁을 일으켜, 일대 마적단 다수의 호응을 얻어 왕청·연길 일대를 석권하면서 도처에서 일본군을 궁지에 빠뜨렸던 인물이다. 그가 이끈 '길림민중항일

---

13 김재용은 '비적'은 '반만항일비'중에서도 초지를 잃고 거의 도적화한 무리일 뿐이며, 안수길은 반만항일을 외치던 왕덕림을 비판하는 게 아니라, 패잔병으로 농민들의 식량을 약탈하는 도적에 대해 비판하고 있기 때문에 식민주의에의 협력이 아니라 비협력으로 보아야 한다고 주장한다.(김재용, 「중일전쟁 이후 재일본 및 재만주 조선인 문학의 분화와 식민주의 협력」, 앞의 책, 46~48면)

14 안수길, 「토성」, 연변대 조선문학연구소 허경진·허휘훈·채미화 편, 『안수길』, 보고사, 2006, 111면.

구국군'은 반만항일의 첫 번째 유형, 군벌세력과 같은 대부대는 아니었으나, 대부분 농민·소부르조아 계급 또는 노동자를 기반으로 하였기 때문에 민중의 호응을 얻었을 뿐 아니라 "工·農·商·學·兵 각계 공포가 연합해서 당파를 불문하고 공동으로 항일하자는 주장을 제기"[15] 하여 길림성내 가장 빨리 발전하고 그 부대원 수도 가장 많았던 세력이다. 물론, 패주한 군벌 세력 중 장학량·왕이철 군은 오지에 출몰하면서 약탈·살상·능욕을 일삼고, 장작림 폭사 사건 후 반일로 돌아선 장학량계 군벌은 조선인 이민들을 학살한 것도 사실[16]이나, 이를 패잔병 전체로, 특히 왕덕림 부대로 볼 수는 없다. 작가가 '반만항일비' 전체에 대해 갖고 있는 부정적인 시선은 위의 "반만항일의 완매한 꿈을 못 깨이고"라는 구절에서도 드러나 있다. 물론 안수길의 이러한 '국책문학'은 만주국 홍보처 감독 아래 있었던 '만선일보'의 기자라는 그의 신분에서 비롯된 것이기도 하다. 그러나 보다 근본적으로는 만주에서 조선인이 놓인 불안정한 위치, '일본-중국-조선'의 삼자관계 속에서 "자신의 생활을 확보하려고 노력하면 할수록 일본의 대륙침략의 첨병이 될 수밖에 없었던"[17] 구조 자체에서 발생한다. 실제로 만주국 수립으로 인해 재만조선인은 법적으로는 이중국적의 문제에 더 이상 시달리지 않게 되었고, 만주 전역에서 '토지 상조권'을 누릴 수 있게 되었으며, 1932년에는 그때까지 공표되지 않고 비밀협정 상태로 있던 '미쓰야 협정'이 공표됨과 동시에 철폐되었다. 하여 '얼구이즈[二鬼子]—일본의 앞잡이', "조선인은

---

15 윤휘탁, 앞의 책, 35면.
16 임종국, 「대륙의 풍운 마적의 정체」, 『일제침략과 친일마적단』, 지리산, 61면.
17 윤대석, 「'만주'와 한국문학자」, 『식민지 국민문학론』, 역락, 2006, 205면.

만주사변을 만주군벌의 압박으로부터의 해방으로 인식하고, 일본 국적을 가지는 것의 실익을 체험하고 제국 신민의 긍지에 만족하고 있었다"[18]라는 해석이 가능한 것이다.

그러나 만주국에서 이중적으로 주변화된 재만 조선인은, 그렇기 때문에 그들과 만주인을 떼어놓는 '일제'를 삭제하고 싶은 욕망을 지닌 존재이기도 하다. 구체적인 작품을 통해 만주서사가 어떻게 식민주의 이데올로기를 따라가면서 이를 비트는지 살펴보자.

유진오의 「마적」(1930)은 만주사변 직전에 쓰여진 것으로, 재만 조선인의 시각도, 만주체험의 소산도 아니다. 그러나 그의 마적 형상화는 일제의 이데올로기적 '호명'을 전복시키고 있다는 점에서 주목을 요한다. 앞서 서술한대로 '마적'은 만주 지역의 부락 방비와 약탈, 강도 등의 상반된 성격을 동시에 지닌 무장세력인데, 30년대 초반까지 일제는 '비적'을 대신하여 반일세력을 '마적'이라고 칭하기도 했다.[19] 유진오의 「마적」은 만주의 안동현과 신의주 국경지방에서 발생한 '마적습격'을 다룬 이야기로 마적에 '공비'의 형상을 투영시키고 있다. 이 사건의 배경이 되는 안동현 부근의 국경지대는 3·1운동 이후 만주·연해주로 건너간 독립군들이 출몰하던 지역이고, 무장투쟁에서 중요한 근거지와 연락소가 되기도 했던 곳이다.[20]

---

18 이동진, 「만주국의 조선인-디아스포라와 식민사이」, 『만주연구』 13집, 2012, 38면.

19 '마적'이 지닌 반일적 성격은 소설가 허윤석이 1937년 단편 「마적 馬賊」을 『조선문단』에 응모해 수석 당선되었으나 일제의 검열로 인해 빛을 보지 못하였고, 이 사건으로 『조선문단』이 폐간되었다는 사실을 통해서도 추측할 수 있다.

20 특히 압록강 줄기 건너편의 안동현(지금의 단동)은 대한독립청년단이 결성되었던 곳이고, 의열단원들이 국내로 반입하기 위해 폭탄을 숨겨두었던 곳이기도 하고(1923), 또한 임시정부 안동교통지부 사무국을 꾸렸던 이륭양행이 있던 곳이기도 하다.

유진오의 「마적」(『조선지광』, 1930)의 첫 장면은 다음과 같이 시작한다.

> 영하 오십도의 새파란 하늘. 열을 지어 날으는 비행기의 프로펠러 소리가
> 처참하게 아침의 적막을 깨뜨렸다. 황급하게 파견되는 경비대를 가득 실은
> 썰매는 바람을 째고 꽁꽁 언 「야루」의 큰 강을 치달리었다. 비행대는 국경을
> 넘어 오른편으로 멀리 눈쌓인 백두산을 바라보며 눈 아래 한없이 널브러진
> 장백산 일대의 큰 숲을 내려다보고 한가한 소리개같이 유유하게 북으로 행
> 진하였다. 방한용의 큼직한 털장갑, 바람에 날리는 지도, 썰매를 탄 경비원
> 의 검은 망원경은 땅 위를 정찰하는 비행기의 그것과 마주쳤다. 두 사람은
> 정신없이 만세를 부르며 손을 번쩍 들었다. (…중략…)
> ─보아라! 하늘을! 우리들의 위풍당당한 비행대를! 비행정찰대를! ××
> 비행대를!
> 「만세!」하고 썰매 위의 사람들은 정신없이 일제히 외쳤다.[21]

일제는 20년대 말 이후 사회주의 세력과 독립군들의 선내 침투를 막
기 위해 국경 수비를 강화했는데, 썰매와 정찰 비행기로 무장된 위의 수
비대는 이러한 철저한 감시와 포위망을 보여준다. 또한 위풍당당한 최
신 '비행기'의 위용은 혹한의 이미지와 함께 한반도를 장악한 일제의 파
시즘적 야욕의 최종적 승리, 그것에 대한 비유이기도 하다. 「마적」에서
는 이 삼엄한 경비를 뚫고 국내에 침입하려는 '마적 일당'이 등장하는데,
결국 이들은 수비대에 의해 사살되거나 쫓겨나고 만다. 이 소설은 이렇

---

21 유진오, 「마적」, 민현기 편, 『일제 강점기 항일독립투쟁소설 선집』, 계명대 출판부, 1989,
143면.

듯 표면적으로는 일본 경비대의 마적 구축과 승리를 보여주고 있으나 내밀한 곳에 이를 전복시키는 틈을 마련해 놓고 있다. 그것은 초부(樵夫) 명환이 만난 '마적'에 의해 수행된다.

이 작품의 주인공 '명환'이 살고 있는 압록강 국경 근처의 동네에 '마적습래'의 소문이 퍼진다. '이번에는 아주 흉악한 놈들이 쳐들어온다' '사람의 목숨을 목숨 같이도 안 여긴다는 걸. 돈도 달라기 전에 우선 죽여놓고 이야기라는 걸'이라고 수군거리며 걱정하는 마을 사람들에게 마적은 '잔인혹독'한 '도적떼'일 뿐이다. 그것은 '명환'에게도 마찬가지이다. 품팔이를 위해 마을을 떠나 안동현 채목공사에 가 있는 명환은 간밤의 총소리를 듣고 꿈을 꾼다. 꿈에 나타난 마적은 "염라국의 사자같이 귀까지 찢어진 입으로 벌건 혀를 내어밀고" 득의의 웃음을 웃는 '무서운 존재'이다.

간밤의 꿈과 동네에 두고 온 가족 걱정으로 새벽에 마음을 졸이며 벌목을 위해 나선 명환 앞에 한 낯선 사나이가 나타난다. 그는 '동리'의 위치를 물으며 밥을 청하는데, 처음 명환은 그 낯선 청년이 혹시 마적이 아닌가 의심한다. 그러나 곧 명환은 "이만치도 몸이 약하고 이만치도 마음이 양순해 보이는 사람이 어째서 그 흉악무도한 마적놈들의 한 사람일 것인가"라고 생각하며 의혹을 떨쳐버린다. 명환은 말 못할 사정이 있는 젊은이를 동정하여 밥을 나눠준다. 밥을 나눠주는 횟수가 거듭될수록 명환은 그 젊은이에게 친근감과 동정을 느끼고 그를 기다리고 염려하게 된다.

명환은 턱없이 섭섭한 마음을 금할 수 없었다. 젊은 사내는 한번도 자기에게 무슨 이를 끼쳐준 일도 없으며 한번도 한가하게 이야기해 본 일도 없으되 명환은 공연히 그 젊은 사내가 그리웠고 그 사람이야말로 자기들을 위하여 무슨 믿음직한 일을 해 줄 사람인 것 같이 생각되었다. 그 사람의 몸은 약하고 얼굴은 초췌하되 그는 넉넉히 무서운 밤중에 눈쌓인 산속에서 견디는 사람이 아닌가. 그의 파리한 손은 어찌 그리 굳세게도 자기의 어깨를 잡았던가. 그는 대관절 무엇 때문에 사람의 눈을 피하지 않으면 안되는가. 그의 모습이나 말씨로 보건대 그는 글도 많이 아는 사람인 듯 싶은데, 그는 왜 이 추운 겨울에 이 깊은 산속에서 주린 배를 붙들고 돌아다니는가. 모든 것이 명환에게는 의문이었으며, 그 때문에 도리어 그는 그 젊은 사내가 기다려지는 것이었다. 그를 붙들고 물으면 무슨 좋은 이야기가 나올 듯도 싶었다. 그에게 무슨 일을 부탁하면 그는 물불을 헤아리지 않고 맡은 일을 해줄 듯도 싶었다.[22]

위 인용문에서 그려지는 '젊은이'의 모습은 '염라국의 사자'나 '도적'이 아니라, 고결한 뜻과 굳센 의지를 지닌 투사에 가깝다. "서울 가 공부하고 있는 김주사네 아들"과 비슷한 지식인, 추위와 고난을 이기는 의기와 신념으로 충만한 영웅의 형상으로 그려진 이 '마적'의 형상은 일제의 악선전에 의해 농민들 속에 심어진 '마적'의 표상을 전복시킨다. 작가는 일군 경비대의 승리를 보여주면서도 줄곧 이 '마적'에 항일투사와 영웅의 이미지를 숨겨놓는다. 가령 사살당한 마적들에 대한 "안타까운 고향의 꿈. 오색이 영롱한 별이 그들의 눈앞에 영하 삼십도의 국경의 어둠에

---

22 유진오, 「마적」, 앞의 책, 155~156면.

번개같이 빛나고 사라졌다. 손이 얼고, 발이 얼고, 팔이 얼고, 다리가 얼었다. 아직도 따뜻한 심장만이 닥쳐오는 위대한 추위를 물리치고 있다. 머리는 터져 뇌수는 흩어졌으되 그는 오히려 무엇을 외쳤다. 외침은 어둠이 먹었다. 추위가 먹었다"와 같이 비장한 시적 이미지와 '젊은이'에 대한 은근한 호의가 그 예이다.[23]

이러한 마적에 대한 인식 전환은 명환 뿐 아니라 동네 사람들에게도 일어난다. 동네사람들은 '마적 습래'의 소문과 부산스러워진 경비대의 모습을 보고 겁을 먹고, "제─미, 어느 놈이 옳단 말이야. 그렇지만 쳐들어오는 놈들이야 제아무리 떠들어도 도적놈이지 별수 있나"라며 스스로의 의혹을 단속한다. 그러나 그들은 마음 깊이 마적 방비가 가난한 자신들과는 무관한, 친일주구 '부자 김주사'에게 좋은 일이라는 것을 안다. 하여 사람들은 마적을 쫓았다고 일본 경비대를 대접하고 마을 술잔치를 벌이는 김주사를 욕한다. "도적놈이 들어오든 도깨비가 들어오든 가난한 놈한데서야 가져갈 게 무에 있나. 뭐니무니 해도 이(利)보는 놈은 김주사 밖에 더 있나. 이(利)는 저 혼자 보면서 좋아하긴 같이 좋아하자니 고따위 밉보가 어디있어!"

명환에게 부탁하여 옷을 바꿔입고 "무슨 시꺼먼 것을"을 품안에 넣고 벌목장을 떠난 젊은이는, 경비가 누그러진 틈을 타서 김주사를 죽이고 사라짐으로써 농민들의 원망을 풀어준다. 유진오가 보여주는 마적의 모습에는 국경을 뚫고 국내에 잠입하려는 독립군, 그리고 친일 주구이자

---

23 민현기는 유진오의 「마적」에서 적극적으로 독립군의 형상을 읽어내고 있다.(민현기, 『일제 강점기 한국소설에 나타난 독립운동사 연구』, 서울대 박사논문, 1988, 82~86면 참조)

부자를 벌하고 가난한 농민의 편에 서는 '사회주의자'가 투영되어 있다. "마적이란 원래 가난한 사람을 건드리지는 아니합니다. 마적도 마적 나름이죠"라는 말을 통해, 사회주의 변혁의 가능성에 여전한 믿음을 보이고 있는 유진오의 면모를 확인할 수 있다.[24]

강경애의 「소금」(『신가정』, 1934.5~10)은 재만 조선 농민의 수난사를 여성의 관점에서 다룬 소설이다. 먹고 살기 위해 만주로 이민 온 봉염의 가족은 많은 우여곡절 끝에 겨우 삼도구에 삶의 터전을 마련하지만, 가족의 잇따른 죽음으로 파탄에 이르게 된다. 봉염 어머니는 팡둥(중국인 지주)에 들어가 식모살이를 하다가 팡둥에게 겁탈당해 아이까지 낳지만, 이렇게 낳은 아이 봉희, 그리고 봉염조차 열병에 빼앗기고 만다. 유모로 들어간 곳에서도 쫓겨나 급기야 소금 밀수일을 하던 그녀는 일본순사에게 발각된다. 이 소설에서 주인공을 파멸로 이끈 가장 큰 주범은 '공산당'으로 제시된다. 팡둥, 자위단에 협력했던 남편은 공산당에 살해당하고, 이에 분노한 봉식은 오히려 공산당에 들어가 활동하다가 공개처형을 당했던 것이다. 하여 작품 내내 봉염 어머니는 공산당을 증오하고, 아들의 공산당 행각을 부정한다. "죽일 년, 그년이 내 아들을 공산당이라구. 에이 이 연놈들, 벼락 맞을라. 누구를 공산당이래……. 너희 놈들이 그리고 돼질 때가 있을라. 누구를 공산당이래." 이랬던 봉염 어머니는 소금 밀수 길에 '공산당'을 만나 그 실체를 접하고 의혹에 사로잡히게 된다.

---

24 이런 측면에서 이 작품은 중국 좌익운동가의 죽음을 그린 「상해의 기억」(1931)과 함께 읽힐 수 있는 것이다. 사형당한 친구 서영상을 생각하며 "나의 주먹은 불끈 쥐어져 있었다", "미지의 동무여! 안심하고 잠들라"라고 다짐하는 장면은 「마적」에서 일제의 삼엄한 경비를 뚫고 유유히 국경을 넘는 '공비'가 보여주는 승리의 서사와 함께, 사회주의와 연대한 항일투쟁에 대한 여전한 희망을 보여주고 있다.

어둠 속에서 연설이 끝난 후에 원로에 잘 다녀가라는 인사까지 받았다. 그들은 얼결에 또다시 걸었다. (…중략…) 봉염의 어머니는 조급한 맘을 진정할수록 저들이 의심할 수 없는 공산당들이었구나! 하였다. 그리고 아까 그들의 앞에서 꼼짝하지 못하고 섰던 자신을 비웃으며 세상에 제일 못난 것은 자기라 하였다. 남편을 죽이고 자기를 이와 같은 구렁에 빠뜨린 저들 원수를 마주 서고도 말 한마디 못하고 떨고 섰던 자신! 보다도 평시에 저주하고 미워하던 그 맘조차도 그들 앞에서는 감히 생각도 못 한 자기. (…중략…) 동시에 한 가지 의문되는 것은 저들이 어째서 우리들의 소금 짐을 빼앗지 않고 그냥 보내었을까가 의문이었다. '그렇게 사람 죽이기를 파리 죽이듯 하고 돈과 쌀을 잘 빼앗는 그놈들이……' 하며 그는 그제야 저주하기 시작하였다.[25]

위 인용문에서 '약탈과 살해를 일삼는 공산당'은 민중의 적이 아니라 민중의 편으로 바뀐다. 이 작품에서 또 한 가지 주목할 것은, '보위단'이나 '자위단'[26]이 오히려 민중을 수탈하는 '비적'의 형상으로 제시된다는 것이다.

보위단들은 그들이 받는 바 월급만으로는 살 수가 없으니 농촌으로 돌아다니며 한 번 두 번 빼앗기 시작한 것이 지금에 와서는 으레 할 것으로 알고 아무 주저 없이 백주에도 농민을 위협하여 빼앗곤 했다. 그러니 농민들은 뭇으로 언제나 돈이나 기타 쌀을 준비해 두지 않으면 목숨이 위태한 것을 깨닫

---

25 강경애, 「소금」, 이상경 편, 『강경애 전집』, 소명출판, 2002, 535~536면.
26 만주 사변 이후 일제는 치안력이 잘 미치지 못하는 만주의 지방에 자위단을 두었는데, 이 자위단은 이전의 보위단, 자경단, 민단, 상단 등 지역의 자위를 맡고 있던 조직을 재편한 것이다.(윤휘탁, 앞의 책, 210면)

고 아무것도 못 하더라도 준비해 두곤 하였다. 그동안 이어 나타난 것이 공
산당이었으니, 그 후로 지주와 보위단들은 무서워서 전부 도시로 몰리고 간
혹 농촌으로 순회를 한다더라도 공산당이 있는 구역에는 감히 들어오지를
못하게 되었다. 그러나 시국이 바뀌며 공산당이 쫓기어 들어가면서부터 자
X단들이 나타나게 된 것이다. (…중략…) 남편의 말을 들으니 자X단들에
게 무슨 돈은 다 물었다는데 참말 팡둥이 왔는지 모르지.[27]

위의 글에서 합법적 '보위단'과 '자위단'이 오히려 폭력조직으로 그
려지는데, 이러한 자리바꿈을 통해 '비적'라는 기표는 이데올로기를 배
반하게 된다. 이러한 위반의 주체는 봉염 어머니로 대변되는 '민중'이라
할 수 있는데, 이를 통해 일관되게 사회주의 노선에서 민중과 연대하는
강경애의 작가의식을 볼 수 있다.

한설야의 「대륙」(『국민신보』, 1939.6.4~9.24)은 식민지 조선인이 일본
어로 만주 이야기를 썼다는 사실을 전제하지 않고는 이해할 수 없는 소
설이다. 이 소설의 주요인물은 일본인과 만주인이다. 소설의 배경은 만
주국 건립 직후인 1932년 즈음, 간도성의 삼도구, 두도구 지역과 길림,
봉천, 신경 등지이다. 이즈음 만주국을 건립한 일본과 만주인의 관계가
어떠했으리라는 것은 2장에서 서술한 반만항일의 실태를 보더라도 충
분히 짐작할 수 있을 것이다. 32년이면, '비적'에 해당하는 반만항일무
장세력의 수가 최대치에 이르렀던 시기이고, 또 일제는 이 비적진압을
위해 기병여단, 전투편대, 증폭격 편대 등을 보내면서 이들을 토벌[28]하

---

27 강경애, 「소금」, 앞의 책, 492면. '자X단'에서 복자는 이상경의 주석대로 자위단으로 해
    석한다.

는데 총력을 기울이고 있었던 때이다. 특히 공간을 간도로 옮긴다면 이야기는 더 복잡하다.[29]

그런데 이 작품은 이 준전시 상태를 배경으로, '에로핀테른'[30]을 매개로 한 진정한 '오족협화'를 호소하고 있다. 그 대강의 줄거리는 이러하다. 만주에 오래 전부터 살았던 하야시는 만주로 건너온 대학 동창 오야마와 함께 삼도구의 사금광 개발에 나선다. 오야마는 동경에서 의전을 나온 유키코라는 약혼자가 있지만, 만주여자 조마려와 사랑에 빠진다. 그러나 이들은 민족적 간극을 극복하지 못하고 헤어지고 만다. 여기에는 민족적 차이 외에 오야마의 아버지 겐지는 유키코의 아버지인 고토 사장에게 경제적, 사회적으로 의존하고 있는 상태이고, 오야마의 형 요시오는 만주사변 때 혁혁한 공적을 올렸던 관동군 대위이라는 사정이 작용한다. 그러던 중, 오야마 부자가 마적에 납치되는 사건이 발생한다. 마려는 직접 아버지와 친분 관계가 있던 마적 '왕쾌퇴'를 찾아가 설득하여 오야마 부자를 구출한다. 이런 조마려를 보고 유키코는 각성하여 오야마를 양보하고, 이들은 모두 신생의 '대륙의 등불'이 될 것을 다짐한다.

간단한 줄거리에서도 이들이 이렇게 쉽게 화해하고 연대한다는 것이 이상하지만, 구체적인 세부에서는 더 설득력이 없는 장면들이 있다. 가령 오야마 부자가 마적에게 오랫동안 붙들려 있다가 풀려나자 분노하기는커녕 그동안의 일을 무용담처럼 늘어놓으며 해소하는 장면, 오야마

---

28 한석정, 앞의 책, 57~59면.
29 간도지역에서 활동하던 조선 공산주의 세력은 27년부터 일제에 의해 무더기로 검거, 실형을 받았으며, 1930년 5.30년에는 간도폭동으로 30여명이 사형 선고를 받기도 했다. 간도에 거주하던 강경애마저 만주사변의 여파와 일본의 간도토벌을 피해 용정을 떠나 잠시 귀국했을 정도이다.
30 국제비밀연애, 에로와 코민테른의 합성어.

부자의 납치에 대해 관동군 형인 하야시가 개입하지 않는 것, 하야시와 그의 아버지가 조선인들에게 헌신하는 것, 유키코의 갑작스러운 변화 등등이 그러하다. 요컨대 「대륙」의 만주는 리얼리티도 없을 뿐만 아니라, 일본인의 편에서도, 만주인의 편에서도 만족할만한 서사는 아닌 것이다. 따라서 한설야의 「대륙」은 1939년, 만주는 물론 중일 전쟁을 치른 일본이 '동아신질서'를 내세워 굽힘없이 전진하던 때, 작가가 일본인들에게 '무언가 이야기를 건네고 싶었던' 것이라는 지적은 타당하다.[31] 즉, 위의 서사의 비현실적 '봉합'은 오족협화와 식민주의를 비판함과 동시에, 조선인 작가가 일본인에게 당부하는 '바람'인 것이다. 그 희망의 요지는, 작품 곳곳에 '하야시'에 의해 강변되는 "군대나 권력에 의존하는 이민"이어서는 안 된다는 것, '대륙에서 쇼비니스트를 벗어버리고 일본인이 대개조되어야 할 것' '진정한 오족협화'라는 이상의 실현이다. 이러한 희망, 즉 '만주국을 전제로 한 민중의 삶의 회복과 탈민족적 화합'의 메시지는 완전한 식민지 상태에 있는 조선인의 처지에서 비롯된 희망일 수 있다.

이 작품에는 식민지 작가의 이 '서글픈' 메시지 외에 중요한 리얼리티가 들어있다. 그것은 32년 만주의 무장항일세력들의 존재와 이들과 결속관계에 있는 중국농민들, 그리고 조선인의 위치이다. 「대륙」의 첫 장면은 「마적」과 마찬가지로, 비행기와 마적 이야기로 시작된다. 오야마와 하야시는 자동차를 타고 가다가 비행기 한 대를 발견한다. 하야시는 '간도 파견군 항공대의 육군기, 그것도 조선에서 낸 헌금으로 구입한 조

---

31 김재용, 「새로 발견된 한설야의 「대륙」과 만주인식」, 『역사비평』 63, 역사비평사, 2003, 254면.

선호'일 거라고 얘기한다. 이어지는 "마적이나 반일 만군도 비행기를 보면 살아있을 것 같지 않을 거야"라는 언급은, 이 소설 곳곳에서 암묵적으로 벌어지는 전투, 즉 '비적'으로 칭해진 반만항일군과 '일본군, 조선인들'의 대결을, 그리고 대륙침략의 첨병이 된 조선인을 상징적으로 드러낸다. 이에 대해 "마적 구경을 하고 싶군"이라며 순진하게 웃는 오야마를 향해 하야시는 이렇게 답한다. "요즘 마적은 옛날과 많이 달라. 장학량(張學良)의 정규군이나 왕덕림(王德林) 부대가 밀림 지대에 숨어 있다가 마적이 되는 경우가 많거든." 즉 그는 만주국 건립 이후의 마적이란 만주사변 이전, 무정부적 폭력으로 약탈을 일삼던 마적이 아니고 장학량의 정규군과 왕덕림의 부대와 같은 '반만항일군'이라는 사실을 지적하고 있는 것이다.

> 노야령 이남, 왕청현 이북은 속된 말로 공기가 없다고 할 정도로 험악한 지역으로 빛이 들지 않는 밀림지대다. 지금 거기에는 왕덕림(王德林)군의 전 적총(敵總) 사령 공헌명(孔憲明)이 6만 부하를 집결시켜놓고 마적과 대도회(大刀會)에 합류하여 권토숭래를 꿈꾸고 있지.[32]

위에서 언급되는 왕덕림 부대는 안수길의 「토성」에도 등장하는 '길림민중항일구국군'이다. 그의 부대는 국민당과 연계되어 있는 장학량의 옛 부하들보다 훨씬 더 민중에게 신뢰받고 이들과 연대하고 있었다. 대도회는 칼에 찔리고 총을 맞아도 안 죽는다고 믿는 '종교적·주술적

---

32 한설야, 「대륙」, 김재용·김미란·노혜경 편역, 『식민주의와 비협력의 저항』, 역락, 2003, 25~26면.

성격'을 띤 집단으로, 믿을 수 없는 토비(土匪)의 성격을 지니나 만주 사변 이후 반만항일군과 연합하여 일제에 항거했다. 「대륙」에는 이 밖에도 '홍창회', '마적'[33] 등이 언급되는데, 이렇듯 다양한 무장세력들은 30년대 중반까지 일제 토벌에 의해 소멸되거나 투항, 비적화하기 전까지 '반만항일'의 기치를 내걸고 연합하여 싸웠던 것이다. 오야마 부자를 납치한 마적 왕쾌퇴는 이러한 '반만항일세력'에 포함되는 것으로 정확히 언급되지는 않으나, 작품에서 드러나는 그의 형상으로 미루어볼 때, 단순히 약탈, 강도 짓을 하는 마적이 아님을 알 수 있다.

왕은 이 근방에서는 상당히 유명한 마적 두목이었다. 젊었을 때는 개를 쫓기도 하고 생포하기도 하고 이 산에서 저 산으로 뛰어다닐 만큼 달리기를 잘해 쾌퇴(快腿 : 발이 빠르다는 뜻)라는 별명으로 통한다. 그리고 함부로 민간을 약탈하지 않는 대신에 주로 부자를 인질로 삼는다는 것이었다. 소문으로는 왕은 성격이 호랑이처럼 강직했지만 산사람다운 우둔함이 있어 쉽게 꺽인다고 했다. (…중략…) 확실한 건 모르지만 소문으로는 쾌퇴도 사해도 전에 상당히 유명한 토호로 돈도 있고 명예도 있어 젊었을 때는 같이 위관을 지낸 적도 있는 정통 마적일 것이다. (…중략…) 조와 왕의 두 집은 선대로부터 같은 토호로 선친끼리 아주 절친한 사이였다. 나중에 조는 청운의 꿈을 품고 정계에 진출하여 중앙에 나가고 왕은 위관이 되어 녹림에 묻혔다.[34]

---

33 홍창회는 20년대 초엽 하남성에서 일어난 양민들의 자위조직이었으나 비적화버린 세력이다. 마적은 정규마적을 비롯하여 비슷한 몇 개의 인접 부류가 있다. 정규마적은 군대식 편제·군대식 장비로 수백에서 수천 명이 현청부락을 습격하여 관병·보위단병과 교전을 하며 약탈하는 유력한 집단이다. 정규마적 외에 십 여 명 안팎의 살인강도단도 있고, 패잔한 관병들의 집단인 병비가 있는데, 이들 마적의 일부도 반만항일투쟁에 합류하였다.(임종국, 「대륙의 풍운 마적의 정체」, 앞의 책, 63면)

위 글에서 짐작할 수 있듯, 왕쾌퇴의 마적단은 민간을 약탈하는 단순 '토비'가 아니라, '의기'와 '살부제빈(殺富濟貧)'을 내세운 '녹림호한(綠林好漢)'[35]으로 만주 지역의 부락민, 그리고 조집오 등과 같은 토호들과 연계된 무장세력으로 볼 수 있다. 그런 의미에서 이 왕쾌퇴라는 존재가 왕덕림의 소설적 형상화가 아닐까라는 추정도 해 볼 수 있다. 그의 이력과 오야마 일행을 배웅할 때 보여준 위엄있는 태도는 야비한 마적과는 멀기 때문이다. 또한 마려에게는 여전히 친근한 아저씨이고 조집오의 친구라는 점에서 그는 농민의 일부이기도 한 것이다.

하야시와 오야마는 이 작품에서 그 마적들을 맞아 두 번의 싸움을 벌인다. 첫 번째는 이들 일행이 삼도구의 사금광 지역을 답사하기 위해 갔을 때이다. 그곳에는 조선인 부락과 그보다 적은 지나인 부락이 나뉘어져 있고, 지나인들은 장가 타우[張家大屋][36]와 신기(中家) 타우에 모여 살고 있다. '대도회(大刀會)', 구국군(반만군)을 합쳐 2천명이 넘는 마적단이 쳐들어오자 만주국 공안대와 육군대는 처음에는 응전하다가 곧 백기를 든다. 마적단은 지나가는 그대로 둔 채, 조선가와 영사관 경찰을 맹렬히 공격하고, 조선가에서 약탈, 살상, 방화를 저지른다. 다시 비행대와 지원 보병대가 반격하자, 지나가는 화염에 휩싸이고 조선인들은 지나가에 몰려가기 시작한다. 적과 내통하던 장가 타우의 장씨 아들은 어머니의 시체를 안고 자살하고, 도망치던 적들은 조선인 옷을 훔쳐 입고

---

34 한설야, 「대륙」, 앞의 책, 110면.
35 마적들은 스스로를 마적이라 하지 않고 이들과 구분하여 '녹림호한(綠林好漢)'이라 자부하였다. 이들 녹림지류인 마적은 한(漢)이 망할 때 그 유민들이 공주령(公主嶺)에 숨어 한 조 재건의 군자금을 저축한 데서 기원했다고 한다. 패군 망명의 무리들이라 이들이 군자금을 저축하는 수단은 약탈이었다.(임종국, 「대륙의 풍운 마적의 정체」, 앞의 책, 51면)
36 광대한 토지 안에 같은 성을 가진 사람들이 열 집 또는 수십 집이 함께 살고 있는 형태.

조선인으로 가장하여 죽음을 피하기도 한다. 일대 격전이 승리로 끝나자 하야시 일행은 울고 있는 조선인들에게 "지나간 물건들은 전부 당신들 것이 되는 거야"라고 위로한다. 한설야가 이 참상을 통해 부각시키고 있는 것은 환난의 참혹성의 아니라 마적-중국인, 일본-조선인으로 갈라진 대립전선이다.

그러나 이를 서술하는 작가의 어조에는 식민지 조선인의 착잡한 심경이 읽히지 않는다. 「대륙」이 이러한 복잡미묘한 관계에서 비교적 자유로울 수 있었던 것은, 작품에 '조선인'을 내세우지 않았기 때문이다. 그래서 이들 삼자 관계의 구조를 비교적 객관적으로 드러낼 수 있었을 뿐아니라, 만주인과 반만 항일비에 대해서 '적대감' 없이 묘사할 수 있었다고 본다. 물론, 여기에서 조선인의 색채를 지닌 하야시라는 존재(그의 아버지는 조선옷을 입고 20년을 그들을 위해 힘썼으며, 용정시에 중학교와 소학교를 세웠다)는 작가를 대변하고 있으나, 위와 같은 '대립전선'에서 그는 어김없이 일본인으로 돌아간다.[37] 한설야는 이 하야시를 통해 '비적'의 이데올로기에 부응하고 있으며, 조선인이라는 식민지적 정체성을 통해 '마적'을 구출해내고 있다고 볼 수 있다.

류오락으로 대표되는 스파이 조직도 반만항일 세력 중 하나이다. 신경의 오리엔탈 클럽에서 마담으로 일하면서 만주국 관료들에게 촉을 세우는 마담 류오락은 '당'과 함께 오직 '돈'을 위해서 첩자노릇을 하는 것으로 그려지나, 이들의 행동은 일관되게 '반만항일'의 편에서 이뤄진다. 류오락은 '국제연맹조사단'의 만주국 방문을 앞두고, 장학량의 지시로

---

37 이는 검열을 피하는 장치이기도 하지만, 한편에서는 일본과 만주의 대립각을 내세움으로써 조선인의 애매한 위치를 감추기 위한 장치라고도 볼 수 있다.

'만주국의 조사단 저격 사건'을 조작하려고 하다가 실패하고, 또 오야마 부자를 관동군 대위 오야마 요시오와 함께 마적에게 넘겨받아 장학량 부대에게 넘기려하다가 또 실패하고 만다. "누가 뭐라고 해도 돈이 목적인 걸요"라는 그녀는 돈에 눈이 먼 스파이로 등장할 뿐 아니라 작전에도 거듭 실패하지만 만주 각지에서 '반만항일세력'이 활약하고 있음을 확인시켜주는 존재인 것이다.

「대륙」에는 그밖에도 반만항일군 마점산과 귀순한 마적 두사해, 릿튼 조사단을 비롯해 삼도구 비적 습격 사건 등의 역사적 사실들이 들어있다. 이러한 사실을 적극적으로 끌어오는 힘과 그 방식은 조선인 작가의 것이다. 이렇듯 '내선일체'를 내파하는 분열된 주체(하야시, 조선인 작가)를 통해 검열을 피하면서도 식민주의 이데올로기에 균열을 일으키고 '비적'에 새겨진 '비민분리'의 경계를 흐트러뜨리고 있다고 볼 수 있다. 이를 통해 짐작할 수 있는 한설야의 본의는 다음 하야시의 호소와 맞닿아 있다.

지도를 보고 있으면 마치 독 안에 든 쥐다. 그러나 관군은 바로 그곳까지는 좀처럼 쳐들어가지 못해. 토벌해도 남아. 실제로 틈이 너무 많아. 그러니 아무리 붙잡아도 빠져나가는 거지. 하나도 남김없이 붙잡을 수 있는 것은 바로 민이다. 백성이 없이는 결코 틈이 메워지지 않아. 즉 스스로 이 땅을 개척하는 백성 말이다.[38]

---

38 한설야, 「대륙」, 앞의 책, 26면

한설야는 위의 하야시의 말을 통해, 비적을 퇴치하는 것이 아니라, '비적'을 다시 '민'으로 회복하는 일의 중요성을 이야기하고 있는 것이다.

　박계주의 「오랑캐[兀良哈]」(『삼천리』, 1940.10)는 마적 사형수에 관한 이야기이다. 박계주는 1913년 간도 용정에서 태어나 1934년까지 생활했는데, 1938년 『매일신보』에 연재한 『순애보』로 일약 명성을 얻으면서 본격적인 창작활동을 하게 된다. 1940년 이후 집중적으로 발표된 박계주의 만주 서사에는 친일적 색채[39]가 들어있긴 하지만, 전체적으로는 '국책문학, 망명문학, 이민문학' 등 특정한 이데올로기를 지향했다고는 볼 수 없다. 대체로 '흥미 위주의 통속적 소재'를 통해 감상적 휴머니즘에 호소하는 것이 특징이라고 할 수 있다. 가령 중국인 지주와 조선인 통역관에게 성적으로 시달리다가 송통사에게 겁탈당하고 죽는 가련한 조선인 여인을 그린 「인간제물」(1938), 한 여인을 사이에 둔 두 남자가 마적에게 인질로 끌려가서 용서와 화해에 이르는 「육표」(1942) 등이 그 예들이다. 「오랑캐」는 1940년에 발표된 작품인데, 1948년 창작집 『처녀지[處女地]』에서는 「사형수[死刑囚]」로 개제되어 실렸다.[40] 「오랑캐」에서 한 가지 흥미로운 것은 마적이 '오랑캐', 즉 만주족으로 설정되어 있다는 것이다. 이 시기 이 만주족의 파국이 갖는 의미는 「대륙」의 다음과 같은 구절을 참고해서 읽을 수 있다.

39　이상경은 박계주의 1948년에 간행된 작품집 『처녀지』의 개작된 부분을 중심으로, 일제 말 박계주의 친일 성격과 반공 이념을 고찰하고 있다.(이상경, 「'야만'적 저항과 '문명'적 협력」, 앞의 책, 63~68면)

40　「사형수」에도 원작 「오랑캐」와 달리 개작한 부분이 있는데, 「유방」이나 「딸따리족」과 같이 그 친일, 반공 등의 이념과 관련된 부분은 아니다. 가령, 「사형수」에서는 원작에 등장하지 않는 '교회사'의 설교 등이 등장하고, 여러 곳에서 좀더 관념적으로 가필된 흔적이 보인다.

청족은 힘으로 한족을 이겼지만 문화면에서는 졌다. 그래서 청족이 한족을 정복한 그날 이미 청은 한족에게 정복될 운명이었다. 그래서 청이 멸망하고 중화가 되었다. 그리고 또 이런 말도 했다. 청말에는 청한 양족의 알력이 극에 달해 이토 히로부미는 바로 이것을 노려 전쟁을 일으켰는데 실제로 한족은 청을 도우기는 커녕 멸망을 방관하고 기뻐했다. 이토상은 실로 선견지명이 있어 정확하게 봤다.[41]

만몽모직회사 사장인 고토에 의해 언급된, '청한 양족의 반목'은 청말에서 중화민국으로 이행하는 시기에 실재했던, 정치적 헤게모니를 둘러싼 민족적 대립이다. 청말 만주족에 대한 반대정서는 혁명인사들 사이에서 유포되고 한족으로 확산되어, 신해혁명이 일어났을 때 남부지역에서는 만주족을 때리고 죽이는 일까지 발생했다. 1907년 일본에서는 군정부 명의로 「만주족 토벌 격문」 같은 험악한 글이 발표되기도 했는데, 이러한 반만정서가 테러를 통해 극에 달하자 만주족의 일부는 성을 바꾸고 만주족이라는 사실을 숨기기도 했다.[42] 이러한 반만정서는 '오랑캐'라는 말을 부활시켜 만주족에 야만스러운 침략자의 이미지를 덧씌웠다.[43] 박계주의 「오랑캐」는 이렇게 본토에서 배척된 '만주족'의 형상을 만주국의 푸이처럼 전시하고 있다.

「오랑캐」는 죽음을 앞둔 마적의 '번뇌'와 사형장에 끌려가는 동안 군

---

41 한설야, 「대륙」, 앞의 책, 50면.

42 이영옥, 「청말 만주족 지위하락과 반만정서」, 『중국근현대사연구』 39, 중국근현대사학회, 2008, 20면.

43 당시 만주에는 이미 한인들이 유입되어 최대 다수를 점했는데, 비록 반만정서가 심각하게 문제된 것은 북경 쪽이었으나 만주지역도 이러한 영향을 받았으리라고 보인다.

중으로부터 받는 모멸과 그 과정을 그리고 있다. 마적 '왕덕'은 20년 전 집을 떠나 굶주림과 노역으로 방랑하다가 마적단에 가담해서 10년을 하루같이 안도현(安圖縣 奧地인 長白山脈)을 무대로 약탈과 강간, 살해를 일삼던 인물이다. 왕덕은 '반만항일'하고는 전혀 관계가 없는 '토비'에 불과한데, 작가는 왕덕이 '마적'이 될 수밖에 없었던 운명을 '여진족의 후예'라는 민족 정체성에서 찾는다.

> 부모가 분명치 못하니까 자연 자기 고향도 분명치 못할 것은 정한 노릇이다. 무론 자기도 여진족(女眞族)의 후예일 것은 틀림없을 것이나, 그는 오늘까지 누가 자기더러 고향이 어데냐고 물으면 언제나 싼둥(山東)이라 대답했다. 하긴 만주에 널려 있는 여진족의 후예치고 누구나 다 만주에 자기 고향이 있다는 사람은 보구 죽재도 없다. 그것은 오랑캐라는, 소위 쌍놈의 대접을 받기가 싫여서 공자(孔子)가 탄생했다는 양반의 나라 산동성의 아무데노라고 대답하는 것이다.[44]

여기에 덧붙여 마지막에는 사형당한 왕덕의 옷을 차지하려고 싸우는 두 명의 오랑캐 거지가 '오랑캐는 오랑캐로군'이라며 군중으로부터 조롱당하는 장면이 나오는데, 이를 통해 오랑캐의 수난이 더욱 증폭된다. 개작된 「사형수」에서 왕덕이 마적이 된 것은 고학으로 공부를 했으나 '여진족'이기 때문에 관리가 되지 못해 반역한 것으로 제시되면서 이러한 민족적 차별은 더욱 강조된다.[45] '오랑캐'라는 '인종적 차별'은 '마적'

---

44 『삼천리』, 1940.10, 242면.
45 개작된 「사형수」에서는 왕적을 설명하는 부분에서 다음과 같은 부분이 첨가되었다. "마

을 더욱 타자화시키는 요소이다. 박계주 「오랑캐」가 이러한 차별을 비판적으로 성찰하고 있는 것은 아니다. 오히려 '식민지적 무의식'에 의해 만주족을 야만시함으로써, 이 이중의 타자화를 수행하고 있다고 할 수 있다. 「오랑캐」는 '사형수인 오랑캐 마적'이라는 흥미로운 소재를 동정과 경멸의 시선에 담아내고 있다고 보아야 할 것이다. 그러나 역설적으로 이중의 차별의 표식을 지닌 마적을 통해, 추상화된 비적이 아닌 '구체적 형상'을 드러내고 있다는 데 그 의의를 찾을 수 있다.

4. 결론을 대신하여

이 글은 일제강점기 만주서사에서 '비적'이 '비적'이 아닐 수 있음을 확인해보고자 하는 의도에서 출발했다. 그 의도는 '공비'나 '반만항일비'뿐만 아니라 '마적'까지를 염두에 둔 것이다. 노략질이나 하는 마적이 '민족 모순'을 해결하기 위한 구국투쟁에 나섰다니 믿기지 않겠지만, 사실 그러했다.[46] 또한 토벌군에 의해 '산림'으로 밀려난 '항일무장세력'이

적단에서는 매우 보기 드문 '인텔리'였던 관계로 당잘(수령)의 지위에 있었지만, 수령이 부럽거나, 노역이 굶주림에 지쳐서 마적단에 가담했던 것은 아니다. 어려서 집을 뛰쳐나와 남이 배우는 학문에 욕심이 나서 고학으로 가진 고생을 하면서 공부했었으나 오랑캐[兀良哈]의 후예라는 혈통의 차별로서 번번이 야면[衙門]에 등용되지 못하였다. 이것이 그로 하여금 반역의 길을 걷게 하였던 것이다."(박계주, 「사형수」, 허경진·허휘훈·채미화 주편, 『김창걸·최명익·박계주 외』(중국조선민족문학 대계), 보고사, 2006, 485면)

[46] 항일의용군의 성분을 분석해보면, 파산당한 농민이 50%, 퇴역 군인이 25%, 지식 분자가

'마적화' 된 것도 사실이고 그 중에 다수가 농민이었던 것도 사실이다.

만주의 중국인 작가 양산정(梁山丁)이 쓴 『녹색의 세계』(『大同報』, 1942.5.1~1942년 말?)는 이러한 세계를 보여주는 작품이다. 이 소설의 표면적 주제는 '청춘·강건함·활발함을 상징하는 녹색'을 그리는 것으로 위장되었으나, 재판 텍스트(1987)에서 작가는 그 본의가 "비적(綠林好漢)의 세계"를 그리는 데 있었으며, '대태장(大態掌)'이라는 녹림호한이 인민에게 숭배받고 있음을 보여주고자 했다고 밝히고 있다. 더불어 (양산정)은 이 작품에서 농민과 비적 사이에 차이가 없다는 점을 반복해서 강조한다.[47] 2008년에 발표된 조선족 작가 김송죽의 『관동의 밤』도 이와 유사한 관점에서 '마적'의 변전을 보여주는 작품이다. 주인공 정민호는 3·1 운동 뒤 일본군에게 쫓겨 북로군정서에 가담한다. 1921년 자유시 참변에서 간신히 살아남은 민호는 허저족 여자를 아내로 맞아 그들과 함께 사는 등의 우여곡절 끝에 '염왕산' 마적단에 가담하고, 이들을 항일무장투쟁으로 이끈다. 결국 일제에 의해 전멸당하고 말지만, '독립군'에서 허저족의 부락민으로, 마적단으로, 항일투사로, 문화혁명에서는 다시 '비적'으로 몰리는 이들 행적을 통해 '비적'을 둘러싼 식민주의와 국가장치의 이데올로기를 확인할 수 있는 것이다.

30년대 이후 일제 말 식민지 작가들에게 비적을 비적이라 하지 않고 다른 기미들을 읽어낸다는 것은 일종의 문자적 반역을 의미했다. 그 위험성은 위의 양산정이 참여했던 저항적 '하얼빈 문단'의 말로에 새겨져

5%, 토비가 20%였다.(김송죽의 『관동의 밤』, 민족출판사, 2008)

47 오카다 히데키, 최정옥 역, 『문학에서 본 '만주국'의 위상』, 역락, 2008, 109면~134면 참조.

있다.[48] 하여 완전한 식민지인 조선인이 문자적 '비민분리정책'이라 할 수 있는 '비적'을 농민과 연결하고 저항의식을 헤집어내는 것은 거의 불가능에 가까운 일이다. 그러나 일부 작가는 이러한 식민주의의 언어를 흉내 낸 '부적절한 모방'을 통해 그 이념을 전복하고, 금지된 리얼리티를 들여오기도 했다. 식민지 조선은 물론, 괴뢰 만주국에서 언어를 갖지 못한 '서벌턴'으로서의 비적은 이러한 작업을 통해 간신히 형체를 얻기도 했던 것이다. 유진오와 강경애의 '공비', 한설야의 '반만항일비', 박계주의 '오랑캐'가 그들이다.

---

48 공산당 지하조직을 받으며 항일문화활동을 전개했던 이들 하얼빈 문단의 문인들은 1935
년 전후로 하여 사형당하거나 상하이로 탈출한다. (오카다 히데키, 앞의 책, 141면 참조)

제3장

윤동주 시의 디아스포라 의식과
슬픔의 미학

1. 서론

윤동주의 유고시집 『하늘과 바람과 별과 시』는 1948년 초판이 나온 이래 많은 사람들에게 사랑받고 연구되어왔다. '하늘을 우러러 한 점 부끄러움 없기를'로 시작되는 「서시」는 해방 이후 가장 즐겨 암송되고 있는 대표적인 애송시이며, 윤동주 관련 논고들이 2009년 현재 400여 편이 넘는다는 사실은 그를 대표적인 서정시인으로 매김하는 데 부족함 없는 근거가 될 것이다. 그렇다면 현재에도 여전히 읽히고 있는, 윤동주 시의 현재성, 나아가 시대를 뛰어넘는 보편성은 어디에서 오는 것일까?

윤동주가 문학사에서 대표적인 서정시인으로 자리매김 하는 데에는 식민지 일제 치하에서의 옥사와 요절이라는 비극적 전기[1]가 중요한 요인으로 작용했던 것이 사실이다. 시집 출간 후 윤동주를 다룬 본격적인 논의들[2]이 대개 일제 암흑기 저항시인으로 초점화하고 있다는 사실, 또한 이후의 또 하나의 주류 논의가 순수 서정시로서 앞선 논의에 반발하고 있다는 사실로 보건대, 윤동주의 신화화는 일제 식민지 시대라는 역사적 굴곡과 개인적 비극성이 맞물린 자리에서 이뤄지고 있다는 것을 인정할 수밖에 없다. 그러나 어두운 시대의 양심의 수난자라는 비극적 아우라에 비춰 윤동주의 시를 평가하는 것은 그의 시적 개성과 보편성을 간과하기 쉽다. 윤동주는 저항 시인 이전에 비록 많은 작품은 아니더라도 몇몇 작품에서 탁월한 시적 성취를 보여준 시인이었고, 무엇보다 시의 본질인 '서정성'을 가장 밀도 있게 직조해낸 서정시인이었다.

서정시란 "외부세계에 의하여 환기된 인간의 사상, 감정, 지향 등을 직접 표현한 시문학의 형태"[3]로 문학 갈래 중 가장 주관적인 장르에 속한다. 따라서 서정시의 성공 여부는 외부 사건의 객관적 묘사에 있는 것이 아니라, 외부세계에 반응된 시인의 '독자적인 세계의 완결성, 서정적 주관성의 내용과 언어형상'에 있다고 할 수 있다. 이러한 맥락에서 볼 때, 윤동주 시를 보다 잘 이해하기 위해 그의 시가 성취하고 있는 주관적 감성의 특성을 밝히고 그것이 바탕하고 있는 실제적 맥락 — 외부의 다양한 세계, 상황, 분규, 운명 — 을 살펴보는 것이 필요하다. 이러한 방법

---

1   윤동주는 1943년 7월 14일 일본 경도에서 독립운동 혐의로 검거되어 징역 2년을 선고받고 복강형무소에서 복역하다가 1945년 2월 16일에 옥사하였다.

2   김영민, 「윤동주 연구사의 평가 정리-윤동주 연구의 성과와 과제」, 이선영 편, 『윤동주 시론집』, 바른글방, 1989.

3   한국문화예술위원회, 『근대 100년의 문학용어 사전』, 아시아, 2008.

론은 '역사적 고찰→시의식 규명'이라는 방식에서 발생할 수 있는 선입관과 환원론을 배제하려는 의도에서 비롯된 것으로, 물론 필자 이전에도 다양한 방식으로 시도되어왔던 것이다. 필자는 이러한 방법론을 더욱 예각화하여, 또한 앞선 논의들의 성과를 바탕으로, 윤동주 시세계를 '슬픔'[4]이라는 매개를 통해 살펴보고자 한다. 윤동주 시에 나타난 슬픔의 미학은 기존의 논의에서 두루 표출되고 언급된 것이다. 본고는 앞선 연구 성과를 바탕으로 '슬픔'에 더욱 집중하여 고찰하고자 하며, 더불어 대개의 논의에서 당위적으로 기술되고 있는 '비극성'과 '현실 저항성'의 관계를 좀 더 넓은 맥락에서 살펴보고자 한다.

2. 슬픔의 미학

1) '슬픔'의 감수성

윤동주의 시에서 시적 감수성의 본질은 '슬픔'이다. 기존에 윤동주의 시는 주로 "부끄러움, 자기 성찰, 갈등, 고독, 기독교 정신, 민족의식, 실존적 윤리의식, 고향, 순교자 의식" 등과 관련하여 논의되어 왔는데, 이

4　특히 아래와 같은 논문은 '비극성'에 초점을 맞추어 윤동주 시를 분석하고 있다.
　김용직, 「비극적 상황과 시의 길」, 이건청 편저, 『한국현대시인연구 1 ─ 윤동주』, 문학세계사, 1992.
　조병기, 『한국 현대시에 나타난 비극적 서정성의 연구 ─ 이육사와 윤동주 시의 전통적 맥락을 중심으로』, 성균관대 박사논문, 1990.

러한 윤동주 시에 드러난 다양한 의식형태와 감수성을 포괄하는 것은 '슬픔'이다. 예를 들어 윤동주 자신이 뽑은 자선집 『하늘과 바람과 별과 시』의 19편(「서시」까지 포함)에서 '슬프다'라는 표현이 들어있는 시는 6편, '눈물' '서럽다' '울분' 등과 같은 슬픔과 관련 있는 어휘들이 들어있는 4편을 합치면 10편이 직접적으로 슬픔을 표출하고 있으며, 그 밖의 시들도 간접적으로 '슬픔'의 감수성의 바탕 위에 놓여있다. 그 구체적인 사례를 들어보면,

① 손금에는 맑은 강물이 흐르고, 맑은 강물이 흐르고, 강물 속에는 사랑처럼 슬픈 얼굴―아름다운 순이의 얼굴이 어린다. 소년은 황홀히 눈을 감아본다. 그래도 맑은 강물은 흘러 사랑처럼 슬픈 얼굴. (「소년」)[5]

② 순이가 떠난다는 아침에 말 못 할 마음으로 함박눈이 내려, 슬픈 것처럼 창밖에 아득히 깔린 지도 위에 덮인다. (「눈 오는 지도」)

③ 슬프지도 않은 살구나무 가지에는 바람조차 없다. (「病院」)

④ 단 한 여자를 사랑한 일도 없다. / 시대를 슬퍼한 일도 없다. (「바람이 불어」)

⑤ 흰 저고리 치마가 슬픈 몸집을 가리고 / 흰 띠가 가는 허리를 질끈 동이다. (「슬픈 族屬」)

⑥ 딴은 밤을 새워 우는 벌레는 / 부끄러운 이름을 슬퍼하는 까닭입니다. (「별 헤는 밤」)

⑦ 하루의 울분을 씻을 바 없어 가만히 눈을 감으면 마음속으로 흐르는 소

---

5 본고에서 인용하는 윤동주 시는 『정본 윤동주 전집』(홍장학 편, 문학과지성사, 2004)을 참고하였다.

리, 이제, 사상이 능금처럼 저절로 익어 가옵니다. (「돌아와 보는 밤」)

⑧ 일을 마치고 내 죽는 날 아침에는 / 서럽지도 않은 가랑잎이 떨어질텐데…… (「무서운 시간」)

⑨ 어둠 속에 곱게 풍화 작용하는 / 백골을 들여다보며 / 눈물짓는 것이 내가 우는 것이냐 / 백골이 우는 것이냐 / 아름다운 혼이 우는 것이냐

⑩ 돌담을 더듬다 눈물 짓다 / 쳐다보면 하늘은 부끄럽게 푸릅니다. (「길」)

윤동주의 자선집 이외에 동시를 포함한 여타의 시들에서도 슬픔은 다음과 같이 직접적으로 빈번히 표출되고 있다.

⑪ 오—황폐의 쑥밭, / 눈물과 목메임이여! (「꿈은 깨어지고」)

⑫ 더운 손의 맛과, 구슬 눈물이 마르기 전 (「이별」)

⑬ 벽을 등진 설운 가슴마다 올올이 만진다. (「양지쪽」)

⑭ 낙엽이 된 해초 / 해초마다 슬프기도 하오. (「황혼이 바다가 되어」)

⑮ 고독을 반려(伴侶)한 마음은 슬프기도 하다. (「달밤」)

⑯ 아 — 이 젊은이는 / 피라미드처럼 슬프구나 (「비애」)

⑰ 바다는 자꾸 설워진다 / 갈매기의 노래에…… (「바다」)

⑱ 골짜기 길에 / 떨어진 그림자는 / 너무나 슬프구나. (「산협의 오후」)

⑲ 평생 외롭던 아버지의 운명(殞命) / 감기우는 눈에 슬픔이 어린다.

⑳ 붉은 이마에 싸늘한 달이 서리어 / 아우의 얼굴은 슬픈 그림이다. (「아우의 인상화」)

㉑ 슬퍼하는 자는 복이 있나니 // 저희가 영원히 슬플 것이오. (「팔복」)

㉒ 그러면 어느 운석(隕石) 밑으로 홀로 걸어가는 / 슬픈 사람의 뒷모양이

／ 거울 속에 나타나 온다. (「참회록」)

㉓ 시인이란 슬픈 천명인 줄 알면서도 / 한 줄 시를 적어볼까. (「쉽게 씌어
진 시」)

㉔ 푸르른 어린 마음이 이상에 타고, / 그의 동경(憧憬)의 날 가을에 / 조
락의 눈물을 비웃다. (「창공」)

㉕ 노래는 마다마디 끊어져 / 그믐달처럼 호젓하게 슬프다.
(「야행(夜行)」)

㉖ 어머니! / 젖을 빨려 이 마음을 달래어 주시오. / 이 밤이 자꾸 설워지
나이다. // …… 어머니! 그 어진 손으로 / 이 울음을 달래어 주시오.
(「어머니」)

㉗ 다만 귀뚜라미 울음에도 수줍어지는 코스모스 앞에 그윽이 서서 닥터
빌링스의 동상 그림자처럼 슬퍼지면 그만이다. (「달을 쏘다」)

맑고 순수한 동심의 세계를 그린 동시(34편)를 포함한다면, 120편(산
문 포함)의 시편 중에 '슬픔' '눈물' '서러움' 과 관련된 단어가 들어있는
27편은 상당히 많은 편에 속하며, 간접적으로 '슬픔'의 정서를 표출하
고 있는 상당수의 시편들을 고려해볼 때, '슬픔'은 윤동주 시를 관통하
는 핵심적인 감성이라고 할 수 있다. 윤동주 시의 서정성의 핵심이 '슬
픔'이라는 것은 매우 중요한 의미를 띤다. 왜냐하면 '슬픔'은 '그리움'
'절망' '분노' '치욕' '사랑' 등의 감수성과 변별되는 특성을 지니고 있으
며, 나아가 그것을 주된 정서로 표출하는 시 세계란 외부 세계에 대한 내
적 응전의 방식을 상징적으로 보여주는 것이기 때문이다.

소박하게 말하자면, 슬픔은 우선 상실과 상처에서 비롯되는 것이며

그러한 외부 세계를 수락하는 자의 태도와 연관된다. 주체의 의지와 희망과 어긋나는 상황에 직면하여 '저항' 혹은 '절망'이나 '분노'가 아닌 '슬픔'으로 임한다는 것은 무엇인가? 슬픔은 일종의 상실의 세계를 수락한다는 의미에서 긍정이지만, 괴로움의 징표라는 점에서 부정의 방식과 관련된다. 즉 일종의 외부 세계의 '표면적 수락'과 '내적 거부'가 함께 있는 소극적 저항의 한 방식이라고 할 수 있는데, 이러한 슬픔의 특성이야말로 윤동주 시의 서정성을 한국 시사에서 독보적인 영역으로 이끈 중요한 매개이다. 슬픔이 긍정이자 부정의 양면을 지니고 있다고 했을 때 이 양가성은 다음과 같이 정리된다. ① 모순과 왜곡의 외부 세계를 수락한다. ② 내적으로 저항한다. ③ ①, ②의 방식에 의해 '슬픔의 지속'은 '비폭력과 고독'이라는 저항의 형식을 띤다. '비폭력과 고독'은 주체가 외부에 자신의 의지를 관철시키려는 의도 없이, 따라서 외부의 폭력을 폭력으로 돌려주거나 타인에게 전가하지 않고, 홀로 그 자신의 내면에서 흡수, 처리한다는 점에서 비롯되는 것이다. 한편으로 순응과도 관련이 있어 보이는 슬픔이 '비폭력, 고독, 내적 저항'으로 요약되는 저항성을 지니기 위해서는, 지속성을 띠어야 하는데, 다음과 같은 시는 그 특성을 보여준다.

「팔복(八福)」
― 마태복음 5장 3~12

슬퍼하는 자는 복이 있나니
슬퍼하는 자는 복이 있나니

　　슬퍼하는 자는 복이 있나니

　　슬퍼하는 자는 복이 있나니

　　슬퍼하는 자는 복이 있나니

　　슬퍼하는 자는 복이 있나니

　　슬퍼하는 자는 복이 있나니

　　슬퍼하는 자는 복이 있나니

　　저희가 영원히 슬플 것이오.

　1940년 12월에 쓰인 것으로 추정되는 위 시는 전거를 밝혀두고 있듯, 예수의 '팔복'에 관한 산상교훈을 패러디하여 바꿔 쓴 것이다. "심령이 가난한 자는 복이 있나니 / 천국이 저희 것임이요 / 애통하는 자는 복이 있나니 / 저희가 위로를 받을 것이요……"의 성경 구절이 강조하는 것은 지금의 현실적 고통이 천상에서 보상받으리라는 것이다. 그러나 윤동주는 이 구절을 여덟 번의 슬픔을 반복한 뒤에 '보상'과 '위로'가 아닌 '영원한 슬픔'으로 끝맺고 있다. 「팔복」의 육필 원고에 의하면 윤동주는 맨 마지막 구절 '저희가 영원히 슬플 것이오'를 놓고 고심했던 흔적이 역력히 드러난다. 그는 '저희가 슬플 것이오'라고 썼다가 다시 '저희가 위로함을 받을 것이오'라고 고쳐쓰고 다시 '저희가 오래 슬플 것이오'에서 '저희가 영원히 슬플 것이오'로 고쳐 퇴고한다.

　이 시를 두고 일부에서는 풍자시,[6] 종교적 회의[7]로 논의하고 있다. 시

6　송우혜, 『윤동주 평전』, 푸른 역사, 2005.
7　김흥규, 「尹東柱論」, 이선영 편, 『윤동주 시론집』, 바른글방, 1989.

인의 의식 세계가 종교적 구원에 대한 환상에서 빗겨나 있다는 점에서 일면 타당하나 한편 윤동주 전체 시를 놓고 볼 때, 이 시의 '영원한 슬픔'은 앞서 논의한 시적 주체의 내적 저항과 그 지속성의 결의를 보여주는 중요한 근거가 될 수 있다. 연희전문학교 1학년, 즉 1940년 12월 경에 씌어진 것으로 추정되는 이 시는 1939년 9월 이후 절필하다가 거의 1년여 만에 쓴 것으로, 그간의 윤동주의 고뇌와 방황을 가늠할 수 있게 한다. 1940년은 2월 창씨개명 실시, 『동아일보』『조선일보』 강제 폐간, 일제의 침략 전쟁이 가속화되고, 윤동주의 친지 라사행이 경찰에 검속되어 1개월간 구류되었으며 감리교 신학교가 폐교당하는 등 폭압적 상황 속에 놓여 있었다.[8] '영원한 슬픔'은 한편 이러한 시대의 어둠에 대한 소묘이기도 하지만, 그것을 바라보는 윤동주 개인의 고뇌와 절망, 그리고 지속적인 내적 응전의 표출이다.

2) 동화적 세계와 상실의 고통

슬픔이 일차적으로 상실의 아픔에서 비롯되었다고 했을 때, 윤동주 시에서 그것은 우선 '순수하고 아름다운 세계'와의 별리에서 온다. 일차적으로 그것은 34편의 동시[9]에서 형상화하고 있는 명동촌의 유년 시절, 즉 동심의 세계라고 할 수 있다. 가령, 다음과 같은 청아한 언어로 빚어낸 동시의 세계.

---

8   송우혜, 앞의 책, 276~287면 참조.
9   윤동주의 동시에 대한 연구는 고형진, 「윤동주의 동시 연구」(『어문학연구』, 상명대 어문학연구소, 1997) 참조.

아씨처럼 내린다

보슬보슬 해비

맞아주자, 다 같이

　　옥수숫대처럼 크게

　　닷 자 엿 자 자라게

　　해님이 웃는다.

　　나 보고 웃는다.

—「해비」(1936.9.9) 일부

이 시는 해가 있을 때 내리는 '여우비'의 정경을 그린 동시인데, 감각어의 중첩 사용을 통해 맑고 밝은 동심의 세계를 참신하게 표현하고 있다. 그러나 한편 '동심'이 천편일률적인 이상화된 관념이 아니듯, 윤동주의 동시에서 구체화되는 동심의 세계란 윤동주가 성장했던 명동촌과 용정의 삶의 편린들을 담고 있다. 예컨대 위에서 '해비'라는 북한 용어에서 드러나듯, '명동촌'의 세계는 1899년 이후 개척된 북간도의 한인 공동체의 체험과 실상을 반영한다.

① 빗줄에 걸어 논

요에다 그린 지도는

간밤에 내 동생

오줌싸서 그린 지도,

위에 큰 것은 꿈에 본 만주 땅

그 아래 길고도 가는 건 우리땅

—「오줌싸개 지도」(1936년 초)

② 사이좋은 정문의 두 돌기둥 끝에서

오색기(五色旗)와, 태양기(太陽旗)가 춤을 추는 날,

금을 그은 지역의 아이들이 즐거워하다.

아이들에게 하루의 건조한 학과로,

해말간 권태가 깃들고,

‘모순(矛盾)’ 두 자를 이해치 못하도록

머리가 단순하였구나.

—「이런 날」(1936.6.10) 일부

위의 동시에서 윤동주의 고향 북간도의 1920~30년대의 모습을 단편적으로나마 엿볼 수 있다. 가령 인용 시 ①의 ‘만주땅’이라든가 ②의 ‘오색기, 태양기’ 등은 1931년 만주사변을 일으켜 본격적으로 만주 침략에 나선 일본이 1932년 만주국이라는 괴뢰국을 세우고(1932) 동북 삼성을 재편하는 와중의 혼란스런 풍속을 반영한다. 윤동주의 동시는 비단 이러한 1930년대의 북간도의 정세 뿐 아니라, 북간도라는 지역의 지형과 기후를 고스란히 담고 있는데, 「양지쪽」 「겨울」을 그 예로 들 수 있다.

윤동주는 이미 많이 알려진 대로 1917년 12월 30일 만주 북간도 명동촌에서 태어나 명동소학교를 졸업(1931)하고, 대랍자의 중국인 소학교에서 1년 수학한 후, 용정의 은진 중학교에 입학(1932)하여 다니다가

1935년 평양 숭실 중학교로 전학한다. 전학한 지 7개월만인 1936년 3월에 일제 신사 참배 강요 문제로 학교를 자퇴하고 용정의 광명학교로 옮겨와 38년 2월 졸업까지 2년을 다녔는데, 윤동주의 동시 창작은 광명학원 시절(1936~1937)에 집중적으로 이뤄졌다고 할 수 있다.(특히 1936년 후반) 그렇다면, 윤동주는 20~21세라는 청년의 시기에 왜 동시 창작에 몰두했던 것일까. 몇몇 논자들은 이를 두고 '유아기에의 퇴행'[10]으로, 혹은 어린 시절부터 소년지를 구독하고 문집을 발간하던 경험으로 인해,[11] 혹은 1936 · 7년 간도 연길에서 발행되던 소년지 『카톨릭 少年』에 투고할 기회가 넓었기 때문으로 추측하기도 한다. 아마도 그 실제는 이러한 여러 요인에 의해 결과된 것으로 보는 것이 온당할 터이나, 그것이 숭실학교의 7개월 뒤에 광명학원에서 이뤄졌다는 사실에 주목할 필요가 있다.

윤동주가 다녔던 명동 소학교는 명농촌 개척의 주역인 함경도 출신의 학자들에 의해 세워진 학교로 기독교 정신과 민족주의를 근간으로 하여 많은 독립운동가들을 배출한 학교이다. 일본어를 '왈본말'이라 부르는 투철한 항일 분위기에서 자란 동주는, 용정의 은진 중학교까지 '민족주의'가 표상하는 동일성을 대체로 유지할 수 있었다. 비록 명동촌을 떠나 용정이라는 도회지로 옮겨갔지만, 그곳에는 한인들이 공동체를 형성하고 있었다. 은진 중학교는 기독교 장로교파의 캐나다 선교부에 의해 운영되는 '치외법권' 지역이었던 것이다. 따라서 윤동주는 은진 중학교의 학창 시절, 비록 '일어'로 된 교과서로 수업해야 했지만, 투철한 민족의

---

10 김열규, 「윤동주론」, 『국어국문학』, 1964.8.30.

11 윤동주는 명동 소학교 4학년 때부터 『어린이』라는 잡지를, 송몽규는 『아이 생활』을 구독하였으며, 직접 『새 명동』이라는 문집 발간하기도 하였다.(송우혜, 앞의 책, 136면)

식을 지닌 '명희조' 선생의 존재가 대변하듯, 이전의 명동소학교에서 형성된 민족의식과 기독교 사상을 그대로 이어갈 수 있었던 것이다. 그러나 숭실 중학교 편입 시험의 실패로 인한 개인적 좌절, 평양이라는 낯선 객지에서의 경험, 그리고 신사 참배로 상징되는 실제적인 일제 탄압과의 맞부딪힘 등은 이제까지의 동일성의 세계와 시인의 여린 감수성을 뒤흔들어 놓기에 충분했을 것이다. 따라서 위축된 시인의 감성은 이전까지의 시적 단련과 탐구를 지속할 수 없는 위기에 봉착하게 되었다고 할 수 있다. 그러나 이때의 동시 창작은 심리적 퇴행이라기보다는 어떤 변화와 단절에 의해서만 가능한, 이전 단계의 전체상에 대한 시적 형상화라고 보는 것이 적절하다. 즉, 상실을 통해 깨달을 수 있는 대상의 존재감에 대한 형상화의 결과라는 것이다.

동시 이전의 윤동주의 습작시(1934~1935)는, 「초 한 대」 「삶과 죽음」 「내일은 없다」, 「공상」, 「거리에서」, 「창공」 「남쪽 하늘」 등인데, 이들은 대체로 비극적 정조로 죽음과 절망을 노래하고 있으며, 습작에서 흔히 볼 수 있는 관념성과 감상성을 그대로 드러낸다. 죽음과 절망, 고뇌, 방황을 주제로 한 이 시기의 시들은 "공상— / 내 마음의 탑 / 나는 말없이 이 탑을 쌓고 있다. / 명예와 허영의 천공(天空)에다, / 무너질 줄도 모르고, / 한 층 두 층 높이 쌓는다"[12]처럼 청춘의 감상성으로 가득 차 있다. 이러한 과도기는 시인으로서, 또한 한 인간으로서 성장하기 위해 필요한 것으로, 일종의 '통과제의'라 볼 수 있다. 그러나 윤동주는 이 감상성이 농후한 습작기를 지속하는 대신, 동시창작에 몰두한다. 그것은 앞서

---

12 「공상」(1935.10. 이전 추정) 일부.

언급한 대로 여러 가지 요인이 복합적으로 작용했겠지만, 고향을 떠나온 자만이 감각할 수 있는 과거의 온전성에 그 일차적이 원인이 있다고 할 수 있다. 과거 고향을 그리워하고 반추하는 것, 우리는 그것을 일반적으로 '추억'이라고 부른다. 뒤에 논의하겠지만, 윤동주 시에서 '추억'은 단지 과거의 추체험에만 그치지 않고 현실 인식의 중요한 미학적 장치로 작용한다.

윤동주의 슬픔은 이렇듯 명동촌으로 대변되는 순수한 동심의 세계를 잃어버리고 어른의 세계로 건너오는 데에서 발생하는 성장통의 특성을 띠고 있으며, 또 한편 북간도의 명동과 용정에서 평양, 그리고 이후 경성(연희 전문대학), 일본의 경도로 떠도는 자의 고향 상실의 아픔을 내장하고 있다. 그러나 이러한 유년과 고향에 대한 그리움과 슬픔이 반드시 '명동촌' '용성'의 시공간이 실제 이상적이었다는 것을 뜻하지 않는다. 1920, 30년대의 만주 북간도의 어지러운 국제 정세, 그리고 직접적으로는 명동 소학교의 이후 변화(29년 전후 공산주의 세력에 의해 인민학교로 바뀌었다가 중국 현립학교로 강제 편입됨), 만주국의 통치하에 있는 용정의 은진 중학교 등으로 볼 때, 윤동주의 시에서 그리움과 상실의 아픔으로 드러나는 명동의 유년시절이란 실제와는 거리가 있는, 시적 화자에 의해 이상화된 세계라고 할 수 있다. 김흥규는 이 세계를 "자아와 외계가 융화되어 일종의 시원적 평화를 이루는 이 미분화된 평화의 공간을 동화적인 화해의 세계"로 보고, '있어야 할 미래'가 아니라 '이미 있었던' 과거라는 점에서 윤동주의 과거 지향적 '유토피아'를 언급[13]하고 있는데,

---

13 김흥규, 「윤동주론」, 『윤동주 시론집』, 바른글방, 1989, 59~75면 참조.

이러한 논의는 매우 타당하다고 생각한다.[14] 앞서 인용된 동시에서도
'그곳'은 자연과 완전히 합일된 삶이 있고, '만국기(만주국기)와 태양기
(일본기)'가 함께 춤추는, '모순'이라는 용어가 부재하는 그러한 '초역사
적' 공간이기 때문이다. 그러나 그것은 실재하지 않는 세계이며, 단지
꿈의 형태로만 가능한 세계이다. 따라서 윤동주가 자기 성찰과 내적 성
숙을 통해 동시의 세계를 벗어나는 것은 필연적인데, 여기에서 슬픔은
두 가지의 상반된 힘을 지닌다. 하나는 상실이라는 수동적 아픔의 반응
이고, 또 하나는 '떠나보냄'이라는 능동적 힘이다.

3) 성찰적 자아의 거리감각과 구성력

환상과 동화적 세계에 속하는 '천진무구한 자아'는 '성숙한 자아'를
통해 의식적으로 폐제된다. 윤동주의 시세계가 동화에서 현실로 이행하
는 것은 동시 창작이 급격히 줄어드는 1938년 즈음인데, 이때의 연희전
문대 입학과 경성 체험은 중요한 계기가 되었을 것이다. 일종의 '소박문
학'에서 '감상문학'으로의 이행이라고 할 수 있는 이때의 변화는 윤동주
시세계에 과거 습작기의 추상적 관념과는 다른 '갈등'과 '고뇌', '방황'

---

14 윤동주의 유토피아가 미래 지향적이 아니라, 과거 지향적이라는 점은 윤동주 시세계의
특질이 '슬픔'임을 밝혀주는 또 하나의 중요한 근거가 된다. 왜냐하면 불안이나 우울과
변별되는 슬픔은 닫힌 상황에서 발생하는 결과론적인 감성이기 때문이다. 윤동주 시와
생애의 항일 저항성에 의혹을 보내는 논의들이 때로 그의 허무주의적, 숙명론적 태도를
문제 삼는 것도 바로 이 맥락에 놓여있다. 그러나 유토피아가 과거의 모형을 차용해왔다
고 해서, 새로운 도래의 가능성을 완전히 차단시키고 있다고 보는 것은 온당치 않다. 비
록 상실의 아픔을 슬픔으로 되새기고 있으나, 그 슬픔의 지속성은 여전히 현재를 부정함
으로써 '다른 미래'에 대한 소망을 암시하고 있기 때문이다.

을 불러온다. 가령, 다음과 같은 시.

순(順)아 너는 내 전에 언제 들어왔던 것이냐?

내사 언제 네 전에 들어갔던 것이냐?

우리들의 전당은

고풍한 풍습이 어린 사랑의 전당

순아 암사슴처럼 수정 눈을 내려 감아라

난 사자처럼 엉클린 머리를 고르련다

(…중략…)

어둠과 바람이 우리 창에 부닥치기 전

나는 영원한 사랑을 안은 채

뒷문으로 멀리 사라지련다.

이제

네게는 삼림 속의 아늑한 호수가 있고,

내게는 준험한 산맥이 있다.

—「사랑의 전당」(1938.6.19) 일부

위 시에서 화자는 '순아'로 상징되는 순결한 세계에 속할 수 없다는 안타까움과 자각, 그리고 동시에 결별의 의지를 '사자처럼 엉클린 머리' '준험한 산맥' 등으로 표현하고 있다. '수정' '아늑한 호수'의 정적인 세계란 투쟁과 갈등으로 얼룩진 '엉클린' 현실과 격리된 곳으로, 더 이상 그 세계에 머물지 않겠다는 화자의 의지를 보여준다. 또한 "너는 자라서 무엇이 되려니"라는 질문에 '사람이 되지'라고 답하는 아우를 보며 "아우의 설운 진정코 설운 대답이다" "아우의 얼굴은 슬픈 그림이다"(「아우의 인상화」)라고 묘파하고 있는 데에서 '인간됨'의 고통을 알아가는 성숙한 어른의 슬픈 시선을 느낄 수 있다.

슬픔이 동화가 아닌 현실 세계에서 발생한다는 것은, 필연적으로 거리감각—'괴리'와 '모순' '분열' 등을 불러온다. 1938년 이후 윤동주 시를 관통하는 '슬픔'의 미학은 그가 철저히 왜곡된 현실 위에서 사유하고 있음을 역설적으로 보여주는 것으로, 그 진정성과 치열성은 상황의 폭압성에 비례한다. 현실의 모순이 가중될수록, 윤동주의 시에서 슬픔으로 표출되는 과거 지향적 유토피아는 더욱 아름답게 그려지는 한편, 그것과 결별하려는 자기성찰과 반성[15]은 더욱 치열하게 펼쳐진다. 과거의 세계와 감상성에 젖어드려는 자신을 반성하고 성찰하는 윤동주의 시적 화자는 주로 '추억'이라는 장치를 통해 '부정적 자아'를 현재로부터 차

---

15 윤동주 시의 자아상과 자기성찰은 다음과 같은 글에서 본격적으로 논의된 바 있다.
　　김남조, 「윤동주 연구—자아의식의 변모를 중심으로」, 『현대문학』, 현대문학, 1985.8.
　　김수복, 「윤동주의 자아 성찰과 재생의식」, 『현대시』, 한국문연, 1990.1.
　　김우창, 「시대와 내면적 인간」, 『궁핍한 시대의 시인』, 민음사, 1993.
　　김은자, 「'자화상'의 동굴 모티브」, 『문학과 비평』, 1987년 가을호.
　　마광수, 「나르시시트의 내적 관조와 자기 성찰」, 『문학과 비평』, 1990년 여름호.
　　이상호, 「한국 현대시에 나타난 자아의식에 관한 연구—이상화와 윤동주의 시를 중심으로」, 동국대 박사논문, 1988.

단시킨다. 이러한 자기 성찰의 방식은 「자화상」이라는 시에 가장 명확하게 드러나 있다.

산모퉁이를 돌아 논가 외딴 우물을 홀로 찾아가선 가만히 들여다봅니다.

우물 속에는 달이 밝고 구름이 흐르고 하늘이 펼치고 파아란 바람이 불고
가을이 있습니다.
그리고 한 사나이가 있습니다.
어쩐지 그 사나이가 미워져 돌아갑니다.

돌아가다 생각하니 그 사나이가 가엾어집니다.

도로 가 들여다보니 사나이는 그대로 있습니다.

다시 그 사나이가 미워져 돌아갑니다.
돌아가다 생각하니 그 사나이가 그리워집니다.

우물 속에는 달이 밝고 구름이 흐르고 하늘이 펼치고 파아란 바람이 불고
가을이 있고 추억처럼 사나이가 있습니다.

—「자화상」(1939)

위에서 우물에 비친 '자화상'은 '달, 구름, 하늘, 파아란 바람과 가을'
속에 있는 자아상이다. 그것은 과거 명동촌의 유년시절의 어린 자아이

며, 자족적이며 순진하고 행복한 상태에 있는 자아이다. 그러나 그것은 현실 세계에서는 용인될 수 없는, 유폐된 자아이다. '그'를 두고 미워하고 그리워하기도 하는 시적 화자의 반응은 여전히 그것으로부터 벗어나지 못한 '현재적 자아'[16]의 슬픔을 보여준다. 즉, '그'는 현재적 자아를 '추억'에 의해 과거적 자아로 구성하고 있는데, 그것은 과거의 것으로 돌리고자 하는 시적 화자의 의지에 의한 것이다. 현실은 더 이상 그러한 자족적인 세계를 허용하지 않기 때문이다. 이러한 의지에 의해 '현재성'을 상실한 '과거의 자아'는 한편, 바로 그 거리감에 의해 그리움의 대상이 되기도 한다. 현실인식과 의지에 의해 부정되는 것과 동시에 추억에 의해 긍정되는, 자아에 대한 양가감정은, 우물로 상징되는 시인의 내면 공간에 긴장감과 밀도를 가져온다.

추억의 거리 감각에 의해 벌여놓는 '동심', 나아가 '순진과 순결의 젊음'은 윤동주 시 곳곳에서 찾아볼 수 있다.

봄이 오던 아침, 서울 어느 쪼그만 정거장에서
희망과 사랑처럼 기차를 기다려
(…중략…)
기차는 아무 새로운 소식도 없이
나를 멀리 실어다주어,

---

16 김우창은 「자화상」에 이야기되고 있는 자아가 현재의 의식과 현재의 자아이며, 관조적 자아 의식에 의해 '추억'처럼 구성되는 것이라고 논의하고 있다.(「시대와 내면적 인간」, 『궁핍한 시대의 시인』, 민음사, 1993, 179면)

봄은 다 가고—동경(東京) 교외 어느 조용한 하숙방에서, 옛 거리에 남은
나를 희망과 사랑처럼 그리워한다.

오늘도 기차는 몇 번이나 무의미하게 지나가고,

오늘도 나는 누구를 기다려 정거장 가까운
언덕에서 서성거릴 게다.
—아아 젊음은 오래 거기 남아 있거라.

—「사랑스런 추억」(1942.5.13) 일부

위 시에서 정거장에서 희망과 사랑처럼 기차를 기다리는 것은 현재적
'나'이다. 그런데 시적 화자는 이 현재적 '나'를 관념적으로 기차에 실어
멀리 보내고, 그 멀어진 미래의 '나'를 통해 지금의 나—"동경 교외 어느
조용한 하숙방에서, 옛 거리에 남은 나"를 추억하고 그리워한다. 이러한
과정을 통해 시적 화자가 추억의 공간 속에 유폐시키는 것은 '젊음'이라
는 순수와 청순의 표상이다. 그것은 부정이 아니라 '젊음'에 대한 능동
적인 결별을 뜻하며, 그것이 불가능한 현실을 역설적으로 드러내고 있
는 것이다.

「참회록」에서 '내일이나 모레나 그 어느 즐거운 날에 / 나는 또 한 줄
의 참회록을 써야 한다. / —그때 그 젊은 나이에 왜 그런 부끄런 고백을
했던가'라는 시 구절에서도 미래의 시점을 통해 현재적 자아를 추억으
로 되돌리고 있다. 이 시에서는 지금—행위의 부끄러움을 점증적으로 강
화하고 있는 효과를 내고 있는데, "이제 어리석게도 모든 것을 깨달은

다음 / 오래 마음 깊은 속에 / 괴로워하던 수많은 나를 / 하나, 둘 제 고장으로 돌려보내면"(「흰 그림자」)에서도 마찬가지로 방황하는 자아를 절멸시키고자 하는 반성의 과정으로 활용된다.

4) 공통감각과 타자의 윤리

윤동주 시에서 슬픔의 유로의 한 방향은 '타인'이다.

거미란 놈이 흉한 심보로 병원 뒤뜰 난간과 꽃밭 사이 사람 발이 잘 닿지 않는 곳에 그물을 쳐놓았다. 옥외 요양을 받는 젊은 사나이가 누워서 치어다보기 바르게—

나비가 한 마리 꽃밭에 날아들다 그물에 걸리었다. 노—란 날개를 파득거려도 나비는 자꾸 감기우기만 한다. 거미가 쏜살같이 가더니 끝없는 끝없는 실을 뽑아 나비의 온몸을 감아버린다. 사나이는 긴 한숨을 쉬었다.

나(歲)보담 무수한 고생 끝에 때를 잃고 병을 얻은 이 사나이를 위로 할 말이—거미줄을 헝클어버리는 것밖에 위로의 말이 없었다.

—「위로」(1940.12.3)

위 시에서는 '고생 끝에 때를 잃고 병을 얻은 이 사나이'에 대한 연민과 동감이 표현되어 있다. 거미줄에 걸린 나비의 죽음은 '사나이'의 운명에 대한 예언처럼 병치되어 있어 '사나이'가 놓인 상황은 더욱 비극적으로 제시된다. 이 '사나이'는 실제 시적 자아와 무관한 익명의 젊은 사람일 수도 있고, 그의 지기일 수도 있지만, 중요한 것은 시적 화자가 '젊은 사나이'의 아픔을 공유하고 있다는 것이다. 윤동주 시의 슬픔은 자아중심주의에서 인식된 타인과의 '차이'가 아니라 타인에 대한 본질적인 동일성과 동감(Sympathie, Mitgefühl)[17]에서 비롯된다. 타인의 고통을 나의 고통으로 '감각'하는 이러한 동감의 윤리학은 "이 땅의 고통에 대해 초연해지지 않으려는" 윤동주 시의 윤리적 주체를 탄생시키는 한편, "수직 초월하지 않고 고통 받는 땅에 머무는 자의 영원한 멜랑콜리"[18] 위에 펼쳐진다.

"흰 수건이 검은 머리를 두르고 / 흰 고무신이 거친 발에 걸리우다. // 흰 저고리 치마가 슬픈 몸집을 가리고 / 흰 띠가 가는 허리를 질끈 동이다"(「슬픈 족속」)에서 흰 옷 입은 조선 민중을 '슬프다'고 표현한 것은 시적 화자가 그들의 고통을 내면에 '실재'로 받아들이고 있기 때문이다. 「투르게네프의 언덕」에서 소년 거지들에게 느끼는 연민 또한 이러한 맥락 위에 놓여 있다. 시적 화자가 느끼는 '슬픔'은 곧 그들에 의해 전이된 슬픔이다. 이념이나 이성이 아닌, 슬픔이란 '감정'에 의한 타자 인식은 윤동주 시적 화자를 유아론적 소영웅주의의 감상성, 혹은 시혜자 의식과 동정심에서 구출하여 진정한 이웃 사랑, 보편적인 인류애, 현실인식으로 나아가게 한다. 이러한 인식의 확장은 타인에 대한 동감과 슬픔에

---

17 막스 셸러, 조정옥 역, 『동감의 본질과 형태들』, 아카넷, 2006.

18 김창환, 「윤동주 시의 타자 인식을 통한 윤리적 주체성 재고—으젓한 양(羊)과 '영원한 슬픔' 사이에서」, 『현대문학의 연구』 30, 한국문학연구학회, 2006, 300면.

의해 가능한 것이다. "감정은 사고나 인식까지 지배하며 사랑은 인식의 범위를 결정"[19]하기 때문이다.

> 살구나무 그늘로 얼굴을 가리고, 병원 뒤뜰에 누워, 젊은 여자가 흰옷
> 아래로 하얀 다리를 드러내놓고 일광욕을 한다. 한나절이 기울도록 가슴을
> 앓는다는 이 여자를 찾아오는 이, 나비 한 마리도 없다. 슬프지도 않은
> 살구나무 가지에는 바람조차 없다.
>
> 나도 모를 아픔을 오래 참다 처음으로 이곳에 찾아왔다. 그러나 나의 늙은
> 의사는 젊은이의 병을 모른다. 나한테는 병이 없다고 한다. 이 지나친 시련,
> 이 지나친 피로, 나는 성내서는 안된다.
>
> 여자는 자리에서 일어나 옷깃을 여미고 화단에서 금잔화 한 포기를 따
> 가슴에 꽂고 병실 안으로 사라진다. 나는 그 여자의 건강이 — 아니 내
> 건강도 속히 회복되기를 바라며 그가 누웠던 자리에 누워본다.
>
> —「병원」(1940)

위 시에는 가슴을 앓는 젊은 여자와 원인 모를 병을 앓고 있는 '젊은 사나이-나'가 등장한다. 이 시는 방문객도 '바람'도 '나비'도 없는 고요함 속에 살구나무 그늘 아래 일광욕을 하고 있는 여자의 평화로운 풍경을 보여주고 있다. 그러나 이 풍경은 인물들이 앓고 있는 '고통'에 의해 균열된다. 늙은 의사가 모르는 병을 앓고 있는 '젊은이'는 식민지 시대

---

19 막스 셸러, 조정옥 역, 『동감의 본질과 형태들』, 아카넷, 2006, 522면.

젊은이를 표상한다. 그것은 젊은 여자를 포함하여 숱한 생명의 아픔을 '감각'하는 자의 것으로, 시대를 앓는 식민지적 청춘의 전형이다. 마지막 연에서 여자가 누웠던 자리에 누워보는 행위는 "모방을 통해서 타인의 체험을 이해하는 것이 아니라 거꾸로 타인의 체험을 이해함으로써 비로소 모방이 가능해지는"(막스 셸러) 동감의 본질을 드러낸다. 윤동주가 애초『하늘과 바람과 별과 시』의 자선시집 제목을 '병원'이라고 붙이려 했다고 하는 데에서, 개인적인 아픔과 동감의 윤리가 보편성을 지향하고 있는 시인의 모습을 엿볼 수 있다.

윤동주의 시의 동감과 타자의 윤리는 많은 논의들에서 탐구되었듯 기독교 정신에 근간하고 있다. 기독교 정신에 바탕한 윤동주 시의 '이웃 사랑'은 인류의 죄를 대속하는 '희생양 의식'으로 귀결되는데, 초기 시「초한내」를 비롯하여「십사가」,「이적」,「참회록」,「팔복」,「태초의 아침」등과 같은 시에서 확인할 수 있다. 중요한 것은 이 시들에 나타난 기독교 정신이 특정 종파의 배타적 종교가 아니라 인본주의와 맞닿아 있는 범신론적 성격을 띤다는 것이다. 그것은 윤동주의 신앙이 북간도의 명동소학교를 중심으로 퍼진 민족주의적 기독교에서 형성되었다는 것과 관련된다. "기독교와 신문명과 신교육을 수용하지 않으면 민족의 앞날을 기대할 수 없습니다"[20]라고 했던 정재면의 말을 받아들여 기독교를 수용했던 명동촌 사람들에게 기독교는 외세 종교이기보다 민족의 장래를 열어갈 신문명이자 신학문이었다. "제국주의 침략의 선발대 이미지와 '예수 아닌 것은 모두 우상'이라는 말로 비유되는 호전적 배타성은 적어도 명

동촌에 온 그리스도의 것은 아니었다. 그것은 신학문의 일부였고 정신적 동질성을 위한 시대정신의 표현이었을 뿐"[21]이라고 했던 문익환의 증언에서도 확인할 수 있다. 따라서 윤동주 시의 기독교 정신은 한편으로는 '인류애'와 '속죄양 의식'이라는 그리스도교적 신앙에 바탕하면서 한편으로는 현세적 인본주의를 근간으로 한다. 이는 명동촌의 지도자들이 대개 유교적 현세주의자들이었다는 것과도 무관하지 않다.

윤동주의 기독교 신앙의 인본주의 성격은 "사랑은 뱀과 함께 / 독은 어린 꽃과 함께"(「태초의 아침」), "빨리 / 봄이 오면 / 죄를 짓고 / 눈이 / 밝아 // 이브가 해산하는 수고를 다하면 // 무화과 잎사귀로 부끄런 데를 가리고 // 나는 이마에 땀을 흘려야겠다"(「또 태초의 아침」)에서 보여주는 세속의 긍정과 "노동과 땅과 사랑에 대한 찬양"[22]에서 확인할 수 있다.

5) 디아스포라의 운명과 진정한 조국
—천체의 시공간, 역사현실, 시의 유비관계

윤동주 시의 슬픔의 또 하나의 주요한 특성은 '뿌리뽑힌 자'의 아픔과 밀접하게 잇닿아 있다는 것이다. 이는 '슬픔'이 주로 '고독'과 함께 시화되고 있다는 데에서도 확인할 수 있는데, 가령 "끝없이 광야를 홀로 거니는 / 사람의 심사는 외려우려니 / 아-이 젊은이는 피라미드처럼 슬프구나"(「비애」), "고독을 반려한 마음은 슬프기도 하다"(「달밤」), "평생 외

---

21 위의 책, 95면.
22 김인환, 「尹東株 試論」, 『어문논집』 14, 고려대 국어국문학연구회, 1973.7, 232면.

롭던 아버지의 운명(殞命) / 감기우는 눈에 슬픔이 어린다.”(「유언」) “홀로 걸어가는 / 슬픈 사람의 뒷모양이 / 거울 속에 나타나 온다”(「참회록」) 등이 그 예라 할 수 있다.

일제 강점기에 한국인의 삶이 그러했듯, 북간도의 명동촌의 한인이란 근본적으로 고향을 상실한 디아스포라적 존재들이다. 1900년경 한인의 북간도 개척은 새로운 영토 진출이 아니라 혼란스런 국내 정세와 궁핍에 의해 쫓겨간 결과이다. 함북 학자들에 의해 성립된 이곳은 이상적인 공동체적 성격을 띠긴 했지만 제국 열강의 치열한 싸움이라는 세계 조류에서 빗겨날 수 없었다. 윤동주가 명동 소학교 이후 대랍자의 중국인 학교로 편입한 것은 북간도 한인의 실상을 함축적으로 보여준다. 당시 명동의 한인은 이중 국적자였고, 명동 소학교는 졸업 자격을 인정받지 못하였던 탓에, 윤농수의 이산(離散)의 운명은 대랍자의 중국인 학교를 다니며 ‘패, 경, 옥’이라는 중국 이름의 소녀들을 조우하게 한다. 그 후 윤동주는 일제가 통치하는 중국땅 ‘만주국’의 용정으로, 평양으로, 다시 용정으로, 그리고 경성과 일본 동경과 경도로 끊임없이 이동해간다. 29세의 짧은 생애 동안, 윤동주는 명동에서 14년, 용정에서 3년, 평양에서 7개월, 다시 용정에서 2년, 서울에서 4년, 동경과 경도에서 2년, 그리고 일본 후쿠오카 형무소에서 생을 마칠 때까지 유랑의 생을 살았다. 이러한 이산의 행로의 일부(일본 유학)는 온전히 ‘쫓겨남’이 아니라 더 나은 교육을 위한 ‘추구’ 편에 속하지만, 그럼에도 불구하고 그가 평양이나 일본 등지에서 맞닥뜨린 것은 식민지인의 민족적 열등감이었을 것이다.

이러한 환경 속에서 형성된 자의식과 고독이란 우월감이 아니라 ‘상처'이다. 윤동주의 내면 지향성은 바로 이러한 방외자적 생의 조건 속에서 더욱 심화되었을 것으로 보인다. 윤동주 시의 '슬픔'은 어떤 곳에서도 동화될 수 없는 자의 '주변부적' '비체제적' 삶의 형태에서 비롯된 바 크다. 이러한 특성은 어디로 가야할지 몰라 방황하는 청춘의 고뇌를 그린 시에서도 확인할 수 있다. 예를 들면 다음과 같은 시들.

① 호젓한 세기의 달을 따라
　알 듯 모를 듯 한데로 거닐과저!

　아닌 밤중에 튀기듯이
　잠자리를 뛰쳐
　끝없는 광야를 홀로 거니는
　사람의 심사는 외로우려니

　아―이 젊은이는
　피라미드처럼 슬프구나

―「비애」(1937.8.18)

② 으스름히 안개가 흐른다. 거리가 흘러간다.
　저 전차, 자동차, 모든 바퀴가 어디로 흘러가는 것일까? 정박할 아무 항구도 없이, 가련한 많은 사람들을 싣고서, 안개 속에 잠긴 거리는,

　거리 모퉁이 붉은 포스트 상자를 붙잡고, 섰을라면 모든 것이 흐르는 속

에 어렴풋이 빛나는 가로등, 꺼지지 않는 것은 무슨 상징일까? 사랑하는
동무여! 그리고 김이여! 자네들은 지금 어디있는가? 끝없이 안개가 흐
르는데,

—「흐르는 거리」(1942.5.12) 일부

위 인용시 ①에서는 끝없는 광야를 홀로 거니는 외로운 심정이 토로
되어 있고, ②에서는 안개가 자욱한 풍경을 이리저리 유동하는 사람들
이 포착되고 있다. 이는 이산인으로서 끊임없이 공간을 옮겨가는 시인
자신의 고단함과 소외의식을 보여주는 것으로, 시인과 민족의 이산의
운명을 '정박할 아무 항구도 없이' '사랑하는 동무여! 그리고 김이여!
자네들은 지금 어디 있는가?'라는 비탄을 통해 절절히 노래하고 있다.
이 유랑의식은 한군데 붙박혀 사는 '나무'에 대한 부러움을 토로하면서
방향상실을 토로하고 있는, 산문「별똥 떨어진 데」에서 직접적으로 표
출되기도 한다. 이러한 전면적 디아스포라[23] 의식은「또 다른 고향」이란
시에 잘 드러나 있다.

고향에 돌아온 날 밤에

내 백골이 따라와 한방에 누웠다.

---

[23] 디아스포라(diaspora)는 그리스어에서 유래한 것으로 이산(離散)을 뜻한다. 역사적으
로 보통 대문자 'Diaspora'를 써서 '팔레스타인 또는 근대 이스라엘 밖에 거주하는 유대
인'을 가리키는 말로 사용되어 왔다. 1990년대 이후 디아스포라 논의가 활발해지면서
이 용어는 "유대인의 경험뿐 아니라 다른 민족들의 국제 이주, 망명, 난민, 이주 노동자,
민족 공동체, 문화적 차이, 정체성 등을 아우르는 포괄적인 개념"으로 확장되어 쓰이고
있다.(졸저,『디아스포라 문학』, 이룸, 2007, 11면)

어두운 방은 우주로 통하고

하늘에선가 소리처럼 바람이 불어온다.

어둠 속에 곱게 풍화 작용하는

백골을 들여다보며

눈물짓는 것이 내가 우는 것이냐

백골이 우는 것이냐

아름다운 혼이 우는 것이냐

지조 높은 개는

밤을 새워 어둠을 짖는다

어둠을 짖는 개는

나를 쫓는 것일 게다

가자 가자

쫓기우는 사람처럼 가자

백골 몰래

아름다운 또 다른 고향에 가자.

—「또 다른 고향」(1941)

　　이 시의 시적 화자는 고향에서 자신의 타자성을 발견한다. 그곳에서
도 이방인이라고 느끼는 것은 일본 제국주의가 만주 북간도를 지배하고

있는 어두운 현실 때문이다. 여기서 시적 화자의 분신에 해당하는 '백골'은 '아름다운 혼'과 대립되는 현실적 자아이다. 현실의 고통 속에서 피폐해진 현실적 자아를 '백골'이라는 이미지로 비유하고 있는데, 이 백골 몰래 가려는 '아름다운 또 다른 고향'이란 현실적 고향이 아닌, 정신의 본향이자 이상향을 의미한다. 이는 일종의 국가 이념을 벗어난 비현실적인 유토피아를 함의하고 있는데, 이는 앞서 살펴본 범인류애적 사상과 맞물린 세계시민 의식과 밀접하게 관련된다.

> 이제 나는 곧 종시를 바꿔야 한다. 하나 내 차에도 신경행, 북경행, 남경행을 달고 싶다. 세계일주행이라고 달고 싶다. 아니 그보다 진정한 내 고향이 있다면 고행향을 달겠다. 다음 도착하여야 할 시대의 정거장이 있다면 더 좋다.
>
> —「종시」(1939) 일부.

산문 「종시」에서 '신경행, 북경행, 남경행'은 윤동주의 실제 고향인 만주 북간도를 연상케 하는 것이나, 이어지는 '세계일주행'과 '고향행'이라는 구절에서 확인할 수 있듯, 그것은 실제 영토를 의미하는 것이 아닌 정신적 본향으로 전 인류가 화해롭게 살 수 있는 이상향을 의미한다. 또한 이는 '다음 도착하여야 할 시대의 정거장'이라는 표현을 통해 식민지 현실에 대한 적극적인 저항의식을 드러낸다. 윤동주가 염원하는 '진정한 고향'이 비현실적인 시공간이라는 것은 다음의 시에서도 엿볼 수 있다.

① 정거장 플랫폼에
　내렸을 때 아무도 없어,

다들 손님들 뿐,

손님 같은 사람들뿐,

집집마다 간판이 없어

집 찾을 근심이 없어

빨갛게

파랗게

불붙는 문자도 없어

모퉁이마다

자애로운 헌 와사등에

불을 켜놓고

손목을 잡으면

다들, 어진 사람들

다들, 어진 사람들

봄, 여름, 가을, 겨울,

순서로 돌아들고.

―「간판 없는 거리」(1941)

② 괴로운 사람아 괴로운 사람아

(…중략…)

사랑과 일을 거리에 맡기고

가만히 가만히

바다로 가자.

바다로 가자.

—「산골 물」(1939.9)

①의 시에서 '정거장'과 '손님같은 사람들뿐'이라는 표현은 유랑이 근본적인 인간의 운명임을 보여준다. 이 시는 또한 디아스포라인들의 슬픔과 만남의 방식에 대한 시인의 염원을 그리고 있는데, 이는 '간판'으로 상징되는 국가, 민족, 혈연, 신분 등의 배타적 표식들을 지워버린 환대와 소통으로 드러난다. 인간의 근본적인 유랑의식과 운명애에 대한 통찰은 주인 / 손님의 위계를 바꾸고 '어진'이라는 연민과 동감의 태도를 불러온다. 그것은 앞서 동시에서 살펴보았넌 '태양기'와 '오색기'가 함께 춤추는 동화적 세계와도 맞닿아 있다. 윤동주의 이상향은 동화의 세계와 흡사하다는 점에서 비현실적이며 도피적인 성격을 띠기도 한다. 인용시 ②에서 보듯 그것은 '괴로운 사람'이 '사랑과 일을 거리에 맡기고' 간 '바다'의 세계와도 같은 것이다. 그러나 이를 단순히 현실도피적이며 퇴행적이라고 할 수는 없는데, 왜냐하면 이러한 근원적 이상향에 대한 열망이 일종의 '절대적 초월성'과 그 간극 사이에서 발생하는 '영원한 슬픔'을 가져오고 이것이 그의 시에 깊은 서정적 울림을 부여하기 때문이다. 이러한 근원적 이상향은 한편 '시세계'를 의미하기도 한다.

개나리, 진달래, 앉은뱅이, 라일락, 민들레, 찔레, 복사, 들장미, 해당화, 모란, 릴리, 창포, 튤립, 카네이션, 봉선화, 백일홍, 채송화, 달리아, 해바라기,

코스모스, ─코스모스가 홀홀히 떨어지는 날 우주의 마지막은 아닙니다. 여기에 푸른 하늘이 높아지고, 빨간, 노란 단풍이 꽃에 못지않게 가지가지마다 물들었다가 귀또리 울음이 끊어짐과 함께 단풍의 세계가 무너지고 그 위에 하루밤 사이에 소복히 흰 눈이 내려, 내려 쌓이고 화로에는 빨간 숯불이 피어오르고 많은 이야기와 많은 일이 이 화롯가에서 이루어집니다.

독자 제현! 여러분은 이 글이 씌어지는 때를 독특한 계절로 짐작해서는 아니 됩니다. 아니, 봄, 여름, 가을, 겨울, 어느 철로나 상정하셔도 무방합니다. (…중략…)

나는 이 귀한 시간을 슬그머니 동무들을 떠나서 단 혼자 화원에 거닐 수 있습니다. 단 혼자 꽃들과 풀들과 이야기할 수 있다는 것이 얼마나 다행한 일이겠습니까. 참말 나는 온정으로 이들을 대할 수 있고 그들은 웃음으로 나를 맞아줍니다. 그 웃음을 눈물로 대한다는 것은 나의 감상일까요. (…중략…)

세상은 해를 거듭, 포성에 떠들썩하건만 극히 조용한 가운데 우리들 동산에서 서로 융합할 수 있고, 이해할 수 있고, 종전의 (　)*가 있는 것은 시세의 역효과일까요.

봄이 가고, 여름이 가고, 가을, 코스모스가 홀홀히 떨어지는 날 우주의 마지막은 아닙니다. 단풍의 세계가 있고 ─ 이상이견빙지(履霜而堅氷至) ─ 서리를 밟거든 얼음이 굳어질 것을 각오하라 ─가 아니라 우리는 서릿발에 끼친 낙엽을 밟으면서 멀리 봄이 올 것을 믿습니다.

노변에서 많은 일이 이루어질 것입니다.

─「화원에 꽃이 핀다」 (1939)

위 산문은 화원을 거닐고 있는 화자의 심경을 이야기하고 있으나 이 화원은 실제 화원이라기보다는 '시'에 대한 비유이다. '슬그머니 동무들을 떠나서 단 혼자 화원을' 거닌다는 표현 등에서 이러한 유추가 가능한데, 이는 무리에서 떠나 혼자 시쓰기에 골몰하는 시인의 모습을 그린 것이다. 화원으로 은유되는 시 세계는 온갖 꽃들이 아름답게 만발해 있지만, 그러나 아름답고 긍정적인 것만 있는 것이 아니라 '단풍이 떨어지고 눈이 내리는 몰락이 함께 있는', 그러한 우주적 순환의 공간이다. 이러한 자연의 순환질서는 끊임없이 변화하는, 특히 질곡의 식민지 현실을 의식한, 현실에 대한 메타포인데, 따라서 시인은 화원에서 웃음이 아닌 울음의 정조를 갖게 되는 것이다. 또한 우주적 순환이 이루어지는 시세계는 시인이 염원하는 진정한 고향과 유토피아와 동일성을 지니는데, 이것이 단순히 현실도피가 아니라는 것은 이를 통해 다른 미래에 대한 비전과 믿음을 보여주고 있기 때문이다. 즉, 위 산문에서 "코스모스가 홀홀이 떨어지는 날 우주의 마지막은 아닙니다. 단풍의 세계가 있고—이상이견빙지(履霜而堅氷至)—서리를 밟거든 얼음이 굳어질 것을 각오하라—가 아니라 우리는 서릿발에 끼친 낙엽을 밟으면서 멀리 봄이 올 것을 믿습니다"라는 구절이 암시하고 있듯, 시인은 서리에서 혹독한 겨울이 아니라 봄을 보면서 미래를 전망하고 있다. 따라서 유장한 시간의 흐름과 변화가 펼쳐지고 있는 '시세계'에 대한 인식은 시인에게 당장의 강박함을 견뎌내는 견인의 자세와 희망을 가능하게 한다. 이는 산문「종시」에서 "나는 종점을 시점으로 바꾼다. 내가 내린 곳이 나의 종점이요. 내가 타는 곳이 나의 시점이 되는 까닭이다"라는 신념과 의지로 표출된다. 이렇듯 현실에 비춰 시를 생각하고 또 우주적 순환에 비춰 '시'와

'현실'을 사고하는 윤동주의 균형감각과 상상력은 다음과 같은 '천체적 심미'에 의해 구성된 아름다운 시를 낳게 한다.

계절이 지나가는 하늘에는

가을로 가득 차 있습니다.

나는 아무 걱정도 없이

가을 속의 별들을 다 헤일 듯 합니다.

가슴 속에 하나 둘 새겨지는 별을

이제 다 못 헤는 것은

쉬이 아침이 오는 까닭이요.

내일 밤이 남은 까닭이요.

아직 나의 청춘이 다하지 않은 까닭입니다.

별 하나에 추억과

별 하나에 사랑과

별 하나에 쓸쓸함과

별 하나에 동경과

별 하나에 시와

별 하나에 어머니, 어머니

어머님, 나는 별 하나에 아름다운 말 한마디씩 불러 봅니다. 소학교 때 책상을 같이 했던 아이들의 이름과, 패, 경, 옥 이런 이국 소녀들의 이름과

벌써 애가 어머니가 된 계집애들의 이름과, 가난한 이웃 사람들의 이름과,

비둘기, 강아지, 토끼, 노새, 노루, '프랑시스 잠' '라이너 마리아 릴케',

이런 시인의 이름을 불러봅니다.

이네들은 너무나 멀리 있습니다.

별이 아슬히 멀듯이,

어머님,

그리고 당신은 멀리 북간도에 계십니다.

나는 무엇인지 그리워

이 많은 별빛이 내린 언덕 위에

내 이름자를 써보고,

흙으로 덮어버리었습니다.

딴은 밤을 새워 우는 벌레는

부끄러운 이름을 슬퍼하는 까닭입니다.

—「별 헤는 밤」(1941) 일부

위 시에서 윤동주는 디아스포라의 운명과 고통의 현실을 심미적 차원으로 승화시키고 있다. 어머님이 계시는 '고향'과 '별'은 현재적 자아가 이를 수 없는 절대적 거리 저 편에 있다. 북간도의 고향과 별은 윤동주가 추구하는 아름다운 시의 세계이기도 하고 한편 '진정한 조국'과 이상향이기도 하다. 그러나 그것은 '별'처럼 절대 다다를 수 없는 초월성으로 존재한다. 그러나 '절대적 초월성'을 지닌 별들은 하나 둘 인간적인 영

토로 내려오게 되는데, 그것은 바로 시인의 '명명'에 의해서이다. 별 하나 하나에 '추억' '쓸쓸함' '패, 경, 옥' '비둘기' 등의 그리운 것들의 이름을 붙이면서 별의 절대성은 친숙한 것으로 바뀐다. 이러한 명명이 시 쓰기에 대한 메타포라고 볼 수 있다면, 절대적 초월성과 불가능으로 존재하는 유토피아와 다른 미래에 대한 시인의 호명과 그리움은 그 불가능성을 가능성의 희망으로 바꿔놓는 일종의 실천적 행위이다. 그것은 앞서 분석한 우주적 순환에 의한 역동적인 현실 인식과도 같은 맥락에 놓인다. '하늘'로 비유되는 세계 공간은 절대불변의 공간이 아니라 '계절'이 흐르는, 끊임없이 변화하는 공간이다. 그리고 가을로 비유되는 조락의 시절에도 별은 빛나고 그 별들은 시인으로 상징되는 순결한 영혼의 명명에 의해 인간의 가슴에 새겨진다. 그 별들은 뿔뿔이 흩어진 디아스포라인처럼, '패, 경, 옥'의 중국인, '북간도의 한인' '라이너 마리아 릴케, 프랑시스 잠' 같은 이국인들과 '비둘기' 같은 삼라만상으로 가득 차 있다. 그러나 이 다양한 차이들이 화해로운 하나의 세계를 빛나는 것은 바로, 시인의 그리움과 슬픔의 시선에 의해서이다. 또한 천체적 심미로 비유되는 세계시민적 대화합은 시인의 언술 방식을 통해 통일성과 구체적 실감을 획득한다. '별을 헤다'에서 '헤다'는 '세다'[24]의 함북 사

---

24 윤동주의 시에서 이 함북 사투리는 곳곳에서 볼 수 있다. 가령, 동시 「호주머니」에서 '옇을 것 없어'에서 '옇다'는 '넣다'의 함북 사투리이고, 「겨울」에서 '처마 밑에 시래기 다람'의 '다람' 또한 '다람다람'이라는 '물방울 따위의 자그마한 물건들이 잇따라 매달려 있는 모양'을 가리키는 함북 언어이다. 윤동주 시에 함북 언어가 자주 등장하는 것은 북간도 명동촌 사람들이 주로 함경북도 육진에서 옮겨 간 사람들이기 때문이다. 이 육진 언어의 특징은 세종조 당시의 어음을 한말에 이르기까지 거의 그대로 유지하면서 실생활에서 사용하고 있다는 것인데, 그 음색의 아름다움에 대해 명동소학교 교원이었던 한준명은 다음과 같이 말하고 있다. "그분들이 쓰는 말이 얼마나 순하고 은근하고 아름다운지, 정말 뭐라고 형용할 수 없어요. 아주 옛날 말이 섞인 변두리 말이지요. 발음이 얼마나 부드러운

투리로 이 청신한 어감은 윤동주의 이산의 토착성을 아우르면서 가을밤의 맑은 별빛과도 같은 서정을 더욱 깊고 충만하게 만드는 것이다.

3. 결론

이상에서 본고는 윤동주의 시에 나타난 '슬픔'의 미학을 살펴보았다. 윤동주 시에서 슬픔은 일차적으로 이상화된 유년 세계에 대한 상실의 맥락에서 표출된다는 점에서 수동적인 양상을 보이고 있지만, 성찰적 자아의 거리감각에 의해 과거적 자아, 부정적 현실과 끊임없이 결별하는 구성력의 감성으로 작동한다는 점에서 능동성을 띤다. 또한 윤동주 시의 슬픔은 식민지 현실에서 고통 받는 개별 인간에 대한 동감과 연민의 정서로서 보편적 인류애를 보여주고 있으며 이는 민족주의적 기독교 정신에 바탕을 두고 있다. 한편 북간도, 평양, 일본 등지로 유랑하는 윤동주의 디아스포라적 운명은 필연적으로 고독과 소외의식을 끊임없이 불러일으키고 이러한 뿌리뽑힘의 고통은 근원적 이상향에 열망으로 나아간다. '또 다른 고향'으로 상징되고 있는 '진정한 조국'에 대한 열망은

지 몰라요. 말과 소를 남쪽에서는 '마소'라고 하는데, 그분들은 '마'도 '머'도 아닌 중간음인 옛날의 'ㆍ'음을 써요. 그래서 'ㅁ쇼'라고 해요. '찬송가'란 말도 꼭 '찬숑가'라고 하고요. 옛날의 우리말 발음 그대로인 거지요. 김약연 선생이 아들에게 "말과 소를 마구간에 넣었느냐"라고 물으시는 말씀을 들으면 "야, ㅁ쇼를 여었냐?" 하는데, 그 말소리가 그 얼마나 부드럽고 아름다운지 몰라요. 정말 아름다워요.(송우혜, 앞의 책, 51면)

‘해방된 조국’에서 나아가 세계시민이 화합할 수 있는 ‘유토피아’와 순수하고 아름다운 ‘시세계’를 의미한다. 이러한 지향성은 ‘하늘과 바람과 별과 시’로 표상되는데, 우주적 순환이 운행되는 이 자연 질서의 공간은 천체적 심미성으로 형상화되지만 절대적 초월성에 머물지 않는다. 윤동주는 시간성의 도입과 ‘호명’이라는 시쓰기를 통해 이 절대적 공간을 인간의 실천과 운명이 깃든 역사의 시공간으로 바꾸어놓는다.

제4장

강상중의 디아스포라 의식과 글쓰기

1. 들어가며

강상중은 일본의 비판적 지식이자 『고민하는 힘』의 저자로 일본은 물론 국내에도 널리 알려진 재일 한국인 2세이다. 1950년 일본 규슈 구마모토 현에서 폐품수집상의 아들로 태어나 와세다 대학 정치학과를 거쳐 독일 뉘른베르크에서 베버를 공부했으며, 일본으로 귀국한 후 재일 한국인 최초로 도쿄 대학 정교수가 되었고, 세이카쿠인대학 총장을 역임하였다. 그는 1972년 한국방문을 계기로 애초의 일본식 이름인 '나가노 데쓰오[永野鐵男]'를 민족명인 '강상중'으로 바꾸고, 사이타마 지역에서 최초로 지문날인 거부를 한 외국인이 되었으며, TV 토론 프로그램 등에 등장하여 현안의 일본 문제 뿐 아니라 미묘한 국제관계에 대해 비판적으로 발언해왔다. '재일'의 문제의식을 바탕으로『재일 강상중』,『어머니』등의 자전적 에세이와『내셔널리즘』,『세계화의 원근법』,『20세기를 어떻게 넘을 것인가』,『오리엔탈리즘을 넘어서』,『두 개의 전후와 일본』,『동북아시아의 집을 향하여』,『기시 노부스케와 박정희』등의 학술서를 냈으며,『고민하는 힘』,『청춘을 읽는다』,『반걸음만 앞서 가라』,『살아야 하는 이유』,『도쿄 산책자』,『사랑할 것』,『마음』,『마음의 힘』등의 대중적 인문서를 통해 일본 독자들은 물론 한국독자들에게 많은 공감을 얻고 있는 작가이기도 하다. 매스컴에서의 발언으로 인해 일본 우익의 반발을 사기도 하는 그는 테러에 대비해 옷 속에 신문을 넣어 다니는 것으로 알려져 있기도 하다.

강상중의 이러한 다양한 저술과 사회실천에는 근원적으로 '재일'이라는 디아스포라의 운명이 드리워져있으나 특징적인 것은 그의 행보와 저술활동이 '재일'에서 벗어나 일본과 동북아 지역 사회, 그리고 보편적인 삶의 문제로 확장되고 있다는 점에서 여타 재일 디아스포라 작가들과 차별성을 보인다는 점이다. 강상중은 '재일'임을 표방하지만 아웃사이더로서 '재일'에만 머물지 않고 '인사이더'로서의 '재일'에 대해 적극적으로 사유를 펼쳐왔고, 또한 '재일'의 특수성을 동북 아시아의 정치학과 내셔널리즘, 세계화, 그리고 근대적 삶과 '타자'와 함께 하는 '고민'의 지점으로까지 확장하여 새로운 대안적 삶의 방식을 제시해 왔다. 이러한 태도는 김석범, 이회성, 이양지 등으로 대변되는 앞선 재일 디아스포라 작가들과도 다를 뿐 아니라, 재일의 고통을 가족의 실존적 차원에서 경험하고 체화한 서경식의 문제의식, 의식적으로 탈민족주의적 코드를 내세우고 일본의 보편적 사회 문제로 나아간 유미리, 그리고 재일의 고통을 유머로 풀어내는 신세대 작가 가네시로 가즈키 등과도 변별되는 것이다. 밀리언셀러로 자리잡은 『고민하는 힘』, 그리고 『마음』 연작은 불안한 근대 이후를 살아가는 젊은이들에게 보내는 삶의 메시지이지만, 이 메시지의 근원에는 재일의 삶의 과정에서 체득한 강상중의 디아스포라 의식이 들어있다. 즉 강상중에게 있어 재일이라는 특수성과 '경계성', '이중성'은 이전의 디아스포라 작가들이 보여주었던 '차별과 고통'의 기원, '방어적' '폐쇄적' 호소, '르상티망'의 원천이라기보다는 오히려 동일성의 원리와 폐쇄성을 지닌 내셔널리즘과 '자아'를 비판하고 여기에서 벗어날 수 있는 '거리'와 사유를 가능하게 하는 원천이 된다는 것이다. 본고는 강상중의 에세이, 학술서를 통해 재일 의식과 글쓰기를 통해 변화하고 있는 디아스포라의 현재적 지점과 다양성을 고찰해보고자 한다.

2. '재일' 감각의 편차

　1950년 구마모토에서 태어나서 성장, 70년대 와세다 대학과 독일 뉘른베르크 대학을 거쳐 일본의 저명한 지식인, 교수가 되기까지의 강상중의 삶은 고통과 차별로 점철된 디아스포라인들과는 다른 것이다. 폐품수집상의 아들로 태어났다고는 하지만 대체로 '빈곤'과 거리가 있었던 그는 비교적 안정된 가정에서 자라났고 양질의 교육을 받아 일본의 주류 사회로 진출한, 성공한 재일 한국인에 속한다. 그렇다면 강상중에게 '재일'의 실존적 경험은 무엇이며, 이 '표식'은 그의 삶과 가치관에 어떻게 작용했을까? 『재일 강상중』과 『어머니』[1]를 중심으로 살펴보자.

강상중(姜尙中)은 1950년 8월 12일 규슈 구마모토의 한국 조선인 마을에서 태어났다. 그의 아버지 강대우는 경남 창원 남산리 출신으로 15세에 만주사변 때 일본으로 건너와 도쿄 근교의 군수공장을 거쳐 구마모토에 정착한다. 어머니 우순남은 약혼자 강대우를 찾아 고향 진해를 떠나 일본으로 건너와 '하루코[春子]'로 살게 된다. 강상중에 의하면 구마모토의 재일 한국 조선인들은 대개 토건현장, 광산 등의 인부로 건너온 사람들로, 패전 직후 한국인 집단촌에 살며 주로 양돈이나 막걸리 암거래 등으로 생계를 이어갔다. 『재일 강상중』과 『어머니』에서 사회적 약자로서의 '자이니치'[2]의 한 부류는 주로 이 집단촌에 거주하는 인물들, '어머니'와 동향인인 '가네오카, 교코' 그리고 '이와모토(이상수)', 한센병 환자 '가네코씨' 등으로 대변된다.

패전 직후 강상중의 어머니 '하나코'는 구마모토 역에서 동향인 가네오카를 만난다. 가네오카는 20대 중반으로 남편은 처자식을 팽개치고 울산으로 가버린 상태라 홀로 두 아이를 데리고 부랑자 거리를 헤매며

---

1   『재일 강상중』은 2004년 3월 고단샤[講談社]에서 '자이니치'라는 제목으로 출간되었다. 우리나라에는 『재일 강상중』(고정애 역, 삶과 꿈, 2004)으로 번역되었다. 『어머니』는 2010년 「오모니」라는 제명으로 세이샤에서 출판되었고, 2011년 사계절에서 오근영의 번역으로 출판되었다. 본고에서는 두 권의 역서를 참고했다.
2   재일. 일본에 거주하는 재일한국인과 재일조선인을 가리키는 말로, 재일교포, 재일한국인, 재일조선인을 총칭해서 자이니치로 부른다. 주지하다시피 일본은 식민지 시기 '일본국적'을 부여했던 조선인을 패전 후 외국인으로 규정했는데, 이때 자이니치는 모두 '재일 조선인'이 되었고 그 뒤 적극적으로 한국국적을 취득한 자이니치는 '재일 한국인'이 되었다.

담배장사를 하고 있었는데, '하나코'는 이를 보다 못해 자신의 집으로 데려온다. 가네오카를 통해 보여주는 '재일'의 풍경은 당시 재일 조선인이 겪었던 참혹함을 대변해준다.

> 암시장으로 북적이는 가와라초에서 초로쿠[長六] 다리 아래에는 대만에서 돌아온 사람과 오무타[大牟田] 시에서 넘어온 전쟁 이재민 등이 천장도 없는 움집 같은 것을 짓고 포개서 누워야 할 정도로 답답하게 살았는데 가네오카 씨도 그 안에 섞여 있었다.
>
> 전등은 고사하고 촛불조차 없는, 문자 그대로 암흑의 인생으로 전락하여 모자는 숨을 죽인 채, 버림받은 채, 그저 생존해 나갈 수밖에 없었다.
>
> 다리 아래는 움집들이 모여 악취를 풍기고 이와 벼룩들이 들끓기 좋은 서식처가 되어 있었다. 입은 옷밖에 없는 세 모자는 온몸 여기저기를 벅벅 긁으면서 마치 넝마더미 같은 몰골로 담배꽁초와 밥찌꺼기를 주워 모았다. 여섯 살과 다섯 살인 두 형제가 악착같이 어머니를 따라다니는 광경은 옆에서 보기에도 눈물겨울 정도였다.
>
> —『어머니』, 85면.

전후라는 특수한 상황에 놓여있긴 하지만, 위의 풍경은 전후 일본에 남겨진 대다수의 '재일'이 겪었던 신산한 삶의 단면이라고 할 수 있다. 하루코는 가네오카를 통해 '교코'라는 자이니치와 알게 되어 함께 살게 되고 교코의 남편인 '이와모토 마사오(이상수)'와도 합류하게 된다. 이와모토는 『재일 강상중』과 『어머니』에서 비중있게 다뤄지는 인물로, 강상중의 성장과정에서 '제2의 아버지' 역할을 한 인물이다. 이와모토는 경주 출신으로 어릴 때 부모를 여의고 태평양 전쟁이 발발하던 해에 부산에서 시모노세키로, 다시 하타카에서 구마모토로 흘러들어온 사람이다. '천성인 호탕한 기질과 배짱으로' '제삼국인' 어깨조직(야쿠자)에 몸을 담기도 했지만, 강상중의 가족을 만나 안착하게 된다. 교코의 남편인 이와모토는 종전 직후 교코와 딸을 데리고 고향으로 돌아가 혼란한 조국 땅에서 더부살이 등을 하지만, 남쪽 단독선거를 둘러싸고 일어난 다툼에 휘말려 결국 고향을 떠나 구마모토의 강상중의 가족 곁으로 오게 된 것이다.

뇌일혈로 죽을 때까지 강상중의 가족과 함께 한 이와모토는 문맹에, 무법자의 세계에 속한 사람이지만 '호탕하고 욕심 없는 사람'으로, 한없이 따사로웠던 '아저씨'로 그려진다. '양돈'과 '폐품 회수' 일에 성실하고, 정치에 관심이 많아 한센병 환자인 가네코씨와 얼굴을 맞대고 정치 이야기를 즐겨하던 이와모토는 어린 강상중에게 영화 등의 다채로운 세계를 알려주었던 사람이다. 그러나 담배를 즐겨 피우던 그의 모습에서 강상중은 웃음 뒤에 감춰진 고향에 대한 그리움과 실향민의 고독을 감지하곤 한다.

강상중의 '재일' 이야기에서 '이와모토'와 함께 중요하게 언급되고 있는 것은 그의 숙부이다. 강상중의 숙부 '강대성'은 한국인으로는 드물게 일본의 대학 법학부를 졸업하고, 일본 헌병이 되어 구마모토로 부임한 식민지 엘리트이다. 타고난 재능에 출세욕이 강한 식민지 엘리트 청년에게 순수 일본인이 아니라는 굴레는 '내선일체'라는 허구에 매달리게 하는 원인이 된다. 동경과 한편 일본의 앞잡이라는 경멸어린 동포의 이중적 시선을 받으면서 출세가도를 달리던 숙부는 일본의 패전으로 추락하는 듯했다. 숙부는 천황의 항복의 '옥음방송'을 들으면서 울분을 터뜨리고 자결을 망설이나 결국 구마모토 만니치 산의 방공호에 몸을 숨기고 살아남아 조국으로 떠나게 된다. 일본인 아내와 딸을 두고 한국으로 건너 간 숙부는 '친일파' 전력을 지우고 '법무참모'로 군무에 종사하다가 변호사가 되어 서울의 법률 사무소를 차리게 된다. 그리고 유복한 집안의 딸과 다시 결혼하여 네 자녀를 두고 70년대의 궁핍한 사회현실과 무관하게 외제차와 대저택을 거느리고 살아가는 '성공적인 삶'에 이르게 된다. 비록 일본의 처자식과는 완전히 단절되었지만, 식민지 조선과 해방된 조국에서 '차별과 배척'과는 멀었던 이 재일의 초상에 대해 강상중은 "반민족적인" "친일의 과거"라 서슴없이 명명하지만 이런 '재일' 또한 "일본사의 범주로부터 배척받고, 민족 역사 속에서도 환영 받지 못한 채"[3] 헤매고 있는 '귀태(鬼胎)', 혹은 '역사의 넝마'로 그리고 있다. 강상중은 일본의 가족은 물론 한국의 가족과도 헤어진 말년의 쓸쓸한 그의 모습 또한 일종의 과거로부터의 응분의 보복이라고 보고 있는 것이다.

숙부의 친일은 '재일' 강상중의 가족에게도 특혜로 작용한다. 강상중의 아버지가 구마모토의 토건회사에서 일자리를 얻고, 생필품이 부족한 전시에 군의 저장물자로 연명할 수 있었던 것은 구마모토의 헌병이었던 숙부의 덕택이었던 것이다. 이런 맥락에서 보자면, 구마모토의 강상중 가족의 '재일'은 일본 내에서의 차별과 배제의 여정이 아니라 종전 이후의 일본의 경제발전의 일부였다고 할 수 있는데, 실제 강상중 가족의 안정은 전후 일본 경제의 성장에 힘입은 바 크다. 특히 암거래 등으로 근근히 살아오던 강상중의 가족이 1950년 전쟁 발발 후 동란 특수로 갑작스

런 부흥을 맞게 되는 장면은 '재일'의 복잡한 층위를 보여주는 예라 할 수 있다.

> 그러나 기적과도 같은 요행이 찾아오게 되었다. 아버지나 어머니의 육친과 조국을 거대한 불길로 태워버릴 듯한 전쟁이라는 '신풍(新風)'이 불게 된 것이다. (…중략…) 그러나 구마모토에서의 일상은 평온한 상태로 지나갔다. 이웃 나라의 살육은 표면적으로는 아무런 해도 끼치지 않았다. 그뿐이 아니다. 한 달도 되기 전에 그것은 생활의 침체를 일소하는 활력소가 되고 있음을 알 수 있었다. 초여름에는 군수(軍需) 붐으로 주가는 단숨에 상승하여 150억 엔 가까운 '동란특수'로 끓어오르기 시작했던 것이다.
>
> 특수 탓에 금속류의 가격도 치솟기 시작하면서 전신, 전화를 설치한 구리 전선 도난사건이 반발했고 어른이나 아이나 구리 전선 모집에 혈안이 되었다. 아버지도 어머니도 이와모토도 모두가 갑자기 쏟아진 전쟁경기의 덕을 톡톡히 보게 되었다. 그리고 살육과 호경기가 교차하던 해 여름에 어머니는 나를 출산했다. 데쓰오[鐵男], 상중[尙中]이 내게 부여된 이름이었다.

—『어머니』, 124~125면.

위 인용문에서 알 수 있듯, '재일' 강상중의 가족은 아이러니하게도 조국의 비극적인 전쟁 덕으로 생활이 윤택해지고 활력을 얻는다. 이는 '재일'에 새겨진 아웃사이더의 표식 뒤에 있는 '인사이더'의 이면을 들춰내는 것으로, 강상중은 이를 "전쟁은 메마른 대지에 갑자기 쏟아진 단비와도 같았다. 바닥으로 떨어진 불황에 허덕이던 경기는 갑자기 호흡을 되찾았고 그것은 서민의 생활까지 윤택하게 했다. 그리고 우리 집도 그 덕을 보게 되었다”와 같이 고백함으로써 '재일'의 복잡한 층위를 가감없이 드러내고 있는 것이다. 구마모토의 시내에 증권 붐이 들끓고 백화점이 들어서고 강상중의 어머니를 비롯한 여자들의 소비가 늘어났던 이 느닷없는 활력은 머나먼 조국의 동포의 죽음을 통해 가능했던 것이다. 1950년에 벌어진 이러한 아이러니한 '재일'은 이 해에 출생한 강상중의 운명과도 겹치는 부분이 있다.

3년의 전쟁 특수 동안, 폐품 모집 일에 적극적으로 나섰던 강상중의 가족은 우여곡절을 거쳐 구마모토 전철 부근에 '나가노'라는 간판을 내걸고 본격적으로 폐품 회수업을 시작한다. 이후 나가노 상점은 삼륜트럭 다섯 대, 운전수와 조수, 작업원 등을 고용한 유한회사로 소기업의 규모로까지 성장한다. "고물상은 전쟁과 재난의 참혹한 잔해를 처리하는 불운한 인연의 사업이었지만"[4] 이를 통해 재일 강상중 가족은 확고한 삶의 터전을 마련하게 된 것이다.

강상중의 '어머니'는 앞서 살펴본 양돈과 막걸리 암거래 등으로 연명했던 자이니치들, '이와모토, 가네오카, 교코, 가네코' 등의 부류에 속하는 인물이다. 그러나 '어떻게든 되겠지'라는 낙관주의를 지닌 '어머니'는 수동적이고 폐쇄적인 마이너리티에서 벗어나 적극적으로 삶을 개척하는 인물이라는 점에서 이들과 차별된다. 문맹이긴 하지만 폐품장부에 자신만 아는 기호를 만들어 사용하고, 평생 '뉴스'를 '유스'로 발음하며 악착같이 '재일'의 고단한 삶을 개척해온 '어머니'는 이후 '성공한 재일교포'로 고향의 친지들에게 대접받게 되는 등 상대적으로 부유한 삶을 살게 된다.

---

4 『어머니』, 156면.

강상중이 『어머니』라는 자전적 에세이에서 그리고 있는 '재일'은 일본에서의 피차별자로서의 고통보다는, '한국적인 것' 혹은 '고향'의 관습과 관련된다. 가령, 외할머니에게서 배웠다는 '차 따기' 노래를 흥얼거리는 모습이라든가 죽은 장남 하루오의 명일을 챙기고, 시모노세키의 무당을 불러 오구굿을 하는 샤머니즘적 풍속 등이 그것이다.

> 이 무렵에 민족이라고 하는 것을 가장 강하게 인식시킨 것은, 시모노세키의 아주머니였다. 그녀는 소위 무당이다. 일본에서 말하면 미코[巫女], 오소레산[恐山], '이타코'와 같은 존재다. 재일인의 대부분은 선조를 항상 소중히 여겼다. 선조 숭배와 샤머니즘이 불교적인 색채를 띠는 것이 무당들의 일련의 의식이다. 나의 어머니는 믿음이 깊은 사람이어서 그 무당을 해마다 시모노세키에서 불러들이고 있었다. 그 아주머니와 '대곡녀(代哭女)'가 두세 사람 있었다. 이들도 재일인이었다. (…중략…)
>
> 주위의 친구들은 이상한 눈을 거두지 못하고, 우리 집을 구경했다. 그리고 어머니가 미친 것이 아니냐는 풍문까지 나돌았었다. 나는 다만 그 수일간의 의식이 빨리 끝나기만을 바랄 뿐이었다. (…중략…) 어머니와 시모노세키 아주머니의 세계, 그것은 재일 속에서 가부장제적인 순종을 강요받고 살았던 여인들에게만 허락되는 토속적인 성역이었던 것이 아닐까. 거기에는 가족에 대한 깊은 애정과 고향에 대한 그리움이 담겨 있었다. 그것이야말로 어머니들에게 있어 재일로 살아갈 수 있는 힘의 원천이었던 것이다.
>
> —『재일 강상중』, 49~50면.

시모노세키의 무당 이야기는 『어머니』에서 더 상세하게 기술되고 있는데, "암울한 현실에 대한 체념과 비애"를 다스리려는 의식으로 강조된다. 강상중에게 흙냄새 나는 재일 1세의 '재일'이란 이렇듯 고향의 것, 일본과 변별되는 이질적인 '타자성'을 의미하는데, 따라서 강상중의 '재일'이란 차별받는 현재보다 '전근대적'인 것, 또는 '향수'와 '그리움'으로 형상화된다고 볼 수 있다.

『어머니』의 전반부는 '이와모토'로 대변되는 종전 직후 자이니치의 신산한 삶이 그려지고, 또 재일 한국인 마을에서 조국의 분단과 귀환운동을 두고 갑론을박하는 장면 등을 묘사하고 있지만, 강상중이 제시하는 '재일'이란 일본에서 살아가는 '자이니치' 들의 복잡다단한 현재적 모습이 아니라 고향과 연결된 1세들의 기억과 향수이다. 따라서 이와모토의 삶에서 '재일'의 특수성보다는 '실향민'과 '노스탤지어'가 강조되고, 그리고 『어머니』에서도 '재일의 어머니'가 아니라 '보편적인 어머니' 상이 더욱 도드라지는 것이다. 이는 『재일 강상중』 한국어판의 다음과 같은 머리말에서도 엿볼 수 있다.

　많은 1세들이 타계하여, 재일에서 흙내나는 '조국'의 이미지는 사라지려 하고 있다. 이따금 그에 대한 애석의 정이 머리를 쳐들 때, 나는 잊혀져 가고 있는 과거와 사람들을 기억에 붙들어 놓고 싶었다. (…중략…) 조국이라 해도 한국은, 나와 같은 2세에게 있어 곧바로 '조국'일 수는 없다. 태어나고 자란 산천 풍경과 자연의 감촉, 그리운 고향 온기 등 말하자면 조국인 향토 냄새와 촉감의 기억이 나와 같은 2세에게는 처음부터 없었기 때문이다. 그렇게 우리에게 조국은 어디까지나 가깝고도 먼 존재였다.

—『재일 강상중』, 22~23면.

3. 포스트모던 자이니치의 분열과 화해

앞서 강상중이 그린 자이니치들을 통해 '경계인'과 '피차별자'의 '재일' 뿐 아니라, 일본의 경제 발전의 수혜를 입은 '재일', 전근대적인 것으로서의 재일과, 실향민의 재일 등 재일의 다양한 편차를 고찰할 수 있었다. 그렇다면 강상중의 경우는 어떠한가.

나는 사진을 별로 좋아하지 않는다. 아니, 정확히 말해 사진 찍히는 것을 좋아하지 않는다. 순간의 표정을 잡아내어 정지시켜 놓은 듯한 내 얼굴을 보기가 괴롭다. 사진 속의 나는 항상 얼어붙은 표정이다. (…중략…) 이런 경향은 대학에 들어가서 더욱 심해졌다. 사진 속의 나는 내가 재일(在日)이며, 한국 조선계 얼굴을 하고 있다는 것을 확인시켜 주는 것처럼 느껴졌다. 사진을 보면서 내가 틀림없는 한국 조선인이라고 재확인하는 것이 싫었는지도 모를 일이다. (…중략…) 이런 엇갈린 감정은 내 얼굴과도 원만하게 타협할 수 없는 불안감에 휩싸여, 나의 정신적 유약함의 원인이 되고 있었다. 남의 시선에 과민하게 반응하는 것도, 그러한 심리적인 불안감과 관련이 있었을 것이다.

그러나 기묘한 일이지만, 그렇게 안으로 틀어박혀 버리려는 순진한 성격과는 반대로, 내 안에는 어딘가 대담함과 유들유들하고 뻔뻔스러운 면이 감추어져 있다고 느낄 때가 있다. 그것은 사물의 자세에 구애받지 않는 둔감함과 종이 한 겹인 불령의 정신이라 바꾸어 말해도 되겠다.

도대체 어느 쪽이 나의 진정한 모습일까. 실은 나 자신도 잘 알지 못한다. 이렇게 분열된 내 성격은, 부모와 나를 둘러싸 왔던 재일의 환경에서 얼마간

위 인용문에서 강상중은 자신의 조선계 얼굴을 싫어하고, 정신적 유약함과 뻔뻔함이라는 이중성과 분열적 성격을 가진 '자이니치'로 그려진다. 그리고 그는 대학 이전까지 말을 더듬었는데 이러한 증상이 '일본 사회로부터 소외당하지 않을까' 하는 불안에서 비롯되었다고 고백하고 있다. 분열적 성격과 말더듬이는 '재일'을 사는 강상중의 실존적 고투의 흔적이라고 할 수 있다. 그러나 대학 시절까지 대체로 강상중은 '재일 디아스포라'에 대한 자의식을 크게 지니지 않았다고 언급하고 있다.(이는 그로 인한 직접적인 차별과 배제에 노출되지 않았기 때문으로 보인다) 강상중은 "그때까지 나는 재일로 살아오지 않았기 때문에 재일이라는 것을 그다지 깊이 의식하지 않았었다. 도쿄, 오사카, 나고야 등은 재일들이 모여 사는 지역이고, 횡적인 연계와 민족학교도 있었다. 그러나 구마모토에는 그런 것이 없었다. 이를테면 민족적인 과소 지역에 있다가 한문연에 들어가면서부터 각별히 재일이라고 하는 의식이 강해졌다고 생각한다"(89)라고 밝히고 있는 것이다.

강상중이 재일을 적극적으로 의식하기 시작한 것은 와세다 대학의 '한국문화연구회'에 가입하면서부터이고, 그 전까지 강상중에게 '재일'은 직접적으로는 재일 1세들의 이질적인 문화, 그리움을 의미했으며, 간접적으로는 부정적 이미지와 거부감을 가졌던 것으로 보인다.

① 학생이 되기까지 '조국'은 언제나 후진국이고, 뒤떨어진 나라라는 이미

지가 따라다니고 있었다. 아버지와 어머니, 1세들이 몹시 그리워하는 '조국'
은 우리에게 그렇게 부정적인 이미지를 심어주었다. 그래서 나는 1세들을
굴절시켜 생각하였고, 동시에 나 자신의 정체에 대해서도 애증이 뒤섞이는
불신을 갖지 않을 수가 없었다.

―『재일 강상중』, 22면.

②6·25 전쟁이 있던 해에 태어난 나는 초등학교 고학년이 되어 역사와
현대사를 배울 때, 무척 우울했다. 재일은, 재일인 그 자체가 범죄인 것 같은
분위기가 눈에 보이지 않게 사회에 만연해 있었다. 그것에 기름을 부은 것
은, 분단의 현실이었다. 왜 부모와 아저씨들의 조국은 분단되어, 으르렁거리
고 있는 것일까. 한국 조선인들은 애당초 으르렁거리기를 좋아하는 국민일
까. (…중략…) 어쩌면 그토록 '야만스런' 국민이란 말인가. (…중략…) 국가
라고 하는 등껍질을 빼앗겨버린 뿌리 없는 풀. 귀속해야 할 나라는 두 개로 분
단되어, 이국 땅에서도 동포끼리 서로 싸우는 재일. 마치 '역사의 쓰레기'와
같은 느낌이 나를 괴롭혔다.

―『재일 강상중』, 66~67면.

두 개의 인용문에서 알 수 있듯, 재일 교포 2세인 강상중에게 1세들이
그리는 '조국'은 추상적이었고, 미디어와 일본인의 시선을 통해 알게 된
'조국'은 분단과 궁핍한 약소국으로 그에게는 거부하고 싶은 실체이다.
강상중에게 '재일'은 이렇듯 열등감을 불러일으키는 타자를 의미했으
며, 끝내 도망치고 은폐하고 싶은 기원의 흔적이었던 것이다. 이러한 강
상중은 1972년의 한국 방문을 계기로 급변하게 된다. 여름방학 한 달 동

안 서울의 숙부 집에 머물려 한국을 체험한 후 일본으로 귀국한 강상중은 '나가노 데츠오'라는 이름을 '강상중'이라는 민족명으로 바꾸고, '한국문화연구회'에 가입하여 적극적으로 활동하게 된다. 그는 변화의 구체적인 계기를 다음과 같이 밝히고 있다. 일말의 기대를 품고 찾았던 '한국'에서 그는 "만니치 산의 판자촌을 수백 배, 수천 배 끌어모아다 놓은 듯한" 거대한 폭력적인 황폐함과 빈곤에 경악을 하고, 거렁뱅이가 몰려다니는 비참한 풍경과 이와 대조적인 숙부의 저택에 다시 한번 절망한다. 그러나 석양에 물든 서울의 번잡한 거리에서 그는 문득 "누가 어디에 살아도 해는 뜨고 또 진다. 특별할 것도 없는 당연한 일이다. (…중략…) 그렇다, 있는 그대로 사는 거야. 있는 그대로. 아버지와 어머니가 이 나라에서 태어났고 또 나는 어쩌다 우연히 일본에서 태어났다. 단지 그뿐 아닌가. 그렇다면 있는 그대로의 모습으로 살아야 한다"(233)는 것을 깨닫게 된 것이다.

삶의 우연성을 있는 그대로 받아들여 '재일'로 거듭난다는 것은 다소 이해하기 어려운 부분이 있다. 오히려 이 시기 강상중의 변화는 '사회적 자아'에 대한 각성과 맞닿아 있는 듯하다. 1970년의 미시마 유키오의 할복 자살, 그리고 와세다대 문학부의 야마무라 마사아키의 자살, 1968년의 김희로 사건, 그리고 1970년의 남북공동성명과 72년의 유신헌법 등의 격동의 사건들이 내향적이고 예민한 청년 강상중의 자의식을 외부세계로 돌리는 계기가 되었던 듯하다. '강상중'으로 거듭난 이후, 돌연한 민족주의자로 변신한 강상중은 '한문연'을 중심으로 '후위'로서 한국과 관련된 학생운동에 참여한다. 김대중 납치사건에 항의하고, 김지하의 사형판결에 이회성, 오에 겐자부로 등과 함께 단식 파업을 실행하는 등, 강상중의 '재일'은 일본에까지 불어닥친 독재정권에 대한 저항으로 확대된다. 이를 계기로 강상중은 한반도와 동북 아시아의 국제 정세와 식민지, 전쟁, 분단 등의 역사에 더욱 관심을 갖게 되고 이 실존적인 체험을 통해 정치학자와 지식인으로서의 시각을 마련하게 된다.

강상중은 대학 졸업 후 대학원에 진학, 베버를 공부하고 독일 유학을 다녀온다. 그러는 사이 한문연의 친구들은 사회에 진출하고 '재일'의 서러움을 토로하기도 했지만, 강상중은 '재일'보다 더 고독한 독일에서 베버의 '근대'와 씨름해야 했다. 강상중은 귀국 후 신혼 생활을 시작하여 두 자녀를 얻고, 98년 도쿄대 정교수가 되기 전까지 비상근직 강사직으로 생활해 간다. 그는 80년대 중반 '사이다마 현'의 날인 거부 제1호가 되기도 하는데, '전위'가 되기를 거부한 그는 1년 후 날인함으로써 이 사건은 종료된다. 이후 '강상중'은 많은 저술 활동과 사회적 활동으로 '재일 지식인'으로 지금과 같은 명성을 얻게 된다.

이러한 과정을 통해 형성된 강상중의 '디아스포라' 의식은 지금까지 연구되었던 재일 작가들과 차별성을 보인다. 대부분의 자이니치의 문제의식이 일본에서의 차별과 고통스러운 실존적 경험에서 비롯되었다면, 강상중의 재일의식은 실존에서 출발하여 지성과 윤리의 차원에서 그 지평을 확대, 심화시켰다고 볼 수 있다. '강상중'으로의 개명을 일종의 '재일 선언'으로 본다면, 그는 의식적으로 '재일'이라는 표식을 달고 적극적으로 차별적 현실을 돌파했다고 볼 수 있다. 강상중에게 '재일'은 인정하고 싶지 않은 '타자성'과 '이질성'을 뜻했지만, 그는 개명을 통해 이 타자성을 적극적으로 끌어안음으로써 '재일'이라는 혼종성과 사이성을 인정하고, 외부의 다양한 타자들과의 교류와 공동체로 나아간다. 아래 인용문에서처럼 강상중은 '진정한 자아'란 허구에 불과하며, 인간은 시시각각 복수적 페르소나를 수행하며 살아가는 존재임을 여러 곳에서 강조하고 있다.

나는 일본인인가, 한국인인가. 그 답을 간절히 바라면서도 어느 쪽도 되지 못하고, 어느 쪽에도 익숙해지지 않았습니다. 그런 상반된 감정을 안고 있었습니다. (…중략…) 이런 서울에서의 '나찾기' 끝에 저는 '강상중'이라는 이름을 쓰기로 결심했습니다.

당시를 돌아보면, 그 무렵의 저는 '지금의 나는 거짓이다', '진정한 나는 어딘가 다른 곳에 있다'고 생각했습니다. 그러나 그렇지 않았습니다. 서울에서 깨달은 것은, '진정한 나는 이미 내 안에 있다'는 것이었습니다. (…중략…) '진정한 자기' 같은 건 없습니다. 있는 것은 지금 거기에 있는 자신뿐입니다. 그러므로 중요한 것은 우선 있는 그대로의 자신을 깨닫는 일입니다. 그리고 자기 안의 모순을 그대로 껴안고 모든 것을 받아들이는 것입니다. (…중략…) 일본과 한국이라는 두 조국 사이에서 흔들린 끝에 저는 마침내 일본 이름 '나가노 데쓰오'를 버리고 '강상중'으로 이름을 바꾸는 결단을 내렸습니다. 그것으로 저는 확고한 아이덴티티를 얻었을까요? 안타깝게도 그렇지는 못했습니다. 그렇게 단순한 것이 아니었습니다. 기대와 달리 그것은 오히려 제 안에 모순을 만들어 냈습니다. (…중략…) 요즘 저는 '정체성'에도 '동일성'에도 그다지 속박되지 않는 게 좋지 않을까 생각합니다. 왜냐하면 사람에게는 몇 개의 '얼굴'이 있는 것이 당연하고, 동일성에 집착하면 사실 굉장히 갑갑해져 어쩐지 쇠사슬에 묶인 것처럼 되어 버리기 때문입니다. (…중략…) 그러므로 아이덴티티라는 것은 몇 개의 면을 가지고 있는 것이라고 말할 수 있습니다. 어느 것이 진짜이고 어느 것이 거짓이냐는 문제는 그렇게 간단히 정할 수 있는 게 아닙니다. (…중략…) '나'에게는 몇 개의 얼굴이 있고, 일본에는 몇 개의 일본이 있고, 한국에는 몇 개의 한국이 있습니다. 어떤 개인이든, 어떤 국민이든 몇 개의 정체를 갖고 있습니다. 그러한 복수성에 눈뜨고 그것을 받아들임으로써 자신 안에서 몇 개의 자신을 발견해 가는 것, 바로 그것이 '아이덴티티의 작법'이라고 저는 생각합니다. (…중략…) 사람은 모르는 타자와 교류함으로써 자신의 새로운 정체성을 깨닫게 되는 법입니다. 그때 자신 안에서 자신이 몹시 싫어하는 타자를 발견하게 될 수도 있습니다. 하지만 그것을 받아들임으로써 타자는 무척 가까운 존재가 되는 것입니다.

—강상중, 송태욱 역, 『도쿄 산책자』, 사계절, 2011, 18~27면.

위 글에서 강상중은 한국인, 일본인 둘 중의 선택이 '진정한 자아' 찾기가 아니라 한국인이며 일본인인 모순된 '공존'과 복수적 자아를 인정해야 한다고 강조하고 있다. '동일성'과 '정체성'에 속박되지 말고, 있는 그대로의 혼종성과 타자성을 인정해야한다는 것이다. 강상중의 이러한 아이덴티티 의식은 데리다의 해체담론을 연상시키는데, 오리지널과 확고한 동일성, 권위에 대한 열망을 지워버리고 무수한 타자의 '흔적'으로서의 존재, 즉 디아스포라의 분열성과 모순을 끌어안는다는 점에서 강상중의 재일 의식은 탈근대적이다. 강상중은 자신의 이러한 재일의 혼종성을 소설가 이츠키가 언급한 '양미역취'에 비유한다. 북아메리카가 원산지인 외래종 '양미역취'는 일본에 들어와 이상 번식하여 재래종처럼 되어버린 것인데, 외래종인 자신의 가족 또한 일본에 뿌리를 내린 양미역취로 보는 것이다. 이러한 탈근대적 디아스포라 의식은 "국경 같은 게 어디있어!"[5]라는 생각으로 이어지고, 지워진 경계는 그를 대립과 분열에서 '화해'로 이끈다. 다음의 인용문에서 강상중은 재일의 불안과 우울은 '공존'과 '화해'를 통해 치유될 수 있음을, 그것은 곧 일본과 한국, 남북한의 화해로까지 이어져야 한다고 강조하고 있다. 『어머니』의 머리말에서 '어머니'가 자신의 생과 화해하기를 바란다는 집필의도에서도 이러한 화해 정신이 드러난다.

재일에는 복잡한 감정이 있다. 재일의 어느 젊은 세대는 "세계에서 가장 좋아하는 나라 일본. 세계에서 가장 싫어하는 나라, 한반도. 동시에, 세계에서 가장 좋아하는 나라, 한반도. 세계에서 제일 싫은 나라, 일본"이라고 말한다. 그 양쪽이 자신 속에 있다는 것이다. 그것은 극단으로 모순된 어법이지만, 내게도 그와 비슷한 심성이 있다. (…중략…)

내 우울증의 근원에는, 언제나 이 분열이 있는 듯하다. 분열은 '폭력'에 의해서가 아니라, '화해'에 의하여 치료하지 않으면 안 된다. 물론, 분열이 완전히 통합될 일은 없을지도 모른다. 하지만 그렇더라도 타자를 자신 속에 받아들여, 그 이질성과 공존해 가는 것에 의해서만이, 불안을 해소할 수 있는 것이 아닐까. 아니, 불안을 근본적으로 해소하는 일은 애당초 무리한 이야기일지도 모른다. 완전히 해소되지 않더라도, 불안의 원인을 규명하고, 그것을 받아들이고, 껴안고 가는 것으로라도 마음을 누그러뜨려야 하는 것이 아닐까. 재일과 일본, 재일과 남북, 남북과 일본 틈새에 있는 분열의 화해가 조금이라도 성취될 때, 그때야말로, 나는 아저씨들을 겨우 만나볼 수 있을 듯하다.

---

5 강상중, 이경덕 역, 『사랑할 것』, 지식의 숲, 2014, 23면.

남북의 공존과 통일은, 단순히 분단된 나라가 하나로 된다는 것으로는 풀리지 않는다. '화해'의 과정이야말로 가장 중요한 것이다. 남북이 화해한다고 하는 것은 동시에 일본과의 '화해'로도 연계되어 질 것이다.

—『재일 강상중』, 68~69면.

4. 마음의 레짐—초월론적 고향 상실의 경험

강상중의 '화해와 공존'은 재일 디아스포라인들이 처한 현실에 대한 실제적이고 유용한 방안은 아니다. 그러나 재일 교포 1세와 달리 후손들에게 민족적 지향성이 약화되고 세계화가 가속화되고 있는 현재, 강상중의 탈근대적인 재일 의식과 태도는 유의미한 것일 수 있다. 강상중의 이러한 '경계 지우기'는 '왜 재일이 걸프전쟁에 대해 이야기하면 안 되는가, 재일은 왜 일미 관계에 대해 언급할 수 없는가'와 같은 문제제기를 통해 수동적인 '재일'을 벗어나 적극적으로 일본 사회에 참여하는 원동력이 되기도 한다. 한 에세이에서 그는 가상의 '도쿄 도지사 선거 출마 선언'[6]을 만들어 새로운 도쿄에 대한 꿈을 제시함으로써 피선거권이 없는 '재일' 또한 일본사회를 이루는 중요한 구성원임을 일깨우고 있다. 이러한 강상중의 적극적인 자기 개진은 점점 토착민이 되어가고 있는 재

---

6   강상중, 이경덕 역, 「나의 지사 선거 '출마' 선언」, 위의 책, 52면.

일 후손들에게 새로운 모델일 수 있다.

동일성, 종속성, 전체성을 부정하고 혼종성과 이동성, 복수성에 주목하는 강상중의 포스트모던적 이념은 그의 학술적 글쓰기에서도 중요한 바탕이 된다. 『내셔널리즘』, 『오리엔탈리즘을 넘어서』, 『공간』, 『세계화의 원근법』 등의 학술서에서 그의 연구는 내셔널리즘의 허구성과 신화의 날조, '아시아적 가치'의 위험성, '자본주의적 세계화'에 대한 대항담론으로서의 종교와 내셔널리즘, '헤테로토피아와 경계상의 주체', '전후 일본의 민주주의와 래디컬 데모크라시' 등을 중심으로 수행된다. 국민이 국가를 만드는 것이 아니라, 국가가 국민과 공동체 문화, 언어를 창출한다는 베네딕트 앤더슨의 내셔널리즘의 허구성은 강상중이 그의 연구에서 줄곧 강조하고 있는 이념이다.

여기서 더 나아가 자니이치, 대만인 등의 일본 국적 박탈은 전후 일본의 국민국가체제가 '시민권'이라는 민주주의적 가치와 어떻게 이율배반적으로 작동해왔는지를 보여준다고 비판하고, 다양한 문화적 차이와 정체성을 인정하는 '래디컬 민주주의'로 나아갈 것을 당부하고 있다. 또한 '야만'이라는 조선관의 기원을 고찰, 이것이 메이지 유신 이후 일본의 국민국가 형성기에서부터 시작된 지정학적 '타자' 만들기의 결과물임을, 전후에도 계속되는 '아시아적 가치'라는 표상은 서구의 옥시덴탈리즘적인 심상지리를 매개로 만들어진 것으로 제국 내부에 편입된 식민지 조선의 신음에 둔감하게 하는 반면, 서양에 대한 피해자 의식을 선동하는 이념임을 지적하고 있다.[7] 자본주의 경제 체제에서의 경제적 내셔

---

7 강상중, 이강민 역, 「사라지지 않는 '아시아'의 심상지리를 넘어서」, 『공간』, 한울, 2007.

널리즘의 새로운 부상에 대해서도 공들여 분석하고 있는데 이러한 탈식민주의 담론과 관련된 강상중의 논의는 궁극적으로는 오리엔탈리즘, 내셔널리즘의 전체성을 넘어선 '헤테로토피아'와 '망명자' '경계상의 주체'에 대한 강조로 모아진다.

헤테로토피아(Heterotopia)는 푸코가 내세운 개념으로 '유사한 것과 동일한 것'의 집합 장소인 '호모토피아(Homotopia)'와 상반되는 '동일한 의미로 환원되지 않는' 이소성(異所性)을 의미한다. 동질성으로 이루어진 허구적인 유토피아와 대립되는 것으로, 강상중은 이를 "각종 사회적 공간을 이화(異化, 자신을 외계 상황에 적용하도록 변화시키는 것)하는 것"이라 규정하며 오리엔탈리즘과 내셔널리즘이라는 '전체화'에서 벗어나기 위해서는 우리 모두 '헤테로토피아'로서의 경계상의 주체가 되어야 한다고 주장한다. 그에 따르면, 경계상의 주체란 에드워드 사이드의 '망명자', 잔모하메드의 '거울처럼 반사되는(specular) 경계상의 지식인'과 상통하는 것으로, "끊임없이 이주(cross-over)하면서 경계(border)를 넘어가는 것을 통해서만 자신의 정체성을 유지할 수 있는 주체"이다.

이 주체는 스스로가 끊임없이 이동하는 경계 그 자체가 됨으로써 '내부'와 '외부'의 차이가 유동하는 장소, '무한소급'의 지점이 되어 경계에 속해 있는 것 사이의 균열을 비추고 그 본질과 구조를 분절화해서 드러내준다. 그것이 '헤테로토피아'인 까닭은, 바로 문화의 내부에서 발견되는 다른 모든 실재적인 장소가 그곳에서 표상되는 동시에 경쟁하고 역전하는 그런 '반장소'가 되어 있기 때문이다. 이와 같은 '반장소'로서의 주체를 특징짓는 것은 '세계를 지니지 못하고 세계적인 것 / 고향(고국) 없는 경계를 고향(고국)으로 삼는 자'(worldliness-without-world / homeless-as-home : Abdul R. JanMohamed)인 것
이다.[8]

위의 인용문에서 알 수 있듯, 강상중이 제시하는 '경계상의 주체'는 탈중심적(eccentric)이고 반장소적이며 비위계적이다. 이 '반장소', '비재(非在)의 장소', 고향 없는 고향 등은 강상중의 디아스포라 의식과 가치관의 핵심이라고 할 수 있다. '고향 없는 고향'이란 일종의 '초월론적 고향 상실 경험'[9]으로, 이는 곧 사이드가 지식인의 태도로서 강조하는 '망명상태'와 동일한 것이기도 하다. 사이드는 '모든 형태의 문화적 고정성에 비판적 거리를 유지하는 것', '자기 집에서 편하지 않는 것(아도르노)'을 유배자(exile) 정신이라 했다.

강상중이 지향하는 디아스포라 정신은 이 '초월론적 고향 상실의 경험'과 맞닿아 있으며, 그가 지향하는 지식인상과도 연관된다. 강상중은 '재일'을 선언함으로써 일본에서 '타자'가 되기를 마다하지 않고, 또 한국에 대해서도 '후위'라는 말로 기꺼이 '타자'가 되고자 했다. 이는 앞서 살펴본 헤테로토피아, 경계상의 주체되기의 실천이며, 또한 '아마추어' '아웃사이더'로서의 지식인의 실천적 행위이기도 하다. 그는 '지식이란

---

8   강상중, 이경덕 역, 『오리엔탈리즘을 넘어서』, 이산, 1997, 198면.
9   초월론적 고향 상실에 대해 강상중은 다음과 같이 설명하고 있다. "그 과정에서 묘하게도 뇌리를 떠나지 않던 말이 있었다. '초월론적 고향 상실'의 경험이라는 말이었다. 조금은 어색하고 딱딱한 이 표현이 왜 매력적이었는지 이제야 잘 이해할 수 있을 것 같다. 이 말은 공동체의 영역과 개인이 지닌 내면성의 영역 사이에 건널 수 없는, 그리하여 가히 절대적이라고 해도 좋을 모순을 발견했을 때의 경험을 가리킨다. 또한 그것은 끊임없는 '이동' 속에 내던져진 자기가 기댈 곳 없는 원인이며 동시에 어떤 기쁨과 같은 것의 원천이기도 하다. 사이드라면 아마 그것을 '망명상태'라고 부를 것이다."(『오리엔탈리즘을 넘어서』, 이산, 1997, 17면)

항상 아마추어다’라는 사이드의 말을 빌어, 재일이란 일종의 일본이라
는 프로에 대비되는 ‘아마추어이자 아웃사이더, 그리고 타자’라고 규정
한다. 그렇기 때문에 전문가가 인사이더가 볼 수 없는 것들을 볼 수 있다
고 확신한다.

> 에드워드 W.사이드에게서 나는 타자와 독자성의 문제에 대한 깊은 통찰
> 을 얻었다. 나는 1980년대까지 재일이라는 회로를 통해서만 일본을 보았다.
> 그러나 지금은 그렇지 않다. 사이드처럼 몇 겹으로 잡아 찢겨지고, 더구나
> 그 어느 쪽에도 귀속되지 못하는 자신이 어떻게 해서 메시지를 전달할 것인
> 가, 그 일에 골몰하고, 실제로 행동에 옮겨 보았던 것이다. (…중략…) 결국,
> 가야할 곳은 ‘타자’라는 문제일지도 모른다. 재일이라는 것은 일본 사회에 있
> 어서, ‘타자’의 존재도 아니다. 타자라고 하기엔 너무 가깝고, 또 동시에 먼 존
> 재인 것이다.
>
> —『재일 강상중』, 184면.

위의 글에서 강조되는 ‘타자’는 ‘복수적 자아’와 화해하고, 균열과 분
열로서의 ‘재일’을 긍정할 뿐 아니라 일본 사회에 적극적으로 참여하게
하는 인식적 틀이 된다. 강상중은 이 타자성의 인식을 통해 일본 / 한국,
제국 / 식민, 고국 / 타국 등의 이분법적 도식과 동일성의 종속에서 벗어
나 디아스포라의 정체성을 ‘뿌리’가 아닌 ‘경로’로, 종속성이 아닌 ‘인접
성’으로 이해해야 한다고 주장한다. 더불어 동북아시아에 흩어져 있는
재외한인들이 ‘코리언 네트워크’를 형성하여 나라와 나라, 경계와 경계
를 중개하고 새로운 공동체 의식에 기여하도록 하자고 촉구하고 있다.

강상중이 사이드, 푸코, 파농, 잔모하메드 등을 통해 내면화한 '헤테로토피아'적 디아스포라 정신은 '사회 속에서 사고하고 우려하는 아마추어'로서의 지식인 의식과 결합하여 미디어 대담이나 글쓰기를 통해 다각적으로 실천된다. 특히 그는 일본의 내셔널리즘의 강화나 동일성 강조에 대해 우려와 유감을 표하기를 마다하지 않는다. 쇼와 천황의 죽음에 일본 국민이 상복을 입고 거대한 애도의 국민적 장례행렬을 이루는 압도적 풍경 앞에서 지워진 '재일'의 존재를 상기하고 절망하는 모습,[10] 또는 2011년 일본 대지진 직후 '일본은 하나, 하나가 되자, 일본이여!'라는 구호로 재난의 내셔널리즘을 구축하려 할 때 부흥은 '재난 전 일상 속에 숨쉬고 있는 다양성의 회복'[11]임을 잊지 말아야 한다고 경고하는 글에서 이를 확인할 수 있다.

탈중심적이고 해체론적인 강상중의 '디아스포라 의식'은 '재일'이라는 경계성을 적극적으로 수긍하고 진정한 유토피아적 가능성과 역동적인 힘을 보여준다는 점에서 긍정적이다. 그리고 포스트모던이 강조하는 다원성과 타자성은 '재일'을 결과했던 내셔널리즘의 보편적 이념에 대한 대항담론으로서 유효한 가치라 할 수 있다. 그러나 지적 담론에 치우친 다원성과 타자성에 대한 지나친 강조는 '재일'을 비롯한 많은 민족적 소수자들이 처한 현실을 간과한 허구적 이념이 될 수 있으며, 사회구조적인 문제를 '개인'의 책임과 선택의 문제로 돌리는 일이 될 수 있다. 이러한 맥락에서 보자면, 『고민하는 힘』을 비롯한 많은 에세이에서 강상중이 줄곧 강조하는 '고민'도 원론적으로는 바람직한 것일 수 있으나,

---

10　『재일 강상중』, 162~163면.
11　강상중, 이경덕 역, 「'일본은 하나'에 대한 위화감」, 『사랑할 것』, 2014, 지식의숲, 179면.

'선택'으로 해결할 수 없는 사회적 갈등과 대립을 개인의 일로 축소시키는 일이 될 수 있다.

가치관은 다양해지고 자유로워졌습니다만, 자유가 확대될수록 횡적인 연대는 사라지고 개별화합니다. 그리고 자유가 확대될수록 불확실성은 커지기 때문에 불안도 커집니다. 소세키는 "신경쇠약은 20세기가 공유하는 병이다"라고 썼습니다만, 21세기는 '우울증의 시대'라고 해도 좋겠지요.

우리는 '고민'이라는 것은 순수하게 사적이고 개별적인 것이며 그 사람의 내면적 문제이므로 자신과는 관계없다고 생각해 왔습니다. 하지만 그렇지 않다는 것이 알려지게 됩니다. 자살이나 우울증의 원인도 개인의 문제로 봉인되고, 그것에 부스럼 딱지를 만들듯이 '자기 책임'이라고 말해졌습니다. 하지만 현대인은 사실 어떤 공통된 원인을 안고 있는 것입니다.

그러므로 이 시대에 사는 한 고민하는 것은 당연하고, 오히려 저는 좀더 고민해도 좋다고 말하고 싶습니다. 철저하게 고민하고 다시 한번 자신을 들여다보는 것이 살아가는 힘으로 이어지기 때문입니다.[12]

위에서 강조하는 '고민'은 '복수적 자아' '헤테로토피아' '경계상의 주체' 등의 테제와 밀접하게 연관된 '포스트모던적' 삶의 양식이라고 할 수 있다. 이후 그는 『마음』 『마음의 힘』 등에서도 불확실한 시대의 '마음의 실질'을 키우는 것이 중요하다는 것을 일깨우고, 나쓰메 소세키의 소설과 괴테의 『친화력』, 토마스 만의 『마의 산』을 통해 이를 풀어가고

---

12 강상중, 송태욱 역, 『도쿄 산책자』, 사계절, 2013, 74~75면.

있다. 강상중의 '마음' 또한 위의 인용문의 '고민'과 더불어 불확실하고 유동적인 탈근대적 일상 속에서 비판적 거리를 유지하고, '타자'와의 공명을 통해 상처를 치유하고 운명을 개척해가는 중요한 '힘'으로 언급한다. 특히『마음』에서는 2011년 대지진의 무구한 '죽음'을 삶의 타자로 설정하고 죽음이라는 타자를 끌어안고 이들의 마음을 이어받아 살아가는 힘으로 전환시켜야한다고 강조한다. 그러나 앞서 언급했듯, '마음' '고민'은 중요한 화두는 될 수 있으나 현실의 실정적인 제도와 구조를 외면하는 초월론적 태도가 될 수 있다. '선택과 고민'이란 그러한 기회조차 주어지지 않는 사람들에겐 불가능한 사치일 수 있기 때문이다. '초월론적 고향 상실의 경험'이라는 강상중의 디아스포라 의식도 그런 면에서는 추상성의 한계를 지닌다. 이러한 추상성과 초월성은 강상중의 문제의식이 '근대' '근대 이후' '전후 일본' 등 지적 패러다임의 시대틀 속에서 비롯되었기 때문으로 보인다. 이러한 관념적이고 전체주의적 시대 지평은 차별적 상황의 특수성을 외면하고 '다양성'의 문제로 환원시켜버리는 우를 범할 수 있다. 예를 들어 강상중은 미시마 유키오의 자살과 김희로 사건을 유사한 사건으로 본다든가, 아키하바라 사건에서 '개인'의 부분을 더 부각시키는 부분이 그 예가 될 수 있을 것이다.

① 미시마 사건은 당시 대학 2, 3학년이었던 나의 심리 상태와 겹쳐지는 부분이 꽤 많았습니다. 졸업이 가까워지면서 학생운동에 열을 올리던 장발 동급생들이 차례로 머리를 깎고 양복차림으로 변해갔고, 그 모습을 보면서 세상에 나홀로 남겨진 것 같은 기분이었습니다.

결국 학생들의 조반유리(모택동의 말로 반역을 일으키는 편에도 도리가 있다)는 사상 최고의 경제발전이라는 안전판, 학생운동의 모라토리움 그리고 대학 시절이 끝나갈 무렵에는 제대로 기업사회로 들어가는 입구를 준비하게 되어 있다는 것을 토대로 한 것이었습니다. 자이니치 운동을 하고 있던 우리들에게는 여기서 손을 들면 아무 것도 되지 않는다는, 때려 부수고 싶은 허구조차 우리들에게는 안전판이 아니라는 생각이 있었습니다. 그래서 미시마나 'KT' 속 자위대원의 분노는 나와도 맞닿아 있었습니다.

같은 시기에 김희로 사건(1968년 야쿠자가 던진 '조센진. 더러운 새끼'라는 말에 격분해서 이들을 죽이고 경찰과 대치한 사건), 연합적군파 사건(1972)이 일어났습니다. 두 사건은 좌와 우, 위와 아래로 색깔이 다르기 때문에 별개의 것으로 보기 쉽지만, 결국 "이 풍요로움이 뭐가 문제냐, 뭐가 그렇게 신이 나서 떠드는 거야"라는 물음과 관련이 있습니다. 즉 완성되기 시작한 전후 민주주의에 대한 '대단한 자멸적 이의신청'은 아니었을까요.

―『사랑할 것』, 70~71면.

② 2008년 아키하바라 무차별 살상사건은 아직 계류 중이지만 진상이 어찌 되었든 사회가 어떤 해석의 도식을 만들어 내 매듭을 지을지 궁금합니다. 나는 그것을 둘러싼 대립과 갈등에 깊은 관심을 갖고 있습니다.

한쪽 끝에서는 자기 책임에 기초한 해석이 있습니다. 그것은 가토 도모히로[加藤智大] 용의자(훗날 피고)의 이상심리, 왜곡된 욕망, 가정환경, 친구관계 등 그의 내력을 살펴 그 잔혹한 사건을 이해하는 것입니다.

여기에 대해 그가 속해 있는 사회적 조건이 큰 계기가 되었다고 해석하는 도식이 있습니다. 비정규직 고용 상태에 있어 직장을 전전하고 직장에서도 인간다움 대접을 받지 못했으며 이른바 '사카키바라 세대' (…중략…) 이 경우 그의 성격이나 내면의 심리라는 문제는 오히려 우발적인 것에 지나지 않는다는 해석도 가능합니다.

내 의견은 두 해석 사이에 존재합니다. 1958년 도립 고마츠가와[小松川] 고등학교에서 여자 고등학생을 살해하고 사형을 당한 자이니치 2세인 이진우라는 소년이 있습니다. 그가 저지른 범죄는 차별과 편견, 빈곤 등 민족적 소외가 한 소년을 불행한 사건으로 몰고 간 범죄로 해석되었습니다. 그래서 많은 사람이 그의 속죄를 위해 구명 운동을 벌였습니다. 그렇지만 본인은 그 사회적 조건을 부정하고 죄를 범하는 것은 자기의 본성임을 인정했습니다.

불문학자 스즈키 미치히코는 그 사건을 (…중략…) 가난하기 때문에 살인을 한 것인지, 차별을 받았기 때문에 폭력적으로 된 것인지, 민족적으로 억압을 받았기 때문에 왜곡된 형태로 표출된 것인지, 이런 물음을 던진 뒤 문학자 입장에 선을 넘은 '자유'는 가해자 자신에게 있다는 해석을 내렸습니다.[13]

첫 번째 인용문에서 강상중은 미사마 유키오의 할복자살과 김희로 사건을 동일하게 전후의 풍요로움에 대한 항거로 보고 있다. 그러나 미시마의 할복자살과 김희로 사건은 엄연히 다른 차원의 일이다. 김희로는 어린 시절 가출하여 스스로 생계를 이어가면서 일본 사회의 천대를 고스란히 경험했던 극빈층 조선인이다. '조센진, 더러운 새끼'라는 욕에 대한 폭력의 분출은 40년 간 축적된 고통과 울분의 결과라고 보아야 할 것이다. 두 번째 인용문에서도 강상중은 자이니치 문제, 아키하바라 사건 등을 개인적 차원과 사회적 차원 사이에서 해석하는 것이 온당하고

---

13 강상중, 이경덕 역, 「아키하바라 사건에 대한 내 생각」, 『사랑할 것』, 지식의숲, 2014, 190~191면.

애기는 하고 있으나, 그의 논지는 대체로 '개인적 자유'를 강조하는 것으로 보인다. 그의 논의대로 자이니치라고 해서, 아니면 '사카키바라 세대'[14]라고 해서 모두 '범죄자'가 되는 것은 아니다. 사회적 결정론은 전적으로 옳지 않지만, '개인의 자유'는 사회적으로 구성된 선택지 안에서 작동될 수 있기 때문에 사회적 차원을 간과할 수 없다. 김희로 사건, 아키하바라 사건에 대한 강상중의 시각은 '다원성'과 '타자성'을 지나치게 강조하는 반면, 이 '해체'와 '탈주'의 방향성 제시의 문제를 놓치고 있기 때문으로 보인다. 또한 '신경쇠약, 우울증은 20세기가 공유하는 병이다(소세키)'라며 현대인의 운명으로 보는 것은, 개개인이 놓인 실존적 상황과 폭력적 현실을 외면하는 일일 수 있다.

또 한 가지 덧붙이자면, 강상중이 여러 곳에서 강조하고 있는 '일본의 자이니치화'도 사실 포스트모던적 사유의 '과장'이라고 할 수 있다. 강상중은 최근 일본의 높은 청년 실업률과 취업난을 두고 '젊은이들의 자이니치화(在日化)'라 명명하여 많은 일본인들에게 공감을 불러일으켰다. 일본 젊은이들이 과거 자이니치처럼 취업하기가 힘들다는 것을 의미하는 것인데, '국가를 신용하지 않는 일본인' '국가에 대한 타자라는 감각'[15]을 강조하기 위한 비유라고는 하지만, 재일이라는 소수민족의 차별과 일본 특정 세대 젊은이의 수난을 동일시한다는 것은 '자이니치'의 고통을 경시하는 것이라고 볼 수 있다.

14　酒鬼薔薇世代 : 고베 소년 사건의 소년이 범행성명문에서 자기 이름을 사카키바라라고 내세운 것에서 유래. 일반적으로 1982년에서 1985년 사이에 태어난 남자들을 지칭하며 다른 말로 '이유없는 범죄세대'라고 부르기도 한다.(위의 책, 190면 참조)
15　위의 책, 266면.

5. 나오며

이상에서 강상중의 저서를 통해 그의 디아스포라 의식과 사회 실천 담론을 살펴보았다. 강상중은 여타 재일 디아스포라 작가들과 달리, '재일'임을 표방하지만 아웃사이더로서 머물지 않고 '인사이더'로서 일본 사회에 적극적으로 개입하여 발언해왔다. 또한 그는 '재일' 의식을 바탕으로 동일성의 내셔널리즘과 '자아'를 비판하고 타자성, 복수성, 다원성, 동북아시아의 연대와 코리언 네트워크를 강조해왔다. 이러한 그의 탈근대적 의식은 이전까지 소수자의 '고통과 차별, 원한과 피해자 의식'으로 인식되었던 재일감각의 표상에서 벗어나 다양한 재일 감각의 편차와 농시대성을 보여준다는 데에서 의미가 있다. 상상중은 자신의 제험을 통해 피해자로서의 '재일' 뿐 아니라, 일본헌병이었던 숙부를 통해 기회주의자인 친일 식민지 엘리트, 한국전쟁 특수로 인해 '부'를 획득한 재일 한국인 등의 재일의 편차와 재일 감각의 다양성을 보여준다. 대학 시절 재일 민족주의자로 변신했던 그는 독일 유학 이후 탈근대적 디아스포라 지식인으로 변모한다. 강상중은 '타자성' '혼종성' '이질성' '다원성'의 탈근대적 이념을 통해 '재일 한국인'의 정체성을 긍정적으로 인식, 수용해야 함을 강조하는 동시에, 이것이 세계화 시대 일본 사회의 보편적 이념이 되어야 한다고 호소한다. '헤테로토피아아, 경계성의 주체' 등이 학술적 차원에서 그가 강조하는 가치라면, '고민하는 힘' '자아' 집착에 대한 경고, '마음'의 강조, '화해와 공존' 등은 대중적 인문서에서 강조하는 삶의 태도이다.

  그러나 강상중의 이러한 탈근대적 담론은 재일의 특수성을 넘어 다양한 편차와 일본사회의 보편성과 이어진다는 점에서 긍정적이지만, 현존하는 '적대'와 '차별'의 현실을 외면한 '지적인 유희'가 될 수 있다. 또한 '고민'과 '선택', '마음'은 차별적 현실을 '개인적 차원'으로 돌리는 일이 될 수 있으며, 선택할 수 없는 처지에 놓은 이들의 고통을 외면하는 허구적, 초월적 이념이 될 수 있다. 혐한 단체인 '재특회'[16]를 통해 볼 수 있듯, '재일'은 과거와는 다른 방식으로 또 다른 차별의 현실에 놓여 있다. 이러한 현실과 함께 '고민'하지 않는 포스트모던 보편성이란 자칫 일본의 보수 우익을 방조하는 이념이 될 수 있는 것이다. 재일 지식인 서경식의 유려한 글쓰기가 재일 현실을 무화시킬 수도 있는 '비극적 낭만화'라는 우려의 지점을 품고 있다면, 강상중의 화려한 지적 담론 또한 구체성과 특수성을 망각한 '추상과 초월'이라는 함정을 품고 있다.

---

16 '재일 특권을 용납하지 않는 시민 모임'의 약칭. 재특회(일본어 : 在特会 ざいとくかい 자이토쿠카이)는 2007년 1월 20일에 발족한 일본의 우익 시민단체로 2009년 10월 22일 기준으로 회원수는 7,000명을 넘어섰다고 한다.

제5장

'국민'과 '비국민' 사이

이회성의 작품에 나타난 20세기 코리안 디아스포라 루트와 내러티브

1. 서론

재일 한국인 최초로 아쿠타가와상을 수상한 이회성은 1969년에 단편 「또 다시 이 길을」이 『군상(群像)』 신인상에 당선되면서 작품 활동을 시작하였다. 아쿠다카와 수상작인 「다듬이질 하는 여인」이 그러하듯, 그의 초기 작품은 그의 자전적 체험에서 나온 것이 대부분이다. '1935년 사할린 출생'에서 출발하는 그의 이력은 그가 한민족 역사의 상흔을 온몸으로 증언할 수밖에 없는 운명을 암시한다. 그가 태어난 '가라후토'는 1905년부터 1945년까지 일본 영토로 점령되었던 사할린 남반부에 위치한다. 러일 전쟁에서 사할린 남부를 획득한 일본은 조선인들을 강제

징용하여 탄광에서 일하게 했고, 또 그곳에서 '황국 신민화 교육'을 받게 했다. 가난한 이회성의 부모가 조선을 등지고 일본으로, 사할린으로 건너가게 된 것 또한 이러한 20세기 전반 아시아 영토 전반에 드리워진 파시즘의 한 결과이다.

종전 후, '가라후토'가 소련 땅으로 귀속되자, 일본인들의 귀국 행렬이 이어졌으나 이회성 일가는 여기에서 제외된다. 일본과 소련 사이에서 이루어진 협정에서 '조선인'은 없었던 것. 이는 해방의 본질과 조국 분단, 약소국의 비참을 그대로 드러내주는 것으로, 사할린 뿐 아니라 일본, 만주, 중앙아시아 등 각지에 흩어진 한민족 디아스포라인들의 버려진 운명을 상징한다. 이회성 일가는 1947년에 사할린에서 비밀리에 탈출하여 일본 큐슈로 그리고 다시 홋카이도로 옮겨 정착하게 된다. (하코다테 수용소를 거쳐, 여름에 강제 송환되어 큐슈 하리오지마 수용소에 수감되었다가 가을에 홋카이도 삿보로시에 정착)[1] 홋카이도에서 고등학교를 마친 이회성이 와세다 대학 노문학부에 입학하여 도쿄 생활을 시작한 것이 1955년이므로, 그의 생애 초반은 '사할린→큐슈→홋카이도→도쿄'로 구성된다. 47년까지 12년을 사할린에서, 그리고 55년까지의 8년을 홋카이도에서 보낸 이회성의 성장기는 식민지 조선 바깥의 일본 제국주의 현장을 보여준다. 그곳에서 그는 '반쪽발이'로 성장한다. 그동안 그가 공식적으로 '민족교육'을 받은 것이라곤, 일본 패망 이후 사할린에서의 불과 반 년. 하여 그가 민족의식을 각성하게 된 것은 주로, 가정과 일본사회에서 강요하는 타자성에 의한 것이라 할 수 있다. 즉 가족의 운명과 가정 내부

---

1   이회성의 생애 관련은 송하춘의 「역사가 남긴 상처와 민족의식」(『재외한인작가연구』, 고려대 한국학연구소, 2001) 참고.

에서 벌어지는 불화, 그리고 교우관계와 취업 등을 둘러싼 차별과 편견 등등, 이회성의 민족적 자각은 정체성(identity)이란 본질적으로 주어지는 것이 아니라, 타인과의 관계망에서 형성되는 것임을 입증하고 있는 셈이다.

이회성은 등단 이후, 일본에서 재일 한인 사회를 대표하는 영향력 있는 작가로, 또한 사회적으로도 중요한 역할을 해왔다. 1973년 김대중 납치사건에 항의하는 에세이를 기고하고, 1974년 김지하 등 '민청학련 사건'에 항의하여 단식투쟁을 감행하고, 86년 황석영과 '통일굿' 강연을 기획하여, 일본 곳곳에서 공연하고, 님 웨일즈 여사를 취재하는 등등, 그는 일본 내에서, 한국 안팎에 '버려진' 한국 디아스포라 인들 속에서 실천적 지식인을 자임해왔다. 이회성의 민족적 주체성에 바탕한 이 실천적 행로는 앞서 언급했듯, 처음부터 부모로부터 전수받거나 교육받은 것은 아니다. 그의 작품에서 주인공들이 대체로 학창시절 한인학생운동에서도 '바깥'에 있거나, 부모 또한 귀화하거나 일본에 동화되기 위해 애쓰는 인물로 그려지는 만큼, 그의 민족 정체성은 일본 내부로 들어가거나 빗어나려는, 구심력과 원심력의 재일 한국인들의 어쩔 수 없는 길항들 속에서 형성된 것이다. 본고는 이러한 이회성의 민족의식과 주체성의 형성과정을 초기 단편을 통해 살펴보고, 20세기 코리안 디아스포라에 새겨진 '국민국가' '민족' 이데올로기와 현실을 『유역』과 『백년 동안의 나그네』를 통해 고찰하고자 한다.

2. 재일(在日)의 정체성과 주체성 탐구 ─ 초기 단편

「다듬이질하는 여인」[2]에서 주인공 '나'의 가정은 작가 이회성의 자전적 체험을 그대로 보여준다고 해도 무방한데, 이 작품에서 어머니의 '장술이'도 그의 실제 생모의 이름을 딴 것이다. 이 작품에서 딸을 따라 사할린으로 건너온 외조부모는 '동굴'이라고 불리는 집에 기거하며, 한복을 입고 한서와 목침의 낯선 냄새에 둘러싸여 있는 괴상한 사람들로 그려진다. 여섯 번째 아이를 낳다가 죽은 딸─화자의 어머니─을 그리워하는 이들의 신세타령에는 '망해버린 나라' '도둑놈의 나라', 그리고 조국에서의 아름다웠던 시절에 대한 추억으로 가득하다. 주인공은 이 외조부모의 '조선적' 정체성과 이들을 마뜩치 않아 하는 아버지 사이에서 어렴풋이 자신의 기원을 읽는다. 이 작품은, 일찍 생을 마감한 어머니에 대한 추도이지만, 보편적인 '어머니'가 아니라 '한국의 어머니'로 읽히는 것은 바로 이 사할린의 한인사에 깃들어있는 이산의 아픔 때문이다. 아버지와 어머니의 갈등, 부모와 외조부모의 갈등, 그리고 나와 외조부모의 간극 등에는 모두 '떠나온 조국'의 흔적이 들어있다. 또한 온전한 그리움으로 존재하는 '나의 완전한' 어머니에도 '다듬이질하는 여인'이라는 한국의 여인상이 들어있다. 즉, 부모-자식-조부모 등등 가장 보편적인 인간관계에도 국가, 민족은 어쩔 수 없이 스며들어 이들 관계의 성격을 결정짓고 있는 것이다.

2　이회성, 이호철 역, 『다듬이질 하는 여인』(「다듬이질 하는 여인」, 「인면암」, 「반쪽발이」 수록), 정음사, 1972.

아버지를 모델로 한 「人面岩」에서도 마찬가지이다. 소년시절 '나'에게 아버지는 두려움과 혐오의 대상이다. 그는 '내가' 좋아하는 개뿐만 아니라, 도마뱀, 닭 온갖 동물을 잡아먹고, 술꾼에 포악하며, 어머니를 폭행하는 짐승 같은 사람이었던 것이다. '나'는 그의 뒤에서 언제나 '광포함을 키우는 어두운 갱도'를 본다. 그러나 화자는 그 갱도란 그 자신이 일본사람의 시선으로 보았기 때문에 생겨난, '타자성'이었다는 것을 깨닫는다. "한국사람으로서 아버지의 말을 이해하려고" 했을 때, 비로소 '나'는 그 갱도에서 빛을 보게 된다. 그리고 '갱도'를 형성한 것들, 가령 "한국사람들은 일반적으로 정치 이야기를 즐겨 하지만, 그렇게 된 것은 정치에 괴롭힘을 당한 어두운 정열이 솟기 때문일 것이다. (…중략…) 아버지는 이 세상의 구조의 불평등이나 차별에 대해서, 연방 서투른 일본말로 설명하려 했던 것이다"와 같은 현실 차별을 깨닫게 된다. 「人面岩」(호손의 「큰 바위 얼굴」)에서 어네스트가 바위를 바라보며 스스로 현자로 자라나듯, 화자인 '나' 또한 아버지와 그의 갱도를 미워하고 이해하면서 그와 흡사한 '재일 조선인'으로 자라나게 된다. 그리고 그것은 "아버지에게 봉건적인 느낌은 들지, 그러나 확실히. 그렇지만 나는 자네 아버지를 존경하고 있어요. 그 소탈한 태도나 대륙적인 개방성이 아주 좋단 말이야"라고 말하는 이웃집 사꾸라다 씨의 동감이 들어있는 성숙한 타자의 시선을 배워가면서이다. 초기 작품 중에 재일 조선인의 문제를 가장 첨예하게 다루고 있는 것은 「반쪽발이」이다. 이 작품은 귀화한 한 대학생(大木眞彦)의 분신자살로부터 출발한다. 이 청년의 죽음은 같은 민족임에도 불구하고 '한국 국적' '조선적' '일본 국적'에 따라, 과거완료형, 현재진행형 등으로 배척하고 편가르기 하는 재일 동포 사회의 비극,

그리고 일본사회의 차별을 온몸으로 고발한다. 그러나 그의 친구였던 '나'는 그의 죽음에 동조하거나 마땅하다고 생각하지 않는다. 그것은 그 자신의 운명을 슬퍼하기만 할 뿐, "그토록 민족이 잊히지 않는다면, 어찌하여 적을 한국인으로 되돌리는 노력을 하지 않는가? (…중략…) '귀화인'으로 일본인과 한국인의 교량 역할을 한다는 귀중한 인간이 될 수도 있지 않은가?"와 같이 어떠한 '노력'을 하지 않았다고 생각했기 때문이다. 화자의 이러한 비판 의식은 다음과 같은 주체성에 대한 자각으로 나아간다.

누가 '반쪽발이'인 우리를 지켜 준다는 말인가. 우리처럼 한국인 사회에서도 멀리 떨어져 있는 자들을 말야. 그런 사람은 많아. 대저, 일본 학교에서 십이만 명이나 되는 반쪽발이가 다니고 있고, 민족 교육을 받고 있는 것은 불과 사만도 채 못 된다지 않아. 모두 그렇게 버려져 있거든. 필경은 자기 자신들이 자기를 지켜 가야 할 밖에. 이렇게 되면 부모도 의지가 안 되는 거야. 사는 이상은, 스스로 자기 자신에게 책임을 지지 않으면 안 돼. 大木眞彦은 너무나 타인에 의지했어. 계집스럽게 이리저리 호소하려고 했지. 최후의 그 죽는 방식도 바로 그 호소였던 셈이지.

—이회성, 『다듬이질 하는 여인』, 186~187면

타인에 의지하지 않고, 스스로 삶을 개척해나가는 것, 그것은 타인의 부정적 시선에서 얻은 수동적 정체성이 아니라, 타인의 시선을 긍정적으로 바꾸는 능동적 정체성을 획득해나가는 것을 의미한다. 따라서 재일 청년에게 삶의 우선적인 과제는 'BOYS, BE AMBITIOUS!'가 아니라, 'BOYS, BE IDENTICAL!', 즉 정체성을 발견해나가는 것이어야 한다고 생각하게 되는 것이다. 정체성 탐구에 나선 화자는 한국행에 오르고 대한 독립의 상징인 파고다 공원을 찾아 헤매며 조국의 모진 수모를 당하지만, 이러한 과정을 통해 그, 그리고 작가 이회성은 재일 조선인, 혹은 이산인으로서 일본 사회에서 자신의 삶의 권리를 정당하게 요구하고, 타인들의 의식을 바꾸는 주체적 인간으로 나아가게 된다. 그것은 「다듬이질 하는 여인」의 어머니의 마지막 유언, "흘러가지 말아요"를 받드는, 역행하는 삶의 몸짓이기도 하다.

3. 중앙아시아 고려인과
초국가적 디아스포라 네트워크 ─ 『유역』

앞서 살펴본 초기 단편들은 대체로 70년대에 쓰여진 작품들로, 가족과 일상을 통해 재일의 상황과 심리상태, 민족적 정체성을 형상화하고 있다. 이회성의 이러한 초기의 자전적 글쓰기는 사소설로 흐르지 않고, 보다 넓은 범주로 확대된다. '반쪽발이'라는 자신의 정체성에 대한 고뇌에서 출발한 작가는 점차 '개인'에서 민족 전체로 그 시야를 확대시키고 있는 것이다. "민족적 아이덴티티를 추구하려고 한다면 그 순간부터 인간으로서는 추락할지도 모른다. 그럼에도 불구하고, 민족적인 것을 모르고, '인간'이 된다는 것도 곤란하다. 더구나 사람은 민족적이 되는 것과 인간적이 되는 것이 한데 어우러져 통일을 이루어 가면서 이 지상에 존재하는 것이다"[3]에서 그가 분명히 하고 있는 것처럼, 그는 보편적이고 추상적인 인간에서 구체적이고 역사적인 인간 탐구와 자기 발견으로 나아가면서 '재일'과 '조국'의 현실에 눈뜨기 시작한다. 그가 김대중, 김지하 사건에 항의하는 등 남한 민주화 운동과 마당 '통일 굿' 상연 운동에 적극 가담한 것은 재일 조선인의 분열이 분단 조국과 맞닿아 있고, 재일의 기원과 운명 또한 조국의 그것과 별개의 것이 아님을 깊이 인식했기 때문이다.

1970년대 '민족' 문제를 바라보는 이회성의 시선은 조총련계 쪽에 가깝다. 민족교육에 있어 북한의 영향력이 강한, 재일의 특수 상황이 중요 원인이었겠지만, 개인의 자유보다는 민족과 조국 전체를 강조하고 계급 차별은 물론 민족차별을 지양하는 사회주의적 유토피아는 재일 청년 작가의 이상에 더 부합하는 것이었을 것이다. 「청구의 하숙집」에서 주인공 동인이 대학 동아리 '조선문화연구회'에 가입하여 '한국'을 알아가고, 또 '성(性)'이라는 개인적 고뇌에 조국분단이라는 전체 수난을 대비시키면서 보다 큰 통일운동으로 나아가고자 한 것, 「죽은 자가 남긴 것」에서 민단 소속인 큰형 태식과 대립하는 '동식'의 조총련 활동 등은 작가의 이러한 사상적 경향을 반영하는 것이다. 물론, 작가 이회성은 남한의 자본주의와 파행적 정치, 북한의 세습권력과 주체사상을 비판하고 이 양자의 모순을 극복한 진정한 통일 조국을 희망한다는 점에서, '재일'이라는 중립을 유지하고 있다고 할 수 있다. 그리고 이 비판적 거리

---

3   이회성, 김숙자 역, 「서문—빛나는 고독」, 『죽은 자가 남긴 것』, 소화, 1996, 8면.

는 남한의 유신시대의 정치적 사건을 배경으로 토착적 사회주의 혁명을 수행하려는 젊은이들을 다룬『못다 꾼 꿈』(1976.7~1979.4,『群像』연재, 이후 강담사에서『금단의 땅』으로 출간) 등으로 표출되기도 한다.

'나'의 정체성 → 재일의 상황 → 한반도의 조국분단으로 이어진 작가의 민족 비극의 추적은 중앙아시아의 고려인을 다룬『유역(流域)』(1992.4,『군상』에 전재)과 사할린 조선인의 재일의 기원을 다룬『백년 동안의 나그네』(1994.7~8,『신조』)에 이르러 세계사적 지형으로 확대된다. 카자흐스탄에서 모스크바, 서독, 캄차카 반도에까지 뻗쳐있는 조선 '유민'에 대한 총체적 시각[4]은 80년대 이회성의 적극적인 현실참여와 사할린을 비롯한 유럽, 중앙아시아 등의 해외 방문 이후, 작가가 발견한 20세기 코리안 디아스포라의 세계사적 지형이다. 80년대를 지나면서 변화된 이 폭넓은 시각은 '재일'을 '고려인', '사할린 조선인'과 '조선족', 독일의 '유이민'에 비춰보면서 코리안 디아스포라의 역사성을 깊이있게 성찰하게 된다.

『유역』은 페레스트로이카 이후 개방과 개혁 바람에 휩싸인 1989년의 소련 방문기이다. 소설가 임춘수와 르포작가 강창호는 재일 조선인으로 연해주 고려인을 중앙아시아로 강제이주시킨 '37년 문제'를 취재하기 위해 재소 고려인들을 만난다. 그리고 재일 조선인과는 또 다르게 형성된 고려인들의 복잡한 디아스포라 지형을 맞닥뜨리면서 그의 '민족주의'와 '사회주의' 편향의 이상주의는 곤혹스런 지점을 발견한다.

윤인진에 따르면 구소련 시기(91년 해체 이전)의 고려사람은 이주의 배경과 시기에 따라 크게 3가지 유형으로 구분된다. 첫째, '대륙의 고려사

4 　박정이, 「이회성 문학의 특징―시대별 특징을 중심으로」,『일본어교육』제32집, 한국일본어교육학회, 2005, 215면.

람' 혹은 '큰 땅 고려사람'으로 불리는 고려사람은 1860년대 중반부터 주로 경제적 동기(1910년의 한일합방 이후에는 정치적 동기도 작용함)로 연해주 등지로 이주한 사람들과 그 자손들을 말한다. 이들은 1937년 스탈린에 의하여 카자흐스탄, 우즈베키스탄을 비롯한 중앙아시아로 강제 이주당하였다. 둘째, '사할린 고려사람'은 1938년 제국주의 일본에 의해 남사할린으로 강제징용 당했다가, 1945년 이를 점령한 소련군의 출국금지 조치에 의해 남사할린에 억류된 후 소련국민이 되었다. 셋째, '북한 출신 고려사람'은 1945년 소련군이 북한 지역을 점령한 이후부터 지금까지 여러가지 형태로 북한을 이탈하여 소련 국민이 된 사람들과 그 후손을 말한다.[5] 각각 80%, 10%, 10% 정도의 비율을 차지하고 있는 52만 명의 고려인들은 러시아 혁명, 스탈린 독재, 소련 해체 등의 역사적 부침을 겪으면서 유라시아에서 중층적 디아스포라 공간을 형성하고 있다.

『유역』에서 춘수와 강창호가 만난 고려인들은 대개 위의 전형들을 보여준다. 첫 번째 부류에 해당하는 인물은, 영화감독 라블렌치 손과 그의 어머니, 그리고 '아리랑 극단' 연출가인 빅토르 박이다. 1904년 함경도 출신인 라블렌치 손의 어머니는 다섯 살 때 고향을 떠나, 왜놈과 러시아인의 검문을 피해 연해주 우수리 지방에 정착한다. 원동에 가면 자작농이 될 수 있다고 생각한 그의 가족은 일제 강점기의 희생자로 연해주에서 고기잡이로 생계를 꾸려갔으나, 다시 37년 카자흐스탄의 크질오르다로 강제 이주당한다. 라블렌치 손의 아버지는 독일과의 전쟁에서 러시아군으로 동원돼서 시베리아로 끌려가 죽는다.

---

5   윤인진, 『코리안 디아스포라』, 고려대 출판부, 2005, 87~148면 참조.

고종 임금 때 두만강을 넘어와 5대째 살고 있다는 빅토르 박 또한 경제적 동기에 의해 월경한 경우이다. 빈농이자 프롤레타리아인 고려사람들은 1917년 10월 혁명으로 잠깐의 혜택을 입지만, 곧이은 집단화로 인해, 어쩔 수 없이 러시아인으로 귀화하고 콜호즈로 귀속되고 만다. 빅토르 박의 다음과 같은 증언은 당시, 고려사람이라는 특수한 민족이 사회주의 이데올로기와 국가 장치, 세계체제 지정학 속에 어떻게 놓여있었는지를 보여준다.

> 조선인들이 탈출하려고 한 것은 토지 문제도 있지만 소비에트 정권이 모든 조선인에게 소련 국적을 갖도록 정책적으로 강요한 것과도 관계가 있답니다. 그때는 국경이 험악해져 있었지요. 일본군이 만주를 빼앗으려고 호시탐탐 노리고 있었으니까. 그래서 소비에트 정권은 연해주 일대의 경비를 엄중히 하여, 조선인이 두만강을 넘어 들어오는 것을 막고, 한편으로는 재소 조선인을 소련에 귀화시키려고 했던 거지요. 콜호즈에 들어가고 싶으면 소련인이 되라는 겁니다. 그러면 러시아인도 안심이라는 거지요.[6]

위 인용문에서 빅토르 박은 소련 국적 강요의 예를 들어, 프롤레타리아 혁명이 앞세운 집단화와 공동소유는 "인민의 재산이란 구름 잡은 이야기"일 뿐, "국가의 재산"이라는 국가주의의 이데올로기였음을 고발한다. 결국, 빅토르 박의 아버지는 소비에트 당원인 친구의 권유로 콜호즈에 가입하고, 그 뒤 강제이주령으로 카자흐 공화국 우시토베라는 척박한 땅으로 끌려가고 만다.

---

6   이회성, 김석희 역, 『유역』, 한길사, 1992, 117면

이 첫번째 유형에 해당하는 디아스포라 운명은 이들 이외에도, 차르 시대에 러시아의 회유책에 이끌려 두만강을 건너와 귀화한 부농-원호진, 코사크족이나 일본군과 싸운 원동 빨치산 등 다양한 층위를 이룬다. 이 유형에서 한 가지 눈여겨 볼 것은 일제에 맞서 싸우기 위해 조국을 떠난 이들의 비극적 행로이다. 가령, 이 작품에서는 소비에트 당원이었던 빅토르 박의 아버지 친구의 경우. 당의 블라디보스토크 관구 집행위원회에서 일하는 그는 자신의 땅까지 헌납하며 조선 독립을 위해 일한 사회주의자다. 그러나 연해주에 조선인 자치구 문제를 모스크바에 청원했던 그는, 스탈린 정권이 들어서자 '민족주의자'로 낙인 찍혀 강제 수용소로 보내지고 만다. 이는 30년대 이후 숙청당한 숱한 민족주의자나 공산주의자를 대표하는 경우로, 여기에는 27년 소련으로 망명하여 고려인 문학의 초석을 다졌으나, '인민의 적'으로 체포되어 38년 하바로프스크에서 총살당한 포석 조명희,[7] 37년 카자흐스탄으로 강제이주 당한 후 극장 청소부로 살다 쓸쓸한 죽음(1943)을 맞은 항일투쟁 지도자 홍범도 장군 등이 포함될 것이다.

춘수 일행이 만난 『레닌기치』(1938년 5월 15일 카자흐스탄의 크즐오르다에서 창간된 민족신문)의 주필은 두번째 유형에 해당하는 사람으로 같은 사할린 출신이나 일본으로 건너간 춘수와는 엇갈린 운명을 보여준다. 이들의 유년은 춘수에 의해 다음과 같이 회고된다. 일본 점령 하에 있었던 가라후토(樺太 : 사할린 섬을 일본식으로 부르는 이름. 러일전쟁이 끝난 1905년부터 제2차 세계대전이 끝난 1945년까지 일본 점령하에 있었다)에서 그들은, "아침마

---

7   『유역』에서 춘수 일행이 만난 조명희의 딸, 조선아에 의하면 조명희는 옥중 자살한 것으로 알려졌지만, 이는 소련 정부의 지원을 받기 위한 눈속임으로 암시된다.

다 학교에서 '교육칙어'를 제창하고, '귀축미영격멸(鬼畜米英擊滅)'의 날에 대비하여 무술훈련을 하고, 대동아 공영권을 위해 성전을 치른다는 말에 가슴 조이며 천황의 적자로서 맹세하던" 황국소년들이었다. 즉 제국에 동원된 식민지인이자 일본 국민으로 성장하다가, 종전 후에는 일본 국적을 상실하고 소련에 귀속됨으로써, '조선인'이라는 민족적 정체성(ethnic)과는 무관한 두 개의 국민국가(nation-state)을 경험하게 된다. 이렇듯 국경선 변경에 의해 포섭되고 배제되면서 마이너리티로서의 운명을 걷게 된 이들은, 또 한편 '선주민, 대륙인, 북조선 파견 노무자'들로 갈리면서 서로 미묘한 갈등을 빚기도 한다. 사할린의 조선인 또한 앞서 살펴본 중앙아시아 고려인들의 유형과 마찬가지로 경로에 따른 장소적 정체성을 획득하면서 디아스포라 공간 내부의 차이로 분절되는 것이다. 소련 주변부 위치에 존재하는 이들 사할린 조선인은 대륙 고려 사람들에 비해 동화수준이 낮고 한국어와 일본어에 능통한 편이지만, 그렇기 때문에 소련 내부에서 이중의 마이너리티의 위치에 배치된다. 사할린에서 대륙으로 건너와 타슈켄트에 정착한 춘수의 사촌동생인 부스 또한 이 두 번째 유형에 해당된다.

『유역』에서 작가가 가장 문제적으로 다루고 있는 인물은, '유진', '박진', '백승종', '장일' 등 북한 출신 고려사람이다. 작가가 이 세 번째 유형에 특히 주목하는 것은 이들의 디아스포라의 경로가 20세기 초 조국 분단과 이데올로기 대립이라는 '뿌리'에 맞닿아 있기 때문이다. 춘수 일행의 중앙아시아 여행 안내를 맡은 유진(본명 박태철, 58세)은 모스크바 대학 출신으로, '진'이라는 필명을 통해 의기투합한 박진, 하진[8]과 함께 한국 전쟁 당시 국비 유학생으로 뽑혀 소련에 파견되었다. 소련에서 공부하던 중이들은 소련공산당 제20차 대회(1956년 2월에 열린 이 대회에서 흐루시초프는 스탈린을 비판하고 집단지도체제를 강조)에 자극 받아, 1958년 조선 노동당 중앙에 개인 독재를 그만두고 집단지도체제를 택해야 한다는 '의견서'를 보낸다. 북한은 소련의 모든 유학생에게 귀국 명령을 내렸으나 이를 거부한 '삼진'은 소련지도부에 의해 각기 시베리아 이르쿠츠크, 카자흐스탄의 알마아타, 모스크바로 흩어져 보호감찰을 받게 된다.

백승종은 김일성 종합대학에서 철학을 가르쳤던 사람으로, 북한 체제에 비협력 했다고 하여 소비에트로 쫓겨난 지식인이다. 1937년까지 하바로프스크 근교 조선인 마을에서 학감으로 일하던 그는 레닌그라드로 유학을 떠나지만, 강제이주령이 내려지자 스파이 혐의로 끌려가 고문을 당한다. 그 후 그는 군대에 자원하고, 러시아식 이름으로 바꾸고, 유물론을 열심히 배우고, 정식 당원이 되고, 대학의 철학교사 자격을 얻는 등 생존을 위해 철저히 소비에트 식 인간형이 된다. 1946년 10월 카자흐 대학 총장에 의해 선발되어 김일성 종합대학 부총장으로 파견된 그는 김일성과 김두봉에게 1년간 철학을 강의한다. 그러던 중 '김일성 전기'를 쓰게 되지만, 김일성을 영웅화하지 않았다는 이유로 1948년 소련으로 쫓겨난다.

유진의 은사 장일은 소련 해방군으로 1945년 8월 가장 먼저 조국 땅에 발을 딛은 용사였고, 또 그 공로를 인정받아 북한 문화차관을 지낸 바

---

8 이들 삼진(三眞)은 중앙아시아의 실제 인물이자 작가인 리진, 허진, 한진을 모델로 한 것으로, 유진의 실제모델은 「공포」를 발표한 '한진'으로 추정된다. 이밖에 이 작품에 출현하는 많은 인물들 또한 실존 인물을 모델로 했을 가능성이 많은데, 가령 라블렌치 손은 카자흐스탄에서 각본가, 연출가 작가 생활을 하고 있는 라브렌티 송의 소설적 형상화로 볼 수 있다.(장사선·우정권, 『고려인 디아스포라 문학』, 월인, 2005, 32면)

있지만 '이중국적', 이태준을 돌봐주는 등의 프티 부르주아적 기질이 문제시되어 조선노동당으로부터 퇴출되어 13년 만에 소련으로 돌아온다.

이들 북한 출신의 지식인들이 보여주는 디아스포라 경로의 특징은 북한의 체제 이데올로기에 의해 희생된 '망명자'라는 점이다. 해방 후 북한 1인 집권체제에서 많은 이들이 숙청 당한 것처럼, 소련파이자 사회주의 이념에 보다 충실하려 했던 이들은 조국으로부터 추방된다. 따라서 이들의 디아스포라 의식은 조국(고향)을 향수하면서도, 한편 조국의 현실체제에 대해서는 상당히 비판적이다. 박진이 가명으로 『김일성 왕조 비사』를 써서 김일성 신화를 폭로하고, 장일이 김일성 장군의 평양 입성이 날조극이라고 비판하는 것 등은 바로 이들의 난민적 운명이 파행적 국민국가 형성기의 폭력에서 비롯된 것임을 보여준다.

『유역』에는 남한 체제에 의해 배제된 또 한 명의 디아스포라가 등장한다. 춘수가 한때 사랑했던 독일 여자 유학생인데 이론물리학 전공자인 그녀가 잠시 귀국하자, 남한 당국은 그녀와 춘수와의 만남에 대해 북괴 간첩 운운하며 심문한다. 결국 다시 고국을 등지게 된 그녀는 정치적 망명자로, 유럽 등지를 떠돌게 된다.

앞에서 살펴본 고려인들은 각각의 이동경로에 따른 역사적 관계성을 적극적으로 반영하며 중앙아시아의 디아스포라 공간의 복합성을 보여준다. 특히, 이들은 재일과는 달리, 디아스포라 공간의 장소성에 대한 애착과 '토착성'에 대한 우월감을 보여준다. 가령, "우리는 이 땅에서 5대째 살아온 게 자랑이니까"라고 말하는 고려인들, 그리고 조선인의 연해주 이민은 14세기부터 이뤄진 것이며, 원동에 자치공화국을 만들자고 주장하는 백승종 교수의 의식은 식민지 지배의 굴욕을 안고 있는 재일인의 디아스포라 의식과는 다른 것이다. 중앙아시아의 고려인들은 어느 정도 한인 민족 정체성을 공유하고 있으나, 그것은 '국적'이나 민족어에 의해서가 아니고 혈통과 정착사회에서의 집단적 경험에 의해 구성된 것[9]이라 할 수 있다. 즉, 이들의 민족 정체성은 한반도의 현실 조국의 '뿌리'가 아니라, 이동 과정에서 생성된 집단 경험에 기반하고 있다. 이에 대해 사회학자 최한우는 "사회주의화하고 러시아화된 사회 속에서 생존하는 화석화된 게마인샤파트적 잔재로서 민족의 정체성과 관련해서는 큰 의미를 갖지 못한다"라고까지 지적하고 있다.[10] 더 구체적으로 말하자면, 이들을 민족적 동일성으로 묶어주는 것은 오히려 '37년 이뤄진 강제이주의 집합기억'이라고 할 수 있다.

37년의 강제 이주는 스탈린 정권이 극동지방에 일본 정보원들이 침투하는 것을 차단하기 위한 목적으로 극동지방 국경부근 구역의 고려 사람 거주민을 카자흐스탄, 우즈베키스탄으로 강제로 이주시킨 사건이다. 1937년 9월에 시작하여 12월 말 경까지 사망자를 포함하여 18만명을 이주시키는 과정에서 지도급 인사 2,500여명이 숙청당하고, 어린이들의 60%가량이 병이나 열악한 조건에서 사망하였다.[11] 강제이주의 원인에 대해서는 여러 가지 학설이 있지만,[12] 레닌의 민족자결권을 거의 폐기하다시피 한 스탈린 정권의 다민족 동질화 정책의 결과였다는 것은 분

---

9   윤인진, 142면

10   위의 책, 140면.

11   위의 책, 95~98면.

12   제2차 세계대전에 직면한 소련이 일본과의 협상카드로서 반일 감정을 갖고 있는 고려 사람을 극동지역에서이주, 자치적 민족공동체를 이룩한 고려 사람을 분산시켜 지배하려 한 소련의 민족 정책, 집단화 정책으로 인해 대규모의 인구 감소가 일어난 중앙아시아 지역을 고려 사람의 노동력으로 재건하려는 시도 등등.(위의 책, 97면)

명하다. 이 다민족 동질화 정책에 첫번째 희생양이 된 고려인은 스탈린 사회주의 국가에 의해 '내부의 적'으로 규정되면서 공동의 운명체에 귀속된다. 민족의 차이를 무화시키려고 한 스탈린은 강제이주를 통해 '민족적 타자성'을 뚜렷이 각인시킴으로써 오히려 이들의 민족적 정체성을 강화했던 것이다. 춘수 일행이 『유역』에서 그토록 37년 문제에 집착하는 것도, 중앙아시아 지역의 이산인의 공동의 기원이 바로 여기에 있기 때문이다. 이는 춘수가 모스크바 우크라이나 호텔에서 경험한 참관 같은 침대(몸의 굴곡을 따라 움푹 파인 침대)처럼, 그들 이산의 생을 주조한 거푸집 같은 것이다.

그러나 이러한 끔찍한 기억을 통해 운명 공동체로 결속되었으나 이들의 민족의식은 저항적 민족주의로 확대되지 않는다. 백승종 같이 소련 성부에 37년 상제이주에 대한 공식적인 사과를 지속적으로 요구하는 한인들도 많고, 또 실제로 89년 11월 14일 소련 최고 소비에트는 강제이주의 불법성을 인정하는 성명을 발표하였으나, 민족 자결의 내셔널리즘으로 나아가지는 않는다.(물론, 소련 국적을 통해 국민적으로 통합된 이들은 특별 영주 외국인으로 등록되어 있는 일본인의 경우와 사뭇 다르다고 할 수 있다)

이들 중에는 오히려 한인의 민족주의 의식을 경계하거나 외면하는 경우가 많은데, 가령 백승종의 원동 한인 자치구 주장에 대해 라블렌치 손은 다음과 같이 응전한다. "노인네가 그런 이야기를 하고 돌아다니면 우리 입장은 뭐가 돼. 응? 이제 곧 카자흐인들이 너희들 고향으로 돌아가라고 떠들 텐데, 그리되면 어떡할 거야. 사실 요즘 돌아가는 형편으로는 언제 쫓겨날지 아무도 모른다구. 이상한 놈들이 고개를 쳐들고 있으니까. 난 싫어. 난 줄곧 이 땅에서 살았고, 카자흐 친구들하고도 사이가 틀

어지고 싶진 않으니까."(139)

라블렌치 손과 같이 많은 고려인들이 민족주의를 경계하는 이유는, 130개 민족과 100여개의 민족언어로 구성된 소련 사회의 다민족·다문화 특성에서, 그리고 과거 구소련의 동화정책에서 찾을 수 있다. 유진은 중앙아시아의 민족주의의 복잡한 국면을 다음과 같이 언급하고 있다.

> 이 연방에는 130개 민족, 언어만 해도 백 개가 넘지요. 그 민족들이 제각기 비극을 맛보았다 해도 과언이 아닙니다. 그런데 그 민족들이 이제는 어디서나 복권을 노리고 있답니다. 소련 전체가 벌집을 쑤셔놓은 것처럼 떠들썩하다는 건 아시겠지요. 그러니까 '조선인 문제' 해결은 아주 중요하지만, 자칫하면 '민족적 편향'으로 받아들여질 위험도 있습니다. (…중략…) 그 개인 숭배 시절에 박해받은 사람들의 명예회복운동을 추진하는 한편, 우리는 '민족적 편견'이라는 비난을 받지 않도록 신중해져 있습니다. '페레스트로이카'니 '글라스노스트'니 해도 조선인은 이 나라에는 고작 50만밖에 없는 소가족이니까요. 힘이 약하지요. (…중략…) 조선인이 하나로 뭉쳐 있는 것도 아닙니다. 간단히 말해서 '37년'의 추방에 대해서도, 그건 옳은 결정이었다고 주장하는 연금생활자도 나오고 있는 형편이니까.
>
> —『유역』, 84~85면

위 인용문에서 묘사되는 1989년 당시의 소련의 민족주의 소요는 1991년 소련 해체를 결과했다. 이러한 흐름에서도 고려인들이 자민족주의에 대해 경계심을 보인 것은 유진이 언급한 바대로, 소련 전체 인구에서 고려인은 불과 0.5퍼센트밖에 안되는 소수민족이기 때문이다. 세미팔라틴스크의 지하 핵실험에 대한 보상 요구, 알마아타의 제1서기를 맡았던 카자흐인의 해고와 후임 러시아인에 대한 카자흐인들의 폭동 사례에서 알 수 있듯, 다민족·다문화 소련사회에서 민족의식의 자극은 전체주의 국가의 균열과 소수민족의 희생으로 이어질 수 있다. 그리고 우려하던 대로 러시아, 우크라이나, 카자흐스탄, 우즈베키스탄, 키르기스, 타지크 등 거대 민족국가 성립은, 민족 공용어, 민족문화, 자민족 우대 등의 민족주의 부활로 이어져 새로운 민족 갈등을 낳고 있다. 90년 이후 연해주로 다시 이주해간 고려인들의 이동은 바로 이러한 민족 관계의 악화[13]에서 발생한 또 하나의 디아스포라 루트라 볼 수 있다.

작가 이회성은 중앙아시아 코리안 디아스포라의 삶을 추적하면서, 식민지 역사의 단절과 연속선상에 있는 재일과는 다른 층위의 디아스포라 공간을 발견한다. "신택할 수 있는 길도 없고, 신택할 자유도 전혀 허용되지 않는 극한상황에서 살아왔다"는 강제이주의 경험, "나 자신이 가장 사랑하는 사람으로부터 공포의 대상이 되어버린(북한에 가족을 두고 온 유진)" 추방자의 고통 등, 유라시아 대륙의 고려인들의 삶에 대한 성찰은 곧 '재일' 디아스포라에 대한 반추이면서 동시에, '국민성(국적)과 민족'으로 얽힌 근대국가의 폭력에 휩쓸린 20세기 난민들에 대한 진혼곡이다.

민족과 민족이 사이좋게 지내기 위해서는 어떤 규칙을 지켜야할까. 유라시아 대륙에 사는 여러 민족은 역사 속에서 항상 옮겨다니고 있기 때문에 그 규칙을 지키기가 더욱 어려웠을 게 틀림없다. 일본 같은 섬나라에서는 사방이 바다로 둘러싸여 있기 때문에, 이민족에 밀려 옮겨 다니는 일은 거의 일어나

13　위의 책, 134면.

지 않았다. 옮겨오는 존재는 철저히 동화시켜 그 흔적을 절대로 남기지 않도
록 했다. 그러나 이 대륙에서는 그런 잔꾀가 전혀 통하지 않았을 것이다.

—『유역』, 311면

　위 인용문에서 춘수는 어떠한 원칙이나 뿌리로도 환원되지 않는 디아
스포라인들의 이동과 귀속의 복잡성에 대한 인식을 보여준다. 그가 유
라시아에서 발견한 것은 '탈장소적 보편성'에 가닿는 코리안 디아스포
라의 동일성이 아니라, 장소와 역사의 맥락에서 굴절되고 분절된 한민
족의 산종이자 혼성적 차이이기 때문이다. 그럼에도 불구하고 작가가
이 작품에서 이들을 '하나의 카테고리'로 조망하는 것은, 이산인이 공유
하고 있는 마이너리티와 경계성 때문이다. 작가는 이를 통해 일본, 한반
도, 중앙아시아로 뻗은 디아스포라인들을 초국가적 디아스포라 네트워
크로 호명한다. 거기에는 재일, 중앙아시아의 한인들 뿐 아니라, 다른 이
민족들도 포함되어 있다. 가령, 영화감독 라블렌치 손의 조수 아만은 가
족과 함께 50년 만에 고향 카자흐로 돌아온 디아스포라인이다. 그는 집
단화 정책에 반항하다가 2백만이 희생되고 키르키즈로 강제이주 당했던
카자흐인의 후손이다. 또 라블렌치 손이 기록영화로 찍고 있는 크림 타
타르족은, 제2차세계대전 중에 독일에 협력했다는 혐의로 고향에서 쫓
겨나고 대신 고향땅을 차지한 우크라이나인으로부터 돌팔매질을 당한
다. 작가는 이 크림반도의 민족비극을 가자의 팔레스타인으로, 독일의
유대인 학살로, 사할린의 식민지 조선인으로 넓혀가며 20세기 세계사적
지형에 산포된 이산인들의 아픔을 되새긴다.
　그러나 작가는 이 초국가적 디아스포라의 행렬이 단지 학살과 폭력의

네트워크가 아니라, 연대와 공감의 네트워크이기도 하다는 것을 강조한다. 일본 패전 후 사할린에서 협화회 간부였던 춘수의 아버지와 그의 가족을 일본으로 건너갈 수 있게 해 준 것은 요셉스라는 유대계 소련인이다. 그가 건네준 한 장의 도항 증명서는 그들 가족에게 '목숨'이나 다름없었지만, 요셉스라는 인물에게도 목숨 건 위반이었다. 그럼에도 불구하고 요셉스가 국가주의 법률을 어기며까지 도와준 것은 그 또한 이산인의 정체성을 공유하고 있기 때문이다. 라블렌치 손이 중앙아시아의 다른 민족의 수난과 독립운동을 다큐멘타리화하는 것도 이와 같은 맥락일 것이다. 우크라이나 여인과 결혼해서 아이를 낳고 또 그 혼혈아인 유리가 독일인 신부를 맞아 다문화 가정을 이룬 유진 가족은 이 초국가적 디아스포라 공간을 압축적으로 보여주는 상징적 표상이라고 할 수 있다.

작가 이회성이 유라시아를 관통하며 구축하는 조국가적 디아스포라 네트워크는 초국가적 '민족 집단'이 아니라, 탈민족과 탈국가 네트워크이다. 춘수 일행과 유진이 내셔널리즘의 정통성을 다투는 남북한 체제와 성급한 통일론에 대해 비판적 거리를 두는 것, 그리고 "우리 민족이 혼혈아인 아이를 포용할 수 없다면 '민족'이기를 그만두어버리면 된다"는 유리의 강경한 태도는, 결국 이들의 불행이 국민, 민족을 절대시하는 근대 국민국가 패러다임에서 비롯되었음을 인식하고 있기 때문이다.

근대적인 국민국가가 성립한 것은 긴 인류의 역사 가운데 최근 200년, 100년, 혹은 50년 밖에 되지 않았다. 또한 근대 국민국가는 개별 국가의 내적인 성숙으로 형성된 것이 아니라, '세계체제=국가간 시스템'의 필요에 따라 밖으로부터 반강제적으로 만들어진 것이다. 코리안 디아스포라 또한 내발적이 아니라 이러한 '세계체제－국가간 시스템(월러

스틴)' 속에서 탄생한 것이며, 내셔널리즘의 폭력에 의해 희생된 존재들이다. 일본 제국의 '국민'의 확장과 식민지 차별, 소비에트 정권의 대러시아 중심주의와 민족 억압, 남북한 체제의 내셔널리즘 폭력 등등, 20세기 초 동아시아 근대국민국가 형성을 둘러싼 투쟁 속에서 이들은 '국민＝민족' 혹은 '국민≠민족'의 정식에서 끊임없이 포섭되거나 배제되면서 주체적 삶을 말살당해왔다. 『유역』의 춘수, 그리고 고려인 디아스포라인들이 민족 주체성은 물론, 조국 회귀형의 국가주의에 일정 정도 거리를 두는 것도 바로 이 이데올로기가 가진 양면성을 삶으로 체험했기 때문일 것이다. '민족주의'가 저항적이면서 침략적 이데올로기일 수 있듯, 국가주의 또한 해방의 이데올로기임(자유, 평등, 박애, 인권, 사회정책, 복지국가)과 동시에 차별과 억압의 이데올로기(능동적 시민과 수동적 시민, 외국인, 비국민, 문명화 등)일 수 있기 때문이다.[14]

제2차세계대전 당시 나쁜 국민에게 주어지는 '비국민'이라는 용어는, 외국인, 빨갱이, 징병회피자에서 적성 언어, 연애, 질병 등에까지 이르는, 반사회적인 것들을 총칭하는 용어로 쓰였다.[15] 20세기 초 유라시아의 한인 디아스포라의 '비국민성'은 따라서 차라리 하위주체(서벌턴)의 표상이라고 할 수 있다. 『유역』에서 작가가 포착한 고려인들의 탈민족, 탈국가적 지향과 혼종성은 비단 중앙아시아에만 해당되는 것은 아니다. 19세기 이후 진전된 세계화와 국가간 시스템에 의해 확산된 디아스포라는 전세계적으로 확산되면서 중층적, 혼성적 공간을 만들고 있다. 그리고 국민국가적 공공공간으로 회수되지 않는, 이중삼중의 항쟁적 자장에

---

14 니시카와 나가오, 윤대석 역, 『국민이라는 괴물』, 소명출판, 2002, 289면.
15 위의 책, 314면.

서 '민족'이나 '국민'은 내파되어 갈 것이다.[16] 물론, 민족, 국민국가가 철폐되어야 할 폭력적 이데올로기이기만 한 것은 아니다. 결국, 국민, 민족으로 환원되지 않는 다른 결절점의 발견이 중요하다. 이는 '팔레스타인 투쟁에 대해 어떻게 생각하느냐'는 질문에 크림 타타르족 독립운동가가 "결국 누가 옳으냐 하면, 문제를 해결하고 평화를 가져오는 사람들이지요"라고 대답한 것처럼, 결국 중요한 것은 '제도'와 '이데올로기'가 아니라 그것의 현실성과 공리성이기 때문이다.

4. 추방과 난민의 루트 —『백년 동안의 나그네』

이회성의 『백년 동안의 나그네』는 문예잡지 『신조(新潮)』의 1994년 7, 8월호에 분재된 후, 그 해 10월 단행본으로 출간된 작품이다. 일본 문단의 비상한 관심과 반응을 불러일으킨 이 작품은 제47회 노마(野間) 문학상을 수상하였다. 이 글은 작가의 사할린 유년 시절의 기록이기도 하거니와, 1982년 1월부터 83년 1월까지 『군상』에 연재한 '사할린으로의 여행'의 문학적 형상화이기도 하다.

『백년 동안의 나그네』는 초기 '개인'적 차원에서 맹아적으로 보여준 민족 정체성의 혼란과 주체성 자각을 집단적, 역사적 차원에서 탐구하고 있는 작품으로, 92년 발표한 『유역』의 연장선상에 놓인다. 『유역』이

16　강상중·요시미 순야, 임성모·김경원 역, 『세계화의 원근법』, 이산, 2004, 196면.

1989년 소련 조선인을 중심으로 일본, 남한, 북한, 러시아, 독일로 엉켜 있는 한인 디아스포라의 상황을 그리고 있다면, 『백년 동안의 나그네』는 1947년 사할린 재일 조선인의 운명을 통해, 19세기 말부터 2차 대전까지의 혼란한 국제 정치와 여기에 희생된 식민지 국민의 참상을 핍진하게 형상화하고 있다.

『백년 동안의 나그네』는 해방 이후 사할린 동포들의 귀환을 다루고 있다. 1947년 7월 27일, 아오모리 항에서 출발하고 있는 이 작품 속의 여정은 나가사키 현 하리오 섬 수용소에 끝이 나지만, 사할린에서부터 하리오 섬을 잇는 귀환선에는 일제 식민지의 강제동원에서부터 19세기 후반 기근에서 발생한 러시아 이주, 중앙아시아의 고려인 이주에 이르기까지 복잡한 디아스포라 지형들이 얽혀있다.

우선, 이 작품에서 강제송환되는 재일 조선인은 20명으로 다섯 가족과 독신자 한 명으로 구성된다. 박봉석네 가족 7명, 유근재 가족 3명, 이재길 가족 3명, 서만철 가족 2인, 최목사 가족 2인, 독신 주두홍으로 구성된 20명은 모두 사할린에서 밀항하다 체포되어 조선으로 강제 추방되는 여로에 올랐지만, 이들 개개인의 운명은 사할린 한인 이주사의 다양한 갈래들을 구현하고 있다. 이 소설의 주인물이라고 할 수 있는 박봉석은 17세 되던 해인 1921년에 둘째 형과 돈벌이를 위해 고향 함경남도 이원을 떠났다. 형 진석과 부산에서 시모노세키로 건너와 혼슈의 한 탄광에서 전처를 만나 결혼하고, 위험한 탄광일을 그만두려 홋카이도로 건너오지만, 마땅한 생계를 찾을 수 없는 그는 또다시 탄광일을 계속하다 끝내 북쪽 끝 사할린에 당도한다. 박봉석은 사할린에서 닥치는 대로 일을 하던 중 결국 캄차카 반도에서 해달 밀렵을 하다가 경제 사범으로 체포되어 마오카 형무소의 유치장에 갇히게 된다. 그곳에서 박봉석은 유근재를 만나 형 진석, 남창원, 송태식 등과 '사지동거(死地同居)'회를 조직하게 된다. 마오카에서 '협화회' 지부 부회장을 지낸 전력이 있는 박봉석은 '황소 박'이라는 별명으로 불릴 만큼 다혈질적인 성격이지만, 주변인들의 신망을 얻을 만큼 우직하고 순박한 성격의 소유자이다. 전처가 다섯 아이를 두고 해산을 하다가 죽자 젊은 여인 '춘선'이라는 후처를 얻지만, 정신대로 끌려온 춘선의 과거 경력, 그리고 아들과의 갈등으로 인해 평탄치 않은 가정생활을 하고 있는 인물이다.

'귀신 후지모토, 박치기 유'로 불리는 유근재는 칼부림으로 마오카 감옥에 들어간 거친 성격의 소유자로, 세상의 속도를 따라가기 위해 논밭을 팔아 부산으로 간 봇짐 장수 아버지를 따라 부산으로, 다시 홀로 일본으로, 사할린으로 흘러든 인물이다. 폭력과 도박으로 이루어진 양아치 같은 생활을 하던 젊은 시절, 아내 마쓰코를 만나 처가의 '도라 여관'을 물려받아 착실하게 살아가던 인물이다.

충청도가 고향인 주두홍은 갓 결혼한 젊은 아내를 두고 1943년 강제징용으로 끌려와 탄광일을 하다가 해방 직후 밀항선을 탔고, 같은 비코프 탄광에 있었던 노무반장 이재길과는 조선인이면서도 '친일'이라는 생존 논리를 두고 서로 대립한다. 그는 종전 직후 탄광에서 그들을 핍박하던 일본인 감독을 죽였는데, 이 살해에 대한 죄의식으로 한국전에서 적병을 구하려다 목숨을 잃고 마는 양심적이고 강인한 성격의 소유자이다. 식민지 근성의 전형을 보여주는 이재길은 '생존'을 위해서라면 그 어떤 일도 마다하지 않는 인물로, 탄광에서는 노무반장으로 조선인 광부들을 악랄하게 착취하고 탄압했으며, 주두홍의 손에 죽을 뻔하다가 가까스로 살아나온다. 고향에 아내가 있으면서도 일본으로 가기 위해 '기미코'라는 일본 여인을 임신시키고 정략적으로 이용하는 야비한 인물이다.

최요섭 목사 부부는, 1910년대 조선에서의 기독교 부흥에서 탄생한 독실한 기독교 신자들로 조선 각지를 떠돌다 사할린으로 들어왔으나 자기 보존과 아들의 목숨을 위해 협화회에 가입하고 천황숭배를 함으로써 끝내 신앙을 지키지 못했다고 자책한다.

이렇듯 여러 층위의 사할린 재일 조선인 군상에 의해 제기되고 있는 '사할린 재일 조선인'의 디아스포라 지형은 다음과 같이 나누어 고찰할 수 있다. 첫째, '사할린'이라는 지역이 지니고 있는 지정학적 성격이다. 사할린은 러시아 사할린 주에 속하는 섬으로 원래는 무인도에 가까운, 버려진 섬이었다. 처음에 사할린 섬에 일본인 어부들이 와서 남부 해안 지역에 정착했다. 19세기 일본에서는 죄인들을 보내던 '지옥의 섬'이었고, 1853년에 러시아인들이 들어와서 북부 지역에 정착했다. 1855년에 러시아는 일본과 노일화친조약을 체결하고 사할린을 러시아인과 일본인의 잡거지역(雜居地域)으로 정하고 일본과 러시아의 국경을 쿠릴 열도의 에트로프 섬과 우르프 섬의 사이로 정하였다. 20년 후 1875년에 러시아는 일본과 국경을 재조정하는 화태천도교환 조약을 체결하여 사할린은 러시아에 남고 쿠릴 열도는 일본에 귀속되었다. 그러나 러일전쟁으로 인해 러시아는 1905년 북위 50° 이남 지역을 일본에 양도하였고, 일본은 1907년 화태청을 신설하여 자국민을 이주시켰다. 1938년부터 1945년 종전까지 일본은 전시 물자 보급을 위해 한국인 약 15만명을 모집, 강제 징용하여 사할린에서 강제 사역시킨다.[17] 1945년 전쟁 종결과 함께 사할린은 다시 러시아에 귀속되었다. 이렇듯 지정학적으로 러시아와 일본의 끊임없는 국경 분쟁이었던 사할린은 필연적으로 인종적, 민족적, 정치적, 문화적으로 복잡한 성격을 지니게 되었고, '사할린 조선인'은 이 복잡다기한 성격을 고스란히 보여준다.

러일 전쟁으로 일본에 귀속되기 전까지 러시아 영토였던 사할린은 유형의 땅이었다. 1869년 정식으로 유형의 섬으로 선포된 후, 감옥을 건설하고 죄수들을 대거 운송하여 수감한 이 지역의 대다수의 주민은 러시아인이었지만, 아이누, 길랴크(니브히), 오로크인, 윌타족, 그리고 한인에 이르는 다양한 소수민족이 살아가던 공간이다. 일본 패전 소식을 듣고 박봉석이 여차하면 마키리(아이누족의 단검)로 맞설 수밖에 없다고 각오하는 모습, 만게쓰가 준호에게 소련첩자였던 아이누족을 사형집행한 사진을 보여주는 장면은 국민국가 분쟁에 희생된 원주민과 소수민족의 비극을 환기시킨다. 이러한 사할린의 복합성에 대해 작가는 박봉석을 통해 다음과 같이 제시하고 있다.

우리가 사할린에 들어간 것은 그 섬이 사갈렌이라고 불리던 시절. 그 무렵에는 해달을 밀렵하거나 금을 암거래하거나 그밖에도 여러 가지 일에 손을 댔지만, 모두 실패로 끝나고 결국에는 구두 수선공 노릇을 하다가 일본의 패전을 맞았지만, 가라후토는 여기저기 돌아다녀서 잘 알고 있습니다. 아이누족한테 신세진 적도 있고, 백계 러시아인의 집에 묵은 적도 있지요. 그 섬은 혁명이 일어나기 전에는 유형지였기 때문에 그 흔적이 곳곳에 배어 있습니

---

17 이순형, 『사할린 귀환자』, 서울대 출판부, 2004, 1~10면.

다. 중국인도 있고, 오로크족과 길랴크족도 있었지요. 폴란드인도 있었구요. 저는 이상한 기분이 들었습니다. '사할린'은 이렇게 여러 민족의 피와 냄새가 섞여 있는 섬입니다. 말하자면 인종 시장의 축소판 같은 곳이지요.[18]

이렇듯 인종 시장의 축소판 같은 사할린은 소련 령이 되자, 급속하게 소련색으로 바뀐다. 가라후토[樺太], 오도마리[大泊], 마오카 등의 일본식 명칭은 사할린, 코르사코프, 홀름스크 등의 러시아 명칭으로 바뀌고, 일본인들은 본토로 쫓겨간다. 민족학교가 설립되고, 황국신민과 궁성요배에서 해방되었지만 조선인들이 기쁨을 누린 것은 아니다. 사할린의 일본인의 귀환행렬에서 제외된 조선인은 일본 식민지인으로서의 또 다른 수난에 직면해야 했다. 소련군이 상륙했을 때, 박복성의 형을 비롯한 많은 이들이 희생되고, 협화회 간부들은 일제에 봉사했다는 이유로 시베리아로 유형을 떠나게 된다. 조선인은 '누락된' 민족으로서 또 다른 불안한 상황에 처해진 것이다. 박봉석, 유근재 등의 밀항자들의 사할린 섬 탈출은 바로 이러한 불안의식의 발로이다.

둘째, 이러한 사할린에 모여든 조선인들의 난민 루트, 그리고 하리오 섬에 모여든 귀국자 행렬이 보여주는 일제의 식민지 수탈과 억압의 실상이다. 이들 다섯 가족 중에 박봉석과 유근재는 일제 식민지 초기 극심한 가난에 시달리다가 일본으로 이주, 사할린으로 흘러든 경우로, 식민지 수탈의 한 층위를 보여주고 있다. 주두홍과 이재길은 1938년 일제가 실시한 국가총동원에 의해 강제 동원되어 곧장 사할린에 끌려온 인물들

---

18 이회성, 김석희 역, 『백년 동안의 나그네』 하권, 프레스빌, 1995년, 72면.

로 전시체제의 실상의 또 다른 층위를 이루고 있다. 또한 박봉석의 후처 '김춘선'은 '정신대'라는 일제 만행의 희생자로 식민지 여성의 수난을 체현하고 있다. 최요섭 목사 부부는 1910년 한일합방의 절망, 서구 문명과 기독교 수용을 보여주는 인물로 식민지 조선인들의 수난과 고행, '구원'과 '미래'의 비전의 가능성에 대한 탐색을 보여주고 있다.

소련 점령 후 사할린에 새롭게 유입된 조선인들은 이들과는 또 다른 디아스포라의 층위를 보여준다. 소련과 함께 싸운 조선인 해방군, 북조선에서 온 계약노동자들이 그들인데, 김 미하일 욘테비치(김영태)는 이 새로운 유형을 대표한다. 김영태는 중앙아시아의 조선족 동포로 부두 콤비나트 부지배인으로 파견되어 사할린에 들어온다. 고향이 함경남도 단천이고 함경도 사투리를 쓰지만 그에게는 고향에 대한 기억이 없다. 조선조 말에 그의 부모가 두만강을 건너 연해주로 들어와 포셰트라는 곳에서 자라났기 때문이다. 37년 강제 이주로 카자흐 공화국에서 살았고, 8천 킬로가 넘는 강행군을 감내하면서까지 연해주를 둘러보고 싶어 사할린에 왔다는 김영태의 이주 경로는 『유역』의 중앙아시아의 고려인의 전형에 해당된다.

사할린과 하리오 섬 수용소의 조선인들은 일제시대 강제 징용자 32,000명, 이민자 25,000명[19]의 일부로, 일제시대 농민 경제의 파탄과 일제의 악랄한 전시행정에 의해 희생된 이들이다. 그러나 이러한 난민의 흐름은 비단 조선인에게 해당되는 것은 아니다. 일본의 침략주의는 자국민의 수난 경로에도 새겨진 바, 귀국 송환자들이 곳곳에서 목격한 만주, 몽고,

---

19 위의 책, 12~13면.

남양군도에서 돌아온 만몽 개척단의 비참한 모습이 이를 증명한다.

셋째, 종전 후 국제 정치 폭력에 노출된 사할린의 재일 조선인의 현실이다. 일본은 1946년 12월 19일 미소귀환협정으로 자국민 30만 명을 귀환시켰으나 1952년 4월 28일 샌프란시스코 조약으로 한국의 독립을 인정하면서 사할린의 한국인은 일본 국적을 상실했다는 이유를 들어서 이들을 방치했다. 사할린의 한인 이주자들은 대개 일제 식민지 수탈에 의해 사할린으로 들어왔으나, 조국으로 다시 나갈 수 있는 출로는 일본 국적을 상실함으로써 막혀버린 것이다. 재일 조선인은 해방 이전에는 민족적으로 조선, 국적으로 일본, 해방 이후에는 완전히 국적을 상실함으로써 '국민 / 비국민'이라는 근대국민국가의 틀 사이에서 '백년'을 유랑하게 되는 것이다.

2차 대전 종결 이전 사할린은 일본 제국주의 침탈이 자행되는 한 극지점으로, 전시 체제에 필요한 석탄 자원 채굴과 비행장 건설 등이 이루어지던 곳이다. 만주국과 마찬가지로 그곳 또한 일본 점령부는 사할린 거주인들을 '협화회' 체제로 감시하며 조선인을 황국신민으로 통제하고 있었다. 그러나, 종전 후 연합군이 들어오자 잔류 일본인들은 조선인을 '로스케' 앞잡이로 몰아세웠으며, 패전의 책임을 물며 할복을 요구한다.

이들은 연합군, 미군청과 소련군에 의해 일본 첩자로 몰리게 되었는데, 마오카 '협화회'의 회장을 맡았던 남창원이 시베리아로 끌려간 것, 그리고 하코다테 수용소에서의 심문은 이러한 현실을 말해주고 있다. 또한 이들은 사할린에 새로 들어온 재소 조선인, 북조선 노동자는 물론, 해방된 조국에서 '친일파', '일본 주구'로 몰려 동포들에게도 외면당하게 되는 이중 삼중의 핍박 속에 놓이게 된다.

넷째, 사할린 조선인들의 정체성의 혼란과 갈등이다. 정체성 혼란은 박봉석의 첫째 아들 '준호'에서 두드러지는데, 열여덟의 준호는 사할린에서 태어나 일본국민으로 성장했다. 일본 지배하에서 학도병으로 동원되기도 하고, 만게쓰 중위에 의해 첩자로 교육받기도 했던 그는 러시아어를 공부한 덕택에 소련군이 들어오자 민정서에서 통역일을 하게 된다. 해방 후, 조선으로 귀향하려는 아버지에 따라 귀환선에 오르지만, 그에게 조선인이라는 민족적 정체성이란 존재하지 않는다. "나는 가라후토에서 태어나 거기서 자란 가라후토 토박이다. 그런데 그 고향을 떠나, 본적도 없는 조선으로 가려 하고 있지 않은가. 도대체 나에게 조선이란 무엇인가? 토끼가 귀를 쫑긋 세우고 있는 듯한 그 나라는 아버지한테는 조국이나 고향일지 모르지만, 나한테는 낯선 외지에 불과하다"(상권, 295면)라는 항변은 재일 조선인 2, 3세의 그것을 대변하는 것이라 할 수 있다.

38선에 의해 고향으로 가는 길이 막힌 박봉석의 경우 또한, '민족 / 국민'이라는 집단적 정체성의 혼란에 처하긴 마찬가지이다. 비상시를 대비해 방공호를 만들어 일본인들에게 '비국민'으로 비난 받기도 했던 그는 해방된 조국에 대한 꿈을 안고 하리오 섬에 이르지만, 극심한 사회 혼란을 겪고 있는 조국의 소식을 듣고 일본에 남는다. 일본인 아내 때문에 갈등하다가 결국 고국행을 포기한 유근재나 박봉석은 이렇듯 혼란한 국제 질서 속에서 정체성의 혼란과 갈등을 겪으며 탄생한 재일교포의 디아스포라들의 기원을 보여준다.

노무반장 이재길의 다음과 같은 항거는 당시 이들의 혼란과 분노를 대변하고 있다.

도대체 나는 누구일까요? 우리는 '유령'일까요? 아니면 '일본인'이나 '조선
인'일까요? (…중략…) 일본에 있는 우리는 조선 민족이지만, 국적으로는 일
본인입니다. (…중략…) 재일 조선인한테는 1947년 5월에 '외국인' 취급을
한 것이 진상입니다. 게다가 우리 경우는 '불법'으로 일본 귀환선을 타고 온
'잠입자'가 되어버렸습니다. 뿐만 아니라 '스파이'라는 누명까지 씌웠습니다.
미국이 소련과 사이가 나빠졌기 때문에 우리가 엉뚱하게 덤터기를 쓴 것이지
만, 정말이지 너무나 어처구니가 없어서 말이 나오질 않습니다. (…중략…)
어쨌든, 이 시대의 정치가 문젭니다. 아주 좋지 않아요. 인간을 개돼지처럼
취급하니 말입니다. '합방'이다, '대동아공영권'이다, '조선인'은 '일본인'이
되어라, 그러더니 이번에는 또 뭡니까. '민족해방'이다, '독립'이다, '일본
인'에서 다시 '조선인'으로 되돌아가라?

—『백년 동안의 나그네』 상권, 335~340면

저러한 항변이, 악랄한 민족반역자 노무반장 이재길에 의해서 토로된
다는 점은, 결국 민족과 국가라는 공동운명체를 벗어날 수 없는 국민국
가의 폭력성과 개인의 무력을 입증한다. 더 나아가 이재길의 식민지 근
성, 기회주의적 태도 또한 이러한 강압적 정치현실에 의해 형성된 것이
며, 사할린의 43,000의 한인은 물론 재일 조선인 기원과 책임 또한 여기
에 있음을 명확하게 드러내고 있다.

『백년 동안의 나그네』는 이러한 국민국가의 포섭과 배제의 논리에 기
계적으로 반응하는 개인과 집단만을 그리고 있는 것은 아니다. 소련군
이 섬에 상륙했을 때, 박봉석은 자신이 만든 방공호에 친척, 일본 노동
자, 그리고 자신에게 할복을 명했던 구장의 가족까지 수용하여 보호한

다. 준호의 상사인 소련군 솔로몬 마카스 샤바라라는 폴란드계 유대인으로 박봉석 가족에게 일본 귀국허가서를 만들어준다. 콤비나트의 부지배인 김 미하일은 러시아인 부지배인의 횡포에 일본인 기사를 보호한다. 귀환선 기차에서 좁은 공간에 수용된 일본인들의 곤궁한 처지를 보고 유근재는 그들과 자리를 나누려고 한다. 주두홍은 일본인과 러시아인에게 적대감을 갖고 있지만, 러시아인 가족의 도움으로 귀환길에 오르고, 수용소에서는 일본인 의사의 치료를 받는다. 또한 주두홍이 사할린의 선주(先主) 조선인에 대해 가졌던 반감은 귀환이라는 공동의 운명체를 경험하면서 사라진다.

민족, 인종, 국가, 이데올로기, 패권의 폭력에 의해 나뉜 추상적, 집단적 경계는 이들 개개인의 행위와 생활 속에서 지워지고 분쇄되면서 화합과 포용의 장으로 흡수된다. 『백년 동안의 나그네』는 1947년의 사할린 조선인의 귀환 여로를 재구성함으로써 재일의 기원을 탐색하고 있다. 그러나 작가 이회성이 강조하고 있는 것은 이러한 경계짓기와 분쟁으로 인한 폭력적 현실이 아니라, 그 이면에서 그것을 빗겨나 있는 또 다른 개인의 실상이다. 이회성은 민족, 국가라는 틀에서 벗어난 개인, 혹은 그로 인해 배제되거나 배제시켰던 개인들의 집단적 죄과에 대한 인식과 성찰이 이러한 비극을 다시 되풀이 하지 않기 위한 출발점임을 강조하고 있다.

어쨌든 역사는 이미 시작. 우리 민족은 '민족'이라는 전체의 호칭 속에 자신을 가두기 전에, 우선 개인으로서 자신의 과거를 밝히는 편이 좋습니다. 그러지 않는 한 위선의 역사가 시작되어, 미래에 지울 수 없는 화근을 남기게 되지 않을까, 저는 그게 두렵습니다.

—『백년 동안의 나그네』하권, 300면

고백은 인간을 드높이는 행위야. 민족도 마찬가지지. 그것은 대립하는 한 인간의 존재를 통일된 자기로 이끌어가는 것인데, 그 근저에 있는 것은 생명에 대한 긍정이야. 고백이 인간적 가치를 갖는 건 바로 그 때문이지. 다만 우리는 거기에 이르기 전에 치러야 하는 비극을 아직 깨닫지 못하고 있을 뿐이야.

—『백년 동안의 나그네』하권, 313면

위 인용문에서 주두홍이 강조하고 있는 '고백'은 일제시대에 협화회 소속이었거나, 친일파였던 사람들이 과거를 감추고 위선적으로 행동하는 '벼락 애국자'들을 향한 것이다. 그러나 그것은 비단 그들만에 해당하는 것도 아니고 단순히 참회나 청산을 뜻하지도 않는다. 주두홍을 개개인의 삶의 방식은 달랐다 할지라도 결국은 일제라는 거대한 시대적 틀 속에 구속된 공동의 운명이자 책임이었다는 것, 이러한 인식의 공유가 곧 '고백'임을 작가는 강조하고 있다. 또한 그것은 역사적 분쟁이나 사건에 의해 단절되지 않는 삶의 연속성과 통일성에 대한 강조라는 측면에서 '새로운 미래'를 위한 역설이다. 주두홍이 한국 전쟁이 '고백'을 갖지 못한 탓에 일어난 비극이라고 생각하는 것도 바로 이러한 이유에서이다.

5. 결론

　이상에서 본고는 이회성의 초기 단편과 『유역』, 『백년 동안의 나그네』를 코리안 디아스포라 서사의 관점에서 살펴보았다. 자전적 생애가 반영된 초기 단편에서 이회성은 타자화했던 가족들의 '조선적 정체성'을 서서히 자신의 것으로 육화하면서 재일의 차별적 현실과 주체성을 자각하는 재일 조선인을 형상화하고 있다. 타인의 부정적 시선을 긍정으로, 재일이라는 상황을 바꾸어나가려는 작가의 주체성 의식은 작가를 적극적인 현실 참여로 이끌고, 중앙아시아 고려인과 재일 조선인의 기원 탐색으로 나아가게 한다. 『유역』의 중앙아시아 고려인들은 대륙의 고려사람, '사할린 고려사람' '북한 출신 고려사람'등으로 표상되는 다양한 디아스포라 내러티브를 지니고 있다. 이들의 민족적 정체성과 연대의식은 한반도 조국이라는 '뿌리'보다는 '37년 강제이주'라는 집단적 경험을 통해서 형성된 측면이 강하다. 그러나 이들의 민족의식은 민족 자결적 내셔널리즘이나 저항적 민족주의와는 다른 성격을 지니고 있는데, 이는 소수 민족이라는 특성, 다민족·다문화 사회인 소비에트의 동화정책의 결과에서 비롯된 것이라고 볼 수 있다. 중앙아시아의 고려인들의 디아스포라 내러티브에서 작가가 주목하는 것은 '탈장소적 보편성'이라는 코리안 디아스포라의 동일성이 아니라, 장소와 역사에 따라 굴절된 이들의 혼종성이다. 작가는 세계사적 지형 속에서 보편적 동일성이 아니라 이산인의 마이너리티와 타자성에 바탕한 초국가적 디아스포라 네트워크를 구축한다. 이회성은 사할린, 중국, 독일, 팔레스타인 등지로 뻗는 이 네트워크가 단지 학살과 폭력의 흔적이 아니라 연대와 공감의 네트워크이기도 하다는 것을 강조한다.

1947년 사할린 동포의 귀환 경로를 그리고 있는 『백년 동안의 나그네』는 일본 제국주의와 국제 정치, 근대 국민국가 틀 속에 희생된 '재일 조선인'의 비극과 기원을 보여준다. 일제 식민지 수탈에 의해, 혹은 강제 징용되어 사할린에 들어 온 대다수 조선인들은 해방과 동시에 '조선인 정체성'을 획득함으로써 삶의 영토를 상실한다. 작가는 사할린 재일 조선인의 귀환선의 행로를 통해 다음과 문제들을 제시하고 있다. 첫째, 러시아와 일본 사이에서 끊임없이 국경 분쟁이 되었던 사할린의 복잡한 지정학적 특성이다. 둘째 사할린 조선인의 난민 루트와 하리오 섬의 수용소에 반영된 일제의 식민지 수탈과 실상이다. 셋째, 일본, 소련, 미국 등 국제 정치 폭력에 희생된 '사할린' 조선인의 현실이다. 넷째 이중 삼중으로 국적을 변경함으로써 삶의 통일성과 일관성을 갖지 못하는 이들이 겪는 정체성 혼란이다. 일본인에게는 로스케의 앞잡이로, 연합군과 조국으로부터는 '일본 주구'로 위협당하고, 혼란된 조국 현실로부터도 외면당한 이들은 국민국가의 경계에서 다시 한번 '누락'되어버림으로써 '재일'이라는 디아스포라의 운명을 걷게 된다. 그러나, 작가 이회성은 『유역』에서와 마찬가지로 이러한 재일의 삶을 결과한 추상과 집단의 폭력만을 고발하고 있는 것이 아니라, 그럼에도 불구하고 이를 빗겨가는 강인한 개인들과 실체들을 보여주고 있다. 더불어 공동운명체에 대한 인식을 바탕으로 '고백'을 강조함으로써 새로운 미래를 열어갈 것을 역설하고 있다.

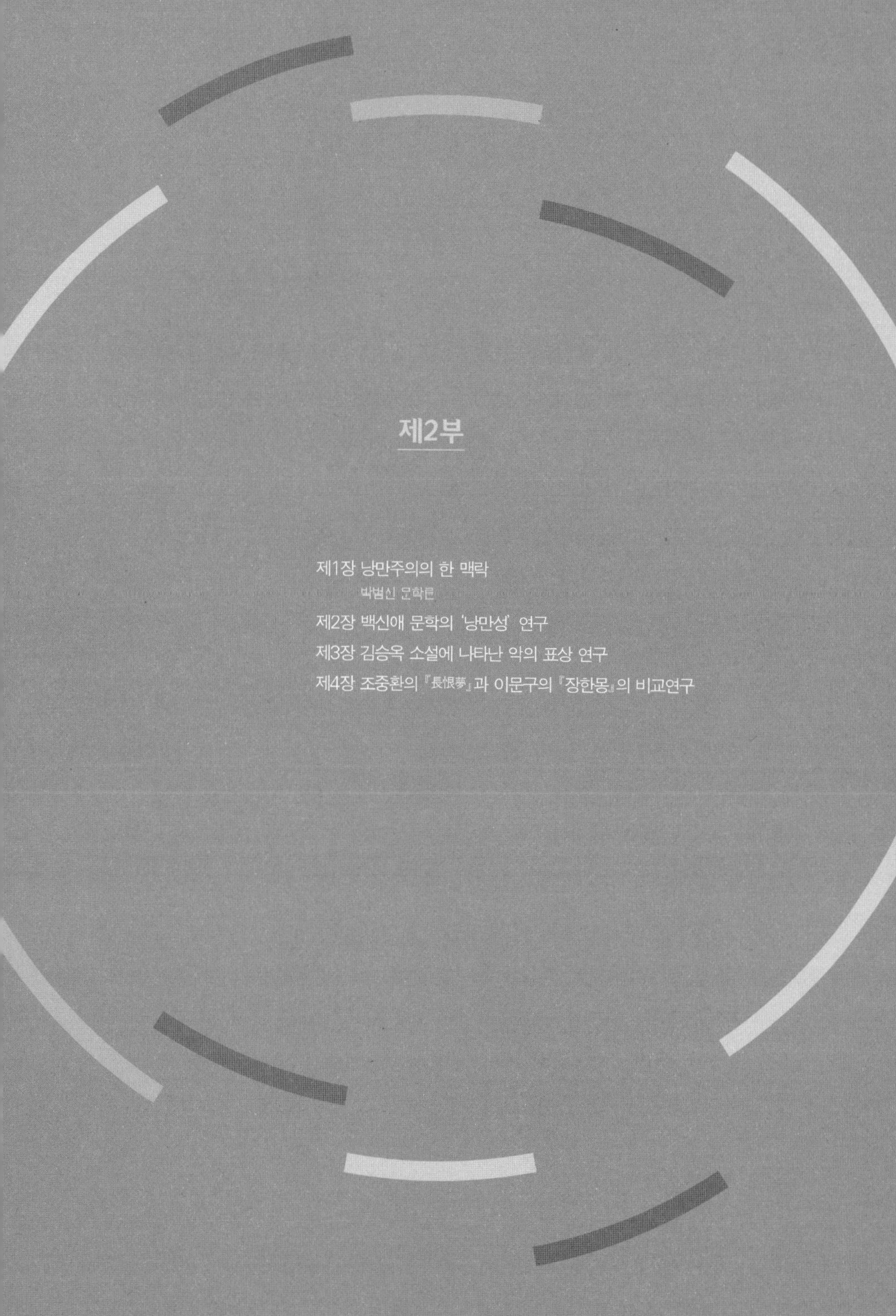
제2부

낭만주의의 한 맥락

박범신 문학론

1. 들어가며 —이중성

　'문학, 목매달아도 좋은 나무'라는 신념과 평생에 걸친 작가적 실천은 '박범신'을 문학사에서 낭만주의 작가의 한 전형으로, '문학 성자'로 자리매김하도록 한다. 또한 그의 문학관에서 드러나는 '문학에 대한 절대적 헌신, 예술 절대성에 대한 믿음, 상상력과 감수성의 강조, 죽음에 대한 동경, 초월에의 열망, 현실도피와 환멸, 불화의식' 등은 낭만주의의 가장 주요한 특징들로 그를 낭만주의자로 부르는 데 주저함이 없게 만든다. 그러나 이러한 문학관과 태도를 기준으로 그를 낭만주의의 작가로 규정하고 말기에는 석연치 않은 부분이 있다. 왜냐하면 과거 대중작가로서의 상업적 성공은 물론, 지금도 지속되고 있는 대중적 인기는 '노발리스' '에드가 앨런 포'로 대표되는 낭만주의 작가들의 비세속적, 대중혐오, 상징과 알레고리 기법, 심미주의, 은둔, 광기, 가난, 고독 등으로 이어지는 '저주받은 천재'의 이미지와는 상반되기 때문이다.

피에르 부르디외의 이론을 빌리자면, 박범신의 '문학주의'는 일종의 정치나 종교, 경제에의 종속에서 벗어나 문학의 절대적 자율성을 주장하는 순수예술가의 것이다. 근대에 형성된 이러한 '문학장'은 상대적인 자율성을 지니고 '상품'으로서의 문학을 거부, '의미'를 추구하고 동료 예술가의 신용 위에서 자신의 위상을 구축한다. 이러한 순수예술가는 문학장이라는 제한된 생산의 장에서 '예술적 규범'만을 추구하며 반경제 논리로 경제적 초연함을 과시하고 '거대한 생산의 장'에서의 세속적 영광과 단절한다.[1] 그런데 '문학주의'로 일관한 박범신의 문학적 생애는 이러한 구분법을 무화시키고 교란시키는 문제적 지점들을 품고 있다. 간략하게 정리해보자.

그는 73년 「여름의 잔해」로 등단, 당대 '문학장'에 공명하는 본격소설을 쓰다가 78년 『죽음보다 깊은 잠』으로 시작해 『풀잎처럼 눕다』로 일약 베스트셀러 작가로 대중적 인기를 누리고 93년 절필을 선언하기까지 성공한 대중작가로 불렸다. 3년의 공백 이후 97년 글쓰기에 대한 고백을 담은 『흰 소가 끄는 수레』를 출간, 단절되었던 '문학장'에서 비평적 찬사를 받았고, 이후 통속작가라는 일편향적 비난에서 벗어나 '문학성'과 '대중성'을 동시에 충족시키는 국민작가로 거듭난 희귀한 경우

---

1 피에르 부르디 외, 하태환 역, 『예술의 규칙』, 동문선, 2002.

에 해당된다. 『나마스테』, 『고산자』, 『은교』, 『출라체』 등 2000년대 이후 출간한 그의 장편들은 대중적으로 많이 읽혔을 뿐 아니라 영화화되기도 했으며, 또한 문단에서 적극적인 평가를 받았다. 영화화되기도 한 『은교』는 욕망과 삶의 유한성, 관능을 다룬 문제작으로 많은 이들에게 논란거리를 안겨주었고, 이주노동자 문제를 다룬 『나마스테』는 문단과 학계에서 적극적인 분석 대상이 된 작품이다. 이 글은 이러한 일련의 작가 생애를 추동하고 그 속에서 길항하고 있는 그의 '문학주의'와 '대중주의'의 바탕을 탐색하고, 그것이 그의 단편에 어떻게 드러나는지를 고찰하고자 한다.

2. 반계몽주의의 함의

작품을 설명하려는 개념적 범주는 논란이 있을 수 있겠으나, 편의상 박범신 문학을 규정하려는 시도 중에 가장 먼 문예사조는 아마도 계몽주의일 것이다. 계몽주의는 길지 않은 한국근대문학사에서 '작가 존재'를 가장 강력하게 긴박했던 이념이다. 1920년대 작가를 '문사(文士)'로 호명하며 창작 주체의 사회적 역할을 강조하는 담론은 이광수의 「문사와 수양」(『창조』, 1921)에 의해 확고해지면서, 작가에게 민족공동체를 대표할 수 있는 위상을 부여하고 지식과 덕목을 요구했다.[2] 더군다나 일제 식민지 치하 대중문화나 지식인 문화 형성에서의 실제적인 역할을 담당해야 했던 근대 작가는 '지사적(志士的) 프라이드' '지도자'로서의 태도가 불가피했다.[3] 식민지 조선에서 형성된 이러한 '근대작가'의 위상은 해방 이후에도 '문학장'은 물론 사회 전체에서 통용되는 주류였다고 볼 수 있으며, 지도자와는 다른 대중문화 창작자로서의 '작가'는 1960년대 대중매체발달과 도시인구 급증과 대중 형성 이후에 본격적으로 정착된 작가 존재론이라고 볼 수 있다.[4]

박범신의 작가 태도는 앞서 언급했듯 해방 이후 '문사'의 계보에서 벗어나 본격적으로 형성되기 시작한 대중문화창작자의 첫 번째 작가군에 속한다고 할 수 있는데, 이 작가군의 가장 큰 특징은 반계몽주의이다. 인간의 이성을 통해 세계를 이해하고 더 나은 세상을 만들 수 있다고 믿는, 소박한 의미에서의 계몽주의는 문사, 지식인, 지사 등의 소설가 유형의 중요한 이념으로 한국근대문학 출발 이후 자율적 문학장 안에서도 가장 중요한 바탕이 되어 왔다. 박범신이 작품을 창작하기 시작했던 73년 무렵에도 문단은 '작가는 역사의식을 가져야 하며, 사회모순을 파헤치고 국민을 계몽하는 글을 써야한다'는 계몽주의 담론이 강력하게 작용했던 시기이다.[5] 최인호의 「무서운 복수」(1972)에서 주인공 소설가가 학생으로부터 '도대체 역사의식 같은 것이 없다', '기회주의자'로 매도

2 강용훈, 「작가 관련 개념의 변용 양상과 작가론의 형성과정」, 『한국문예비평연구』 40, 한국현대문예비평학회, 2013.

3 박헌호, 「식민지 조선에서 작가가 된다는 것―근대 미디어와 지식인, 문학의 관계를 중심으로」, 『작가의 탄생과 근대문학의 재생산 제도』, 소명출판, 2008, 34면.

4 조일제의 『장한몽』, 김말봉의 『찔레꽃』 등의 식민지 시기 통속소설을 떠올릴 수 있으나, 식민지 시기 내내 문맹률이 80%를 오갔던 상황에서 통속성을 오늘과 같은 의미의 대중문화 맥락에서 논의하는 것은 무리가 있다.(위의 책, 32면)

5 박수현, 『망탈리테의 구속 혹은 1970년대 문학의 모태』, 소명출판, 2014, 51면.

당하는 장면은 당시의 비평 이데올로기를 대변해주는 장면이다.[6]

박범신은 이데올로기에 대한 혐오를 많은 곳에서 표출하고 있을 뿐
아니라, 본격문학과 대중문학의 구분, 거대담론의 비평 이데올로기, 나
아가 사회적 규율과 관습에서도 벗어나고자 하는 태도를 일관되게 보여
준다. 가령 다음과 같은 발언은 그 예라 할 수 있다.

① 나를 둘러싸고 있는 문화계는 이데올로기의 편향과 충돌로 더 골이 깊
어졌다. 이데올로기 편향주의자들은 '광주'의 주검조차 한사코 자기 식의
이념 체계 속으로만 끌고 들어가려 했으며, 거기 동조하지 않으면 누구든 적
으로 삼았다. (…중략…) 나는 물론 어느 편을 선택한 적이 없었다. 그때까
지 내게 이데올로기가 있었다면, 그리고 그것을 굳이 정리해 말하자면 인간
주의의 이데올로기가 있었을 뿐이었다. 그들은 단지 내게 베스트셀러 작가
라는 것 하나로 나에게 적의를 드러내곤 했다. (…중략…) 내가 나아가고 싶
은 곳이 있었지만, 이데올로기의 칼을 든 사람들이 편가르기에 분주한 곳으
로는 결코 가고 싶지 않았다. 체제의 억압에서도, 제복과 같은 고정관념에서
도, 상투적인 보편성에서도, 편가르기식 이념에도 나는 아무런 신뢰감을 보
내선 안 된다고 생각했다.[7]

② 물론 1980년대에 비해서 지금의 문학판은 훨씬 더 자유로워졌어. 그러
나 정치권력 같은 외부 조건으로부터 자유로워졌을 뿐이야. 내부적인 어떤
서열주의, 어떤 사소한 집단주의, 자본주의 강화에 따른 권력주의 같은 것은

---

6 위의 책, 50면.
7 박범신, 「그해 내린 눈 지금 어디에」, 『흰 소가 끄는 수레』, 문학동네, 2015, 356면.

오히려 강화된 면도 없지 않아. 작가가 써서 되고 안 되고가 어디 있고, 좋은 스타일 나쁜 스타일이 어디 있어? 그런 것엔 정말 '엿 먹어라!' 해야지. 물론 무슨 얘기를 어떻게 쓰든지간에 문학적으로서의 미학적 가이드라인은 확보해야지. 그건 당연한 거야. 그러고 나면, 장르소설이든 본격문학이든 뭐 상관없잖아. 장르문학은 장르문학대로 그 구조 안에서 미학적 성취를 얻는다면 충분히 평가받을 수 있다는 게 나의 생각이야. 본격문학도 마찬가지고. 장르문학도 세련되어가면 최종적으로 본격문학과 같은 문학적 성취에 이를 수 있고, 장르문학이니 본격문학이니 이런 용어 자체도 쓰기 싫지만, 암튼 본격문학도 장르문학처럼 대중적으로 받아들여질 수 있어야 독자를 위로할 수 있어. 결국 장르니 본격이니 하는 말의 구분이 없어져야 해.[8]

선각자와 계몽의 주체로서의 '작가 의식'과는 거리가 먼 위의 문학관은 종종 그를 통속작가로, "관념에 대한 극도의 혐오에서 비롯된 묘사 중심의 작품이 우리가 살고 있는 사회에 대한 의식을 유기하지 않았나."[9] '대리충족, 마취적 재미나 쾌감' '감성적 언어로 표출할 수 있는 세계의 한계'[10] 등의 비판을 낳게 한 근원적 요인일 것이다. 또한 박범신은 작품에서 항상 당대 사회이슈들을 다루고 있지만, 그것을 소설화하는 방식은 '분석, 비판, 이해'라는 합리적인 방식보다는, 감성적으로 이해하고 파토스를 앞세우는 반지성적 태도를 보여주고 있다.

---

8 박상수 엮음, 『작가이름, 박범신』, 문학동네, 2015, 66면.

9 이경철, 「작가를 찾아서」, 『작가세계 박범신 특집』, 1993년 겨울호, 세계사, 40면.

10 한혜경, 「감성주의 작가의 문학적 여정―박범신의 소설가 소설」, 『소설가 소설 연구』, 국학자료원, 1999.

박범신은 일체의 사회 구속에서 벗어나 "회색빛 청춘의 고뇌와 자기 분열을 모두 얹어서 무릎 꿇고 받고 싶었던 성찬"인 문학에서 구원을 갈 구하는 낭만주의 문학관을 무장하고 있는데 이러한 절대적인 문학 숭배 는 그로 하여금 현실 개혁과 진보, 혁명, 전망, 공동체, 조화, 이상, 보편, 공리주의 등을 추구하는 계몽주의 담론으로부터 거리를 두게 한다. 그 리고 그것은 "악한들의 한결같은 패배에도 불구하고 권선징악적 구조 라고 볼 수 없었던 것"[11]이라는 데에서 알 수 있듯 교훈과는 먼 것이다. 요컨대 그의 문학관은 일체의 사회적인 규범을 부정하는 낭만주의에 기 초하고 있을 뿐 아니라, 문학장의 이데올로기에서도 자유롭고자하는 '무한 자유 의지'를 보여준다는 것이다. 얼핏 보면 이러한 태도는 일종 의 사회현실에 있어서 진보를 믿지 않고 과거의 퇴행적 세계에 안주하 는 일종의 반동적 낭만주의[12]와 궤를 같이 하는 것일 수 있다. 80년대 문학장에서 표출된 박범신 문학의 통속성 비난도 같은 맥락에 있는 것 이다.[13]

그러나 박범신의 70년대 문학의 반계몽주의는 당시 긴요했던 문학의

---

11 한만수, 「악의 나라, 악인이 없는…」, 『작가세계 박범신 특집』, 1993년 겨울호, 59면.

12 이사야 벌린에 의하면 낭만주의를 어떤 특정한 정치적 관점으로 규정하는 것은 불가능 하다. 낭만주의자들은 진보적이거나 반동적일 수 있다. 프랑스 혁명에 수립된 급진적인 국가들에서 그들은 반동적이었으며, 이른바 중세의 암흑 같은 상태로 돌아갈 것을 요구 했고, 1812년 이후의 프로이센 같은 반동적인 국가에서 그들은 진보적이 되었으니, 그 이유는 그들이 프로이센 왕의 국가를, 그 안에 구속된 인간 생명의 자연스러운 유기체적 충동을 억압하는 숨 막히는 인위적 기구로 여겼기 때문이다.(이시야 벌린, 강유원·나 현영 역, 『낭만주의의 뿌리』, EjB, 2005, 206면)

13 '문학의 실천성'과 '민족문학론' '리얼리즘론' 등은 70~80년대 문학장을 이끌었던 가장 강력한 기율로, 박범신 소설은 김종철의 「상업주의소설론」(『한국문학의 현단계』 II, 창 비, 1983) 등에서 독자의 이성을 마비시키는 환각제로 비판되었다.(고봉준, 「80년대 문 학의 전사(前史), 포스트─유신체제 문학의 의미」, 『한민족 문화연구』 제50집, 한민족 문화학회, 2015.8, 427면 참조)

실천성과 이념성에 대한 부정만이 아닌, 또 다른 부정의 지점을 지니고 있다. 그것은 70년대 박정희 정부의 개발독재, 국가주의, 민족주의, 획일적 산업화와 생산주의에 대한 반동이기도 했다는 점이다. '우울, 유랑, 폭력, 섹스, 패배로 점철된 퇴폐적 멜로드라마가 지닌 이러한 소극적 저항은 물론 한계가 있을 수 있으나 그것이 발전과 진보로 지칭되던 근대화에 대한 미적 대응'[14]으로서 갖는 '불온성'의 의미는 더 많이 논의되어야 한다. 이는 일제 치하의 이효석의 탐미성이 아이러니하게도 친일에서 거리두기를 가능하게 했던 것과 유사하다는 점에서 일정정도 문제적이다.

3. 환멸적 낭만주의

이사야 벌린에 따르면 계몽주의의 세 가지 중요한 특징은 첫째, 모든 진정한 질문에는 대답이 존재하며, 대답할 수 없는 질문은 질문이 아니다. 둘째, 모든 답은 알 수 있고, 타인에게 가르치고 배울 수 있는 수단을 통해 발견된다. 셋째, 모든 대답들은 서로 모순되지 않아야 한다. 이러한 특징들이 의미하는 것은 이런 것이다. '인간은 어떻게 살아야 하는가? 공화제는 군주제보다 바람직한가? 쾌락을 추구하는 것이 옳은가,

---

14　김은하, 「남성적 '파토스(pathos)'로서의 대중소설과 청년들의 反성장서사」, 『동양문화연구』 제15집, 영산대 동양문화연구원, 2013.10.

자신의 의무를 다하는 것이 옳은가, 아니면 이 두 가지는 양립할 수 있는 것인가? 금욕적인 것이 옳은가, 아니면 육욕에 탐닉하는 것이 옳은가?' 등에 대한 답을 구할 수 있다. 답이 있다는 것은 이상적 상태와 진리, 보편적 가치가 있다는 것이다. 계몽주의 사상가들이 공유하고 있는 관점은 덕은 궁극적으로 앎에 있으며, 그 앎은 우리를 이상적인 미와 고상함, 조화, 분별, 객관적 진리로, 더 나은 세계와 삶으로 나아갈 수 있게 한다는 것이다.[15]

박범신은 이러한 계몽주의 철학에 대해 불신한다. 그는 필연성과 논리적 관계로 설명되는 객관 세계 파악에 동의하지 않으며, 최선의 삶과 고결한 세계의 가능성에 대해 신뢰하지 않는다. 70년대 박범신의 초기 단편들은 대체로 당대 문학의 사회비판적 기능을 강조하는 문학장의 기율에 비교적 충실한 작품들이나, 그 배면에서 항상 비관주의와 패배주의, 허무주의의 흔적을 볼 수 있는 것도 이러한 이유이다.[16]

78년 출간된 첫 소설집 『토끼와 잠수함』(홍성사)에 실린 단편들은 대체로 궁벽한 농촌의 가난의 참상이나 소읍의 권력 다툼을 다루고 있는 사실주의적 작품들이다. 이러한 초기 작품 경향은 73년 등단한 이후 박범신의 작가의 길이, 당대의 '문학장'의 이념을 푯대삼은 데에서 비롯된 것이다. 그리고 그것은 우리가 익숙히 알고 있는 한국근대문학의 전통에서 크게 벗어나지 않은 것이었다. 가령, 연무읍을 배경으로 하고 있는 「논산댁」(1974)은 김동인의 「감자」와 유사한 모티브를 지니고 있는데,

---

15 이시야 벌린, 앞의 책, 45면.
16 박범신의 패배주의, 비관주의는 상업주의와 함께 자주 거론되는 비평적 수사이며, 이것은 때로 탐미주의, 감성주의, 환멸 등으로 변주되어 그의 소설을 규정하는 중요한 범주였다.(김외곤, 한만수, 채명식, 한혜경, 김병덕 등의 글 참조)

유탄에 남편을 잃고 두 아이, 시어머니를 부양해야하는 한 여인이 돼지 짬밥을 얻기 위해 몸을 파는 내용을 이룬다. 생계형 운전면허증을 따기 위해 갓난아기를 영아원에 버리고(「식구」), 장례비가 없어 몰래 장사를 치르고(「우리들의 장례식」), 돈이 없어 아버지 유해 수습을 가짜로 해치워 버리고(「아버지의 평화」) 하는 등의 이야기는 익숙한 소설 문법(문학사의 본격소설 내의)과 당대 문학장의 기율에 충실한 작품이다. 그러나 이러한 작품들에도 박범신의 반계몽주의적 특징이 드러나는바, 그것은 의식적이든 무의식적이든 '자연주의' 방식으로 사물과 세계의 사실 세계를 그리고 있다는 점에서 그렇다.

돼지 짬밥을 얻기 위해 어쩔 수 없이 권력자에게 몸을 내준다는 「논산댁」이 「감자」의 자연주의를 참고하고 있다는 것은 물론이고, 지방법원 이전을 둘러싸고 조직 간의 다툼을 그린 「시진읍」, 강진사와 전도사를 구세력과 신흥세력의 투쟁으로 그리고 있는 「역신의 축제」, 대학생과 시민들의 저항에도 불구하고 결국 비참하게 짓밟히는 민중 군상을 그린 「토끼와 잠수함」, 그리고 두 번째 작품집의 '폭력'을 다루고 있는 단편들에서도 패배와 불합리로 이어지는 자연주의적 세계인식이 표출되고 있다. 박범신의 소설에서는 좀처럼 이상적이고 긍정적인 인물을 찾아볼 수 없는 것도 이러한 특징과 관련 된다.[17]

「역신의 축제」는 마을의 권력자인 토호세력 강진사와 신흥세력인 전도사의 싸움을 그리고 있는 소설이다. 마을 사람들에게 절대 권력자로 군림하면서 마을 사람들의 부도덕을 단죄하고 마을을 통치하는 강진사

---

17 범죄와 폭력을 긍정하는 박범신의 장편소설들에 '악인'을 찾아볼 수 없다는 한만수의 논의도 이와 같은 맥락이다.

는 민중을 억압하는 지배세력이다. 여기에 강진사에 대항하여 해방과 희망을 전파하는 저항의 주체로서의 '전도사'가 새롭게 등장한다. 그러나 전도사 또한 결국 자신이 저지른 화자의 '누나'의 임신을 교묘하게 강진사의 아들의 짓으로 꾸밈으로써 강진사에게 승리를 거두고 '누나'를 자살로 몰아넣는데, 이러한 전도사의 계략과 악행은 결국 저항 주체와 더 나은 세계에 대한 독자의 기대를 무너뜨리고 마는 것이다. 그리하여 이 작품이 비평적 독자에게 숙명론, 패배주의의 절정으로 읽히기도 하는 것이다.[18] 또한 지방법원을 강평읍에 지키려고 무고한 '곰배팔이'를 죽이는 일까지 서슴지 않는 인물을 프로타고니스트로 내세운 「시진읍」 또한 폭력적 세계와 악무한을 그대로 보여주는 자연주의 세계관을 보여준다.[19]

박범신이 파악한 현실 세계는 급속한 산업화와 근대화에도 불구하고 진보하고 발전하는 것이 아니고, 또 다른 혼돈과 무질서의 세계일뿐이다. 폭력은 또다른 폭력으로 대체되고, 그 속에서 약자는 영원히 희생될 수밖에 없다는 숙명론적 세계관은 70년대의 폭력적 유신독재와 불우한 유년체험에서 비롯된 것이다. 곳곳에서 밝히고 있는 강경의 유년 시절에 겪은 불화의식, 고독, 소외감, 그리고 70년대 정치적 억압으로 누적된 절망감은 그에게 인간이 이성과 자유의지를 통해 더 나은 세계를 건설할 수 있다는 비전과 희망을 앗아버리고 대신 어떤 인간의 이상이나 이념, 행동도 세계 이면에 있는 '비합리적이고 무시무시한 힘'에 의해

---

18 한만수, 같은 글,

19 조급한 승리가 아닌, 지속적인 실천과 고행을 통해 목표를 향해 나아가는 백만이라는 인물이 등장하지만, 주 인물이 아니라는 점에서 이 작품에서 크게 부각되지 않고 있다.

좌절될 수밖에 없다는 환멸과 허무를 안겨주었을 것이다. 이러한 환멸과 허무주의에서 비롯된 냉혹한 비관주의는 『흉기』(1981)[20] 연작에서 더욱 극적으로 표출되고 있다.

「흉기 1」(1979)은 죄없는 국어교사 심형섭 부부가 '기관'에 납치되어 갖은 고문을 당하다 결국 잘못 연행한 걸 알고 풀려난다. 그러나 밤새 방치된 어린 딸은 사망하고, 경찰에 신고하지만 오히려 그의 말이 허위가 되어버렸다는 비정한 이야기이다. 「흉기 2」 또한 인권 유린을 고발하기 위해 취재에 나섰던 사진기자가 권력자에게 필름을 빼앗기고 폭행을 당한 뒤, 다시 현장에 달려가지만 깜쪽같이 흔적이 없어졌다는 끔찍한 폭력의 세계를 다루고 있다. 「흉기 3-그들은 그렇게 잊었다」에는 작가의 냉혹한 비관주의가 더욱 도드라져 표출된다.

「흉기 3」의 주인공 '나'는 20년 근무하던 우체국에서 퇴직한 실업자이다. 일자리를 구하려고 동분서주 뛰어다니지만, '초전박살'을 외치는 강퍅한 현실에서 한쪽 다리가 불편한 '나'에게 선뜻 일을 내주는 곳은 없다. 주인공은 4·19 혁명 당시 무릎에 총알을 맞아 불구가 된 장애인으로, 구직에 실패한 그는 4·19 당시 고교 학생회장이었던 임지운 선배를 찾아간다. 그러나 시골 고향에서 목장을 운영하는 것으로 알았던 선배는 군부대 근처에서 식용 개를 키우고 있었고, 개짖는 소리를 없애기 위해 쇠꼬챙이로 강아지의 고막을 터뜨리는 비정한 사람으로 변해버렸음을 알게 된다. 게다가 그런 선배에게 저항하다가 자신의 고막을 터뜨려 농아가 된 아들이 수의사의 고막을 터뜨리는 장면을 목격하게 된

---

20 「흉기」 연작은 두 번째 소설집 『덫』(은애출판사, 1981)에 실려있다.

다. 4·19 혁명의 뜨거운 열정이 어떻게 생존본능 앞에서 변질되고 추락하는지를 환멸적으로 보여주는 작품인데, 그것이 사실의 병든 세계이고 폭력에 짓눌린 우리의 현실일지라도 혁명의 이념과 인간 존엄을 바닥으로 끌어내리는 이러한 서사적 형상화에는 다소 위악적인 데가 있다.

① 나는 결국 직장에서 쫓겨났다. 실업자가 되고 만나본 많은 우리들 세대 가운데 1960년에 그들이 가졌던 빛나는 이상을 기억하고 있는 사람은 하나도 없었다. 그들의 가슴과 눈과 뇌는 놀랍게도 거의 금속화되어 있었다. 그래서 그들은 햇빛 따위에는 아무도 감동하지 않았다. 그들 중에는 저명한 대학교수도, 언론인도 있었다. 그들은 지금이 어느 때인데, 하고 모든 말들을 시작했다. 어느 때냐, 불경기라고 했다. 최악의 불경기를 맞아서 그걸 이겨내는 데 젊은 학생들도 협력할 필요가 있다는 것이었다.

—「흉기 3」, 『흉기』, 354면.

② 정의가 도대체 뭐란 말인가. 4·19가 뭐란 말인가. 그런 생각들을 하기 시작했어. 이 사람아, 나도 남들처럼 비리와 권모술수를 나 스스로 용서하고 받아들일 수 있었다면, 진즉, 서울에서 떵떵거리며 살게 되었을 거야. (…중력…) 정의, 자유, 순수가 어떻게 우리들 각자의 삶을 부수어버리는지 자넨 모를 거야. 그것들은 내 삶에선 일종의 독소로 작용했네. 정의로운 빵이 아니면 먹지 않겠다는 내 의식이 얼마나 우스운가 하는 걸 나는 어느 날 깨달았지. 나도 변모했던 거야. 요사스러운 긴 세월이었어. 세월엔 못 당하겠더군. 정의로운 빵이 따로 없다는 걸 나는 세월에서 배웠네.

—「흉기 3」, 『흉기』, 372면.

위의 두 개의 인용문은 빛나던 혁명 전사 '나'와 선배가 어떻게 경제 제일주의와 생존경쟁의 현실에서 이념과 존엄을 잃고 진창 속으로 떨어졌는지, 심지어 비정한 짐승같은 존재가 되었는지를 '고발'하고 있는 장면이다. 「흉기 3」에는 이러한 전락에 대한 작가의 비탄과 분노, 무력감이 들어있으나, 한편 이러한 파토스에는 그것을 승인하는 작가의 또 다른 환멸적 세계관과 허무, 위악이 들어 있다. 물론, 이 작품은 4·19 혁명 전사의 타락상에 대한 직접적 형상화 이외에 70년대 말 사회현실의 억압적 현실을 비유적으로 보여주고 있다. 즉, 짖지 않는 개와 자멸적 폭력의 세계 등은 당대 현실에 짓눌려 패악한 세상에 떨어진 시민의 모습에 대한 함축일 수 있다는 것이다.

가령, "아아, 개들이 보였다. 어떻게 그대의 내 충격을 설명할 것인가. 개들은 일부 누워 있고 일부 서 있었다. 아주 살찐 개들이었다. 그것들은 전혀 짖지 않았다. 짖지 않을 뿐 아니라 그것들은 또 경계의 눈빛조차 보내지 않았다"(365)나 "공포와도 같은 침묵 속에서""살아 있고말고. 단지 짖지 못할 뿐이야. 내가 이 녀석들을 수술했지.""새끼 때 고막을 터뜨리고 항생제나 주사하면 되는 거지 뭐"라며 빙글빙글 웃는 사내의 모습은 군사정권 하에 '자유의지'를 말살당한 인간군상과 공포의 침묵, 그리고 권력자의 잔혹함에 대한 간접적 형상화이다. 그러나 이와 같은 현실비판적 시각에도 불구하고, 작가의 사실주의적 세계 묘사에는 좀더 극단적인 데가 있다고 보이는데, 이는 작가의 세계 파악이 이성적 분석보다 감성적 반응이 더 앞선 데에서 발생한다. 그것은 우선적으로 거대한 폭력에 압살당한 자의 끔찍한 '단말마'일 수 있겠으나 사실 세계를 합리적이고 논리적으로 재구성하여 원리나 구조를 파악하기보다는 감성과 상상력에 기반하여 표상하는 작가의 기질과 의지에서 비롯된 것일 수 있다는 것이다. 많은 논자들이 지적했듯 작가 특유의 '빛나는 감성의 문체'는 이 작품에서도 발휘되는데, 가령 다음과 문장들이 그 예이다.

① 황무지나 다름없는 자갈길을 지나오면서 내가 줄곧 생각한 것은 햇빛과 강물이었다. 햇빛이 모든 걸, 대지까지를 허옇게 죽어 자빠지도록 할지라도 강만은 어쩌지 못하리라고 나는 생각하고 있었다. 강은 시퍼렇게 살아서 흐를 것이었다. 그러나 잘못된 상상이었다. 강이 죽어 있었다. 나는 처음엔 강의 표피에도 땅콩밭처럼, 내 구두처럼, 초가지붕들처럼, 부연 먼지가 쌓여 있는 줄 알았다. 먼지는 그렇지만 쌓여 있는 게 아니었다. 어떻게 된 건지 강물은 그 속까지 온통 희끄무레하게 탈색되어 있었다. 바람은 조금도 불지 않았다. 그래서 강은 아주 잔잔하였다.

—「흉기 3—그들은 그렇게 잊었다」, 『흉기』, 338면.

② 자네, 햇빛을 기억하겠지? 그날의 햇빛도 이랬었어. 눈부시다고, 저 친구가 소리쳤었어. 눈부셔, 라고 말이야. 피를 쏟으면서 다 죽어가던 친구가 기껏 눈부셔, 라니 뭐가 그토록 눈부셨을까. 정말 햇빛 때문이었을까. 수수께끼야. 서민영, 저 친구가 살아남은 우리에게 마지막으로 남긴 수수께끼. (…중력…) 눈부시다는 게 민영의 유언이었다. 아무것도 눈부신 게 없는데도. 종로 입구였다. 자식은 어느 빌딩 옆구리에 쓰러져 있었다. 비정한 총소리가 빌딩 너머에서 들리고, 개미떼처럼 흩어진 사람들이 쓰러진 민영을 뛰어넘어가고 있었다.

—「흉기 3—그들은 그렇게 잊었다」, 『흉기』, 350면.

첫 번째 인용문은 선배를 찾아가는 길에서 주인공이 맞닥뜨린 강을 묘사하는 부분이다. 함축적인 시처럼 박범신의 문장은 군더더기 없는 간결하여 단박에 비정한 역사의 흐름과 허무를 탁월하게 그려보이고 있다. 그러나 이러한 감성적 문체에 들어있는 서정적 태도[21]는 두 번째 인용문에서처럼 4·19 혁명을 피상적 이미지로 그리는 것에 그치게 만들 수 있다. '햇빛'이라는 이미지 이외에 더 넓은 지평의 사유를 허용하지 않는 감각적 문장은 4·19 혁명의 주체들을 쉽게 파국으로 끌어내리게 만드는 요인일 수 있다는 것이다. 이러한 작가의 세계 이해는 개별적 현실과 사건을 맥락 속에서 심도있게 사유하고 분석하기보다는 손쉽게 하나로 뭉그러뜨려 동일한 부정적 결론을 도출하는 '환멸적 낭만주의'로 귀결하기 쉽다. 이러한 환멸적 낭만주의자가 서 있는 부정적 유토피아에 대해서는 루카치가 다음과 같이 날카롭게 지적한 바 있다.

사건에 대해 주관적인 입장을 취하는 서정적 태도(이 서정적 태도가 미리 정해진 운명을 긍정하든 부정하든 간에, 아니면 이를 슬퍼하거나 경멸하거나 간에)가 갖는 위험성은, 내면적으로 싸움의 경과가 처음부터 분명하게 정해지지 않은 경우보다 훨씬 크다. 이러한 서정성을 담고 있고 또 이에 자양분을 제공하는 분위기는 환멸적 낭만주의가 갖는 분위기이다. 이러한 분위기는 현재의 삶에 대립되는, 이상적인 삶을 향한 상승되고 고조된 욕망이자, 이러한 동경이 무위로 끝나 버릴 것이라는 사실에 대한 절망적 통찰이

21　박범신의 감성적 문체는 많은 논자들에 의해 거론되어왔다. 한혜경도 또한 박범신의 작품 세계가 구체적인 현실 세계가 아니라 비현실적 감성의 세계라고 분석한 바 있다.(한혜경, 앞의 글)

다. 그리고 그것은 처음부터 나쁜 양심과 패배의 확실성에 바탕하고 있는 하나의 유토피아이다.[22]

박범신의 도저한 비관주의, 환멸적 낭만주의는 '병든 현실과 부정적 세계'[23]의 누적된 체험에서 비롯된 세계 표상일 수 있으나, 그것은 또한 연역적으로 세상을 보는 하나의 도식일 수 있다.

이쯤에서 문학이 작가 개인의 의지와 어떠한 관련이 있는지 간단하게 언급하고 넘어가도록 하자. 문학을 규정하고 구분하는 데에는 다양한 논의가 있을 수 있겠으나 개인적으로는 두 가지가 있을 수 있다고 본다. 하나는 현실에서는 불가능한 소망을 충족시키는 '백일몽'이다.[24] 기본적으로 판타지의 무대라는 점에서 낭만주의 문학관과 가깝지만 무의식의 기제는 어두운 기억까지를 처리하고 있다는 점에서(예를 들면 강박) 그것은 반드시 행복한 꿈의 세계는 아니다. 또 하나는 각성시키고 고문하는 문학이다.[25] 이는 사실주의와 계몽주의의 측면을 포함하고 있는데, 알지 못했던 혹은 외면했던 진실을 직시하고 성찰하게 함으로써 새로운

---

22 루카치, 반성완 역, 『소설의 이론』, 심설당, 1995, 153면.

23 오장환에 드러난 '병든 현실'과 환멸적 낭만주의에 대해서는 장만호의 「부정의 아이러니와 환멸의 낭만주의 ─ 오장환 초기시의 시의식」, 『비평문학』, 한국비평문학회, 2009 참조.

24 프로이트에 의하면 문학은 일종의 백일몽이다. 한낮에 꾸는 꿈, '백일몽'이라는 이 언급에는 꿈은 근원적으로 '소망충족'이라는 프로이트의 원칙과 백일몽은 '헛된 공상'이지만 꿈보다는 훨씬 의식적인 작업이라는 의미가 들어있다. 프로이트에 의하면 꿈이 그러나 항상 행복한 판타지는 아니다. 꿈 또한 다양한 검열 기제를 거쳐서 표출되는, 우리도 모르는 어떤 무의식적 욕망이기 때문이다. 그러니, 소망충족의 무대인 꿈은 때로 악몽일 수 있으며, 마찬가지로 작가의 의식적인 몽상인 '문학작품' 또한 행복한 판타지일 수만은 없다.(지그문트 프로이트, 정장진 역, 『예술, 문학, 정신분석』, 열린책들, 2010)

25 김현, 「문학은 무엇을 할 수 있는가」, 『한국문학의 위상 / 문학사회학』(김현문학전집 1), 문학과지성사, 1995.

인식세계로 이끄는 문학이다. 그러나 앞서 언급했듯 낭만주의 문학이 반드시 행복한 환상과 꿈의 세계를 의미하는 것도 아니고, 사실주의 문학이 절망적 현실을 보여주는 것만은 아니다. 이는 문학의 기능에 대한 편의적 분류일 뿐, 근본적으로 문학작품도 세계 표상이라는 점(쇼펜하우어)에서 작가의 개별 의지와 세계인식이 적극적으로 작동하는 창작공간이다. 그런 의미에서 박범신의 자연주의적 작품은 그의 환멸적 낭만주의와 염세주의에 의해 만들어진 세계일 수 있다.

이는 다른 작가와 작품에 모두 해당될 수 있는 것으로 궁극적으로 환상의 세계이든 핍진한 사실의 세계이든 작품은 궁극적으로 작가의 개별 의지의 결과물이라는 것이다. 이는 마르트 로베르가 말한, 거짓말로서의 소설과도 상통한다. 마르트 로베르는 신경증 환자에게서 나타나는 두 가지 거짓 가족소설이 소설의 기원이라고 보는데, 하나는 전면적 현실 부정에서 비롯된 업둥이의 가족소설이고 또 하나는 일면적 현실 부정에 바탕한 사생아의 가족소설이다. 부모 모두를 부정하는 업둥이 가족소설은 낭만주의 경향으로 나아가고, 친부만을 부정하는 사생아 소설은 사실주의로 나아간다는 것이다. 그러나 두 가지 경우 모두 불만스러운 진짜 현실을 왜곡하고 꾸민다는 점에서 소설은 거짓말이다. 마찬가지로, 우리는 사실주의 경향의 소설에서도 '정말로 있는 그대로'가 아닌, 있어야 할 현실을 선취하여 그려야한다는 사회적 사실주의 등의 기율이 훨씬 더 강고하게 작동하고 있음을 알고 있다. 그렇다면, 박범신이 창조하는 세계는 어떤 의지와 표상이 작동하고 있는 것일까.

4. 불화—악에 대한 인식

박범신은 자신의 문학의 기원이 '불화'라는 것을 예술가 소설인 「흰 소가 끄는 수레」 연작, 『더러운 책상』을 비롯하여 에세이 등에서 자주 밝혀왔다. "불화는 내가 만난 최초의 세계였다"라는 말로 요약되는 '불화의식'[26]은 등굣길에서 친구들과 발을 맞추지 못하는 일화에서부터, 가족과의 불화, 무리와의 불화, 교권을 둘러싼 불화, 문단과의 불화, 이념과의 불화, 권력과의 불화, 시대와의 불화, 심지어 지난 시절 썼던 문장과의 불화에 이르기까지 작가 자신이 소설가의 운명의 기원으로 강조하고 있는 것이다.

'나는 왜 문학을 하는가'에 대한 답으로 제출된 에세이 「부러진 가위」에서 그는 이를 좀더 의식적으로 표현하고 있다. 내리 네 명의 딸을 낳은 어머니가 또 딸이면 엎어 놓아 질식시키려 했던 살의 속에서 태어났다는 작가는, 자신의 탯줄을 끊은 '부러진 가위'처럼 결핍, 공포, 허기가 자신의 글쓰기를 추동했다는 밝힌다.

> 살기 가득 찬 세상 속으로 나와야 되는 나는 아마도 영원히 지워지지 않을 정도의 공포감을 느꼈음직하다. 실존적 공포감이었을 것이다. (…중략…) 내 최초의 세계인식은 말하자면, 세계의 중심엔 언제나 불화가 가득 차 있다는 것이었다. 따뜻한 소통이나 화해는 일종의 신기루 같은 것에 불과했다.[27]

---

26 박범신 문학의 기원으로서 '불화'에 대해 논의하고 있는 글로는 김병덕, 한혜경의 글이 있다.

또한 아버지의 부재, 예민한 어머니와 누나들의 악다구니 속에서 작가의 무의식에는 공포, 두려움이 자라고 한편 멀리 떠나는 '부랑'에 대한 열망이 커갔다는 것이다. 이러한 불화, 부랑 의식은 생애 내내 작가를 괴롭혔고, 그것은 곧 강렬한 죽음에의 충동으로 귀결된다. 베스트셀러 작가가 되어 얻은 부와 명성에도 불구하고 작가의 내면에는 고독, 소외, 사멸, 살의, 일탈, 동경이 들끓어올라 그를 세속적 삶과 상관없이 부침케 했다는 것을 작가는 곳곳에서 밝히고 있다.

열다섯 되던 그해 봄에 이미 내 삶이, 어디에서 무엇으로 살든 끝없는 부랑의 연속선상에 놓이게 되리라는 걸 거의 동물적으로 인지하고 있었다. 가난하거나 외로운 처지 때문이 아니었다. (⋯중략⋯) 폭력적 불길이 내 안에서 화냥기처럼 솟구치고 있었다. 심지어 나는 살인도 할 수 있을 것 같았다. 십대 때는 두 번이나 수면제 다량 복용으로 위세척을 했고 대학 때는 도루코 면도날로 대동맥을 내리쳤다. 젊은 날의 나는 언제나 살의 때문에 전신이 풍뎅이처럼 부풀어 올라 있었다. (⋯중략⋯) 1980년 봄에는 더러운 안양천변에서 동맥을 자르고 자살을 기도한 일이 있었다. 세 아이의 아빠였으며, '인기 작가'라고 불리던 시절이었다. 내 책은 출간할 때마다 날개 돋친 듯 팔렸지만 나는 조금도 행복해지지 않았다. 무엇보다 내가 사는 시대에 강력한 적개심을 품고 있었고, 나의 본체와 상관없이 세상에 떠도는 내 이름과 너무도 먼 거리를 나날이 느꼈으며, 급기야 내 문장들과도 불화했다. 살의는 그 후로도 결코 나를 떠나지 않았다.

─「골방」, 『흰 소가 끄는 수레』, 169~170면.

---

27 박범신, 「부러진 가위」, 『난 왜 문학을 하는가』, 열화당, 2004, 102면.

박범신이 글쓰기의 기원으로서 언급하고 있는 '불화'란 김현의 말을 따르자면 곧 시인의 출발점으로서의 '악'에 대한 인식이다. 김현은 나르시스의 자살은 명랑하고 아름다운 상상의 얼굴과 우물에서 발견한 고뇌에 찬 현실의 얼굴 사이의 간극에서 비롯된 것이라고 말한다. 그리고 이 '간극'과 '분열' 의식이 열망과 동경을 낳고 그것이 곧 시인을 탄생시킨다는 것이다.

> 존재는 악에 헌신하지 않는다. 다만 존재의 초석을 악은 이루고 있으며 그 존재를 개시해주는 역할을 하는 것이다. 이 악을 통한 존재와의 응답이 곧 시인 것이다.[28]

시인은 존재의 초석을 이루고 있는 '악'을 감지하고, 실감하고, 혼란을 느끼는 존재이고, 악이 이끄는 '죽음'을 보는 자이다. 존재를 분쇄시키는 '악'은 시인을 고통스럽게도 하지만, 한편 역설적으로 악에 대한 열망으로 이끈다. 왜냐하면 죽음과 닿아있는 '악'은 곧 욕망, 쾌락, 희열, 비상과 추락 등 그 모든 에너지의 방출이기 때문이다. 보들레르는 이를 두고 "그리하여 남녀를 불문하고 사람은 태어나면서부터 알고 있는 것이다—모든 일락(逸樂)은 악에 있다는 것을"[29]이라고 언급한 바 있다.

존재는 단정하게 완성된 석고상에 갇히기를 거부한다. 그것이 아무리 안락한 곳이고 합리적이며 올바른 것이라고 해도. 이것이 『지하생활자

---

28 김현, 「나르시스 시론」, 『존재와 언어 / 현대 프랑스 문학을 찾아서』(김현문학전집 12), 문학과지성사, 1993, 18면.
29 위의 글, 16면.

의 수기』에서 '2×2＝4'가 아닐 수 있다고 외쳤던 도스토예프스키의 '고통주의'이고 무한한 자유의지를 표출시키고자 했던 낭만주의 사상이다. 악의 실체는 두려움의 대상인 동시에 동경의 대상이 된다. '섬뜩함(unheimlich)'이 친숙한 것이자 두려운 낯선 것인 것처럼.[30]

박범신의 데뷔작 「여름의 잔해」(1973)에는 이러한 '악'에 대한 인식과 양가적 태도가 잘 드러나 있다. 「여름의 잔해」는 쌍둥이 오빠와 언니에 대한 이야기이다. 소아마비 석진 오빠는 화가, 언니는 작가 지망생이다. 오빠는 벌레들을 유리병에 가둬죽이거나 꽃뱀을 찍어 죽이고, 땅바닥에서 파닥이는 금붕어를 보며 잔인한 쾌감을 느끼는 악마적 인물이고, 언니는 그런 오빠에게 대항하는 선량한 존재이다. 그러나 바닥에서 파닥이는 금붕어를 보며 황홀한 쾌감을 느끼는 오빠를 '왈칵 떼밀면서' 금붕어를 미친 듯이 짓밟아버릴 때, 오빠가 '미친 여자'에게 수면제를 먹이고 발가벗겨 그림을 그리자 이에 대항하여 미친 여자를 구하는 듯하지만, 자살할 수 있도록 면도칼을 제공한 인물로 암시될 때, 언니는 악마에 저항하는 천사가 아니라 '신기할 정도로 닮은 표정'을 하고 있는 동일인이다.

처음엔 파들거리는 금붕어가 너무 황홀해 보였다고 언니는 말했다. 그다음은 연민이었다. 아주 순간적으로 금붕어의 몸에서 참혹한 고통의…… (…중략…) 죽어가는 금붕어에 대한, 그 고통에 대한 연민이었다. 그런데 불쌍하다는 생각이 말이야, 하고 언니는 말을 이었다. 처음엔 불쌍했는데, 갑자기,

---

[30] 지그문트 프로이트, 허창운 외역, 「섬뜩함에 대하여」, 『프로이트의 문학예술이론』, 민음사, 1997.

어떤 순간부터 그것이 무서워졌어. 나도 잘 모르겠어. 불쌍해서, 무서워졌던
거 같아. 등골이 오싹해질 정도로. (…중략…) 연민과 공포 사이에 과연 무엇
이 있는지 알 수 없었다.

―「여름의 잔해」, 『토끼와 잠수함』, 127면.

위 인용문에는 연민과 공포 사이에서 갈등하는 언니의 모습이 있다.
금붕어를 짓밟고 미친 여자의 자살을 돕는 일은 곧 연민에 바탕한 '악마
적인 것'의 제거이다. 그러나 사실, 언니의 무의식에는 오빠와 동일한
욕망, 잔혹에의 쾌감이 잠재되어 있으며 그것이 억압을 거쳐 더 극적으
로 분출되는 것이 저러한 광기로 드러나는 것이다. 세속적 선이 아닌 악
마적 일락에 대한 매혹과 두려움은 「덫」이라는 작품에도 드러난다. 이
작품의 시공간적 배경은 6·25때 총살당한 남편, 미친 아내가 등장하는
「여름의 잔해」와 마찬가지로 비극의 역사적 공간이다. 며느리가 화자로
등장하는 이 작품에는 인민군의 죽창에 찔려 죽은 시아버지, 그리고 인
민군에게 생고기를 먹도록 훈련 받은 '누렁이'가 등장한다. 시아버지가
거둔 '누렁이'가 시아버지의 시체를 파먹는 것을 본 이들 가족은, 누렁이
를 시아버지의 혼이 건너간 존재(시어머니)로, 다른 한편 시아버지를 파
먹은 악마적 짐승(남편-아들)으로 양분된다. 그리고 이야기는 누렁이를
죽이려는 아들이 놓은 덫에 결국 시어머니가 희생되고 마는 파국으로 끝
나는데, 주목할 것은 비극을 결과한 이념이나 가족의 갈등보다는 '생고
기를 먹는 누렁이'라는 잔혹한 모티브가 부각된다는 점이다.

　남편은 진저리를 쳤다. 시아버지가 부채바위 뒤에서 죽창에 찔려 죽었다.

인민군이 마지막으로 퇴각할 때였다. 다음날에게 시어머니가 알고 부채바위로 갔을 때, 놀라운 광경을 어머니는 보았다. 누렁이가 시아버지의 시체를 왈칵 파먹고 있더라는 것이다. 며칠이나 굶었는지 살기 띤 눈빛으로 시체를 파먹고 있는 누렁이는 이미 개가 아니었다. 악귀였다. 시아버지의 넓적다리는 이미 거덜이 난 상태였다. (…중략…) 바로 떨어져나간 대문에서 누렁이가 똑바로 이편을 바라보며 서 있었던 것이다. 벌써 어두워져 누렁이의 얼굴까진 또렷이 보이지 않았으나, 두 눈에서만은 푸른 인광이 뚝뚝 떨어지고 있었다.

— 「덫」, 『흉기』, 27~31면.

시체 파먹는 누렁이에 대한 작가의 집착은 위악적이기까지 하다. 그리고 그것은 앞서 언급했듯, '악'과 '폭력', 혹은 무의식의 강고한 힘에 대한 두려움이자 매혹의 결과라고 보인다. 두려움과 열망은 낭만주의에서 중요한 감정이다. '우리의 바깥에 거대하고 파악하기 힘들며 손에 넣을 수 없는 무언가가 있다는 생각'은 피히테가 말한 '열망과 두려움 중 하나의 감정을 느끼게 하고'[31] 두려움은 '근거없는 불안'과 공포, 광기 등으로 이어지는 것이다. 박범신의 소설의 냉혹한 비관주의, 환멸, 허무, 위악 등은 이러한 두려움과 열망의 표출이다.

---

31 이사야 벌린, 앞의 책, 175면.

5. 문학이라는 성소—사멸과 불멸, 행동으로서의 글쓰기 공간

「흰 소가 끄는 수레」 연작은 '글쓰기의 진정성'에 대해 묻는 '자기성
찰의 서사'[32]이자 박범신 문학의 전환을 알리는 문제작이다. 그러나 문
학주의와 대중주의 사이의 간극에서 괴로워하는 분열적 작가, 통속작가
가 아닌, 진정한 '작가'로서의 부활과 탄생은 절필 직전 발표한 「그해 내
린 눈 지금 어디에」에서 시작된다. 그것은 그가 '문학'이 무엇인지, 자신
의 문학은 무엇이었는지에 대해 근본적인 질문을 던지고, 그 질문을 통
해 스스로를 고문하고 사망 선고와 유사한 자기절멸을 감행했기 때문이
다. 자전적 이야기를 담고 있는 이 소설에서 마흔 아홉 살의 작가는 '나
비떼처럼 날아오르던 상상력'의 고갈로 인한 무력감, 혼성모방의 포스
트모더니즘으로 시끄러운 문학장에 대한 환멸감으로 괴로워한다. 그러
나 무엇보다 그를 고문하는 것은 "쓰는 것만이 모든 것의 종결이다"라는
릴케의 말을 성배처럼 안고 살았던 글쓰기에 대한 근본적인 회의이다.
그것은 곧 80년 광주항쟁 당시 허위로 가득 찬 신문에 연재를 하고 있었
다는 사실에 대한 쓰라린 회한으로 표출된다. 그 회한은 그가 80년 크리
스마스 무렵, 작가의 집을 찾아온 한 여인을 쫓아냈다는 사실에 대한 기
억으로 가시화된다. 인기작가라는 화려함과 폭압적 현실이라는 낙차 속
에 피흘리고 있던 그는 한밤 중 자신의 집을 찾아온 낯선 타인에게 '당
장 내 집에서 나가시오'라고 분노한다.

---

32 구수경, 「박범신 문학의 연원(淵源)과 자아탐색의 서사—연작소설 『흰 소가 끄는 수레』론」,
『현대소설연구』 제60호, 한국현대소설학회, 2015; 김병덕, 앞의 글.

13년이라는 시간이 지났지만 통속작가라는 평단의 비난이나 평가보다 더 오랫동안 작가를 두렵고 아프게 한 것은, 그가 위로하고자 했던 대중이 정작 현실의 고통에 짓눌려 있을 때 외면했었다는 사실이다. 작가는 "나는 다만 고독해서 쓰고 쓸 뿐이라고 생각했다. 쓰는 것만이 나를 지탱하고 일으켜세우는 유일한 버팀목이었고, 아, 그 시절, 문학만이 나의 유일한 사랑이었다"라는 순교자적 글쓰기가 사실은 대중과 유리된, 창문 안쪽의, 자폐적 공간에서의 자기충족은 아니었는지를, 과거 자신의 소설이 "베갯머리에 빠진 죽은 머리칼이나 허위의 세상이 빚어내는 허망한 거품"은 아니었는지를 심문한다. 그 자기 고문과 회한은 창 너머 들길을 걸어가는 사람들의 거듭된 환영으로 비유된다.

혼자 남아 서성이는 거실 창 너머, 그 들길로 죽은 사람들의 뒷모습이 환영으로 처음 뵌 게 바로 그날이었다. 자살해 죽은 누이가 보였고, 고문 후유증으로 죽은 시인 친구가 보였고, 총 맞은 낯선 소년의 뒷모습도 보였다. 들 끝으로 그들은 생시인 듯 걸어갔다.
나는 더 이상 소설을 쓸 수 없었다.[33]

작가는 그가 버렸던 그녀, 곧 '타인'을 찾아 경찰서와 거리를 헤맨다. 80년 겨울의 변사체의 기록을 찾고, 그 중 한 여자의 집을 찾아간다. 그가 찾아낸 그녀는 1980년 5월에 남편을 잃었으며, 그녀 또한 결국 차디찬 거리에서 객사한 것으로 밝혀진다. 그녀가 실제 작가의 집을 방문했던

---

33 박범신, 「그해 내린 지금 어디에」, 『흰 소가 끄는 수레』, 창비, 1997, 354면.

그 여자인지 아닌지는 중요하지 않다. '광주 항쟁'에서 희생된 '타인'을 상징하는 한 실존인물의 행적을 좇고 생각하고, 그녀에 대한 이야기를 듣고, 그녀의 아들을 바라보는 것만으로 작가에겐 충분하다. 그 '노력'과 '행동'이 곧 지난 일에 대한 고해성사이고 참회일 수 있기 때문이다.

나 정영호는 그 여자를 죽음의 어둠으로 내쫓은 장본이이다. 인중에 점이 있느냐 없느냐는 상관없다. 인중에 점이 있는 여자도 내쫓았고, 인중에 점이 없는 여자도 내쫓았던 나는 죄인이다. 내 죄가 지금도 이렇게 무겁다. 죄의 칼날이 시시때때 가슴을 찢어놓는다. 하지만 보아라. 내가 고통스러운 성찰로 죗값을 짐 져갈 오십대, 육십대라는 전인미답의 시간들이 내 앞에 있다. 나는 그 여자가 내 몸 안에 계속 똬리 틀고 있게 할 것이고, 그것의 고통 때문에 결코 죽지도 않을 것이디 그리고 무엇보디 이이, 니는 작가이다. 언제나 무릎 꿇어 받고 싶었던 성찬으로 작가라는 이름이 아직도 내 앞에 놓여 있음을 나는 본다.

그건 위험한 길이다 나는 어떤 길을 걸어왔던가. 나 홀로 혁명하는 길은 어디 없을까.[34]

「그해 내린 눈은 지금 어디에」에 이어지는 절필과 임종사, 그리고 「흰 소가 끄는 수레」에서의 회생도 이와 유사한 맥락에서 이해할 수 있다. 작가는 글쓰기를 통해 고독과 소외감, 그리고 죽음에의 충동을 '승화'시키고 생을 전진시켜왔다. 문학을 통해 구원받았던 이 문학성자는 그러나

---

34 박범신, 「그해 내린 지금 어디에」, 앞의 책, 366면.

자신의 문학의 '불멸'에 대해 묻고, 절망하고, 또다시 사멸을 열망하게 된다. 임종사와 같은 돌연한 절필선언 뒤에 작가는 '면도날'을 품고 최초의 출발이었던 '무주 적상산'으로 향한다. 그리고 그곳에서 한 사내를 만난다. 그 사내는 작가가 오시마 나기사의 「청춘은 참혹하다」를 읽고 울었던 일을 알고 있고, 작가처럼 사만여매나 썼다는 인물로 곧 작가의 분신을 의미한다. 그와의 대화와 성찰을 통해 작가는 자신의 불멸과 사멸에의 열망이 허위적 관념에 불과하다는 것, 불멸이 있다면 '흰 소가 끄는 수레'에 실려 있다는 것을 깨닫고, 전혀 비참하지 않은 고사목의 몸짓과 '천천히 어둠 속으로 사라지는 사내의 걸음걸이'를 열망한다.

이는 곧 '글쓰기'에 대한 새로운 각성이자 전진을 의미하는 것으로 박범신의 '낭만주의' 문학관의 한 절정을 보여주는 국면이다. 다시 이사야 벌린의 말을 빌면, 낭만주의의 본질은 "의지와 행동으로서의 인간, 끊임없이 창조하고 있기에 묘사할 수 없는 무엇, 그것이 자기 자신을 창조하고 있다고 말해서도 안되는, 주체도 없고 오직 운동만 존재할 뿐인 그 무엇이다." 그것이 비록 오류에 대한 헌신일지라도 기꺼이 목숨을 내놓은 열정과 신실함이 뒷받침된다면 무엇이든 상관없다. [35]

이러한 글쓰기 의미에 당도하기 전에, 작가는 '쓰는 것만이 종결'인 그것의 의미, 그것의 궁극을 묻고 그 답없음에 절망한다.

소설이란 게……. 예술도 아닌 학문도 아닌, 예술이고 학문인, 스토리도 아닌 스토리 아닌 것도 아닌, 스토리고 또 스토리인, 객관도 아니고 주관도

---

35 이시야 벌린, 앞의 책, 222면.

아닌, 객관이고 주관인, 사실도 아니고 추상도 아닌, 사실이고 추상인, 그 모든 것이고 그 모든 것의 너머인.[36]

'문학에 대한 절체절명의 회의'에 부딪친 작가는 또다시 '카미카제식의 극단'을 열망하나, 사멸도, 불멸도 없다는 깨달음에 이르게 된다. 즉 글쓰기는 그 내용의 의미가 아니라, 행위라는 것, 글쓰기 행위 자체가 불멸과 사멸의 충동이 성취되는 순간이고, 그 창조적 의지의 실천만이 끔찍한 현실의 '자기존재(stasis)'를 지우는 황홀한 엑스터시(ecstasy ex-state),[37] 곧 타나토스와 에로스의 경이로운 합일임을 알게 되는 것이다.

모리스 블랑쇼는 카프카의 "내가 쓴 것 중 최상의 글은, 만족하게 죽을 수 있는 능력에 기초를 두고 있다는 것이다"의 구절을 통해 글쓰기 공간이 곧 죽음의 공간(자기소멸)이자 죽음의 힘이 닿지 않는 곳으로의 초월임을 언급하고 있다.[38] 이에 비춰본다면 작가 박범신에게 있어 '글쓰기'란 곧 그의 사멸의 충동이, 불멸의 충동이 충족되는 곳이고, 자유의지를 실현시킬 수 있는 유일한 장소인 것이다.

실러는 인간의 세 단계 끝에 예술을 세워둔다. 그것은 본성의 필연성에 얽매여 피동적으로 사는 미개한 첫 번째 단계, 엄격한 원칙과 원리를 만들어 그것을 물신으로 섬기는 야만의 두 번째 단계 위에 있는 것으로, 유희충동이 행복하게 자기 자신을 해방시키는 단계이다.[39] 스스로 규칙과 계율을 만들고 창조하여 복종하고 행위하는 공간, 그것이 예술의 공

---

36 박범신, 「흰 소가 끄는 수레」, 앞의 책, 38면.
37 밀란 쿤데라, 김병욱 역, 『사유하는 존재의 아름다움』, 청년사, 1994.
38 모리스 블랑쇼, 박혜영 역, 『문학의 공간』, 책세상, 2008, 122~130면.
39 이사야 벌린, 앞의 책, 139면.

간이고 낭만주의의 자유의지가 최대로 실현되는 장소라는 것이다.

어느 날 불이 나서 집 전체가 불길에 싸였는데요. 그 장자의 자녀들 여럿이 불타고 있는 집안에서 철없이 놀고 있는 거예요. 애들아, 집이 타고 있어. 안 나오면 모두 타죽는다아. 장자가 밖에서 소리쳤지만 철없는, 불이 뭔지도 모르는 애들이라 놀이에 빠져서 나올 생각을 안 했대요. 큰일났지요. 장자는 그제서야 다른 수를 생각해내고 애들에게 이렇게 외쳤다고 그래요. 애들아, 여기 재미있는 것이 있단다. 소가 끄는 수레, 양이 끄는 수레, 사슴이 끄는 수레도 있으니, 너희들 모두 태워주마. 그제서야 애들이 불난 집에서 나왔고, 장자는 애들에게 진짜 흰 소가 끄는 수레를 선물했다는 얘기예요. 비유컨대, 불멸이 있다면 그건 흰 소가 끄는 수레에 실려 있을 거요.[40]

법화경의 '삼계화택'에 대한 저와 같은 성찰은 곧 실러가 동경하는 예술에 대한 사유와 유사하다. 즉, 불타는 집처럼 괴로움 속에 허우적거리는 중생을 구제하는 것은 끔찍한 '사실'의 세계도, 계도적 강제도 아닌, 문학이라는 '가상의 세계'일 수 있다. 끊임없는 생성과 창조, 운동의 지속인 글쓰기와 가상을 통해 중생은 구원받을 수 있고, 작가 자신 또한 구원받을 수 있다는 깨달음이 작가 박범신이 도달한 더 높은 단계의 문학의 성소의 의미일 것이다. 박범신의 낭만주의는 우선적으로 그가 어떤 제도나 이념과 상관없이 문학이라는 '신'과 직접적으로 교통하고 섬기겠다는, 기꺼이 목숨을 내놓겠다는 경건주의에 바탕하고 있다. 그리고

---

40 박범신, 「흰 소가 끄는 수레」, 앞의 책, 83면.

그 신실함과 진정성이 다시 한번 그를 '천천히 어둠 속으로 사라지는 사내의 걸음걸이'로, 글쓰기의 지속적인 수행으로 이끌었던 것이다.

6. 나오며

'낭만'이라는 말은 본래 프랑스어 '로망'에서 나온 말로, '대중적인 말로 쓰여진 설화', 소설이라는 뜻을 지니고 지금도 독일에서는 '장편소설'을 가르키는 용어로 쓰인다. 오늘날과 같이 비현실이고 공상적, 감상적인 영역을 의미하게 된 것은 소설이 갖는 '비현실성'에 대한 인식이 확산되고, 낭만주의의 역사 전개에 따라 안착되면서이다.

이 글은 박범신 단편소설을 중심으로 박범신 문학이 지닌 낭만주의의 특성에 대해 살펴보았다. 첫째 박범신 문학은 반계몽주의에 바탕하고 있으며 그것은 한국근대문학 탄생 이후 작가를 '문사'로 호명하던 지사적 주체에서 벗어난 것으로 해방 이후 대중문화 창작자로서의 작가 존재론의 한 양태를 보여준다. 둘째 70년대 박범신 단편들은 사회현실에 주목한다는 점에서 리얼리즘적이지만 비관주의, 패배주의적 성격이 짙고, 때론 자연주의적 세계관으로 환멸적 세계를 강조하고 있으며, 이성보다는 감성적 태도가 강하다는 측면에서 환멸적 낭만주의로 규정할 수 있다. 셋째, 박범신의 환멸적 낭만주의는 숱한 유년시절부터 형성된 불화의식, 즉 현실과 이상의 간극, 악에 대한 인식으로부터 비롯된 것이고

이는 '악과 죽음' 등에 대한 두려움과 열망이라는 양가적 태도로 드러난
다. 넷째 박범신의 죽음충동과 타인의 고통을 외면한 것에 대한 죄책감
은 그를 절필이라는 극단적 선택으로 이끌지만, 사멸해가는 몸짓으로라
도 지속되는 글쓰기, 그 지속적인 운동만이 그에게 구원이고, 또한 독자
들에게 삼계화택의 가상세계를 열어주는 소중한 작업임을 깨닫고 다시
집필을 하게 된다.

　이러한 결론을 도출해내기 전, 본고는 박범신의 대중성과 '낭만성'(미
학적 자율성을 지향한다는 측면에서 고립의 성격이 강한)이 어떻게 공존할 수 있
는가에 대해 물었다. 그러나 '낭만성'의 어떤 특질들은 서구 근대 낭만
주의 운동의 역사적 전개를 통해 형성된 미적 자율성이다. 그 중에 반계
몽주의와 무한한 '힘'에 대한 긍정이라는 측면에서 박범신 소설을 낭만
주의를 보여주고 있으나 기이하고 공상적인 세계를 탐닉하는 낭만적 세
계와는 구별된다. 박범신의 문학은 태도와 지향적인 측면에서 낭만주의
의 특성을 지니나 그의 문학작품은 대중성을 지니고 있다는 측면에서
'로망'의 어원인 대중주의와 맞닿아 있다. 본래 소설의 어원인 로망이라
는 말이 통속적 설화, 대중들의 이야기에서 출발했다는 것에서 알 수 있
듯, 세상과 통하고 대중의 욕망을 반영하는 낭만주의는 박범신 소설이
지닌 대중성을 입증하는 중요한 지점이기도 할 것이다.

제2장

백신애 문학의 '낭만성' 연구

1. 서론

백신애는 1929년 『조선일보』 신춘문예를 통해 첫 번째 여성 등단 작가로 출발한 이래 소설(콩트 포함) 22편과 수필, 기행문을 포함해 33편을 남겼다.[1] 1908년 영천에서 태어나 1939년 32살의 나이로 경성제국대학병원에서 짧은 생애를 마감하기까지 그녀의 생은 파란만장한 국면들로 이루어졌다. 영천의 개명꾼이자 거상인 아버지 백내유의 외동딸, 공산당원이었던 오빠, 사회주의 여성운동, 단신으로 감행한 시베리아 방

---

[1] 백신애의 서지와 전기 사항은 『백신애 전집』(이중기 엮음, 현대문학, 2009)에 정리된 것을 따른다.

랑길, 신춘문예 당선, 일본 동경으로의 유학, 은행원과의 결혼과 이혼, 중국 청도 기행 등 식민지 여성으로서 보기 드문 이 행로는 그녀의 작품 해석에 대한 열망을 불러일으킨 주요인이 되기도 하였다.

백신애 문학 연구는 대체로 식민지 현실의 궁핍상과 여성문학적[2] 관점에서 논의되어왔고, 이러한 관점은 김대성이 지적하고 있듯 '문학사적 메카니즘'이 여성작가인 백신애에게 할당한 자리라는 점에서 백신애 소설의 실제라기보다는 정전 이데올로기의 호명에 의한 것이라고 볼 수 있다. 최근 들어 이러한 해석적 틀에는 모더니즘, 탐미주의적 경향을 강조하는 방향이 한 가지 덧붙여졌다. 백신애 문학에 대한 다양한 시각의 공존은 백신애 소설의 변모과정[3]의 필연적 결과로 또는 "여러 가지 다양한 성격의 작품 활동을 한 이질적이고 혼종적인 작가"[4]로, 혹은 작가의 문학적 좌표에 들어있는 '오빠-혁명, 어머니-일상'[5]이라는 이항적 대

---

2   서정자, 「백신애의 여성해방의식」, 『어문연구』 59·60호, 어문연구학회, 1988, 576~
     581면.
     안숙원 「백신애의 반미학과 페미니즘」, 『여성문학연구』 4집, 한국여성문학학회, 2000,
     315~349면.
     박종홍, 「신여성의 '양가성'과 '집떠남'의 고찰」, 『한민족어문학』 48집, 2006, 307~332면.
     조주현 「광기를 통해 본 여성임의 의미-백신애의 「광인수기」와 C.P. Gilman의 The
     Yellow Wallpaper를 중심으로」, 『사회과학논총』 11집, 관동대 사회과학연구소, 1992,
     231~251면.
     김연숙, 「사회주의 사상의 수용과 여성작가의 정체성」, 『어문연구』 128호, 어문연구학
     회, 2005, 333~358면.
     권오현 「백신애 소설의 전형기 신여성 형상화 양상」, 『제3회 백신애 문학제 심포지엄
     자료집』, 2009, 13~32면.
3   이러한 세 가지 시각은 백신애 소설의 변모양상을 '①신경향파적 특성 ② 객관적 리얼
     리즘 기법 ③ 모더니즘적 기법'으로 나누어 고찰하고 있는 한명환의 논문에 잘 드러나
     있다.(한명환, 「백신애 문학 연구의 향방과 전망」, 『인문과학논총』 23호, 순천향대 인문
     과학연구소, 2009)
4   김지영, 「백신애 소설 연구-경계인의 정체성과 모성강박을 중심으로」, 『현대소설연
     구』 38호, 한국현대소설학회, 2008, 35~67면.

립과 길항으로, 혹은 문학의 내적 논리와 일관성을 담지하는 '지방성'[6]이나 '타자성',[7] 제도적 준거틀에 포섭되지 않는 '잔여적인 것'[8]으로 해석되어 왔다. 많지 않은 작품이 이렇듯 다양한 시각에서 논의된다는 것도 놀랍지만 이들 논의의 다양한 전략에도 불구하고, 해석의 상이함으로 인해 어쩔 수 없이 드러나는 균열 — 가령 백신애 문학에서 반미학과 위반의 시학을 읽어내는 시각,[9] 모성 이데올로기로의 회귀[10] — 은 상징적 동일성을 끊임없이 끊고 달아나는 백신애 문학의 '기의'를 여전히 의심하게 한다. 그 의문은 구체적으로 「아름다운 노을」에서 출발하는데, 이 작품은 이전의 작품과는 매우 이질적일 뿐 아니라 유작으로 남겨진 것이다. 백신애의 작품은 기존의 논의에 기대면, 대체로 초기 궁핍한 민중상에 대한 묘사에서 후기 '지식인의 허위'를 폭로하는 풍자소설 쪽으로 옮겨간다. 이러한 작품의 흐름에는 「혼명에서」와 같은 이질적인 작품도 있으나 미소년과의 사랑을 그린 「아름다운 노을」만큼 파격적이지는 않다. 또한 백신애가 발표한 수필에는 소설에서 보여준 '빈민이나 식민지 여성의 타자성'에 대한 핍진한 탐색이 많지 않다. 문단이라는 상징계에 제출한 발표작과 미발표작과의 거리, 그리고 소설과 수필이라는

---

5 홍기돈, 「백신애가 지향한 이념의 방향과 문학 좌표의 설정」, 『우리문학연구』 27집, 우리문학회, 2009.6, 361~384면.
6 서영인, 「백신애 문학 연구-타자인식의 근거로서의 지방성과 자기탐구의 욕망」, 『한민족문화연구』 29호, 한민족문화학회, 2009, 239~268면.
7 최혜실, 「백신애 문학에 나타난 이중적 타자성-궁핍과 여성성을 중심으로」, 『현대소설연구』 24, 한국현대소설학회, 2004, 25~48면.
8 김대성, 「'잔여적인 것'으로서의 문학과 지역-백신애 문학의 해석적 틀에 관한 비판적 고찰」, 『제3회 백신애 문학제 심포지엄 자료집』, 2009, 25~48면.
9 안숙원, 앞의 글.
10 서영인, 앞의 글.

장르에서 보이는 작가 의식의 균열은 여전히 상징계에 자리 잡지 못한 백신애 문학의 잉여와 무의식에 대한 의심을 불러온다. 본고는 이렇듯 상징적 동일성을 빗겨가는 백신애 문학의 잉여를 '낭만성'을 통해 살펴보고자 한다. 또한 백신애 문학을 고찰하는 데 있어 그동안 소략하게 다루어져왔던 수필을 본격적으로 살펴보고, 소설과의 상관관계를 규명하고자 한다.

2. 낭만적 격정과 모험의 궤적

1) '백합화'를 향한 동경

산문은 논픽션이라는 장르적 성격으로 인해 소설과 달리 작가의 자의식과 일상을 비교적 가감없이 드러내기 때문에 작품에 드러나지 않는 부분을 포착할 수 있는 중요한 계기를 제공한다. 백신애가 남긴 산문은 총 33편으로 대개 여성지나 신문에 게재된 짧은 수필이나 꽁트로 이루어졌다. 이들을 분류해보면 첫째 꽃, 계절, 새 등 자연묘사와 감상, 둘째 일상적 소묘, 셋째 여행기[11] 등으로 나눌 수 있다.

자연과 관련된 글은 12편으로 「종달새」, 「춘맹」, 「종달새 곡보」, 「연

---

11 백신애기념 사업회가 편한 산문집 『슈크림』(백신애기념사업회편, 만인사, 2010)은 대체로 이와 같이 구성되어 있으나 세분화하여 네 가지로 분류하였다.

당」「녹음하」「납량이제」「추성전문」「초화」「도취삼매」「백안」「매화」「동화사」가 이에 해당된다. 적지 않은 편수의 이 글들은 그녀가 살았던 영천이라는 환경과 작가의 자연친화적이고 목가적인 면모를 보여준다. 대체로 이 글들은 "내 가슴은 온 들판에 퍼져 울리는 종달새 노래 소리에 까닭 없이 희열과 약동에 깨어질 듯하다"(「종달새」)나 "좋은 경개를 보면 왜 자꾸 소리를 지르고 슬픈 것인지, 절승경개를 대하여 묵묵히 입 다물고 있지 못하는 것 같았다"(「납량이제」)와 같이 계절변화에 따른 심경이나 산수경개에 대한 감흥을 써내려간 것이다. 이 자연친화적인 글들은 소박한 차원의 자연 감상에 불과하나, 백합이나 푸른 꽃에 대한 애착을 통해 낭만적 감수성과 순수 지향성을 엿볼 수 있다.

　작가의 백합에 대한 애착은 백합에 얽힌 에피소드를 담은 「백합화단」에 살 드러나 있다. 이 글에 따르면, 백신애는 어렸을 때부터 유독 백합을 좋아해서 학교 다닐 때에도 그림을 그리라고 하면 백합을 그리고, 동경에서 예쁜 백합화분을 사지 못해 못내 안타까워했다고 한다. "맑은 계곡 물이 흐르는 심산유곡에 일헌옥(一軒屋)을 짓고 온 산골에 흰 백합을 심고 고아하고 청초한 그 자태를 바라보며 조용히 뿜어 보내는 그윽한 그 향내가 온 몸뚱이에 배어 넘치도록 만끽하고 싶은 것이다"[12]라는 소망은 삶 전체를 미학화하고자 하는 낭만적 태도를 드러낸다. 그러나 이러한 순수에의 꿈은 '봄 들판에 지천으로 깔린 봄보리'에 의해 무참히 스러지고 만다. 봄이 되자 백합구근을 지하실에 꺼내어 화단에 심다가 광야의 파릇파릇한 보리모종을 발견하게 된 것인데, 그녀는 이 광경에

---

12 위의 책, 53면.

당혹스러워하며 자신의 환상이 얼마나 속세적이었던가를 깨닫고 화단을 파헤치고 만다. '온 산골에 흰 백합'의 환상과 '보리'의 현실, 이 거리는 그녀의 낭만적 세계 인식과 현실세계의 괴리를 암시한다. 「연당」에서도 이러한 그녀의 미학적 태도가 표출되고 있는데, 양어를 하려고 파놓은 못에 일꾼들을 불러 지반을 다듬고, 고기를 풀어놓으려는 오빠와 H에 맞서면서 그녀는 "하늘이 무너져도 이것은 내 연당" "우리 농원 식구에게는 이 못가가 유일한 낙경"이라며 조그마한 연당을 창조해놓고 만다.

「백안(白雁)」은 그녀의 이러한 자연친화적 경향과 시적 감수성이 농촌현실과 얼마나 무관한 낭만적 감수성인지를 보여준다. 이 글에서 작가가 "금년 겨울은 따뜻하여 참 좋습니다"라며 순박한 농민들에게 인사를 건네자 그들은 "바깥 일 할 게 있나, 추우면 무슨 걱정이요"라고 대답한다. 작가는 여기에 답을 못하고 마는데, 사실 그녀가 걱정하는 것은 "바람이 불면 건넌 못에 기러기가 날아오지" 못할까봐서이기 때문이다. "백설같이 희고 깨끗한 털을" 가진 고니를 『맹자』 책을 찾아가며 '흰 기러기'라고 굳이 부르고 운치가 깊다고 스스로 고소해하면서 그녀는 "분분한 설공을 나는 흰 나래들⋯⋯. 이 또한 기막히게 아름다워"라고 감탄한다. 이렇듯 흰 눈과 흰 기러기를 감상하며 추운 날 못가에 앉아 즐거워하는 모습은 평화로운 목가적 풍경의 한 장면을 구성한다. '흰 기러기(백안)'[13]란 현실에 존재하지 않듯, '흰 기러기'라는 순수와 유토피아에

---

13 이 글에서 백신애는 고니를 기러기로 착각하고 있었으나 남들에게 이 사실을 듣고, '기러기'를 자신의 믿음을 바꾸고 싶지 않아 『맹자』에서 '鴻(홍)은 안지대자야(雁之大者也)'라는 구절을 찾아 '기러기'라고 우긴다. (위의 책, 90면)

대한 객관적 상관물은 작가의 낭만적 충동과 미학적 태도를 보여준다.

'푸른꽃'은 백신애의 낭만성을 표출하는 또 하나의 표상이다. 「초화」에서 작가는 "인생의 진리란 무엇인가를 회의하여 세상 사람들이 버러지 같이 보이던 때는 공연히 푸른 꽃도 있는가, 하는 생각에 푸른 꽃을 찾아보려고 울릉도까지 가보려고 한 일까지 있었다"[14]라고 고백하면서 인생에 대한 환멸과 '푸른꽃'에 대한 열망을 드러내고 있다. 이러한 낭만적 기질과 몽상은 어리고 철없던 때의 심리로 반성되기도 하지만, 산문 곳곳에 표출되는 이러한 시적 감수성은 그녀의 문학적 원천이 무엇인지를 보여준다. 가령, "나라는 인간도 제가 젠 척은 하면서도 어리석고 몽상을 좋아하는 이지없는 팔삭동이"(「종달새」)라든가 선생님이 공부를 많이 하면 하늘 일과 땅 속 일을 다 알 수 있다고 하던 말을 듣고는 "기어이 하늘 위에 올라가보고 말겠다"(「춘맹」)라고 결심하는 장면 같은 데에서는 그녀의 수직적 초월에 대한 욕망과 낭만적 태도가 드러난다.

'백합' '연당' '흰 기러기' '푸른꽃'에서 볼 수 있는 백신애의 낭만적 태도는 영천 거상의 외동딸, 독선생의 교육 등 부유하나 폐쇄적인 환경에 기인한 것으로 볼 수 있다. 이러한 미학적 태도는 당시 궁핍한 현실과 유리된 것이기는 하지만, 한편 그녀로 하여금 꿈을 향해 누구보다도 용감하게 나아갈 수 있는 추동력이 되었을 것으로 판단된다. 현실을 냉철하게 파악하기보다는 자신의 상상 속에 전체화하려는 이러한 태도는 계몽적 근대가 내재화했던 주관과 객관의 이분법적 구분을 넘어서려는, 즉 "세계의 중심에 선 나로서의 절대적 주관성", "세계와 융합한 전체성 속

14　위의 책, 58면.

에서의 자아"[15]를 의미하는 것으로, 이러한 낭만적 주관성은 「도취삼매」
에서 잘 드러나 있다.

「도취삼매」는 한 풍경화에 매료된 작가의 모습을 그리고 있는 수필인
데, 그녀가 그 그림에 매료된 이유를 "이 지상의 풍경 같지 않고 마치 화
성의 풍경같게 느껴"졌기 때문이라고 밝히고 있다. 그녀는 일견 '살풍경
하며 조말한 느낌'의 이 그림 속에서 "천당이며 극락을 꿈"꾸며 하룻밤
에도 여러번 '호접지몽'의 세계를 넘나든다.

> 저녁 먹고 이럭저럭하다가 자리에 들어가면 제일 먼저 이 그림이 눈에 띈
> 다. 그러면 언제든지 판에 박은 것같이 큰 한숨이 한번 내쉬어지며 한껏 기
> 지개가 나온다. (…중략…) 그러면 나는 어느 사이에 호접이 되고 마는 것이
> 다. 펄펄펄 날아서 그림의 수림 속으로 잔잔한 푸른 호수 위로 지상에다 '굿
> 바이'를 하고 마는 것이다.
>
> 봉래산(蓬萊山)이 아닌 이 살풍경한 경치 속에서 나는 신선도 되며 불타도
> 되어 벽안금발(碧眼金髮)의 천사들의 음악도 들으며 온 땅덩이를 한 눈 속에
> 집어넣고 개미 잔치 구경하듯 철소(徹笑)도 한다. 나는 전지전능하며 우주
> 간의 모두가, 모두가 내 마음대로며 나 하나를 위하여 있는 것 같게도 생각
> 된다.
>
> ─『슈크림』, 82~83면

지상이 아닌 것 같은 풍경에 매혹되어 '밤이 낮인지 낮이 밤인지 어느

---

15 김진수, 『우리는 왜 지금 낭만주의를 이야기하는가』, 책세상, 2002, 16면.

것이 나의 현실인지 분별할 수 없이' 도취하는 모습에는 우주 전체에 군림하는 '전지전능한 자아'의 이미지가 들어있다. 객관과 주관, 현실과 꿈의 경계를 허물고 세계와 융합하는 자아, 디오니소스적 도취와 황홀경 속에서 개별적 존재를 넘어 세계의 중심을 향한 돌진은 그녀에게 두 가지 표상을 통해 개시된다. 하나는 '오빠'라는 이념적 표상이고 다른 하나는 '어머니'라는 절대적 사랑의 표상이다. '혁명'을 뜻하는 '오빠'는 현실 너머에 있는 낭만적 동경의 대상으로 아직 경험하지 못한 미지의 것이다. 이 유토피아는 늘 도래하지 않는 것이므로 환멸에서 비껴나 있는 이상의 공간으로 설정된다. 「혼명에서」에서 '나'가 만난 S는 이러한 이념의 현현으로 그는 방향전환 후 결혼과 이혼이라는 세속의 번잡함 속에 있는 '나'를 다시 백합화로 인도해줄 절대적 우상으로 그려지고 있나. 반면 어머니는 백신애의 이상추구를 방해 하는 '인습'의 강렬한 힘으로 등장하지만, 많은 논자들이 지적하였듯 백신애에게서 또 다른 삶의 지표이기도 하다. 그것은 어머니와의 갈등을 그린 「나의 어머니」에서 무의식적으로 표출되는 어머니에 대한 한없는 애정을 통해서도 확인할 수 있다. 여자 청년회 일로 밤늦게 다니는 '나'를 걱정하는 어머니에 맞서 자신의 신념을 지켜나가겠노라고 다짐하는 마지막 장면의 "가없은 나의 어머니여"라는 탄식에는 투쟁에의 각오보다는 이러한 갈등이 쉽게 해소될 것이라는 낭만적 태도가 함축되어 있다.

따라서 '나'의 신념이나 고뇌가 아니라 어머니라는 인물 형상화에 초점을 맞추고 있는 「나의 어머니」는 전통적이고 인습적인 어머니를 비판하는 소설이 아니라 오히려 '나'의 어머니에 대한 고착을 드러내는 작품으로 읽을 수 있다. 이러한 모성 고착은 「혼명에서」나 「정현수」, 「적빈」

에서도 드러나는데, 「정현수」에서 순수에 강박된 현수는 형의 육친적
사랑에 매료되고, 「혼명에서」, '나'는 "내가 방향 전환 이후의 고독과 외
로움을 이해해 준 것은 어머니의 사랑이었어요. 이 묵중한 대지도 움직
이는 때가 있지마는 어머니의 사랑은 내가 죽고 없는 날까지 움직이지
않는 절대의 것이니까요! 나는 변하지 않는 절대를 믿고 싶고 그것만이
참인가 합니다"라고 S를 향해 항변하기도 하는 것이다. 「적빈」 또한 식
민지 현실의 궁핍한 민중상을 제기하고 있기보다는 '위대한 어머니상'
을 통해 설득력을 얻고 있는 작품이다. 임신한 아내는 거들떠보지도 않
고 자기의 배고픔에만 연연하며 짐승처럼 행동하는 첫째 아들 '돼지'나
노름쟁이가 된 둘째아들 매촌에 대한 묘사는 단지 '축신'같은 인간으로
단순화되어 있다. 백신애 소설에서 흔히 나타나는 이러한 평면적인 민
중 형상은 앞서 살핀 미학적 태도와 밀접하게 관련되는 것으로 그들은
대개 본능에만 충실한 이들로 타자화되고 추상화된다. 반면 이런 자식
들과 며느리를 거두는 매촌댁에 대한 묘사는 훨씬 구체적이고 입체적이
다. 맹목적 모성애에 대한 동일시는 매촌댁이 배설욕구를 참는 '똥' 장
면에서 절정을 이루면서 궁핍한 현실을 '위대한 모성애'로 봉합하고 있
는 것이다.

  '절대'로 표상되는 백신애의 이념적 좌표는 이렇듯 오빠, 어머니라는
두 명의 중개자를 통해 진자 운동을 펼친다. 몇몇 논의에서 '오빠'는 혁
명으로, 어머니는 '일상'을 의미하는 것[16]으로 설명되고 있으나 실제 백
신애의 작품에서 '어머니' 또한 그녀의 초월적 욕망을 매개하는 중개자

---

16 대표적으로 홍기돈의 글을 들 수 있다.(홍기돈, 「백신애가 지향한 이념의 방향과 문학
   좌표의 설정」, 『우리문학연구』 제27집, 우리문학회, 2009.6, 361~384면)

로서 기능하고 있다. 백신애의 문학에서 주인공의 상승 욕망은 항상 사회주의 이데올로기와 모성 이데올로기를 통해 표출되거나 때론 이 둘이 충돌하는 근원적 밑그림이 되는 것이다.

2) '북극'을 향한 모험

백신애의 '지상이 아닌 것'에 대한 동경과 수직적 초월에 대한 욕망은 오빠 백기호의 영향 아래 사회주의 여성 운동에로 나아간다. '너머'라는 낭만적, 추상적 성격을 지닌 백신애의 초월적 욕망은 오빠를 통해 구체적 그림을 획득하게 되는 것이다. 이미 많이 알려진 바대로 오빠 백기호는 조선공산당 당원으로 1926년 '제2차 조선공산당 검기 사건' 때 검기되어 1927년 4월 면소처분을 받은 인물이다. 백신애는 1925년 '여자청년동맹'과 '조선여성동우회'에 가입, 활동하기 시작하였으나 이 사실이 탄로 나자 1926년 교사직에서 파면을 당한다. 이후 서울로 올라가 두 단체의 상임위원이 된 그녀는 1926년 정종명, 허정숙 등과 같이 조선여성동우회 상임이사 자격으로 김천에서 강연을, 같은 해 8월에는 노량진 청년회 주최 남녀 강연대회에 박원희와 함께 참가해서 「여성경제와 경제조건」에 대해 강연하는 등 활발한 활동을 펼친다. 1927년 '경성여자청년동맹' 집회주도, 전국순회강연에도 참가했으며 1928년 '근우회'에서 집행위원까지 역임한 것[17]으로 되어 있으나, 1927년 가을 시베리아

---

17 백신애 사회주의 단체 활동은 서영인의 앞의 글과 김연숙,「 社會主義 思想의 수용과 女性 作家의 正體性」,『어문연구』128호, 어문연구학회, 2005.12, 333~358면; 이중기, 「백

여행 이후 고향에 돌아온 후 그녀의 사회주의 활동에 대한 흔적은 찾아볼 수 없게 된다. 1925년에서 1927년이라는 약 2년이라는 짧은 기간 동안 그녀의 사회주의 여성 단체 활동은 대단히 열성적이었던 것으로 알려졌다. 그러나 소설 작품에는 이 활동과 관련한 사회주의나 여성주의 이념이 투영된 경우는 거의 없다. 이때의 활약상을 보여주는 「철없는 사회자」에서도 무산될 위기에 있던 여자청년 동맹 창립 2주년 기념식 개최를 성사시키고 사회를 보았다는 회고는 그녀의 용맹성과 행동력을 입증할 뿐, 그녀의 투철한 사상성까지는 보여주지 못하고 있다. 따라서 백신애의 사회주의 단체 활동은 그녀의 시적 감수성과 절대 순수에의 지향성이 당대 현실에서 얻은 하나의 분출구로 보는 것이 온당할 듯하다. 이는 「나의 시베리아 방랑기」에 드러난 이국취향과 낭만적 감상성에서도 충분히 엿볼 수 있는 사실이다.[18]

「나의 시베리아 방랑기」는 백신애의 어린 시절 방 벽에 붙어있던 세계지도에 대한 이야기로 시작한다. 누군가 러시아를 가리키며 '북극'과 '오로라'를 얘기해주자, 여기에 매혹된 13세 꼬마 아이는 "언젠가 꼭 레나강에 조각배를 띄우고 강변에는 자작나무로 된 통나무집을 짓고 눈이 하얗게 덮인 설원을 걸으며 아름다운 오로라를 바라볼 거야! 그리고 초라한 방랑시인이 되어 우랄 산을 넘을 땐 새빨간 보석 루비를 찾아 볼가의 뱃노래를 멀리서 들을 거야"라며 그곳을 동경하게 된다.

신애, 그 미로를 따라가다」, 『백신애 선집』, 현대문학, 2009 참조.
18 물론 「나의 시베리아 방랑기」는 여행을 했던 1927년에서 10여년이 지난 1939년에 발표된 글이고, 발표 시기가 중일전쟁 후 파시즘화되는 때였다는 점에서 여행시기의 정황을 그대로 보여주고 있다고 보기는 어렵지만, 오히려 그렇기 때문에 이러한 경과에도 불과하고 일관되게 나타나는 백신애의 낭만성을 확인할 수 있다.

‘북극, 오로라, 레나강의 조각배, 설원, 오로라, 방랑시인’으로 표상되는 러시아는 백신애에게 이곳이 아닌 ‘저 너머’의 공간으로, 앞서 살펴본 ‘흰 기러기’ 등과 크게 다르지 않은 낭만적 초월의 표상이다. 이국 취향과 동경, 그리고 환상은 낭만주의의 중요한 개념인 바, 이 수필 곳곳에서 등장하는 잠, 페르시안 고양, 보이, 루바슈카와 같은 용어는 물론이고 긴박한 현실을 동화화하고 있는 서술 방식에서도 이를 확인할 수 있다. 가령, 원산에서 웅기까지 가는 배에 밀항한 그녀는 자신을 “그 날카로운 경찰들도 변소 안에 페르시안 고양이로 변한 잠자리가 숨어 있는 것은 알아차리지 못한 것 같다”라고 하거나, 남자 선원에게 들키자 “어여쁜 처녀”“유복한 가정의 외동딸, 게다가 청순하고 허위를 모른다”와 같이 자신의 고귀한 신분과 여성성으로 그를 회유하려고 공상하기도 한다. 그녀는 자신을 돌봐준 삼등실 보이를 “그는 나를 선녀처럼 대하며 더구나 사랑을 동경하면서 먹을 것까지 갖다 주고 위로해주었다”와 같이 동화적으로 그리고 있는 것이다.

블라디보스토크에 당도해서 게베우 군인에게 발각될 위협에 놓이자 총살 직전 구출된 도스토예프스키의 운명을 생각한다거나, 말 탄 병사들에게 호송되어 시베리아 들판을 거닐면서 잠시 말에 탔을 때에 대한 다음과 같은 묘사는 생사를 넘나드는 현실을 환상동화로 바꾸고 있다.

나는 어렸을 때 아버지에게 아니어 말을 타본 적은 있지만, 시베리아의 넓은 설원을 러시아 병사에게 안기어 말을 타고 지나는 느낌은 뭐라 표현할 수가 없다.

한 손에는 말고삐를 한 손에는 나를! 그리고 네 명의 중국인은 병든 노예처럼 뒤를 따른다. 마치 서부활극의 한 장면 같기도 했다.

말만 통했다면 그때 병사와 나는 아주 멋진 말들을 속삭였을지 모른다.

하지만 그는 때때로 나를 꽉 안으며 빙긋 웃어보였고, 나는 그에 답하여 살짝 흘기는 눈짓을 보일 뿐이었다.

그것은 달콤한 시간이었다. 아! 십 수년 간 홀짝거리며 깊어간 꿈! 그 꿈이 이뤄진 아름다운 현실이기도 했다.

—『슈크림』, 209~210면

위 인용문에서 소련 병사와 '나'와의 관계는 호송자와 피호송인의 그것이 아니라, 로맨스 소설의 연인처럼 그려지고 있다. 이러한 형상화를 통해 그 과정에서 겪었던 허기와 곤궁, 공포는 미학적 광채에 의해 비현실적인 것으로 바뀌는데, 오히려 그러한 고난은 그녀를 구출하러 온 왕자와의 해피엔딩을 장식하는 장치에 불과한 것으로 바뀌어버린다. 그리하여 마지막 "아! 방랑! 내 눈은 감상적인 눈물에 젖어 이 감상을 한 수의 시에라도 담고 싶었다"라는 회한은 시베리아라는 동토의 땅에서 추방과 곤궁, 이산이라는 현실을 탈색시켜버리고 센티멘탈한 동경과 추억만을 남겨놓는다.[19]

---

[19] 당시로서는 흔치 않는 시베리아 기행, 그것도 젊은 여성의 단신으로 감행한 이 여행의 궁극적 동기에 대해서는 여전히 의견이 분분하다. 시인 이윤수는 「백신애 여사 전기」 (『씨 뿌린 사람들』, 사조사, 1959)에서 그녀의 시베리아 방랑이 "사회주의 운동의 총본산인 혁명 직후의 러시아에 동경하여 블라디보스토크로 뛰어갔다"라고 적고 있으며, 이중기의 경우 「나의 시베리아 방랑기」에는 '낭만적 감상'이 우세하다고 적고 있다. 실제 그 시베리아 여행에서 백신애는 일경에 체포되어 천신만고 끝에 아버지로부터 구출되었지만 고문후유증으로 불임의 몸이 되었다고 한다. 그러나 그 동기나 결과와 무관하게 「나의 시베리아 방랑기」를 통해 추측할 수 있는 것은, 그 출발은 낭만적 격정의 분출에 가까운 것이었고 그 결과는 꿈과 현실의 간극에 대해 고통스러운 체험이었다는 것이다.

이 '북극'에 대한 동경은 한편, 그녀가 애독한 러시아 문학과도 긴밀하게 관련이 있다고 보인다. 「나의 시베리아 방랑기」에도 도스토예프스키의 극적 운명에 대한 이야기가 나오지만 다른 수필에서 러시아 문학에 대한 언급이 간간히 발견된다. 예를 들어 「금계납」이라는 글에서 작가는 빨래터의 가난에 찌든 여인군상들을 보고 도스토예프스키의 「죽음의 집의 기록」을 연상한다거나 「무상의 낙(樂)」에서 투르게네프의 「명일(明日)」이라는 시를 언급하는 것, 그리고 1930년 일본대학 예술과에 적을 두고 문학과 연극을 공부하던 시절 체호프의 「개」의 공연에서 주인공을 맡았다는 점은 그녀가 당시 유행했던 러시아 문호들을[20] 섭렵했고 또 이러한 영향은 그녀의 문학적 감수성의 중요한 원천으로 작동했을 것으로 보인다. 이렇게 본다면, 백신애의 낭만적 열정과 모험은 보봐리즘과도 밀접히 관련있는 것으로, 현실과 자아를 있는 그대로 보는 것이 아니라 상상 속의 그것으로 대체시킨 결과 시베리아로의 무모한 모험과 이념에의 투신이 가능했던 것이 아닐까 추측해본다.

백신애의 이국취향과 보봐리즘은 동경 체류 시절을 회상하여 쓴 글인 「눈 오는 밤의 춘희」(1938)라는 수필에서도 확인할 수 있다. 겨울 큰 눈이 오는 밤에 그녀가 머물던 아파트 건너편의 한 여인이 그녀를 방문한다. 서양인인 그 여인과 함께 산보를 하다가 감상에 취한 그녀는 '설희'에 대한 이야기를 들려준다. 애인을 잃고 폐병을 앓으며 항상 검은 루바슈카를 입고 다니던 설희가 자신의 처지를 '춘희'[21]와 동일시하며 "나도

---

20 식민지 시대 초기부터 러시아 문학은 한국 문학가들 뿐만 아니라 일반 독자들에게 가장 널리 수용된 외국문학으로, 특히 투르게네프, 체호프, 도스토예프스키, 톨스토이, 고리키는 한국 작가들에게 많은 영향을 끼친 작가들이다. 천정환, 『근대의 책읽기』, 푸른 역사, 2004, 377~388, 496면 참조.

춘희처럼 되렵니다"라고 동경하다가 결국 죽고 만다는 이 이야기이다. 이 이야기를 듣고 서양 여자는 "그 설희가 또한 나와 운명이 같은 사람임을 알게 되었습니다"라며 서러워했다는 것이 이 수필의 주요 내용인데, 서양 여인과의 돌연한 산보와 '춘희-설희'의 운명의 반복은 "그 설희가 그 재작년에 정말 눈 나리는 밤, 소리 없이 먼 암흑의 나라로 사라져 갔답니다"와 같은 동화적 문체와 함께 낭만적 환상성을 고취시킨다. 「눈 오는 밤의 춘희」에 나타난 이러한 모티브들은 「의혹의 흑모」라는 소설에 반복되어 나타나는데, 미완성이나 이 작품의 얼개는 대체로 앞의 모티브들을 기반으로 하여 구성된다.

동경을 배경으로 진행되는 「의혹의 흑모」에는 "칠같이 검은 머리 산포도 알같이 새까맣고 광채나는" 열 다섯 살의 아름다운 혼혈 소녀 로라가 등장한다. 일대학 정경과에 다니는 성수와 그의 아내 연주, 여자미술전문 양화과에 다니는 연주의 동생의 연순, 이 셋 사이에 이 로라라는 신비스러운 미모의 소녀가 끼어들고 이들 관계가 새로운 국면으로 접어들면서 이야기는 중단되는데, 연순이 그녀에게서 '레오나르도 다빈치의 모나리자'를 연상한다거나, 이들 낯선 만남에서 풍겨지는 에로틱한 분위기는 유작 『아름다운 시절』의 낭만적 탐미성과 상통한다.

백신애 문학의 낭만성을 확인할 수 있는 또 한편의 수필은 「청도기행」이다. 그러나 이 작품의 낭만성은 디오니소스적 도취와 무한과 초월에 대한 동경이라기보다는 우수와 쓸쓸함의 정조가 배인 낭만성이다.

---

21 알렉상드르 뒤마의 유명한 소설 『춘희』는 고급 창녀의 애절한 사랑을 그린 것으로 남자의 집안의 반대로 고통받다가 폐병으로 죽고 만다는 이야기이다. 우리나라에서는 동명의 제목으로 1928년 흑백 무성 영화로 만들어져 상영되었고 김명순 등이 출연하여 화제가 되었다.

이 수필은 1938년 만성위장병으로 입원했던 병원에서 퇴원하자마자 떠난 중국 여행의 기록인데, 청도·상해의 여정이 어떤 목적에 의해 이루어졌는지 전혀 알려지지는 않았지만, "이번에 뜻하지 않는 먼 여행을 하게 된 것도 내가 어릴 때의 감상을 버리지 못하여 쥐어짜 만든 찬스가 아님이 기뻤던 것이다"라는 구절을 통해 낭만적 충동과는 다른 필연적 계기가 있었으리라 짐작이 된다. 그러나 '황해 낭만' '밤비다한' '이별유수'와 같은 소제목이나 '아름다운 청도' '꿈같은 아름다운 거리!' 같은 낭만적 감상성은 "가는 길이 허구 많은 곳을 다 버려두고 구태여 총탄에 허물어지고 창검에 짓밟힌 패잔의 중국 땅"이라는 여행지의 실상을 탈색한다. 기행문은 여행을 떠날 때의 심경, 청도행 뱃길, 청도 시내 구경, 청도만 관광길에서 마주친 낯선 풍경에 대한 피상적인 묘사와 감상으로 이루어졌다. 배 위에 만난 두 소녀의 운명(위안부로 짐작되는)의 운명이나 가난한 쿨니에 대한 동정이 표현되어 있지만, 글은 파노라마처럼 외부를 스치듯 비출 뿐이다. 물론 이 수필이 쓰여진 시점이 중일 전쟁 이후 국가 총동원령하에 파시즘화되어가고 있던 때라는 점에서 검열에서 자유로울 수 없었겠지만, 1937년 난징학살을 겪고 여전히 전쟁 중인 중국을 여행한 기록치고는 지나치게 감상적이고 피상적이다.

백신애의 대표작으로 알려져있는 「꺼래이」는 이러한 이국정서와 모험의 결과물이라고 할 수 있다. 대체로 '식민지 현실의 유이민의 유랑과 고난'에 대한 형상화로 논의되고 있는 이 작품에는 「나의 시베리아 방랑기」와 같은 낭만적 감상성이 전면화되어 있지는 않다. 그러나 "끌려 갔습니다. 순이들은 끌려갔습니다. 마치 병든 버러지 같이"와 같은 격정적인 문장이나 "보드라운 감정을 가진 처녀인 순이"가 러시아 군인에게 느끼는 연정에는 낭만적 감수성의 흔적이 들어있다. 또한 "순이야, 울지 말고 일어서라"와 같이 돌연한 의지의 표명으로 끝나는 결말은 낭만적 주관성에 의한 비약이라고 볼 수 있다. 「꺼래이」는 두만강 너머의 '조선인, 얼마우자, 쿨니' 등이 겪는 고난사를 통해 식민지 현실의 수탈과 궁핍의 현장을 포착하고 있다. 그러나 백신애의 현실묘사는 객관 사실에 가깝기보다는 낭만적 주관성에 의해 추상화된 경향이 있다. 그 추상화는 "이리에게 잡혀가는 목장 잃은 양떼와도 같이 헤매어 넘어온 국경의 험악한 길을 다시금 쫓겨 넘는 가엾은 흰 옷의 꺼래이 떼"라는 문장으로 요약될 수 있는데, 이 한 폭의 그림에 담긴 비애미와 감상성은 객관적 세계에 대한 주관성의 우위, 이성보다는 감성 편에 있는 백신애의 낭만주의를 확인케 한다. 이러한 낭만적 주관성은 때로 '거친 문장과 주관적 편향'이라는 한계를 보여주지만, 이 작품에서만큼은 공감과 연민의 정서로 표출되면서 식민지 유이민을 따뜻하게 감싸안는 힘이 되고 있음을 확인할 수 있다.

3) '모던'과의 거리

앞에서 살펴본 백신애의 글들은 근본적으로 세계와의 연속성 상에서 자아를 파악하고 현실적 제약을 뛰어넘어 세계와 융합하려는 낭만주의적 충동을 표현하고 있다. 그것은 낭만주의에서 말하는 세속적 자아 / 이상적 자아, 객관 / 주관, 이성 / 감성, 자연 / 문명 등의 분열과 대립을 지양하고 통합하려는 유토피아적 충동을 표현한 것이라고 할 수 있는데,

백신애의 문학의 반근대성은 이러한 낭만주의적 경향과 무관하지 않다.

백신애는 사회주의 운동에 가담하고 공립학교 교사를 역임하고 일본 유학을 다녀온 신여성이자 인텔리였다. 또한 그녀 자신, "일년 팔개월 간의 교원생활 중에서 밤낮 여자대학생이 되어보고 싶어 갖은 애를 다 쓰는 중에"와 같이 신식교육과 신문명에 대한 동경을 표출하기도 하였으나, 작품에서는 이러한 열망과 달리 '모던'에 대한 반감을 드러내고 있다. 가령, 「매화」라는 수필에는 '매화'를 S군이라는 모던 보이에 빗대면서 다음과 같이 얘기하고 있다.

> S군이란 아주 '모던보이'인데 이 청년은 독와사(毒瓦斯)에 대하여 다른 생물보다 이백 배나 감각이 빠르다는 '토마토'처럼 계절에 대한 감각이 남 몇 배나 빨라서 여름에도 동복 입고, 매화도 채 피기 전에 봄옷 입고 단장 짚고 나다니므로 보는 사람으로 하여금 오한이 들게 하는 분이다.
>
> —『슈크림』, 124면

'너무 예민하고 병적이라기보다 광狂에 가까운' S군에 대한 묘사는 특정한 인물을 지칭하는 것이나 그녀가 갖고 있는 '모던'에 대한 반발을 드러내는 부분이기도 하다. 또한 「사명에 각한 후에」라는 산문에서는 '자녀교육과 내조'를 하는 가정부인의 역할을 강조함으로써 당시 자유연애 열풍과 여성해방주의의 사상에 물들어 현실을 망각하는 신여성의 몰지각함을 일갈하기도 한다. 여성들이 '신여성'이라는 미망에 사로잡혀 '모성됨을 잊고 남자들과 경쟁한다면 같은 몸임을 잊는 '양두사'와 같은 어리석은 행동임을 엘렌케이의 말을 빌어 강조하고 있는 것이다.

모던과 신여성에 대한 백신애의 양가성, 매혹과 반감은 당시 모던 보이, 모던 걸에 대한 시대적 감수성을 반영한 것이다. 특히 신여성은 당시 식민지 남성을 유혹하는 동경의 대상이기도 했지만, "모던=붉은 목도리=썩은 피=불순=타락"이라는 등식 속에서 위험한 대상이자 천박하고 방종한 대상[22]이기도 했다. 또한 백신애가 보여준 '모던'에 대한 매혹과 반발은 그녀의 환경의 영향으로 보이는데, 신식교육을 받았다고는 하지만 그녀가 정식으로 학교에 다닌 기간은 불투명하다.[23] "보통학교에서 1년 6개월 동안 한 시간씩 받은 조선어교육과 사범학교 강습과에서 1년 동안 받은 조선어 교육이 전부"[24]인 2년여의 기간과 1년이 채 되지 않은 일본 유학시절을 합치면 그녀의 신교육 기간은 생각보다 길지 않으며, 따라서 기본적인 소양만을 갖춘 정도가 아니었을까 추측된다. 대신 그녀는 어린 시절 보수적인 환경에서 한문학자인 이모부를 독선생으로 모시고 한문을 배우고 일본에서 귀국한 뒤에도 결혼하여 '경산 안심'(현재 대구 동구 괴전동)의 과수원이 딸린 집[25]에서 집필생활을 했다. 따라서 '신여성'이라는 정체성은 실제 백신애에게 완전히 들어맞지 않는, 결핍의 기표이거나 과잉의 기표이다.

---

22 연구공간 수유+근대매체연구팀, 『신여성』, 한겨레신문사, 2005, 36면.
23 작가 연보에 의하면 1919년 영천 공립보통학교 2학년에 편입학하고, 1920년 대구 신명여학교로 전학, 1921년에 중퇴, 다시 1922년 영천공립보통학교 4학년에 편입학, 1923년 경북사범학교 강습과를 다닌 것으로 되어 있다. 그러나 이중기의 연구에 의하면 영천공립보통학교 졸업장에는 사진이 없으며, 4학년 재적 당시 학적부는 거의 백지에 가깝다고 한다. 또 1930년 5월에 도일, 일본 대학 예술과에 적을 두고 문학과 연극을 공부했다고 하는데, 이듬해 봄에 귀국하였다가 결혼 강요에 의해 다시 도일, 1932년 귀국하였으므로 채 2년이 되지 않은 유학생활을 경험한 셈이다.(이중기, 앞의 글)
24 김윤식, 「백신애 연구초」, 『경산문학』 2집, 경산문인협회, 1986, 40~120면.
25 서영인, 앞의 글, 250면.

'모던'에 대한 이러한 반감은 「학사」, 「어느 전원의 풍경」, 「일여인」과 같은 소설 작품에서도 드러난다. 「학사」는 W대학을 졸업한 경제학사 이병환이라는 모던 보이의 허위의식과 몰락을 다룬 작품이다. 집안 가세가 기울어 고학을 해야 했던 병환은 "졸업만 하고야 나면야"라는 단 하나의 희망으로 겨우 학교를 마치고 금의환향하였으나 고향에서 그를 반겨주는 것은 늙은 어머니, 초라한 형과 '거러지 떼같이 욱덕이는 조카 아이들' 뿐이다. 그는 그런 현실을 '불쾌하게'만 받아들이면서 '스마─트한 신조양복'으로 거리를 활보하고 다닐 뿐, 그의 형이 권하는 취직자리는 마다하고 오로지 '청년 실업가'라는 허황된 꿈만 꾸며 무위도식하며 지낸다. 결국 병환은 고등룸펜을 전락하고 '철저한 노동자'가 되라는 사촌누이의 거절도 무시하고 만다.

'일명 법률'이라는 부제가 붙은 「어느 전원의 풍경」은 '법'이라는 서구근대제도의 비인간성과 병폐를 다룬 작품이다. 부농 김상렬에게는 두 가지 고민이 있다. 하나는 조혼한 며느리가 싫다며 일본으로 달아난 아들의 이혼 문제이고 또 하나는 연대 보증을 서서 전 재산을 잃게 될 위기에 봉착한 것이다. 그는 이 문제를 친구 이정환의 자문을 구해 '법률'이라는 신문명의 신기를 통해 해결하려 하는데, 그 방편이란 며느리를 꾀어 이혼 도장을 찍게 하고, 재산 명의는 잠시 이정환의 명의로 옮겨놓는 것이다. 그러나 며느리를 꾀기 위해 시작한 며느리 사랑이 진정한 연민으로 발전하고, 며느리가 명의 이전이 갖는 위험성을 지적하자 법률의 허울을 깨닫게 된다는 이야기이다. 남을 속이려던 것이 진짜가 되고, 가짜가 진짜가 될 수도 있다는 이 이율배반적인 상황을 통해 백신애는 대지의 절대성과 인정윤리를 믿고 살던 순박한 농민들이 새로운 근대제도를 받아들이면서 겪게 되는 가치혼란과 근대문명의 기만성이라는 문제를 제기하고 있다.

「일여인」라는 작품 또한 '모던'에 대한 맹목을 비판한 것으로, 서양식을 좇아 아들에게 비싼 오트밀과 바나나를 먹이고 서양식 청결을 강요하는 허영심 많은 한 여인의 허위의식을 풍자하고 있다. 페미니즘 관점에서 많이 논의되고 있는 「광인수기」도 일차적으로는 반근대주의를 보여주는 작품으로 볼 수 있는데, 첫째 작가가 초점화하면서 옹호하고 있는 여주인공이 가부장적 인습에 충실한 구여성이라는 점, 둘째 이런 아내를 저버린 남편이 일본 유학을 마친 인텔리에 사회주의 운동을 하다가 전향한 모던보이라는 점, 셋째 그와 바람난 여인이 음악학교를 졸업한 신여성이라는 점이다. 백신애는 당시 유행하던 자유연애 열풍과 조혼에 대한 반발을 구여성의 시점에서 형상화함으로써 '모던'을 비판하고 있다. 그러나 여기서 한 가지 주목해야 할 것은, 이 반근대적 시선이 유교적 관습과 지식인 남성의 허위를 비판하고 있을 뿐만 아니라, 공식 문화코드에 의해 배제되어 존재를 상실한 여성의 광기를 묘사하고 있다는 점이다. 즉, 「광인수기」의 주체는 가부장제 이데올로기의 허위와 변덕스런 사랑에 대한 환멸을 딛고 선, 독립적인 페미니스트가 아니라 한 남자와 가족에 대한 절대적 사랑과 헌신에 배반당했지만, 그러나 여전히 그것 외에는 다른 것을 생각할 수 없는 히스테리적 주체라는 것이다. 정신분석에 의하면 히스테리는 '완벽한 아버지', 혹은 대타자의 욕망과 관련되는데, 그러한 완전한 아버지가 존재하지 않는다는 사실을 받아들일 수 없을 때, 혹은 대타자가 끊임없이 그 / 그녀에게 다른 것을 요구한다고 생각할 때 발생한다. 「광인수기」의 히스테리 주체는 그녀가 "아무리 사람들이 네 어미 까닭에 너희들이 불행하여 졌다고 하더라도 그런 말은 믿지 말아라. 너희 아버지가 이 어미에게 어려운 수수께끼를 내놓은 까닭이다"라는 언술로 확인되는 바, 이 수수께끼란 존재 결여에 시달리는 구여성이 '나는 누구인가'라는 질문의 답을 대타자(남성)을 통해 구하고자 하는 신경증적 증상이기 때문이다. 「광인수기」의 주인공은 남편 뿐 아니라 하느님이라는 절대자에게도 '빌어먹을 개새끼 같은 하느님'이라고 원망하면서 감당할 수 없는 자신의 '비존재'와 울분을 광기의 언어를 통해 폭로한다. 백신애는 이러한 광기를 통해 대타자와 상징계(가부장적 이데올로기 / 남성)에서 한 발자국도 벗어나지 못한 존재구속을 보여줌으로써 당대 여성이 놓인 억압적 현실의 실상을 환유적으로 드러내고 있다.

「광인수기」는 한편, 그토록 열렬했던 남편의 사랑이 변질되어버린 상황과 여성 욕망의 좌절을 통해 절대적 이상과 현실의 괴리, 즉 낭만적 아이러니라는 문제를 제기하고 있다. 이는 앞에서 살펴본 절대적 이념에 대한 동경과 유토피아 충동이라는 낭만주의가 필연적으로 다다를 수밖에 없는 현실과의 '불화'로 백신애 문학에 반복되는 '비극적 사랑'의 원천이기도 하다.

4) 낭만적 아이러니와 비극적 사랑

낭만적 아이러니란 유토피아를 향한 자아의 근원적인 충동이라는 욕구의 무한성과 현실적인 충족 불가능성 사이에서 발생하는 긴장과 불화[26]이다. '선험적 동일성과 세계의 분열상' '형이상학적 본질세계와 근대적 일상세계', '이념과 현실' 등으로 변주되는 이 간극은 백신애 문학에서 항상적인 대립구도로 등장한다. 우선, 수필 「촌민들」에서 그 괴리를 확인해보자. "순박하고 어리석은 사람은 촌놈이라고 하지마는 요즘 촌사람도 여전히 순박하고 어리석은 줄만 알다가는 큰코 다치기 쉽다"로 시작하는 이 글은 시골 촌민들에게 가졌던 환상이 얼마나 그릇되고 비현실적 것인지를 일깨워주는 내용이다. 촌사람들의 변함없는 특징은 "불결과 우둔함"이라거나, '계란 값을 후하게 쳐주거나 관대하게 일을 부리면 오히려 멍텅구리 취급한다'거나 하는 실상은 그녀로 하여금 "촌민들이 염증이 나게 싫고 심지어 증오까지 느낄 때가 있었다"라고 고백하게 만든다. 이러한 괴리는 앞서 낭만적 미학화에 의한 세계 전체상과 실제의 간극을 보여주는 예로, 백신애 문학이 지닌 민중 형상의 낭만적 허구성과 한계를 짐작해볼 수 있게 한다.

'백합'과 '보리'의 거리, 즉 낭만적 아이러니는 「정현수」라는 작품에서 잘 드러나 있다. 「정현수」의 주인공 정현수는 치과의사이지만 결벽증과 비타협적인 성격 때문에 세상과 불화하는 인물이다. 그는 성실한 의사이지만 친절한 태도가 아첨이라고 생각하기 때문에 손님에게도 불친절하고 형이 병이 들었는데도 들여다보기를 꺼려하는 편벽된 사람이다. 그에게 세상은 "허위와 가식으로만 된 사회"이고 "모조리 초랑이를 쓴" 타락한 곳이다. 그런 정현수에게도 허위와 가식에 물들지 않은 절대 표상이 있다. 그것은 '명희'라는 여인과 '형'인데, 명희는 그녀가 좋아하

는 옥색처럼 천변만화의 이 세상에서 유일하게 영원과 무궁, 진리를 지향하고 있는 인물이고 형은 혈육의 '참다운 사랑'을 간직하고 있는 인물이기 때문이다. 순수와 영원에 대한 표상으로서의 '푸른꽃'은 명희를 통해 다시 반복되기도 한다.

명희만이 유일한 동지라고 생각하는 현수의 사랑은 「혼명에서」에서 이념과 사랑에의 합일을 꿈꾸는 '붉은 연애'에 대한 열망과 동일하다. 그러나 형이상학적 진리의 세계와 현실의 이분법적 세계에 대한 인식, 아이러니를 고집하는 현수의 관념성은 곧 세속에 섞여 있는 진실의 발견으로 인해 파탄에 이른다. 현수는 치과 환자인 '신사'에게 불친절하게 대하다가 그와 싱갱이를 하게 된다. 치과를 박차고 나가려는 '신사'를 달래 치료하고 치료비도 안 받고 그를 쫓아내면서 정현수는 '나=순수, 타인=허위'라는 인식을 더욱 확신하지만, 다시 _그_를 찾아온 신사를 보고 그러한 인식이 잘못 되었음을 깨닫는다. 그리고 현수는 아픈 형이 보여준 변함없는 사랑에 감복되어 명희에게 구애를 하지만 명희가 새침하게 대하자, "두 번 다시 오지 않으리라고 생각하고 욕했던 신사는 다시 오고 믿었던 명희는 가버렸다"라고 허탈해하면서 신기한 새 세상에 눈을 뜨게 된다. 결국 정현수는 "남다른 생각을 한다는 것이 진리가 아니다"라며 낭만적 주관주의를 경계하고 "진리란 것은 내가 미워하는 허위 가식으로 된 세상에 있다"라며 현실을 긍정하게 되지만, 정현수라는 인물의 평면적 성격도 그렇거니와 이러한 각성의 계기와 과정이 지나치게 피상적이고 우연적이라는 점, 작가의 계몽적인 의도가 도드라진다는 점은 감동이나 설득력을 감소시키고 있다. 「정현수」는 이상과 현실의 간극에 의해 발생한 낭만적 아이러니를 극복하고 현실과 화해하는, 백신애 작품에서는 보기드문 희극에 해당한다는 점에서 이채로운 작품이지만 그러한 화해가 명희에 대한 환상의 폐기, 즉 절대 이념의 허상에 의해 구축된다는 점에서 또 다른 낭만적 아이러니의 대립적 구도(진리 / 허위)를 보여준다.

낭만적 아이러니는 「낙오」라는 작품에서도 반복되는데, '동경유학'을 둘러싸고 정희와 경순이 보여주는 상반된 태도, 즉 과감히 학교 교원과의 결혼을 뿌리치고 행동하는 정희와 늙은 부모와 무직인 오빠 부부의 형편 때문에 유학을 미루는 경순의 현실적 태도를 통해서도 드러난다. 백신애 문학의 기본적인 딜레마인 이상과 현실의 간극은 대개 이념 추구의 다짐으로 끝나지만, 결국 그것이 현실 불가능한 환상에 불과하다는 작가의 현실인식과 불안은 사랑의 불가능성에 대한 형상화로 이어진다. 「낙오」에서 경순은 "정희와 같이 의지가 굳어야 한다. 인간 사회에서는 무엇이든지 희생이 없고는 살아갈 수가 없는 것이다"라고 다짐하고, 「혼명에서」에서도 절대 진리를 표상하는 S를 좇아 "당신이 두고간 그 맹렬한 의기의 운전으로 죽음의 경계선에 들어 대일 순간까지 쉬지 않고 달려가리다"라고 각오한다. 그러나 그것은 항상 추구해야할 '기표'로서만 작동할 뿐, 작가를 구속하고 있는 현실인식은 항상 무의식적으로 이를 방해하는 '장애물'을 설치함으로써 그 패배와 좌절을 미리 마련해놓는다. 백신애 소설에 반복해서 나타나는 비극적 사랑 또한 이러한 낭만적 아이러니의 소산이자 현실 불가능성에 대한 무의식적 발현으로 보인다.

궁핍한 농촌을 배경으로 하고 있는 백신애 소설의 몇 편은 식민지 현실을 포착한 리얼리즘적 소설이라기보는 보편적인 사랑의 비극을 그리

고 있다고 보는 편이 온당한데, 「채색교」 「복선이」 「소독부」 같은 작품
이 그러하다. 「채색교」는 돌림장꾼 천돌이가 복순이와의 결혼을 꿈꾸었
으나 홍수에 의해 복순이 집이 떠내려가자 좌절하게 된다는 이야기로,
이 작품이 초점화하는 것은 움막과 '보리죽'의 궁핍한 현실이 아니라
'에덴' '오작교' '무지개' 등으로 표상되는 '낭만적 유토피아에 대한 열
망'과 비극적 현실[27]이다. 「복선이」도 이러한 비극적 사랑을 테마로 하
고 있다. '풀각시'처럼 거칠고 풋풋한 어린 각시 복선이는 단방 한칸 오
막살이일망정 건실한 최서방과 행복하게 살아간다. 이들의 행복은 최서
방이 정미소의 일꾼으로 취직하여 더 많은 벌이를 하게 되고 복선이에
게 비단저고리 약속하는 장면에서 정점에 이르는데, 그러나 비단저고리
를 기다리던 그날 저녁, 복선은 최서방이 정미소 기계에 치여 즉사했다
는 소식을 듣게 된다. 김갑술과 어린 복순이의 사랑이 복순이의 님편 최
서방을 독살하게 되는 것으로 끝나는 「소독부」 또한 비극적 사랑을 반
복하고 있다. 「아름다운 노을」은 이러한 비극적 사랑에 대한 작가의 편
향을 드러내는 대표적인 작품으로, 이상과 현실, 본질적 형이상학과 일
상, 쾌락원칙과 현실원칙의 충돌을 미소년과의 사랑을 통해 가장 극단
적으로 그리고 있다.

---

27 김대성은 이 작품을 "유토피아적 공간에 대한 열망"과 "이루어질 수 없는 비극적 사랑의
   형상화"로 보고 있다.(김대성, 앞의 글, 44~45면)

5) 사랑과 예술의 자기애적 구조와 승화

「아름다운 노을」은 32살의 미망인이자 화가이자 열여섯 살 아들을
둔 순희가 19살의 미소년을 사랑하는 이야기로 사랑의 나르시시즘적
구조[28]를 잘 보여주고 있다. 「아름다운 노을」에서 순희가 사랑하는 대
상인 정규의 모습은 다음과 같이 그려지고 있다.

> 그 소년은 내가 그림을 붓을 든 후 오늘까지 머리 속에 그리고 그리고 해
> 오던 나의 이상의 얼굴이었어요. 나는 항상 머리 속에 그리기를 지극히 온순
> 하고, 지극히 아름다우며, 끝없이 침착하고 점잖으며 그리고 맑고 순결하고
> 화기를 띄운 그리고 용감하고 고귀하며 단정한 얼굴을 단 한 폭 내 전생을
> 통하여 그려보려고 욕망하여 왔던 거랍니다. 나의 이상의 남성의 얼굴이라
> 고 할까요.
>
> ―『아름다운 노을』, 287면[29]

위에서 그려지는 미소년 정규의 모습은 정규의 실체라기보다는 순희
가 사랑의 대상에서 보는 이상적 자아, 자신의 결핍을 메워줄 일종의 거
울상으로서의 상상계적 형상이다.[30] 순희는 정규에게서 소외되고 분열

---

28 라깡, *Seminar XI*, 186, 김희라, 「'로미오와 줄리엣'에 나타난 사랑의 자기애적 구조」, 『셰
익스피어 리뷰』 39집, 한국셰익스피어학회, 2003, 316면에서 재인용.

29 최혜실 편, 『아름다운 노을』, 범우사, 2004, 287면. 본고에서 인용하는 수필은 『슈크
림』(백신애기념사업회편, 만인사, 2010)을, 소설 텍스트는 최혜실 편의 『아름다운 노
을』을 저본으로 한다.

30 프로이트의 일차적 자기애에 상응하는 라깡의 거울단계는 주체가 어머니를 비롯한 모
든 반사적인 표면에 비친 이미지를 자신으로 오인하면서 '자아상'을 갖게 된다.(숀호머,

된 상징계적 주체 대신, 어떤 결핍도 없는 완전한 무엇, 이상화된 자아상을 발견한다. 라깡은 사랑의 이러한 속성에 대해 "우리가 사랑할 때 사랑하고 있는 것은 우리 자신의 자아 즉 상징적 차원에서 구현된 우리 자신의 자아"이기 때문에 사랑은 '자가성애적(autoerotic)이며 근본적으로는 나르시시즘적 구조를 가지고 있는 순전히 상상적 현상'[31]이라고 말한 바 있다.

자신에게 결여된 무엇을 갖고 있는 무엇이란 32살의 순희가 상실한 '젊음과 아름다움'이고 정규는 이러한 '상징적 차원에서 구현된 자아'이며 이는 앞서 살펴보았던 절대이념과 유토피아적 이상으로 제시된 '백합'과 동일한 낭만적 추상화의 산물에 다름 아니다. 정규라는 실체와 상관없는 대상의 완벽함은 순희가 그를 처음 만난 날 집에 돌아와서 디오니소스적 열정에 취해 그린 그림, '금강산 비로봉을 배경으로 서 있는 정규' 즉 대자연의 청정된 미의 세계를 정복한 인간'을 통해 표현되고 이 환상은 더욱 그녀를 사로잡는다.

그러나 막상 정규가 순희의 사랑에 응답하기 시작했을 때 순희는 두려움과 죄의식에 사로잡혀 자신의 사랑으로부터 도망치기 시작한다. 순희는 정규를 본 날 밤새도록 그림을 그리고 다음날 일찍 김성규에게 찾아가 그의 동생인 정규를 만난다. 그러나 그와 대면하는 순간, 순희는 '어머니'라고 부르는 아들 석주의 목소리를 환기해낸다. 그 다음부터는 사랑의 대상인 정규가 순희를 찾으면서 사랑의 주체로 바뀌지만, 순희는 암자로 도망가 버리고 이를 외면하려고 한다.

김서영 역, 『라깡 읽기』, 은행나무, 2005, 52~54면), 김지영(앞의 글)은 「아름다운 노을」을 나르시시즘적 자기애와 초자아의 갈등으로 분석한 바 있다.
31 딜런 에반스, 김종주 외역, 『라깡 정신분석 사전』, 인간사랑, 1998, 172~173면.

순희는 회피하는 이유로 두 가지를 내세운다. 하나는 정규가 그녀와 약혼말이 있는 의사 김성규의 동생이라는 점, 두 번째는 아들 뻘 되는 정규와 자신의 나이 차이이다. 이러한 장애물은 정신분석적으로 보자면 환상의 종말 끝에 깨닫게 되는 '텅빈 무'와 마주치기를 꺼려하는 순희의 무의식적 자기방어일 수 있는데, 더 근본적으로는 '자기애적 충족'이라는 향유를 금지시킨 '아버지의 법'이라는 초자아의 내면화라고 볼 수 있다. 외디푸스 콤플렉스에서 '아버지'는 '완전한 충족'을 대표하는 어머니에 대한 아이의 욕망에 대한 금지, 즉 거울단계의 나르시시즘에의 접근을 금지하는 '법'을 의미하고 그것은 주체가 사회라는 상징계로 진입할 때 발생하는 필연적인 과정이다. 백신애 소설에서 반복되는 비극적 사랑의 테마는 이렇듯 어머니와의 원초적 합일이라는 근친상간적 환상의 실현이 가져오게 될 '거세'에 대한 공포의 무의식적 발현이며 '자기소멸'에 대한 두려움의 우회적 표현이다. 때문에 백신애의 작품에 있어서 사랑은 언제나 비극적이거나, 승화라는 탈성화적 방식을 띠게 된다.

「아름다운 노을」에서 순희는 자신의 사랑을 지속적으로 부정한다. 청자인 '나'에게 "내 마음 가운데 불순한 점이 있었다고 단정하지는 말아주세요. (…중략…) 내 스스로 혹 내가 소년을 연모하는 것이나 아닌가 이만한 나이로서……라고 단 한 번이라도 생각해 보기가 불쾌했어요"라고 연정을 부정하거나 "미쳤느냐! 네가 그림을 그리려는 정열만으로 이 집으로 오는 것이냐"라는 죄의식으로 자신을 학대한다. 연애에 대한 폄하 내지 죄의식은 백신애에게서 근원적인 것인데, 가령 「혼명에서」에서 S를 향한 열정은 "이성간의 애욕을 초월"한 것이라고 강조하는 데에서도 확인된다.

나는 누구에게도 당신을! 또는 당신이 나를! 연애한다!고 생각 키우기가 분한 듯 합니다. 모욕을 당하는 것 같습니다. 이성간의 애욕을 초월하였다고 말하기도 속되는 것 같습니다.

내 입으로 분명히 말한다면 나는 당신에게 '연애이상'이라고 말하겠습니다. (…중략…) 왜냐하면 연애는 '미(美)'입니다. 신비스런 미이에요. 그러나 나는 당신에게 그 신비스런 미의 감정을 지나 '힘'이란 느낌을 가진 까닭입니다. 힘은 모―든 것을 정복하는 '절대'의 미를 가졌어요. (273면)

위 인용문에서 '연애'를 속된 것으로 폄하하는 백신애의 의식은 S에 대한 사랑을 '연애 이상', 미를 초월한 '절대의 힘'으로 강조하면서 자신의 정념을 '승화'시키고자 한다. '본능이 성적 만족이라는 목표가 아닌 다른 목표로 방향을 잡아가는 과정'[32]으로서의 승화는 성적 대상에서 이념적 표상으로 바꾼다. 이러한 승화는 그녀가 사회주의 여성운동을 하면서 내면화시킨 동지애적 사랑, 즉 '붉은 사랑'의 영향으로도 볼 수 있는데,[33] 「나의 어머니」에서도 어머니 몰래 허락한 사랑하는 연인 또한 청년회 조직에서 뜻을 같이 하는 '동시'로 암시되고 있다.

백신애의 연애 혐오와 탈성화 경향은 미완성작인 「정조원」에서 비정상적인 만큼 강박적인 정조관념에 사로잡힌 여인 경순을 통해서도 드러난다. 연인 인섭과 경순은 "결혼식을 거행하기 전에는 서로 손이라도 잡

---

32 지그문트 프로이트, 윤희기・박찬부 역, 「나르시시즘 서론」, 『정신분석학의 근본개념』, 2005, 열린책들, 74면.

33 평범한 처녀가 열렬한 투사가 되어 성과 사랑을 개척하는 콜론타이의 『붉은 사랑』이 당시 연애 열풍과 더불어 통속화되고 실제로는 연애에 대한 혐오가 팽배했듯이 백신애의 연애 혐오도 이러한 분위기의 영향에 의한 것으로 보인다. '붉은 사랑'과 당시 연애 풍속은 권보드래, 『연애의 시대』, 현실문화 연구, 2003, 143~201면 참조.

지 말 일"이라고 서로 약조한 사이이다. 그러나 어둠 속에서 뜻하지 않게 서로를 포옹하고 난 뒤 경순은 병적일 만큼 절망하게 된다. 경순이 보여주는 순결에의 강박은 작품의 개연성을 해칠만큼 지나치게 과장되어 있는데, 이러한 강박은 백신애와 동시대 여성들이 지니고 있는 '섹슈얼리티에 대한 불안'을 반영하고 있다고 볼 수 있다.

「아름다운 노을」에서 소년 정규를 향한 순희의 사랑은 거듭 부정되는 속에서 '모성'이라는 승화의 길을 탐색한다. 순희는 정규의 형 성규와 결혼함으로써 정규에 대한 사랑을 모성애로 승화시키고자 한다. 그러나 결혼 전날 둘은 정사를 시도하다 실패하게 되고 순희는 깊은 고뇌에 빠지게 된다. 결국, 순희는 청자인 '나'에게 다음과 같은 결심을 밝힘으로써 그녀의 비극적 사랑을 종결짓고자 한다.

내 스스로가 결혼이 필요할 때까지 나는 누가 뭐라고 말해도 끄떡도 하지 않는 성질이었어요. 그렇지만 그렇지만은 이제는 내 귀한 생명을 바쳐서라도 그 소년을 위하려는 거랍니다. 내 마음이 이러한 결심을 하게 되는 날부터 행복했고 위로받을 수가 있고 해결이 되는 것이었어요. 나는 이유없는 슬픔에 잠겨 산 속을 헤매다가 문득 느낀 바가 즉 나는 그 소년을 위하여 생명을 던지리라는 것이었어요. 내 괴로움의 실마리는 이 결심으로써 풀어−진 거랍니다. 이제는 흐르는 눈물도 행복한 것 같고 괴로운 환영도 나에게 즐거운 듯 합니다. 위로가 되어요.

—『아름다운 노을』, 325면

이러한 결말을 두고 논자들은 다소 상이한 시각을 보여준다. 모성 이데올로기로의 회귀[34]로 보는 시각과 모성보다 여성으로서의 주체적 사랑[35]을 선택했다는 상반된 시각이 공존하는데, '주위의 결혼권유도 무시하고 내 고집대로 살아왔다' '하지만 생명을 바쳐서라도 그 소년을 위하겠다'는 문장은 이러한 두 가지 해석이 가능할 만큼 모호하다. 그러나 위 인용문의 쓸쓸한 정조와 파국적 분위기 속에 암시되는 것은 '자기소멸 의지'[36]에 기반한 체념으로 볼 수 있다. 소년을 위해 자신을 희생하겠다는 것, 즉 욕망을 포기하겠다는 것은 모성으로의 승화와 동일한 구조를 띤다. 체념, 즉 자기모멸로의 후퇴는 "역설적인 승화의 첫 단계"[37]와 같은 것이다. 그것은 "흥분의 양을 무(無)의 상태로 낮추거나 적어도 가능한 한 최소의 상태로 유지시키는 목적을 부여"하려는 열반원칙[38]의 표출로 불안정한 유기체가 무기물로 돌아가려는 죽음 본능 속에 속해 있는 것이다. 이 열반원칙은 물론 죽음본능이라는 허무에의 지향이 있지만, 동시에 욕망의 승화를 통한 향유도 포함된다.[39] 이러한 승화의 양가성은 '아름다운 노을', 즉 소멸해가면서 빛을 발하는 노을의 형상 속에 멜랑콜리한 정조로 표현되고 있는 것이다.

그러나 이 작품에서 보다 중요한 것은 이러한 결말이 아니라 사랑을 통해 백신애가 열어젖힌, 상징계 속에 갇힌 자유의지와 자아실현 욕구

---

34 서영인, 앞의 글.
35 대표적으로 최혜실, 안숙원의 앞의 글.
36 민현기, 「白信愛 小說 硏究」, 『한국학논집』 제18집, 한양대 동아시아문학연구소, 1991.12, 189~212면.
37 레나타 살레츨, 「사랑과 성적 차이—남자와 여자의 이중화된 파트너」, 김영찬 외편, 『성관계는 없다』, 2005, 도서출판b, 302면.
38 지그문트 프로이트, 「마조히즘의 경제적 문제」, 앞의 책, 418면.
39 이러한 열반원칙의 쾌락적 성격은 마조히즘이 갖는 리비도적 만족과도 상통한다.(프로이트 앞의 글)

이다. 나르시시즘과 맞닿아 있는 '자아'에 대한 욕망은 모성 이데올로기로 표상되는 가부장제 인습에 의해 금지되고 배척된 것이다. 이는 당시 문단과도 관련되는 것인데, 연애와 동일시된 참된 자아에 대한 발견과 추구는 카프 문학 이전의 근대문학 풍경에서 남성 작가들은 물론, 1기 여성 작가인 김명순, 나혜석, 김원주 등을 사로잡고 있던 것이다. 그러나 20년대 후반 들어 이러한 '연애=자아'는 사회주의나 민족주의 문학 담론 속에 억압되었고 백신애 또한 문단이라는 큰 타자 속에서 자유로울 수 없었다. 「아름다운 노을」이 보여주는 미소년과의 파격적 사랑에 대한 매혹과 불안은 이러한 억압의 회귀를 보여주는 한 사례라고 할 수 있다.

「아름다운 노을」에서 또 한 가지 살펴볼 것은 작가의 예술관이다. 이 작품은 예술가와 일상생활의 불화를 다루고 있다는 점에서 전형적인 예술가 소설에 해당한다. 주인공 순희는 미술전문 양화과를 나온 화가이고 액자소설의 바깥을 구성하는 청자 '나' 또한 소설가로 설정되어 순희의 애달픈 연애에 대한 심정적 동조자로 등장한다. 성규로 상징된 '미'를 절대시하고 사랑이라는 감정에 도취된 한 예술가를 그리고 있다는 점에서 이 작품은 백신애의 낭만주의적 예술관의 편린을 보여주고 있다. 작품 도입부에서 인용한 앙드레 지드의 말, "인간에게 만일 가치 있는 것이 있다고 한다면, 그것은 얼마나 많이 연소했는가 하는 것이다"의 강조는 작가의 디오니소스적 도취에의 편향을 보여주는 것이다. 그러나 백신애에게 연애나 섹슈얼리티가 탈성화의 방향으로 돌려져야 했던 것처럼 '미'에의 탐닉 또한 배척되어야 할 것으로 자리한다. 순희가 성규를 비로봉에 새겨 넣음으로써 자연의 극치를 정복한 '인간의 극치', 즉 '힘'을 강조한 데에서 드러나듯 백신애에게 '미'는 나르시시즘적 도취나 자연상태와 같은 본능적인 것으로 극복되어야 할 대상이다. 원초적인 것과 감정에의 끌림, 즉 미적 향유는 선의 반대편에 있는 악의 표상이고 그것은 언제나 통제되어야하는 어떤 것으로 인식되는 것이다. 이는 「혼명에서」에서 '나'가 S와 함께 소아병적인 일상에서 벗어나 석굴암과 같은 '위대한 예술'을 창조하자고 다짐하는 데에서도 표출된다. 백신애에게 있어 '미'는 자기애적 탐닉과 도취여서는 안 되고 '위대한 무엇' 즉 "원대한 이상"[40]이어야 했던 것이다. 이러한 승화의 경향은 사랑과 예술이 갖는 '히스테리아적 주체',[41] 즉 큰 타자가 끊임없이 던지는 질문을 통해 존재의 결여, 빈곳을 기본으로 인정하면서 인식의 한계 너머를 상상적 이미지를 통해 구현하려는 사랑과 미적 주체의 결여를 '신'이라는 초월적 존재로 채우려는 종교적 모델과 흡사하다. 승화는 변화무쌍한 이성애적 사랑 대신 절대적 모성애에, 상상력과 격정의 낭만적 예술 대신 굳센 '이념'에 강박된 백신애의 의식 구조의 산물이라고 할 수 있다.

백신애의 승화적 경향은 '연애＝자아＝문학'[42]이라는 20년대 근대문학 풍경에 대한 당시 문단의 반동과 또 한편은 자전적 영향에 의한 것으로 볼 수 있다. 백신애의 문학에 대한 열정은 여러 산문에서 확인되는 바, 그것은 오빠나, 어머니, 아버지의 것도 아닌 온전히 자신의 진정한 욕망으로 그려지고 있다. "내 마음은 항상 문학에 가 있어 오빠 몰래 문학서적을 읽는다고 애를 썼답니다. (…중략…) 문학을 시작함에 누구의

---

40 「여행은 길동무」, 『슈크림』, 169면.
41 신명아, 「라깡의 시각예술에서 라깡의 실재와 숭고한 대상물의 관계 연구」, 김상환·홍준기 편, 『라깡의 재탄생』, 창비, 2002, 664면.
42 김지영, 『연애라는 표상』, 소명출판, 2007, 102~115면.

지도도, 북돋우어줌도, 동기가 될 그런 무엇도 가져보지 못했답니다. 그저 내 스스로 타고난 열정 그것만 가지고, 주위의 말 못할 억압과 혼자 분투해왔다고나 할까요"[43]라는 회고나 아버지의 뜻을 어기고 상중에도 문학 잡지를 뒤지고 끝까지 문학의 길을 감으로써 불효를 면치 못하게 되었다는 죄책감[44]은 그녀에게 문학이 타인과 구별된 '자아' 본연의 것이자 또한 숙명과도 같은 것임을 드러내 놓고 있다. 여기에서 백신애에게 문학은 근본적으로 '백합'과 같은 인공낙원으로, 나르시시즘적 공간을 의미하고 있음을 알 수 있다. 그러나 오빠와 아버지의 금지는, 그녀의 문학에 '이념'과 '반근대성' 등의 초자아적 형상으로 개입된다. 그럼에도 불구하고 낭만적 동경에서 출발한 그녀의 미학적 태도와 자기애적 탐닉은 끊임없이 되살아나서 그녀의 문학에 흔적을 남기고 있다. 또한 미적 주관성은 모든 타자적인 굴레에도 불구하고 글쓰기를 가능하게 했던 추동력이었던 것으로 볼 수 있기 때문이다. "그래도 읽고 쓰고, 쓰고 싶은 이 마음의 불꽃같이 타오르는 욕망은 버려지지도 않고 잊어지지도 않"[45]는 문학에의 욕망을 그 자신 '병'이라고 명명했듯, 그녀에게 문학은 사랑과도 같이 주체를 넘어선 어떤 것을 의미한다. 그 열병이 그녀가 사회주의 여성 운동과 일본유학을 접고 결혼을 한 후의 안정적 생활 속에서 꽃 피었다[46]는 것은 의미심장한데 결혼으로 인해 꺾인 그녀의 낭만적 열정과 기질이 문학으로 승화되어 나타난 결과로 볼 수 있다.

---

43 「자서소전」, 『슈크림』, 64면.
44 「사섭」, 「봄햇살을 받으며」, 『슈크림』.
45 위의 글, 『슈크림』, 75면.
46 그녀의 대부분의 소설과 수필은 1933년 결혼 이후 창작, 발표된 것이다.

3. 나오며

본고는 백신애 문학을 기존의 리얼리즘 편향에서 벗어나 '낭만성'에 초점을 맞춰 살펴보았다. '순수지향과 미학적 태도, 이국취향과 충동적 모험, 반근대성, 낭만적 아이러니, 사랑과 예술의 자기애적 구조와 승화' 등의 특징은 백신애 문학에 있어서 '이념과 모성애'와 길항하는 근원적인 낭만적 충동을 보여준다.

백철은 백신애 문학을 두고 "정열이 승해서 문학 쪽이 그 기질을 감당하지 못한 恨이 있다. 主題를 정하고 사건을 전개시키는 데 주관적인 편견을 작품 속에 주입하고 具象化의 과정들을 거칠게 처리한 嫌이 있다"[47] 라고 평한 바 있다. 본고는 이러한 정열 과잉과 주관성을 확인한 셈인데, 그러나 이 낭만적 주관성이 백신애 작품의 성취나 한계를 증명하는 절대적 잣대를 의미하는 것은 아니다. 백신애의 낭만적 주관성과 격정적 기질은 사회주의 여성 운동에 돌진하게 하는 추동력이 되었으며, 궁핍한 민중의 고난에 대한 감응과 형상화를 가능케 한 원동력이 되었다. 또한 근대에 대한 맹목과 모순된 현실을 경계하고 혁명적 유토피아를 지향하게 하는 원천이었다. 그러나 한편, 삶을 미학화하는 낭만적 태도로 인해 투철한 현실인식을 기반한 작품을 보여주지는 못하였다. 민중 형상화에 드러난 피상성과 낭만적 허구성 및 '타자화', 공식문화코드를 내면화한 가부장제와 모성 이데올로기의 옹호 또한 낭만적 감수성의 한계

---

47 백철, 『신문학사조사』, 신구문화사, 2003, 409~410면.

를 보여주는 것이다. 이러한 민중 형상의 허구성과 유교질서의 옹호는, 백신애의 이상적 자아가 '오빠와 어머니'로 설정되었기 때문이다. '오빠＝혁명, 어머니＝절대사랑'이라는 이상적 자아는 상이한듯 하지만 결국 동일한 기반 위에 있는 것이다. 이상적 자아는 결국 '자아 이상'[48] 위에 구축되는 것인데, 백신애에게 구성하는 동일시로서의 '자아이상', 즉 큰 타자란 결국 아버지와 오빠라는 남성이기 때문이다. 이로 인해 그녀의 사랑과 예술에 대한 자기애적 경향이 희생적 모성애와 형이상학적 이념으로 승화된 것은 필연적이었다고 본다.

---

48 지젝은 라깡의 이상적 자아(Idealich)와 자아 이상(Ich-Ideal)을 상상적 동일시(구성된 동일시)와 상징적 동일시(구성하는 동일시)로 구분한 바 있는데, "상상적 동일시는 '우리가 그렇게 되고 싶은' 이미지와 동일시하는 것이고, 상징적 동일시는 우리가 관찰당하는 위치와 우리가 우리 자신을 바라보게 되는 위치와 동일시하는 것이라고 설명하고 있다.(지젝, 이수련 역, 『이데올로기라는 숭고한 대상』, 인간사랑, 2001, 184면)

제3장

김승옥 소설에 나타난 악의 표상 연구

1. 서론

　김승옥 소설은 기존의 논의에서 주로 '주관성, 미적 근대성, 60년대'
와 관련하여 다루어져왔다. 90년대 이후 활발해진 김승옥 소설 연구는
'60년대'라는 시대적 맥락에서 벗어나 정신분석, 신화비평, 형식비평
등 다각적 차원에서 이루어진바 있고, 개별 작품론 또한 비교적 풍부하
다고 할 수 있다. 그러나 이렇듯 다양한 논의에도 불구하고 김승옥 소설
에 대한 평가는 초기 논의에서 언급된 '자기 세계'(김현)와 '감수성의 혁
명'(유종호)에서 크게 벗어나지는 못하고 있다. '현대인의 소외와 고독',
혹은 '소시민성'(백낙청), '개인의 발견', '무력한 주관주의', '개별 주체
의 내면적 세계의 절대화'(진정석), '실체 없는 거부의 몸짓'(류보선), '60

년대의 신세대 감각'(김주연), '환멸의 낭만주의'(한상규), '주관적 심미주의'(김민수), '불안한 감수성과 퇴폐적 일상'(조진기), '주체성의 복원'(하정일)[1] 등에서 알 수 있듯 김승옥 소설에 대한 긍부정적 평가가 다양한 논점을 통해 표출되었으나 그 핵심은 여전히 '개인의식'과 '감수성'에 맞닿아 있다. '개인의식과 감수성'은 범박하게 말하자면 공동체 / 사회 / 보편, 그리고 이성 / 합리성 / 계몽과 대립되는 것으로 '악'과 밀접하게 관련된다.[2] 여기에서 말하는 '악'이란 일반적으로 선악이라는 윤리적 범주에서 부정적인 것을 의미하긴 하나, 인문학의 역사와 더불어 시작된 '악'에 관한 다양한 고찰은 실제 차원에서의 '악'이 윤리적 범주를 넘어선 것임을 보여준다. 이를테면 주로 신학적 차원에서 완전한 신과 악의 현존성이라는 '에피쿠로스의 딜레마'를 해결하려는 시도에서 악을 고찰하고 있는 서구의 변신론, 주체의 자유와 관련하여 선험적 도

---

1 김현, 「구원의 문학과 개인주의」, 『현대 한국문학의 이론 / 사회와 윤리』(김현문학전집 2), 문학과지성사, 1991.
유종호, 「감수성의 혁명—김승옥」, 『비순수의 선언』(유종호전집 1), 민음사, 1995.
진정석, 「글쓰기의 영도」, 『문학동네』, 1996년 여름호.
김주연, 「새 시대 문학의 성립」, 『김주연 평론문학선』, 문학사상사, 1993.
한상규, 「환멸의 낭만주의」, 『1960년대 문학 연구』, 예하, 1993.
조진기, 「불안한 감수성과 퇴폐적 일상」, 『작가연구—김승옥』, 1998년 6호, 새미.
김민수, 「주관적 심미주의의 서사적 행로」, 『환멸의 세계, 매혹의 서사』, 거름, 2002.
하정일, 「주체성의 복원과 성찰의 서사」, 『1960년대 문학 연구』, 깊은샘, 1998.
2 김승옥 소설의 낭만적 성격을 '악마주의 잔혹극'을 보고 있는 다음 글은 김승옥 소설과 '악'의 친연성을 단적으로 보여주고 있다.
"이를테면 낭만적 글쓰기의 주체들이 극기나 위악으로 합리화하고 정당화하는 인간의 악은 정말 그처럼 미학적 가치로 변호되거나 옹호되어도 되는 것일까? 악을 새롭게 인식하는 데서 더 나아가 악 그 자체를 추천하는 낭만적 상상력의 교리는 혹시 '윤리의 위기'를 새로운 윤리의 형성 기회로 만드는 것이 아니라 그 위기의 일부이거나 오히려 그것을 가속화하고 심화하는 데 기여하는 것은 아닐까?"(오양진, 「김승옥 소설의 낭만적 주체성과 인간상에 관한 연구」, 『현대소설연구』 제23호, 한국현대소설학회, 2004, 450면)

덕법칙에서 근본악을 규정하고 있는 칸트 이후의 윤리학, 그리고 무의
식적 욕망과 불안, 죽음 충동 등의 심리적 차원에 주목하고 있는 정신분
석학, 니체의 선악의 계보학에 이르기까지, '악'은 단순히 비도덕적인
것에 한정되지 않는다. 윤리의 차원에 있어서도 선악의 가름은 공동체
규범과 관련된 것이므로 시대와 장소를 달리하여 그 목록은 달라진다고
할 수 있다. 따라서 이렇듯 다양한 의미와 유동성을 지니고 있는 악은 실
체나 개념이 아니라 '부정성'으로 표출되는 일종의 의식형태라고 할 수
있다.[3]

김승옥 소설과 관련하여 '악'의 표상을 고찰하고자 하는 이 글은 앞에
서 언급했듯 김승옥 소설의 '개인주의'와 '감수성'에서 출발한다. '선악'
의 개념은 일차적으로 공동체적 질서 속에서 탄생하는 가치규범이기 때
문에, '악'은 결국 집단과 변별되는 '개인'의 자유의 확장과 자기동일성
을 기반으로 하는 근대적 주체성의 실현과 관련된다. 근대문학의 탄생
이 개인주의의 출현[4]과 밀접하게 관련되어 있듯, 김승옥의 '자기세계'
는 한국 근대문학의 주체의 형성과정과 긴밀하게 연관된다. 또한 기존
의 윤리를 뛰어넘는 새로운 윤리의 가능성과 세계인식이 자아의식에서
출발한다는 점에서 '개별적인 자의식'은 중요한 의미를 지닌다.

한편, '감수성'과 관련하여 '악'은 미적 근대성의 차원에서 논구될 수
있는 것으로, 이는 김승옥 소설의 미적 근대성에 관한 많은 논의에서 이

---

3 '악'이 일체의 부정성을 의미한다고 했을 때, 악은 단지 파괴성과 폭력으로만 치부될 수
없다. 뤼디거 자프란스키가 악은 개념이 아니라 "자유로운 의식과 만나 그 의식에 의해
행해질 수 있는 위협적인 것의 이름", 혹은 "자유에 대한 대가"라고 했던 것도 악이 어떠한
한계를 넘어서려는 의지와 행동, 한계지점을 돌파하는 힘일 수 있음을 얘기한 것이다.
(뤼디거 자프란스키, 곽정연 역, 『악 또는 자유의 드라마』, 문예출판사, 2000, 12면)
4 이언 와트, 전철민 역, 『소설의 탄생』, 열린책들, 1988, 82면.

룬 성과를 더욱 심화·확대하고자 하는 시도이다.[5] 낭만주의 미학에서 본격적으로 출발하고 있는 미적 근대성은 "도덕은 물론 진리의 영역으로부터 미와 예술 영역의 독립을 의미 한다."[6] 즉 과학과 도덕의 영역에서 벗어나 '미'라는 고유한 내적 논리를 발전시켜 나간다는 것은 '진리'와 '선'의 이름으로 배척되는 '오류와 거짓, 비도덕적인 것과 바람직하지 않은 것들'을 미적 영역에서 독자적으로 수용하고 향유한다는 것을 의미하는 것이다. 김승옥 소설의 낭만적 성격은 이렇듯 계몽과 이성, 합리성의 반대편에 있는 비합리적인 감수성과 감각에서 비롯되는바, 본고는 김승옥의 '감수성'이 어떻게 '악'의 심미성을 구현하고 있는지를 고찰하고자 한다.

2. 속악성 － 생활세계와 허위

　김승옥 소설의 낭만적 주체들이 생활세계와 일상적 삶이 부정적인 태도를 취하고 있다는 사실은 이미 많은 논자에 의해 지적된 바 있다. 김승옥 소설에 있어서 '사회'는 일차적으로 개인 내면의 진정성을 허용하지

5　김승옥 소설을 '개인과 사회의 대립, 그리고 미적 근대성'과 관련하여 논의한 글은 다음과 같다.
　류보선, 「개인과 사회의 대립적 인식과 그 의미」, 『문학사상』, 1990년 5월.
　김민수, 앞의 글.
6　김진수, 『우리는 왜 지금 낭만주의를 이야기하는가』, 책세상문고, 2002, 111면.

않은 속악한 현실이다. 김승옥 소설에서 악의 표상[7]은 따라서 일차적으로 세계의 속악성을 의미한다. 김승옥의 인물들이 서울로 표상되는 도회적인 삶을 부정하는 것은 거기에 만연해 있는 허위성 때문이다. 도시적 삶의 속악성과 허위성은 김승옥 소설 전편에서 표출되는데, 이는 김승옥 인물들이 낭만적 자기세계의 탐닉과 귀향의 일차적인 원인이 되고 있다. 근대화·산업화로 인해 인간을 소외시키는 불모의 장소이자 속물성을 대표하는 장소로서의 '서울'은 「무진기행」에서 '무진'이라는 토포스와의 대조를 통해 탁월하게 형상화된바 있으며, 「무진기행」과 같이 귀로형 서사구조를 보여주고 있는 「환상수첩」에서도 위선과 가식, 위악이 들끓는 생활세계로 묘사된다. 주인공 정우에게 도회의 일상이란 "부글부글 끓어오르는 내부"를 "무관심한 표정으로 가려버리는 법"과 "거부하는 몸짓으로 쌀쌀하게 웃는 법"(2 : 11)[8]을 가르치는 욕된 생활의 상소이다. 정우는 그 속악한 현실에서 패배하지 않기 위해 '위악'의 제스처로 자신과 타인을 기만하고, 선애를 오영빈에게 떠넘김으로써 일체의 가치를 부정

---

7 '의지와 표상으로서의 세계 Die Welt als Wille und Vorstellung'라는 쇼펜하우어의 명제에서 나온 표상(Vorstellung)이란 개념은 객관에 대한 인식이 절대적으로 주관에 관계하고 있음을 의미한다. "인식을 위해 존재하는 모든 것, 즉 세계 전체는 주관과의 관계 속에서 이야기되는 객관으로서, 직관자의 객관"(김문환, 『근대미학연구』 I , 서울대 출판부, 1986, 111면)을 의미하는 것이다. 이런 맥락에서 볼 때, '악'이라는 객체는 개별적인 인간의 주체의 표상(Vorstellung)으로서만 존재한다. 그런데 '표상'이 인식 주체와 대상 간의 작용에 의한 것이라고 했을 때 문제가 되는 것은, 인식 주체이다. 즉, 누구의 오성과 지각에 의해 '악'으로 표상되는가의 문제인데, '악'의 의미가 지닌 '가치'적 측면으로 인해 보다 복잡한 문제가 야기될 수 있다. 본고에서는 일차적으로 작품의 서술자에 의해 표상되는 것들, 그리고 이러한 목록 중에서 특별히 '의미화'되고 있는 것들에 주목한다. 결국 '작가'로 수렴되는 김승옥 소설의 낭만적 인물들은 새롭게 윤리를 정립하려는 주체적 태도를 보여주고 있으며, 이들에 의해 기존의 선 / 악은 새롭게 배치된다.

8 본고에서 논의의 대상으로 하고 있는 김승옥 소설의 일차적 텍스트는 다음과 같다; 1. 『무진기행』, 문학동네, 2005; 2. 『김승옥 소설전집』 2, 문학동네, 1998; 3. 『이상문학상 수상작가 대표작품선』 1, 문학사상사, 1992, 이후 인용에서는 책 번호와 면수만 표기한다.

한다. 환멸적인 현실과 거기에 대응하는 정우의 위악적 태도는 결국 선애를 자살로 몰고 그를 파국으로 치닫게 하여 결국 다음과 같이 탄식과 함께 고향으로 향하게 한다.

> 서울에서의 내 행동의 일체가 악이었다면 그렇다면 고향에서는 그와 정반대로의 행동을 하고 살면 선이 될까?
>
> —「환상수첩」, 2 : 27면

서울에서의 행동이 악이라는 것은, 그것이 본래적인 자기 내면에서 나온 것이 아니라 거짓으로 꾸며낸 연기이자 허위이기 때문이다. 허위를 강요하는 도회적 삶의 양태는 「야행」에서도 잘 드러난다. 「야행」에서 주인공 현주는 남편과 같은 은행에 근무하지만 2년째 이를 속이고 생활하고 있다. 무표정하게 서로를 '박선생', '미스 리'라고 부르는 이들 부부의 연기는 이제 습관이 되어 그들 자신조차 연극을 하고 있다는 사실을 의식하지 못하게 되는데, 현주는 그러한 허위적 삶에 대해 문득 역겨움을 느끼게 된다. 현주는 어느 날 밤거리에서 "이 새끼야, 아파, 아프다니까, 이 씹새끼야"라며 등을 두들겨대는 두 사내의 모습을 목격한다. 그리고 거기에서 말할 수 없는 역겨움과 증오심을 느끼는데 그 이유는 "깨끗한 옷차림에도 불구하고 마치 자의식 없는 깡패들처럼 욕설을 지껄이고 있는"(1 : 354) 그들이 "같은 직장에 자기 아내를 숨겨두고 무표정한 얼굴을 잘도 꾸밀 수 있는 남편"(1 : 354)을 떠올리게 하기 때문이다. 그녀는 이 가짜로 이루어진 "대낮의 생활로부터 이 도시로부터, 자기의 예정된 생활로부터, 자기의 싫증이 날 지경으로 잘 알고 있는 자기 자신으로부터 도망해보고 싶은”(1 : 337) 강렬한 욕구를 느끼게 된다. 그리고 이러한 일탈의 욕망은 어느 날 한 남자에게 강간을 당한 것을 계기로 분출하게 되고, 이후 그녀는 '공포와 혼란'을 체험하기 위해 치한을 찾아 밤거리를 헤매게 되는 것이다.

한 개인의 순수성과 타자와의 진정한 소통을 불가능하게 하는 도시성에 대한 반감은 「누이를 이해하기 위해서」에서 다음과 같이 좀더 명징하게 표출되고 있다.

어떠한 일들이 누이를 할퀴고 지나갔었을까, 어떠한 일들이 누이를 빨아먹고 갔었을까, 어떠한 일들이 누이를 찢고 갔었을까, 어떠한 일들이 누이에게 저런 침묵을 떠맡기고 갔었을까. 누이는 도시에서의 이야기를 나와 어머니의 간질한 요청에도 불구하고 한마디 하려 들지 않았었다. (…중략…) 누이가 돌아오고, 누이가 도시에서의 기억을 망각하려고 애쓰는 듯한 침묵 속에 빠져드는 것을 보고 우리는 아마 누이가 도시에서 묻혀온 고독이 병균처럼 우리 자신들조차 침식시켜 들어오는 것을 느끼게 되었다. (…중략…) 도시에 갔던 사람들이 이곳으로 여간해서 돌아오지 못하고 마는 이유는 어디 있는 것일까. 나는 알 수가 없었다. 다행히 누이는 돌아왔다. 그러나 옷에 먼지를 묻혀오듯이 도시가 주었던 상처와 상처의 씨앗을 가지고 돌아왔다. 무수히 조각난 시간과 공간, 무수히 토막 난 언어와 몸짓이 누이의 기억을 이루고 있으리라는 건 알 수 있었다.

—「누이를 이해하기 위하여」, 1 : 128~130면

위 인용문에서 '도시'는 개인에게 고독이라는 병균을 옮기고, '무수히 토막 난 언어와 몸짓'을 강요하는 환멸의 장소로 그려지고 있다. '토막 난 언어'는 앞서 무관심한 표정과 함께 도시적 일상을 이루는 중요한 요소이다.

김승옥 작품 곳곳에서 표출되고 있는 도회적 어법에 대한 환멸감은 「차나 한잔」에서 가장 집중적으로 형상화되고 있다. 「차나 한잔」에서 만화작가인 주인공은 신문 연재 중단을 걱정하며 그날의 연재분을 들고 신문사에 간다. 그러한 주인공에게 신문사 문화부장은 '오늘 치 만화 좀'이라고 말을 건넨다. 주인공 '나'는 문화부장의 그 말에서 위안을 얻지만, 이어 "차나 한잔 하러 가실까요?"라는 말과 함께 이어지는 연재중단 통고를 듣고 혼란과 절망을 느낀다. 주인공은 '차나 한잔'이라는 말에 '해고시키면서 차라도 한잔 나누는 인정, 동양적인 특히 한국적인 미담'과 '회색빛 도시의 따뜻한 비극'이 담겨있다고 말하지만, 그 본의는 '인정과 미담'이 아니라 허위성에 기반한 도회적 어법에 대한 풍자이다. 주인공은 이 '차나 한잔'이라는 도회적 어법과 더불어 '좀'이라는 부사의 미묘한 뉴앙스와 그리고 '다음에 좀 봅시다', '요즘 재미가 좋으시다면서요' 등등의 일상적인 도회적 어법이 갖고 있는 무의미와 허위성에 주목하면서 이를 비판하고 있다.

그는 그네들의 말투를 알고 있었다. 저 도회의 어법을 그리고 그는 항상 그 어법에 잘 속았었다. 방금 카메라맨이 말한 '다음에 좀 봅시다'는, 그 뜻을 따라서 정확히 표기하자면 '그럼 다음에 또 만납시다. 안녕히 가십시오'이다. 그런데 그들은 '좀'이라는 부사를 집어넣어서 듣는 사람을 환장하게 만들어 버린다. '다음에 좀 만납시다.' 어쩌면 당신에게 일자리를 얻어줄 수도 있을지 모르니까요, 인가? 생각해보라. 그렇게밖에 들리지 않지 않는가? 그는 아침나절에 그가 관계하던 신문사에서 문화부장에게 속키우던 일이 생각났다.

—「차나 한잔」, 1 : 251면

'다음에 좀 봅시다' '재미가 좋으시다면서요' 등은 '차나 한잔'과 마찬가지로 말의 본래적 뜻과 무관하게 소통되는 허사들에 불과하다. '배가 아프다'고 하면, '크로로마이신'을 자동적으로 떠올리듯, 이러한 말들은 화폐처럼 통용되는 일종의 도회적 관용어들로서 어떠한 진정성과 참다움도 지니고 있지 않다. 이 관용어들을 매개로 이루어지는 도시적 인간관계란 진정한 '개인'과 '개인'의 만남이 아니라 익명들의 만남이며, 이들의 관계는 텅 빈 말들처럼 실체 없는 껍데기에 불과한 것이다. 이 텅 빈 말들처럼 도시에서의 한 개인이란 참된 자아의 실체와 무관하게 외면적이고 피상적인 것들로 판단된다. 주인공이 신문사 건물을 되돌아보며 "자기가 여기에 관계를 갖고 있던 그동안 타인들로 하여금 자기를 볼 때에 몇 점 더 놓고 보게 해 주던 그 회색괴물"(1 : 237)이라고 표현하는 데서 드러나듯, 도시에서의 한 개인의 신용과 이미지는 외면적인 것으로 판가름되는 것이다. 젊은 남녀들이 비싼 등산복을 입고 우쭐해하는 것을 희화화하는 것(「싸게 사들이기」)이나 「환상수첩」의 주인공 정우가 '논쟁에서 이기는 법'이나 가르치는 강의실에 대해 환멸감을 느끼는 것도 바로 이러한 맥락에서이다.

다방, 약방, 미장원, 여관, 다방, 약방, 다방, 다방, 다방, 미장원, 여관, 비어홀, 대중식사, 대중식사, 자동차, 부속품상, 약방, 병원, 병원, 미장원, 이발소 (…중략…) 그렇기 때문인지 그는, 서울의 어느 거리에서건 가장 많이 눈에 띄는 그러한 간판들이 조마조마해서 견딜 수가 없었다. 온통 먹어치우고 멋을 내고 수리하기만 하면서 살아가고들 있는 것 같은 것이다.

—「60년대 식」, 3 : 203~204면

위 인용문에서 화자가 거리의 간판들을 통해 파악하고 있는 도시의 생활세계란 '먹고 마시고 자시기 위해' 끊임없이 무언가를 팔고 되사는 곳이다. 철저히 교환가치[9]에 의해 움직이는 거대 도시에 대한 이러한 묘사는 많은 논자들이 지적하였듯 급속하게 산업화되어가는 1960년대 풍속도를 축약적으로 드러내는 것이지만, 한편 생활세계의 본질을 의미하기도 한다. 일차적으로 '생리적 욕구'를 해결하기 위해 질서지어진 생활세계는 김승옥의 인물들에게 도회적 어법과 몸짓과 마찬가지로 무의미한 것을 뜻한다. '평범'이라고 할 수 있는, 이러한 생활세계에 대한 환멸감과 두려움은 김승옥 소설의 낭만적 주체들에 의해 종종 표출되고 있는 바, 이는 일상생활이 그들에게 근본적으로 '위악과 위선'을 의미하기 때문이다.

요컨대 그날 밤의 공연은 적어도 내게는 화려한 구경거리가 아니라 가장

9　교환가치로 이루어진 생활세계에 대한 이러한 혐오는 보들레르의 다음과 같이 인식과 상통하며, 이런 의미에서 김승옥은 물신세계와 그 타락성을 악의 표상으로 드러낸다. "상거래란 본질적으로 악마적이다. —상거래, 그것은 빌리고 되갚는 것, 그것은 다음과 같은 암시를 동반한 대부—내가 너에게 준 것 이상으로 내게 갚아라. —모든 상인의 정신은 완전히 오염되어 있다. (…중략…) —상인에게 있어서는 정직함조차도 이익을 위한 투기이다. —상거래는 악마적이다. 왜냐하면 이것은 이기주의의 형태 중 하나로서 가장 저속하며 가장 비천한 것이기에"(보들레르, 이건수 역, 『벌거벗은 내 마음』, 문학과지성사, 1993, 156면)

대표적인 생활형태였을 뿐이다. (…중략…) 내가 무서워하며 들어가기를 망설이고 있던 것은 실상은 아주 간단한 모습을 한 하나의 얼굴이었던가? 저 일상생활이란 대수롭지 않은 하나의 탈(假面)이란 말인가? 둘러써도 별 손해없는, 과연 별 손해없는? 철봉그네 위에서의 이씨의 표정처럼 위악(僞惡)도 없고 위선(僞善)도 없는 것이라면 한번 둘러써보고 싶었다.

—「환상수첩」, 2 : 69면

위 인용문에서 정우는 윤수와 함께 떠난 여행지에서 서커스단을 만나고 거기에서 속물적인 도시인들과는 다른 '생활인' 이씨를 만난다. 삼십년간을 서커스에 몸 바친 이씨의 진지한 표정에서 정우는 세속적 일상인이 아닌 긍정적 생활인의 가능성을 엿보지만 뒤이어지는 이씨의 자살과 윤수의 죽음으로 인해 이러한 일말의 긍정성은 철회되고 만다. 결국 정주하는 도시인이든 떠도는 곡예단원이든 어떠한 더러움과 오욕 없이는 생활세계를 영위하기 불가능하다는 이와 같은 판단은 결국 그를 파멸로 몰고 간다. '더러움과 오욕'으로 파악되는 일상세계란 기본적으로 그것이 잎서 거리의 즐비한 간판이 상징하듯 '욕망'에 기조해있기 때문이다. 그 욕망은 타자를 부정하는 경쟁의 논리로, 자기 보존의 윤리로 이어지면서 김승옥의 낭만적 주체의 환멸감을 더욱 가중시킨다.

「60년대 식」에서 아내와 이혼하고 죽기를 결심한 도인이 전 직장인 사립학교에 찾아가자 교장은 그에게 십년 뒤 누가 더 큰 재벌이 되는가를 놓고 내기를 제안한다. 평소 '사장님'이라 불리는 교장은 자신의 교육 목표는 선량한 사회인 양성이 아니라 영웅과 위인을 키워내는 데 있으며 '재벌이야말로 현대의 영웅이 아니겠냐'며 속물성을 적나라하게 드러내고, 도인이 남산공원에서 만난 '황손자'라는 노인 또한 "요컨대 먹겠다는 놈과 먹히지 않겠다는 놈이 있어야 발전이 있는 거요. 먹겠다는 놈이 극악스러우면 극악스러울수록 먹히지 않으려는 놈도 극악스러워지는 거지"라며 추악한 경쟁논리를 주장한다.

합리성과 계몽을 바탕으로 이루어진 생활세계가 주는 중압감과 공포는 「역사」에서 재치있게 형상화되고 있다. 「역사」의 주인공은 '창신동'의 빈민가에 살다가 그와 상반된 '양옥집'으로 하숙을 옮긴다. 그는 고매한 '가풍'과 '계획적 움직임', '문화'와 '그늘 없는 표정'으로 함축되는 양옥집의 세련되고 합리적인 생활에 이끌리면서도 한편 부자유스러움과 어떤 중압감을 느끼게 된다. 그는 좀처럼 새 생활에 익숙해지지 못하고 창신동의 빈민굴에 이끌리게 된다. 창신동의 빈민가란 '창신동에 사는 사람들은 모두 개새끼들이외다'라는 낙서가 상징하듯, 가난과, 무절제, 게으름, 자기혐오와 절망감으로 이루어진 곳이다. 또한 산업화된 도시에서 쓸모없는 힘을 지니고 있는 역사(力士) 서씨가 밤마다 동대문 돌을 들어올리며 저 장엄한 신화를 재생하는 곳이며, 절름발이 사내가 어린 딸을 미친 듯이 매질하는 그런 곳이다. 그럼에도 불구하고 주인공이 창신동에 이끌리는 것은 거기에는 인간의 '감정'과 '개인'이 어두운 형태로나마 살아 꿈틀거리는 곳이기 때문이다. 이와 반대로 '양옥집'은 오후 네 시에 울리는 그 집 며느리의 피아노 소리처럼, '규칙적인 생활 제일주의'와 '전진적 태도'에 의해 움직여지는 곳이다. 이는 앞서 살핀 김승옥 소설의 도회성이 보여주는 허위성과 맞닿아있는 것으로 무표정과 무감정이 지배하는 도시의 합리적 공간의 또 다른 축도를 보여주고 있는 것이다. 주인공 나는 이렇듯 비인간적인 공간을 교란시키기 위해 물주전자에 '최음제'를 탄다. 주인공은 스스로를 '부자유하게 평온한 마을을 해방시켜 주러 온 악마', '빈민가가 파견한 척후'를 자임하며 한밤중에 피아노를 두들겨대지만, 그의 예상과 달리 할아버지 단 한명만이 그를 만류하고 양옥집의 일상은 여전히 평온을 가장하며 지속되는 것이다. 합리성과 계몽적 태도에 대한 반감은 「多産性」에서 현대 과학과 도구적 이성에 대한 비판으로 이어지기도 한다. 토끼를 연기자로 출연시키면서 "인간들을 위해서 토끼들도 이제 활약할 시대가 오는 것이다"라고 외치는 한 연출가에 대한 희화화를 통해 근대적 도시의 상업화와 인간 소외를 드러내고 있는 것이다.

이기적 욕망과 경쟁 논리에 의해 구축되는 도시적 일상에 대한 환멸감은 단지 그것이 내장되어 있는 허위성이나 인물들의 현실적 무능에서만 기인하지 않는다. 그것은 생활세계의 '경쟁논리와 자기보존 윤리'가 한 개인의 삶의 방식은 물론 내면세계, 나아가 감수성까지 훈육하고 변질시키기 때문이다. 「누이를 이해하기 위하여」에서 누이는 도시에서 얻은 상처로 인해 침묵과 고독으로 침잠하게 되고, 「환상수첩」의 주인공은 자기혐오와 절망감을 안은 채 고향으로 도피하게 된다. 낭만적 주체들에게 도시는 내면세계의 형질을 바꾸거나 혹은 위장하고 살아가야 하는 곳으로, 연민이나 포용, 존경, 이해, 사랑과 같은 감정 대신 성욕과 증오와 경멸, 부러움과 질투, 자기혐오, 치욕, 탐욕을 양산하는 곳으로 묘사되고 있다.

서울에서 나는 너무나 욕된 생활 속을 좌충우돌하고 있었다. 그리고 슬프게 미쳐버렸다고나할까. 환상과 현실과의 거리조차 잊어버려서 아무것도 구별해낼 수 없게 되었고 사람을 미워하는 법을 배우고 말았다. 아아, 그들을 죽이든지 그렇지 않으면 내가 떠나든지 해야 했다.

—「환상수첩」, 2 : 8면

존경이란 말은 이미 없어진 것이었다. 있다고 하면 부러움의 대상이 있을 뿐이다. 리즈의 수입, 케네디의 인기, 이브 몽땅의 매력, 슈바이처의 명예 혹은 카뮈의 행운. 이런 것들은 부러움의 대상일 뿐이지 그것 때문에 존경을 받고 있다고는 말할 수 없었다.

—「환상수첩」, 2 : 24면

이해와 사랑을 '미움'으로, 존경심을 '부러움'으로 변질시키는 것은 바로 경쟁논리와 자본논리이다. 정우로 대변되는 지방의 순박한 청년들이 서울에서 맞닥뜨리게 되는 것은 바로 저러한 감수성까지를 왜곡시키는 속악한 현실이며, 이 안에서 그들이 할 일이란 이념과 현실과의 그 엄청난 간극을 확인하는 일 뿐이다.

3. 개별성—감각과 몽상의 세계와 위악

'현실과 환상과의 거리'를 가장 뼈저리게 느끼고 절망하는 「환상수첩」의 정우는 김승옥 소설의 많은 낭만적 주체들의 환멸과 무력감을 대변해주고 있다. 그는 사랑을 성욕으로, 존경을 부러움으로 치환해버리는 서울의 속악함에 경악하고 현실과 환상의 간극에 절망하지만, 그렇다고 그것에 맞서 싸우지 못한다. 오영빈의 망상과 위악적 행동을 비웃으면서도 "나 역시 영빈과 오십보 백보였다. 환상, 망상, 더구나 그 망상을 현실까지 끌어내려 그것으로써 자위해가며 살아가고 있기까지 했던 것이다"(2 : 25)라는 고백하고 있듯, 그 또한 자기만의 망상의 세계에 유폐된 채 간신히 버티어나가는 인물로 그려지고 있다. 그는 자신의 가난과 무능을 두려워한 나머지 선애에 대한 사랑을 성욕으로 치부해버리고, 더 나아가 선애를 친구 영빈에게 넘겨버림으로써 가장 비겁하고 위악적인 방식으로 자신을 보존한다. 선애의 자살 소식에조차 진정성이 아니라 객기와 명정으로 대처함으로써 완전한 파멸로 자신을 몰아가는 것이다. 정우가 이렇듯, 위악석 태도로 일관하게 된 것은 순수와 진정성이 통용되지 않는 속악한 도시 현실에 그 일차적인 원인이 있다. 그러나 보다 더 큰 원인은 그러한 속악한 현실에 맞서가면서 지켜가야 할 진정한 가치에 대한 확고한 믿음이 없으며, 설혹 어렴풋이 그러한 목록을 지니고 있다하더라도 그것을 보존할 수 있는 '현실적인 방법'을 알지 못하기 때문이다. 즉, 정우는「무진 기행」의 윤희중이 그러하듯 서울과 무진으로 상징되는 상반된 가치 사이에서 끊임없이 방황하고 갈등하는 인물로, 윤희중과 달리 현실에서 패배하고 자살하고 만다. 요컨대 정우가 속악한 현실에 대한 대응책으로 택한 위악적 행동이란 그가 '무관심한 표정도 기술적으로 만들어내야 한다. 그저 남의 흉내나 내다가는 단단히 속으니까. 선애(善愛)도 그렇게 해서 잃어버렸던 것이다'라고 토로하고 있듯, 어설프게 도시인의 흉내를 낸 것에 불과한 것이다. 그것은 진정한 '자기 세계'가 아니라 왜곡된 자기 연출이라 할 수 있는데, 이것이 망상으로 귀결되고 마는 것은 그의 현실 인식이 일종의 '착오'에 바탕하고 있기 때문이다. 그는 객관적인 현실을 파악하는데 있어 이성보다는 과잉된 감정으로 앞세웠다고 할 수 있는데, 정우의 패착과 파멸은 바로 여기에서 비롯되는 것이다. 그렇다는 점에서 기존의 논의에서 김승옥 소설의 주관성과 '자기 세계'의 한계에 대한 지적은 일견 타당하다고 할 수 있다.

김승옥 소설 속 인물들의 '자기 세계'와 주관적 편향에 대해서는 이미 많은 논자들이 언급한바 있으므로 간략하게 언급하도록 한다. 김승옥의 인물들이 보여주는 내면세계는 두 가지의 의미를 띤다. 그것은 일차적으로 '감각과 몽상'의 세계라고 할 수 있는바, 구체적인 역사적·사회적 현실은 물론, 가치 혹은 의미로 구획되는 상징계 질서와는 무관한 세계라고 할 수 있다. 단적인 예를 들자면, 「서울, 1964년 겨울」에 나열되는 '무의미의 다발' 같은 것을 의미한다.

"평화시장 앞에 줄지어 선 가로등 들 중에서 동쪽으로부터 여덟 번째 등은 불이 켜 있지 않습니다." 나는 그가 좀 어리둥절해 하는 것을 보자 더욱 신이 나서 얘기를 계속 했다.

"…… 그리고 화신백화점 육층의 창들 중에서는 그중 세 개에서만 불빛이 나오고 있었습니다……" (…중략…)

"아 참, 그렇군요. 난 미처 그걸 생각하지 못했는데. 난 그중에서 큰 미자와 하룻저녁 같이 잤는데 그 여자는 다음날 아침, 일수(日收)로 물건을 파는 여자가 왔을 때 내게 빤쯔 하나를 사주었습니다. 그런데 그 여자가 저금통으로 사용하고 있는 한 되들이 빈 술병에는 돈이 백십원 들어 있었습니다."

“그건 얘기가 됩니다. 그 사실은 완전히 김형의 소유입니다.”

—「서울, 1964년 겨울」, 1 : 264~265면

위 인용문에서 알 수 있듯, 이들이 흥이 나서 얘기하고 있는 것의 목록은 ‘온전히’ 자신에게 속하는 ‘고유성’[10]을 지니고 있다. 그것은 앞서 김승옥 인물들이 그토록 혐오하는 도회적 어법 혹은 교환방식에 의해 절대로 주고받을 수 없는, 오염되지 않은 것들을 의미한다. 화폐나 혹은 관습적인 어법들과 달리 절대로 남과 공유할 수 없는 자기에게만 속한 어떤 것, 김승옥의 낭만적 주체들은 이러한 이 순수한 세계에 대한 내밀한 동경을 보여준다. 그것은 「생명연습」에서 화자가 누이와 공유했던 ‘비밀왕국’ 같은 것으로 거기에는 “한 오라기의 죄도 섞여 있지 않으며” ‘패륜도 없고, 그것의 온상을 만들어 주는 고독도 없으며 전쟁은 더구나 있을 필요’가 없는 그런 곳이다. “그러한 왕국에서는 누구나 정당하게 살고 누구나 정당하게 죽어간다”라는 맥락에서 알 수 있듯, 이는 완전한 단독자의 세계이자 도덕은 물론 도회적인 일상과 속물성이 틈입할 수 없는 세계이다. 「무진기행」에서 ‘안개’와 ‘광녀’로 상징되는 ‘무진’이나 ‘황혼과 해풍’의 세계(「누이를 이해하기 위하여」) 또한 이러한 순수한 심상 공간과 다르지 않다. ‘도덕과 일상’이 부재하는 이 세계는 일종의 상상계이자 절대적 주관성의 세계를 의미한다. 그리고 이 세계는, 「乾」에서 ‘빨갱이 시체’가 하나의 ‘신념덩어리’로 바뀌기 이전의 세계와 동일한 것으로, 화자가 빨갱이 시체를 ‘강렬한 색채’, ‘적갈색과 자주색이 엉켜

---

10 김미란, 「‘개인’이 정립되는 한 가지 방식」, 『현대문학의 연구』 22집, 한국문학연구학회, 2004, 334면.

서 꺼끌꺼끌한 촉감의 피부를 가진 괴물' 등으로 묘사하는 바로 '미적 세계'를 의미하기도 한다. 이 '미학적 세계인식'은 김승옥의 인물들이 도회에 입성하기 이전에 주로 그들이 세계를 바라보는 방식을 주조하는 바탕이었다고 할 수 있다. 일반적으로 '퇴폐' '무의미' 혹은 '병리적'이라고 폄하되었던 파편화된 개별자들의 내면세계는 김승옥 소설에서 이러한 미학적 세계 인식에 의해 새롭게 조명되고 생기를 얻게 된다. 이 미학적 세계 인식은 다음과 같은 작가의 말에서도 표명된 바 있다.

> 이상한 일이다. 부패와 무질서 속에서 색채들은 더 풍요하고, 색채가 펼치는 깊은 감동의 세계를 알아보는 눈을 가진 자에게는 단조로운 질서가 오히려 추악해 보인다는 것은 참으로 이상한 일이다. 나는 때때로 내가 남들의 눈에는 아무렇지 않거나 역겨워 보이는 풍경에서도 아름답게 분해되어 재구성되는 경이적인 풍경을 볼 수 있는 풍요한 삶을 얻는 대신 사회인으로서 도덕적인 분노의 능력은 마비되는 것이 아닌가 스스로 염려한다. 미의 세계를 얻는 대신 도덕의 세계를 잃어버렸다면 결코 풍요한 삶은 아닐 것이다.[11]

위 인용문에서 작가가 직접 언급하고 있듯, 김승옥 소설에서 기존의 선악, 추악 등의 가치가 전도되는 것은 바로 이러한 미의 세계에 의해서이다. 이는 「乾」에서 어린 화자가 크레용으로 그림을 그렸던 바로 '지하실의 백회벽'과 동일한 세계로, 이데올로기는 물론 일체의 기존의 가치가 통용되지 않는 '몽상'과 '유희'의 세계인 것이다. 「건」의 어린 화자를

---

11 김승옥, 『뜬 세상에 살기에』, 지식산업사, 1977, 106~107면.

비롯한 김승옥의 낭만적 주체들이 추구하는 순수한 내면세계란 일종의 낭만주의에서 말하는 미적 주관성의 세계로 이는 자폐적인 주관성이 아니라 주객 분리 전의 통합적 자아의 세계를 의미한다. 일반적으로 "낭만주의의 주관성이 주관·객관의 이분화된 주관이 아니라 이분화되기 전의 세계와 일체화된 주관을 말한다고 할 때, 이들 인물의 내면세계는 일차적으로 디오니소스적 도취 상태 속에서 이루어지는 자아의 일체 상태"[12]를 의미한다. 이 미학적 인식에 의해 개개의 사물들과 파편적 의식은 가치와 무관하게 생생하게 형상화되며 유의미한 것으로 전화된다. 가치의 세계와 무관하게 펼쳐지는 개별 사물들과의 교감은 「서울 1964 겨울」에서 대학원생 안의 다음과 같은 말에 의해 표출된다.

이를테면 낮엔 그저 스쳐 지나가던 모는 것이 밤이 되면 내 시선 앞에서 자기들의 벌거벗은 몸을 송두리째 드러내놓고 쩔쩔맨단 말입니다. 그런데 그게 의미가 없는 일일까요? 그런, 사물을 바라보며 즐거워한다는 일이 말입니다.

—「서울 1964 겨울」, 1 : 268면

그러나 이 절대적 주관성은 성장 혹은 생활세계로의 진입과 더불어 필연적으로 파괴되거나 고립될 수밖에 없는바, 이 지점에서 김승옥 인물들의 내면세계가 지니는 또 다른 성격이 탄생한다. 「건」에서의 어린 화자의 공포와 위악적 행동에서 알 수 있듯 이 세계는 어른들에 의해 어

---

12 김진수, 앞의 책, 104면.

쩔 수 없이 파괴되고 훼손된다. 크게 보자면 '성장'이라고 할 수 있는 이러한 변화를 통해 「건」의 어린 화자가 느낀 것은 일종의 공포와 중압감이다. 어린 화자가 '빨갱이 시체'를 매장할 때 '머리가 깨질 듯이 아팠다'고 하는 것이나 돌팔매질을 하는 것, 혹은 남해안 무전여행을 계획했던 형의 무리들이 윤희 누나를 강간하는 위악적 행동은 바로 이러한 현실의 중압감에서 벗어나기 위한 몸부림이자 반항이라고 할 수 있는 것이다.

앞서 살펴보았듯 어른 혹은 생활세계로 나아간 낭만적 주체들이 드러내는 일차적인 반응은 환멸감이라고 할 수 있다. 그러나 소설에서 이 환멸의 주체들의 행로는 다양하게 분화된다고 할 수 있는데 크게 나누자면 다음과 같다. 첫째 현실과 환상의 간극을 이겨내지 못하고 순수한 자아세계에 몰입하다가 결국 파멸하고 마는 인물이다. 「환상수첩」의 정우이나 「생명 연습」의 '형', 「역사」의 力士, 그리고 주인공, 「무진기행」의 박선생 등은 조금씩 정도를 달리하지만 이 유형에 속한다고 할 수 있다. 둘째, 「환상수첩」의 오영빈이나 임수영이 대변하고 있는 위악적인 인물이다. 그리고 세 번째 「무진기행」의 '윤희중', 「그와 나」의 화자로 형상화되는, 자아를 버리고 현실에 투항하는 인물이다.

첫 번째 유형은 순수를 고집하다 파국을 맞는다는 점에서 앞서 살펴본 '미적 주관성'으로 표상되는 내면세계에 속하는 인물들이라고 할 수 있다. 두 번째 유형은 세속의 이치를 깨닫고 위악으로 나아간 인물들이라고 할 수 있는데, 김승옥 소설에서 '주관성'의 또 다른 의미를 담지하고 있는 인물들이라는 점에서 주목을 요한다. 즉 "중요한 것은 어떻게 해서든지 살아내야 한다는 문제일 것이라고 나는 확신한다. 고뇌라는 게 그처럼 횡설수설하고 유치한 것이라면? 죄란 게 있다고 한들 또 어떠한가? 불가피하게 죄를 짓게 되면 죄를 짓는 것이다. (…중략…) 산다는 것, 우선 살아내야 한다는 것, 과연 그것이 미덕이라고까지는 얘기하지 않겠다. 그러나 그것은 이제야 출발하는 것이다(2 : 76~77)"라는 임수영의 주장에서 알 수 있듯, 이 두 번째 유형의 위악적 행동은 우선 자기 보존을 위해 순수와 진정성은 물론, 일체의 가치와 규범까지를 폐기한 인물들이다. 이들은 살아남기 위해 현실의 속악성보다 더 속악하게, 더 강력한 허위로 무장하고 자기를 보존한다. 이들에게서 '황혼과 해풍' 따위의 아름다운 낭만은 부정되지만, 이 부정을 통해 그들이 나아간 것은 온건한 생활세계가 아니다.

이들의 내면세계는 김현이 지적했듯, 내적인 조작에 의해 변형된 망상과 자기기만의 세계를 뜻한다. 자살을 도락처럼 즐기라고 권유하고 애인을 교환하는 오영빈이나, 누이동생의 집단강간 사건에 대해 냉소하는 임수영 등이 보여주는 '자기세계'란, 자기 보존 대신 얻은 "곰팡이와 거미줄이 쉴새없이 자라나고 있는" 세계로, 굴욕과 패배의 또 다른 이름인 것이다. 밝고 강인한 자기 세계를 지니고 있는 인물(「생명연습」의 만화가 오선생)도 있지만 김승옥 소설에서 도시적 일상인들이 보여주는 '자기세계'란 이처럼 패배한 인물들의 왜곡된 내면세계를 의미한다. 어머니의 성적 일탈을 받아들이지 못하고 자기 식대로 위조하는 '누이'나 자신의 생식기를 잘라버린 전도사, 영국 유학을 위해 애인을 범하는 한교수(「생명연습」) 등은 모두 그대로의 '현실과 생리'를 인정하고 거기에서 고투하는 인물들이 아니라, 결단을 통해 욕망을 넘어서고자 하는 일종의 위악적 혹은 강박증적 인물이다. 이들의 위악이 어느 정도 진정성을 지니고 있긴 하지만, "그러나 결국 환멸을 기다린 셈이 아닐까?"(「확인해본 열 다섯 개의 고정관념」)라는 한 인물의 고백에서 짐작할 수 있듯, 이들의 위악은 구체적인 현실과의 끈질긴 투쟁에서 나온 것이 아니라 감상적으로 '현실'에 대한 인식을 앞서 선취해버린, 비겁한 자의 포즈에 해당한다. 즉, 순수한 자아가 속악한 현실과 시간을 체험하면서 얻게 되는 것이 환멸이라고 할 수 있는데, 김승옥 소설의 위악적인 인물들은 이 환멸감에 대한 두려움을 인해 앞서 절대 이념을 폐기해버리고 '오랜 응전의 시간' 저편으로 건너간 자들인 것이다.

따라서 김승옥 소설의 '자기 세계'란 두 개의 극단적인 주관적 편향성을 드러내고 있다. 하나는 환멸 이전의 순수한 내면세계이며, 또 하나는 환멸 이후의 위악적인 자기기만의 세계이다. 후자의 위악이 폭압적인 상황을 "수동적으로 받아들이지 않고 오히려 그것을 극복하려는"[13] 능동적인 의지에서 출발하고 있으며 속악한 현실에 대한 항변이라는 점에서 의미가 있다고 할 수 있으나, 일종의 전도된 순응이라는 점에서 한계를 지닌다. 순수한 내면세계나 기만적인 자기세계이거나 간에 첫 번째와 두 번째 유형의 인물들의 보여주는 개별적 자의식은 객관 현실, 그리고 총체성과 보편성과 동떨어져 있다는 의미에서 일종의 '악'의 표상을 구현하고 있다고 할 수 있다. 이는 앞서 살펴본 속악성으로서의 악의 표상과는 다른 차원의 것으로, 악의 의미에 더 근접해 있다고 할 수 있다. 즉, 공동체적 질서와 규범, 조화와 균형, 총체성으로부터 동떨어진 이들의 '개별적 자의식'은 루카치가 비판했던 일종의 '퇴폐적'인 모더니티에 해당한다고 할 수 있다. 그러나 앞서 분석했듯, 이 퇴폐적인 자의식

---

13 김현, 앞의 글, 384면.

들은 김승옥 소설에서 미학적 원근법을 통해 새롭게 조명되고 배치되고 있는데, 이런 맥락에서 이 파편화된 개별자들은 그 부정적인 의미를 떠나 또 다른 차원에서 논의될 수 있을 것이다.

4. 환멸과 우울의 미학—악의 심미성

앞서 많은 논자들이 지적했던 김승옥 소설의 '자기 세계'의 한계에 대한 논의의 핵심은 '실체없음'과 '무력함'에 닿아 있다. 그러나 이들이 보여주는 파편화된 의식 세계와 주관성의 세계는 현실 응전력을 떠나서 심미적 차원에서 달리 평가되어야 한다. 즉, 김승옥 소설의 미적 특질을 규명하기 위해서 우리가 주목해야할 것은 의미론적으로 입증되는 사회 역사적 내용이 아니라, 텍스트가 주는 새로운 미학적 경험이다. 칼 하인츠 보러는 독일 낭만주의와 프랑스 혁명과의 상관성을 검토하면서 다음과 같이 언급한 바 있다.

> 그것은 긍정적인 정치적 내용이나 계몽적인 내용을 지닌다기보다는 전복적인 사건성을 지니는 것, 일종의 "비유적인 언어와 수수께끼 같은 언어"(노발리스)의 의미를 통해 '지금'이라는 시간 속에서 자기를 암시하는 미래적인 것을 뜻한다.[14]

위 인용문에서 보러가 말하고자 하는 바는 낭만주의에서 혁명 정신의 추출할 수 있다면 그것은 정치적 내용이 아니라 형식적·심미적으로 재현되고 있는 혁명적 언어라는 것이다. '감수성의 혁명'이라고 명명되는 김승옥 소설 문체의 참신성과 독창성은 이미 다각적인 차원에서 고찰되어 온 바 있다. 그러나 '혁명'이라는 비평적 수사를 언표한 비평가가 그 감각적 문체의 한계를 지적[15]하고 있는 것처럼 기존의 많은 논의들은 대체로 김승옥 소설의 문학적 표현의 혁신성을 그들 인물이 보여주는 빈곤한 사회의식과 유리시켜 평가하고 있다. 이러한 비평적 태도는 목적론적이고 역사철학적 테제에 대한 정향을 드러내는 것으로 여전히 내용과 형식을 분리하는, 저 오래된 관습에서 벗어나지 못하고 있음을 보여준다. 문학 텍스트가 일차적으로 심미적 차원에서 파악되어야 한다는 말은, 텍스트의 감각적 표현과 형상화 방식만을 중시해야한다는 것을 의미하지 않는다. "낭만주의적 혁명과 혁명적 낭만주의에서 중심이 되는 것은 따라서 이데올로기적·정치적인 내용이 아니라 바로 문학적인 의식 형식 자체인 것이다"라고 보러가 지적한 것처럼, 우리가 문학작품에서 주목해야할 것은 언어적 기교나 세련됨이나 아니라, 그것이 환기시키는 그 무엇과 관련된 심미적 체험이다.

김승옥 소설이 표상하는 악의 심미성 논의에 있어서 보다 중요한 것은 위에서 분류했던 세 번째 유형의 인물들이다. 윤희중(「무진기행」), 혹

---

14 칼 하인츠 보러, 최문규 역, 『절대적 현존』, 문학동네, 1998, 22면.
15 날카로운 감성이나 언어에 대한 감각이 보다 중요한 윤리의식이나 종합력과 제휴되지 못하고 도리어 그러한 것의 빈곤의 대상으로 획득된 듯이 보일 때 과연 그 재능을 말의 엄격한 의미에서 재능이라 부를 수 있는가하고-모국어의 한 형용사에 대해서는 섬세한 반응을 보일 수 있으면서도 가령 사회구조의 모순에는 전혀 태연할 수 있는 감성이 올바른 감성일 수 있을까 하고, 방향감각이란 중요한 것이다.(유종호, 앞의 글, 430면)

은 「서울 1964 겨울」의 대학원생 안으로 대변되는 인물들은 속악한 현실에 적응하여 살아가는 인물이지만 완전히 순수한 이상과 절대 자아를 폐기하지 못하고 우울과 고뇌, 환멸감으로 어두운 감성을 보여준다는 점에서 주목을 요한다.

김승옥 소설의 초기 소설이 대부분 성장소설의 모티브를 띤다는 의미에서 김승옥의 낭만적 주체들의 환멸과 절망은 일종의 성장통을 뜻하기도 하지만, 근원적으로는 인간 존재의 자기 발견과 생의 부조리에 대한 근원적 체험을 의미한다. 이 의식의 분열을 일찍이 김현은 '악'이라고 명명했거니와 시인이란 바로 이 악으로서의 의식이라고 언급한 바 있다.[16] 이는 "시인이 악에 헌신한다는 의미가 아니라 상상과 현실의 간극을 깨닫고 절망하는 데서 존재에 대한 사유가 개시되는 것이며, 이 악을 통한 존재와의 응답이 바로 시"라는 것이다. 생의 불완전성을 결코 극복할 수 없다는 데에서 오는 절망과 분열 의식이 바로 시의 본질임을 지적하고 있는 이러한 전언에 기댄다면, 김승옥 소설의 어두운 인물이 느끼는 세속 도시에 대한 환멸감과 절망은 그 자체로 '악'의 존재를 현시하는 하나의 미적 체험이라고 할 수 있다. '어딘지 어긋나 있거나 선애의 말대로 구멍이 뻥 뚫어져 있거나 했다'로 토로되는 현실과 환상의 간극에 대한 인식을 우리는 김승옥 소설 곳곳에서 발견할 수 있다.

별들을 보고 있으면 나는 나와 어느 별과 그리고 그 별과 또 다른 별들 사

---

16 상상의 얼굴과 현실의 얼굴이 얼마나 틀리는가를 그들은 알고 그 사이의 커다란 구멍 때문에 수치를 느낀 것이다. 그리고 그 '간극'을 알기 시작했다는 것, 의식의 분열이 시작되었다는 것―그것이 악인 셈이다.(김현, 「나르시스 시론」, 『존재와 언어 / 현대 프랑스 문학을 찾아서』(김현문학전집 12), 문학과지성사, 1993, 15면)

이의 안타까운 거리가, 과학책에서 배운 바로써가 아니라, 마치 나의 눈이 점점 정확해져가고 있는 듯이 나의 시력에 뚜렷이 보여 오는 것이었다. 나는 그 도달할 길 없는 거리를 보는 데 홀려서 멍하니 서 있다가 그 순간 속에서 그대로 가슴이 터져버리는 것 같았었다. 왜 그렇게 못 견디어했을까. 별이 무수히 반짝이는 밤하늘을 보고 있던 옛날 나는 왜 그렇게 분해서 못 견디어했을까.

—「무진기행」, 1 : 177~178면

위 인용문에서 김승옥은 인간 존재를 떠받치고 있는 근원적인 '균열'과 분열의식을 감각적 언어를 통해 시적으로 묘파하고 있다. 김승옥의 인물들이 생을 이렇듯 이분법적으로 구분하고 그 사이에서 끊임없이 갈등한다는 것은 산문적 진실을 추구해야하는 소설이라는 장르의 본원적 성격에 부합하지 않을지도 모르나, 그대로 공감할 수 있는 하나의 심미적 체험을 가능하게 한다는 점에서 반드시 부정되어야 할 것은 아니다. 또한 김승옥 소설의 인물들이 줄곧 보여주는 저러한 딜레마를 반드시 결단력과 객관현실 인식의 부족에서 나온 부덕의 소치만으로 볼 수는 없다. 그것은 두 세계의 현존을 보여줄 뿐만 아니라, 쉽게 하나의 세계를 손들어주지 않고 그 모순을 견뎌낸다는 점에서 견인주의를 내포하고 있다.

김승옥 소설에서 상반된 두 세계의 공존이라는 세계 인식과 의식의 분열에는 인물들의 양가적 태도가 이미 예고되어 있다. 세속성을 상징하는 고깃기름에 대해 「건」의 어린 화자가 느낀 "혐오감 속에는 그것에 대한 부러움"이 함께 포함되어 있듯, 김승옥 인물들이 도시 혹은 고향으로 표상으로 되는 두 세계에 대해 갖는 태도는 대체로 이중적이다. 그것은 「역사」의 주인공이 보여주는 이중적 태도에서, 그리고 「환상수첩」의 정우나 「무진기행」의 윤희중, 그리고 어머니로 표상되는 '세속성'과 위악적인 형 사이에서 갈등하는 「생명연습」의 화자, 「그와 나」의 속물적인 화자의 태도가 드러내는 양가성에 이르기까지 끊임없이 변주되는 것이다. 그들이 파악한 세계란 "위대한 사상과 위대한 파괴가 어쩔 수 없이"(1 : 133) 하나이며, "사랑하고 동시에 배반하고 그러면 한편에서도 사랑하고 동시에 배반하고 요컨대 심판대를 세울 수 없는"(1 : 131), 그리하여 "어느 쪽이 틀려 있었을까요?"(1 : 112)는 질문이 우문이 되어버리는 그러한 세계인 것이다. 여기서 이들 인물들이 결국 현실에 투항하는가, 혹은 망상에 기초한 위악적 태도로 현실을 부정하는가, 또는 죽음을 통해 낭만적 세계에 영원히 안착하는가 하는 문제는 중요하지 않다.

중요한 것은 이러한 순수 이념과 이상을 표상하는 내면에 비춰 현실을 드러내고, 또한 일상세계에 비춰 자기세계의 무력함과 취약함, 그 허구성을 드러내는 것이다. 부조리한 현실이든 가상에 불과한 자기세계이든, 이 모순으로 가득 찬 세계인식이야말로 세계와 자신에게 끊임없이 질문을 던지게 하는 그 출발점이 되기 때문이다. 요컨대 김승옥 인물들의 낭만적 파멸 혹은 현실 투항은 하나의 미학적 결말일 뿐, 이들의 소설 속 행로는 "괴로워하며 '사이'에 위치하는 게 최선의 태도라는 생각"(1 : 12) 한 자의 그것에 해당하는 것이다. '거리감각'을 통한 자유 의식이라고 이름할 수 있는 이러한 태도는 자신의 고정관념의 목록들을 열거하며 자신의 고정된 감각을 교정해보려는 한 문학청년의 에피소드를 담고 있는 「확인해본 열다섯 개의 고정관념」을 통해 비유적으로 드러나기도 한다.

김승옥 소설에서 중요한 것은 결말이 아니라 이들이 인식하는 세계의 이중성과 그 사이에 머물면서 느끼는 딜레마 그 자체라고 했을 때, 우리는 이들이 그 '사이'에 머물면서 드러내는 '우울과 환멸'에 주목하지 않을 수 없다. 이는 앞에서 언급했던 '악'으로서의 세계 인식과 거기에서 비롯된 의식분열과 직접 관련되는 것으로, 김승옥 작품의 '감수성'의 특질에 대한 실제적인 고찰이기도 하다. 김승옥 소설의 감각적 문체로 빚어내는 감수성이란 대체로 밝고 조화로우며 긍정적이기보다는 우울하고 황량하며 퇴폐적이다. 이는 한 논자가 "비현실적이고 악마주의적 잔혹극", 혹은 "비정상적인" "공포와 혼란" "자기 기만적이고 사특한"[17]이라고 평하고 있는 데서 단적으로 드러나듯, 건강하지 못한 감수성에 해당한다고 할 수 있다. 이런 의미에서 '참신한' '싱싱한' '첨예한'이라고 일컬어지는 김승옥 소설의 감수성의 실체란 우울과 불안, 그리고 환멸감과 고통이라는 '불온한 감수성'이다. 이 불온함은 앞서 언급한 대로, 우선은 현실 / 일상세계 / 도시, 환상 / 내면세계 / 고향으로 대립되는 양극적 세계 인식과 의식분열에서 비롯된다.

우울이란 기본적으로 자신이 속한 세계를 완전히 수락할 수 없는 딜레마에서 비롯되는 감정이다. 보통 '사랑하는 사람의 상실, 혹은 조국, 자유, 이상 등에 대한 상실감'에서 비롯되었다는 데에서 우울은 슬픔과 동일한 심리적 메카니즘을 보여주고 있다. 그러나 프로이트가 지적하고 있는 것처럼, 슬픔에서 찾아볼 수 없는 한 가지 예외로서 우울증은 '자기애의 추락'을 동반한다.[18] "슬픔의 경우 빈곤해지고 공허해지는 것이

17　오양진, 앞의 글, 앞의 책, 447~460면.
18　프로이트, 윤희기 역, 「슬픔과 우울증」, 『정신분석학의 근본개념』, 열린책들, 2005, 245면.

세상이지만, 우울증의 겨우는 바로 자아가 빈곤해지는 것이다."[19] 이러한 맥락에서 프로이트는 우울증이 리비도 대상이 아니라 자아와 관련된 상실감을 의미하며 나르시시즘과 밀접한 관련이 있다고 언급한다. 나르시시즘의 구순기 퇴행성과는 별도로 여기에 우리의 주의를 끄는 것은, 우울증이 대상을 상실했음에도 불구하고 그 리비도를 완전히 폐기한 것이 아니라, 자아로 전환한다는 것이다. 따라서 '자아의 빈곤'과 '자기 비하'로 특징지어지는 우울증은, 여전히 그 대상 리비도를 처분하지 못한 자기와의 애증관계에서 비롯된다. 김승옥 소설의 낭만적 주체, 특히 세 번째 유형에 해당하는 현실 순응자들이 보여주는 '우울과 환멸감' 또한 이러한 맥락에서 이해해 볼 수 있다. 즉, 이들의 우울증은[20] 완전히 일상 세계에 속할 수 없는 순수 자아에 대한 여전한 사랑을 표출하고 있다. 「무진기행」에서의 윤희중을 통해 지속적으로 환기되는 것은 이러한 우울의 정조이다. 그의 우울은 무진에서의 과거와 현재의 자신의 모습의 거리, 그리고 세무사 조 등의 속물적 인물들로 대변되는 무진의 변모에 대한 환멸감에서 기인한다. 그러나 그는 무진에서 다시 순수 자아의 세계를 경험하게 되는데, 그것은 무엇보다 '무진'이 지닌 강력한 힘에 의해서이다. 무진에서 윤희중은 자신의 의지와는 상관없이 지난날의 어둡던 자신의 과거의 시간을 떠올리고 몽상과 불면의 시간을 보낸다. '비자발적인 기억'을 불러오는 무진이란 도시적 일상이 정지되는 공간, '절대

---

19 위의 책, 247면.

20 '우울'의 감성과 관련하여 김승옥 소설을 고찰하고 있는 조현일은 김승옥 인물들의 우울이 정치적 활동을 상실한 자유주의자의 슬픔이며, 연민의 도덕성에 기초한 것으로 보고 있으나, 자기비하를 동반하지 않는다는 점에서 '병리적' 우울증은 아니라고 보고 있다. (조현일, 「자유주의자와 우울―김승옥론」, 『민족문학사연구』 제30호, 민족문학사연구소, 2006)

적 현재'만이 지속되는 공간을 의미한다. '어둡던 청년' '자신을 상실하지 않을 수 없었던 과거의 경험' '실패와 도망' '골방 안에서의 공상과 불면을 쫓아보려고 행하던 수음과 곧잘 편도선을 붓게 하던 독한 담배 꽁초와 우편배달부를 기다리던 초조함 따위', "안개는 마치 이승에 한이 있어서 매일 밤 찾아오는 여귀(女鬼)가 뿜어내놓은 입김"으로 묘사되는 무진은 이성과 의지가 어떤 현실적 힘도 발휘할 수 없는 비합리적인 공간이다. '미친 여자, 자살 시체, 교미를 하고 있는 두 마리의 개' 등으로 표상되는 무진은 생활세계는 물론 선악이라는 윤리가 틈입할 수 없는 무의식과 충동의 세계이다.

요컨대 '무진'이란 '자기 보존의 논리'가 지향하는 미래가 부재하는, "절대적 현존"(보러)의 장소를 의미하는 것이다. 잠이 "자기 동일성의 회복과 주체성 실현의 선행조건"[21]이라는 점에서 이곳에서의 윤희중의 불면증은 자기 동일성의 중지, 단절을 의미하는 것이기도 하다. 즉, 무진에서의 윤희중은 '자기 보존'을 해체시킬 뿐 아니라 끊임없이 자아동일성을 망각하는 상태를 경험하게 된다. 그렇기 때문에 하인숙과의 정사에 대해 윤희중이 어떠한 도덕적 죄의식과 수치심을 느끼지 않을 수 있었던 것이며, 나아가 "한번만, 마지막으로 한번만 이 무진을, 안개를, 외롭게 미쳐가는 것을, 유행가를, 술집 여자의 자살을, 배반을, 무책임을 긍정하자"는 외침이 가능했던 것이다.

윤희중은 무진이라는 '감각과 몽상'의 세계를 떠나 다시 서울로 입성하지만, 이 귀환은 그의 우울을 더욱 가중시킨다. 하인숙에게 쓴 편지를

21　서동욱, 「잠이란 무엇인가」, 『일상의 모험』, 민음사, 2006, 73면.

찢고, 무진을 떠나면서 '심한 부끄러움을 느꼈다'는 마지막 문장은 더욱 빈곤해진 '자아'에 대한 자기응징이다.

한편, 윤희중의 무진에서의 낭만적 일탈이 서울로 표상되는 타락한 합리주의와 대척점에 놓인다는 점에서 이는 부르조아 속물성에 대한 비판을 뜻하기도 한다. 이런 맥락에서 「무진기행」의 낭만적 악은 '계몽 자체 속에 은닉되어 있는 물화된 이성에 대한 계몽'으로 읽힐 수 있는 것이다.

「야행」의 현주의 일탈 행위 또한 이러한 관점에서 해석할 수 있다. 앞서 살펴보았듯 「야행」의 현주가 치한을 찾아 밤거리를 헤매는 것은 허위와 연기로 점철된 일상에 대해 극도의 혐오감과 환멸에서 기인한 것이다. 자신의 거짓 생활에 염증을 느낀 현주는 어느 날 낯선 사내에게 강간을 당하고 난 뒤 그때 맞본 공포와 혼란을 다시 체험하고 싶은 욕구를 느낀다. 현주는 이러한 일탈에의 욕망이 반사회적이고 비상식적임을 누구보다 잘 알고 있으나, 완강한 현실을 탈출하고 싶은 열망에 사로잡힌다. 그리하여 그녀는 밤거리를 헤매고 몇몇 치한의 추근거림을 접하지만 그들을 끝내 따라가지 못한다. 그것은 양심이나 두려움 때문이 아니라 그 사내들이 8월에 만난 사내가 체험케 했던 '공포와 혼란'을 일으키지 못했기 때문이다. 그녀는 공포와 혼란이 상대의 '억센 끌어당김', '감방에 가도 좋다'는 과감한 결단과 실천에 의해 가능하다는 사실을 깨닫고 8월의 사내를 그리워하기까지 한다. 현주의 이러한 비정상적인 일탈의 욕망, 그리고 공포와 혼란에의 갈급은 우선 속악한 현실에서 해방되고자 하는 욕구를 의미한다.

이 작품에서 특이한 것은 순수 자아에 대한 열망에 의한 우울증이 강한 자기징벌(Selbstbestrafung)을 동반한다는 점이다. 현주의 일탈은 "그 여자의 내부에 공포와 혼란을 일으켜 놓지 않는다면 그 여자는 어떻게 자기의 더러움을 자백할 수 있을 것인가!"(1 : 356)라는 대목이 암시하듯, 일종의 자기 응징을 의미하는 것이다. 즉, '더러움'으로 표현되고 있는 거짓된 삶에 대한 고해성사로서의 자기처벌. 이 성적 폭행의 희생자가 되고 싶은 욕구가 자기 응징의 성격을 띠며, 이러한 의미에서 이 위반은 구원에 대한 열망과 맞닿아 있다. 이 열망은 "그 여자가 바라는 것은 파멸이 아니라 구원이었다. 속임수로부터의 해방이었다"(1 : 358)에서 명시적으로 드러난다. 「야행」은 현주의 반사회적, 비윤리적 악행을 '구원'과 '해방'의 맥락에서 다루고 있으나 이를 독자들에게 심미적 체험으로 전달하고 있지 못하다. 현주의 일탈심리에 대한 감각적 묘사보다는 설명적 진술 부분이 상대적으로 많기 때문일 것이다.

현주를 비롯한 낭만적 주체들이 보여주는 '우울'은 '서울과 무진'으로 상징되는 환상과 현실의 간극, 의식의 분열에 대한 감정적 대응이다. 이는 '환멸감'과 더불어 도시 혹은 생활세계의 허위성을 체험한 이후에 갖게 된 것으로, 순수 자아, 혹은 순수 이상을 폐기하지 못한 데에서 오는 감정이다. 지성에 바탕 한 행동이 아니라 감정적 대응이라는 맥락에서 이는 때로 '센티멘털리즘'이라는 과잉 감정으로 이어지기도 한다.[22]

---

22 과잉 감정이라고 할 수 있는 센티멘털리즘은 한편, 일상과 대립되는 순수 내면에 속하는 것으로 일상을 벗어나고자 하는 열망과 동경을 의미하기도 한다. 다음 인용문은 센티멘털리즘의 '과잉'이 일종의 일탈을 의미하는 것임을 잘 보여주고 있다. "그러나 몇십 년 후, '코오트' 깃을 세우고 이 바람 찬 항구의 겨울거리를 비스듬한 자세로 걸어가는 '센티멘탈'이 없다면, 아아, 그런 일은 없으리라 단연코 없으리라. 아무런 속박도 욕망도 없이 볼을 스치고 가는 바람의 온도와 체온과의 장난기며 꾸부린 자세가 오히려 편안하다고 느끼며 그리고 내 구두가 '아스팔트'를 울리는 소리만을 들으며 어디론가 그저 걸어

앞서 강조했듯, 우울은 현실세계와 내면세계, 그 어느 쪽도 완전히 수락할 수 없음에서 오는 것이다. 따라서 이는 두 세계의 공존을 의미하기도 하는데, 이런 맥락에서 작가는 이 어두운 감수성을 부정하지 않으며 오히려 이끌리는 태도를 보여주고 있다.

> 우울해할 줄 아는 걸 심어줄 수만 있다면, 제기랄 그들의 팔이 떨어지든 다리가 떨어지든 코가 찢어지든 생식기가 뭉개지든 조금도 가슴 아플 게 없을 거다.
>
> —「확인해본 열 다섯 개의 고정관념」, 1 : 146면

위 인용문은 '먹고 자고 일하고 계집애들을 소재로 한 농담밖에 할 줄 모르던 형'이 전쟁에서 팔을 잃고 난 후 '우울해 할 줄 알게 되었음'을 말하고 있는 대목이다. '우울'이 하나의 미덕이 될 수 있다는 이러한 인식은 우울이 속악성과 맹목적인 이기심에 대한 일종의 '거리두기' 혹은 '저항'의 의미하기 때문이다. '회의와 의혹'의 태도라고 할 수 있는 이 우울에의 경향은 다음과 같은 맥락에서 발생했음을 알 수 있다.

> 도인이 가장 경계하는 것들의 하나야말로 바로 정열이라는 것이었다. 도인의 이해(理解) 속에서 정열이란, 우리들이 살고 있는 이 세계를 지옥으로 만들고 있는 가장 나쁜 원인들 중의 하나에 불과하였다. 정열이라고 하면 도인의 머릿속에 우선 떠오르는 것은 어쩐지 수양(首陽)이었고, 연산군(燕山君)이었고, 일본군국주의자(日本軍國主義者)들이었고, 히틀러였고, 중공의
>
> 가는 일. 그 순간 나는 죽어도 좋았다."(「환상수첩」, 2 : 58면)

홍위병(紅衛兵)이었다. (…중략…)

그것은 판단이 결핍됐을 때 나오는 우격다짐의 행동이었고, 무기교(無技巧)를 감추려는 광란의 몸짓이었고, 지나가 버린 일, 또는 이렇게 쓸 수도 있고, 저렇게 쓸 수도 있는 시간에 대하여 인간들이 근본적으로 느끼고 있는 절망에 호소하는 과격한 프로퍼갠더였다.

—「60년대 식」, 3 : 233면

'정열'에 대한 부정은 그것이 맹목적일 수 있다는 거부감에서 비롯된 것이다. 회의하지 않음에서 오는 열정이 때로 폭력적일 수 있다는 이러한 인식은 '우울'의 근간이 된다. 그러나 작가는 도인을 통해 "과도한 정열이, 또는 정열로 위장한 추잡한 욕망이 빚어내는 인간에 대한 과오를 경계한 나머지 이제 그에게는 이성과 지성에서 나온 판단을 밀고 나갈 힘이 되어 줄 최소한의 정열조차 닳아 없어져 버린 것을 깨달은 것이었다"(3 : 234)라고 고백하고 있듯, 이 갈등의 무력함에 대해서조차 명확하게 인식하고 있다.

「그와 나」는 화자가 데모대를 선두 지휘하는 '그'라는 인물에 대해서 갖는 양가적인 감정 또한 이중의 태도를 보여준다. '나'는 가난한 지방 도시 출신의 대학생으로 사소한 부주의가 인생을 파괴할 수 있는 무시무시한 힘이 될 수 있음을 깨달은 자로 성인세계 윤리를 수락하여 적당히 양심을 속이는 무엇에든 경계하며 살아가는 청년이다. 그의 눈에 데모란 낭비이며, 예정했던 길을 방해하는 '녹슨 쇠못'에 불과하다. 따라서 화자는 "I believe we must invent our future and we can do it"이라고 말하며 젊은이들을 선동하는 '그'에 대해 냉소적인 태도를 취하고

'그'를 적으로 규정한다. 그러나 화자의 부정적 태도는 한편 "왜 나는 이렇게 저 말장난에 불과한 현학적인 표현에 현혹당하려 하는가"(1 : 373)라는 대목에서 짐작할 수 있듯, 끈질긴 의혹과 유혹에 의해 위협받고 있으며 결국 이 작품에서 화자의 보수성은 풍자의 대상이 되고 있음을 알 수 있다.

5. 결론

이상에서 본고는 김승옥 소설에 나타난 '악'의 표상과 미학적 형상화에 대해 살펴보았다. 정리하자면, 김승옥 소설에서 '악'은 일차적으로 도회로 상징되는 일상세계의 속악성과 허위성으로 드러난다. 이때 표상하는 주체는 낭만적 주체라고 할 수 있으며, 이들이 보여주는 도회성에 대한 반발은 순수 자아에 대한 동경과 밀집하게 관련되어 있다. 도시의 속악성에 대한 환멸감은 첫째, 진정성을 상실한 '도회적 어법', 둘째 교환가치와 이기적 욕망에 기초하고 있는 도시의 일상세계, 셋째, '규칙적인 생활 제일주의'와 '전진적 태도'로 표상되는 합리성과 계몽성, 넷째, 개인의 감수성조차 변질시키고 훈육하는 경쟁과 자본의 논리에 대한 비판으로 이어진다.

김승옥 소설이 보여주는 주관적 편향성은 기존의 가치규범에서 '악'으로 표상되는 퇴폐적, 병리적, 파편적 개별적 자의식을 새롭게 의미화하고 있다는 점에서 주목을 요한다. 즉, 김승옥의 낭만적 주체들에 의해 보편성과 총체성에서 벗어난 파편적 개별 의식은 ‘악’이 아니라 속물적 현실에 대한 저항이자 순수 내면의 지향성으로 정립된다. 김승옥의 인물들이 보여주는 내면세계는 두 가지의 성격을 띤다. 첫째는 낭만적 상상력과 맞닿아 있는 ‘감각과 몽상’의 세계이다. 미학적 세계 인식이라고 할 수 있는 이 절대적 주관성에 의해 기존의 선 / 악, 추 / 악의 구도는 전복되고 개별적 사물들은 생기를 얻게 된다. 둘째, 순수와 진정성은 물론, 일체의 가치와 규범을 폐기한 ‘기만적인 자기세계’이다. 전자는 일종의 오염되지 않은 순수 내면이라고 할 수 있으며, 후자는 현실에 대한 환멸 이후에, 자기 보존을 위해 가장한 위악적 세계라고 할 수 있다. 환멸 이전, 이후로 구분할 수 있는 이들 ‘자기 세계’의 두 가지 성격은 일종의 근대 합리성과 부르조아적 속물성에 대한 비판을 의미한다.

세 번째 유형에 속하는 윤희중과 같은 인물들은 속악한 현실에 투항한 인물이지만 순수 이상과 절대 자아에 대한 동경을 완전히 버리지 못한다. 이들의 환상과 현실 사이의 간극을 깨닫고 그 ‘사이’에서 끊임없이 방황하는 자들로, 이들의 의식분열은 주로 ‘우울’과 ‘환멸감’의 정서로 표출된다. 우울은 자신이 속한 세계를 완전히 수락할 수 없는 딜레마에서 비롯된 감정으로, 김승옥의 낭만적 주체들은 자기 비하와 나르시시즘이라는 우울의 특질을 구현하고 있다. 이들 인물의 일탈 혹은 악행은 일종의 순수 내면 공간으로의 회귀이자 동경으로 볼 수 있다. ‘무진’으로 대변되는 일탈의 공간은 ‘자기 보존의 논리’와 ‘미래’가 부재하는 ‘절대적 현존’의 장소이다. 따라서 이들이 보여주는 낭만적 악은 ‘계몽 자체 속에 은닉되어 있는 물화된 이성에 대한 계몽’이자 절대적 주관성에 대한 심미적 체험이다. 낭만적 주체들의 일탈과 병리적 감수성은 절대 이상과 구원에 대한 갈망이라는 점에서 객관적인 현실 응전력과 무관하게 새롭게 의미화될 수 있다.

다시 한 번 강조하면, 문학에서의 악은 사회적 맥락에서 내용적 특성을 지니는 비도덕적 행위 자체를 의미하는 것이 아니라, 심미적 차원에서의 '강렬한 전율과 무시간성'에 대한 체험을 의미한다. 「서울의 달빛 0章」에서 한영숙이 "윤리란 미래적인 것이죠"라고 언명하고 있듯, 문학에서의 악은 '미래표상의 부재'와 '절대적 현존', '자기 보존 윤리의 해체', 그리고 보편과 전체성과 무관한 개별성을 특징으로 한다. 김승옥의 몇몇 소설이 이러한 '악'의 심미성을 구현하고 있다면, 그것은 낭만적 주체들이 보여주는 '자기세계'에의 탐닉, 그리고 환상과 현실과의 간극에 대한 분열적 인식, 거기에서 비롯된 우울과 환멸감을 김긱적으로 형싱화하고 있기 때문이다. 개별자의 고뇌에 오래 머물 수 있게 하는 김승옥 소설은 "지고한 문학적 작업은 삶의 전율스런 측면을 서술하는 것"이라고 했던 쇼펜하우어의 성찰을 확인시켜 주는 것으로, 김승옥 문학의 현재성 또한 바로 여기에서 비롯된다.

제4장

조중환의 『長恨夢』과
이문구의 『장한몽』의 비교연구

1. 서론

본고는 조중환의 번안소설 『장한몽』과 이문구의 『장한몽』을 비교 고찰하는 것을 목적으로 한다. 조일제(趙一齋, 본명 조중환 : 1884~1947)의 『長恨夢』은 한국의 근대 대중문화를 풍미했던 '이수일과 심순애'의 이야기로 1913년 5월 13일부터 같은 해 10월 1일까지 『매일신보』에 연재되었던 작품이다. 조중환의 『장한몽』은 발표 당시 곧이어 속편이 연재될 정도로 폭발적인 인기를 끌었을 뿐 아니라 이후에도 대중가요, 신파극, 만담, 라디오 드라마, TV 드라마, 영화 등 다양한 장르로 폭넓게 변형·수용[1]되어왔다. 식민지 시대의 멜로물의 대명사인 조중환의 『장한몽』은 많은 논자들이 지적했듯, 일본소설의 '번안물'이고 "신파 특유의 감상주의"를 통해 "민족의지와 좌절을 체념의 눈물로 해소시키려는"[2] 통속물이자, 억압적인 식민지 상황을 외면한 채 '피로한 민중에게 달콤한 위안'이었던 "식민지 잔재의 슬픈 유산"[3]이라는 한계를 지니고 있다. 그러나 이 '돈이냐 사랑이냐'라는 서사적 모티브는 시대를 넘어 현재까지 다양하게 차용되고 있다는 사실에서 알 수 있듯 여전히 대중적 감응력을 지닌 '근대적 삶의 중요한 문제'이다. 번안작『장한몽』이 그리고 있는, 1910년대 경성의 풍속과 단면적인 사회현실과는 무관하게 이 '돈과 사랑'의 딜레마는 그 당대성과 결별하여 근대적 보편성을 획득하면서 여전히 새로운 매체와 대중서사와 만나고 변전함으로써 근

1　신문연재소설『장한몽』은 연재가 미처 끝나기도 전인 1913년 9월 회동서관에서 상권을, 1916년 12월 유일서관·한성서관에서 중·하권을 간행하여 6, 7판을 거듭하며 단행본으로 큰 성공을 거둠으로써 이광수『무정』이전의 한국 최초의 베스트셀러가 되었다. 그 이후 식민지 시대는 물론, 해방 이후에도 여러 판본으로 출판·유통되었다. 또한 일본 유행창가를 번안한 것으로 알려진〈장한몽가〉는 1920년대 초창기 한국 유행창가의 대표작으로 널리 퍼졌으며, 해방 이후 70년대에도 은방울 자매 등에 의해 리메이크되기도 했다. 이와 더불어 30년대 후반 서도소리로 대중화되면서 한국 전통의 가락과 사설 속에 재탄생되기도 했다.『장한몽』이 대중통속드라마의 원형이 된 결정적 계기는 신파극의 성공에 힘입은 바 큰데, 최초의 공연은 연재 중이던 1913년 7월에 유일단에 의해서이고 그 이후에도 신파극 장르가 소멸하기까지 이 장르를 대표하는 레퍼토리로 공연되었다.『장한몽』의 영화화는 20년 '조선문예단', 26년 '계림영화협회', 28년 '나운규 프로덕션', 31년 '대경영화양행', 65년 '연합영화사', 69년 '신필림'에서 제작한 총 6편으로 알려지고 있고, 이밖에도 뮤지컬과 드라마 등등 다양한 서사매체에 적극적으로 수용되어왔는데, 이렇듯 시대와 장르, 매체를 넘나들고 있는『장한몽』은 최근 유행하고 있는 문화산업콘텐츠 전략인 원소스멀티유즈(One source Multi-Use)의 최초이자 전형적인, 자생적인 성공사례라고 볼 수 있다.『장한몽』의 대중문예적 수용과 그 계보는 박진영의 「"이수일과 심순애 이야기"의 대중문예적 성격과 계보─『장한몽』 연구」(『현대문학의 연구』제23집, 한국문학연구학회, 2004) 참고.

2　권영민, 「일재 조중환의 번안소설들」, 김열규·신동욱 편, 『신문학과 시대의식』, 새문사, 1981.

3　최원식, 「長恨夢과 위안으로서의 文學」, 『민족문학의 논리』, 창비, 1982.

대 로맨스의 '원형 모티브'로서 작용하고 있는 것이다.

이문구의 『장한몽』은 『창작과 비평』에 1970년 겨울호부터 1971년 가을호까지 총 4회에 걸쳐 연재된 장편으로, 이듬해 1972년 삼성출판사에서 단행본으로 간행, 한국일보사에서 주관한 제5회 한국창작문학상을 수상한 작품이다. 공동묘지 이장공사를 둘러싸고 벌어지는 갈등과 다양한 인물군상의 내력을 그리고 있는 이 작품은 이문구의 첫 장편이자 이문구라는 작가적 명성을 문단에 확고히 한 작품이며, 도시 빈민층의 피폐한 삶에 보다 많은 비중을 두고 있는 "초기 소설의 특성을 집약"[4] 하고 있는 작품으로, 또 이후 대표작으로 불리는 『관촌수필』, 『우리동네』 연작으로 나아가는 중요한 가교이자 분기점으로 그 변화의 내밀한 과정을 탐색해볼 수 있다는 측면에서 중요성을 띠는 작품이다.

각각의 작품이 지니는 이러한 의미와는 별도로 조중환의 『장한몽』과 이문구의 『장한몽』은 동일한 제목을 공유하고 있다는 것 외에 실제 '상호텍스트성' 차원에서 논의할 만한 영향관계를 맺고 있지 않다. 다만 제목을 통해 추측해볼 수 있는 것은, 1970년 이문구가 창작할 당시 1969년에 영화화된 〈장한몽〉(신필름 제작, 신상옥 제작·감독, 신성일, 윤정희, 남궁원, 한은진 등 출연)[5]이 대중들에게 폭발적 인기를 끌며 전국 곳곳에서 상영되고 있었다는 사실에서 이문구의 소설 제목에 영향을 끼쳤을 것으로 보인다. 사실, 제목만으로만 보자면 조중환의 『장한몽』은 그 원작으로 알려진 오자키 고요의 『곤지키야샤[金色夜叉]』하고 아무런 관련이 없다.

---

4 임경순, 「내면화된 폭력과 서사의 분열」, 『상허학보』 25집, 상허학회, 2009.2, 312면.
5 1965년 작(연합영화사 제작, 김달웅 감독, 신성일, 김지미, 김승호 등 출연)은 〈이수일과 심순애〉이라는 타이틀로 제작, 개봉되었다.

조중환은 이 제목을 잘 알려진 중국 당나라 시인 백거이(白居易)의 서사시 「長恨歌」(806년 작, 120행)에서 가져왔을 것으로 보이는데, 당나라 현종이 양귀비에 대한 사랑과 그 상실의 슬픔을 노래하고 있는 사랑의 서사를 조중환은 일본 원작에 입혀 한국판 근대의 사랑의 서사로 다시 썼던 것이라고 볼 수 있다. 그렇다는 점에서 백거이의 '오랜 슬픔의 노래'가 조중환의 '길고 긴 슬픔의 꿈'으로 전유되는 과정에서 사랑이라는 주제는 그대로 이어진다고 볼 수 있다. 반면, 이문구의 『장한몽』은 남녀간의 사랑의 갈등과 슬픔이 아닌, 60년대 말 도시 하층민들의 고단한 삶과 주체적 각성을 그리고 있다. 이문구는 이 오래된 문화적 퇴적층을 이루며 전해지고 있는 보편적 사랑의 서사를 비틀고 패러디함으로써 한국의 60년대 민중의 비극 서사로 바꿔놓은 것이다. 중국 백거이에서 출발하여 일본의 원작을 업고 식민지 근대의 신파와 해방 이후까지 이어지면서 되풀이되어 씌어졌던 '장한가(몽)'이라는 '곡절많은 인생'에 대한 이 보편적 '장탄식'을 이문구는 해방 이후 한국 근대를 살아가는 이들의 '당대적 삶'으로 바꿔놓고 있는 것이다.

　세목을 통해 공유하고 있는 이들 작품들의 상호관련성과 변별섬 이외에 본고가 이들 작품을 비교 고찰하고자 하는 것은 조중환의 『장한몽』과 이문구의 『장한몽』이 당대 사회와 풍속을 반영하고 있는 '사회소설'[6]적 성격 때문이다. 조중환의 『장한몽』은 비록 일본 메이지 시대에

6　근대 리얼리즘 소설의 발흥이자 그 정점이라 할 수 있는 발자크를 비롯해 19세기 러시아 작가들은 사회현실의 문제와 모순을 파악하여 묘사하는 것을 그들의 과업으로 생각하였으며, 인물이 사회에 얼마나 뿌리박고 있느냐 하는 것이 그 인물의 리얼리티와 신뢰도에 대한 평가기준이 되었다. 중세 기사의 공상이나 낭만주의의 환상이 아닌, 개인을 사회적 인과관계 안에서 냉철하게 분석하여 제시하는 것을 '사회소설'이라고 할 수 있다. (아르놀트 하우저, 백낙청·염무웅 역, 『문학과 예술의 사회사』 4권, 창비, 2000, 37~74

쓰여진[7] 작품을 번안한 것이지만, 청일전쟁 이후 비상한 상승기를 타고 있는 일본 자본주의 사회 풍속도를 '번안'이라는 특이한 글쓰기를 통해 개항 이후 근대화에 들어선 조선의 풍속과 현실을 '사랑과 돈'이라는 근대적 가치의 갈등 구조 속에 담아내고 있다. 봉건적 가문 권력에서 벗어나 금력을 통해 새로운 지배계급으로 등장한 신흥 부르주아와 엘리트, 그리고 또 낭만적 사랑이라는 '개인'의 이데올로기 등등, 조중환의 『장한몽』은 비록 극적 전개에 있어 안이한 통속적 결말을 지니고 있지만 등장인물들의 면면과 그 갈등의 심연을 통해 근대화의 한 단면을 반영하고 있다.

이문구의 『장한몽』 또한, 실제 작가의 체험을 바탕으로 썼다는 사실[8]에서 짐작할 수 있듯, 60년대 말의 당대 현실과 그 실제 지형도를 풍부하게 기록하고 있을 뿐 아니라 '조국 근대화'라는 캐치프레이즈의 이면을 낱낱이 파헤치고 있다는 점에서, 나아가 당대 민중들의 고난을 통해 전쟁과 이념, 격변으로 이어진 한국 근대사와 연관하여 살피고 있다는 점에서 '사회학적' 증언에 가까운 작품이라고 할 수 있다.

이들이 소설로서 당대의 축도로 제시하고 있는 10년대와 60년대는 또 다른 측면에서 중요한 의미를 띠는데, 그것은 1910년 한일합방을 전

<hr>

면 참조)

7　『곤지키야샤[金色夜叉]』는 1897년 요미우리 신문에 연재되기 시작하여 『신쇼세츠[新小說]』이라는 잡지로 옮겨 연재되다가 1903년 작가의 죽음으로 미완된 채 중단되고 만다. 이후 고요오의 제자 오구리 후요[小栗風葉]이 1909년 종편 12장을 첨가하여 완성되었다.(최원식, 앞의 글; 박진영, 「다시 쓰고 새로 읽는 그녀들의 시대」, 『장한몽』(조중환, 박진영 편, 현실문화연구, 2007))

8　1966년 작가가 연희동 공동묘지 이장공사판 인부로 일할 때 얻은 소재를 바탕으로 한 작품이다.(송희복, 이문구의 문학적 연대기 「남의 하늘에 붙어 산 삶의 뜻」, 『작가세계』, 1992년 겨울호)

후로 한국은 일본 주도아래 진행된 식민지적 근대성이 형성되는 과정에 있었으며, 그 파행성에도 불구하고 근대적 '제도'와 '가치'가 한반도에 곳곳에 퍼져나가면서 급격한 계층분화와 사회변동이 일어났기 때문이다. 60년대 또한 식민 체제 종결과 한국 전쟁으로 인해 초토화된 한국 사회를 새롭게 건설해야 하는 또 하나의 근대화의 도정이었다고 할 수 있다. 그러나 해방 이후 한국은 식민지 시대의 정치적, 경제적 유제를 전환하여 새로운 민족국가를 이루어나가야 했음에도 불구하고 한국전쟁, 이승만 독재 정권과 부정선거, 4·19 혁명과 5·16 쿠데타, 군사독재로 이어지는 정치격변, 그리고 원조경제체제에 의한 신식민주의와 국민 경제 파탄, 이후 정부 주도의 개발정책과 경제성장논리 등 끊이지 않는 사회 경제적 부침으로 인해 해방 이후 새롭게 발호한 '근대화'는 국민들의 감성과 삶의 양식들을 변질시키고 동요하게 만들었다. 본고는 이 두 개의 근대화의 원점에서 일어나는 사회변동과 그 실상이 이 두 『장한몽』[9]에 각각 어떻게 드러나고 있는지를 고찰하고자 한다.

---

9 본고에서 인용하는 텍스트는 조중환의 경우, 『장한몽』(박진영 편, 앞의 책)을 이문구의 경우, 『장한몽』 상·하(이문구전집 4권, 랜덤하우스, 2004)이다.

2. 매혹의 근대와 에로스

근대의 발흥과 갈등의 서사—조중환의 『장한몽』

조중환의 『장한몽』(1913~)과 오자키 고요의 『금색야차』(1897~)는 16년과 일본과 한국이라는 시공간적 차이를 두고 있지만 봉건사회에서 근대사회로의 이행기라는 점에서 공통점을 지니고 있다. 메이지 시대(1868~1912) 중엽에 씌어진 오자키 고요의 『금색야차』가 메이지 유신 이후의 서양 교역과 제반 근대적 제도와 문물의 도입, 청일 전쟁 직후의 일본 자본주의의 비상 등 일본 근대화의 물결을 적극적으로 반영하면서도 한편 이념적으로는 봉건 시대로의 퇴행을 보여주고 있다는 사실은 여러 논자들에 의해 지적된 바[10] 있다. 이 두 작품을 비교하고 있는 논의들은 대체로 『금색야차』의 근대성, 봉건성, 통속성의 긍·부정적인 면이 그대로 『장한몽』에 이전되었다고 보고 있다. 이 둘의 유사성을 밝히면서도 때로는 조중환의 『장한몽』이 원작이 지니고 있는 근대적 문제의식의 맹아조차 파괴하고 더욱 통속화시켰다고 비판[11]하기도 하고, 또 한편 번안과정에서 드러나고 있는 일본적인 것과 한국적인 것의 변별점을 지적하거나,[12] 또는 한국 문단에서 탄생한 희귀한 변종 신소설[13]로 논

---

10 최원식, 앞의 글; 신근재, 「번안소설에 반영된 사회의식—「금색야차」와 「장한몽」을 중심으로」, 『일어일문학연구』 7, 한국일어일문학회, 1985; 나카가와 아키오, 「『長恨夢』의 번안형태에 대한 일고찰—번안유형과 가치관 형성과정의 관계를 중심으로」, 『비교문학』 제30집, 한국비교문학회, 2003; 정종현, 「'사랑의 삼각형'과 계몽서사의 결합—『금색야차』와 식민지 조선의 근대 소설의 관련 양상 연구」, 『한국문학연구』 제26권, 동국대 한국문학연구소, 2003.12 참조.
11 최원식, 앞의 글; 신근재, 앞의 글.

의하는 등 비교고찰의 실제는 다양하다. 이러한 성과를 바탕으로『장한몽』에 그려지고 있는 근대성의 표상들을 살펴보면 다음과 같다.

1) 신흥 부르주아, 지식인, 자유연애, 기독교

『장한몽』에 등장하는 대개의 인물들은 근대 자본주의의 물결 속에 새롭게 대두한 신흥 부르주아 계급들이다. 특히 봉건사회에서 중시되던 가문의식이 사라지고 대신 '자본가'가 새로운 지배계층으로 자리잡아 나아가는 과정을 잘 보여주고 있는데, 김중배가 그 대표적인 예이다. 김중배의 아버지는 유명한 재산가로 각처에 은행을 지니고 있는 실업계의 거두일 뿐 아니라, 김중배 또한 일본의 경응의숙의 이재과(理財科)를 마치고 부친이 설립한 평양의 지점장이 된다. 김중배의 동경 유학 시절 가깝게 지냈던 박용학은 거부의 아들로서 유원행을 통해 고리대금을 하는 자산가로, 서강에 동서양 양식이 혼합된 집을 짓고 풍류로 살아가는 부르주아이다. 서양인 고리대금업자 찌레만의 첩이 되었다가 찌레만이 중풍으로 눕자 재정을 총괄하여 고리대금업을 계속 해나가는 최만경, 그리고 이수일의 상사이자 고리대금업 경영주인 김정연 또한 다음과 같이 금력을 일찌감치 파악하고 축재를 통해 입신출세하려는 자이다.

---

12 나카가와 아키오, 앞의 글; 신근재, 앞의 글.

13 『장한몽』은 '신소설의 한계를 정면으로 돌파'하는 대신, 『장한몽』의 중후반부로 갈수록 원작에 대한 개작과 각색의 정도가 두드러지는 것에서 알 수 있듯, 일본의 양장문학 위에 다시 한복을 겹쳐 있는 어색한 퇴행을 연출하고 있기 때문이다.(박혜경, 「신소설에 나타난 통속성의 전개양상-「귀의성」에서 「장한몽」까지」, 『국어국문학』 제144호, 국어국문학회, 2006.12)

김정연은 본래 빈한한 사람으로 처음은 가옥 매매하는 데 거간으로 근근이 지내 가다가 다시 순사에 뽑혀 여러 해를 근실히 다녔던 고로 경부로 다시 승차하여 몇 해 동안을 지내는데 홀연 돈이라 하는 것이 이 세상에는 권리요 권리가 즉 돈이라는 마음이 생겨 벼슬 다닐 때에 규모 부려 모은 돈 삼백여 원을 자본으로 하여 가지고 무전대금(無典貸金)이라 하는 명목으로 제반 부랑방탕한 사람들을 꾀어 주고 기한이 다다르면 위협도 하며 달래기도 하며 두드리기도 하며……. (143면)

위의 인용문이 보여주고 있는 김정연의 근대적 '각성'에서 알 수 있듯, 『장한몽』에 등장하는 많은 인물들은 근대 자본주의의 발흥과 더불어 급부상한 신흥 부르주아들이다. 이들과 더불어 새로운 지배계층으로 등장하고 있는 것은 신식 교육을 받은, 특히 동경 유학을 다녀온 지식인들이다.

김중배와 박용학은 동경 경응의숙 동창이며 이수일의 선배 백낙관은 명치대학법학과를 졸업한 유학생이다. 즉 서구 신식교육과 유학은 당시 '엘리트' 들의 필수적 코스였던 것이다. 이수일도 심순애와 결별하기 전까지는 고등학교를 졸업하고 관비 유학생으로 동경유학이 예정되어 있는 예비 엘리트이고, 순애 또한 서양 사람이 경영하는 모 여학교를 다닌 신여성이다. 김중배가 고모인 김소사에게 심순애와의 중매를 부탁하면서 "이왕 사위를 얻는데 그런 무 밑동 같은 사람을 얻느니보다 저와 같은 재산도 있고 학문도 있는 상당한 사위를 얻는 것이 낫지 아니하겠습니까"(27)라고 주장하는 것처럼 당시 재산과 신학문은 새로운 권력으로 등장하고 있는 것이다. 이렇듯 새로운 금융 자산가와 지적 엘리트들로 이루어진 이 신흥 부르주아들은 과거 특권계급이었던 '양반' 가문의식과 결별하면서 새로운 지배계급으로 급부상한다.

> 그러나 좌중에 있는 여자 등은 모두 그 김중배의 사치한 의복과 서기 뻗치 듯 하는 금강석 반지의 광채에 정신이 한결같이 그곳으로만 끌려 그 신사의 부요(富饒)한 것과 그 신사의 사나이다운 동작(動作)과 그 신사의 연기는 아직 못하였으되 이미 해외(海外)에 유학(遊學)하여 고등학문(高等學問)을 졸업하고 장래가 유망(將來有望)한 일개(일개) 청년 신사(青年紳士)로 금의환향(錦衣還鄉)함을 사람마다 모두 흠모하되 더욱이 이 좌중에 있는 여자 등의 무한한 숭배(崇拜)를 받는다. (29~30면)

인용문에서 김중배에 대한 뭇여성들의 매혹된 시선에서 알 수 있듯, 이들 새로운 지배계층들은 자본과 신학문을 새로운 '매력적인 조건'으로 무장한 채, 구습에서 탈피하여 낭만적 사랑과 결혼을 열망한다. 주지하는 대로 사랑에 기반한 결혼은 "개인의 자율성이 필요하다는 사실을 새로이 인식하고 개인적인 행복의 추구를 존중하게 되면서"[14] 발생한 근대적 산물이다.

---

14 재크린 살스비, 박찬길 역, 『낭만적 사랑과 사회』, 민음사, 1985, 61면.

2) 개신교와 번안된 '현실'

위에서 살펴본 근대적 표상들은 원작『금색야차』에서 그대로 가져온 것들이다. 그러나 후반부에 들어서면『장한몽』은 거의 개작이라 할 정도로 원작에서 벗어나고 있다. 그 변화와 개작의 과정에서 가장 눈에 띄는 것은 '기독교'이다. '기독교'라는 이 또 하나의 근대적 표상은 조중환의 각색에 의해 추가로 삽입되고 있으며,『장한몽』의 결말에 결정적인 역할을 하고 있다는 점에서 주목을 요한다.

김정연의 아들 김도식은 "결백하고 정직한" 학자, 기독교 전도사로 아버지를 개심시켜 고리대금업을 중지시키려 하지만, 끝내 성공하지 못한다. 부모가 채무관계로 인한 원한에 의해 방화로 죽고 '금고'만 남자 도덕적 양심을 지닌 김도식은 부정한 재산을 모두 이수일에 넘기며 "세상에 유익한 사업"에 쓰기를 당부한다. 또한 "예수 그리스도가 말씀하시기를 너희들이 만일 사람의 죄를 용서하면 너희들의 천부도 또한 너희들의 죄를 용서할 것이요 만일 사람의 죄를 용서치 아니하면 너희들의 천부는 또한 너희들의 죄를 용서치 아니하리―하였으니"(496)라고 하며 수일에게 순애의 죄를 용서하기를 종용하는 백낙관 또한 기독교인으로 등장하고 있다.

이러한 기독교적 특성은 원작『금색야차』에는 등장하지 않으며, 조중환이 번안하면서 새롭게 추가한 것이다. 원작에서 김도식에 해당하는 다다미치는 학자라고만 되어 있으며, 백낙관에 해당하는 아라오 조스케 또한 기독교인이 아니다. 특히 조중환은 김도식의 기독교적인 측면을 전체적인 흐름을 바꾸지 않고 김정연의 대화에서 ― 가령 "너는 교를 믿고 학자로 통천하는 사람이니"(244) ─ 간략하게 첨가시켜놓고 있지만, 백낙관의 기독교적인 측면은 '번역'에의 가필이 아니라 온전히 창작하여 덧붙여 놓고 있다. 이는 이수일과 심순애의 병원에서의 상봉장면, 재결합 등등, 원작과는 완연히 달라진 후반부에 삽입된 것으로 해피엔딩을 위해 마련된 것이다. 원작에서 불행하게 끝나는 자연주의적 결말을 바꾸기 위해 조중환이 '기독교 논리'를 사용했다는 것은 개항 이후 조선 사회에 끼친 '개신교'의 영향력을 반영[15]한다. 개신교 선교사들이 보수 세력에 의해 배척되기도 했지만 한편 개화사상가들을 비롯한 진보적 지식인들은 호의적인 반응을 보였고, 이들이 근대적 교육, 의료사업에 앞장섰다는 역사에서 유추해볼 수 있듯, 조중환에게 당시의 '개신교'는 '계몽적' 근대를 표상하는 또 하나의 이념이었던 것이다.

한편, '기독교'를 첨가하면서 조중환이 자본주의적 물신을 배격하는 논리로 사용하고 있다는 점도 주목할 만하다. 고리대금업자인 김정연의 '(근대) 자본주의 정신'에 대한 유려한 논설에 김도식의 학자적 양심에 조중환이 '종교적 금욕주의'를 덧입혔다는 것은 당시 "세속적 사건과는 무관한 순수 복음적 삶만을 강조하던'[16]을 개화기 선교사들에 대한 현실적 반영으로 보인다.

이밖에도 『장한몽』에는 "영등포, 영등포─, 에이도호─, 에이도호"와 "벤또, 비─루, 마사무네, 삼핀, 사이다─"(120)등의 외침 소리가 가득한

---

15 정종현은 『장한몽』에 등장하는 기독교의 역할에 주목하면서, 재래의 도덕적 규범인 '烈'과 '정조'의 윤리 규범과 함께 도덕적 권위로 존재하는 기독교 논리는 자본주의적 화폐경제가 제기한 사태와 윤리적 갈등을 해결할 확고한 권위가 더 이상 존재하지 않는다는 사실을 무의식적으로 증거한다고 보고 있다.(정종현, 앞의 글)
16 강만길, 『고쳐 쓴 한국 근대사』, 창비, 2007, 371면

정거장과 대합실 풍경, 인버네스와 프록코트, 금강석으로 치장한 모던
보이 김중배, 총독부 의원 병실, 대동강 수도철교 등등, 당시 조선의 근
대적 문물들의 풍경에 대한 스케치가 들어있다. 특히 '위병, 뇌막염(腦膜炎),
멜랑콜리아' 등 서구 의학 용어를 자유롭게 구사하고 있는 '근대인'들은
사물을 과학적으로 보려는 태도[17]를 보여준다. 이러한 합리적 태도는 나
열한 항목들과 함께 계몽성, 과학화, 합리화에 기반한 근대의식의 생생
한 증거물로 당대 조선인들을 매혹시키는 '모던'의 표상이었던 것이다.

그렇다면 『장한몽』이 화려하게 보여주는 저 근대의 풍속이 조선의
1910년대의 그것이라고 볼 수 있는가. 많은 논자들(최원식, 권영민, 이재
선, 류민영 등등)이 이미 그 차별성을 밝혔듯, 그렇다고 볼 수 없다. 『장한
몽』의 근대의 파노라마는 물론 1910년대의 변모하는 조선의 물적 토대
를 이루고 있는 중요한 항목들이지만, 조선적 특수성이 빠져 있는 것이
다. 이와 관련하여, 당대 금융 산업, 매춘, 유학 등에 대한 사료를 통해
조선 사회의 현실상이 『장한몽』에도 부합한다고 밝히고 있는 신근재의
논의는 일면 설득력이 있으나, 수치와 통계의 세계에서나 교환가능한
'추상적' '비일상적'인 측면을 간과한 것이다. 가령, 고리대금업의 경우,
당대 조선에도 성행했던 것이긴 하나, 그가 제시하고 있는 자료[18]대로 조
선에서의 '고리대금업'이 한국인을 상대로 한 일본인의 장사였던 만큼,
조선에서는 '고리대금업' 자체만의 문제는 아니었기 때문이다. 즉, 여기

---

17 가령, 심순애가 마음의 번민으로 인해 괴로워하자 이수일이 보인 다음과 같은 반응 "그것
    이 모두 병으로 하여서 일어나는 증세야. 아마 뇌(腦)가 좋지 못한가 보오."(53면)
18 고리대는 전당포와 대금업자에 의해 이루어졌는데, 1910년 말 한국에 있던 전당포의 총
    수효는 555개로 보고 되어 있고 (…중략…) 일본의 한 보고서에 따르면, 개성 같은 지역
    에서는 재주민의 8, 9할은 한국인을 상대로 고리대부업을 전업으로 삼고 있다고 기록하
    였다.(신근재, 앞의 글, 158면)

에는 정치, 외교, 경제 등등 전 분야에 걸쳐 조선을 식민지화하려는 일본 세력의 조선에서의 실상이 빠져 있는 것이다. 즉, 화폐정리사업으로 "백 동화 정리방법이 불미한 결과로 실업계의 공황이 크게 일어나 상인이 문 닫고 도망하거나 음독자살하는 일이 분분"[19] 했던 일본의 수탈과 조선 실 업계의 도산과 저항이 빠져 있는 것이다.

따라서 『장한몽』의 근대 풍속은 기본적으로 일본의 메이지 시대 것이 다. 이러한 차이는 무엇보다 번안이라는 한계에서 비롯된 것이다. 그러 나 조중환이 "조선 냄새 나게 할 것"[20] 이라는 원칙을 내세웠음에도 불구 하고, 그리고 작품 중반 이후를 거의 개작했음에도 불구하고 조선적 현 실을 담는데 실패한 것은 '조선적 특수성'의 형상화에 뚜렷한 의지와 현 실인식을 지니지 못했기 때문이다. 조중환은 번안 당시를 회고하는 글 에서 "『장한몽』을 번안함에 있어 가장 중요한 내 의견은 첫째 사건에 나 오는 배경 등을 순 조선 냄새 나게 할 것, 둘째 인물의 이름도 조선 사람 이름으로 개작할 것, 셋째 플로트를 과히 상하지 않을 정도로 문체와 회 화를 자유롭게 할 것 등 세 가지였다"라고 밝히고 있다. 이러한 원칙에 따라, 그는 동경을 경성으로, 화투를 윷놀이로, 간이치와 미야를 이수일 과 심순애로 고치고 순한글어 문장으로 번역, 개작했지만 "洋裝시킨 元 祿文學"[21]과 같은 결과를 낳고 말았던 것이다. 더욱이 심순애가 김중배 와 결혼하였지만 부부관계를 갖지 않았고, 강간을 당해서 자살을 시도 했다는 순결 이데올로기의 강조, '권선징악'의 이분법적 구도에 의해 김

---

19 『황성신문』, 강만길, 앞의 책, 327면.
20 『삼천리』, 1934년 9월호.
21 구니기다 돗뽀[國木田獨步], 최원식, 앞의 글, 71면.

중배를 '악한과 치한'으로 그린 것, 자살하려는 심순애과 백낙관의 극적인 만남, 가부장적 이데올로기에 의한 단란한 가정의 회복이라는 일련의 개작은 많이 논자들이 지적했듯 '통속화'의 결과를 낳았다. 그렇다면 차라리 조선적 특수성은 이러한 개작 과정에서 드러나는, 순결 이데올로기와 권선징악, 사필귀정 등의 뿌리 깊은 봉건적 잔재들이 아닐까. 더불어 유럽(도미야마의 영국, 그리고 다즈미의 독일)이 동경(김중배, 박용학)으로 옮겨지는 제국열강의 '번안'을 통해 역설적으로 드러나는 조선 식민지적 현실 아닐까.

3) 열정의 이해관계 — 자본과 낭만적 사랑의 대결

『장한몽』이 당대 식민지적 근대화의 '곤혹'과 무관하다는 것과 별도로, 그렇다면 이 작품은 왜 그토록 대중들에게 사랑을 받았을까. 그것은 이 작품이 지닌 '꿈과 위안, 눈물'이라는 통속성과 신파에 기대고 있지만, 한편 한 논자의 말대로 근대라는 새로운 삶의 질서에 대한 '매혹과 불안'[22]때문이라고 할 수 있다. 즉, '다이아몬드'와 '사랑'은 『장한몽』의 결말과 상관없이 근대인들을 끊임없이 갈등케 하는 근대의 중요한 두 가지 표상이라는 것이다. 조선적 특수성을 반영하고 있지 않은 『장한몽』은 더욱이나 이 두 개의 근대적 표상을 환상적으로 보여주는 '상상계'적 구조를 지니고 있는데, 이러한 특징이 역설적으로 이 작품을 시대를 거듭하여 탄생하게 한 원인이었다는 것이다.

---

22 박혜경, 앞의 글, 144면.

『장한몽』에 등장하는 인물들의 관계는 자본과 사랑이라는 두 가지의 축을 통해 형성된다. 즉, 사적 감정에 충실한 사랑을 좇는 한 축이 이수일, 심순애(비록 참회한 사랑일지라도), 김중배, 최만경, 김정연, 박용학이라면, 또한 돈을 좇는 한 축에도 이 인물군들은 그대로 들어맞는 것이다. 이수일과 심순애는 물론 순애의 미모에 반해 구혼한 김중배의 사랑 또한 가짜라고는 할 수 없으며, 최만경의 이수일에 대한 순정과 김정연의 최만경에 대한 애정, 그리고 동경 유학 시절 애인을 잃고 무처주의자(無妻主義者)로 살아가는 박용학 등, 이들 모두는 "연애라 하는 것은 신성한 물건이라"(46)고 믿는 낭만적 사랑의 포로들인 것이다. 동시에 이들은 모두 새로운 권력으로 등장한 '돈'을 지향하는 배금주의자들로서, 김중배의 금강석에 눈이 어두워 수일을 배신한 순애, 그로 인한 냉혹한 고리대금업자로 변해버린 이수일도 결국 돈에 구속된 인물들이다. 예외가 있다면, 정사를 하려다 이수일에게 구출된 최원보와 옥향의 경우뿐이다.

이렇듯 자본과 사랑은 작품 속 인물들을 이끌고 움직이게 하는 강력한 동인이다. 이 두 개의 동력은 타인을 부정하고 배제하는 것이 아니라 '추구'하는 열정이라는 점에서 기본적으로 에로스적 속성을 지니고 있다. 근대 자본주의는 이 에로스적 속성을 가진 두 가지 열정이 경쟁하는 구도 위에 구축된다. 서구 민주주의와 자본주의의 발전을 '열정대항방식'에서 찾고 있는 허쉬만[23]에 의하면, 과거 봉건적 질서에 '열정'은 공동체를 위협하는 것으로 도덕과 종교에 의해 길들여졌던 것이나, 근대로 이행되는 과정에서 이 위험한 열정은 '이익'과 '이해관계'에 의해 극

---

23 앨버트 허쉬만, 김승현 역, 『열정과 이해관계』, 나남출판, 1994.

복된다. 즉, '탐욕' '살인' '폭력'과 같은 파괴적인 열정은 상업정신의 발달과 더불어 '이익'을 추구하는 개인의 의해 극복된다는 것이다.[24] 『장한몽』의 이수일과 심순애 서사에는 단순히 '돈이냐 사랑이냐'라는 이분법이 아니라 근대 자본주의 정신과 낭만적 사랑, 그리고 자유로운 개인이라는 근대의 복잡한 양상이 굴절되어 반영되어 있다. 무엇보다 심순애의 선택이 이해관계를 우선하여 사랑의 열정을 억제한 자유로운 선택이었다는 점은, 열정의 대항방식에 기초한 민주주의와 근대 자본주의의 상관관계의 단초를 드러내고 있는 것이다.

'이익'을 추구하는 열정이 다른 열정과 대항하기 위해서는 돈벌이가 단지 한정된 어떤 효용을 위해서가 아니라 그 자체로 '추진력'을 가진 맹목적 열정으로 바뀌어야 한다. 그리고 이것은 바로 '자본의 정신'의 탄생을 의미한다. 16세기 후반까지 '관심, 동경, 이익'의 의미로 두루 쓰였다고 하는 ineterest[25]의 어원으로의 회복은 '개인의 물질적 추구와 탐욕'과 이익을 동일시하는 전통적인 가치의 배격에서 시작한다.

그렇지마는 세상이라 하는 것은 모두 다 학자만 살고 종교가(宗敎家)만 사는 것이 아니란다. 알아듣겠니. 실업가의 마음이라 하는 것은 제일 첫째 목적이 돈이로구나. (…중략…) 나더러 돈을 그렇게 모아서 무엇 하느냐고 네가 질문을 하지마는 내가 돈 벌려고 하는 것이 무엇을 하자는 것이 아니라

---

24 비합리적 '열정'이 공동체적 규율이나 종교가 아니라 개인적 '이해관계'와의 대항에서 패배함으로써 개인의 자유와 자본주의가 함께 발전해왔다고 보는 이 관점은, 합리적 이기심이 공동체적 정치질서에 이바지하고 있다는 낙관적 태도에 기초하고 있는 고전적 자본주의적 통찰을 보여주고 있다.
25 위의 책, 39면.

돈이라 하는 것은 모여 갈수록 재미가 나는 것이니라.

네가 학문이 늘어가면 늘어 갈수록 재미나는 것과 같이 나는 돈이 늘어 갈수록 재미가 있더라. 지금이라도 너더러 누가 와서 학문도 할 만큼 하였으니 그 외에 다시 무엇을 바라느냐고 그만하여 두라고 말하면 너는 무엇이라고 대답하겠니. (…중략…) 서로가 합의가 되어서 여수가 되어 돈을 남기든지 실패를 하든지 하는 것을 부정하다고 말을 하면 이 세상에 모든 영업이 모두 부정한 일이겠지. (244~246면)

위 인용문은 고리대금업을 중지하라는 김도식의 만류에 대해 김종연이 답하는 부분이다. 고리대금업의 정당성이 베버[26]가 지적하는 '직업윤리'로서의 자본주의 정신까지는 포함하고 있지 않더라도, 돈벌이가 어떠한 효용과 동기와 결부되었다는 '전통주의'적 사고방식과는 분명 다른 지점을 노출하고 있다. 필요한 만큼 벌고, 행복을 위해 버는 것이 아니라 돈 자체가 목적이고, 따라서 그것은 탐욕이라는 것과 아무런 상관이 없는 금욕주의적 직업윤리에 바탕하고 있다는 근대 자본주의 정신의 맹아를 분명히 보여주고 있는 것이다.

'자본 추구'가 악덕이나 탐욕과 무관한 '독자적인 영역'이자 윤리까지 품고 있으며, 다른 근대적 가치들과 경쟁하며 공존할 수 있다는 것은 『금색야차』의 '도미야마 다다쓰구[富山唯繼]-김중배'가 또한 증명하고 있다. 『장한몽』은 김중배를 악인과 치한으로 그림으로써 '돈-타락-악, 사랑-순수-선'의 이분법적 구도로 퇴행시켰으나, 원작에서 김중배는 금력과 학력과 순정까지 겸비한 매력적인 신흥 부르주아로 그려지고 있

26　막스 베버, 박성수 역, 『프로테스탄티즘의 윤리와 자본주의 정신』, 문예출판사, 2004.

다. 가령 다음과 같은 장면은 그 개작의 실제가 어떠했는지를 보여준다.

① 그녀가 벨을 울리고 불 옆으로 다가오자 다다쓰구는 그녀의 손을 잡아 겨드랑이에 꼈다. 미야는 기뻐하는 기색도 없이 그가 하는 대로 가만히 있었다. "당신 왜 그래? 왜 침울해 있는 거요?"

그가 바싹 끌어당기는 바람에 미야는 거의 자빠지려다 의자에 떠받쳐졌다. 다다쓰구는 코와 코를 문지르듯이 그녀의 얼굴을 빤히 들여다 보며 말했다.

"얼굴색이 몹시 나쁜데. 눈 때문에 추워서 가슴이라도 아픈가? 아니면 두통이라도? 그렇지 않다구? 그럼 어떻게 된 거지. 좀더 정확하게 말해봐요. 그렇게 어두운 얼굴을 하고 있으면 나에 대한 애정이 옅은 것처럼 생각된다구. 도대체 당신은 부부로서 애정이 옅은 것이 아닌가 하는 생각이 들 정도요. 그래, 그런 일은 없을 거야."

곧 문이 열리면서 지시했던 것들을 심부름꾼이 가져왔다. 남의 눈을 꺼리지 않고 아내를 사랑하는 다다쓰구의 버릇이 보기 흉한 것 같아 미야는 그의 곁을 물러서려 해도 놓아주지 않는 것이 예사여서 심부름꾼은 못본 체 하면서 기구와 포트를 테이블 위에 두고는 곧바로 나갔다. 남편이 자기를 이토록 사랑하는 것에 대해 미야는 너무나 가슴이 아프기도 하고 한심스런 생각이 들기도 했다.

눈은 바람을 타고 어지럽게 흩날리며 벌써 해가 지려 하자 이제 즐거운 밤이 다가오는 것을 몹시 고마워하는 기색이 다다쓰구의 눈매에 역력히 나타났다. (177면)

② 순애는 반갑지 아니한 기색으로 손목을 끌려 아랫목으로 내려오며

"이건 왜 이러셔요. 손목 놓으세요. 아픈데"

김중배는 못 들은 체하고 다시 팔을 벌려 허리를 껴안으며

"글쎄, 여보, 어쩐 일로 몇 해를 두고 보아서 하루도 얼굴을 펼 날이 없이 청년 과부같이 수심이 얼굴에 가득하여 있으니"

몸을 끌려 내려온 순애는 거의 쓰러질 뻔하다가 보료 위에 펄썩 주저앉으며 김중배는 뒤로 돌아앉으며 두 팔로 순애의 가는 허리를 깍지 껴잡고 얼굴은 순애의 어깨 너머로 넘겨 두 코가 서로 마주 닿도록 순애의 얼굴을 정신없이 들여다보며

"얼굴이 암만하여도 전과 달라. 내가 마누라에게 하는 것이 정답지가 아니해서 그러하오. 정말 무슨 병이 있어 그러하오. 무엇이든지 마음에 불합한 일이 있거든 내외간에 말을 하여 주어야 하지 않소."

순애는 남은 보게 남편이라 하지마는 자기는 홀로 남편으로 생각지 아니하는 김중배가 마누라라 부를 때마다 스스로 가슴이 두근거리고 마음이 불평하거늘 한 가지로 몸을 부딪치고 얼굴에 댄 것이 더욱 무섭고 싫은 생각이 조금도 진정키 어려운지라. 두 팔로 김중배의 가슴을 떠밀치고 김중배의 앞을 벗어나고자 애를 쓰며

"망측하게 이게 무슨 짓이오. 오늘은 어째서 여느 때보다 일찍이 오셔서 이 고약을 부리시오. 옥향이 데리고 하던 짓을"(212~213면)

원작에서 다정다감하고 사려깊은 '다다쓰구'와 미야의 죄의식, 그리고 이들 내면에 흐르는 미묘한 흔들림은 개작을 통해 김중배의 '색욕'과 심순애의 '혐오'라는 단순한 감정으로 바뀐다. 김중배가 심순애에게 술을 먹이고 강간한다는 뒤의 장면은 더욱 선정적이고 억지스럽다. 이러

한 개작으로 인해『장한몽』은 신소설과 크게 다르지 않는 대중통속물이라는 비판을 면하기 힘든 것이다.

지금까지 '이수일과 심순애'의 이야기가 변형되어 유통되는 것은, 여전히 우리가 이 두 가지 근대의 길항 속에서 살고 있기 때문이며『장한몽』이 근대 보편의 그 원형을 간직하고 있기 때문이다. 메이지라는 전환기였기 때문에 가능했을 테지만, 오자키 고요 이 새롭게 발흥하는 근대적 가치의 위력과 새로운 욕망을 예리하게 포착해 놓고 있다. 오자키 고요가 에밀 졸라[27]를 탐독했다는 데에서 짐작할 수 있듯, 그가『금색야차』를 통해 발자크를 비롯한 19세기 프랑스의 사회소설이 보여주는 신흥 부르주아들의 리얼리즘을 기획했다고 볼 수 있다. 고리대금업자, 자산가, 재능 있는 젊은이, 미모의 여인, 상류사회에 대한 열망과 사교계 등등『금색야차』의 면면들과 그 복합적 구성은 스탕달, 발자크, 졸라의 소설을 관통하고 있는 근대 자본주의에 발흥기에 대한 비상한 관심을 공유하면서 "사회적 로마네스크"[28]를 보여주고 있다.『금색야차』,『장한몽』이 보여주고 있는 각각의 자연주의적, 통속적 결말과 상관없이 이 작품들이 공통으로 지니고 있는 '밝고 화려한' 색채는 근대 자본주의 발흥기의 '낙관성'과 밀접히 관련이 있는 것이다.

오자키 고요가 향락적, 봉건적 문학관과 세계관의 한계로 인해 '리얼리즘의 승리'에까지 이르지 못했고 또한 조중환이 자신의 봉건적 이데올로기와 기독교 논리로 이 위험한 근대세계를 봉합하였다 할지라도『장한몽』은 새롭게 밀어닥치는 근대 의식이 끊임없이 누수되고 있다.

---

27 山本健吉,「『金色夜叉』」, 신근재의 앞의 글에서 재인용, 166면.
28 위의 글, 166면.

즉『장한몽』의 심층에는 동서고금으로 통용되는 돈과 사랑에 대한 욕망이 아니라, 공동체적 가치를 지향하는 봉건적 가치질서에서 독립한 '자본'과 '낭만적 사랑'이라는 낯선 근대 정신이 굳건히 존재하고 있는 것이다. 즉, 스스로 윤리를 획득한 근대 자본주의 정신과 미모를 정치경제적으로 사용하는 근대적 성정치학과 '신성한 연애 감정'과 결혼이라는 근대적 사랑 이념과 또 이러한 새로운 '가치들'과 함께 어떠한 강요나 기준도 없이 던져진 '개인'이라는 주체성이야말로 저 빛나는 '다이아몬드'보다 더 강력하게 대중을 유혹하는 근대의식인 것이다. 이것들은 전통적인 사고방식에서는 서로 상충되고 병존할 수 없는 것이지만, 근대에서는 얼마든지 조화롭게 공존할 수 있는 것들이다.『장한몽』의 해피엔딩과『금색야차』의 어설픈 비극적 결말의 무의식에는 이러한 낯선 근대성에 내한 '불안'이 들어있다.

4) 분열된 주체와 기독교적 '봉합'

김중배-자본-(악)으로 이어지는 연결 고리가 끊어지면, '자본'은 '낭만적 사랑'과 대등한 가치중립적인 영역으로 들어온다. 그리고 이 두 항목이 따로 존재할 경우, 그것은 전적으로 개인의 내면이라는 진정성의 영역에서 결정하도록 하는 근대적 메카니즘은 해방감과 함께 동시에 불안을 병행하는 개인의 자유를 완성하는 것이다. 심순애의 신경증은 바로 이러한 두 가지 근대성에 대한 양가감정과 진정성이라는 근대적 미덕을 저버린 죄의식에서 발생한다. 끊임없이 교환될 수 있는 화폐와 절대로 교환될 수 없는 개인의 고유성은 근대의 선물이자 재앙이다. 순애의 불행의식은 실제적인 것이라기보다는 이렇듯 '고유한 내면'을 '획일적인 자본'과 맞바꾸었다는 근대적 죄의식의 산물이다. 그러나 특정대상에 대한 '낭만적 사랑' 또한 스스로 변전한다는 데에서 그것은 교환가치라는 화폐의 속성을 지니고 있다. 즉 사랑이 끊임없이 변하는 것이라면 그것은 돈과 별반 다를 것이 없다는 사실에 대한 현대인들의 무의식적 '간지'와 히스테리가 '돈이냐 사랑이냐'라는 이 통속적 주제를 끊임없이 변주하게 하는 것이다.[29] 이러한 근대적 메카니즘과 더불어 보편적인 '욕망'의 속성은 『장한몽』의 주인공의 운명을 이끌고 간다. 결핍과 지향성을 그 본질로 하는 욕망은 심순애로 하여금 '자본'에 대한 충족 이후, 다시 낭만적 사랑으로 향하게 만들고, 이수일은 '돈'으로 향하게 만든다. 이수일과 심순애의 자리를 바꾸어놓는 이 기이한 회로는 궁극적으로는 욕망의 속성과 개인의 자유에서 발생하고, 자본 뿐 아니라 정치, 과학, 예술 등등이 진선미처럼 자율성을 획득하여 분화한 가치중립적인 '근대'에서 비롯된 것이다.

『장한몽』의 심층에는 이렇듯 분화된 근대적 가치들 사이에서 방황하고 갈등하는 분열된 주체들이 있다. 그러나 조중환의 개작에 의한 표면적 서사는 이 분열을 매끄럽게 봉합하여 놓고 있는데, 이 봉합은 다음과 같은 논리를 통해서이다.

"수일이, 자네는 오늘날 이렇게 회개를 하였네 그려. 회개한 이상에는 여섯 해 동안에 자네가 타락하였던 죄는 모두 없어진 줄로 자네도 알지. 한번

---

29 그 대표적인 사례를 잘 드러내는 작품으로 정이현의 「낭만적 사랑과 사회」를 들 수 있다.

죄를 회개하고 자복한 이후에는 이수일이는 정말 완전한 사람이 되었다 할 터인데 그렇게 완전한 사람이 된 이수일을 만일 이후에도 어제 날까지 고리대금 하던 이수일이로 세상 사람이 대접을 하면 그때는 자네가 어찌할 터인가” (…중략…) “예수 그리도스가 말씀하시기를 너희들이 만일 사람의 죄를 용서하면 너희들의 천부도 또한 너희들의 죄를 용서할 것이요 만일 사람의 죄를 용서치 아니하면 너희들의 천부는 또한 너희들의 죄를 용서치 아니하리라–” (…중략…) “여자라 하는 것은 마음이 약한 물건이라 한번 회개한 일이 있더라도 다시 동정을 하는 사람이 없으면 도로 타락하여지는 일이 없지 아니한 법이니 내가 지금 염려하는 바는 그것일세. 연약한 아녀자를 가지고 그다지 심하게 할 것은 없네. 지금 그 여자는 목숨이 조석에 걸려서 죽고 사는 것이 자네 손에 달렸는데 자네는 그 여자의 죽는 것을 눈으로 보고서 가만히 누려는가” (494~496면)

위 인용문에서 이수일을 설득하는 백낙관의 논리에는 기독교와 가부장적 이데올로기가 복잡하게 연결되어 있다. 회개와 구원, 동정이라는 기독교의 논리가 ‘연약한 아녀자’, ‘죽고 사는 것이 자네 손에’ 등은 여성을 보호하고 지배하는 가부장적 이데올로기로 이어진다. 또한 ‘수일’의 회개, 구원, 부활은 근대 자본주의 정신을 다시 ‘타락’이라는 전통적인 가치로 되돌려 놓고 있다. 조중환의 ‘번안’은 기독교의 구원의 표상을 ‘천부–인간’에서 ‘남자–여자’의 관계로, 또 ‘자본=타락’–‘사랑=구원’으로 바꾸면서 굳건한 봉건 질서로의 회복을 시도하고 있다는 것이다. 이러한 귀결은 순결 이데올로기를 강조하고 있는 조중환의 봉건적 이데올로기의 당연한 귀결이나, 이것이 새로운 근대적 표상인 기독교 논리에 의해 강화되고 있다는 것은 당대 조선에 불어닥친 이 '자본주의적 사태와 윤리적 갈등'[30]에 직면한 봉건 이데올로기의 무능과 사상적 고갈을 반영하고 있는 것이다.

근대와 함께 탄생한 이 무수한 계열들의 조합과 선택의 가능성에 대한 근대인의 불안을 『장한몽』은 기독교 논리에 바탕한 '사랑의 승리'로 봉합하였고, 『금색야차』는 파국과 불행으로 끝냈다. 『장한몽』의 사랑의 승리에는 '돈＝악', 순결과 가부장적 이데올로기, 그리고 용서와 부활이라는 기독교적 이념이 동원되어야 했고, 이는 분명 반근대적 퇴행과 속화에 속한다. 오자키 고요는 여러 가지 한계에도 불구하고, 그리고 부르주아적 속물성을 혐오하였음에도 불구하고 신흥 부르주와 '속물성'을 분화시키고, 그 비극의 뿌리를 개인의 내면에 두었다. 오자키 고요는 간이치의 냉소와 환멸을 절대적 사랑에 대한 믿음의 회복—매춘부임에도 불구하고 죽음을 불사하고 사랑을 선택한 시즈-사야마 커플에서 감동을 느끼게 하여—구출해내지만, 그것은 분열적인 미야의 마지막 모습이 보여주는 것처럼 욕망의 해방구에서 '주체'라는 불안한 조각배를 탄채 항해해야하는 근대인의 운명을 구원하지는 못한다. 오자키 고요와 조중환이 끝내 해결하지 못한 이 문제로 인해, 이 두 가지 근대적 표상에 바탕한 갈등의 서사는 끊임없이 다시 쓰여지는 것이다.

---

30 이 둘의 착종 관계에 대해서는 정종현의 앞의 글(287면) 참조.

3. 환멸의 근대와 타나토스

'근대화'의 허위성 비판과 애도의 서사—이문구의 『장한몽』

전통지향, 탈근대, 농촌공동체, 토속어, 방언, 판소리, 구술문화 등, 이문구 문학에 대한 담론의 키워드가 암시하는 것처럼 이문구 문학에 대한 그간의 연구는 주로 『관촌수필』과 『우리동네』에 집중되었다. 90년대 이후 이문구 문학 전반을 살피고 있는 학위논문과 평론[31]에 의해 그의 초기 소설들 또한 중요한 리얼리즘 성과로 평가되고, 또 '도시 하위 주체'를 통해 도시화, 산업화의 이면에 집중하고 있는 논의[32] 또한 활발하게 진행되고 있으나 『장한몽』에 대한 논의[33]는 상대적으로 적은 편이다.

「다갈라 불망비(不忘碑)」(1965)와 「백결」(『현대문학』, 1966)로 등단한 이문구의 초기 소설[34]에는 도시와 농촌이 동시에 다뤄지고 있다. 이 시기

---

[31] 황종연, 「도시화·산업화 시대의 방외인」, 『작가세계』 제15호, 1992년 겨울호.
이대성, 「이문구 소설 연구」, 고려대 석사논문, 1997.
조용미, 「이문구 소설연구—1960~1970년대 작품을 중심으로」, 연세대 석사논문, 1998.
민병인, 「이문구 소설연구—농경문화 서사와 구술적 문체 분석」, 중앙대 박사논문, 2000.
구자황, 「이문구 소설 연구—구술적 서사전통과 변용을 중심으로」, 성균관대 박사논문, 2001.
고인환, 「이문구 소설에 나타난 근대성과 탈식민성 연구」, 경희대 박사논문, 2003.

[32] 오창은, 「1960년대 도시 하위주체의 저항적 성격에 관한 연구—이문구의 도시 소설을 중심으로」, 『상허학보』 12집, 상허학회, 2004.2.

[33] 정현기, 「이문구 『장한몽』의 '아픔', 이야기 방식」, 『매지논총』 17, 연세대 매지학술연구소, 2000.
김병익, 「한에서 비극으로」, 『장한몽』 2, 책세상, 1995.
이은숙, 『이문구의 장한몽 연구』, 안동대 석사논문, 2005.
임경순, 앞의 글.

[34] 초기를 대표하는 농촌소설로 「김탁보전」 「암소」 등이 있고, 도시소설로는 「백결」 「생존

소설에는 작가의 총체적인 '현실인식'이 이뤄지지 않은 상태에서 겪는 '날 것'의 체험이 투영되고 있다고 보이는데, 도시로 표상되는 '근대'의 실체에 대한 인식과 환멸은 이후 과거 농촌공동체에 대한 그리움으로 작용[35]하는 한편, 근대화에 의해 파괴되는 당대 농촌의 실상을 핍진하게 그릴 수 있는 원동력이 된다. 『장한몽』은 그의 자전적 체험[36]에서 비롯된 도시 체험을 집약적으로 형상화한 작품으로, '황석영, 조세희, 박태순, 윤흥길로 이어지는 70년대 리얼리즘 소설을 견인한 유력한 모티브'[37]로 중요한 의미를 띤다. 특히, 60년대의 환멸적 현실에서 '개인의식에 집중한 김승옥, 이청준과 변별되는 이야기꾼'[38]의 기질을 발휘하여, '현장의 집단적 체험'을 통해 당대의 총체상에 접근하고 있다는 점에서 주목을 요하는 작품이다.

1) 실향민, 도시하층민, 이념과 전쟁의 희생자들

1970년~1971년 사이에 씌어진 『장한몽』은 초기 소설에서 형상화된 '도시 하층민'의 다양한 군상을 압축적으로 집약해 놓고 있는 작품이

허가원」, 「몽금포타령」 등이 있다.

[35] 오창은은 '이문구가 도시를 떠나 '관촌수필'로 되돌아간 것은 자신의 근본에 대한 성찰과 현실비판적 성격을 지닌 것이었으며, 이문구 소설의 농촌 지향의 근본적 문제설정은 도시 경험에 빚진 바가 크다'고 보고 있다.(앞의 글, 91면)

[36] 익히 알려진 바와 같이, 1959년 무작정 상경 이후, 그는 건어물 행상, 공사장 인부, 잡역부, 실업자로 시장과 공사장을 전전하며 도시 하층민의 생활을 영위했다.(송희복, 「남의 하늘에 붙어 산 삶의 뜻」, 앞의 책, 1992)

[37] 진정석, 「이야기체 소설의 가능성」, 『1970년대 문학연구』, 예하출판사, 1994, 177면.

[38] 김주연, 「서민생활의 요설록」, 『한국문학대전집』, 태극출판사, 1976.

다. 「백결」, 「두더지」, 「야훼의 무곡」, 「두더지」, 「부동행」, 「지혈」, 「몽금포 타령」, 「금모래빛」 등에서 등장하는 도시하층민과 '탈락계층'[39] — 사기꾼, 협잡꾼, 강간범, 절도범, 폭력배, 사채업자, 구걸꾼, 사기꾼, 넝마주이, 고철주이, 노동자, 부랑자 — 등의 도시생태는 '사회 생활의 병리학'이라고 할 만큼 작가의 비정한 해부학적 현미경에 의해 포착된다. '인간희극'처럼 초기 소설 이곳저곳에 파편적으로 드러나고 있는 이 다양한 인물군상은 『장한몽』에 의해 한 자리에 모아진다.

이 작품의 현재적 서사의 배경이 되고 있는 '공동묘지 이장공사장'에 모여든 주요 인물들은 10여명(김상배, 신성식, 마길식, 구본칠, 왕순평, 유가형제 4 – 한득, 차득, 삼득, 초순, 이상필, 홍호영, 박원달, 최미실, 모가형제 2 – 일만, 상만, 고장윤 등)이다. 이들 인물들이 각기 풀어놓는 과거 내력과 주변인물까지 포함하면 『장한몽』은 공시적 통시적 폭과 깊이를 갖춘 거대한 인간 축도를 그리고 있는 셈이다. 이들은 대개 '실향민, 탈향민, 영세상인, 공사판 노동자, 외판원, 때밀이, 이발소 종업원, 급사, 실업자, 전쟁과 분단 희생자, 사기꾼, 절도범, 살인자, 강간미수, 철거민' 등으로 1960년대와 70년대의 전형적인 하층계급과 탈락계급을 대표하는 인물들이다. 작가는 해방 직후, 분단 자본주의과 도시 산업화에 의해 급격하게 변동하는 사회계층구조에서 새롭게 대두되는 졸부, 독점 자본가, 군부 세력, 도시 중산층 등의 지배계급 대신 파행적 근대화에 의해 사회시스

---

39 탈락계층은 데클라세(déclassé)에 해당하는 용어로, 일정한 계급에서 벗어나 무절제하게 부동하는 탈락자, 낙오자를 의미한다. 한 사회에서 일정한 역할을 담당하여 생활을 영위해 나가기 위해 필연적으로 일정한 '계급'안에 포함되어야 함에도 불구하고, 여기에서 탈락된 사회 하층민과 부랑자 등 반사회적 행위에 접속될 수 있는 이들을 의미한다. '노동자, 빈민' 등 하층계급과 구별하기 위해 이 용어를 빌고자 한다.(아놀드 하우저, 앞의 책)

템 주변부와 바깥으로 밀려나가는 이들을 그리고 있는 것이다.

신천동 산 5번지의 토박이가 아니라는 점에서 이들은 이주민들이지만, 그 원인이 직·간접적으로 외부에 있다는 점에서 '실향민이자 탈향민'이다. 좌우익의 대립으로 인한 비극적 가족사를 겪고 고향을 떠난 구본칠과 김상배, 백정이라는 천민의 굴레에서 벗어나기 위해 월남한 유가형제와 그리고 가난 때문에 고향을 등진 홍호영을 비롯한 대개의 인물들은 뿌리를 상실한 채 낯선 타향을 떠돈다.

신천동 5번지에 무허가 집에 의탁하며 생명을 연명하는 이들은 '모가지에 찬바람이 이는' 막된 삶을 살아간다. 세상 물정에 통달하여 마감록으로 불리는 십장 마길식은 중학을 우등으로 졸업하고 파월 기술자로 월남에 갔으나 밀주판매로 추방당한 전력을 지닌 자로, 관리자인 김상배와 인부들 사이를 오가며 기회주의적 속성을 발휘한다. 구본칠은 고향에서 6·25 때, 형사였던 아버지를 죽음으로 몬 황승로를 죽이고 오랫동안 여러 곳을 전전하며 막일로 연명해왔고, 유가형제는 백정이라는 천민을 벗어나기 위해 월남하였으나 신촌시장에서 닭모가지를 따는 일로 또 다시 백정의 신세로 전락한다. 이발관에서 면도를 하던 초순은 건달(때밀이)의 꾐에 빠져 데이트 비용을 위해 손님들 돈을 절도하다가 쫓겨나 공사장에서 인절미 행상을 한다. 칠남매의 막내이자 해방둥이인 왕순평은 '하면주의'와 '철저한 기초완성'의 신념을 가진 순진한 이상주의자로 초순을 연모하지만 번데기 장수, 고물장수, 엿장수, 과일장수, 리어카 뒷밀이꾼 등의 이력을 가진 그를 초순은 상대하려하지 않는다.

김상배를 비롯한 고용자 측과 대립하여 파업을 주동하는 이상필은 일곱 식구의 가장이며 방범대원과 병원 등에서 허드렛일을 하다가 공사장에 합류한다. 초등학교를 졸업하고 한의원에서 심부름꾼으로 일하다가 제대하고 '인생이란 무엇인가'를 연구하기 위해 불목하니로 절생활을 하던 강간미수범 모상만은, 실업자 동생 일만과 화장꾼 일을 맡는다. 고장윤은 고등학교 2학년 때 "우리의 임무가 완수되는 즉시 참신한 교육자에게 교권을 이양한다"라는 낙서를 했다가 교관 겸 체육 선생에게 발각되어 퇴학당하고 월부 대행업자 사무실의 급사로 일하다 두 달 만에 쫓겨났고, 홍호영은 '만년 빤스'라는 치욕스런 별명에 대한 아픈 기억을 가진 무직자이다. 독실한 기독교 신자였던 박원달 영감은 생존을 위협하는 신앙을 버리고 위반과 저촉을 부끄러워하지 않기로 작정하고 사기 횡령 배임 공갈 협박 등으로 연명해온 파락호이다.

이렇듯 비참과 치욕의 과거를 공유하고 있는 이들의 현재 또한 과거와 크게 다르지 않다. 죽음을 시시때때로 환기하는 불법 시체매립지에 무허가 판자촌에 가까스로 목숨을 걸어놓고 살아가는 이들은 곧 자신의 거주지 철거로 이어질 '공동묘지 이장공사' 일에 참여하게 된다. 미래가 불확실한 이들에게 최소한의 도덕이나 존엄이 남아있을 리 없다. 이들은 주검이 뇌지 않기 위해 주검에서 금가락시와 은십사가를 훔치고, 언인을 위해 머리카락을 끊어 팔고(왕순평), 한 사람의 뼛조각으로 두 사람의 주검을 만들어 일당을 늘리고, 채 썩지 않은 시체에서 살을 발라내고(유가형제), 그 살들을 화장하고(모형제), 병든 아들을 위해 두개골 물을 찾는 중년 부인에 위조하여 팔아넘기기를 마다하지 않고(이상필), 무덤에서 얻은 사기그릇을 모아 식당 차릴 꿈을 꾸고(박원달), 무덤에서 나온 어린아이 저금통에서 돈을 빼내고, 쟁의를 일으키는 '산주검'들이다.

2) 물화된 인간관계와 착종된 노사관계

이들은 '무허가촌'과 '공사장'을 통해 일종의 공동체를 이루고 있지만, 이문구가 농촌소설에서 항용 그리고 있는 '상호부조적'인 관계가 아니라 경쟁과 투쟁의 관계에 놓여 있다. 금가락지와 머리카락을 남몰래 빼돌리고, 송장의 셈법을 놓고 싸우고, 쟁의를 일으키고, 커미션을 요구하고, 새로운 인부 투입을 놓고 쟁의를 벌이는 이들의 관계는 조중환의 인물들이 보여주는 에로스적 충동에 의해 연결되는 것이 아니라 타나토스적인 충동에 의해 상대를 부정하고 말살하는 관계로 드러난다. 공사장 인부들의 과거 내력으로 확대하면, 이러한 관계의 실상은 더욱 적나라하게 드러난다. 김상배와 구본칠에게는 좌우익 갈등으로 폭력과 살해를 서슴지 않았던 잔혹한 기억이, 박원달에게는 반공 사상을 내세워 후원금을 갈취하던 사기행각이, 왕순평에게는 순정을 미끼로 자신을 팔아넘긴 아픈 첫사랑의 기억이 있는 것이다.

이렇듯 이문구의 『장한몽』에는 타인을 부정하는 공격과 파괴의 리비도가 도시적 인간관계의 속성이자 감수성으로 형상화되고 있다. 또한 이러한 타인 부정의 타나토스적 관계는 '교환가치'에 근거한 이익관계로 연결된다. 그것은 「덤으로 주고 받기」라는 작품에서 극단적으로 드러나듯 "연애는 결투다. 한눈 팔면 진다" "줘야 받는다" "덤으로 몸도 주고 받는"으로 대변되는 물화(物化, Versachlichung)된 관계이다. 이러한 관계 속에서는 모든 것은 철저히 화폐로 환원되어 셈해지며 생명을 죽음으로 바꾼 이 양반 아닙네까. 돈만 있으면 무덤도 을마든지 잘해놓을 수 있으니까요."(하권-117) "돈이 조상이다"라는 신념으로 무장하고,

"정신을 살찌우자니 목숨이 부지 못하겠고, 목숨을 아끼자니 믿음이라는 굴레가 거추장"(상-308)스러워서 종교를 버린 이들은 철저히 물질주의와 영리적 관점에서 세상을 파악하고 살아간다. 그러나 이러한 배금주의는 탐욕이 아니라 최소한의 생존을 위한 것이라는 점에서 조중환의 『장한몽』의 그것과는 철저하게 다르다. 생존경쟁에서 기인한 이 물신주의와 폭력성은 초기 소설에 종종 범법자들의 물리적 '폭력성'[40]으로 형상화된 바 있는데, 『장한몽』에서는 이것은 노사관계로 예각화된다.

공사측인 한성학원을 대표하는 공사 책임자 김상배와 인부를 대표하는 이상필의 반목은 공사장 인부 증원 문제와 철거 문제를 놓고 본격적으로 대립하기 이전부터 존재해온 것이었다. 그것은 일을 수월하게 진행시키기 위해 공사장 이장작업이 한성학원이라는 기업 단독의 일이 아니라 시청과의 공동작업이라고 사람들과 인부들에게 속이는 데에서부터 출발한다. 그러나 김상배와 인부들의 관계를 진정한 의미의 '노사관계'라 부를 수 없다. 비록 김상배가 한성학원을 대표하여 공사 책임을 맡고 갈등이 심화되자 '사꾸라'를 심어 이들 집단을 분열시키려고 하지만, 그는 '김직후(갑오경장 직후)' '덜 식은 송장'라고 불리는 만큼, 영악한 속물과는 거리가 멀다. 그의 계산법과 행동은 대체로 합리적인 것으로, 사측의 이윤과는 무관한 것이다. 인부들 또한 행동강령과 정확한 목표를 지닌 자본주의에 근간한 '노동조합'은 아니다. 벌어진 사안과 쟁의에 대해 확신을 갖지 못한 채 갈팡질팡하고 주먹구구식으로 불만을 토로하는 이들은 공동의 이익으로 묶여진, 분열된 무리에 불과하다. 이들이 근

---

40 임경순은 '폭력성'에 주목하여 초기소설과 『장한몽』을 다루고 있다.(앞의 글)

대적 자본주의의 노사관계가 될 수 없음은 다음과 같은 상배의 생각을 통해 드러난다.

> 상필의 불만과 주장은 그 혼자만의 부르짖음이 아닐 거였다. 근로기준법이니 노동법 따위도 결국 노조가 있고 제 구실을 할 때 비로소 존재해야 할 근거가 된다고 상배는 생각했다. 노조가 결성된 경우라도 결국 고용주 측의 재정 지원 없인 제대로 서 있기 어려운 것이 현실이니, 배금주의가 만연된 이 바닥에서는 반신불수의 불구가 될 것이 뻔한 것 같았다. (…중략…) 그의 상식은 노조가 존재하더라도 노사간에 협잡이 개입되면 유명무실한 허수아비 꼴이요, 오히려 역이용을 당해 근로자들의 수탈기관으로 변질되어 왔다는 한계가 있기도 했다. 때문에 상필의 이야기, 날품팔이 노조니 뭐니 하는 것은 황당무계하다 할 만큼 허황한 공상에 지나지 못한다고 보았다. 그럼에도 상배가 거듭 고개를 끄덕이며 동요의 빛을 띤 것은, 오직 인원 증가 반대와 판잣집 철거 보류라는 구실로 파업을 선동하기 위해 밑거름 치는 셈으로 지껄인 상필의 저의와 구변을 이해할 수 있기 때문이다.
> "영세 근로자 조합, 난 이거 한번 해보구 싶다구."
>
> ―『장한몽』 상권, 286면

날품팔이, 노동자, 영세 상인들의 권익보호를 위한 노조를 꿈꾸는 상필에 대해 이문구는 상배를 빌어 그 허황됨을 얘기하고 있으나, 한편 그들의 형편에 대해 수긍하는 태도를 보인다.

김상배를 대신하여 사측의 이익을 직접적으로 대변하는 이는 김상배의 친구 신성식이다. 신성식이 현장에 관여하지 않기 때문에 김상배는 허울만 있는 사측 대표가 되는데, 상배의 편에서 인부들의 원성과 요구를 조정하는 역할은 마길식이 맡는다. 그러나 '중립'을 지키려는 마길식 또한 이 두 편에서 모두 신뢰할 수 없는 '겹사꾸라꾼'으로 인식된다. 김상배는 마길식에게 많은 도움을 받고 의존하지만, 그를 신뢰하지 않고 인부들도 '마'를 '배신자'로 몰아넣는다. 이는 마의 중립이 합리를 가장한 자기 보존 욕구에서 비롯된 것이고, 마의 간계가 인부들과 김상배의 관계를 인정과 투명성이 부재한 '비인간적' '이익' 관계로 변질시켜 놓기 때문이다. 가령,

"도대체가 쟁의는 뭐고 파업은 뭐야…… 돼먹지 못한 놈들 같으니라구. 제깐 놈들이 개구리 미주알을 안다고 개소리야. 소리가……"

그의 표정은 상배보다 훨씬 더 격해 있었고, 그것은 마가가 인부들한테 무슨 배신이라도 당한 것 같아 뵐 지경이었다.

"신문에서 배운 받침 없는 말 몇 마디를 이 공동뫼지에 와서 써먹으려 들어. 싸가지 없는 새끼들 파업 좋아하네……"

—『장한몽』 하권, 25면

위 인용문에서 마치 고용주처럼 화를 내는 십장 마길식은 어리숙한 김상배를 대신해 꾀를 낸다. '인부 증원 수용과 철거 시기 연기, 철거 보상금, 그리고 한성학원 공사 일거리'를 요구하는 인부들에게 마는 보상금 대신 사용료를 들이대면서 그들의 '주먹구구식 대응'을 역습한다. 그리하여 "철거 시기 연기와 명주리 이장 공사"만을 약속하고 인부들을 해산시키는데, 김상배에게는 '명주리 이장 공사'를 공약해도 먼 거리와 고

역을 감안할 때, 그들이 제풀에 그만 둘 거라고 말해둔 터였던 것이다. '중립'과 '후유증 없는 타결'만을 내세운 이러한 위선적인 책략은 결국 인부들의 분노를 사게 되고 명주리 이장터에서 상필과 홍호영에게 폭행을 당하게 된다. 김상배는 이러한 마길식을 고마워하면서도 한편 저어하는데, 그것은 인부들과 마찬가지로 마길식이 노사간의 진정한 소통을 위해 '협상'을 하는 것이 아니라 비인간적인 책략과 협잡을 통해 이들을 철저히 '계약'과 '이용'의 관계로, 타락한 자본주의적 노사관계로 변질시켜 놓았기 때문이다. 그러면서도 김상배는 인부들의 집단행동을 막기 위해 '사꾸라'를 만들어 내부교란을 조작하려고 한다는 점에서 인부들과는 필연적으로 결별할 수밖에 없는 사측 입장과 통한다.

더불어 이들 사이를 더욱 벌여놓는 것은 이상필이다. 그는 인부들에게 그들의 주변부적 삶에서 생긴 불만과 분노를 공사장의 노동쟁의와 파업으로 몰아가려고 하는데, 그리하여 이들 열악한 노동현장은 점차 협잡과 사기와 이간, 폭력이 판치는 황폐한 곳으로 변질된다. 상필은 '쟁의'와 '실력행사' '파업' 등의 용어를 낯설어 하고 "김선생이야 무슨 죄가 있간유"(하-56)라는 소박한 인부들에게 '자기네들의 투쟁이 상배나 기타 어느 개인 상대가 아니며 '한성학원'이란 한 법인단체를 상대하는 것으로'(하-55) 몰아부치고, 김상배와 마길식을 자신과 미국인들의 이익을 위한 대표자로 내세워 민족감정을 이용하여 분열을 획책한다.

① 다른 사람들은 자기네들이 마치 오래전부터, 아니 특히 이번 이 현장에서 무엇인가를 침해받았고 수탈이라도 당했다는 꼴이었고, 상필이의 다채로운 구변에 따라 긴장과 흥분이 오락가락하는 낯을 서슴없이 드러내고 앉

아 있었다. 무엇인가를 잔뜩 기다리는 자세였고, 자기 자신의 이해관계라면 '투쟁'이라고 배운 것도 사양치 않겠다는 도사림이었다.

—『장한몽』 상권, 287면

② 우리가 저쪽 새 공동묘지에 가서 일하는 건 해도 말입니다. 김선생도 지금까지 잘한 일은 없는 겁니다. 돈 좀 쓰시면 게 김선생 돈입니까 나랏돈입니까 (…중략…) 첨엔 시청 일인 줄 알았고 김선생도 시에서 나온 분인 줄 알고 그냥 만건데, 이왕 미국놈 돈 좀 얻어먹기로 이렇게 단가가 싸고 야박할 법은 없다 이겁니다.

—『장한몽』 하권, 54면

③ "문제는 집 철거가 문젠데 서양 애들은 경오가 밝으니까 내년 해동기까지 미뤄놔도 되는 거고……" "아니, 스양 애덜만 경오가 밝으면, 그러면 우리네는 경오가 아니라는 얘기신가요?" 상배 말에 느닷없이 공박이 들어왔는데 삿대질까지 곁들이며 나선 건 본칠이었다. (…중략…) "짐선상, 굶으나 먹으나 사람은 줏대가 있으야 허는 벱유. 미국사람은 경오가 밝으니 (…중략…) 조선 밥 먹고 스양 똥 쌀 건 읍잖유, 말 삼가슈."

—『장한몽』 하권, 57면

인용문 ①은 상필의 선동에 의해 달라진 인부들의 모습이고, 인용문 ②, ③은 첨예한 사안을 놓고 노사간 대립할 때, 상필과 본칠이 '민족감정'을 부추기는 부분이다. ②은 소박한 노동자들이 어떻게 투쟁의 연대가 되어가는가를, ②, ③은 산천동 공동묘지라는 공간에 얼마나 복잡한 한국의 파행적 근대사가 얽히어 있는가를 보여준다. 그러나 이러한 근원적인 사회모순보다 여기서 더 문제되는 것은 자본주의적 노사관계에 밝은 상필이 상배와 인부들의 연대를 수치로 이루어진 이익과 계약, 민족주의에 호소하여 '개별적인 인간'과 '감성'을 추상화시켜놓고 있다는 것이다.

결국, 노사갈등이라는 중심서사 축에 절정에 이르는 부분에서 마길식이의 농간에 의해 인부들은 '빈 공약'을 받아들이고 물러서면서 일종의 타협이 이뤄진다.

> 접때 마형께서도 말씀하신 겁니다만, 첫째는 우리가 살고 있는 집 철거를 내년까지 보류하도록 하고, 그동안 우리가 살아온 토지 사용료는 없는 것으로 해달란 얘기입니다. 그리고 땅을 불하할 땐 연고권을 인정해서, 시가보다 싸게 해주시되 이것을 연부로 물도록, 우리들의 대표자가 되어 학원 측하고 교섭을 해달라 이겁니다. 아까도 말씀드렸지만 김선생은 이미 김선생 개인이 아니고 우리네 하고 한가족입니다.
>
> —『장한몽』 하권, 235면

위의 협상의 과정에서 중요한 것은 상필이 '우리네 하고 한가족'이라는 언급에서 보듯, 김상배를 빈민이자 노동자인 그들과 공동의 운명으로 인식한다는 것이다. 더욱 주목할 것은 이렇게 노사갈등을 종결짓는 서술자의 시선에 겹쳐진 작가의 태도이다. 이문구는 분명, 김상배라는 초점 인물과 인식을 공유하고 있다는 점에서 인부들의 반대편에 서 있지만, 김상배의 입장이 그러하듯 이들 민중과 또한 공동체적 연대의식을 갖고 있다. 즉, 작가는 노조를 대표하는 이상필을 부정적으로 그리면서도 때론 그의 '주장'에 동조하고 공감하며 그가 충분히 발화할 수 있도록 많은 지면을 할애하고 있다는 것이다.

> 이제 와서 손해를 보느니 수지를 보느니 하는 것도 우스운 노릇이지마는 확실히 우리는 피를 본 것입니다. 미국놈들에게 썩은 한국 송장 파다 내버려 준 대가로 집이 헐려 노두방황하게 된 신세라 이겁니다. 이건 누구 개인 문제가 아니고, 어디까지나 이런 바닥생활을 하는 영세민 십여 세대의 인권과 생존권에 관한 문제라고 생각하지 않을 수 없다 이겁니다.
>
> —『장한몽』하권, 234면

인용문에서 서술자의 중립적 시선에 의해 발화된 상필의 이야기를 통해 작가 이문구는 생존권의 위협에 시달리는 민중의 삶과 신식민주의적 근대의 파행성을 고발하고 있다. 그러나 설령 그렇다고 하더라도 이문구는 근대적 자본주의에 기초한 노사관계에 대해서는 부정적이다. 그것은 노조와 쟁의를 기도하는 상필을 줄곧 부정적인 인물로 그린다는 것, 그리고 노사 대립관계를 예각화하지 않는 것으로 드러난다. 작가는 두 개골 물이 영약이라고 믿고 찾아온 중년 부인에게 위조한 물을 팔아먹는 상필을 "사기꾼. 털어 먼지 안 나는 놈 어디 있어. 거지는 거지같이 사기를 해먹고, 재벌들은 재벌인만큼 재벌답게 해먹고, 높은 사람은 높은 사람식으로 잘들 해먹고 오래 사는데"(상-150)라며 사기행각을 정당화하고, 또 과거 동회 임시직원으로 있을 때 부정선거에 관여하여 심부름했던 타락한 인물로 그리고 있으며, 그의 쟁의를 실패하게 만들고, 병원 인부들에게 폭행을 당하게 하여 일종의 '상징적 징벌'을 가하고 있는 것이다.

또한 김상배-마길식 I(중개자)-이상필로 이루어진 노사 관계 또한 뚜렷하게 나눠지지 않는데, 그것은 앞서 언급했듯 김상배-인부들을 심정적 유대관계로 묶어놓고 또 외적 현실과 구체적 사안에서는 벌여놓음으로써 이분법적 구도를 흩뜨려놓기 때문이다. 즉 심정적 유대관계에서 김상배-인부들은 오히려 이상필-마길식과 대립되는 위치에 놓여있다. 이것은 상필에게 행해진 작가의 '상징적 징벌'이 똑같이 '마길식'에게 이뤄졌다는 데에서도 알 수 있다. 이들의 공통점은 자신의 이익을 앞세우고, 사기와 협잡을 마다하지 않으며, 사람들과 반목하며, 진정으로 공동체를 생각하기보다는 '형식'을 앞세우는 데에 '보통' 이상이라는 것이다. 즉, 다른 인부들이 '보통'의 이기심과 거짓, 절도 편에 있다면, 그리고 그들이 범법과 위반이 최소한의 '생존'에 근거한 것이라면 이들은 그 이상이라는 것이다. '보통 사람'에 미달한다고 늘 생각하는 김상배가 이들 인부 편에 있다는 것은 당연한 이치일 것이다.

'중심서사가 보다 선명하게 구축되지 않았다'[41]는 평가를 받는 것도 바로 이렇듯 뒤죽박죽된 노사관계 때문이다. 주인물과 대립하는 축의 갈등을 중심으로 사건이 전개되고 이를 해소하는, 규율적인 플롯에서 보자면 이것은 지리멸렬하고 분열적인 서사일 수 있다. 그러나 바로 이 지점에서 이문구의 리얼리즘 정신을 확인해 볼 수 있는데, 그것은 그가 이 드라마틱한 소재를 '허구'적으로 과장하지 않고 있는 그대로를 재현

---

41 임경순, 앞의 글.

하고 있기 때문이다. 그는 '김상배'를 사측 책임자라 해서 인부들과 반목시키지 않았고, 이상필이 인부라고 해서 긍정적으로만 묘사하지 않았다. 물론, 그것은 이문구의 체험이 김상배 편에서 이뤄진 탓도 있지만, 이 체험적 사실을 그대로 기록하는 작가의 눈에는 학습된 '근대 자본주의' 노사 관계가 없는 것이다. 김상배는 어리숙하고 평균 미달이고 패배에 익숙한 대로 책임자이고, 마길식은 노동자들 편에 서지 않는 그대로의 '십장'일 수 있음을, 이 '다성적' 서사 속에 용해시켜놓고 있다.

또 한 가지 여기에서 주목할 수 있는 것은 이문구의 반근대성인데, 그가 철저히 이익과 계약 관계에 기반한 노사 관계에 대해 부정적이라는 것은 위의 논의에서 충분히 짐작할 수 있는 바이다. 이것은 이문구가 『장한몽』이후 집필한 『관촌수필』의 농촌공동체에 대한 향수를 예견하고 있는 것으로, 폭력과 경쟁, 이익, 투쟁에 바탕한 근대 도시에 대한 환멸은 그를 상호부조적인 공동체로 이끌었다고 할 수 있다. 그가 '이념'으로서 지향하는 공동체는 지배계급이 농민을 수탈하고 재분배하는 봉건질서가 아니라, '증여'와 '답례'로 이루어진 '호수제'(또는 상호적 re-ciprocal)[42]이다. 『관촌수필』의 대표작이라고 할 수 있는 「공산토월」에서 화자의 아버지와 석공의 관계로 표상되는 유교질서는 이러한 호수적 성격을 드러낸다. 아버지—석공의 관계는 '교환'에 의한 이익관계가 아니며, 폭력을 매개로 한 지배—피지배관계도 아니며, 아낌없는 증여와 권위에 대한 자발적 복종으로 이루어진 관계이다. '아버지'의 권위란 석공의 혼인잔치에 넘치는 애정을 표현했다는 그 증여에서 탄생하고, 그것

---

[42] 가라타니 고진, 조영일 역, 『네이션과 미학』, 도서출판b, 2004, 16면.

을 갚을 길 없다고 느낀 석공의 자발적 복종이 그의 일생을 지배했던 것이다.

3) 삶과 죽음의 대결―애도의 서사

많은 논자들이 논의하고 있듯, 이문구의 서사는 긴밀한 인과관계로 이루어진 표준적 '플롯'이 아니라 '산만'하다고 볼 수도 있는 다성적, 원심적 구성에 해당한다. 특히 각각의 인물들에게 꼬리표처럼 달린 각각의 내력은 이문구의 원심적 구성력을 더욱 증폭시키는데, 이것은 『장한몽』을 일종의 연작소설로 만들고 있다. 『관촌수필』과 『우리동네』라는 본격적인 연작소설 이전에 『장한몽』에서 우리는 그 맹아를 볼 수 있는 것이다. 각각의 삽화가 충분히 한 개의 단편에 값하는 '이야기성'을 지니고 있으나, 작가는 이를 '서술'로 압축하여 독자들에게 들려준다. 그로 인해 인물의 과거가 평면적 서술에 그친 점도 있지만, 이 구술과 들려주기를 통해 이문구는 숱한 역사적 사실들을 작품에 들여온다. 그렇다면 10명의 인물들의 길고 짧은 삽화의 연결을 통해 총체적 사회상에 접근하고 있는 이 작품이 보여주고 있는 1960년대 말의 한국이란 무엇인가?

단적으로 말해 그것은 '이장'으로 상징된, 죽음과 폐허 위에선 사회현실, 새로운 국민국가를 만들기의 도정에 있는 한국이다. 『장한몽』은 해방 이후 동족상잔의 비극, 반공주의, 부정선거, 혁명과 쿠데타, 원조와 외자에 바탕한 경제체제, 군부독재, 국가 주도의 경제개발 등으로 이어지는 파행적 근대화와 혼란을 고스란히 반영하고 있다. 즉, 『장한몽』의

하층민들의 물화된 삶은 그들 '개인'의 문제가 아니라, 사회현실과 밀접한 관련을 맺고 있으며 이 개인들 또한 서로 긴밀히 연결되어 있음을 보여주는 것이다.

전쟁과 이념 갈등으로 가족을 잃은 구본칠과 김상배는 그 끔찍한 과거사가 여전히 그들의 현재를 지배하고 있음을 보여준다. 구본칠은 황승로를 살해함으로써 원한 관계를 청산했다고 생각하지만, 그의 극난했던 생활고와 정신적 배회, 탈향과 드난살이가 모두 결국 '살인죄의 업보'였으며 그 굴레로부터 한발자국도 벗어나지 못했음을 깨닫는다. 김상배 또한 '빨갱이'로 희생된 가족의 비극사가 자신의 '보통 사람' 이하로 살게 만든 주요한 원인이었음을 고백한다. 유년 시절 친구로부터의 따돌림, 연좌제에 의해 막혀버린 사회 진출, 무작정한 상경과 고향 호적부의 말소 등등 과거사의 흔적과 그것으로부터의 끊임없는 도피는 그를 패배에 익숙하게 만들고, 보통 사람들 틈에서 자신을 내세우지 못하고 언제나 숨어 있게 만든 요인이었던 것이다. 구본칠은 좌익의 희생자이고 김상배는 우익의 희생자였다는 점에서 이들은 대립되지만, 그리고 구본칠은 그 가해자를 스스로 응징했고, 김상배는 복수의 연쇄고리에서 빠져있다는 점에서 다르지만, 둘다 그러한 과거를 현재적 상처로 안고 있다는 점에서 공통된다. "나는 할 말이 많은 사람이다. 많았어도 참아온 사람이다"라고 상배는 되풀이 주장했다. 그것은 한(恨)이기도 했다. 오랫동안 풀어보지 못한, 어쩌면 끝내 풀어보지 못할지도 모를"(하-181)이라고 고백하는 김상배의 '한'은 구본칠의 '죄의식'과 크게 다르지 않은 것이다.

구본칠과 김상배에서 주목할 것은 이들이 자신의 삶을 황폐하게 만든

'이데올로기'와는 전혀 무관하며, 과거의 참상 또한 그렇다는 점이다. 마름이자 농사꾼이었던 상배의 부친은 전쟁의 혼란 속에서 "만세만 잘 부르면 된답니다"라는 이야기를 듣고 만세를 부르다 인민군을 가장한 읍내 경찰관들의 무리에 의해 살해된다. 아버지의 일로 촉발되긴 했지만, 상배의 형 상부가 '인민군'에게 부역하다가 결국 끔찍한 죽음을 맞게 된 직접적인 원인은 '여맹'에서 활동하던 '귀대'라는 연인 때문이다. 또한 구본칠의 원수 '황승로'는 세상이 뒤바뀌자 '좌익' 흉내를 내며 선량한 사람들을 괴롭혔지만, 이념과는 아무 상관없는 '좀도둑'에 불과한 인물로 드러난다. 즉, 이들은 모두 국제정치와 국내 정치세력이 내세운 '이념 전쟁'이라는 허울에 의해 희생된 자들이라는 것이다. 민족 주체성은 물론, 개인의 주체성을 완전히 말살한 이 이데올로기 대립의 추상성은 이들에게 '죽음'이라는 물화된 형태로 증명되고 있는 것이다.

전쟁과 분단이 불러온 이데올로기가 '죽음'을 결과했듯, 신천동의 인물들의 타락과 비참은 해방 이후 파행적인 근대화에 의한 것이다. "세상이 가르쳐 준 짓을 했을 뿐"(상-282)이라고 주장하는 이들에게 세상이란 반공주의와 협잡선거, 독재와 쿠데타로 대변되는 '공적 가치와 윤리'가 부재한 그런 곳이다. 박원달 영감은 과거 자유당 부정선거를 돕겠다는 명색으로 모래내 하상 준설권을 얻었고, '반공청년단'에게 이를 빼앗기자 사복(私僕)을 가장하고 '반공방첩'을 앞세워 서민들에게 돈을 모금한다. 이문구는 박원달 영감의 소위 "애국행상 겸 승공외판원"이라고 사기 행각이 사실 국가가 국민들에게 써먹고 있는 기만을 흉내낸 것에 불과하다는 것을 다음과 같이 비판하고 있다.

영감은 반공이니 멸공이니 하는 간판 자체가 우스운 것 아니냐고도 말했다. 서울시민, 아니 전 국민을 우롱하는 수작이라는 거였다. (…중략…) 저희들 외엔 모든 시민을 용공 시민으로 친공 시민으로 보았거나, 최소한 회색분자로 멍덕을 씌우지 않는 한 그런 단체는 있을 수가 없다는 거였다. (…중략…) 가령 선거철이 되고 투표일이 가까워지면 관가에서 하루 걸러 한 건씩 간첩 색출을 알리는 신문 기사를 쓰도록 조종해온 당국의 꾀를 보라고 말했다. 무장 공비 일망타진, 고정 간첩 검거 운운하고 떠들도록 하여 사실 여부와 별 관계없이 선거용으로 발된 신문 기사를 보면 아무리 숙맥이라도 당국자의 저의를 뻔히 들여다볼 수 있다고 했다. (…중략…) 반공 정신의 일부 인사의 선전 기관이나 다름없는 어용 신문 혹은 어용 방송을 통해서 오용하고, 경우에 따라서는 먹혀들기도 하는 게 이 겨레의 불행이 아니겠냐는 거였다.

—『장한몽』 상권, 323~326면

위 인용문에서 작가는 박영감을 통해 반공이데올로기가 당시 정치세력들에게 어떻게 사용되고 있는지를 풍자하고 있다. 반공사상이란 사실 실체없는, 누구나에게 사업수완으로 쓰일 수도 있는 하나의 유용한 전쟁 부산물에 불과하다는 것을 통렬하게 비판하고 있는 것이다.

또한 상필이 쟁의의 주모자로 자청한 것이 동회에서 임시직으로 근무할 때 부정선거를 도와 일을 모사했던 경험에서 나온 것이고, 상배의 '사꾸라' 전략의 정치현실에서 그대로 가져온 것이라는 사실은 당시 정치권력의 총체적인 부패상을 반영하고 있는 것이다.

그는 단 한번 밖에 겪음한 일이 없었지만, 친야계 유권자의 투표권 박탈

과, 여당계에 매수된 자를 선거인 명부에 이중 삼중으로 등재하는 일, 투표
통지표를 배부 않고 주머니에 넣고 있다가, 스스로 찾으러 오면 마지 못해
내주며 바빠서 미처 못 전해줬노라고 거짓인사로 얼버무리기에 남다른 능
력을 보인 터였다.(…중략…) 그는 참관인의 손위 친척을 대기시킨 다음, 참
관인을 밖으로 불러내 그 친척으로 하여금 참관 시간 단축 작전을 벌였던 것
이다.

—『장한몽』 상권, 247~248면

상배가 꺼낸 비결이란 오일륙 사건과 함께 시작된 정보정치의 이삭인 속
칭 '사꾸라'를 만들 일이었고, 그 사꾸라로 하여금 내부 교란을 조작하는 일
이었다. 자체 분열이 미쳐 힘을 약화시키는 길이 가장 빠르고 손쉬운 방법이
겠던 것이다.

—『장한몽』 하권, 29면

위 인용문에 노골적으로 제시되는 부패상은 『장한몽』 곳곳에서 풍부
한 디테일로 제시됨으로써 민중들의 타락상이 어디에서 연원하는지 적
시하고 있다. 고장윤을 퇴학당하게 만든 화장실 낙서가 "우리의 임무가
완수되는 즉시 참신한 교육자에게 교권을 이양한다"라는 5·16 쿠데타
의 여섯 번째 공약이었다는 것, 그리고 이를 색출해낸 교관 겸 체육 선생
인 모부대 수사관 5년의 관록을 지닌 전역자라였다는 것은 일상에 침투
해 있는 정치현실의 타락상을 적나라하게 예시해놓고 있는 것이다. 이와
더불어 이들 민중의 야수적 이기심과 배금주의가 근본적으로는 식민지
와 전쟁으로 인해 초토화된 한국 경제에 기인한 것이지만, 한편 공적 업

무를 수행해하는 국가 기구 전체 부패에 대한 하위적 모방임을 보여준다. 가령, "동회 서기는 동회 서기만큼만 먹이면 되고, 경찰관은 경찰관이 바라는 만큼을 먹이면 되는" 뇌물의 상식선이 '공무원 십진법'이 그 대표적인 예로서 위에서부터 시작된 폭정과 타락상이 크고 작은 국가 기관의 말단에까지 이르고 있음을 보여주고 있는 것이다.

또한 순평이 시체 머리카락을 잘라다 판 일을 두고 "머리카락 잘라다 팔아먹는 것쯤이야 이해를 하자면 충분히 이해할 수 있는 일이겠죠. 증산·수출·건설이 이 땅의 윤리로 돼 있는 판이니까"(하권-101)라고 대꾸하는 마길식의 말은, 박정희 정권의 개발논리가 전 국민하게 얼마나 확고하게 보급되고 확산되었는지를 알 수 있게 한다. 이는 한성학원의 소유주인 '브라운'이라는 서양 선교사와 그가 만든 '누구나의 집' '혼혈아 기술교육' '평화봉사활농' 등등이 반영하는 원조경제와 외자경제체제와 함께 해방 이후 외국자본에 침식된 분단 자본주의 한 단면을 드러내는 것이다.

『장한몽』이 이렇듯 다양한 인물의 주변삽화를 통해 제시하고 있는 것은 이러한 국가 권력의 총체적인 부패상이자 해방 이후의 '조국 근대화'의 허상이다. 이 파행적 근대화는 국민들의 삶을 황폐화시키고 동시에 '가치와 윤리'를 상실한 국가기구와 독재정권은 이들을 타락하게 만들었던 것이다. 해방 이후 근대적 국민국가 형성이 정당성을 전혀 갖지 못한 독재정권에 의해 파행적으로 이뤄져왔음을 직간접적으로 보여주는 『장한몽』은 인물들의 개별서사를 통해 그 파행성의 항목들을 낱낱이 호명하여 그 실체를 파헤치고 있다. 피폐한 개인의 삶과 공권력의 타락과 기형성이 개별 서사를 통해 하나의 쌍으로 제시되고 또 이 개별 서사들의 '부패'는 중심 서사로 옮겨져 다시 변주되고 있는 것이다. 따라서 『장한몽』의 '공동묘지'는 당대 부패한 현실이 '썩은 혹은 썩지 못한 송장'이라는 시체로 알레고리화된 '1960년대 현실'인 것이다.

공권력의 부재와 타락상을 보여주는 또 하나의 예를 우리는 구본칠에서 찾아볼 수 있다. 구본칠은 '황승로'를 죽인 것이 사적인 감정이 아니라 '공법'을 대신한 행위였다고 주장한다. 사법에 의한 사형이 죄가 아니듯, 자신의 살해 또한 그렇다고 믿으려 하지만, 마음의 가뭄에서 벗어날 수 없어 괴로워하는 본칠은 김상배와의 대화에서 과연 '황승로를 처벌할 수 있는 법인가?'라는 질문에 이르게 된다. 이러한 혼란은 "구씨는 빨갱이를 죽였다기보다는 절도범……즉 좀도둑 하나를 죽인 게 아니냐"라는 반박과 함께 더욱 심화된다. 그리고 결국 자연인인 한 개인은 법이 될 수 없으며 자신의 살해는 정당화될 수 없는 사적인 보복에 불과했다는 것을 인정하게 된다. 그리고 이 고뇌의 직접적인 계기를 제공했던 거꾸로 처박혀있던 시체에 거적을 씌워줌으로써 용서를 구한다. 이 구본칠의 이야기는 당시 전쟁의 혼란 속에 부재했던 '공법'과 '사법'과 '경찰' '치안'으로 위장하여 폭력을 서슴지 않았던 당시 좌우익의 실상을 증언한다. 구본칠 자신 또한 공권력을 가장해서 만행을 일삼았던 '인민군'이자 '국군'이었던 것이다. 이와 관련지어 동일한 성격의 참사를 겪은 김상배가 보여주는 다음과 같은 인식은 그러한 개인적인 보복이 왜 정당화될 수 없는지를 잘 보여준다.

상부가 남긴 것도 한이었고, 그것을 여지껏 간직해온 게 상배 자신이었던 것이다. 순수한 유산으로 받아 간직해온 거였다. (…중략…) 그러나 상부의 한은 그가 남에게 준 한의 대가로 받아 상배에게 물려준 게 아니었다. 상부의 인생은 분명 한 집단의 구성원인 그 구성원 개인의 임의대로 처분된 거였고, 그것은 또한 구의 임의대로 처리된 황승로의 인생과 별다를 게 없을 것 같았다. 박형사의 죽음은 어떤 것이랄까, (…중략…) 박형사는 공복까지 안 가더라도 일찍이 그런 공직에 종사하는 한, 더욱이 경찰서라는 한정된 울 안에서는, 그의 언행과 심리心理도 동적인 것이어야 마땅했다. 결코 자기 개인의 주관 취향이나 기분 또는 버릇대로 행동할 순 없을 것이었다. 그는 법률로 정해놓은 공동질서를 지키기 위해 고용된 고용원이며, 공동 질서를 지키는 것이 직책이요, 법률로써 정한 가장 기초적인 직무 또는 사무적인 면에서만 법률을 집행할 수 있는 사람이었다. 그럼에도 불구하고 그가 상부에게 가한 모든 행위는 거의 월권 행위 내지 공동 질서를 침범한 것으로 단정함이 마땅한 것이었나.

—『장한몽』 하권, 193면

김상배는 구본칠과 달리, 보복행위를 하지는 않았지만, '한(恨)'이라는 형태로 그 울분을 간직함으로써 잠재된 '폭력'을 지니고 있다. 김상배는 자신의 '한'이 저렇듯 '공복'이 '공동'을 위해서가 아니라 사적 감정에 바탕하여 저지른 행위에서 비롯되었다는 것을 깨닫는다. 이어 그는 "사람의 죽음은 곧 그 사람의 모든 오욕과 업적을 이 사회에 반납하는 형식"이라고 말함으로서 가해자인 황승로, 박형사, 피해자인 상부, 김기복, 구형사도 모두 '죽음'을 통해 그 스스로의 업보를 매듭지었다고 생각한다. 이는 곧 왜 한 사람의 죽음에서 비롯된 복수심과 분노가 연좌제처럼 다른 이들에게 전가되어서는 안 되는지를 강조하는 것으로 상배의 한을 씻김하여 거기에 연루된 모든 사람들을 해방시키는 데로 나아간다. 이는 그 자신 이념과 전쟁의 희생자였음에도 불구하고 과거의 비극적 역사의 연쇄고리 끊어버리는 것이 필요하다는 작가 이문구의 역사의식을 반영하는 것이기도 하다.

정리하면, 『장한몽』은 착종된 이념과 정치권력이 낳은 국가, 조국 근대화, 반공주의 등의 죽은 담론과 '삶의 실체'의 대결이다. 즉, 『장한몽』의 갈등의 심층에는 '근대적 자본주의'와 개인의 대립이 아니라, '부패와 파시즘이라는 조국 근대화'[43]의 허상과 삶의 실체의 대립이 들어있는 것이다. 또한 『장한몽』은 '국가'와 '이념'에 의해 살해되어 암매장된 이들을 호명하여 오랜 원한을 씻김하는 애도의 서사이기도 하다. '애도의 작용은 무엇보다 의미화 요소들이 존재 속에 생겨난 구멍에 대처하지 못함으로써 발생되는 혼란을 막기 위해 수행된다.'[44] 『장한몽』의 공동묘지 이장 공사란 표면적으로는 억울하게 죽어 유령으로 떠도는 원혼들을 애도하는 의식이며, 또 한편 물화된 근대 메카니즘에 의해 산주검처럼 살아온 민중들의 과거를 달래는 의식이기도 하다. 애도는 그 '유령'으로 상징되는 혹은 원한과 타나토스적 충동으로부터 그들이 살아가야 할 현실 사회, 즉 '기표체계의 총체성'을 지키기 위해서 요청되는 것이다. 이문구의 『장한몽』의 궁극적 의미는 해방 이후 국민국가가 하지 못한 과거의 비극과 현재적 폭력에 의한 희생들에 대한 애도에 있는 것이다.

---

43 한수영은 『우리동네』를 해설한 글에서, 이문구가 '농촌'과 '농민'을 근대화나 '자본주의화'와 연계 짓기보다는 '국가'라는 추상적 '근대권력'의 대립자로서 더 비중있게 인식하고 있다고 밝히고 있는데, 이러한 인식은 『장한몽』에서 이미 시작되었던 것으로 본다. (한수영, 「국가와 농민」, 『우리동네』, 랜덤하우스, 422면)

44 자끄 라캉, 이미선 역, 「욕망, 그리고 〈햄릿〉에 나타난 욕망의 해석」, 권택영 편, 『자크 라캉의 욕망이론』, 문예출판사, 1994, 168면.

애도 의식은 신천동 이장 공사로 상징된다. 함부로 묻힌 이들을 끄집어 내어 유골을 정리하고 각각에 이름과 번호표를 매겨 명주리로 이장하는 일은 전쟁과 분단, 조국 근대화에 의해 희생되고 억압된 민중들에게 잃어버린 정체성과 고유한 연대기를 되찾아 주는 일을 의미한다. 『장한몽』의 삽화적 구성은 개별자들이 파편화된 현재적 삶에 과거적 기원을 잇대어 실존을 재구성하고 미래로 나아갈 수 있는 온존한 '주체'로 거듭날 수 있게 한다. 그것은 체험(Erlebnis)라는 방어적이며 쇼크적인 기억으로 파편화된 개인들에게 전통과 타인, 집합적 과거에 기초하고 있는 경험(Erfahrung)[45]을 되찾아주는 일이기도 하다.

애도의 서사는 김상배 자신, 그리고 최미실의 정체성 회복으로 이어진다. 『장한몽』이 이야기의 시작과 끝이 미실의 이야기를 통해 원환적으로 구성되고 있다는 것은 의미심장하다. 소복을 입고 공동묘지를 입고 헤매다니는 공사장 사람들에게 애인의 무덤을 찾아다니는 노처녀로 오해된다. 작품 마지막에 상배와의 대화를 통해 드러나는 진실은, 그녀가 찾아다닌 것이 자신의 무덤이었다는 놀라운 사실이다. 미실은 부잣십의 첫 딸로 태어났으나 내리 동생들이 죽자, 그녀의 부모(최씨 부부)는 그녀에게 그 원인이 있다고 생각한다. 유기하기도 여러 차례였고, 내심 그녀의 죽음을 바랐으나 뜻대로 되지 않자, 최씨 부부는 미실이 죽었다

---

45 벤야민에 따르면 기계 문명에 익숙한 현대인들은 전통과 타인, 집합적 과거에 기초하고 있는 경험(Erfahrung)으로부터 분리되어, 방어적인 의식에 작용하는 '체험'(Erlebnis)만을 갖게 된다. 체험은 지속, 무의지적 기억과 무관한 '쇼크'의 사건이라는 점에서, 시적인 것과는 거리가 멀다. 벤야민은 '쇼크의 체험이 규범이 되어버린 경험 속에서 어떻게 서정시가 자리잡을 수 있는가'라는 물음을 통해 보들레르 시를 통해 분석하고 있다.(발터 벤야민, 반경완 편역, 「보들레르의 몇 가지 모티브에 관해서」, 『발터 벤야민의 문예이론』, 민음사, 1995)

고 거짓 '사망신고'를 하고, 대신 태어났다 죽은 네 번째 동생을 재희라
는 이름으로 출생신고를 한다. 그리고 제웅을 만들어 미실의 거짓 장례
식을 공개적으로 치른다. 상배와의 대화에서 미실은 그토록 무덤을 찾
아다닌 이유가, 자신의 무덤, 즉 실체를 찾기 위해서라고 말한다.

> "난 내 유골을 찾어야 해요. 그리고 그 유골은 미실이가 아니라 그냥 밤나
> 무 토막이란 걸 확인할 수 있었어야 했다구요. 그래야만 나는 유령이 아니라
> 고 나를 믿어요." (…중략…)
>
> "난 그동안 몽유병자처럼 살아왔어요. 한이 얽히고 얽혀 뒤범벅이 된 채
> 몽유해온 거예요. (…중략…)
>
> 허지만 나는 이 나라, 이 땅에서 살고 이 땅에서 이 나라 사람으로 죽고 싶
> 어요. 떳떳하게……떳떳한 국민, 보람있는 시민이 되고 싶어요. 모든 걸 강
> 제로, 나도 모르게 뺏기고 도둑맞고, 아무런 권리도 없이 몽유하고 싶지 않
> 단 말예요."

—『장한몽』 하권, 297면

위 인용문에서 미실은 분열된 정체성으로 살아온 지난 날을 고백하고
있다. 재희와 미실이라는 이중정체성으로 온전한 삶을 살 수 없었다는
미실은 곧 김상배와 이 땅의 폭력적 근대사에 짓눌린 민중의 삶 전체를
대변한다. 『장한몽』은 일차적으로 이러한 유령과 몽유의 삶에 대한 애
도이다. 그러나 보다 중요한 것은 이 애도의 필요성과 이후의 것이다.
『장한몽』에서 죽은 넋을 극진히 장사지내고 애도했던 것은, 몽유하는
죽음과 같은 삶을 청산하고 진정한 주체로 거듭나기 위해서이다. 상필

의 다음과 같은 말은 바로 주체의 회복으로 이어지는 애도의 서사의 핵심을 정확하게 보여주고 있다.

> "문제는 역시 잃어버린 자기를 찾는 것, 그런데, 그렇다면 자기가 자기를 만들어보는 것도 그 한 방법이 아니겠느냐 이겁니다." (…중략…) "미스 최도 자기 외부, 말하자면 이 사회, 이 세상 물정들과 교섭을 해볼 필요가 있겠다 그런 겁니다" (…중략…) "아마 싸워야 할 겁니다. 이 세상 사람들과 싸워야 한다 그거요. 저 사람들이 늘 돼먹지 않은수작만 해온 것을 자기를 도둑맞은 사람은 자연 알게 될 테니까요. 보통 사람이 되기 위해서, 또한 보통 사람들에게 뺏긴 자기를 도로 찾아내기 위해서 그래야 할 겁니다. 싸울 용기가 없으면 그대로 몽유를 하고 실성한 인간이 돼야겠고, 용기가 있으면, 다시는 자기를 뺏기지 않고 자기가 가질 수 있는 모든 권리를 지켜야 할 것 같아요."
>
> —『장한몽』 하권, 298~299면

'보통 사람'에 미치지 못하고 늘 주눅들어 있던 김상배는 미실을 통해 자신에게 위와 같이 다짐 한다. 영문도 모르는 사이 거대한 타자들에 의해 정체성을 빼앗기고 억눌린 삶을 살았다면, 방황하고 저주할 것이 아니라 이제라도 스스로 정체성을 만들어가야 한다는 것, 그것은 외부 현실과의 끊임없는 교섭과 투쟁을 통해 가능하다는 이러한 전언은 '주체적 삶'에 대한 각성을 뜻한다. 『장한몽』은 소외된 민중과 하층 계급이 그 불행에서 비롯된 울분과 한을 폭력의 연쇄고리에서 떼어내어 어떻게 주체성을 회복해나갈 것인지에 대한 진지한 탐구이다. 그것은 곧 작가의 자신의 것이기도 하다. 즉 자신의 한을 쏟아내고 정화시키는 일종의 씻김굿이었던『장한몽』이후, 이문구는 환멸적인 도시 현실을 냉소, 비판하던 초기 소설에서 변모되어 정체성의 기원인 과거를 되돌아보기 시작한다. 그리고 한편, 폭력적인 근대국가의 여러 힘들에 맞서면서 자신의 삶을 지켜나가는 농민들에 주목하기 시작하는 것이다.『관촌수필』『우리동네』의 미학적 성취는, 파행적 한국 근대사에 의해 살해된 넋과 불행한 과거사를 애도하고 민중과 자신에게 잃어버린 주체성 회복 의지를 일깨운『장한몽』을 거친 후에 가능했던 것이다.

4. 결론

이상에서 살펴본 두 개의『장한몽』은 다음과 같은 공통점과 차이점을 지니고 있다. 조중환의『장한몽』과 이문구의『장한몽』은 각각 1910년, 1960년이라는 한국 근대의 특수한 기점을 형상화하고 있다. 조중환의『장한몽』에서 신흥 부르주아, 신교육을 받은 엘리트, 자유연애, 개인은 근대화의 표상으로 매혹적으로 형상화되고 있다. 근대 자본주의 정신 속에 새롭게 탄생된 '자본'과 '사랑'은 조중환의『장한몽』의 인물들을 이끄는 강력한 동인으로 에로스적 충동에 의해 상호 결합된다. 그러나 한편 이 두 개의 가치중립적인 항목의 성립은 자유로운 개인이라는 근대 주체의 발흥과 함께 근대인들에게 불안을 선사한다. 선악으로 표상되지 않는 돈과 사랑에서 선택이란 궁극적으로 개인의 주체적인 결단에 달려있기 때문이다. 조중환의『장한몽』은 일본의 근대 풍속을 기본 바탕으로 하고 있으나, 개작에 의해 다음과 같은 조선적 특수성을 반영하고 있다.『금색야차』에는 없는 기독교 표상이 그 첫 번째이고, 해피엔딩이라는 결말을 위해 동원된 구원과 회개, 사랑의 승리, 순결 이데올로기, 가부장적 이데올로기 등 여전히 봉건적 구습에 갇혀 있는 당대 조선과 작가의식이다.

조중환의『장한몽』이 '사랑의 서사'를 통해 1910년대 근대에 대한 매혹과 불안을 보여주고 있다면, 이문구의『장한몽』은 1960년대의 파행적 근대의 비극 서사를 보여준다. 조중환의『장한몽』이 새롭게 부상하는 신흥 부르주아, 지식인들을 주인물로 내세운 데 반해 이문구의『장한몽』은 근대화 프로젝트에 의해 밀려난 실향민, 도시 하층민, 전쟁 희생자들을 주인물로 그리고 있다. 이들은 에로스적 관계로 결합되는 것이 아니라, 타나토스적 충동에 의해 상호 부정하는 물화된 관계로 그려진다. 경쟁과 폭력은 도시적 인간관계의 중요한 속성으로『장한몽』에서 이것은 노사관계로 더욱 예각화된다. 그러나 작가 이문구는 노사 관계를 철저하게 이분법적으로 가름하지 않고 있는데, 이는 이익과 계약 관계에 기초한 근대적 도시에 대한 환멸과 부정이라고 볼 수 있다. 조중환의『장한몽』이 에로스에 기반한 사랑과 화해의 서사를 구축하고 있다면, 이문구의『장한몽』은 공동묘지로 상징되는 타나토스에 기반한 애도와 부화의 서사를 보여주고 있다. 하층민과 탈락계층의 불모성은 전쟁과 분단, 파행적 근대화의 결과물로『장한몽』은 과거의 희생자들, 그리고 현재 '시체'와 다를 바 없는 산송장들의 죽은 혼을 불러내어 애도하고, 그 애도를 통해 새로운 주체로서의 부활을 기도하고 있다. 공동묘지장 공사란 바로 이러한 애도의 의례이며, 그 의식을 통해 민중들은 울분과 한을 떨쳐내고 새로운 주체로 거듭나는 것이다.

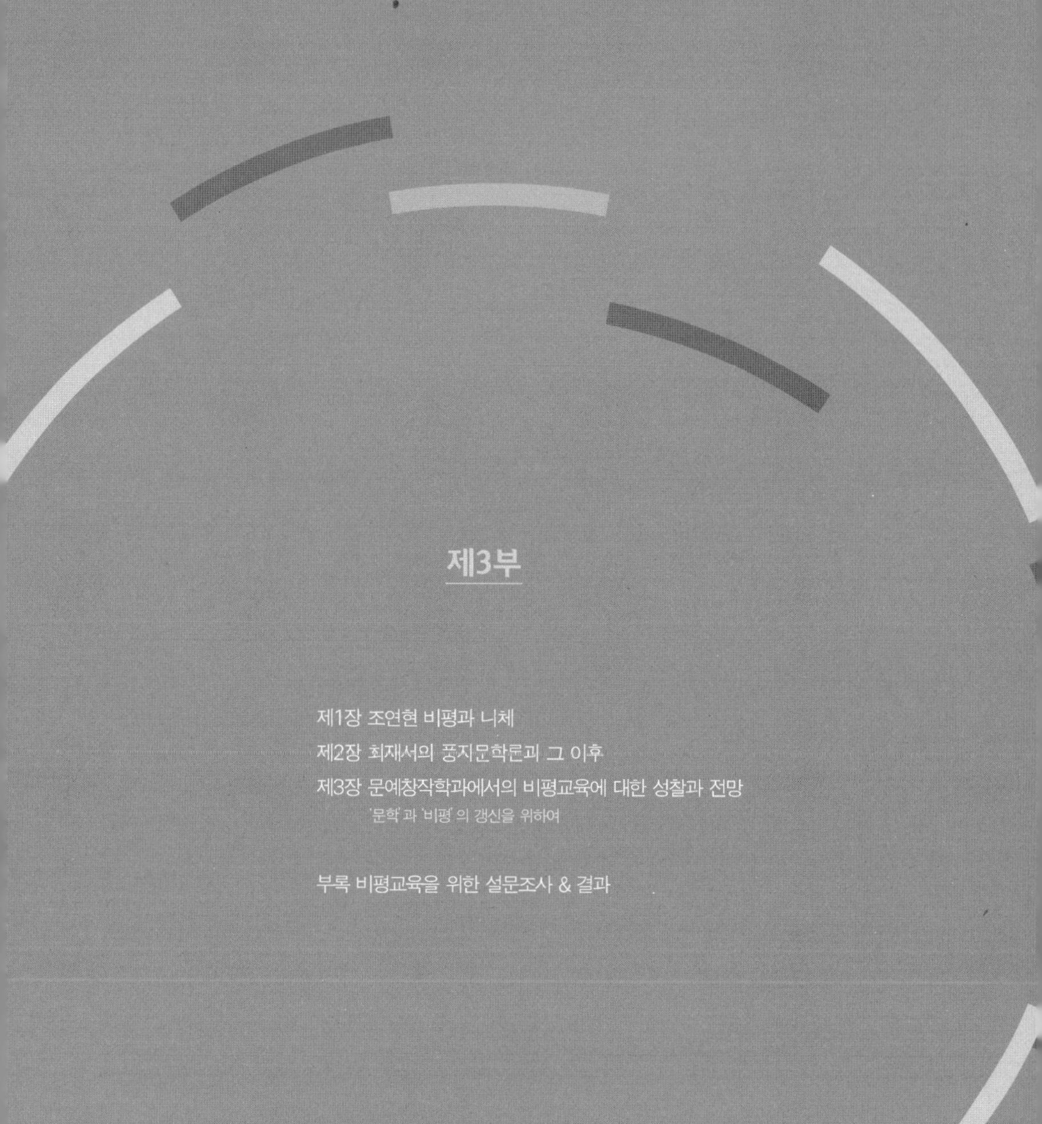

제3부

1. 서론

조연현은 해방 이후 한국문단형성과정에서 김동리, 서정주와 함께 가장 핵심적 역할을 한 비평가이다. 해방 직후 좌익 문인단체인 '조선 문학가 동맹'에 맞선 진영의 핵심 논객으로 나선 그는 '청년문학협의회'를 중심으로 한 순수문학론의 이론적 기초를 제공함으로써 한국문학의 흐름의 초석을 다지고 이후 1970년대까지 '문단의 권력이자 이데올로기'로서 강력한 영향력을 발휘해왔다.

1920년 함안에서 출생한 조연현은 함안 공립 보통학교, 서울 보성 고등보통학교, 중동중학교, 배재중학교를 거치면서 문청시절을 보내고, 「결별문학에 답함」(『매일신보』, 1939.9.3)과 같은 비평이나 「고민」(『조광』,

2월)과 같은 시를 투고, 발표하면서 글쓰기를 시작한다.[1] 1942년부터는 덕전연현(德田演鉉)이라는 창씨명으로 일본어로 쓰여진 평론을 다수(2년간 10편) 발표한다. 해방 이전 시습작과 초보적인 평론, 친일평론을 발표하던 그는 해방 직후 '프롤레타리아 문학론'[2]을 설파하는 글을 써서 발표하기도 하였으나 곧, 김동리 등과 청년문학가협회를 결성하여 평론분과를 담당하면서 우익의 순수문학론을 대변하는 평론가로 나서게 된다. '면돗날'로 불리기도 한 그의 비평적 전투는 당시 '조선문학가 동맹'의 좌파 문인들과 이론적 대결을 벌이면서 진행된 것으로, '인간성의 옹호' '구경적 생의 형식' '생리적 비평' '이성 비판과 반근대' '주체의 생명의 표현으로서의 문학' '생명과 창조'로 상징되는 그의 비평적 사유의 핵심은 거의 이 시기에 구축된 것이다. 400편에 육박하는 글들[3]은 그가 타계할 때까지 계속되었으나 문학 현장에 적극적으로 개입하는 본격비평은 1960년대 이후 현저히 줄어들었을 뿐 아니라 비평적 문제의식 또한 약화되었는데, 문학사 서술(1955~1958)을 기점으로 조연현은 『문학적 인생론』(1959)와 같은 에세이에 치중함으로써 '팡세이적 에세이'[4]라 평가되는 수필 활동을 펼쳐왔다.

1　조연현의 말에 따르면(「내가 처음 詩를 썼을 때」, 『시문학』 1권 2호, 1971년 9월) 그의 문단 데뷔는 1938년 『조광』지의 기성 시인란에 시 「하나의 향락」이 게재되면서이나, 이를 정식 등단으로 볼 수 없다. 『조광』 게재는 이원조의 호의에 의해 이루어진 것이고 이후 그의 글은 계속 학생 투고란에 실렸기 때문이다(전용호, 『조연현 문학비평 연구』, 고려대 석사논문, 1996, 9면); 김명인 『조연현, 비극적 세계관과 파시즘 사이』, 소명출판, 2004, 104면 참조.
2　「새로운 문학의 방향」, 『예술부락』, 1946.1.
3　김명인, 앞의 책, 54면.
4　천이두, 「조연현의 문학비평」, 『한국문학연구』 제15집, 동국대 한국문학연구소, 1992, 18~20면.

좌파 문인들의 해소 이후 조연현은 『문예』(1949), 『현대문학』(1955) 등의 순문예지를 창간하여 주관하였으며, 오랫동안 한국문학사 이해의 정전이 되었던 『한국현대문학사』(인간사, 1961)를 출간하였고, 동국대 교수, 한양대 교수, 최연소 초대 예술원 회원, 한국문인협회 이사장 삼선, 대한민국 예술상·예술원상, 국민훈장을 수상하는 등 1981년 일본 여행 중 뇌졸중으로 사망하기까지 문인으로서 최고의 권위를 누렸다.

이렇듯 파란만장한 조연현 비평에 대한 평가는 대체로 다음과 같은 긍정과 부정적 입장으로 나뉜다. '문학의 예술성과 자율성의 강조', '비평 주체의 강조',[5] '순수주의의 이론적 정착' '창조적인 비평',[6] '실제비평의 독창성',[7] '가치 창조'[8]로 대변되는 긍정적 입장은 조연현이 문학을 정치나 종교 등 여타 이데올로기로부터 분리시켜 미적 자율성과 비평의 자립성을 개적하였으며, 합리주의, 기계주의에 맞서 감성과 직관에 바탕한 창조적 비평의 실제를 보여주었다고 평가한다. 반면, '문단페스트균' '사악한 독종의 버러지',[9] '인상주의 비평',[10] '역사적 현실성과 구체성의 결여' '엘리티즘의 산물',[11] '자발적 친일' '기회주의적 권력 지향성',[12] '파시즘 옹호'[13] 등으로 대변되는 부정적 입장은 조연현의 해방 전후 친일 평론

5 　박철희, 「논리와 생리의 시학」, 『문학사상』, 문학사상사, 1986.9, 332~341면.
6 　천이두, 앞의 글, 18~20면.
7 　신동욱, 「조연현 문학평론의 특성」, 『현대문학』, 1991.11.
8 　서준섭, 「조연현 문학비평에 대하여—그의 창조적 비평 개념의 구조와 문학비평 방법론의 문제점」, 『한국학보』, 일지사, 2002.
9 　이상로, 「문단공개장—부일문학청년의 말로」, 『국제신문』, 1948.10, 12~14.
10 　이형기, 「조연현 문학의 감성의 논리」, 『현대문학』 1991.11.
11 　류덕제, 「해방 직후 조연현 비평 연구 서설」, 『국어교육연구』 25집, 국어교육학회, 1993.
12 　김철, 「순수의 정체—붓과 칼의 일치」, 『청산하지 못한 역사』 2, 청년사, 1994.
13 　송왕섭, 「조연현 문학비평의 연구」, 성균관대 석사논문, 1994.

과 순수문학론이 권력 지향의 결과이자 좌파 문학론에 대타적으로 제출된 정치적 논리이며, '인간성 옹호' '보편성' '비합리주의' '생리'라는 그의 문학론은 실체 없는 문학관이자 현실투항의 논리로, 결국 파시즘으로 귀결될 수밖에 없었다는 것으로 요약된다.

90년대 이후 조연현 비평 연구는 초기 정실적, 당파적 입장에서 타매되거나 찬양되었던 편향성에서 벗어나 조연현 비평의 공과를 좀더 객관적으로 고찰하고 그 비평적 무의식과 궤적을 정치하게 살펴보고 있다. 해방기 비평문에 대한 집중연구에서 벗어나 해방 이전에서 70년대까지의 비평을 아우르고 있는 이들 논문과 평문은 단평적 시각에서 벗어나 역사적 맥락과 함께 조연현 비평적 사유의 굴곡과 실체를 좀더 설득력 있게 파헤치고 있다. 가령, "비평에 대한 자의식에 지속적으로 시달리면서 이를 운명의 형식으로 받아들이고 실천해간 비평가"로서의 조연현에 주목하여 그의 비평을 '근대성'이라는 주인에 맞선 노예로서의 주체성 확보로 보고 이 대결과정을 추적하고 있는 김윤식의 글[14]이나, 조연현 비평의 연원을 일제 말에서 찾고 그의 반근대주의나 순수주의가 신체제 문학론의 유제임을 논증하고 있는 전용호의 논문,[15] 조연현의 세계관을 '비합리주의와 비관주의'로 보고 이 원형적 세계관이 빚어진 조연현의 출신계급을 골드만의 발생론적 구조주의를 적용해서 설명하고 그 세계관이 어떻게 파시즘적 문학행위로 연결되었는지를 세밀하게 살펴보고 있는 김명인의 글[16] 등이 그 예이다. 그러나 조연현 비평의 성취

---

14 김윤식, 「근대성 또는 주인과 노예의 변증법」, 『현대문학』, 1991.11.
15 전용호, 「조연현 문학비평 연구」, 고려대 석사논문, 1996.
16 김명인, 앞의 책.

와 한계를 객관적으로 논증하려고 한 이 글 또한 궁극적으로는 대체로 앞서 긍·부정적 평가의 스펙트럼 위에서 놓여 있다.

본고는 앞서 이러한 연구 성과를 바탕으로 조연현 비평에 나타난 니체적 사유와 영향, 그리고 실제비평의 현실적 맥락을 고찰하고자 한다. 조연현 비평의 핵심에 해당하는 '생명의 표현', '생리적 문학관', '이성 비판과 반근대성', '창조적 비평' 등은 해방 전 그가 읽은 니체로부터 받은 영향 하에 형성된 것이다. 조연현은 여러 편의 글에서 '니체'를 언급하고 젊은 시절의 독서 체험을 밝히고 있을 뿐 아니라 해방 전 두 편의 일본어 평론을 통해 니체 철학을 정리하고 자신의 견해를 피력한 바 있다. 조연현 비평에 대한 니체의 영향은 서준섭에 의해 본격적으로 논의된 바 있다.

서준섭은 조연현 문학관이 해방 이전에 쓴 니체에 관한 글에서 형성뇌었다고 보고 그 궤적을 탐색하고 있다. 서준섭은 조연현의 일본어 평론 「짜라투스트라를 생각함」을 소개하고 "이성 철학의 비판자, 가치의 전환자, 초인 사상가, 디오니소스주의 옹호자"로 해석 수용된 조연현의 니체적 사유가 해방 이후에 어떻게 지속적으로 표출되는지를 살피고 있다. 서준섭에 의하면, 「짜라투스트라를 생각함」은 조연현 비평의 출발점을 이해할 수 있는 중요한 단서로, 해방 이후 조연현 비평의 '허무의식'과 '창조로서의 비평'의 논리를 가능케 했다고 본다. 일제 말 상당히 진전된 니체적인 철학적 전투—'생명에 따르는 이성'—는 해방 이후 내면화 되어 조연현 비평의 정신적 기저가 되었다는 것이다. "생명, 생리, 창조"라는 주제와 용어를 통해 조연현 텍스트에서 니체를 읽어내고 조연현의 문학사 서술 방법론, 비평 방법론까지를 포괄하여 논지를 전개하고 있는 서준섭의 글은 상당히 설득력이 있다. 그러나 서준섭의 논의는 조연현 비평의 니체 수용을 단지 내재적으로 고찰하고 있어 그것이 한국 현실 문단과 조연현의 굴곡 많은 비평적 편력에서 어떻게 굴절 수용되고 있는 지를 놓치고 있다. 본고는 서준섭의 연구 성과를 적극 수용하면서, 이를 바탕으로 조연현 실제 비평이 놓인 현실 지형의 맥락적 독법을 통해 조연 현의 니체 수용의 '문제적 지점'을 고찰하고자 한다. 고찰 대상은 일제 말과 『문학과 사상』(1949)으로 중심으로 한, 해방 공간의 비평문을 중심 으로 한다.

2. 니체 사상의 비평적 수용 양상

1) 조연현 문학관의 원형과 니체 독법

조연현은 「나의 독서 편력」이라는 글을 통해 그의 독서 체험을 밝힌 바 있다.

> 독서에 대해서 좀더 뚜렷한 방향이라고 할까, 경향이라고 할까, 이런 것이 정해진 것은 전문학교에 들어가서였다. 이 무렵 나는 도스토예프스키의 소 설에 열중하고 있었다. 이보다는 조금 덜 했지만, 괴에테의 작품도 애독했 다. 랭보나 보오들레에르의 시는 여전히 좋았고, 니이체와 쉐스토프의 철학

에 강한 흥미를 느꼈다. 이와 함께 앙드레 지이드나 발레리의 책들도 많이 읽었다. 내가 문학에 대해 어떤 지식을 얻은 것이 있다면 그것은 대부분 이 무렵에 읽은 책에서였다.[17]

위 글에서 조연현은 오스카 와일드, 앙드레 지이드, 도스토예프스키, 발레리, 랭보, 보들레르, 니체, 쉐스토프, J M 말리, 텐느, 메레지코프스키, 몽테뉴, 짐멜, 파스칼 등을 언급하고 있지만 그의 문학관과 세계관을 형성하는 데 중대한 영향을 끼친 이들은 니체, 세스토프, 도스토예프스키로 모아진다. 세스토프나 도스토예프스키에 대한 관심을 그가 여러 평문에서 언급하고 있을 뿐만 아니라 직접 「비평과 인간 — 생리적 반항아 쉐스토프」(1957), 「구경을 상징하는 사람들」(1949)[18]라는 도스토예프스키론이나 「도스토예프스키의 생활」과 같은 글을 썼다는 데에서도 이는 명확히 드러난다. 그렇다면 세스토프와 도스토예프스키에서 조연현은 무엇을 본 것일까.

「비평과 인간」에서 조연현이 주목하고 있는 세스토프는 다음 두 가지로 요약된다. 첫째 "남을 비평한다는 형식을 통하여 가장 자기 자신을 잘 나타내 보여준" 문예비평가, 둘째 '반이성주의' '초합리주의' 철학자이다. 조연현은 도스토예프스키와 니체에 관한 「비극의 철학」이 반이성주의, 반신주의 사상에 기초해 있음에도 불구하고 그 표현방식은 합리적, 이성적이라고 보고 있다. 세스토프의 이러한 역설은, 세스토프가

---

17 조연현, 「나의 독서편력」, 『내가 살아온 한국문단』(조연현문학전집 1), 어문각, 1977, 130면.
18 『문예』, 1949년 12월호, 1950년 2~3월호에 연재. 이 글은 뒤에 「원형적인 인물들의 드라마」라는 제목으로 『문예비평』(조연현문학전집 1)에 수록된다.

'합리, 이성, 실증 이상의 그것만 가지고는 표현할 수 없는 생명의 절규에 가득찬, 전형적인 반항적 생리를 가진 자'이기 때문이다. 조연현이 보기에 세스토프는 톨스토이, 니체를 말할지라도 필연적으로 자신을 드러내고 있으며, 자기 자신의 숙명적인 생리를 가장 잘 표시해준 전형적 비평가였던 것이다. 조연현의 '자기 표현'으로서의 문학 비평과 반이성, 생리적 비평은 이렇듯 세스토프와 밀접한 관련이 있는 것이다.

「구경을 상징하는 사람들」에서 조연현이 강조하고 있는 것은 도스토예프스키의 인물 창조와 반근대 사상이다.[19] 조연현은 도스토예프스키의 인물이 통념적 인간에서 벗어난 비상식적, 비현실적인 성격을 띰에도 불구하고 강렬한 리얼리티와 '원형'의 인간을 보여주고 있다고 고평하고 있는데, 이보다 더욱 강조되는 것은 다음 두 가지이다.

① 그러나 自然科學的인 實證의 萬能이 謳歌되고 수학적인 이성주의의 절대성이 우상화되고 논리주의적인 합리주의가 신앙된 근대정신의 가장 왕성한 전성기였던 1860년(「지하생활자의 수기」가 발표된 해가 1864년이었다)의 세계사조 속에서 이를 정념에서 근본적으로 회의하고 부정하고 이에 과감한 도전을 선언한 이와 같은 대담무쌍한 기록은 세계문학사에 있어서 이 「지하생활자의 수기」가 그 최초였던 것이다.[20]

② 이리하여 스비드리가일로프는 自殺을 감행하는 것이다. 그러므로 중요

19　'모든 것을 걸었다'로 표출되는 그의 도스토예프스키에 대한 집착은 세스토프나 니체에 비해 훨씬 더 강렬한 것으로 보인다. 이 글에서 언급하고 있는 J.M. 말리, 앙드레 지드, 세스토프, 고바야시 히데오, 메레즈코프스키 등은 모두 도스토예프스키에 주목했던 이들로, 이렇게 본다면 조연현의 독서편력에서 나열되는 위인들은 모두 '도스토예프스키'로 귀결되고 있는 셈이 된다.

20　조연현, 『문예비평』(조연현문학전집 4), 46면.

한 것은 그의 自殺이 그의 최후로 남은 행위에의 의지를 실행할 수 있는 유일한 試驗場이 되었다는 점이다. 스비드리가일로프에게 있어서는 自殺이 생의 逃避나 포기가 아니라 그것이 그대로 그의 모든 과거의 불륜과 음탕과 파렴치한 범죄와 마찬가지로 그의 행위에의 의지를 실현해가는 그의 생의 한 표현이었던 것이다.[21]

조연현은 첫 번째 인용문에서 도스토예프스키의 병적인 인간들이 보여주는 비합리주의, 반근대주의를, 두 번째 인용문에서는 강렬한 생의 '의지'를 강조하고 있다. 세스토프와 도스토예프스키에 대한 조연현의 이해는 이렇듯 '이성 불신, 비합리주의, 의지'라는 지점으로 수렴되는데, 조연현에게 있어 니체란 이와 크게 다르지 않다. 두 편의 글을 보자.

1942년 『국민문학』에 발표된 「짜라투스트라를 생각하며」(이하 짜라투스트라)[22]에서 조연현은 '짜라투스트라'는 '무서운 패러독스'인데, 그것은 종래의 도덕을 포기하라는 '가치의 전환'에서 설파하고 있기 때문이며, 이는 '현대의 기묘한 생활에 심각한 의미를 던져준다는 것'으로 이야기를 풀어간다.

이 글의 주요 논점은 세 가지로 정리된다. 첫째, 소크라테스 이후 데카르트, 칸트, 헤겔에 이르기까지 서양철학에서 절대시한 '이성'은 현재의 위기, 불안에 대한 어떠한 해답도 줄 수 없다. 둘째, 그 해답은 이성 하에 굴종된 생의 자율성에서 찾지 않으면 안 된다. 셋째, 이성에 대한 생명의 우위를 말하는 니체의 디오니소스주의를 참고하여 "불생사의

21　조연현, 『문예비평』(조연현문학전집 4), 57면.
22　「ツアラツストラを思ふ」, 『국민문학』 5~6월 합본호, 1942.6.

싸움"을 하지 않으면 안 된다. 조연현은 여기서 '이성 불신, 형이상학적 가치와 도덕적 가치 전도, 디오니소스주의, 초인'으로 요약되는 『짜라투스트라』를 개략적으로 소개하면서 무엇보다 디오니소스주의로서의 '투쟁'을 다음과 강조하고 있다.

"디오니소스주의"라는 것은 니체의 설명에 따르면 "가장 곤란한 문제들 중에 있어서조차도 또한 생의 긍정, 생의 최고 전형인 희생 뒤에 자기의 무한을 기뻐할 수 있는 생명에의 의지"이다. 니체의 철학을 투쟁의 철학, 생철학이라고 부르는 이유가 그것이다. (…중략…)

나는 여기에 짜라투스트라의 말을 요약한 니체 자신의 말을 인용해 보고 싶다. "사람은 나쁜 결과에 임해서는 그것을 위한 일에 대한 바른 견해를 너무도 쉽게 놓쳐버린다. 양심의 가책은 나에게 있어서 일종의 나쁜 견해라고 생각된다. 실패한 이유를 사용해서 더욱 더 존경한다. 이것이 차라리 나의 도덕에 속한다" (…중략…) 결과에 대한 상상을 원하지 않고 "공격하는 것은 나의 본능이다"라고 외치며, 항상 미지의 것에 뛰어 들어 싸우는 니체의 모습이야말로, 그 모습을 초인에까지 높인 모습이야말로 "짜라투스트라"였던 것이다. (…중략…)

'모든 가능성은 다했다'라고 이성이 증명하는 곳, 해석하려고 노력하면 할수록 우리들은 절대 불가능의 벽에 가까이 가게 만드는 곳, 이미 어디를 봐도 출구는 없다. 영구히 만사가 쉰다. 단지 눈앞에 다가오는 한발 앞이 어떻게 될지 모르는 공포에 얼어붙은 마음을 가지고 바라보는 것 외에 달리 방법을 모른다는 곳, 그래도 다시 살지 않으면 안 된다는 좁은 해협에서 근대적 사상의 근대인과 같이 할 것인가? 더구나 현재는 오르테가 말한 "철학적 전투"의 세대이다. 불생사의 싸움은 이미 시작되었다.

"짜라투스트라"의 말 하나하나의 격언은 우리들에게 무엇을 가르쳐 주는 것일까.

"너희들은 이유가 전쟁자체를 신성시 하는 것이라고 말하는 것인가? 나는 너희들에게 고하노니 선한 전쟁은 어떠한 이유로 신성하는 것이라고. 전쟁과 용기는 박애보다도 큰 것이 아니라고. 지금까지 이재민을 구조하거나 너희들의 이웃을 불쌍히 여김을 부정하여 오히려 너희들의 용기이다. 선은 무엇이냐고 너희들은 묻는다. 용감하다는 것 즉 선이다" (짜라투스트라, 「전쟁과 전사에 대하여」)

"생명에 대한 너희들의 사랑은 너희들의 최고희망에 대한 사랑에 의해 있을지어다. 또한 너희들의 최고희망은 생명의 최고희망이다."[23]

((…중략…) 부분은 필자가 생략한 부분임)

윗글에서 조연현은 근대 이성의 무능을 개탄하면서 '생'을 주장하는 것과 동시에 니체의 도덕적 가치의 전도에 대해서도 강조하고 있다. 기독교적 이웃 사랑과 '양심의 가책'에 대해 비판하고 있는 「낡은 서판과 새로운 서판에 대하여」라는 장을 인용하면서 조연현은 이성에 짓눌린 디오니소스적인 생의 충동을 회복하기를 주장한다. 이 생의 의지의 발현은 조연현에게 '행동이고, 투쟁이며, 맹목'을 의미한다. "모든 개연성과 확신이 불가능에 충돌할 때, 그때 불가능의 가능성에 대해서 새로운 싸움이 이미 합리적이지 않은 광기로 된다. 이 투쟁이야말로 한정된 가

---

23 짜라투스트라, 「전쟁과 전사에 대하여」, 「ツアラツストラを思ふ」, 『국민문학』 5~6월 합본호, 1942.6.

능성 위에 섰다.”“짜라투스트라를 소극적으로 해석하면 한 마디로 ‘인간에게 일어날 수 있는 최대의 죄는 이성에 전폭적인 신뢰를 두는 것’이라고 할 수 있다. 적극적으로는 맹목적인 것이라고 해도 좋겠다. 다만, 행동해야 함이라고 말할 수 있을 것이다”라고 말하고 있는 조연현의 니체 독법의 핵심은 ‘근대 이성 불신과 생의 의지의 발현으로서 투쟁’이라 할 수 있다. 그는 행동과 투쟁을 강조하면서 이렇게 글을 마무리 한다. “종래에 주관적이라든가 감정적이라든가 야생적이라든가 비난회멸 되는 것, 우리들이 마음에 두고 생각하면서도 이성적 사고를 위해 버려서 이루어지지 않았던 것이 지금은 ‘짜라투스트라’라는 한 사람에 의해 위대한 철학적 근거를 가진 지위를 획득했다.”

같은 해 12월과 이듬해 1월에 두 차례에 연재한 『동양지광』의 「니체적 창조」[24]에서도 ‘근대 이성의 무능’과 ‘생의 의지로서의 투쟁’은 반복되어 강조된다. 그러나 여기에서는 ‘니체적 창조’라는 조연현의 해석과 니체 저작 형식, 그리고 ‘허무’에 대한 언급이 눈에 띄는데 그 논지는 이렇다. 그는 우선 니체 철학이 논리적 불통일성에 기초하고 있으나 그것은 시적 통일성을 보여주고 있다면서 이러한 표현 방식이 니체적 사유의 핵심과도 잇닿아 있다고 본다. “니체의 철학적 사명 중 하나가 실로 그 논리적 세계의 파괴에 있었다면, 우리의 불만은 무슨 의미가 있을까” “니체의 철학은 논리적 단편과 모순에 충만에 흐르는 사상의 격류다. 하지만 그 사상의 흐름은 모순에 충만할 뿐 아니라 생생하게 흐르는 생명의 용일이다.”[25]

---

24 「ニーチエ的 創造」, 『동양지광』, 1942.12~1943.1 연재.

25 조연현, 이경훈 역, 「니체적 창조」, 『한국 근대 일본어 평론 · 좌담회 선집－1939~1944』,

조연현은 이어 오늘날의 세대를 '철학적 전투 세대'라고 명명했던 오르테가의 말을 끌어와 그것을 이렇게 해석한다. "전투가 야생적인 원시인에게만 허용되었던 것처럼 생각하기 쉬운 사람들에게, 전투는 단순히 '싸운다'고 하는, 그런 의미에만 머무르지 않는다는 것, 그것은 생명의 자율성과 비약성이 필연적으로 초래하는 불가피한 생명의 본질에 근거하고 있음을 의미했을 따름이다." 즉, 조연현은 '전투'가 '생'의 본질에 근거한 것이라는 의미에서 '철학적 전투'라고 해석함으로써 '전투'를 정당화하고 형이상학적 의미로 끌어올린다. 조연현은 니체가 "싸우는 일의 모든 미덕"을 역설했다는 점을 강조하면서 "싸우기 전에 싸우는 일의 정당한 이유를 발견하지 않으면 만족할 수 없는 현대 지성인에게 니체는 예리한 반항을 보이고 있다" 혹은 "공격하는 일은 나의 본능에 속한다"라는 니체의 말을 다시 인용한다. 이어 그는 이러한 니체 철학이 자칫 야만주의 철학으로 곡해될 수 있다는 점을 이야기하면서 니체의 투쟁 사상이 어디에서 연유했는지를 언급한다. 그것은 지난 19세기 세계적 불안과 회의에 대한 강력한 해결을 의미하는 것인데, 왜냐하면 근내의 혼란은 모든 행동을 말살했던 '근내적 유약'에 기인하기 때문이라는 것이다. 이러한 근대 이성 비판을 다시 반복하면서 조연현은 니체의 이성 파괴를 "'이성의 피안'이라는 진리를 위해 싸워야 하는 방법론적 테러리즘으로 보고 있다.

자유로운 생명의 율동에 따르는 니체의 이성파괴는 오직 니체 철학의 본

질인 "이성의 피안"이라는 진리를 위해 싸워야 하는 방법론적 테러리즘으로
서만 중요한 것이었다. 따라서 인생이란 싸움이며, 선악이란 이성의 판단으
로 결정되는 것이 아니라 살아남는 것이며, 이기는 일이 즉 선이라고 하는
그의 철저한 사상! 다시 말해 세계를 움직이는 것! 그리하여 인생에 가장 필
요한 것은 "정의가 아니라 권력"이라는 사실이 그의 윤리의 출발점이었다.
그리고 "이성의 초월"은 그가 획득한 진리의 결론이었다.[26]

윗 글에서 조연현은 니체의 '힘에의 의지'를 「짜라투스트라를 생각
함」과 마찬가지로 이성과 대립시키면서 동시에 '선악의 가치 전복'과
함께 논의하고 있다. 이성은 생을 말살시켜왔으며, 생은 싸움이며 정의
나 선악을 벗어나 이기는 것이 중요하다는 것. "니체의 광적인 투쟁" "모
든 투쟁과 초인의 철학"등 맹목적 '투쟁'만을 강조하는 이러한 논리는
분명 니체적 사유에 근거하고 있지만 조연현의 재구성과 독법은 그 정
치적 무의식에 대한 별도의 해석을 필요로 한다. (이는 뒤에 상술하도록 한
다) 이어 그는 니체의 『이 사람을 보라』의 「병자의 광학」을 인용하면서,
니체의 투쟁이 결국은 '자기극복'이며 '자기 개혁의 테러리즘'으로 "약
자의 강한 힘"이야말로 니체적 창조의 본질이라고 본다. 즉 니체적 창조
란 "허무를 극복하기 위해 허무에 투철"했고, 초인철학이 그 자신의 유
약함을 극복하는 데에서 비롯되었던 것처럼 강자의 논리가 아니라 약자
를 위한 것이라는 것이다.

　이상에서 살펴본 두 개의 니체론을 요약하자면, '반근대, 반이성, 디

26　조연현, 이경훈 역, 「니체적 창조」, 『한국 근대 일본어 평론·좌담회 선집－1939~1944』,
　　역락, 2009, 208~209면.

오니소스적 생 충동, 투쟁'이라고 할 수 있다. 이러한 니체 독해는 앞서 살핀 세스토프, 도스토예프스키와 함께 해방 이후 본격화되는 조연현 비평의 사상적 원형이 된다. 그러나 조연현은 니체적 맥락에서 실증주의, 합리주의의 근대를 비판하고 있는 듯하지만, 그것이 구체적으로 어떻게 20세기 전반기, 현대 위기와 관련되는지에 대한 진단은 생략하고 있다.[27] 2차 대전으로 암시되는 '전쟁' '가공할 만한 파괴와 경탄할만한 건설이 동시에 이루어지는 전투'가 벌어지는 당대 위기를 지적하는 것처럼 보이나 이러한 진단은 단지 추상적인 수준에 머물 뿐이다. 또한 그가 이 글에서 보여주는 전란의 현실에 대한 태도는 '전투'라는 용어의 혼란스러운 사용을 통해 애매모호하게 드러난다. 조연현이 "전쟁의 승패만이 모든 가치를 결정하는 척도처럼 보이는 것도 오늘날 벌어지는 전란의 엄혹함에 비추어 생각하면 무리한 일도 아니라고 해야한다.""선은 이기는 것이고 악은 지는 일이다.""전쟁만이 오늘날의 현실이다"라는 일련의 문장들과 뒤에 강조되는 니체적 '전투'는, 일제 말 전쟁을 비판하고 있는 것인지 아니면 니체적 의미에서 긍정하고 있는 것인지가 불투명하다. 여기에서 조연현의 근대 이성 비판과 생 의지로서의 전투는 암담한 현실에 대한 절망적 태도에서 비롯된 것이라기보다는, 오히

27　니체의 근대성 비판은 자기 자신의 시대 비판으로 "기계, 대중, 권태의 황량함, 도취, 가식"으로 특징 지워지는 시대에 대한 위기의식과 밀접히 관련된다. 그것은 '산업혁명 이후 형성된 근대 시민사회의 정신 상태'에 관한 것이며, 유럽 각국의 혁명과 전쟁, 민족주의 경쟁과 산업화의 진행에 따른 사회 경제적 혼란 속에 드리워진 가치 상실과 문화적 퇴락과 연결된다. 니체에게 근대비판은 곧 이성이 아니라 계량주의, 대중적 이기주의, 속물적 교양주의, 시대를 이끄는 힘의 약화, 인간성 상실, 왜소화 등과 관련되는 것이다.(김정현, 「니체의 사회철학에 있어서의 근대와 니힐리즘의 관계」, 『니체의 몸철학』, 지성의 샘, 1995, 38면)

려 서양 중심주의의 세계사를 바꾸려는 당대 유행했던 일본의 근대 초극론의 한 변형으로 볼 수 있는데, 이는 뒤에 다시 논의하도록 하겠다.

2) 반근대, 창조적 비평, 생리적 문학론

앞서 살펴본 조연현의 니체 독해의 핵심 ─ 이성 비판과 반근대, 디오니소스와 생의 의지 ─ 등은 해방 후 조연현이 비평의 사상적 원천이 될 뿐 아니라, 해방 이후 '문단주체세력'의 순수문학론을 정립해나가는 과정에서도 중요한 역할을 한다. 조연현의 첫 평론집 『문학과 사상』(1949)은 해방기 3년간의 혼란기에 쓰여진 논쟁적인 비평들을 묶은 것으로서, 남한 문학장 형성 과정에 절대적 영향력을 끼쳤을 뿐 아니라, 조연현 비평 이념의 원형에 해당한다는 점에서 주목을 요한다.

『문학과 사상』에서 니체철학은 해방 전의 글들에 비해 현저히 "내면화"[28]되어 '창조적 비평, 생리적 비평'으로 변용되어 나타나는데, 그러나 니체적 사유의 편린들이 직접적으로 드러나는 경우도 없지 않다. 가령, 박두진의 「해」에 대한 해석이나 서정주의 『화사집』에 대한 비평글이 그에 해당한다. 조연현은 박두진의 시에 나타난 '자연에 대한 소박하고 단순한 경이와 존엄'과 '재생의 의지'가 기독교적인 신앙이나 선(禪)이라기보다는 '니체적'이라고 본다.

---

28 서준섭, 앞의 글, 185면.

"나는 눈을 감아본다. 瞬間 번뜩 영원히 어린다. 인간들—지금 이 땅 위에서 서로 아우성치는 수많은 인간들, 인간들이 그래도 멸하지 않고 오래오래 세대들이 이어 오래 살 것을 생각한다(雪岳賦)" 이러한 구절들이 얼마나 '쭈아라토오쭈트라'의 '영원회귀(永遠回歸)'의 사상에 가까운가.[29]

'순간 번뜩 영원히 어린다'라는 박두진의 시구절에서 읽고 있는 '영원회귀'는 "그 위에 성문의 이름이 씌어 있구나. '순간'이라는. (…중략…) 여기 순간이라는 성문으로부터 길고 영원한 골목길 하나가 뒤로 내달리고 있다. 우리 뒤에 하나의 영원이 놓여 있는 것이다"[30]와 겹친다. 조연현이 박두진의 시가 니체적이라고 한 것은 이 '찰나'적 영겁회귀가 "우주공간의 내적 구조와 영속성"[31]으로서의 영원회귀를 환기시키고, '해야 솟아라'로 대변되는 부활의 의지와 원시적 자연에 대한 동경이 니체의 『짜라투스트라는 이렇게 말했다』의 시원적 공간의 그것과 흡사하기 때문이다.

조연현은 서정주의 『화사집』에 대해 다음과 같이 말한다.

이 무서운 형벌 아래 씨는 전신의 출혈을 방지하지 못했으며, 씨의 자아(自我)와 주체가 폭발당한 파편처럼 부서져 없어지고 흩어져 가는 것을 조금도 수습하지 못했던 것이다. 씨는 한 마리의 짐승처럼 그렇게 파멸되어 가는 자기의 모습을 매일같이 바라보며 '병든 수캐마냥 헐덕어리며' 살아온

---

29 조연현, 「星辰에의 信仰—「해」를 통해 본 朴斗鎭」, 『文學과 思想』, 세계문학사, 1949, 130면.
30 프리드리히 니체, 정동호 역, 「곡두와 수수께끼에 대하여」, 『차라투스트라는 이렇게 말했다』, 책세상, 2007, 262면.
31 정동호, 「니체의 삶과 사상」, 『오늘 우리는 니체를 왜 읽는가』, 책세상, 2006, 118면.

것이다. 하나의 위대한 병자로서 하나의 위대한 죄인으로서 씨가 자기를 노래하지 않을 수 없었던 원인이 여기에 있다. 『화사집』의 한 권은 이러한 씨의 병자의 노래였으며 죄인의 노래였던 것이다.[32]

조연현이 위와 같이 서정주의 시를 비평하면서 언급한 '원죄의식, 굴욕, 천치, 병자, 유랑, 선과 악의 혼돈, 운명의 업고, 초극' 등의 수사는 니체의 디오니소스적 도취와 운명애와 연관된다. 니체는 '추와 부조화, 고통'이 예술이라는 가상의 세계에서 놀이로서 극복되고, 그럼으로써 '최악의 세계'로서의 존재 자체가 긍정되는 운명애가 가능하다고 보았다.[33] 서정주의 시가 굴욕과 고통이 '노래'를 통해 디오니소스적으로 향유되고 그것이 시적 화자의 '운명애'로 이어진다고 보고 있는 조연현의 해석에서도 이러한 니체적 사유의 편린을 볼 수 있다. 디오니소스적 도취로서의 '예술'론은 "시는 절정의 표현이다"[34]라는 언급이나 정지용의 조형적인 시세계를 '심장이 상실'된 수공과 노력의 소산이라고 비판하는 대목에서도 드러나며, 무엇보다 사회주의 문학론의 '개념' '공식'을 지독히 혐오하는 것에서도 표출되고 있다. 박두진론, 서정주론에서 나타나는 니체철학 외에 조연현의 비평에는 보다 근원적인 니체적 영향을 찾아볼 수 있는데, 다음 세 가지 논점에서 이를 살펴보자.

---

32 조연현, 「原罪의 刑罰－『花蛇集』과 『歸蜀途』를 通해 본 徐廷柱」, 『文學과 思想』, 세계문학사, 1949.12, 77~78면.
33 프리드리히 니체, 김대경 역, 『비극의 탄생』, 청하, 1998, 145~147면.
34 조연현, 「원시적 시인－오장환의 프로필」, 『문학과 사상』, 세계문학사, 1949, 143면.

(1) 힘에의 의지와 초극

「허무에의 의지─'황토기'를 통해 본 김동리」는 서정주론과 함께 자주 거론되는 조연현 비평의 대표작이다. 김동리 「황토기」는 등천하려던 한 쌍의 용이 여의주를 잃고 슬픔에 못 이겨 서로 저희들의 머리를 물어 뜯어 피를 흘려 생겼다는 쌍룡설 전설의 마을 황톳골에서 사는 두 장사의 이야기이다. 힘이 센 장부 억쇠와 득보가 '분이'와 '설희'라는 여인을 두고 날이면 날다마 피를 흘리며 싸우는데, 여자는 단지 핑계에 불과할 뿐, 달리 힘 쏟을 데가 없어 싸움에 목숨거는 이들의 헛된 나날은 저 쌍룡설의 용처럼 운명적인 것이다. 조연현은 이들의 모든 행위를 "허무에의 투신이자 허무에의 도피이며, 비통한 한 생의 한 행위"라고 해석함으로써 의미를 부여하고 있다. 김동리가 허무를 '온 인류가 부하한 공통된 운명'으로 인식하고 있으며, '인류의 생은 허무하기 때문에' "산다는 것 그 자체가 허무 이외의 아무 것도 아닌 것이다"라고 할 때, 그것은 「황토기」의 정신구조에 대한 지적이기도 하지만, 조연현 자신이 지닌 허무의식의 투사이기도 하다. 그러나 니체의 '니힐리즘'이 그러하듯 조연현의 '허무주의'는 여기서 그치지 않는다.

중요한 것은 김동리가 지닌 허무에의 의지는 그것이 포기의 정신에서 유래된 것이 아니라 오히려 강렬한 추구의 정신에서 유래되었다는 점이다. 이것은 씨가 가진 허무에의 의지는 우리가 상식적으로 사용하고 있는 속칭의 니힐리즘과는 근본적으로 다르다는 데 있다. 속칭 니힐리즘이란 절대적인 가치와 진리의 부정이 그 특징이 되어 있다. 객관적인 구극적인 가치와 진리는 존재하지 않는다는 것, 만일 존재한다고 해도 그것은 인간이 인식할 수 있는 능력 밖에 있다는 것이다. 다시 말하면 구경적인 가치와 진리에 대한 포기의 형식과 태도로서 표현된다. 이러한 니힐리스트에게 절망이 없는 것은 그가 이미 추구하는 것을 버렸기 때문이다. 가치와 진리가 없을 때 추구할 필요와 대상이 있을 수 없기 때문이다. 추구하지 않는 곳에 절망은 오지 않는다. 그러나 씨의 허무의 의지 속엔 그림자처럼 절망이 따라다닌다. (…중략…) 이것은 씨가 포기하지 않고 추구해 가고 있기 때문이다. 씨의 허무에의 의지가 속칭의 니힐리즘이 아니기 때문이다.[35]

윗글에서 조연현은 절대적 진리의 부재와 모든 의미를 거세하고 있는 '니힐리즘'과 김동리의 '허무의 의지'를 구분하면서 김동리 작품 전반에 나타나고 있는 '허무의 수락이나 복종' '허무에의 투신' '허무에의 도전이나 초극' 등의 근원적인 허무의식이 궁극적으로는 인류의 운명인 허무를 타개하려는 '의지'라고 본다. 절대 허무에 대한 인식, 그리고 그 절망에서 오는 초극의 의지는 니체의 "상승하는 정신적 힘의 기호로서의 긍정적 니힐리즘"[36]과 영원회귀설의 허무주의와 맞닿아 있다. 또한 '허무에의 투신, 도전, 수락, 복종, 초극' 등등 김동리의 작품을 인류의 운명인 '허무'와의 놀이로 보고 있다는 점에서 그것은 니체의 '운명애'와 연결된다. 또한 조연현 자신이 "나의 비평에의 關心이 어느듯 어쩔 수 없는 나의 文學的 本業으로 되여 버렷다는 事實"[37]을 운명적으로 수락하고 이에 적극적으로 투신하게 된 그 자신의 생애와 무관하지 않다.

---

35 조연현, 「허무에의 의지─'황토기'를 통해 본 김동리」, 앞의 책, 1949, 104면.
36 김정현, 「니체의 사회철학에 있어서의 근대와 니힐리즘의 관계」, 『니체의 몸철학』, 문학과현실사, 2000, 59면.
37 조연현, 앞의 책, 1949, 3면.

　　신의 죽음에서 비롯되는 가치부재로서의 허무와 새로운 가치 정립을 향한 창조적 힘으로서의 '의지'와 '초극'에 대한 강조는 서정주 시를 '업보를 초극하려는 강한 열망'으로 해석하는 데서도 엿보이거니와 최명익의 작품의 한계를 '의지력'의 부재로 보는 데에서도 드러난다. 조연현은 최명익의 인물들의 무기력이 '자기의 생활'을 갖지 못한 필연적 결과이며, '위대한 의지력'은 단지 상승을 위해서만 필요한 것이 아니라 몰락을 위해서도 필요하다고 본다. "阿片中毒者로 墮落할 수 있든 것도 墮落에의 이러한 意志力이 있었기 때문이었다. 한 개의 강한 意志力이 없고서는 人間은 墮落도 할 수 없는 것이다"(113) 상승과 하강의 힘으로서의 의지, 이는 생의 본질을 끊임없는 생성과 부정의 운동으로 보고 있는 니체의 '힘에의 의지'를 의미한다. 이러한 인식은 비평의 자립성을 추구한 그의 창조적 비평관과 연결되는데, 조연현은 비평이 "비평하는 주체가 가진 생명의 한 표현"이어야 하고, "비평도 시나 소설과 마찬가지의 가치창조"임을 거듭 강조한다. 이러한 창조적 비평의 열망은 기존의 공식적 문학관을 벗어나려는 강인한 자의식으로 드러난다. 그는 계몽주의 등의 문학사조나 유물사관에 입각한 문학론을 혐오했는데, 그의 '창조적 비평'은 이러한 일체의 구속이나 규제를 '초극'하려는데에서 비롯된 것이고, '감성, 직관, 주체파'[38] '인상주의'[39]로 불리는 그의 평론의 특징을 결과하게 된다. 지나치게 기존의 문학관의 반박에 집착했던 조연현의 태도는 "창조의 본질은 언제나 초극이다"[40]라는 니체적 창조의 일면을 보여주는 것이라고 할 수 있다.

38　김동리, 「책 뒤에 붙치는 말」, 위의 책, 306~307면.
39　이형기, 「조연현 문학의 감성의 논리」, 『현대문학』, 현대문학사, 1991.11.
40　오이겐 핑크, 하기락 역, 『니이체 철학』, 형설출판사, 1984, 112면.

(2) 반근대주의와 근대초극

　　인류의 숙명으로서의 허무와 이의 초극은 조연현의 반근대주의 근대초극론과 밀접히 관련된다. 앞서 조연현의 사상적 원형이 세스토프, 도스토예프스키, 니체의 근대 이성 비판과 비합리주의에 놓임을 살펴보았다. 이러한 사상은 그의 실제 비평 뿐 아니라 문학사적 관점에 있어서도 중요한 원천이 된다.

　　「근대조선소설사상계보론서설」(『신천지』, 1949.8)은 조연현의 반근대의식이 집약적으로 드러나 있는 글로, 일종의 문학사의 구도를 지닌 것이다. 개화기에서 해방기까지의 한국 소설의 사상사를 집필할 의도로 쓰여진 이 서설에서 그는 '근대정신'을 기준으로 근대소설사를 '근대정신의 출발, 구체화, 회의, 붕괴'의 과정으로 파악하고 있다.

　　춘원의 『무정』이 우리의 근대에의 출발을 완성하고 김동리의 「황토기」가 우리의 근대에의 종언을 완성시킨 최후의 작품이라고 보고 그 과정을 설명하고 있는 이 글은 "김동리를 극점으로 하여 식민지 시대 문학 전체를 지배한 '근대정신'을 '청산'하고자 하는, 조연현의 반근대주의 비평의식이 집약된 형식의 글"[41]이라고 볼 수 있다. 그 요지는 다음과 같다.

　　우리의 근대사상은 "김동인씨의 자연주의에의 발족과 박종화씨의 낭만주의에의 편승과 이기영씨의 유물주의에의 실천으로 구체적인 형상을 갖추었으나 하나는 현실폭로에의 절망과 비애로 하나는 이해로부터의 도피에서 가져진 회고에의 안정으로 또 하나는 인간의 상실이라는 우리의 최초의 정열과 포부와는 엉뚱한 결과"를 초래한다. '그 후 근대

41　전용호, 앞의 글, 63면.

정신은 이태준, 이효석, 안회남, 유진오, 김남천, 박태원 등을 통해 회의와 방황하게 되고 최명익과 이상의 자기분열과 해체에서 붕괴되고 만다. 그러나 이 회의와 붕괴는 자생적인 비판에서 발생한 것이 아니라 근대의 종가인 서구의 근대정신의 한 위기에 의해 초래된 것이다. 붕괴된 근대정신이 최후로 직면하게 되는 세계는 허무이고, 김동리의 허무는 이 근대정신을 정리하고 청산하려 한 혁신적인 작품이다.'

이 소설사상사 계보는 '근대'라는 하나의 관점으로 수많은 개별적 실체를 단선적으로 추상화시켰고, 그 평가의 타당성에 있어서도 논란의 여지가 있을 수 있지만, 이러한 문제를 떠나 조연현이 그 자신 견지해왔던 반근대주의를 명확히 표명하고 '근대와의 대결'을 펼쳐보인 글이라는 점에서 중요하다. 그는 여기에서 근대사상의 근본적인 요소를 '과학주의, 합리주의, 실증주의, 유물주의' 등으로 파악하고 있는데, 이 근대정신이 '인류의 운명을 해결하지도 않고 인류를 구제할 수 있는 진리를 구할 수도 없다'라며 근대정신의 파산 선고를 내린다. 글의 마지막에 '김동리가 허무에 굴복하느냐 극복하느냐의 문제가 달려있다'고 정리하는 이 자의적인 근대 청산은, 이 글이 딛고 있는 해방공간이라는 현실에서 순수문학론의 대표 주자로 나선 '그와 김동리'에 대한 정통성 부여라는 점에서 또 다른 맥락의 독법이 요구된다.

(3) 생리적 문학론과 창조적 비평

니체에게 예술은 '생명감정을 고양하고 생명 감정을 자극'하는 것이며, 디오니소스적 도취 속에 자신에의 충실과 힘의 증대를 가져오는 것이다.[42] 니체는 예술의 기원을 "성적 정력이 남아도는 뇌신경 계통에서 뛰어나게 고유한 저 완전한 것을 만들어내고 완전한 것을 흘깃 보는 행동"[43]이라 규정하고, 충동, 성욕, 생식력, 분만, 히스테리, 정액, 강장, 장질환 등 생리학적 용어를 통해 예술[44]로 설명함으로써 생의 표현으로서의 예술을 강조했다. 또한 진리에의 의지가 결국은 삶의 부정하는 금욕주의 이상에 봉사하는 것이며, "가상에의, 환상에의, 망상에의, 생성이나 변전에의(객관화된 망상에의) 의지"가 "진리에의, 현실에의, 존재에의 의지"[45]보다도 한층 더 깊고 근원적이라 함으로써 예술을 과학과 종교, 학문의 우위에 두었다.

조연현의 해방 이후 문학관의 또 하나의 핵심적 용어는 '생명'과 '생리'이다. 창작방법론에 입각한 소설 '제작'에 반대하여 '본격소설론'을 피력한 「본격소설론」에서 그는 "소설은 작가의 어쩔 수 없는 생리와 생명의 표현"이며, '하나의 생물, 그대로 산 한 개의 산 인생, 산 현실'이라고 강조한다. 이와 더불어 조연현은 작품과 비평이 무엇보다 '자기의' 생명 표현이어야 한다고 함으로써 주체성을 강조하고 있는데, '인간적인 모든 문제는 또한 나의 문제이다'라는 짐멜의 말을 빌어 작품은 어디까지나 그 "작자가 생활해 나가는 생활함으로서 성장해나가는 기념비적 기록이 되어야 한다"[46]거나 "자기의 구경적인 인생문제와 본격적으

---

42 프리드리히 니체, 강수남 역, 『권력에의 의지』, 청하, 1993, 470~471면.
43 위의 책, 473면.
44 니체 예술의 생리학에 대해서는 Metthew Rampley의 "Towards a Physiological Aesthetic", *Nietzche, Aesthectics and Modernity*, Cambridge Universtiy, 2000; 한동원, 「니체의 예술철학」, 『강원인문논총』 8집, 강원대 인문과학연구소, 2000 참조.
45 프리드리히 니체, 강수남 역, 앞의 책, 505면.

로 대결해나가는 것이 본격소설" "삶의 몸부림으로서의 문학"을 언급하는 것은 그러한 문학관의 표출이다. 생리적 문학론은 '분석과 해석, 평가'를 핵심으로 하는 논리적인 글쓰기인 '비평'을 창작으로 끌어올리려는 그의 '비평적 자의식'에서 보다 강하게 표출되는데, 다음의 '논리에 대한 생리적 혐오감'을 드러내면서 생리를 옹호하는 데에서도 그 일면을 찾을 수 있다.

논리가 한 개의 개념이라면 생리란 인간의 현실 그 자체일 것이다. 아무리 현실을 완벽하게 이론화하였더라도 이론은 현실은 아닌 것이다. 그러나 생리는 어느 인간이고 자기의 생리를 벗어날 수 없다는 점에 있어서 생리는 인간의 최초의 그리고 가장 직접적인 현실일 것이다. 그러므로 논리가 모든 문제를 합리적으로 규정할 수 있는데 반하여 생리는 생명적으로 영위하는 도리밖에 없는 것이다. (…중략…) 인간이 한 개의 관념이나 사상에 아무리 자기를 의거시켜도 그 관념이나 사상이 자기에게 적응치 않을 때 그의 생리가 반발하게 되는 것이다. 치호노프, 조시쟁크, 아호마도바와 그리고 「응향」의 시인들은 그들의 생리가 그들의 관념이나 사상을 거부한 좋은 예이며 지이드의 소련에 대한 회의 역시 그의 생리적 진실이 그의 논리적 진실에 대한 의거의 좋은 예인 것이다. 다시 말하면 이러한 사례는 유물사관의 생리적 不適性의 좋은 예인 것이다.[47]

조연현의 저러한 철저한 논리 부정과 '생리' 옹호는 윗글에서 짐작할

---

46 조연현, 「작가의 윤리―기념비로서의 작품」, 앞의 책, 1949, 206면.
47 「논리와 생리」, 『백민』, 1947.7.

수 있듯, 직접적으로는 당시 조선 문학가 동맹의 좌파 문인을 겨냥한 것이다. 이는 「개념과 공식─백철과 김동석」에서 더욱 명확히 드러나는데, 조연현은 이 글에서 백철을 "자연주의적, 낭만주의적, 기교주의적, 리얼리즘적, 신비주의적 등등 수다한 개념적 용어를 사용하지 않고서는 여하한 비평문의 한 구절도 기록해낼 수 없는" 개념 비평가로, 김동석은 "어떤 기성 이데올로기의 공식만을 가지고 문학을 이해"하는 공식 비평가로 신랄하게 비판한다. 조연현의 이러한 '생리적 비평'은 비록 당시 거대 조직과 강령으로 군림한 좌파 문인들에 대한 대타의식에서 비롯된 것이긴 하지만, '비평의 자립성'과 '창조적 비평'이라는 새로운 단계로 나아가는 데 하나의 디딤돌이 된다. 논리 대 생리의 단순한 대립구도와 반응적 태도에서 벗어나 비평을 하나의 독자적인 문학영역으로, 또한 가치 창조와 주체 형성 과정으로 보고자 한 그의 노력은 다음과 같은 논의로 제출한다.

여상에서 내가 이야기하고 싶은 것을 일괄적으로 총괄해본다면 그것은 비평에 있어서 우리가 간단히 이용하거나 적용해 올 수 있는 그러한 편리한 방법이나 형식이 없다는 것. 이러한 방법이나 형식이 있었다면 그것은 그러한 비평하는 주체가 가진 생명의 한 표현이이라는 것. 방법과 형식이 모방으로서 이루어지는 것이 아니라 비평하려는 주체가 발견하고 발명해야 된다는 것. 어떻게 대상이 평가되었느냐가 중요한 것이 아니라 어떻게 평가하는 어떠한 주체를 가졌느냐가 중요하다는 것. 비평이 가진 가치판단의 직능을 과소평가한다든지 부정하는 것이 아니라 비평은 대상을 판단하는 형식으로 비평하는 주체를 표현하고 완성해 간다는 것. 비평도 시나 소설과 마찬가지의

가치창조라는 것. 비평은 더욱 문학의식이 강렬히 발동되어야 한다는 것.[48]

위 글은 앞서 「논리와 생리」(1947.7)가 쓰여진 지 1년여 즈음 뒤에 발표한 글이다. 이 글은 「논리와 생리」에서 맹목적으로 '생리'를 옹호하던 태도에서 벗어나 논리적이고 객관적으로 자신의 '창조적 비평론'을 제시하고 있다. '방법과 형식이 아니라 비평하는 주체를 가져야 하고, 가치판단을 넘어 가치 창조에까지 나아가야 하며 그것은 주체를 완성에의 길'로 요약되는 이러한 비평론은 확실히 "비평이란 무엇인가를 묻고, 이 물음에 온몸을 던졌던 최초의 비평가"[49]라는 이름에 걸맞는 비평관이라 할 수 있다.

조연현의 이러한 창조적 비평관은 그가 문학을 '종교나 철학' 등의 제반 영역 등에서 문학을 분리해낼 때 더욱 그 예리함을 드러낸다. 「문학의 영역—종교와 철학과 문학의 기초적 내용」에서 조연현은 '문학한다는 것이 구경적 생의 형식이어야 하고 무한무궁에의 의욕적인 결실인 신명을 갖는 것이며 천지의 분신을 발견한다는 것'이어야 한다는 김동리의 글을 두고 종교적 수행이나 철학과 혼동하고 있다고 말한다. 왜냐하면 문학은 구경적 생의 형식'을 '지향'하는 데에서, "무엇을 형성시키기 위하여 희망하고 절망하고 회의하고 관찰하고 결의했다가 포기하고 다시 판단할 수 있는 세계"[50]이기 때문에, 이미 완성된 신앙이나 관념으로서 유지되는 세계인 종교와 철학과는 다른 영역이라는 것이다. 조연

---

48 『백민』, 1949.1.
49 김윤식, 「근대성 또는 주인과 노예의 변증법」, 『현대문학』, 1991.11, 70면.
50 조연현, 「문학의 영역—문학의 내용적 기초」, 앞의 책, 1949.

현의 이러한 '지향하고 추구하는 과정으로서 문학관'은 생성과 변화, 운동을 그 핵심으로 하는 니체의 예술론과 동일한 것이라고 수 있다. 이러한 문학론은 문학의 내용은 사상에 기초해야한다고 보고, '사상적인 것과 사상'을 개념과 생명으로 구분한다거나[51] 문학의 사상성과 정치경제의 사상성을 "무엇을 형성하려는 생각"과 "현실적으로 실현시키려는 것"으로 구분하는 것으로 변주되기도 하는데, 일정부분 동의할 수 없는 부분들이 있다하더라도 문학의 사상이란 "어떠한 인생관이나 세계관을 형성하려는 의지나 의욕 같은 것"이라고 하는 대목 등은 그의 독창적인 문학론과 니체적 사유를 드러내는 지점이다.

이상에서 조연현의 '생리학적 문학론'과 '창조적 비평'에 니체적 예술론이 어떻게 투영되었는지를 살펴보았다. 그러나 조연현의 '생리'는 엄밀히 니체의 그것과 동일한 것은 아니다. 조연현의 '생리'는 니체의 역능과 운동을 강조한 예술의 생리학보다는 훨씬 더 추상적인데다가 원론에 그칠 뿐 실제비평에의 적용은 거의 찾아볼 수 없기 때문이다. 또한 조연현의 '생리'는 단순히 '성격' '본질' '존재'라는 의미로 쓰인 경우도 많은데, 예를 들면 "문학에 있어서의 사상성과 그 외의 정치나 경제나 기타 모든 사상 형태와 그 성격이나 생리가 본질적으로 상위"하다든가 "인간의 생리에 부적응"하다는 대목에서 '생리'는 육체성이나 생이라기보다는 '성격'이라는 의미로 쓰인 것이다.

---

51 조연현, 「사상에의 반성—소설에서의 사상의 소재」, 앞의 책, 1949.

3. 조연현 비평의 맥락

이상에서 조연현의 니체론과 조연현 비평에 나타난 니체 사유의 특징을 살펴보았다. 그러나 위에서 언급한 내용들은 단지 조연현의 니체 이해와 그 비평적 특질에 불과할 뿐 그것이 갖는 실질적 의미에 대한 해명은 아니다. 모든 발화가 그러하듯 비평은—특히 무엇보다 가장 현실 개입적인 장르라는 점에서—그것이 발화된 지점의 현실적 맥락 위에서 고찰되어야 한다.

조연현의 두 편의 니체론이 발표된 1942년은 일본의 식민지 수탈과 파시즘이 절정에 달했던 때이다. 중일전쟁 발발(1937) 이후 일본의 황민화 정책과 병참기지선력은 더욱 가속화되었고, 모든 사회, 경제 기구가 전시통제 경제로 바뀌어가고 있었다. 1937년 중학교에서의 조선어 교육 폐지, 1939년 창씨 개명제 실시, 1938년 '국민정신총동원조선연맹' 발족, 1938년 '육군특별지원병제' 실시에 이어 급기야 1942년 5월 징병제가 발표됨으로써 일본의 침략전쟁에 한반도 전체가 휩쓸려 가던 때였던 것이다.

조연현이 니체론을 포함하여 7편의 글을 실은 『동양지광』(1939.1 창간)은 "내선일체의 실천 강화를 목표"한 첫 번째 친일 국어잡지였고, 두 편을 실은 『국민문학』(1941.11 창간) 또한 8회 만에 언문판을 폐지하고 국어잡지로 전환한 일제의 국책 선전지였다.[52] 이 시기 조연현은 두 편

---

52 임종국, 『친일문학론』, 민족문제연구소, 2005, 66면.

의 니체론 외에도 다수의 일본어 평론과 한국어 평론을 발표했는데, 그 중에서 몇 편의 글을 통해 니체론의 본의를 살펴보자.

「아세아부흥론서설」(1942.6)은 『동양지광』에서 시행한 웅변원고 현상 공모에서 3등에 입상한 글인데, 일본의 파시즘 논리를 그대로 따르고 있다. 대동아전쟁이 '아세아의 자율성과 독립성을 선양하는 아세아의 자각전'이며, 영·미의 역사는 아세아를 학살하는 역사였고 몰락하는 '서양문명'에 맞서 '동양'을 발견하고 일본을 중심으로 아세아 부흥에 힘쓰자는 논지의 이 글은 다음과 같은 격정적 웅변조에 담겨있다.

영·미의 역사는 아세아를 압박하고 착취하는 아세아 학살의 역사였습니다. 난인(蘭印)에, 불인(佛印)에, 태국(泰國)에 진출한 그들의 유형무형의 기획(企劃)은 직접으로 우리 아세아 친구들의 피를 얼마나 잔인하게 짜냈던 것인가. 우리 인도 맹우(盟友)의 참기 어려운 고통과 눈물이 또한 얼마나 영국의 배를 비만하게 했던 것인가. 그리고 무지한 지나(支那)를 부추겨 불행하게도 일·지사변(日支事變)을 일으키게 한 그 근본적인 이유도 실은 그들이 교활스럽게 유발한 결과가 아니었던가. (…중략…) 여기서 또 주의해야 할 것은, '하나'인 아세아의 중심은 일본이어야 한다는 사실입니다. 그것도 단순히 정치적인 이유 이상으로 명심해야 할 근거가 있습니다.

옛날 동양문화를 받아들인 일본, 그리고 더욱 뒤에는 서양문화를 받아들인 일본, 그리고 그 어느 것에도 치우치는 일이 없었던 일본에게, 아세아의 중심으로서 아세아 통괄(統括)의 역할이 벌써부터 약속되어졌던 것입니다.[53]

「문학자의 입장」에서는 문학자의 실천이 '문학작품'을 통한 특수한 실천이 되어야 한다고 강조하고 있으며, 「예술의 기능」 또한 예술의 독자성을 강조한 글로서 예술에 대한 욕구는 '생명이라는 하나의불가사의 한 유기체가 가지는 하나의 생명적 욕구'라고 함으로써 생명의 표현이라는 조연현 문학의 핵심테제[54]의 단초를 드러내고 있다. '국민의식이라든가 하는 거창한 개념'에서부터 글을 쓰지 말고 '자기의 가장 절실한 문제'로부터 글을 쓰라는 요지의 「자기의 문제로부터」(『국민문학』, 1943.8, 일문)는 '생리' '주체'에 대한 경사를 드러내고 있는데, 그러나 이는 결국 "자기와의 대결이 없으면 올바른(?) 국가의식과 국민의식도 없다는"[55]는 전체주의적 문학관의 표출이다.

그렇다면 앞서 읽은 조연현의 니체론의 핵심인 '반근대, 디오니스주의, 투쟁'은 어떻게 위의 글들과 연관될 것인가. 김명인은 이즈음의 조연현의 문학관이 그만의 특수한 것이 아니었다고 하면서, 그를 일제 말기 세대[56]로 규정하고 이들의 공통된 미의식은 '미적 자율성, 혹은 주체성

---

53 조연현, 「아세아부흥론 서설」, 김병걸·김규동 편, 『친일문학선집』 2, 실천문학사, 1986, 359~360면.

54 김명인, 앞의 책, 90~91면.

55 위의 책, 93~94면 참조. 전용호의 다음과 같은 글은 '자기'라는 수사에 들어있는 파시즘적 논리를 다음과 같이 설명하고 있다. "'자기의 문제'라는 말은, 이 시기 신체제 문학론에서 자주 나타나는 '個'와 '全'의 논리적 연관에서 사용된다. 즉, '국가, 전체'의 문제와 '국민, 개인'의 문제는 서로 별개의 것일 수 없다는 논리로의 전개에서 주로 후자를 지칭하는 의미에서 '자기'라는 말을 사용하고 있는 것으로 보인다.(전용호, 앞의 글, 12면)

56 '일제 말기 세대' 논의는 한형구의 다음과 같은 논의를 따른 것이다. 한형구에 따르면 이들은 신세대로 불리는데 1930년대 중반 카프의 붕괴 이후 도래한 이른바 '전형기'에 경향적 계급문학에 최초의 대립자로 등장한 주지주의─모더니즘 계열의 뒤를 이어 '순수문학'을 내세우며 등장한 제3의 경향에 속한 젊은 시인, 작가들을 뭉뚱그리는 명칭이다. 여기엔 김동리, 황순원, 최명익 등의 소설가들과 서정주, 오장환, 윤동주, 이육사 그리고 청록파의 시인들이 속한다.(한형구, 「일제 말기 세대의 미의식에 관한 연구」, 서울대 박사논문, 1992 참조)

의 이념'으로, 역사의식은 '탈근대적 의식으로', 이데올로기적으로는 '문화적 민족주의의 지향'으로 나타난다고 보고 있다. 그 중에 조연현은 민족주의 감성 부재를 보인다는 점에서 그 세대들과 차별성을 보이는데, 결국 그의 지적 코스모폴리탄이나 민족적 근거의 부재가 그의 친일적 문필 활동을 자유롭게 만들었다는 것이다.[57] 이러한 맥락에서 보자면 조연현의 니체 독해는 결국 일본의 대동아전쟁을 합리화하려는 동아협동체와 근대초극론에 부응하는 담론이다. 근대초극론은 "좁게는 1942년 문예지인 '분가쿠카이[文學界]'에서 개최된 '근대의 초극 좌담회'의 담론을, 넓게는 1920년대부터 1945년 패전할 때까지의 일본 지성사"[58]를 의미하고 있는데, 현실적으로는 일본의 침략 전쟁을 정당화하는 이데올로기로 작동했다.

조연현의 니체 독해의 '반근대'는 「아세아부흥론 서설」과 나란히 읽는다면, 일본의 침략 전쟁을 정당화하는 근대초극론의 한 변형이고, 근대 이성에 대한 부정과 맹목적인 투쟁에 대한 강조 또한 전쟁논리로 귀결될 수밖에 없는 것이다. "전쟁은 지구의 어디에서나 일어난 하나의 사건만이 아니라 우리들의 내부에서 일어난 자기투쟁이었다. 이 시대 엄정함이 문화나 예술에 대해서 대단한 제약을 강조하고 있는 것처럼 여겨지는 것도 자기에 대한 가차없는 투쟁이 요구되는 까닭이라는 사실에 지나지 않는다"(「자기의 문제로부터」, 356)라는 발언에서 보여주는 전체주의적 문화 옹호와 '자기투쟁'의 역설은 고스란히 조연현의 '니체의 광적인 투쟁'과 '초인' 사상으로 이어지는 것이다.

57　김명인, 앞의 책. 92면.
58　히로마쓰 와타루, 김항 역, 『근대초극론』, 민음사, 2003.

해방 직후 조연현의 반근대주의는 일제 말 근대초극론과는 조금 다른 양상을 보인다는 점에서 또 다른 논의를 필요로 한다. 조연현이 문학사 서술[59]에서 1930년대를 기점으로 '근대, 현대'를 구분하는 것, '근대의 초극을 통해 현대'로 나아가자는 주장[60]은 일제 말 근대초극론의 '세계사의 철학'[61]에 따른 것으로, 서구 이성을 대타적 관계에 놓은 일종의 대동아공영권의 변형이지만, 해방공간의 반근대주의는 이와는 또 다른 의미맥락을 지니고 있다.

해방 공간의 문인 단체는 크게 좌파를 대표하는 '조선문학가 동맹'과 우파를 대표하는 '전조선문필가 협회'로 나뉜다. 조연현이 소속된 '조선청년문학가 협회'는 '전조선문필가협회'의 이념을 살리고 적극적으로 행동을 전개시키기 위한 전위대의 성격을 지닌 조직체 역할을 했는데[62] 이 단체를 실실적으로 주도했던 김동리와 함께 조연현은 평론분과를 맡아 조선문학가 동맹의 맹진에 맞서게 된다. '맹진'이란 '문맹'이 중간파 문인들까지를 총망라한, '조선의 신문학 이래 최대 규모의 문인 모임'인 '전국문학자대회'를 주도했을 뿐 아니라 문학 이념을 새로운 국가 건설 아래 두고 일제 잔재 청산, 민족성과 계급성, 대중성 등을 논의하면서

---

59 조연현, 「신문학사 방법론」, 『한국현대문학사』, 성문각, 1969, 25~28면.

60 「근대에서 현대로」, 『구국』, 1948.1, 57면.

61 미키 키요시(三木淸, 1897~1945)를 비롯한 교토학파 철학자들 및 혁신좌파 지식인들에게, 중·일 전쟁이 초래할 아시아의 탈식민화와 자본주의 비판은 '근대'로부터 '현대'로의 질서 전환에 있어 근본적인 문제로 여겨졌다. '근대'와 '현대'의 차이를 가장 선명하게 변별하고 그 전환의 논리를 분명하게 제시한 코유야마 이와오(高山岩男, 1905~1993)는 서양 근대가 패권을 장악하여 세계의 대부분의 식민지화를 초래했던 '근대적 세계'가 몰락·종언을 고했으며, 그 모순을 극복하는 '현대적 세계'가 대두하고 있다고 하는 역사인식을 제시했다.(차승기, 「'근대의 위기'와 시간-공간의 정치학-교토학파 역사철학자들과 서인식」, 『한국근대문학연구』 제8호, 한국근대문학회, 2003.10, 245~246면)

62 김영민, 『한국현대문학비평사』, 소명출판, 2002, 73면.

시대적 과제를 문학에 흡수하고 있었기 때문이다. 이에 김동리는 '민족문학, 순수문학, 휴머니즘론'으로 내세우고 문맹 측과 논쟁을 벌이는데, 조연현의 『문학과 사상』은 이러한 대결과정에서 나온 결과물인 것이다.

이런 현실적 맥락을 고려해보면, 해방공간의 조연현의 반근대주의는 일제 말 영미 구축과는 다른 지점에 놓여 있음을 알 수 있다. 이때 '근대'는 '서구 합리주의와 이성'이라는 점은 동일하지만, 더 좁게는 '문맹'의 계급문학과 문학 운동을 의미하는 것이었다. 이 시기 조연현의 '근대'가 서구 이성과 합리주의가 아니라 '문맹'의 계급문학을 의미했다는 것은, 앞서 이상을 '근대의 붕괴'에 두었던 관점을 버리고 문학사에서는 이상을 현대의 출발점에 두고 '과학'과 '지성'이라는 근거를 다는 데에서도 확인되는 바이다. 조연현이 「근대조선소설사상계보론서설」에서 그토록 청산하고자 노력했던 '근대'란 해방기 공간에서 식민지 민족문학의 정통성을 이어받아 선편을 쥔 '문맹'이었던 셈이고, '허무의식'이란 상대적으로 일제 말 '훼손된 출발'[63]의 연장선상에 서 있는 그의 실존에서 비롯된 허무이자 무화의 의지라고 볼 수 있는 것이다. 백철과 김동석을 맹렬히 비난하고 문학을 논리에서 구출해내려 한 '생리'의 논리의 정체란 결국 '순수문학론'을 표방한 우파 문인들의 당파적 이데올로기였으며, 친일의 혐의에서 벗어나기 힘든 그 자신의 비극적 운명에 대한 일종의 변이었다. 그가 김동리와 다르게 민족문학론에서 거리를 둔 것도, 그리하여 좀더 '순수'와 '창조'에 투신할 수 있었던 것도 바로 그러한 맥락에서였다고 볼 수 있다.

---

63 전용호, 앞의 글.

　물론 이러한 맥락적 독해가 조연현 비평의 의의를 모두 부정하는 것은 아니다. 앞서 살핀대로 니체적 사유를 이어받은 그의 창조적 비평관이나 생리적 문학론은 한국문학사에서 중요한 위치를 차지하는 값진 성취이다. 그러나 아이러니하게도 그것은 그가 해방공간에서 문맹 측과의 사투에서 얻은 '니체적 투쟁과 창조'의 결과물이었던 것이다.

4. 나오며

　본고는 조연현의 해방 전후 비평에 나타난 니체 사상에 대해서 살펴보았다. 조연현은 해방 전 『국민문학』과 『동양지광』에 발표한 두 편의 니체론을 통해 반이성, 반근대, 디오니소스, 생의지, 전투를 강조한 바 있다. 해방 직후 그의 비평에도 니체의 영향은 절대적이다. 조연현은 실제비평에서 박두진의 시를 통해 '영겁회귀'를, 서정주의 시에서 '디오니소스적 도취와 운명애'를, 김동리의 소설에서 '허무에의 초극' 등 니체적 사유를 적극적으로 인유하고 있다. 또한 '근대와 반근대의 대립'으로 보고 있는 현대문학사 서술에 있어서도 '반근대주의'와 '반이성주의'는 명확하게 표명되고 있다. 한국문학사에서 보기드물게 '비평적 자의식'을 드러내고 비평을 '창작'의 영역으로 끌어올리고자 한 그의 생리 옹호와 창조적 비평론 또한 니체의 영향에 의해 이루어진 것으로 보인다. 니체 철학은 조연현의 실제비평, 문학사 서술, 비평론에 이르기까지 다양한 형태로 반영되어 있으며, 예술의 독자성과 비평의 독자성을 심화시키고 한국 문학 작품 해석의 지평을 넓히는 데 기여했다. 그러나 현실적인 맥락에서 조연현의 일제 말 니체 독법에서 보이는 반근대주의와 투쟁의 강조는 일본의 근대초극론의 한 변형이자 일본의 침략 전쟁을 정당화하는 이데올로기로 작동했다고 볼 수 있다. 해방 이후 조연현의 반근대주의는 좌파 문인단체인 '조선문학가 동맹'과의 대결에서 순수문학 이데올로기를 확립시키기 위한 논리로 작용했다.

20세기 철학은 물론 현대 문화 전반에 끼친 니체의 영향은 절대적이다. 한국현대문학에 있어서도 니체 철학의 수용과 해석은 심대했으며 그 영향력은 탈근대의 지평에서 더욱 커지고 있다고 할 수 있다. 특히 영겁회귀와 현재적 삶, 놀이로서의 예술과 가상성은 유목과 이동, 코스모폴리탄, 사이버 공간으로 특징 지워지는 현대적 삶과 예술담론에 있어서 가장 핵심적인 사유로 논의되고 있다. 그러나 현재 탈근대 담론에서 일고 있는 니체 해석이 니체 철학의 본질이라 할 수 없다. 니체는 인류에게 거대한 철학적 모험의 보고를 남겼으며, 그가 남긴 그 문제적 지점들은 니체의 현실적 지형과 무관하게 여전히 인류가 삶을 근본적으로 통찰하기 위해 거쳐야 할 관문들이다. 조연현의 니체의 수용 또한 니체 철학을 긍정하거나 부정할 수 있는, '명백한 증거'가 아니다. 식민지 조선에서 니체는 소춘(묘향산인)에 의해 사회적 민족주의와 역만능주의[64]로, 김형준에 의해 농민대중을 해방시킬 수 있는 초인사상[65]으로 수용된다.

---

64 김정현, 「니체사상의 한국적 수용—1920년대를 중심으로」, 『니체연구』 12집, 한국니체학회, 2007 가을.
65 김정현, 「1930년대 니체사상의 한국적 수용—김형준의 니체해석을 중심으로」, 『니체연구』 14집, 한국니체학회, 2008 가을.

니체 사상의 수용이 이렇듯 현실적 지형에서 다양하게 표출되었듯 조연현의 '한국적 수용'은 니체 사상의 다면성과 전 세계적, 현실적 영향력을 반영하는 '명백한 증좌'라 할 수 있다.

제2장

최재서의 풍자문학론과 그 이후

1. 서론

본고는 최재서의 「풍자문학론」(조선일보, 1935.7, 14, 18~21, 27, 28)에 대한 고찰을 목표로 한다. 최재서는 경성제대 영문과를 졸업, 경성제대 졸업생 중 최초로 영문과 강사(1933), 법전대 교수로 재직(1934~)했고 일본 영문학회지(「英文學 硏究」)를 비롯 종합 잡지『改造』와 사상잡지『思想』에 글을 발표함으로써 학계와 세간의 주목을 받았다. 그가 조선문학 평단에 등장한 것은 프로문학이 퇴조하던 1934년 무렵으로 일련의 영미 비평가들의 문학론을 '주지주의(主知主義)'라는 이름으로 소개하기 시작하면서부터이다.[1] 「영국현대소설의 동향」(『동아일보』, 1933.12.8~10), 「현대 주지주의 문학이론의 건설—영국평단의 주류」(『조선일보』, 1934.8.6~12),

「비평과 과학―현대주지주의 문학이론의 건설」(속편)(『조선일보』, 1934.8.31~
9.5) 등 영국문단의 최신 동향에 대해 소개하던 최재서가 본격적으로 자신
의 입장을 표명하고 글을 쓰기 시작한 것은 「풍자문학론」에서부터이다.
풍자문학론은 그의 본격적인 비평글이기도 하지만, 30년대 전형기 문단
에서의 식민지 지성의 한 방향을 보여주었다는 점에서, 또 이후 최재서의
문학론, 지성론과 모랄론, 리얼리즘과 밀접하게 관련되어 있다는 측면에
서 주목을 요한다. 최재서의 풍자문학론에 대한 고찰은 풍자문학 일반에
대한 시각에서, 또는 당대적 문단 맥락에서, 또는 최재서 비평 전개과정에
서 고찰될 수 있을 것이다. 본고가 주목하고자하는 것은 '풍자문학론'이
최재서의 비평 전개의 다른 중요한 개념들과 갖는 관계들과 그 의미이다.

　일반적으로 최재서 연구에서 최재서의 비평전개는 여러 번의 굴절을
겪은 것으로 논의된다. 경성제대에서 영국 낭만주의 시를 공부하던 시
기(1930~1933)에서 현대주지주의 문학으로의 전향과 지성론과 모랄론

1　최재서는 1908년 2월 황해도 해주(海州)에서 태어나 제이고보(第二高普) 및 경성제국대
　학(京城帝國大學) 예과를 거쳐 1928년 이 대학의 법문학부 문학과에 입학하였다. 영문학
　을 전공한 그는 주로 사또오 기요시[左藤淸] 교수 아래서 영국 낭만주의 시인들을 연구했
　으며, 이 학교 출신의 한국인으로서는 최초로 1933년 대학원을 마치고 경성제대 강사로
　발탁되었다. 이후 그는 경성제대·법학전문 등의 강단에서 영어·영문학을 강의하면서
　전문직 비평가로서 활동한다. 초기 영국 평단과 주지주의 문학에 대한 소개에서 출발한
　그는 리얼리즘론, 지성론, 모랄론, 장편소설론 등을 통해 당대 비평계의 이슈에 적극적으
　로 개입했으며, 『인문평론』(1939~1941)과 『국민문학』(1941~1945)을 주도적으로
　이끌었고 출판사 「인문사」를 경영하면서 김남천의 『대하』 이효석의 『화분』 등을 출간하
　기도 하였다. 중일사변(1937)을 계기로 일본이 완전히 전시체제로 돌입하자 최재서는
　파시즘에 투항하여 「신체제와 문학」(조선문인협회 주최 문예보국강연대, 1940.11)와
　같은 강연을 하고 적극적인 친일의 길로 들어선다. 1943년에는 일문 평론집 『전환기의
　조선문학[轉換期の朝鮮文學]』(1943)을 출간한다. 해방 이후 10년간을 칩거하면서 연대,
　동국대 교수로 재직하였고, 1964년 운명하기까지 『문학원론』(1957), 『최재서 평론
　집』(1961), 『세익스피어 예술론』(1963) 등의 저술을 남겼다. 최재서의 전기적 사실은
　김흥규 「최재서 연구」, 『문학과 역사적 인간』(창비, 1980) 김윤식, 「개성과 성격―최재
　서론」, 『한국근대문학 사상연구』 1(일지사, 1999) 참조.

을 전개하던 시기(1934~1940), 이어 『전환기의 조선문학』으로 대표되는 친일문학으로의 전향(1941~1945), 그리고 해방 이후 『문학원론』과 세익스피어 연구에 몰두하는 시기(1946~64)가 그것이다.[2] 기존 연구들을 살펴보면, ① 최재서 비평의 여러 국면 중 특정 시기에 주목하여 문학론이나 개념을 강조하며 비평체계를 해석하는 글 ② 전체 변모 과정을 살피면서 이러한 굴절들의 내적 논리를 해명하고 있는 글 ③ 신체제와 국민문학론과의 관계에 대한 연구 등으로 구분할 수 있다. ①의 경우, 특히 주지주의, 모더니즘과 관련하여 논의하고 있는 것이 많은데, 문학사적으로 최재서는 대체로 이렇게 의미 매김 되고 있다고 볼 수 있다. 대표적으로 백철은 최재서를 영국의 주지파를 본격적인 소개하고 그의 평론이 주로 '지성문학'과 관련되어 있음을 언급, 과학적 비평 방법을 도입한 그의 공적에 대해 평가하고 있다. 그 밖의 모더니즘 측면에서 접근하거나 풍자문학론, 지성론, 모랄론, 개성론, 리얼리즘론 등의 특정 이론을 중심으로 한 논의들과 범박하게는 최재서의 『문학원론』, 세익스피어 연구, 평론 문체 연구 등도 이에 해당한다고 볼 수 있다.[3]

---

2   김동식, 「최재서 문학비평 연구」, 서울대 석사논문, 1993, 12면.
3   백철, 『신문학사조사』, 신구문화사, 1980, 457~461면.
    조연현, 『한국현대문학사』, 성문각, 1969, 500~504면.
    전용호, 「최재서의 개성론 연구」, 『우리어문연구』 19, 우리어문학회, 2002.
    전용호, 『김기림과 최재서의 문학이론 대비 연구』, 고려대 박사논문, 2003.
    신재기, 「최재서의 모랄론에 관하여」, 『문학과 언어』 8, 문학과 언어학회, 1987.
    임환모, 「1930년대 '지성'의 실체와 의미―최재서의 지성론을 중심으로」, 『한국언어문학』 32, 한국언어문학회, 1994.
    임환모, 「1930년대 한국문학비평 연구―김남천과 최재서의 모더니즘을 중심으로」, 전남대 박사논문, 1992.
    김인환, 「최재서의 세익스피어론의 한계」, 『어문논집』 57, 민족어문학회, 2008.
    이병헌, 「최재서의 문학비평 연구―비평의 유형과 문체를 중심으로」, 『대진논총』 3집, 대진대, 1995.

③의 경우는 최근 탈식민주의와 '국민국가' 담론의 부상과 더불어 활기를 띤 부분이라고 할 수 있는데, 초창기 임종국의 '친일문학론'의 연장선상에서 최재서의 '전환기 문학논리'를 새롭게 규명하고자 하는 논의들이다.[4] ②는 최재서 비평활동 전반을 고찰하면서, 그의 비평체계의 핵심, 그 변모과정 및 내적 필연성을 밝히고 있는 글들이다. 최재서 비평에 대한 본격적인 조명의 첫 번째에 해당하는 김윤식의 「최재서론」[5]은 최재서를 '본격적인 의미에서의 현대비평가, 비평의 아카데믹한 범주 확립, 비평의 아르바이트화, 실천비평, 비평문체적 특성, 『인문평론』 및 인문사 경영'이라는 관점에서 조명하고 지성옹호와 국책야합이라는 굴절을 그의 지성론의 한계에서 찾고 있다. 한편 김윤식은 「개성과 성격 ―최재서론」에서 최재서 비평 전반을 '경성제대 낭만주의―주지주의에로의 경사―개성과 냉소수의―낭만주의에로의 원점회귀―생리학적 예술론'으로 나누어 심도있게 고찰하고 있는데, 최재서의 비평의 뿌리는 경성제대 시절의 스토이시즘의 국학사상과 결합한 '낭만주의'로서 30년대 모더니즘에 기댄 평론활동은 "고의적인 실수이거나, 한갓 잡문을 쓴 것이거나, 소개적 중개인에 지나지 못하거나, 아니면 낭만주의 사상

<hr>

박현수, 「최재서의 문학과 정치―낭만주의론과 지성의 의미 변화」, 『어문론총』 54, 한국문학언어학회, 2011.

4 임종국, 『친일문학론』, 평화출판사, 1966.
송민호, 『일제말 암흑기 문학연구』, 새문사, 1991.
채호석, 「과도기의 사유와 '국민문학'론」, 『외국문학연구』 16, 한국외대 외국문학연구소, 2004.
홍기돈, 「신체제 문화론의 친일 파시즘 논리―최재서의 경우」, 『작가세계』 79, 세계사, 2008.11.
고봉준, 「지성주의의 파탄과 국민문학론―최재서론」, 『한국시학연구』 17, 한국시학회, 2006.
5 「최재서론」, 『현대문학』, 1966.3.

에 어떤 균형감을 주기 위한 노력의 일종"[6]이라고 보고 있다.

비교문학적 관점과 고증 작업을 통해 최재서 문학의 비평논리, 실제 비평, 문단상황과의 맥락, 장르론 등을 치밀하게 분석하고 있는 김흥규의 「최재서 연구」[7]는 최초의 최재서 논문에 해당하는 글이다. 김흥규는 최재서가 문학의 심미성과 사회성을 통합하려는 비평을 추구하였으며, 그의 비평이 '인식추구'로서의 리얼리즘론과 '가치추구'로서의 '모랄론', 두 개의 축을 중심으로 전개되었다고 규명하고 있다. 그러나 그 통합적 비평에는 전통, 민중, 지성과 관련한 딜레마와 모순이 포함되어 있었고, 그 결과 '국책문학의 파산의 길'을 걷게 되었다고 분석하고 있다.

김동식의 글[8]은 '근대적 주체'라는 관점에서 최재서의 문학적 변모를 살피고 있는데, 최재서의 비평적 주체의 구성원리가 경성제대 시절 서구의 보편적 담론과의 2자적 관계(상상)에서 빈곤의 개입으로 3자적 관계(상징적)로 변모함으로써 자기 동일성을 상실하고 분열을 겪게 되었다고 본다.

앞서 살펴본 글들은 최재서 비평의 전환에 대한 나름대로의 해명으로 볼 수 있는데, 이러한 맥락에서 최재서의 비평적 파탄을 '민중주의'와 '지성옹호'의 모순으로 인한 자기분열 현상,[9] 혼돈에서 질서로의 '현대'에 대한 인식의 변화,[10] 현대성과 현실성의 괴리[11] 등으로 규명하고 있

6　김윤식, 「개성과 성격－최재서론」, 『한국근대문학 사상연구』1, 일지사, 1999, 237면.

7　김흥규, 「최재서 연구」, 서울대 석사논문, 1972.

8　김동식, 앞의 글.

9　유종호, 「영미현대비평이 한국비평에 끼친 영향」, 한국영어영문학회편, 『영미비평연구』, 민음사, 1979, 279~283면.

10　채호석, 앞의 글.

11　이양숙, 『최재서 문학비평 연구』, 서울대 박사논문, 2003.

는 글들과 '근대주의' 관점에서 식민주의와 국가주의를 분석하거나 문화담론 논리의 변모를 통해 비평전개과정을 추적하고 있는 글[12] 등이 있다.

풍자문학론은 최재서의 비평 전반을 연구하고 있는 글들에서 대부분 다뤄지고 있으며, 때로 지성론의 필연적 귀결로서 중요하게 논의되기도 하였으나[13] 30년대 후반 최재서 비평의 중요한 개념인 지성론, 모랄론, 리얼리즘론 등과 관련맺는 양상과 그 의미에 대해서는 상세히 고찰된 바 없다. 최재서의 「풍자문학론」은 영문학 소개를 주로 하던 문학활동에서 '스스로의 문학적 신념과 이론을 전개하기 시작한 첫 글'[14]에 해당한다. 그리고 최재서가 영향받은 서구 문학과 현대인식과 현실의식을 드러내고 있으며 이후 전개되는 지성론, 리얼리즘, 모랄론, 비평론의 맹아를 품고 있는 글이다. 본고는 풍자문학론에 주목하여 이후 그의 비평글에서 중요하게 다뤄지는 현대에 대한 인식, 실재성, 지성과 모랄 등과의 관계를 살펴보고자 한다. 이 글에서 논의 대상은 1930년대 초반부터 30년대 말, 즉 신체제 문학론 이전까지의 최재서 비평으로 한정하기로 한다.

12　송병삼, 『한국 문학비평의 근대주의 연구』, 전남대 박사논문, 2007.
13　김윤식, 「최재서론」, 『현대문학』, 1966.3, 292면.
14　김흥규, 「최재서 연구」, 『문학과 역사적 인간』, 창비, 1994, 284면.

2. 풍자문학론의 내용과 특징

1930년대 풍자문학 논의는 최재서 이외의 여러 논자들에 의해 제기된 바 있다. 풍자문학론은 1931년 만주사변 이후 일본의 노골적인 군국주의 정책과 사상 탄압, 국제적 파시즘의 팽배라는 객관적 정세와 카프 1, 2차 검거사건, 35년 해산으로 이어지는 카프문학 침체, 그리고 휴머니즘론, 지성론, 모랄론 등이 대두되는 30년대 후반 전형기에서 사상적 공백을 메우려는 시도이자 대안으로 제기된 것이다. 여타의 문학론—사회적 리얼리즘, 휴머니즘론 등에 비해 문단의 중심적 이슈가 되지 못하고 단편적으로 그치긴 했으나 풍자문학론은 민족주의 문학 운동이나 카프문학 운동을 막론하고 가혹해진 사회현실 속에서도 여전히 사회체제에 대한 비판과 변혁의지를 표출한 문학론의 하나였던 것이다.

30년대에 풍자문학을 거론한 논자는 유진오, 안함광, 한식, 최재서 등이다.[15] 처음 문단에 풍자 문제를 언급한 유진오는 「문단에 대한 희망 2, 3」(『조선일보』, 1933.1, 3)에서 불리한 정세에서는 '정공법이 아니라 측공법'도 필요하다고 전제하고, 풍자소설, 탐정소설, 페이소스 소설이라도 정력적으로 생산해야 한다고 주장한다. 또한 문학운동의 목표가 식민지 해방에 있으며, 반동작품의 도량을 막기 위해 필요하다고 강조하고 있다. 여기에 대한 반론은 안함광에 의해 이뤄지는데, 그는 기본적으로 유진오가 제안한 풍자소설에 대해 동의를 표하면서 그럼에도 불구하고 유진오

---

15 1930년대 전반기 풍자문학론의 전개에 대해서는 박헌호의 「카프해산 전반기의 풍자문학론과 풍자소설」(『반교어문연구』 3, 반교어문학회, 1991) 참조.

의 제안이 "객관적 정세에 대한 패배적 인식으로의 복귀"[16]이며 상황논리에서 비롯된 것이라고 비판하고 있다.

최재서가 「풍자문학론」을 발표한 직후(『조선일보』, 1935.7.14~21) 안함광은 유진오 비판과 유사한 맥락 — 소시민, 패배주의 — 에서 비판한 바 있고, 이 논의의 연속선상에 있는 한식의 「풍자문학에 대하야」(『동아일보』, 1936.2.21~27)는 풍자가 첫째, 현실의 모순과 불합리를 정확히 파악할 수 있는 '비판력'에서, 둘째, 그 현실을 최후로는 극복할 수 있다는 믿음을 가지고 투쟁하는 상태에서 발생한다고 지적하면서 풍자문학의 적극성과 그 전제로서의 객관적 이상에 대해 강조하고 있다.

이상에서 살펴본 바와 같이 30년대 전반기 풍자문학론의 전개는 대체로 불리해진 정세에서의 대안으로서 제시되어 되었고, 최재서의 풍자문학론 또한 위의 논의들과 일정 정도 상황의식을 공유하고 있다. 물론 비판적 강도, 현실타협적 성격에서 다소간의 정도의 차이는 있지만, '투쟁성과 비판적 리얼리즘'[17]으로서 풍자의 성격을 공유하고 있다는 것이다. 그러나 최재서의 풍자문학론은 '자기 소외의 풍자'의 성격을 지니고 있다는 측면에서 이들과 결정적 차별성을 지닌다. 풍자문학은 본질적으로 사회적인 문학양식[18]인만큼, 그것의 부정정신과 비판정신은 채만식의 작품에서처럼 대체로 타인이나 특정 사회현실을 향하기 마련이다. 그러나 최재서의 풍자 논의는 '자아'의 문제와 관련된다는 점에서 풍자의 전형에서 비껴가는데 이것은 최재서 비평의 성격을 압축적으로 드러내는 지점이다.

---

16 안함광, 「문학적 형식의 탐구와 그 태도에 관하야」, 『비판』 제25호, 1933.6, 51면.
17 박헌호, 앞의 글, 315면.
18 아르투어 폴라드, 송낙헌 역, 『諷刺』, 서울대 출판부, 1979, 11면.

최재서의 「풍자문학론」의 내용은 다음과 같은 특징을 중심으로 요약할 수 있다. 첫째, 풍자문학론은 중간문학적 성격을 갖는다. 최재서의 논의에 따르면 과거 정치사상에 기댄 국민주의 문학과 사회주의 문학의 대립은 문단위기를 타개할 아무런 방책도 낼 수 없다. 여기에서 그는 문학을 내용이나 사상이 아닌, 작가의 태도와 기술에 중점을 두는 방법에 따라 분류할 것을 제안하고 다음 세 가지 방법을 제시한다. 수용적 태도, 거부적 태도, 비평적 태도. 수용적 태도는 "외부세계를 현재 있는 그대로의 상태에서 승인하고 접대하는 태도"이고 거부적 태도는 외부세계를 전체적으로 부인하고 거절하려는 태도를, 비평적 태도는 사회현실을 수용하면서 "잘 인식하지 못하는 모든 결함과 악을 확대하고 혹은 적출하고 혹은 야유하고 혹은 매도"하는 태도를 의미한다. 최재서는 문학창작에 있어서는 수용적 태도가 가장 적절하지만, 현대작가에게는 불가능하고 현재 세계를 부인하는 것이라고 지적한다. 또한 신세계를 건설하는 데 분망한 거부적 태도는 건설적 태도라고 할 수는 있지만 '실재성'을 갖지 못하기 때문에 적합하지 못하다고 보고 이어 '현재와 구체제에 대한 비판'을 적절히 수용하고 있는 비평적 태도로서의 풍자문학론이 합리적이라고 주장한다. 최재서의 풍자문학론은 '소극적 파괴'라고 그가 명명하고 있는 데서 알 수 있듯, 국민주의 문학과 사회주의 문학, 소극성과 적극성, 파괴와 건설의 중간지대에 위치한다. 아래 인용문은 그 핵심적 내용이다.

　나는 문학분류에 있어 내용과 사상에 중점을 두지 않고 작가의 태도와 기술에 중점을 두는 방법을 취하려 한다. 어떤 문학이 국민주의적이냐 사회주의적이냐 혹은 기타 주의를 가진 것이냐 등등의 질문을 나는 제 이차적 지위로 돌려보낸다. 그 대신 그 작품의 작가가 외부정세에 대하여 어떠한 태도를 취하느냐? 하는 질문을 제일의적 지위에 올린다. 사람은 외부세계에 대하여 더욱이 현재와 같은 혼돈세계에 처하여 무릇 세 가지 태도를 가질 수 있다. 수용적 태도와 거부적 태도와 및 비평적 태도이다. 외부세계를 현재 있는 그대로의 상태에서 승인하고 접대하는 태도를 나는 수용적 태도라고 한다. 이것은 문학창작엔 가장 적절한 태도이다. 그러나 대부분의 현대작가는 위선 사회인으로서 이 같은 태도를 가질 수 없지 않을가 하고 생각한다. 둘째로 외부세계를 전체적으로 부인하고 거절하려는 태도를 나는 거부적 태도라고 한다. 정확하게 말하자면 이 태도는 현재세계에 관심하기보다는 혹종의 신세계를 건설함에 분망하다. 따라서 신사회의 콘트라스트[對照]로서 혹은 안티테제로서 그를 거부하는 외엔 현재 사회에 대하여 아무런 관심도 가지지 않는다. 따라서 기능적으로 볼 때에 이 태도는 건설적 태도라고 할 수 있다. 그러나 내가 후에 말하는 바와 같이 자기의 예술적 양심에 충실한 현대작가로선 이 역시 용이하게 취할 수 없는 태도이다. 억지로라도 건설적 태도를 취하려면 실재성의 일부분을 왜곡 내지 묵살하여 인위적으로 태도를 작성할 수밖에 없이 될 것이다. 이렇게 되면 그것은 벌써 진정한 의미에 있어서의 예술적 태도가 아니다. 이리하여 우리는 최후의 희망을 비평적 태도에 걸게 된다.[19]

둘째, 현대에 대한 인식이다. 최재서는 현대를 '과도기적 혼돈' 상태

---

19 최재서, 「풍자문학론」, 『최재서 평론집』, 청운출판사, 1961, 180~190면.

로 진단하고 있는데, 이는 신체제기 비평 이전 글에서 일관되게 보여주고 있는 현대 인식이다. "정치적으로 의거할 아무런 체계도 발견할 수 없다는 것이 현대의 실상이라면" "현대와 같은 과도기" "현대인을 심리를 짙게 물들이고 있는 공통적 특색은 인생에 대한 실망, 그리고 거기에서 생겨나는 허무감과 무가치함이다." "현대적 지성" 등, 최재서는 작가, 문학, 위기, 지성을 논의할 때, 대체로 '현대적'이라는 수식을 붙이면서 '당대성'과 '진보성'을 강조하고 있는데(사실 그의 현대성은 당대성이 아니라 세계적 동시성이다), 현대가 '과도기, 혼란의 시기'임을 곳곳에서 강조하고 있다. 중간문학으로서의 풍자문학론은 이러한 '과도기적 현대', 그리고 사회적, 문학적 위기에 적합한 양식으로서 제출된 것이다. 뒤에 상세히 논하겠지만, 그의 이러한 현대 인식은 그의 문학론과 정치적 행보의 바탕이 된다. 그는 조선 문학의 위기가 단순히 출판시장의 위기 등을 의미하는 '문단적 위기'가 아니라, 작가가 아무런 신념도 갖지 못하여 좌절 상태에 이른 '문학적 위기'이며 이것은 사회적 위기와 맞물려 있다고 지적한다. 감정을 기대고 사회를 통일할 만한 전통도 신념도, 보편적 진리도 지니지 못한 현대 작가는 '자아의 파산' 상태에 놓여 있으며 따라서 '창조적 문학'을 기대할 수 없는 이 시기에는 풍자문학론이 적합하다는 것이다. 여기에서 최재서가 진단한 '현대'는 조선의 현실이라기보다는, 산업혁명 이후의 물질문명과 개인주의 문화로 혼탁한 서구의 현대에 가깝다. 그러나 최재서는 그 실체적 내용과 상관없이 '위기의식'을 통해 두 개를 동일시한다.

셋째, 실재성에 대한 강조이다. 다른 많은 논자들이 이미 지적하였듯이 이는 '리얼리즘'과 밀접한 관련이 있는 것인데, 여기에서 주의할 것

은 최재서가 '실재성'과 '현재'를 강조하고 있으나 그것이 30년대 리얼
리즘의 논의나 사조로서의 리얼리즘과는 거리가 있다는 것이다. '실재
성'은 리얼리즘에 함축된 미래적 비전과는 상관없는, '자연주의'의 현실
성에 가까운 것이다. 최재서는 풍자문학론이 갖는 장점에 대해 독자로
하여금 "낭만적 도취로부터 냉각되어 스스로 실재성을 보게" 한다는 것,
그리고 "인생에 대한 풍자가 현대인에게 움직일 수 없는 실재감을" 주는
것이라고 주장한다. 거부적 태도 대신 비평적 태도가 필요한 것은 "인생
과 사회를 도매끔으로 거부한다는 모험을 하지 않는다. 그는 위선 입장
을 현재에" 두기 때문이라고 지적하는 데에서 알 수 있듯, 그는 현대성
못지않게 문학이 갖춰야할 '실재성'에 대해 곳곳에서 강조하고 있다.

넷째, 현실에 대한 합리적 비판을 지향하는 풍자문학론은 반낭만주
의, 지성과 밀접한 관련을 갖는다. 최재서는 "낭만주의 시대에 있어 사
람들은 인생찬미 가운데 실재성을 발견하였고" 진보와 개성에 대한 무
한한 신뢰 가운데 천재와 영웅을 숭배하였으나 현대인은 개성의 결과로
서의 혼돈을 발견할 뿐이고 "인생찬미는 구십도 회전하여 인생매도로
변하"였음을 깨닫게 되었다고 본다. 풍사의 중요한 식능을 "정서의 냉
각", "정서의 왁진 주사(즉 반독소주사)"을 통한 "실재적 통찰"이라고 언급
하면서 그는 이 과정에서 개입하는 현대적 지성에 대해 다음과 같이 강
조한다.

현대인의 심리를 짙게 물들이고 있는 공통적 특색은 인생에 대한 실망,
그리고 거기에서 생겨나는 허무감과 무가치감이다. 그들의 대부분은 겨우
겨우 생존하여 나가는 외엔 아무런 희망도 갖지 못하였다. (…중략…) 이와

같은 절망 가운데서 현대인은 무릇 두 가지 길을 취할 수 있다. 하나는 우울의 길로, 또 하나의 풍자의 길로. 절망에서 우울로 통하는 길 같이 용이하고 감미로운 것은 없다. 그러나 만일에 그가 현대적 지성을 가졌다면 그는 그것이 얼마나 무서운 굴욕의 길인가를 알 것이다. 그것은 스스로 지성의 권리를 포기하여 자기 스스로 최면술에 걸리는 우매인 까닭이다. 이리하여 이를 악물고 풍자의 길로 들어갈 것이다. 이것은 소극적이나마 일종의 복수이다.

인생에서 모든 것을 잃어버렸다 할지라도 그가 만일 그 실망을 해부하여 그 허무를 폭로하고 아울러 그 무가치를 냉소할 지성을 가졌다면 그는 아직도 그 자신의 주인이라고 할 것이다. 현대인은 이 지성의 소유자가 되기를 갈망한다. 풍자문학이 현대인의 비위에 맞는 이유의 태반은 여기에 있다.[20]

윗글의 요점은, 절망적 현실에서 지성인이 행할 수 있는 능동적이고 주체적인 행동이 바로 풍자라는 것이다. 여기에서 지성은 두 가지 중요한 기능을 하는데, 하나는 '실재성'에 대한 통찰이고 또 하나는 그 절망적 현실에 굴복하지 않고 이를 개선하려고 하는 '비판력'이다.

다섯째, 최재서의 풍자문학론이 여타의 풍자 논의와 차별되는 지점은 대사회적 풍자라기보다는 '자기 분열'에 대한 통찰로 이어지는 '자기 풍자'라는 점이다.

자기 풍자는 무엇보다도 현대의 산물이다. (…중략…) 왜 그러냐하면 자기풍자는 자의식의 작용이요 자의식은 자기분열에서 생겨나는데, 이 자기

---

20 최재서, 앞의 책, 1961, 193면.

분열은 현대에 와서 비로소 결정적으로 형태화되었기 때문이다. (…중략…) 자아는 될 수 있는대로 외부의 영향에 적응하려고 한다. 그리고 또 생존은 즉 행동이다. 그 행동이 순전하면 순전할수록 생존은 완전하다. 순전한 행동은 반성의 결무를 수반한다. 그래서 자아는 맹목적인 행동의 뭉치라고 할 수 있다. (…중략…) 그러나 현대인에 있어 이같은 관찰자는 다른 사람에 구할 필요가 없다. 그는 그 자신 가운데에 이 같은 관찰자를 가지고 있기 때문이다. 그것은 비자아이다. 다시 말하면 비판적 자아이다. 현대인은 맹목적으로 행동하는 다음 순간 비자아로 하여금 이를 관찰하고 비판하고 조소케 한다. 이것은 인생 최대 비극이다.[21]

윗글에서 최재서는 풍자라는 문예형식이 인류문화사와 거의 병행할 만큼 오래되었고 시대에 따라 변천했지만, "작가가 작가 자신을 해부하고 비평하고 조소하고 질타하고 욕설하는 자기풍자"는 일찍 보지 못했던 '현대 산물'이라고 언급한다. 그 현대성은 위의 인용문에서처럼 '자의식, 자아와 비자아' 등으로 설명되는데, 그 요체는 개인의 발견을 근간으로 하는 근대의식의 표출과 그 파산을 뜻하는 것이다.

데카르트의 '나는 생각한다, 고로 존재한다'에서부터 출발하는 '근대적 자아'는 공동체와 신체, 사물로부터의 정신의 초월성, 혹은 우위를 의미한다.[22] 정신의 자유를 본질로 하는 '개인의식'은 근대의식의 근간이 되었으나, 한편 공동체적 가치와 연대에 불신하는 '독아론'적 사고는 인

---

21 최재서, 위의 책, 194~195면.
22 이시하라 치아키, 송태욱 역, 「근대적 자아」, 『매혹의 인문학 사전』, 앨피, 2009, 47~51면 참조.

간을 고립과 소외로 이끌기도 했다. 최재서의 '자기풍자'는 코기토로 대변되는 근대적 자아와 정신의 초월성에 대한 역설을 의미하는 것이다.

그리고 여기에는 또 한 가지의 중요한 현대성이 덧붙여지는데, 그것은 '개선의 여지없이 완전히 절망적인 현실'이라는 현대의 규정과 거기에서 비롯되는 허무주의이다.

> 과거에 있어 풍자가는 어떤 개인에 대하여 혹은 사회에 대하여 혹은 어떤 정치 권력에 대하여 혹은 인류 전체에 대하여 이지적으로 복수하였다. 그러나 그것은 인류나 사회가 아직도 비평의 대상이 될만한 가치가 있다고 생각하거나 혹은 개선의 여지가 있다고 보았기 때문에 가능하였던 것이다. 만일에 인생이나 사회에 대하여 완전히 허무와 무가치를 느끼던가 혹은 개선에 관하여 아주 절망한 사람이 있다면 그는 벌써 풍자의 대상으로서 인류나 사회를 들지 않을 것이다. 그 대신 풍자의 메스를 자기 자신으로 돌린다.[23]

위에서 사회에 대한 완전한 절망 앞에서 현대인은 자아로 시선을 돌릴 수밖에 없다는 진단은 앞에서 살펴본 풍자의 비판성과 현실극복과는 다소 배치되는 것이다. '풍자'가 허무주의에서 우울에로의 길을 차단하는 지성의 표출이자 대사회적 복수라면, '자기풍자'는 허무주의와 혼란에 노출된 무력한 지식인 자신에 대한 지적 복수이자 자아파괴라고 할 수 있기 때문이다.

위에서 살펴본 최재서의 풍자문학론은 '실재인식과 비판'을 함축하

---

23 최재서, 앞의 책, 196면.

고 있다는 의미에서 암울한 현실에 대한 지식인의 주체적 대응이라고 볼 수 있다. 이 글에서 최재서가 보여준 현실과의 긴장은 이후 지성론, 모랄론까지 이어지는데, 그러나 그의 풍자정신이 자기풍자로 귀결되는 데서 예견할 수 있듯 그의 지성, 모랄, 가치는 실체적 내용을 찾지 못하고 결국 '자아'로 돌아오고 만다. 이 '자아'는 최재서가 '개성'의 이름으로 줄곧 부정했던 것으로 자율적으로 가치의식이나 모랄을 가질 수 없는 것이다. 최재서가 1930년대 말 풍자문학론의 '주체적 대응'과 '비판 정신'을 잃고 국책야합으로 나아간 데에는 이러한 논리적 파탄이 있었다. 그 도정에서 우리는 풍자문학론에서 제기된 여러 개념들의 취약성을 확인할 수 있다.

3. '현대'와 '실재성'

최재서의 풍자문학론은 이상적인 문학양식으로서가 아니라 현대라는 위기를 넘어서는 '과도기'적 양식으로 제출되었다. 김기림 『기상도』에 대해 "대단히 능난한 풍자적 수법"[24]으로 쓰여졌다고 고평하고, 이상의 「날개」의 풍자, 위트를 리얼리즘 심화로 다룰 때[25] 풍자문학은

---

24 「현대시의 생리와 성격」(『조선일보』, 1936.8.21~27), 『문학과 지성』, 인문사, 1938, 92면.
25 「「날개」와 「천변풍경」에 관하야ー리아리즘의 확대와 심화」(『조선일보』, 1936.10.31, 11.3, 5, 7)

최대한 긍정되지만, '모랄 부재'로 헉슬리와 이상의 풍자소설의 한계를 지적할 때, 풍자문학은 과도기적 형태이지 이상적인 문학 양식이 아닌 것이다.

그렇다면 최재서의 '현대'란 무엇인가? 그것은 앞서 살펴보았듯이 '위기와 혼돈'의 현대이고, 과거의 유기적 세계관에 기초한 낭만주의와는 절연한 무기적 절대 세계이며 인간과 진보에 대한 믿음을 상실한 반인본주의적, 과학적 세계이다. "현대가 혼돈하다함은 다시 말하면 현대가 의거할만한 전통과 신념을 잃었단 말이다. 이 잃어진 전통과 신념에 대신할 전통과 신념을 모색하는 정신이 곧 불안과 초조를 특징으로 삼는 현대정신이다"[26]로 대변되는 최재서의 '현대' 의식은 신체제 문학론에서 국책야합의 '합리화'[27]의 근거로 변주되면서 일관되게 나타난다.[28] 이러한 세계관은 물론 그가 여러 차례 소개하고 있는[29] 흄의 사상에 그 근거를 두고 있다. 최재서는 흄을 영국문단의 새로운 이론적 지도자로서 소개하면서 그의 사상적 지향을 인생론에 있어 인본주의에 맞선

---

26 「비평과 과학─현대 주지주의 문학이론 속편」(『조선일보』, 1934.8.31, 9.1~5), 『문학과 지성』, 19면.

27 가령, 최재서는 개성으로 인한 근대정신의 파산에 대해 언급하면서, 새로운 조선문학을 위해 시인이나 작가는 개인주의를 버리고 국민의식을 획득해야 한다고 강변한다.(노상래 역, 「신체제와 문학」, 『전환기의 조선문학』, 영남대 출판부, 2007, 36면~40면)

28 채호석은 최재서의 '현대'인식에 대해 주목한 바 있는데, 최재서의 친일문학론으로의 전환이 '현대'에서 대한 해석의 변화에서 비롯된 것으로 보고 있다. 최재서의 친일이 현대를 과도기나 단절이 아니라 질서기와 재정립의 시기로 보았기 때문이라는 것이다.(채호석, 앞의 글)

29 「T.E 흄의 비평적 사상」(일문) (『思想』, 1934.12), 「현대 주지주의 문학이론의 건설─영국 평단의 주류」(『조선일보』, 1934.8.7~20), 그리고 「T.E 흄의 비평적 사상」을 번역한 「낭만주의의 초극」(『사상계』, 1956.6)과 「네오·클라씨시즘」(『최재서 평론집』, 청운출판사, 1961). 이들의 관계에 대해서는 김윤식의 『한국 근대문학사상 연구』 1, 387면 참조.

과학적 절대세계, 예술론에서는 자연주의에 대립한 기하학적 예술, 문학에 있어 낭만주의에 맞선 고전주의의 수립이라고 요약하고 있다.[30]

흄의 불연속적 실재관은 19세기 진화론적 실재관(연속적)에 대립되는 것으로 우주를 ① 윤리적 및 종교적 가치의 절대 세계, ② 생물학, 심리학 및 역사에 의해 다루어지는 유기세계, ③ 수학 및 물리학의 무기세계로 구분하고 이들 사이에 단절과 틈을 상정한다. 그리고 이 세 개의 단절된 틈을 인식하지 못하고 '연속'으로 혼동한 것이 과거의 생명현상을 기계적 변화의 한 형식으로 본 기계관이고 생명이나 진보의 개념을 기초로 하여 신을 정의한 종교세계의 오류라고 보고 있는 것이다. 이러한 흄의 사상에 최재서가 매료된 것은 그것이 지니고 있는 반낭만주의와 반인본주의 성격 때문이다. 반인본주의란 여기에서 종교세계(생명세계와 혼동되지 않았을 때)라는 설대 세계가 갖는 특질로, 인간을 '불완선한' 존재로 보고 외부의 윤리적 절대 가치와 질서를 통해 규율해야만 죄악과 결점에서 구할 수 있다고 보는 관점이다. 반낭만주의도 이와 흡사한 논리를 지닌 것인데, 흄은 낭만주의가 개인과 진보에 대한 무한한 신뢰를 가진 세계관인 반면, 고전주의는 인간을 지극히 불완전하여 전통과 조직화에 의하여 훈련받아야 하는 존재로 규정하는 세계관이라고 본다. 비록 소개 글이지만 "제일 안된 것은 낭만주의의 마약적 작용이다. (…중략…) 휴-ㅁ은 이것을 '낭만적 비평태도'라 하여 제일 싫어한다"와 같은 최재서의 논조를 보면, 그가 얼마나 흄의 반낭만주의에 동조하고 반기는지를 짐작할 수 있다. 요컨대 그의 현대인식은 '인간의 자율성에 대한 불신'에

---

30 「현대 주지주의 문학이론」(「현대 주지주의 문학이론의 건설─영국평단의 주류」, 『조선일보』, 1934.8.7~20), 『문학과 지성』, 인문사, 1938.

근거하고 있다는 것이다. 이러한 불신은 최재서가 '질서와 가치'를 개성과 인간의 외부에서 구하려는 태도를 갖게 되는 근원이 된다.

흄의 사상을 다소 길게 살펴본 것은, 최재서의 비평적 사유의 근원이 여기에 있다고 생각했기 때문이다. 최재서가 경성대학 영문과 사또오 [左藤淸]교수 밑에서 18, 9세기 영국 낭만시―워즈워드, 키츠, 콜리지, 셸리, 테니슨을 공부하고 셸리에 관한 졸업논문(1930)을 썼다는 사실에서, 우리는 그의 문학적 원천이 영국 낭만주의에 있음을 짐작할 수 있다. 그러나 이후 「詩의 限界」(1931)에서 포우프, 워즈워드, 셸리의 낭만주의 시의 한계를 지적하고, 「미숙한 문학」(1931)에서 셸리의 「회교도의 반역」에 대해 "섬광적인 순간은 많으나 불행히도 이 많은 순간을 결합 통합할 구성력이 없었던 것"[31]이라고 지적하면서 19세기 낭만주의 전체의 공통된 특징이라고 규정할 때, 최재서는 이미 낭만주의와 결별하고 있었던 것이다.[32] 그가 낭만주의를 배격한 데에는 여러 가지 원인이 있을 테지만, 현실과의 관련성을 생각해 볼 수 있다. 그가 비록 아카데미시즘이라는 제한된 공간에서 조선인으로서는 보기 드문 엘리트 코스를 밟으면서 그의 은사와 일본 학계에 인정을 받고, 일본인 학생들과 친하고 일본어를 주로 사용했다하더라도[33] 일상의 공간으로서 조선의 현실

---

31 김윤식, 「개성과 성격―최재서론」, 『한국근대문학 사상연구』 1, 364면. 「시의 한계」(『경성제대영문학회회보』 5호, 1931.6, 일문)와 「미숙한 문학」(『신흥』 5호, 1931.7)의 요지는 김윤식의 번역과 소개글(「3편의 논문에 대한 소개와 비판」, 앞의 책, 355~385면) 참조.
32 김윤식은 최재서가 영국 낭만주의를 상상력의 극치라고 생각하고 한평생 이 문학관을 지켜 『문학원론』에까지 도달하였다고 보고 있으나 『문학원론』(1957)에 대학에서 배운 낭만주의 시론의 영향이 남아있는 것은 사실이지만, 그보다는 훨씬 질서적 문학관의 성격이 강하다고 보인다.(위의 글)
33 김윤식, 「개성과 성격―최재서론」, 앞의 책, 214면.

을 전연 외면할 수는 없었을 것으로 보인다. 최재서는 「문학발견시대」(『조선일보』, 1934.11.21)에서 다음과 같이 이야기함으로써 그 괴리감을 털어놓는다.

批 "(…중략…) 자네와 같이 경건한 태도로 외국의 고전문학을 추구하는 청년들의 일군─무어라고 부를가 소위 인테리겐챠, 명칭은 적당치않을 줄로 생각하네만─하여간 그런 사람 전체에 대하야 나는 충심으로 동정하네. 웨 그러냐하면 나는 자네들의 사색하고 추구하는 것이 그 자체로 보아 얼마나 아름답고 귀한가를 잘 알고 있네. 그러나 그것이 현대조선사회에 있어서 얼마나 이족적(異族的)이고 얼마나 무관계한가를 잘 보고 있네. 나는 전자를 경멸하고 증오할 수 없는 동시에 후자를 더욱 존경하네."

學 "그렇지만 그 말슴에 대하야선 찬성할 수 없습니다. 내가 현재학교에서 연구하고 잇는 제목은 19세기 영문학이지만 나는 그들의 귀족적 문학을 맹목적으로 숭배하고 있는 것은 안이올시다. 그리고 또 조선의 현재와 장래를 사랑하는 데 있어 나는 결코 남에게 떨어지지 안으려고 합니다. 그러나 내 자신이 갖이고 있는 문학적 양심과 현재의 조선문학 사이엔 너무도 거리가 먼듯합니다."[34]

위 인용문에서 최재서는 비평가와 학생을 설정하여 조선문학의 현단계와 방향에 대해 설파하고 있는데, 학생과 비평가는 모든 최재서의 분신으로 볼 수 있다. 조선문학에서 좀처럼 '현대적'인 것과 위대한 개성

---

34 최재서, 「문학발견시대」, 앞의 책, 44~45면.

의 문학을 찾을 수 없다고 실망하는 학생도 최재서이고 또 이에 대해 자연과 불화하고 인간성이 악으로 변모한 불모의 현실에서 "문학의 창조와 표현시대는 지나가고 문학의 발견과 기록 시대"의 도래를 예견하고, 민중과 리얼리즘을 강변하고 있는 것 또한 최재서 자신인 것이다. 따라서 최재서가 낭만주의와 결별하는 계기에는 흄을 통한 '현대'에 대한 의식과 조선 현실이라는 자각(그 자각은 위기의식이다)이 놓여있다고 볼 수 있다. 그러나 위 인용문에서 짐작할 수 있듯, 이 두 세계의 분열―그의 문학적 감수성을 키운 낭만주의 세계(혹은 아카데미시즘)과 현대라는 혼돈(조선의 비속한 현실)은 그에게 지속적으로 곤혹스러운 딜레마로 작용했을 것이고, 그가 헉슬리나 이상의 자기 풍자, 즉 자기분열에 그토록 매료된 것도 일종의 자기투사였을 것으로 보인다.

물론 그의 과도기적 혼란, 혼탁한 현실로서의 시대의식이 온전히 조선현실에 대한 고찰에서 비롯되었다고는 볼 수 없다. 그의 '현대'는 주로 서구 유럽, 특히 영국 지성이 파악하는 '현대'에서 온 것이기 때문이다. "병실의 공기가 문학을 덮고 있다"라는 스토니어의 현대문학의 혼돈성 진단[35]이나 '현대 위기'(리쳐즈), "현대 생활이 대부분 기계화되어 인간의 성격적 무장이 더욱 치밀하고 견고해지기를 요구"(리드)[36] "동요하는 감수성"(리드), '감수성의 분열'(엘리어트), 그리고 서구유럽의 현대 위기 진단과 '지성 옹호'에 이르기까지 그것은 어느 정도 조선 현실의 과도기적 성격을 강조하기 위해 인유된 측면이 있으나 그 실제적 내용은 서구 유럽의 현대적 위기이고 문학적 혼돈이다. 그렇기 때문에 최재서

---

35 최재서, 「현대주지주의문학이론」, 『문학과 지성』, 인문사, 1938, 1면.
36 최재서, 「현대 비평에 있어서의 개성의 문제」, 『최재서 평론집』, 청운출판사, 1961, 51면.

에게 '현대'는 조선의 '현대', 즉 현실이 아니라, 우리가 추구해야하는 '명일'의 것이 된다.

현실 가운데 현대성을 보지 못한다는 것은 모순에 틀림이 없으나 그것은 사실이다. 더욱이 현대에 있어서 그러하다. 현실성이란 과거의 유물이고 작일의 연장이다. 현대성이란 늘 명일을 암시하고 있다. 현대사회생활에 있어서 현실성이 늘 대다수의 생활을 지배하고 현대성이란(그 참된 의미에 있어서) 극소수인의 생활을 지배하고 있음은 사실이다. 이것은 보수적 정신과 진보적 정신의 관계에 비교될 것이다. (…중략…) 그와 반대로 현대성만을 추구하는 작가가 자칫하면 부화한 모더니스트가 될 것도 명백한 사실이다. 현실을 이해하고 그에 대한 일종의 비판으로서 현대성을 창조할 때 그것은 비로소 실험적인 예술이 될 수 있다. 나는 우리의 현대문학에 현대성이 결핍함을 느낀다.[37]

문학성(현대성)과 대중성(현실성)을 결합한 소설을 고대하면서 '중편소설'을 제안하고 있는 윗글에서 최재서는 문학의 '현대성'을 명일의 것, 즉 '진보'를 뜻하는 것으로 선취해야 할 것이라고 보고 있다. 그리고 그 내용은 이상이나 유토피아가 아니라 분열과 소외, 파편화된 진보, 현대이다. 문학적으로 보면, 그러한 세계를 내용으로 하고 있는 서구의 근대적 리얼리즘 혹은 모더니즘이었던 것이다.

최재서의 '현대'에 대한 집착은 일종의 강박 수준이었다고 보이는데,

---

37 최재서, 「중편소설에 대하야」, 『문학과 지성』, 인문사, 1938, 166~167면.

그의 글에서 가장 흔히 접할 수 있는 용어가 '현대'라는 점에서 그렇거니와 그가 대학에서 공부하던 영국 낭만주의 시와 결별하고 영국의 동시대적 문단 동향에 대해 소개하고 있는 글들에서도 확인할 수 있다. '최근 10년(1933년까지)의 영국 소설―' 제임스 조이스, D.H 로렌스, 버지니아 울프, 오올다스 학스레이를 소개하고 있는 휴울 월포올의 글 번역[38]이나 『현대문학과 사회혁명』의 차크스를 비롯한 1934년의 영국 평단의 사회적 비평에 대해 소개하는 글,[39] 그리고 흄, 엘리어트, 리쳐즈, 리드를 고찰하고 있는 주지주의 문학론과 기타 글에서의 프루스트, 제임스 조이스, 올더스 헉슬리, 토마스 만에 대한 소개와 관심은 영국으로 대변되는 서구 유럽과 동시적으로 시대와 문학을 사유하려고 했던 최재서의 욕망을 드러내주는 것이다.

그가 카프와 좌익 문학에 대해서 비판적 거리를 유지하면서도 임화, 김남천 등과 문학적 이슈를 공유하고 『인문평론』에서 그들과 공조했던 것, '리얼리즘'에 대한 애착, 혹은 '민중'[40]에 대한 관심은 마르크스, 프롤레타리아 문학이 리드의 심리학, 죠이스와 프루스트의 모더니즘과 동일하게 새로운 것, 즉 '현대적인 것'이었기 때문이다.[41]

그의 현대에 대한 강박은 정지용과 이태준 문학의 한계에 대해서 지

---

38 「영국 현대소설의 동향(휴울 월포올―번역)」, 『동아일보』, 1933.12.8, 9, 13.
39 「사회적 비평의 대두―1934년의 영국평단회고 ①, ②, ③, ④, ⑤」, 『동아일보』, 1934.1.30~2.3.
40 「문학발견시대」, 『문학과 지성』; 「소설과 민중」, 『최재서 평론집』, 청운출판사, 1961.
41 최재서는 영국 전후파 시인 ― 스티브·스펜더, W·H·오든, C·D·루이스, 루이스·맥니스 ― 을 통해 문학의 모랄, 정치신념을 논하면서 이들에게 "맑스와 프로이드의 통합이 새로운 과제로 취급되고 있다"고 진단하고 있는데 여기서 사회주의와 정신분석이 최재서의 현대문학의 '문제의식'에 중요하게 포착되고 있음을 알 수 있다.(「문학과 모랄」, 『최재서 평론집』, 청운출판사, 1961, 39면)

적하는 대목에서도 확인된다. 최재서는 외국에 소개할 만한 작가로 정지용과 이태준을 들면서 이들의 한계를 지성의 빈곤이라고 지적한다. 그 이유로 최재서는 정지용의 카톨리시즘을, 이태준의 동양적 체관을 지적하고 있으며, 정지용에게는 현대의식을, 이태준에게는 현대문제를 취급할 것을 요청하고 있다. 여기서 최재서는 정지용과 이태준 문학의 전근대성(종교, 동양)을 '지성'의 관점에서 풀고 있지만, 핵심은 그들의 '현대성 부족'이다. 즉 최재서의 지성적 관점에 의하면, 정지용의 카톨리시즘이나 이태준의 상고주의는 '있어야 할 현대'로서의 현실에 대한 인식이 아니라 과거로의 퇴행이다.

여기에서 우리는 최재서의 '현대'가 '현실'과 혼동되고 있음을 알 수 있다. 최재서의 비평 중 서구 모더니즘 문학을 소개하고 논할 때는 '현대'와 '현실'이 그대로 등치되고 있으나 조선문학에 대한 실제비평에서는 이 괴리가 끊임없이 의식되고 있다. 즉 엘리어트, 헉슬리, 제임스 조이스 등은 개성이 파괴되고 전통과 신념이 무너진 과도기적 혼란과 기계문명, 속물적 부르조아 문화라는 '현대'를 '현실'로서 직시하고 이를 형상화하고 있으나 조선 작가들은 그 있어야 할 '현대'를 '현실'로 파악하지 못하고 있는 것이다.

이러한 모순—조선 작가들이 현대에서 현실성을 보지 못하는 사실—에 접해 최재서는 위 인용문에서처럼 '현실성'을 "과거의 유물이고 작일의 연장"으로, 현대성을 선취해야하는 명일의 것으로 분리함으로써 해결하려고 한 듯하지만, 이 '현대와 현실'의 혼동이라는 비평의 한계는 결국 그를 논리적 파탄으로 이끈다.

앞서 살펴본 대로, 최재서는 풍자문학론이 '과도기라는 현대'에 적합한 양식이라고 보았다. 이 논의에 의하면 풍자문학은 창조가 아니라 기록과 고발에 가까운 것이다. 최재서는 「미숙한 문학」에서 "비평시대가 충분히 성숙한 이후에 비로소 창작 시대가 온다"고 언급하고, 「문학발견시대」에서도 "문학의 창조와 표현시대"는 지나가고 문학의 발견과 기록시대가 돌아온다고 진단한 바 있다. 현대가 지니고 있는 반낭만주의, 특히 리얼리즘에 대한 신념은 확고한 것으로 최재서는 이어 과거 낭만주의의 개성찬미가 19세기 말에 데카당으로 화하고 세계대전을 일으켰다고 비판하고 있다.

「풍자문학론」의 바로 전 해에 발표된 이 글의 이러한 리얼리즘에 대한 신뢰는 풍자문학론에도 그대로 이어지면서 최재서 비평 전반에 걸쳐 중요한 문학적 기율로 작동한다.[42] 그러나 여러 논자들에 의해 이미 지적된 바 있고,[43] 또 「『날개』와 『천변풍경』에 관하야—리얼리즘의 확대와 심화」에서 확인할 수 있듯 최재서의 리얼리즘은 "특정 시대의 일회적 사조에 국한되지 않는 일반적 개념"[44]에서 벗어나 있다. 최재서는 '리얼리티, 사실, 현실'보다는 '실재'라는 말을 많이 썼는데 이 용어를 고수한 것은 흄의 영향에서 비롯된 것으로 보인다.[45] 그렇기 때문에 그

---

42 김흥규는 최재서 문학론의 기본 태도를 '인식으로서의 문학'(리얼리즘)과 '가치추구로서의 문학'(모랄)이라고 보고 있다.(김흥규, 「최재서 연구」, 『문학과 역사적 인간』, 창비, 1994)

43 진정석은 최재서의 리얼리즘이 리얼리즘과 모더니즘의 양분법을 넘어 "문학적 리얼리티에 대한 재인식을 촉구하기 위해 고안"된 것으로 리얼리즘의 현실성 개념에 정면으로 도전해 본질에 억눌려 있던 일상적 현실의 계기를 복권하는 데 일조했다고 보고 있다.(「최재서의 리얼리즘론 연구」, 『한국학보』, 일지사, 1997, 200~201면)

44 김흥규, 앞의 글, 앞의 책, 292면.

45 김동식은 최재서의 리얼리즘이 문예사조적 맥락이나 문단의 담화적 상황과는 무연한 지점에 놓이게 된 것은 최재서가 리얼의 번역어로서 '사실' '현실'이 아니라, 실재(흄과 관련하여)를 택했기 때문이라고 본다.(김동식, 「1930년대 비평과 주체의 수사학」, 『한

의 리얼리즘의 현실인식은 흄의 실재관과 유사하게, 낭만주의적 환상이 없는 황폐한 사실의 세계이며, 사회구조나 상징계적 현실구조, 그리고 변혁적 세계관과도 무관한 파편적이고 추악한 이면에 대한 인식에 가까운 것이다.

이런 면에서 최재서의 리얼리즘은 오히려 자연주의 세계관과 유사하며 그렇기 때문에 "정서의 냉각, 폭로, 냉소, 악, 적출, 야유, 매도" 등의 내용으로 이루어진 풍자와 행복하게 결합할 수 있었다. 최재서는 김기림의 『기상도』를 풍자적이라고 평하면서, 다음과 같이 분석하고 있다.

> 『氣象圖』는 그 구성부터 풍자적이다. 무릇 한 물건을 한 각도로만 볼 때에 거기에 순정과 열성이 상반하고 이같은 관찰을 질서있게 중첩할 때에 조화와 장엄의 미감이 생겨난다. 여기서는 눈물도 생겨날 수 있다. 그러나 한 물건을 여러 각도로 볼 때엔 눈물보다도 우슴이 생겨난다. 한 물건의 여러 단면을 느러노흐면 반드시 모순이 나타나고 따라서 골계감이 상반하기 때문이다. 하물며 현대와 같이 허위와 모순 투성이로 되어있는 세계를 대상으로 할 때에 이같은 수법은 조소를 유발하지 않고는 마지 않을 것이다.[46]

위 인용문에서 적시되는 바와 같이 '풍자'는 어떤 사태에 대해 일면적으로 보는 것이 아니라 다각적으로, 거리를 가지고 관찰하는 것이고 그 때 상황은 비극적이기보다 희극적으로 느껴지게 마련이다. 최재서의 '실

국현대문학연구』 24, 한국현대문학회, 2008, 185면)

[46] 최재서, 「현대시의 생리와 성격─장편시 『기상도』에 대한 소고찰」, 『문학과 지성』, 인문사, 1938, 91~92면.

재'는 이렇듯 표면이 아니라 이면, 일면성이 아니라 '전면적 진실성'[47]을 뜻한다. 그러나 한편으로 반낭만주의적 편견에 사로잡혀 현실을 '바로 본다'는 의미에서 벗어나 오로지 '혼돈, 불완전, 비속, 부조화, 모순, 분열, 무질서, 위선, 증오, 파괴' 등의 부정성에 고정되어버리고 만다. 이 '절망적' 현실 인식은 곧 현대에 대한 '고정관념'과도 일맥상통하는데, 특징적인 것은 앞서도 언급했듯 서구의 프루스트, 제임스 조이스, 헉슬리, 로렌스, 엘리어트 등의 모더니즘 문학은 '실재에 대한 형상화'로 긍정[48]하면서 조선의 '현실'을 형상화한 리얼리즘은 '비속성과 문학정신의 빈곤'[49]으로 비판하고 있다는 점이다. 여기서 다시 한번 '추구해야할 서구적 현대와 현실'과 조선의 '실제적 현대와 현실'이 충돌하고 있음을 본다. 따라서 최재서의 '실재'는 실제의 '리얼리티'와 구체적 현실, 혹은 라깡적 의미에서의 '실재(The Real)'가 아니라 그 실상이 이미 고정되어버린 하나의 '표상'에 가깝다. 조선의 작가들의 "현실에서 현대를 보지 못하고" 실재를 제대로 포착하지 못하는 것은, 최재서가 진단했듯 '지성'

47　헉슬리의 '전체적 진실'과 관련되는 것으로, 헉슬리가 예로 들듯 「오딧세이」가 동지들이 잡아먹힌 직후 울음의 비극성(부분적 진실)에 그치지 않고 지쳐 잠들어버리는 삶(전면적 진실)까지를 포함한다는 의미로 후에 최재서가 서사시, 가족사적 소설에 주목하는 것도 이러한 영향이라고 보인다.(최재서, 「비평가로서의 A. 헉슬리」, 『최재서 평론집』, 청운출판사, 1961, 204~205면)

48　물론 이들 모더니즘 작가들은 최재서의 번역글이나 소개글의 성격에 따라 상반되게 평가되기도 한다. 가령, 「문학발견시대」에서 엘리어트는 내부에 침잠해버린 프랑켄슈타인으로 평가되었는데 다른 글들에서는 대체로 고평되고 있으며, 「비평가로서의 A. 헉슬리」에서 프루스트, 로렌스 등은 리얼리스트로 긍정되다가 「문학과 모랄」에서는 차크스의 논의에 의해 죠이스와 헉슬리는 사회로부터 고립되고 모랄과 무관한 작가로 평가된다. 프루스트 또한 이 글에서 P.E 모어에 따라 인생으로부터 절연된 뒤떨어진 낭만주의 작가로, 「작가와 모랄의 문제」(『삼천리문학』 창간호, 1938.1)에서는 페르낭데스의 비평에 의해 '모랄'과 '가치체계'와 '진보'와는 무관한 '도피'의 작가로 규정된다.

49　조선 현재의 리아리즘에 대하야 한 가지 의문을 제출하고 싶다. 그것은 실재성과 비속성을 혼동치 않았느냐하는 의문이다.(「빈곤과 문학」, 『문학과 지성』, 인문사, 1938, 120면)

이나 '모랄' '전통'의 결핍 때문이 아니라, 서구에 맞춰져있는 최재서의 실재상에 그 원인이 있었던 것이다. 그렇기 때문에 그의 리얼리즘에 대한 구호는 공소할 수밖에 없었고, 신체제기에 '서구 보편'에 대한 욕망이 일본의 '동양을 중심으로 한 세계사 재편'의 욕망으로 대체되었을 때, 그의 '실재'는 현실추수주의로 귀결될 수밖에 없었던 것이다.

그의 '실재'가 현실 인식이 아니라 '믿음'에 가깝다는 사실은 이상이나 박태원 같은 모더니스트와의 친화력을 예견하고 있다. 최재서는 이상의 소설을 통해 "예술의 리아리티는 외부세계 혹은 내부 세계에만 잇는 것이 아니다. 그 어느 것이나 객관적 태도로서 관찰하는 데 리아리티는 생겨난다. (…중략…) 직분의 분열이 현대인의 스테이타스 쿼(현상)이라면 성실한 예술가로서 할 일은 그 분열상태를 정직히 표현할 일일 것이다"[50]라고 진단한 바에서 알 수 있듯, 이상이 그린 자기 분열의 현실에서 그의 실재는 비로소 '리얼리티'와 '실체'를 얻은 것이다.

또 한 가지 주목할 것은, 이러한 최재서의 '현대인식과 실재성'이 모든 가치를 무화하는 허무주의와 맞닿아 있다는 것이다.[51] 그는 풍자문학론에서 "현대인의 심리를 짙게 물들이고 있는 공통적인 특색은 인생에 대한 실망, 그리고 거기에서 생겨나는 허무감과 무가치감이다"라고 진단하고 현대인의 앞에 놓인 우울과 풍자의 길 중에서 풍자라는 소극적 복수와 능동성을 향해 갈 것을 요청하였다. 그러나 비판이 근거할 아

---

50 「「날개」와 「천변풍경」에 관하야ー리아리즘의 확대와 심화」, 『문학과 지성』, 인문사, 1938, 100~102면.

51 물론 최재서는 기본적으로 '혼돈'을 혐오하고 조화와 질서를 지향하는 고전주의적 비평가에 속하지만 그의 강박적인 지성옹호는 가치의 진정성을 부정하고 있기 때문에 40년대 이전까지는 허무주의 의식을 드러내고 있다고 할 수 있다.

무런 신념과 이상이 없을 때, 그것은 공소한 캐치프레이즈에 불과하게 된다. 흄의 불연속적 실재관에서 바탕한 최재서의 세계관은 환상 뿐 아니라 어떤 이상이나 신념, 진리나 가치도 허위라는 회의주의와 허무주의와 연결된다. '정서적 냉각'과 '냉소'에 의해 이상적인 모든 것은 이면의 추악함을 지닌 '실재'로 변하고 마는 것이다. '위기와 혼돈'이라는 현대 진단에서 출발한 최재서의 현실인식은 곧 '현대와 현실'이 그래야 한다는 절대적 믿음으로 굳어지고, 그 끝은 세상의 완전한 허무 위에 놓여진 '자아'라는 심연으로 이어진다. 아래 그가 '현대성'으로 내세운 자기풍자는 바로 최재서의 무의식이 놓여있는 허무주의의 소산이라고 볼 수 있다.

만일에 인생이나 사회에 대하여 완전히 허무와 무가치를 느끼던가 혹은 개선에 관하여 아주 절망한 사람이 있다면 그는 벌써 풍자의 대상으로서 인류나 사회를 들지 않을 것이다. 그 대신 풍자의 메스를 자기 자신으로 돌린다.[52]

---

52 최재서, 「풍자문학론」, 『최재서 평론집』, 청운출판사, 1961, 196면.

4. 지성과 모랄

최재서는 모랄과 가치를 중시하는 비평가였다. 뿐만 아니라 개성보다 전통과 질서, 취미보다 도그마를 주장하면서, 작가와 비평가에게 가치판단과 모랄을 요구했다. 그러나 위에서 살펴본 대로 그의 현실인식은 '허무주의'에 닿아있고, 이것은 최재서가 '풍자와 우울'이라고 했던 두 가지의 길의 가능성을 보여주었다. 최재서가 풍자를 택했을 때, 그것은 혼란과 허무에서 새로운 가치와 질서를 세우려는 의지의 표명이었으며, 모랄, 지성, 서사시, 가족사 소설을 통한 가능성 모색도 마찬가지이다. 그러나 그의 주체적 의지[53]가 새로운 가치와 질서를 발견하거나 수립하지 못하였을 때, 최재서는 '불안과 허무' '회의와 무가치감'에 머물 수밖에 없었고 그것은 '사실의 세기'(발레리)[54]에 대한 수긍과 새로운 원리의 '체득'[55]으로 이어진다. 이러한 '문학적 파산'은 그의 지성과 인식에 대한 강조가 애초에 어떠한 '가치판단과 설정'도 허용하지 않는 실재관에 기초한 것이었기 때문이다. 만일 최재서에게 실제적인 가치의식과 신념이 있었다면, 그것은 "모든 이상과 진리는 허위이며, 인간은 악하다"라

---

53 김동식은 최재서의 풍자문학을 분열된 주체의 확인이며, 풍자하는 주관성을 통한 주체성 확인으로 보고 있다.(「1930년대 비평과 주체의 수사학」, 앞의 책)
54 「소설과 민중」, 『최재서 평론집』, 청운출판사, 1961, 387면.
55 새로운 원리는 발견되어야 할 것이 아니라 체득되어야만 한다는 것이 지금에 와서 확실해졌다. 즉 새로운 비평 원리를 발견하고자 하여 추상적 이념 속에서 탐색해 온 모든 노력이 허사로 끝났다. 대신 지금은 지도 원리가 국민적 입장에 있어서만 체득된다는 것이 판명되었기 때문이다. 이 간단한 진리가 왜 지금까지 도달되지 않았을까? 그것은 결국 연구와 인식의 문제가 아니고 태도와 신념의 문제였기 때문이다.(노상래 역, 「국민문학의 요건」, 『전환기의 조선문학』, 영남대 출판부, 2007, 55면)

는 반낭만적·반인본적 세계관이다. 이 세계관은 서구 보편, 즉 '현대'라는 표상 속에 숨겨진 지적 진보(사실은 지적 우월)와 더불어 그에게 유일한 이데올로기였던 것이다.

앞서 살펴보았듯 풍자문학론에서 '지성'은 두 가지 중요한 기능을 하는데, 하나는 '실재성에 대한 통찰'이고 또 하나는 그 절망적 현실에 굴복하지 않고 이를 개선하려고 하는 '비판력'이다. 비판력은 곧 가치와 모랄의 문제라고 할 수 있다. 풍자 정신의 근본적인 두 축이라 할 수 있는 지성과 모랄의 실체적 내용을 살펴보자. 기존에 논자들이 지적한 바와 같이 최재서의 '지성'과 '모랄'의 의미 규정은 쉽지가 않다. 왜냐하면 그의 주요 개념들은 맥락에 따라 의미가 달라지기도 하고 심지어는 상반된 입장을 보이기도 하기 때문이다. 이는 앞서 모더니즘 작가들에 대한 입장 차이[56]에서와 마찬가지로 최재서가 영국이론을 소개하면서 여러 이론가들의 의견을 수용하거나 첨삭[57]하는 경우가 많았고 이후 자신의 입장을 표명할 때도 주체적인 논리 전개보다는 그들의 이론에 많이 기댔기 때문이다. 단적인 예로, '도그마', 리처즈의 비행동성, 헉슬리의 풍자에 대한 상반된 입장이 그러하고 '비평의 기능'에 대한 입장 변화가 그러하다. 최재서는 '도그마'에 대해서 "도그마 없이는 비평은 성립되지 않는다. 도그마의 설정이야말로 비평의 유일한 임무이다"[58]라는 리드의 논

---

56 각주 41번 참고.

57 가령 최재서의 평문 중에 보기드물게 논리적 완결성과 실제비평의 결합을 보여주는 「센티멘탈론」(『조선일보』, 1937.10.4~7)은 "리처즈의 『실제비평(*Practical Criticism*)』 제6장을 첨삭한 것이라고 할만큼 전폭적으로 그에 의존"하고 있음을 김흥규는 밝히고 있다.(앞의 글, 앞의 책, 312면)

58 「현대비평의 성격」(『조선일보』, 1938.11.2~5), 「비평과 모랄의 문제」(『改造』, 1938.8); 「취미론」(『조선일보』, 1938.1.8~13) 참조.

의를 따르면서도 한편, 전통을 강조하는 비평에 대해 "전통을 비평에 있어서 곧 도그마로 고정화되는 위험성을 다분히 갖이고"[59] 있다고 비판하고 있다. 또한 리처즈의 예술의 비행동성에 대해 옹호하면서도[60] 한편 "리쳐-즈가 모랄의 근거를 전연 개인의 심리 내부에 두었다는 것은 그의 모랄론에는 행동의 요소가 전연 결여되었다는 것"[61]이라고 비판하고 있는 것이다.

비평의 기능에 대해서도 최재서는 주로 "가치를 판단하는 행동"이라는 견해를 일관되게 주장하지만, 「문학발견시대」에서 비평가의 천직, 존재이유는 "작가와 독자의 매개인 노릇"이라고 밝히고, 급기야 국책문학론에서는 "비평의 기능은 시대와 함께 변하는 것으로 결코 고정불변이 아니다"[62]라고 하는 데까지 이르는 것이다. 모더니스트 최재서와 리얼리스트 최재서의 대한 상반된 논의, 심지어 '사팔뜨기적 시각'에 대한 지적[63]도 이렇듯 그가 구체적이고 실증적인 문제의식 하에 주체적인 입장을 수립하지 못하고 '수입지성'[64]에 의존하였기 때문으로 보인다. 이에 대해 짧게 덧붙이자면, 최재서는 심미적 예술관을 부정한다는 점에서 모더니스트가 아니나 서구 모더니즘 삭가의 현실인식(불연속석 실재관)을 공

59　최재서, 「전통과 도그마」, 『문학과 지성』, 인문사, 1938, 300면.

60　최재서의 지성의 비행동성, 문학의 비행동성 옹호는 시적 체험이 내부적 충동의 평형상태를 이루었을 때, 예술은 태도에 그치는 것이지 행동에까지 발전하지 않는다는 리처즈의 논의에 기대고 있다.(「현대적 지성에 관하야」, 『최재서 평론집』, 청운출판사, 1961)

61　최재서, 「비평과 모랄의 문제」, 위의 책, 17면.

62　최재서, 「신체제와 문학」, 『전환기의 조선문학』, 영남대 출판부, 2007, 44면.

63　임환모는 최재서를 스스로 리얼리스트를 자처하고 있었지만 실제로는 모더니스트였다고 보면서 모더니즘 관점을 고수하면서도 리얼리즘을 늘상 곁눈질하는 '사팔뜨기적 시각'이 그의 논리의 모순과 파탄의 원인이었다고 보고 있다.(앞의 글, 298~299면)

64　김윤식, 『한국근대문예비평사연구』, 일지사, 1988, 257면.

유한다는 점에서는 모더니스트이고, 기법적인 측면에서 모방과 재현의 리얼리즘을 거부한다는 점에서는 리얼리스트가 아니나 문학의 사회적 기능과 도덕성을 강조한다는 점에서 리얼리스트라고 볼 수 있다.

이와 같은 간극은 아닐지라도 최재서의 지성, 모랄, 가치 개념은 다의적으로 쓰여 일관된 논리로 요약될 수 없으며, 더욱이 그 내용은 많은 논자들이 지적했듯 '실체없음'에 가깝다. 최재서의 논의에서 추려보면 우선 지성은, 풍자와 관련하여 실재 인식의 중요한 기능을 하며 절망적인 혼돈 속에서도 그 허무를 폭로하여 주체를 증명하는 의식이다. 둘째, 지성은 감각과 개성에 통일성과 윤곽을 부여하는 내재적인 판단작용[65]이다. 셋째, '지성은 행동과 대립되는 개념'으로 "맹목적인 행동의 뭉치"[66]인 '자아'를 비판하는 반성적 자아, 즉 '비자아'이며 이 자기반성은 인테리겐챠의 성실성과 자율성을 보증[67]한다. 넷째, "예술에 있어 지성이란 예술가가 자기 내부에 가치의식을 가지고 그 가치감을 실현하기 위하여 외부의 소재—즉 언어와 이메지를 한 의도 밑에 조직하고 통제하는 데서 표시된다."[68] 여기에서 지성은 '모랄'과 연결될 수 있으며, 이런 맥락에서 '지성은 작가의 사회적 자각'[69]이다. 다섯째, 지적인 진보는 현대성과 부딪치지 않을 수 없기 때문에, 현대성을 지닌다.[70]

이상을 종합해보면, 지성은 현실을 파악하는 인식의 기능을, 감각을 작품으로 통일화하는 구성능력을, 맹목적 행동을 반성하는 비판능력을,

---

65 최재서, 「현대비평에 있어서의 개성의 문제」, 『최재서 평론집』, 청운출판사, 1961, 48면.
66 최재서, 「풍자문학론」, 위의 책, 195면.
67 최재서, 「현대의 지성에 관하야」, 『문학과 지성』, 인문사, 1938, 144면.
68 최재서, 「문학·작가·지성」, 『최재서 평론집』, 청운출판사, 1961, 308면.
69 위의 글, 310면.
70 위의 글, 309면.

내부의 가치감을 객관적 상관물을 통해 표시하는 가치의식과 현대성을 갖춘 것이 된다. 그러나 첫 번째 '실재'를 파악하는 인식기능으로서의 지성에 대해서는 최재서 자신, 그 한계를 다음과 같이 지적한 바 있다.

"한 사실은 다른 사실보다도 더 많이 사실이라는 법이 없다. 우리들의 심리적 사실은 모두 동등한 사실이다"라고 말하고 있다. (헉슬리의 글—필자의 덧붙임) 여기에 그의 심리적 리얼리즘과 스켑티시즘의 인과관계가 내포되어 있다. 그는 작품의 분석과 동기의 폭로에 있어 비상히 예민한 지성의 천재를 보여주었다. 그러나 다양한 심리적 사실의 물결 속에서 그는 귀착할 바를 모르고 드디어 도달한 결론은 아그노스티시즘이었다. **여기서 우리는 비평에 있어서의 지성의 한계를 본다. 비평에 있어서 지성이 할 수 있는 최고의 일은 심리적 사실의 인식이고 폭로인데 그 노력은 씨니시즘과 풍자의 영역의 벗어나지 못한다.**[71] (강조는 인용자)

윗글에서 최재서는 헉슬리의 심리적 리얼리즘을 문제삼아 지성의 한계를 논하고 있으며, 이는 그의 실재 인식 일반에도 적용되는 문제이다. 어떤 것도 풍자와 냉소의 대상에서 자유로울 수 없다면, 모든 진리와 이상은 재로 화하고 불가지론(agnosticism)과 허무주의만 남는 것이다. 또한 모든 행동을 맹목적 자아의 것으로 반성할 때, 그에게 유일한 실체는 자기분열의 성실성 밖에 없다. 두 번째 비판능력으로서의 지성은 모랄과 가치의 문제로 이어지는데, 지성과 마찬가지로 최재서의 모랄과 가

---

71 최재서, 「비평과 모랄의 문제」, 이경수 편, 『최재서 평론선집』, 지식을만드는지식, 2015, 18면.

치는 그 실체적 내용을 지니고 있지 못하다.

최재서의 논의에서 모랄은 첫째, "지성에 의한 가치의 직관적 파악"으로 리드의 논의에 기댄 '도그마'이고 "개성과 성격을 종합"[72]에 의해 실현되는 것이다.[73] 둘째, 모랄은 스펜더의 견해에 따라 위대한 문학에는 반드시 내재되어 있어야 하는 것으로, 이데올로기가 아닌 "정치적 생활"을 의미[74]한다. 셋째 "세계에 지식을 구하고 그 전체적 설계도 안에서 자기의 지위를 설정하고 이리하여 자기의 비속한 자아를 역사적 진전의 코-스 우에 올려놓려는 지적 노력"을 떠나 작가의 모랄은 상상할 수 없는 것으로 현대의식과 호흡을 같이하려는 지적 진보를 뜻한다.[75] 이상에서 모랄의 발생과 메카니즘에 대한 논의와 지적 진보로서의 모랄의 언급을 예외적인 것으로 보면, 대체로 최재서는 모랄을 "가치의식을 합리화시킨 가치체계"의 의미로 쓰고 있으며, 이는 '도그마, 신념, 정치사상' 등과 유사한 의미를 지닌다. 그렇다면 최재서가 그 모랄의 내용인 '가치'를 어디에서 구하는가의 문제가 남게 된다. 이 문제에 대해 최재서는 그 특유의 객관적 태도로, 여러 논자들에 대한 다음과 같은 이론적 검토를 내놓는다.

「문학과 모랄」(『改造』, 1936.3)에서 최재서는 시와 신념을 분리한 리쳐즈의 견해를 모더니즘의 옹호로 놓고, 이에 대한 비판을 자유주의적 휴

---

72 리드에게 모랄은 "주체와 객체, 감성과 지성, 정서와 사상이 종합하는 곳에 성립"되는 것으로 가치는 외재적일지라도 모랄·에이전트로서 그것을 체득하는 것은 개인으로서의 인간이다.(최재서, 「비평과 모랄의 문제」, 『최재서 평론집』, 청운출판사, 1961, 23면)
73 위의 책, 22면.
74 최재서, 「문학과 모랄」, 위의 책, 38면.
75 최재서, 「메가로포리타니즘」, 『문학과 지성』, 인문사, 1938, 283면.

머니스트 P.E 모어와 좌익 사상가 차크스의 논의에서 끌어온다. 이 논의에 의해 프루스트, 조이스, 헉슬리는 가치 또는 윤리적 실재성, 행동 등 모랄과 절연한 작가로 강도높게 비판되며, 결국 정치생활로서의 모랄을 지녀야한다는 스펜더의 견해가 강조된다.

「비평과 모랄의 문제」에서 그는 다시 비평의 모랄이 '가치기준'의 문제이며, 가치 기준을 심리적 내부의 균형에서 구하는 리처즈의 견해, 외적 권위인 전통에서 구하는 엘리어트의 견해를 소개한다. 이어 리드의 도그마론과 모랄론 — '개성과 성격의 종합,' 즉 내재적인 것과 외부적인 것을 조화로서의 모랄론 — 을 언급하는데, 그러나 "리드는 도그마의 성질, 모랄의 내용에 대해 언급한 적이 없다"고 그 한계를 지적한다. 더불어 현대인에게는 모랄리티 없이 모랄에의 지향만 있고, 도덕적 주제는 없고 감정만 있음을 토로한다.

이 두 개의 모랄론을 보면, '모랄'에 대한 여러 입장과 필요성에 대한 강변만 있을 뿐이지, (최재서 자신의 리드 비판과 마찬가지로)그 실체적인 내용-즉 가치의 기준에 대해서는 아무런 언급이 없다. 또한 모랄의 개념도 작가, 비평가의 윤리, 삶의 실재적 윤리와 구분되지 않고 뒤섞여 있다. 최재서는 문학을 "가치있는 체험의 기록"이라는 리처즈의 견해를 해방 후의 『문학원론』에까지 고수하고 있지만, 그 내용에 대해서는 일관되게 회피하고 있는 것이다.

여러 글들을 통해 최재서가 의미를 부여하고 있는 '가치'를 추정하자면, 아마도 리처즈의 가치론에서 말하는 '질서'에 가장 가까울 듯싶다. 리처즈는 "체험의 가치여부는 정신이 이 체험을 통하야 완전한 균형상태로 도라가는 정도"를 뜻하는 것으로 "가치있는 생활이란 적극적 충동을 될 수 있는대로 많이 활동시키는 생활"이라고 본다. '의사진술'로서의 시적 체험은 충동의 균형에 대한 체험이고 그렇기 때문에 행동 이전에 태도에 그치는 것이라는 리차즈의 논의는 결국 문학의 심미성에 국한되는 것이다. 최재서 또한 심미적 구성력으로서 지성을 중요시하였고, 또 작품들의 내적 가치체계와 질서로서의 엘리어트의 '전통'을 강조한만큼, 그의 모랄론은 결국 사회적이고 실질적 내용을 갖지 못한 심미적 자율체계로 귀결된다. 이외에 최재서는 '민중'을 간혹 언급하고 있긴 하나, '민중주의'와 '지성옹호'의 분열상태에 대한 유종호의 언급[76]을 비롯한 비판들이 있어왔던 만큼 추상적 구호에 불과하다.

최재서는 그러나 이 심미적 질서 수립에도 실패한 것으로 보이는데, 왜냐하면 조선의 단절된 현대문학에서 엘리어트식의 전통은 불가능했기 때문이다. 더불어 과도기의 현대에서 새로운 질서를 수립하고자 하는 의지 또한 좌절되고 마는데, 이는 외압적 현실의 힘에 의한 것이라기보다는 그의 '지향성 부재'로 인한 필연적 결과이다. 지속적으로 개성과 낭만적 이상 등을 부정해온 그에게 남은 것은 결국 내면과 외부를 조화시키려는 질서의식, 즉 리처즈가 말한 "억압을 기초로 하지 않고 타협을 기초로 한 질서"[77]였고 그것은 곧 '성격에의 의욕'에 넘친 행동인의 외적 질서에 대한 투항이다. 최재서의 지성론과 모랄론에서 확인할 수 있는 것은 그가 일관되게 지켜왔던 것은, 위의 세 번째 지적 진보로서의 '현대'에 대한 지향, 즉 파시즘으로 귀결되는 세계사적 편입이었다는 것이다.

---

76 유종호, 앞의 글.
77 「비평과 과학」, 『문학과 지성』, 38면.

5. 결론

최재서의 「풍자문학론」은 그의 비평적 사유의 기원과 비평적 특질, 당대 조선문학과 서구문학과의 관련, 이후 전개되는 문학적 논리의 파산과 식민지 지성인의 한 방향 등 여러 복잡미묘한 지점을 담고 있는 글이다. 그의 풍자문학론은 30년대 후반 전형기에서 사상적 공백을 메우기 위한 비평적 모색의 하나로 다른 풍자문학론과 상황의식을 공유한다. 그러나 최재서의 풍자문학론은 '자기풍자'라는 측면에서 이들과 결정적 차별성을 지니고 있다. 「풍자문학론」의 내용을 요약하면 첫째, 국민주의 문학과 사회주의 문학, 수용적 태도와 거부적 태도, 파괴와 건설이라는 극단적 대립에서 벗어나 중간문학적 성격을 띤다. 둘째, 이러한 중간문학으로서의 풍자문학은 과도기와 혼란의 '현대'에 적합한 양식이다. 셋째, 풍자정신은 실재성에 대한 통찰을 의미한다. 넷째 반낭만주의와 지성과 밀접한 관련이 있다. 다섯째, 자기풍자는 개인의 발견을 근간으로 하는 근대의식의 표출과 그 파산을 뜻하는 것이며, 최재서의 무의식적 허무주의를 드러낸다.

혼돈과 과도기로서의 현대의식은 반낭만주의와 반인본주의를 근간으로 하고 있는 흄의 불연속적 실재관에서 영향 받은 바 크다. 최재서는 주지주의문학을 비롯한 동시대 영국문단에 대한 관심을 가지면서 낭만주의와 결별한다. 이 전환에는 (낭만적) 문학과 현실, 서구유럽과 조선현실의 괴리에 대한 자각이 놓여있고 이것은 다시 '있어야 할 현대'와 '현실'의 괴리로 이어진다. 풍자문학론에서 강조하는 '실재'는 리얼리즘에 대한 강조와 관련이 있으나, 그의 '실재관'은 '바로 보는' 실재가 아니라 부정성에 고착되었다는 측면에서 비뚤어진 리얼리즘, 혹은 '자연주의'에 가깝다.

풍자정신과 이어지는 '지성과 모랄'은 최재서의 비평에서 중요하게 다뤄지지만 다의적으로 쓰이고 있어 일관된 논리로 요약될 수 없으며 그 내용적 실체도 거의 찾아볼 수 없다. 최재서의 글에서 지성은 대체로 현실을 파악하는 인식기능과 맹목적 행동을 비판하는 비판능력을 의미한다. 가치지향 없는 인식기능으로서 지성의 한계는 최재서 스스로 지적한 바처럼 불가지론(agnosticism)에 빠질 수 있다. 그렇기 때문에 일층 중요해지는 비판능력으로서의 지성은 필연적으로 모랄론으로 귀결된다. 그러나 형식적 논의만 무성한 최재서의 모랄론에는 가장 핵심적인 '가치'의 내용을 찾아볼 수 없다. '가치'라는 개념규정과 무관하게 최재서의 비평에서 의미를 지니는 것은 '질서'와 '전통' '현대'이다. 그러나 리처즈의 논의에 기댄 그의 질서관은 문학의 심미성으로 귀결되고, 문학에서 전통에 기댄 질서 수립 또한 불가능으로 끝나고 만다. 최재서가 유일하게 일관되게 지켜왔던 '가치와 신념'은 '현대 지향'이었으며, '서구 보편'이 '대동아공영'으로 바뀌자 그의 지성은 새로운 질서와 가치 모색을 그만두고 이 '세계사적 재편'에 투항하고 만다.

제3장

문예창작학과에서의 비평교육에 대한 성찰과 전망
'문학'과 '비평'의 갱신을 위하여

1. 들어가며

대학은 유니버시티(university)이고 그것이 보편성과 관련되어 있다는 말을 이제는 잘 하지 않는다. '전문가(스페셜리스트)가 되지 말고 전인(제너럴리스트)이 되어라'는 말도 힘을 잃었다. 전인교육으로서의 대학교육은 이미 그 의미를 상실한 지 오래다. 최고의 엘리트 코스인 의대, 법대, 경영대도 전반적으로 직업훈련소이기는 마찬가지이다. 이러한 현실에서 문창과만 직업 교육을 비판하고, '인문학'을 강조하기에는 너무 옹색하다.

인문학의 위기 운운이 오래되었지만, 희한하게도 곳곳에서 인문학 강좌들이 범람하고 있다. 이 기이한 현상이 일종의 인문학이 강의실에서 쫓겨나 거리에 좌판을 펴고 있는 풍경처럼 여겨지는 것은 비단 필자만의 사나운 심정일까. 인문학의 역설적 풍요는 '집'에서 쫓겨나 거리를 이리저리 몰려다니는 천덕꾸러기의 소란이 아닐까.

이러한 마당에 인문대학에서만, 문예창작학과에서만 인문학을 강조한다는 것은 무력하고 무책임한 일이다. 특히나 사회적으로 천대받는 지방대 학생들을 정처없는 '인문학'으로 무장시킨다는 것은 너무 가혹하다. 패배주의로 들릴 수 있겠으나 그들에게 '비판적 사고'를 가르쳐 사회정의에 결기를 세우게 하는 게 무슨 의미인가 싶기도 하다. 변변한 스펙조차 없는 청년들에게 '비판의식, 윤리, 심미성'이라는 덜미를 씌워 생존경쟁의 정글로 내보내는 게 온당한 일인가? 이 글은 필자가 몸담고 있는 지방대 문창과라는 곤혹스런 지점에서 출발한다. '문학 체험과 창의적 글쓰기 능력이 이들에게 좀더 강력한 무기가 될 수는 없을까?'라는 질문은 '문예창작학과'의 비전과 '문학'의 전망과도 직결된 문제일 것이다. 하나마나한 얘기일 수 있는 이야기를 몇 가지 단상으로 풀어본다.

2. 문예창작학과에서의 비평교육의 현재

문예창작학과에서의 비평교육이 구체적으로 어떻게 수행되고 있는지를 살펴보기 위해서 몇 가지 설문조사[1]를 해보았다. 전국대학에 문예창작 관련 학과 및 전공(스토리텔링, 미디어, 방송시나리오 포함)이 개설되어 있는 곳은 대략 43개로 2004년의 57개교[2]에 비해 줄어들었다고 할 수 있다. 설문조사는 이들 중 16개 학교에 소속되어 강의하고 있는 교수들(16명 중 전임 15명)을 대상으로 하였고, 그 중 비평 전임으로 있는 응답자는 6명이었다. 설문조사의 내용을 바탕으로 비평교육의 현황을 정리해 보면 다음과 같다.

문예창작학과에서 비평교육은 여타 장르의 창작교육처럼 필수적이기보다는 보조적인 역할을 하고 있는 편이다. 가령 대다수의 문예창작학과 교과목에 '비평' 과목이 개설되어 있는 편이지만, 시, 소설, 드라마 창작 전공 교수와 별도로 '비평 과목' 전임교수를 따로 두지 않는 학과도 있었다. 때론 시 창작 전임이 비평교육을 겸임하거나, 강사에게 의탁하는 경우도 있었다. 1번 항목인 "재직하고 계신 귀 대학의 학과에는 비평전공 전임 교수가 있습니까? 비평 관련 교과목이 개설되어 있습니까?"라는 설문에 대한 16명의 응답자 중 3명(18%)이 "없지만 비평 과목은 개설되어 있다"고 답했다.

문창과의 비평관련 과목 개설 수는 대체로 5개 이상을 상회하는 것(7명-44%)으로, 비평과목이 없다고 답한 경우는 스토리텔링 학과 소속이 유일했다.

두 번째 문예창작학과에서 비평 관련 과목은 다음과 같은 교과목명으로 개설되어 있고, 전체 교과목 구성 중에서 비평 과목 비율은 대학마다

---

1   참고로 설문지는 글 뒤에 첨부한다.

2   『한국문예창작』 통권 5호에 따르면 2004년 현재 전국 각종 대학에 설치된 문예창작학과는 일반대학원 9개, 특수대학원 9개, 대학교 37개, 대학 20개 등 총 75개교에 이른다.

편차를 보였다.[3] 6개 대학에는 모두 시, 소설 창작 전공과 별도로 비평 전임 교수가 있는데, 비평 과목이 적은 경우 대개 문예창작 기초나 공통 과목을 맡고 있으며, 기타 소설비평, 시비평 등의 개별 장르 비평을 담당하는 경우도 있다.

> A 대학 : 문예창작방법론과 미학, 문예비평세미나, 문예비평실습(3개)
>
> B 대학 : 고전문예론, 한국문학사, 미디어와 문학비평1, 2, 비평세미나 1, 2(6개)
>
> C 대학 : 문학사세미나, 비평연습, 비평세미나, 비평워크숍(4개)
>
> D 대학 : 문학연구방법론, 비평세미나(2개)
>
> E 대학 : 비평의 이해, 문예미학, 문학과 사회적 상상력 (3개)
>
> F 대학 : 비평창작의 이해와 실습, 비평창작연습, 현대문학이론연구, 현대의 문학사상, 비평창작연구, 서브컬쳐와 문화비평의 담론(6개)

위의 교과목명에서 보듯이 비평이 관여하고 있는 과목은 대개 문예미학, 비평이론, 문학연구방법론, 실제 문예비평문 읽기와 쓰기, 문학사 등이고, 그 외에 문화비평, 사회학, 심리학, 매체 등과 연계된 과목들을 포함하고 있다.

세 번째, 이들 비평 과목은 비평이론을 다루고(5번 항목-82%) 기존의 출간된 교재를 사용했으며(4번 항목-71%), 교재는 권위있는 비평 교재들 이외에 다양한 저서로 구성되어 있다. 또한 비평 강의 실제에 있어 "문

---

3 설문대상자인 16명이 소속된 문창과의 교과목을 조사하는 것이 별 의미가 없다고 판단, 수도권 4개와 지방대학 2개를 표본조사 하였다.

학 작품 이외에 다매체(영화, 광고, 신문, UCC 등) 텍스트 및 콘텐츠"를 활용하는 비율이 비교적 많지 않았으며(9번 항목-"조금 사용하고 있다" 쪽에 62%), 문학비평문 위주(11번 항목-56%)로 한 실제 비평문 읽기와 쓰기(10번 항목-63%) 교육이 대다수였다. 또한 문학비평 중에서는 대체로 90년대 이후 최근 비평문 읽기(42%)와 기타 시기별, 평론가별로 다양하게 구성하는 경우(57%)[4]가 많았다.

네 번째, 비평 교육의 필요성에 대해서는 문학창작과 관련하여 필요한 편이라고 응답한 비율이 압도적이었고(6번 항목-100%), 그 이유에 대해서는 "창작 텍스트의 사유의 깊이와 폭을 넓히기 위해"라고 대다수(88%)가 응답했다. 또한 비평 교육의 전망에 대해서는 "쇠퇴할 것이다"에 응답한 비율이 37%로, 이유로는 "문학의 쇠퇴와 더불어"에 체크했다. 이에 반해 "인문학 교육 강화와 더불어" "더욱 강화될 것이다"(31%)라고 응답한 수도 적지 않았다.

이와 더불어 필자는 대학 홈페이지와 설문응답자들의 도움을 통해 비평 관련 과목 '강의계획서'를 살펴보았다. 그 내용은 기존의 비평 교재의 내용을 따라 '역사주의 비평, 형식주의 비평, 구조주의 및 기호학적 비평, 심리주의 비평, 페미니즘 비평' 등으로 구성된 가장 고전적인 모델에서부터 '근대성, 시간성, 폭력성, 자율성, 여성성, 대중문화, 민족문학론, 신체성' 등을 키워드로 내세운 비평문 읽기와 쓰기, "삶의 리듬과 사회적 시간, 시선과 권력, 기계와 공간" 등의 비평적 문제틀을 제시하고 작품을 읽어나가는 방식, 방법론 없이 좋은 작품을 선정, 실제 비평

---

4 중복 체크를 한 경우도 있기 때문에 100%를 상회하였다.

문을 써보고 합평 내지는 피드백해주기, 또는 '텍스트 자세히 읽기, 키워드 선정하기, 읽기의 관점, 인물 심리 읽기, 작가론, 문학적 아젠다' 등의 순으로 한 편의 비평문을 구성하기 위한 단계별 과제수행으로 설계된 강의, 『문학비평의 전제』(K.K. 루스벤)에서 제시하고 있는 '허구세계와 실제세계, 문학작품 제작설, 독창성과 모방성, 영향론, 진리주장과 개연성' 등의 문학비평의 중요한 문제틀을 활용하여 작품과 함께 읽어나가는 방식, 또는 교수자의 평론집을 중심으로 작품과 비평 읽기 등의 다양한 방식이 있었다.

이상의 설문조사만으로 문예창작학과의 비평교육의 현재를 정확히 파악한다는 것에는 많은 한계가 있다. 짧은 문답식 '앙케이트'가 지닌 속성, 학교와 학과들의 편차, 자료조사의 부족 및 설문지의 문제 등에 그 원인이 있겠지만, 그 이유야 어쨌든 설문내용만으로 비평교육의 현황이라고 할 만큼 '구체적인 방법론'과 '방향성'을 보여주기에는 부족한 것이 사실이다. 위의 설문내용은 필자와 더불어 문예창작학과 교육에 임하는 이라면 피상적으로 알고 있는 내용의 확인에 불과하다고도 할 수 있다. 그럼에도 불구하고 이 '확인'을 통해 필자는 문예창작학과의 비평교육에 대해 다음과 같은 몇 가지 제언을 하고자 한다. 이 제언에는 비평 현황에 대한 문제제기만이 아니라, 설문조사를 통해 얻게 된 바람직한 방향성과 방법론을 참고로 한 성찰도 포함되어 있다.

3. 문예창작학과에서의
비평교육에 대한 몇 가지 제언

1) 비평이론을 통한 현실 이해

문예창작학과의 비평교육에서 중요한 부분은 물론 전문 비평 훈련이다. 여기에는 시, 소설, 드라마 등의 장르에 대한 이해와 감상, 해석과 분석, 가치평가, 문학사적 이해와 이를 한 편의 비평문으로 완성하는 과정이 포함되어 있고, 현재 대부분의 문예창작학과에서 '문학이론, 비평사, 비평 선집 강독, 실제 비평 실습' 등으로 잘 수행되고 있다. 위의 설문응답자들의 강의계획서들은 이러한 방향에서 문학비평 교수자가 어떻게 축적된 방법론 활용과 새로운 수업모형 설계와 개발에 힘쓰고 있는지, 그 결과 얼마나 효율적이고 전문적인 방식들을 구축하고 있는지를 잘 보여준다.

그러나 비평교육이 단순히 시, 소설, 드라마 등의 장르 규칙과 개념, 구조에 대한 이해와 분석, 창작방법론 연구와 비평문 쓰기 등의 문학 비평에만 제한되어서는 안 된다. 이는 비평교육의 목적과 관련되는 것으로, 위의 설문응답자들의 대부분이 문예창작학과에서의 비평의 필요성에 대해 "창작 텍스트의 사유의 깊이와 폭을 넓히기 위해"라고 답했다. 이들 대부분이 문예창작학과의 비평 교육의 목적이 평론가를 양성하기 위한 것이 아니라는 데에 동의하고 있는 것이다.(설문 14항목 참고) 학부 수준에서 전문적인 비평 훈련이 불가능하다는 현실에서도 그러하지만,

또 그 많은 문창과에서 직업적 비평가를 양성하는 것이 현실적으로 필요하지 않다는 의미에서도 그러하다. 그것은 문창과의 시, 소설 교육이 시인, 소설가 등의 문인양성에 목표를 두는 것이 바람직하지 않다는 것과 같은 의미일 것이다. 물론 이는 문학의 위기 운운하는 작금의 비관적 전망 때문이 아니라, 물리학, 수학과의 교육목표가 물리학자, 수학자 양성은 아니라는 것과 동일한 의미이다.

시, 소설, 드라마 등의 장르에 대한 이해와 비평적 감식안은 사실, 장르별 창작교육에서 대부분 이루어지고 있는 것이 사실이다. 장르에 대한 이해와 비평적 안목 없이 좋은 창작이란 있을 수 없기 때문이다. 그렇다면 비평이 '창작 텍스트의 사유의 깊이와 폭을 넓히기 위해' 할 수 있는 일이란, 말 그대로 창작자의 사유의 깊이와 폭을 넓히는 일일 것이다. 창작자가 세계를 이해하고 형상화하는 관점과 문제의식을 높이는 것, 이는 비평의 본질과도 관련이 있는 일이다. 비평(critic)이란 결국, 있는 그대로의 현실 세계에 대해 '질문'을 통해 개입하고 성찰하는 것이기 때문이다. '물음'의 지점에서 창작자는 세계를 재구성하고 맥락화하며, 비판하고 다른 미래를 꿈꿀 수 있다. 비평이 지닌 사유와 상상력의 가능성은 기교적 세련이 아닌 궁극적 '심미성'과도 연관되는 것이라 할 수 있다.

이러한 방향에서의 구체적인 방법에 대해서는 도정일과 한원균이 '비평적 교육'이라는 용어로 이미 강조한 바 있고,[5] 또한 많은 비평 교수

---

5   비평적 교육이란 학부 문학교육에 비평과목을 대거 증설하여 비평교육을 강화하는 것이 아니라 현대비평의 여러 관심, 문제, 쟁점들에 대한 지식과 정보를 원용하여 학부 문학교육을 활성화하는 교육이다.(도정일, 「고슴도치와 여우, 그리고 두더지─비평적 문학교육의 필요성」, 『시인은 숲으로 가지 못한다』, 민음사, 1995, 319면); 한원균, 「비평교육은 왜 '비평적 교육'이 되어야 하는가─문예창작학과에서의 비평교육의 지향점」, 『한국문예창작』 1, 한국문예창작학회, 2002.

자들이 실행하고 있는 부분이기도 하다. 필자 또한 여기에 십분 동의하며, 문학비평이론보다는 '비평이론'의 적극적인 활용이 필요하다고 본다. 2000년대 이후 '이론의 죽음'이 운위되고, 또 문학비평 강의실에서도 이론보다는 실제 비평문 쓰기에 많은 시간을 할애하고 있는 듯하다. 그러나 문제의식 없이 쓰인 '실제 비평문 연습'은 문장훈련에 그치기가 쉽다. 비평이론은 복잡다단한 현실을 이해하려는 일종의 밑그림이고, 그 그림은 때로 비약이 있을 수 있지만 어디까지나 인간의 '주체성'을 포기하지 않는 능동적인 힘이다.

2000년대 '이론 이후' 삶으로 돌아가야 한다는 목소리가 높지만, 이는 일면 현실추수주의의 다른 이름일 수 있다. 이론 쇠퇴와 경시는 포스트모던의 다원주의, 해체주의와 허무주의, 가치 경시 풍조의 결과로 볼 수 있기 때문이다. 포스트모던 이론가늘이 애써 이성 중심주의, 주체 중심주의를 전복시킨 뒤에 남은 것은 결국 '별도 없고, 길도 보이지 않는' 실재계라고 한다면, '환멸' 이외에 무엇을 추구할 수 있을 것인가. 지젝의 말처럼, 인간은 '이데올로기'라는 환상 없이는 살아갈 수 없는 존재이다. 가치 부정의 시대는, 코제브의 말대로 속물화나 동물화 이외의 삶을 허용하지 않는다.

이런 맥락에서 비평교육에서 비평이론의 적극적인 수용은 창조적 사고를 위해 효과적이고 필수적이라고 본다. 그 방법론은 물론 자폐적인 이론 교육이 아니라, 실제 삶과 관련된 사고 훈련의 방식이 되어야 할 것이다. 가령, 지젝, 라깡, 랑씨에르, 아감벤, 프로이트, 알랭 바디우, 벤야민, 데리다, 스피박, 에드워드 사이드, 푸코, 버틀러, 스피박, 호미바바 등의 최근 비평이론을 일방적으로 설명하기보다는 이들 비평이론이 제기한 문제틀과 키워드를 중심으로 토론과 글쓰기로 나아가게 할 수 있다. 그 문제틀은 작품과 텍스트, 작가의 죽음, 상호텍스트성, 알레고리, 경험과 체험, 감성의 정치학, 대타자, 소타자, 외디푸스 콤플렉스, 현실원칙과 쾌락원칙, 우울과 멜랑콜리, 타자, 히스테리와 강박증, 주체, 성차(젠더), 수행성, 서벌턴, 이데올로기, 상상계 / 상징계 / 실재계, 무의식, 호모사케르, 탈식민주의, 포스트모더니즘, 오리엔탈리즘, 스투디움과 푼크툼 등이 될 것이다. 이러한 키워드는 '플롯, 시인추방론, 연민과 공포, 카타르시스'와 같은 중요한 문학비평 용어와 함께 문학작품과 세상을 능동적으로 해석하고 사유하는 데 유용한 매개체가 될 수 있다.

'비평적 교육'의 핵심은 결국, 사유와 주체성을 회복하는 것이다. 비평은 사실, 모든 글쓰기 교육이 그렇듯 일종의 '자기'를 강화하는 훈련이다. '인문학의 위기는 결국, 인간 주체성의 위기이고 인간의 위기이다.'[6] 인문학과 비평적 사유가 더욱 중요해진 이유는 인간이 주체가 되지 못하는 현실에 있다. 지금 우리의 사회가 근본적으로 '사유'를 허용하는 사회인가? '사유'를 독점하는 것은 모든 정치권력의 속성이지만, 지금은 그 이상의 의미를 지니고 있다. 현대 사회제도의 복잡다단한 메커니즘에서 끼어 '작동'되고 있는 더미(dummy)들이 우리가 아닐까. 사실 우리 삶을 멀리서 보자면 '내가' 움직이는 것이 아니라 자동차가, 신호체계와 도로가, 은행이, 서류가, 교육제도와 자본의 흐름이 무수한 사람들을 실어 나르는 것으로 보인다. 이 분화되고 시스템화된 무수한 섹트 안에서 타자와 자율을 사유하고 상상하는 것은 낭비와 잉여일 뿐이

---

6   도정일, 앞의 책,

다. 옴쭉달쭉도 못하는 '포박'과 '순응'이 결국 '가만히 있으라'의 참사를 불러왔던 것 아닐까.

비평이론의 활용이 고학년 전공수업에 가능하다면, 저학년을 위해서는 좀더 쉬운 방법을 고안할 수 있다. 가령, 하나의 텍스트를 읽고 가능한 한 구체적인 삶과 연계된 질문들을 던지고 여기에 대해 토론하는 것이다. 예를 들자면 버트란트 러셀의『행복의 정복』이라는 텍스트에 대해서 다음과 같은 질문을 주고 조별 토론을 수행하도록 하는 방법이 있을 수 있다.

『행복의 정복』 토론 주제

① 최근 사회 곳곳에서 힐링(치유) 열풍이 불고 있다. 치유와 위로의 담론은 개인의 행복을 위해 중요한 것이지만 한편 근본적인 문제 해결을 간과할 수 있다. 버트란트 러셀은『행복의 정복』에서 불행의 원인을 주로 개인의 심리적인 원인에서 찾고 있다. 개인의 불행은 과연 러셀이 말하는 죄의식, 과대망상증 등과 같이 관해 개인적인 노력만으로 극복가능한가? 즉 의식의 변화만으로 행복은 가능한 것인가?

② 러셀은 자신의 진정한 행복을 위해 여론에 대해 지나치게 두려워해서는 안 된다고 말하며 다음과 같이 덧붙이고 있다. "굶어죽거나 투옥을 피하기 위해 꼭 필요한 한도 내에서만 여론을 존중하면 된다." 자신의 감정에 충실한 것이 때로 인습에 어긋나거나 환경과 조화를 이루지 못하더라도 자신의 행복을 위해 필요한 경우도 있지만, 그것이 더 큰 불행을 불러오는 경우도 있다. 가령 동성애를 예를 들 수 있는데, 만일 자신이 동성애자라면 커밍

아웃을 하여 당당히 여론에 맞서겠는가, 아니면 공동체와의 조화를 위해 타인에게 공표하지 않은 채 자신의 욕망을 추구하겠는가?

③ 러셀은 '바이런적 불행'이라는 장에서 "불행이 우주의 본질"이라고 보는 염세주의를 비판하고 있다. 그러나 어떤 철학자들은 혹은 불교에서는 '삶은 고해다'라고 하여 생을 근본적으로 고통의 연속으로 보고 있으며 이를 통해 보다 나은 삶을 추구하기도 한다. 이 두 가지 상반된 인생관이 갖는 긍정적·부정적 측면에 대해 논하라.

④ 최근 여러 가지 이유 때문에 결혼을 안 하거나 자녀를 포기하는 경우가 늘고 있다. 버트란트 러셀은 행복에서 가족의 중요성을 매우 강조하고 있는데, 이러한 관점에서 젊은이들의 비혼(非婚) 혹은 노키드(No kid) 유행에 대해 어떻게 볼 수 있을까?

⑤ 고갱의 삶을 모델로 한『달과 6펜스』에서 마흔 살의 찰스는 어느 날 직장을 그만두고 처자식도 버리고 화가가 되기 위해 집을 떠난다. 행복은 자신의 재능과 개성을 자유롭게 발휘할 때 얻을 수 있지만, 한편 그러한 행복 추구가 자신이 속한 가족, 혹은 공동체에 대한 책임과 윤리와 배리될 때도 있다. 이럴 경우 무엇을 선택하는 게 현명하고 진정한 행복을 위한 것일까? 찰스의 삶을 '행복'의 관점에서 논해보자.

⑥ 어떤 사람은 나라의 독립 혹은 민주주의를 위해 목숨을 바치기도 하고 금욕주의자들은 진정한 깨달음을 위해 고행을 감수하기도 한다. 이러한 경우 행복은 안락 혹은 쾌락과는 먼 것이라 할 수 있다. 행복과 고통의 관계는 어떻게 보아야할까?

⑦ 과학문명이 발달함에 따라 과거 인간에게 절대적 힘을 행사하던 종교가 약화되고 영혼과 양심에 대한 관심, 죄의식 등이 줄어들고 있다. 옳고 그

름의 판단은 신 대신에 법이 관장하게 되었으며 신비에 가득 찬 우주와 인간의 내면은 차가운 행성, 그리고 혈관과 세포로 채워진 물질로 인식되고 있다. 영성을 잃어버린 현대인이 과학적 사고를 저버리지 않고, 한편 사이비 종교로 빠지지 않으면서도 삶에 대한 경외와 영혼을 회복할 수 있는 방법은 무엇이라 생각하는가? 지금의 법치주의가 과거 종교가 지배했던 사회보다 나은 것은 무엇이고 못한 것은 무엇이라 생각하는가?

⑧ 보편적 행복을 상정할 수 있는가? 그렇다면 그 보편적 행복의 객관적인 기준인가? 가령 국가는 국민의 행복 증진을 위해 여러 가지 복지정책을 펴거나 부모는 자녀의 행복을 위해 많은 것을 제공하는 동시에 어떤 행동에 대해서는 처벌하거나 강요하기도 한다. 그러나 그것은 극단적인 경우 당사자와는 무관한 '행복'일 경우도 있다. 그렇다면 모두에게 통용되는 '행복론'은 불가능한 것인가?

이상의 질문들은 최근 사회적 트렌드와 이슈를 포함하고 있다. '치유 열풍'과 성적 소수자의 문제, 비혼과 노키드(No kid)의 실제적인 사회 현실적 문제와 '개인과 공동체' '종교' '법치주의' '염세주의' '행복과 고통의 관계' 등 보편적이며 철학적인 문제에 이르기까지 다양한 관점에서 '행복'에 토의하고 '나의 행복론'이라는 에세이를 쓰게 하는 것은 어려운 비평 용어 없이 '비판'적으로 우리의 현실을 생각해보도록 하는 방법이 될 수 있다.

2) 문학비평문에서 '비평적 에세이'로

두 번째, 문예창작학과에서의 비평교육은 전문적인 비평문 쓰기보다
는 '비평적 에세이'로 나아가야 한다. '비평적 에세이'를 강조하는 연구
자[7]들의 의견에 따르면, 비평적 에세이란 다음과 같다.

① 문학 작품에 대해 자신이 사고한 바를 깊이 있게 써나가는 글이다. 일
정한 형식이나 절차를 필요로 하지 않는 글쓰기의 유형이다. 흔히 말하는
'쓰기'의 부담에서 벗어나기 때문에 자유로운 사고활동이 이루어진다. 작품
의 어떤 한 면모에 대해 이런저런 생각들을 외곬으로 파고들면 된다. 주인공
의 한 마디에 깊은 인상을 받아 그것과 관련된 자신의 이야기를 하염없이 늘
어놓아도 좋고 사건의 진행 과정에 스치듯 등장하는 엑스트라의 행위나 존
재에 대해 물고 늘어져도 좋은 것이 비평적 에세이다.[8]

② "문학 능력과 문학 경험에 따라 시 작품을 이해, 감상하고, 이러한 이해
와 감상의 양상을 글로 표현하는 행위가 비평적 에세이다. (…중략…) 비평
적 에세이는 감상문과 비평문의 형태의 논리적 접점을 이루는 장르로, 작품
에 대한 비평적 읽기의 결과로 학습자의 비평적 사고를 드러낸다.(…중
략…) 시 읽기 과정에 필요한 해석적 능력(시어, 이미지, 시적 화자의 태도,

7　김동환, 「현대문학교육의 목표와 방법의 문제」, 『민족문학사연구』 제12호, 민족문학사
　연구소, 1998.
　유성호, 「시 교육에서 비평의 위상과 역할」, 「국어교육」 제108호, 한국어교육학회, 2002.
　선주원, 「비평적 시 읽기와 비평적 에세이 쓰기」, 『현대문학의 연구』 제21집, 한국문학
　연구학회, 2003.
8　김동환, 앞의 글, 70~71면.

구성방식 등과 같은 것을 이해하고 해석할 수 있는 능력) 뿐 아니라, 시 텍스트의 의미를 새로이 구성하고, 이를 자신의 삶과 관련지어 의미화할 수 있는 구성적 능력도 갖추어야 한다."[9]

비평적 에세이는 일체의 규범이나 비평 장르의 관습에 대한 의식 없이 자유롭게 써나가는 에세이를 의미한다. 그것은 시, 소설 장르에 대한 미학적 가치평가와도 무관할 수 있는데, 이를 통해 보다 직접적인 실감을 가지고 '사유'를 펼쳐나갈 수 있다. 이는 '구성적 읽기'라는 '비평'의 또 다른 기능과도 연관된다. 비평(critic)은 흔히 '비판'이라는 부정적 의미로 쓰이고 있으나, 반드시 가치 평가와 재단만을 의미하지는 않는다. '비평'은 일종의 독자를 대표하는 기능으로, 우선적으로 자기 관점에서 작품을 이해, 감상하고 이를 재구성하며 재맥락화하는 과정을 포함한다. 즉 구성적 읽기로서의 비평은 "능동적인 읽기를 통해 텍스트에 대한 담론을 생산할 수 있는" "주체 세우기의 과정"[10]이기도 하다.

또한 구성적 읽기는 "텍스트를 둘러싸고 있는 사회적·문화적 맥락과 왕성한 상호작용을 하는 것"[11]이며 창작과 마찬가지로 세계를 형상화하고 표상하는 '인식적 능력'과 긴밀하게 연관된다. '비평'은 대상에 대한 가치 평가만이 아니라, 그것을 자기 맥락에서 인식하여 또 다른 독자들에게 전달하는 기능을 포함한다. 그런 의미에서 비평 교육은 우선적으로, 학생들로 하여금 대상 텍스트를 '재구성'하여 언어로 펼칠 수

---

9 선주원, 앞의 글, 585~586면.
10 김미혜, 『비판적 읽기 교육의 내용 연구』, 서울대 석사논문, 2000, 4면.
11 유성호, 앞의 글.

있는 능력을 함양할 수 있도록 해야 한다.

필자는 때로 강의실에서 학생들에게 이러한 비평적 에세이를 작성하게 하고, 수강생들과 돌려 읽도록 한 다음 상호 평가하도록 한다. 이때 평가는 얼마나 대상 텍스트를 객관적으로 잘 요약하고 정리했는가와 별도로 다른 이들로 하여금 대상 텍스트에 대해 얼마나 많은 '호기심'과 '관심'을 가지게 했는가의 항목을 제시하곤 한다. 호기심과 관심은, 이를 전달하는 대표적 독자로서의 '비평'이 지닌 주관적 감성의 성격, 의미화, 맥락화 등에 의해 결정된다. 그것은 대상 텍스트 자체가 지닌 의미보다는 이를 수용하는 비평가의 '구성적 읽기'와 관련된 것으로 그것은 곧 그 읽기가 바탕하고 있는 물음과 관점의 문제와 연결된다. 그리고 그 사유와 물음은 곧 비평가가 대상 텍스트에 대해 갖는 '에로스'와 관련된 것이고, 긍·부정적 의미에서 이 에로스의 강도는 곧 독자들에게 '텍스트'의 중요성을 확정짓는 것이기 때문이다.

구성적 읽기와 관련한 비평 교육의 한 방법으로서 문학 작품 이외에 다양한 대상을 제시할 수 있다. 논픽션과 평전, 영화는 물론 때론 창작과 관련된 '공간 구성'과 '인물 구성'에 이르기까지, 다양한 대상은 '구성적 읽기'와 '비평적 에세이'에 의해 다시 쓰이고 재구축될 수 있다. 이런 의미에서 평전(Critical Biography)과 여행기(기행문) 쓰기, 서간체 등도 비평의 범주 안에서 적극적으로 다뤄야 한다. 가령 수강생들에게 자신의 반복되는 일상의 동선을 그려오고 이를 에세이로 써오게 한다든가, 두 명을 짝을 지어주고 특정한 미션 수행을 통해 인터뷰를 하고 짤막한 인물평전을 쓰게 한다. 자신의 공간을 글쓰기를 통해 '구성'해보고 이를 의미화하는 것, 가까운 친구들과 가족의 평전을 쓰게 하는 것은 크게 보면 비평의 범주에 놓인다. 물론 방법론에 있어서 창작교육과 차별성은 없다. 그러나 창작과 비평의 경계를 분명히 가르는 것은 무의미하다. '창작'은 세계를 '표상'하는 주관적 관점에서 비롯된다는 점에서 본질적으로는 비평이기 때문이다. 이러한 방식은 학생들에게 협소한 '문학비평'에서 탈피하여 좀더 확장된 '비평'적 개념을 갖도록 하고, 또 한편 창작방법론에 대해 반성적 성찰의 계기를 마련해주려는 의도에서 비롯된 것이다.

필자가 가르치는 학생들은 대부분 익산과 인근 지역에 살고 있지만 습작을 읽어보면 대개 서울 학생들과의 변별성이 드러나지 않는다. 대부분의 학생들의 습작이 인터넷과 여타의 문학작품이라는 이차 텍스트를 통해 이뤄지기 때문이다. 창의성과 독창성은 인터넷과 작품에 있지 않고, 아무도 아직 형상화하지 않는 '지금 나의 현실'에 있음을 강조하기 위한 창작방법론의 하나라고 할 수 있다.

궁극적으로 비평은 독서를 통해 '다른 세상'과 '타자'를 만나고 이를 통해 '나'를 확장시키는 일이다. 가족의 평전을 써본다는 것은 '그' 혹은 '그녀'를 평가하는 일이 아니라 '서사' 및 입체적 구성과 맥락화를 통해 '그' 혹은 '그녀'를 이해하고 수용하고, 또 이를 통해 자신의 삶을 성찰하는 일이다. 자신의 일상의 동선을 그리고, 학교 밖 지역을 돌아본 뒤에 여행기를 쓰는 것 또한 마찬가지이다. 창작과 비평은 '물음'을 통해 세상을 이해이고 '나'의 감성과 관점에서 맥락화하여 '나'에게 '유용한' 삶의 지도를 만들어주는 일이라는 점에서 다르지 않다.

3) 논픽션과 창의적 글쓰기

세 번째, 위에서 제시한 좀더 유연한 '비평' 개념과 관련된 것으로 문예창작학과에서의 '비평교육'은 문학비평만이 아니라 다양한 에세이와 논픽션을 포함시켜야 한다고 본다. 가령, 위에서 제시한 '평전' '자서전' '르포' '여행서' '대중문화 에세이' '처세술' 등이 그 예에 해당된다고 할 수 있다. 이러한 범주 확장은 필연적으로 문학비평에서 탈피한 '비평' 개념의 조정으로 이어진다. 여기에서 "문학비평문이나 문학 평론은 비평문의 한 하위 유형에 해당한다", '비평교육'의 범주를 "모든 대상이나 현상"으로 확대하여 미술, 음악, 문화까지를 포함시켜야 한다는 논자의 의견[12]을 참고할 필요가 있는데, 문예창작학과에서의 '비평'은 '모든 대상'으로까지는 아니더라도 현실에서 중요하게 소통되는 대중문화를 포함해야 된다. 그러나 그 방식이 곧 'TV, 라디오, 영화, 디지털 콘텐츠' 등의 매체 일반에 대한 '비평 교육'으로 확장되어야 한다는 것은 아니다. 문예창작학과에서의 '비평교육'과 매체와의 연계는 '에세이'든 '르포'든 한 편의 창작물로 완성된 '글'을 매개로 하는 것이 바람직하다. 위의 설문응답자들이 보여준 '다양한 콘텐츠'의 활용은 그 비율과 상관없이 그것과 연계하는 '방식'에 대해 적극적으로 모색해야 한다..

필자의 경험을 얘기하자면, 〈베스트셀러 읽기〉 〈르포&논픽션 세미나〉 을 통해 이러한 방식들을 모색하고 있다. 가령, 〈베스트셀러 읽기〉에서는 시집, 소설 뿐 아니라 여행서, 처세술, 평전, 르포 등의 논픽션을

---

12 우문영, 『비평교육론』, 한국문화사, 2011, 7면.

다루고 있으며, 또 경우에 따라서는 짧은 '대중문화 칼럼'을 제시하고 "대중들은 무엇을 원하는가"라는 주제로 토론을 이끌기도 한다. 〈아빠 어디가?〉, 〈꽃보다 할배〉와 같은 프로그램에서 엿보이는 대중의 욕망은 '리얼'이 아니라 '리얼 판타지'에 있다는 흥미로운 논의를 펼치기도 했다. 또 다른 예를 들자면 포털 사이트의 '지형 그리기'를 통해 어떤 구성과 배치를 통해 네티즌들의 일상을 점령하는지를, 최근 베스트셀러였던 처세술들(『성공하는 사람들의 7가지 습관』, 『시크릿』 등)을 읽고 그 '처세'와 '성공'의 기준들과 트렌드 변화에 대해 토의하도록 했다. 또 롤랑바르트의 사진 에세이(『밝은 방』), 박찬일의 음식 에세이 『추억의 절반은 맛이다』, 오주석의 『한국의 미특강』, 유홍준의 『나의 문화유산 답사기』 등을 대상 텍스트로 선정하여 학생들의 비평적 시야를 넓히도록 활용하기도 했다. 물론 해당 분야의 에세이가 필요로 하는 전문적인 식견을 가르칠 수는 없으나, 대중적으로 읽히는 다양한 분야의 에세이 읽기와 쓰기는 학생 개개인이 지니고 있는 취향과 감각을 일깨우고 학생들을 고무시킬 수 있다.

비평이 '문학비평'에서 탈피해야한다는 사고 전환의 요청은 이미 다른 장르에서 진행되고 있다. '소설' 대신 '스토리텔링', '서사', '시' 대신 '서정', '창조적 표현', '감성' 등을 내세운 교과목 등이 그러한 시도의 대표적 경우라고 생각되는데, 이러한 방향은 좀더 적극적으로, 심도있게 모색되어야한다고 본다. '시', '소설', '문학비평'이라는 장르관습에 얽매이는 것은 현실적으로 소통가능한 '창작물'을 만들어야 하는 문예창작학과에서는 걸림돌이 될 수도 있다. 왜냐하면 '문단'이라고 하는 문학장에서 통용되는 시, 소설 등의 창작물은 이제 '전문적인 독자'가 아니면 읽을 수 없는 정도로 전문화되었기 때문이다. 그런 의미에서 장르구분이 지나치게 명확한 커리큘럼은 지양되어야 한다. 이 부분에 대해서는 국내 문예창작학과와 외국의 문예창작학과를 비교하여 참고해 볼 수 있다.

〈국내대학〉

A-예술대학	
시	시소설창작심화 1, 시소설창작심화 2, 시소설창작심화 3, 시소설창작심화 4
소설	(시소설창작심화 1, 시소설창작심화 2, 시소설창작심화 3, 시소설창작심화 4) 서사창작전공연습, 이야기의 원형과 번역(영어강의), 장편내러티브 연구, 장편내러티브 세미나, 픽션과 논픽션 1,2, 현장작가특강
드라마	드라마의 이해(영어강의), 극창작 세미나
비평	문예창작방법론과 미학, 문예비평세미나, 문예비평실습
문예기초 및 공통	동서양서사예술, 이미지와 스토리 창작기초1,2, 문장문체실습, 한국문학세미나
기타	영상매체실습, 아동문학창작실습, 번역기초(영어강의), 번역워크숍(영어강의), 무대매체실습, 인터랙티브 창작론, 편집광고기획실습 1, 2, 공연영상창작실습 1,2

B-인문대학	
시	시의 이해, 시창작론, 시창작연구 1, 시창작연구 2, 시인론, 시창작연구 3, 시창작연구 4, 시창작과 문학사, 시창작과 비평
소설	소설의 이해, 소설창작론, 소설창작연구 1, 소설구성론, 소설창작연구 2, 소설창작연구 3, 소설창작연구 4, 소설창작과 문예사조, 소설창작과 비평, 현대소설특강
드라마	희곡의 이해, 희곡창작론, 희곡창작연구, 시나리오론, 방송문학론, 연극사조연구, 현대희곡특강
비평	문학연구방법론, 비평세미나
문예기초 및 공통	문장연습, 창작기초
기타	아동문학론, 편집기술론, 창작세미나, 문학치유론, 광고카피론, 독서논술교육론

C-예술대학	
시	시창작과 글쓰기 1, 2, 한국현대시강독 1, 2, 시론 1, 2, 시창작연구 1, 2, 시창작론, 현대시 특강, 시창작실습 1,2
소설	소설창작과 글쓰기 1,2, 소설론, 작가론, 소설창작실습 1, 2, 현대소설강독 1, 2, 소설창작연구 1, 2, 서사론특강 1,2
콘텐츠 &스토리텔링	영상문학과 스토리텔링, 뉴미디어잡지 스토리텔링, 대중문학과 스토리텔링, 뉴미디어픽쳐북제작 실습 1, 2.
비평	고전문예론, 한국문학사, 미디어와 문학비평 1,2, 문학과 심리학 1,2, 비평세미나 1,2
문예기초 및 공통	세계문학강독 1, 2
기타	아동문학실습1, 2, 3, 4, 출판기획실습

D-예술대학	
시	서정문학의 이론과 실제, 시창작연습, 시창작세미나 1, 2, 시창작워크숍
소설	서사문학의 이론과 실제, 소설창작연습, 소설창작세미나 1, 2, 소설창작 워크숍
콘텐츠 &스토리텔링	문학과 문화콘텐츠산업, 영상문학의 이론과 실제, 스토리텔링연습, 스토리텔링 세미나, 스토리텔링워크숍, 시청각세미나 1,2, 공연예술창작연습, 방송문학연습
비평	문학사세미나, 문장의 이론과 실제, 비평연습, 비평세미나, 비평워크숍
문예기초 및 공통	문학과 문화예술, 창작의 현장, 통일시대의 문예창작, 명작세미나
기타	아동문학창작연습, 아동문학창작세미나, 문예창작전공세미나 1, 2, 3, 4, 국내인턴쉽 1,2

위에 제시한 교과목 구성은 수도권에 있는 4개의 대학의 커리큘럼이다. 일별해보면, A와 B의 경우는 시, 소설, 드라마, 비평 등의 전통적인

장르 구분을 유지하고 있는 편이나, A의 경우 개별 교과목명(예를 들면 '픽션과 논픽션' '서사창작전공')을 통해 동시대의 흐름을 수용하고 있다는 점에서 B와 차별성을 보이고 있다. C와 D의 경우는 드라마 분야가 없고 대신 '영상, 스토리텔링, 콘텐츠' 관련 교과목을 다수 개설한 것이 눈에 띄는데, 급변하는 현실에 적응하려는 시도가 두드러진 예라 할 수 있다. 또한 이러한 커리큘럼의 차이에서 '드라마, 희곡' 그리고 이와 관련 '영상매체'를 어떻게 문예창작학과에서 수용하여 풀어갈 것인가라는 당면 과제에 대한 고뇌를 읽을 수 있다.

그러나 이들 4개의 대학은 대체로 시, 소설, 드라마 / 콘텐츠, 비평 등으로 구분하여 교과과정을 구성하고 있다는 점에서 공통된다. 다른 장르는 논외로 하고, 비평에 관한 한 이렇듯 'critic'이라는 개념에 구속되어 구성하는 것은 바람직하지 않다고 본다. 앞서 언급한 대로 논픽션과 에세이를 포함한 비평 혹은 글쓰기 과목 수용에 대해 적극적으로 생각할 필요가 있다. 이를 위해 외국대학의 문창과 커리큘럼을 참고해 보자.

〈외국대학〉

Lancaster University, English and Creative Writing (Arts & Social Sciences)	
1학년	〈창의적 글쓰기 입문〉〈영어〉
2학년	〈창의적 글쓰기 중급〉〈단편 소설〉〈시, 장르와 연습〉〈창의적 논픽션 1〉〈풍경과 글쓰기〉〈학부 영문과와 창의적 글쓰기를 넘어〉
3학년	〈고급 창의적 글쓰기 워크샵〉〈창의적 논픽션 2〉〈단편소설 2〉〈시와 실험〉〈서사와 뉴미디어〉

New York University, English(Collge of Arts & Science)	
입문 워크샵	시와 소설 입문(Introductory Workshops)
중급 워크샵	시, 소설, 창의적 논픽션 워크샵
고급 워크샵	시, 소설, 창의적 논픽션 워크샵
마스터 클래스	시, 소설, 창의적 논픽션 워크샵

University of Iowa, English / Creative Writing Tracks (College of Liberal Art & Science)	
기초 글쓰기 과목	〈창의적 논픽션을 위한 방법과 기술〉〈비지니스 글쓰기를 위한 방법과 기술〉〈개인적 글쓰기를 위한 방법과 기술〉〈음식에 관한 글쓰기를 위한 방법과 기술〉〈문화에 대한 글쓰기를 위한 방법과 기술〉〈과학 글쓰기를 위한 방법과 기술〉〈환경에 대한 글쓰기를 위한 방법과 기술〉〈사회 변화에 대한 글쓰기를 위한 방법과 기술〉〈뉴미디어에 대한 글쓰기를 위한 방법과 기술〉〈스포츠에 대한 글쓰기를 위한 방법과 기술〉〈유머 글쓰기를 위한 방법과 기술〉〈장르를 넘어선 글쓰기를 위한 방법과 기술〉〈감성적 글쓰기를 위한 방법과 기술〉〈문학적 에세이를 위한 방법과 기술〉〈저널리즘 현장에서의 방법과 기술〉〈에세이 수상작〉〈창의적 글쓰기〉〈소설쓰기〉〈시 쓰기〉〈희곡 쓰기 1〉〈희곡쓰기 2〉
작가세미나	〈창의적인 스튜디오 워크샵〉〈창의적 글쓰기〉〈소설 쓰기〉〈시 쓰기〉〈과학 소설 읽기와 쓰기〉〈창의적인 비즈니스 커뮤니케이션〉〈헬스 전문가를 위한 창의적 글쓰기〉〈뉴미디어를 위한 창의적 글쓰기〉〈대중문화에 대한 창의적 글쓰기〉〈소설 쓰기 고급과정〉〈시쓰기 고급과정〉〈문장 : 글쓰기를 위한 전략〉〈음악가에 대한 창의적 글쓰기〉〈교정의 기술 : 정확한 글쓰기〉〈학부 시 워크샵〉〈학부 소설 워크샵〉
고급 코스	〈논문 워크샵〉〈창의적 글쓰기 트랙-스페셜 토픽〉〈소설-학부 과정 작가 워크샵〉〈시-학부 과정 작가 워크샵〉〈논픽션 쓰기 고급과정〉〈산문 스타일〉〈개인적 글쓰기〉〈멀티미디어 글쓰기〉〈라디오와 글쓰기〉〈과학에 대해 글쓰기〉〈학부 에세이 워크샵〉〈희곡쓰기 고급과정〉〈학부 희곡쓰기 워크샵〉〈영화 / 텔레비전에 대한 글쓰기〉
작가 워크샵	〈창의적인 스튜디오 워크샵〉〈창의적 글쓰기〉〈소설 쓰기〉〈시 쓰기〉〈과학 소설 읽기와 쓰기〉〈창의적인 비즈니스 커뮤니케이션〉〈헬스 전문가에 대한 창의적 글쓰기〉〈뉴미디어를 위한 창의적 글쓰기〉〈대중문화에 대한 창의적 글쓰기〉〈소설 쓰기 고급과정〉〈시쓰기 고급과정〉〈문장 : 글쓰기를 위한 전략〉〈음악가에 대한 창의적 글쓰기〉〈교정의 기술 : 정확한 글쓰기〉〈학부 시 워크샵〉〈학부 소설 워크샵〉

Columbia University, Creative Writing(School of Arts)	
워크샵	**초급** : 〈소설 워크샵 입문〉〈논픽션 워크샵 입문〉〈시 워크샵 입문〉 **중급** : 〈소설 워크샵 중급〉〈논픽션 워크샵 중급〉〈시 워크샵 중급〉 **고급** : 〈소설 워크샵 고급〉〈논픽션 워크샵 고급〉〈시 워크샵 고급〉 **시니어** : 〈소설 워크샵 시니어〉〈논픽션 워크샵 시니어〉〈시 워크샵 시니어〉
세미나	***기술과 연습** 〈픽션 세미나 : 단편소설 테크닉〉〈소설세미나 : 단편소설 접근법〉〈논픽션 세미나 : 논픽션에서의 전통〉〈시 세미나 : 시에의 접근〉〈소설 세미나 : 길고 짧음〉 ***역사와 맥락** 〈픽션 세미나 : 길고 짧음〉〈 픽션 세미나 : 주변의 목소리〉〈세미나 : 짧은 산문 형식〉〈번역 세미나 : 카프카의 유산〉
관련 교과목	**'워크샵, 세미나 과목 포함'** 〈상상적 글쓰기〉〈픽션 세미나 : 스타일 연습〉〈픽션 세미나 : 첫 번째 인물〉〈픽션 세미나 : 괴짜 & 아웃사이더〉〈논픽션 세미나 : 현대예술 작가〉〈논픽션 세미나 : 논픽션에서의 전통〉〈논픽션 세미나 : 서정적 에세이〉〈픽션 세미나 : 낯설게 하기〉〈시 세미나 : 시에서의 전통〉〈구조와 스타일〉〈필름 라이팅〉〈희곡쓰기〉〈창의적 글쓰기에서의 전통〉〈번역 세미나 : 유럽 동화〉〈픽션 세미나 : 예술 형식으로서의 이야기 모음〉〈시 세미나 : 축소, 활용, 재활용〉〈픽션 세미나 : 목소리 & 유년의 시선〉

위의 표는 영국의 랭카스터 대학, 미국의 뉴욕 대학, 아이오와 대학, 콜롬비아 대학의 문예창작 커리큘럼이다. 영국과 미국의 경우, 우선 독립된 '창의적 글쓰기 학과(Department of Creative Writing)'는 거의 찾아볼 수 없었는데,[13] '문예창작(creative writing)'[14]은 영문학과 내에 전공,

---

[13] 영국과 미국의 대학들을 전부 조사할 수 없었으므로 오류가 있을 수 있겠으나 대체로 그러했다. 영국에서 '창의적 글쓰기'로 유명한 대학은 University of East Anglia였는데(『속죄』의 작가 이언 매큐언이 다닌 대학), 이 대학에서도 다양한 창의적 글쓰기 프로그램은 석사 과정에서 제공하고 있고, 학부에서는 '창의적 글쓰기와 영문학과'에서 문예창작 교육이 이뤄졌다. 이밖에 영국에서 '창의적 글쓰기'로 유명한 대학은 쉐필드 대학과 옥스퍼드 대학인데 두 대학 모두 독립적인 '창의적 글쓰기' 학과는 석사과정에만 있다. 참고로 영국 대학의 학부는 3학기제, 3년 과정이다.

[14] 여기에서는 문예창작학과 대신 외국대학의 '창의적 글쓰기(Creative Writing)'를 그대로 쓰도록 한다.

트랙, 프로그램 등으로 개설되어 있었다. 영국과 미국의 경우 '창의적 글쓰기'는 학부보다는 별도의 석사 과정에서 전문적으로 교육하는 경우가 많았고, 또 문예창작으로 유명한 대학들 대부분이 '석사과정'에 집중적인 프로그램을 두어 교육하고 있다.

랭카스터 대학은 비평가 테리 이글턴이 교수로 있는 대학으로 '영문학과와 창의적 글쓰기' 학과에서 창작 교육을 수행하고 있다. 영문학과와 연계된 학과라 글쓰기 과목은 비교적 적은 편이지만 시, 소설 이외에 '논픽션' 장르를 중요하게 다루고 있는 점이 눈에 띈다. '창의적 논픽션 1'의 강의계획서를 살펴보니 *Frank Sinatra Has a Cold*[15]라는 Gay Talese의 에세이, Tim O' Brien의 연작 소설 *The Things They Carried*,[16] Tom Wolfe의 *The New Journalism*, Paul Morley의 음악 에세이 *Words and Music : A History of Pop in the Shape of a City* 등의 텍스트를 다루었다.

미국의 뉴욕 대학의 '창의적 글쓰기'는 영문학과 내에서 프로그램으로 제공되고 있는데, 시-소설-창의적 논픽션으로 구분하여 커리큘럼을 구성하고 있다. '논픽션'의 이러한 비중에 맞춰 교수진 중에도 저널리스트, 논픽션 기고자, 에세이스트, 전기 작가 등이 포함되어 있었다. 예를 들면, David Lipsky는 잡지 『롤링스톤즈』의 편집자를 역임했고, 『뉴요커』『하퍼』등의 주요 잡지에 글을 발표하는 논픽션 기고자, 소설가이고, Jo Ann Beard는 자전적 에세이 모음집 *The Boy of My Youth*의 저자이자 소설가이다. Maria Laurino는 회고록 *Old World Daughter*의 저자이고 2015년 봄학기 중급 논픽션 강좌를 맡고 있는 Charle Taylor는

---

15 Gay Talese가 *Esquire*(1966년 4월호)에 발표한 글이다.
16 베트남전쟁을 사실과 픽션의 경계를 넘나들며 다룬 연작 소설집.

영화, 책, 대중문화, 정치에 대한 다양한 글과 책의 저자이다.

　Charle Taylor의 중급 논픽션 강좌의 강의계획서는 이렇게 시작한다. "영화 비평가 폴린 케일(Pauline Kael)은 이렇게 말했다. '사람들은 내게 왜 회고록을 쓰지 않는가'하고 묻는다. 그러나 나는 이미 회고록을 가지고 있다. 작가로서 어떤 독창적인 감성에 의해 촉발된 글을 쓸 때, 비평과 개인적인 에세이의 분명한 경계는 사라진다. (…중략…) 학생들은 개인적 에세이, 문화 에세이, 사회정치적 에세이를 쓰면서 개인적 감정이 어떻게 자전적 요소를 넘어서는지를……" 또 고급 창의적 논픽션 워크샵의 개설 과목명은 '고백, 자서전 그리고 오토 픽션(Auto-Fiction)'[17]으로 픽션과 논픽션 장르를 넘어서는 글쓰기를 가르치고 있었다.

　오르한 파묵이 교수로 있는 콜롬비아 대학의 경우도 대체로 뉴욕대학과 비슷한 교과목 구성을 하고 있었고, 『뉴요커』 기자, 문화비평가를 교수에 포함하고 있었으며, 논픽션(논픽션에서의 전통)에서도 '르포, 비평, 해설, 전기, 역사, 회고록, 개인적 에세이' 그리고 '서간문'과 예술비평(문학, 영화, 음악, 연극&공연, 시각예술, 무용)[18]등을 다루고 있다. 콜롬비아 대학 문창 전공자는 위의 교과목 중에서 5개의 워크샵, 4개의 세미나, 관련 교과목 3개를 이수해야 한다.

　아이오와 대학은 미국에서 '창의적 글쓰기'로 랭킹 1위로 손꼽히는 대학이다. 그런 만큼 다양한 글쓰기 강좌를 제공하고 있는데, 이 프로그

17　허구적 자서전을 이르는 비평용어. 예를 들면 카트린 밀레의 『카트린 M의 성생활』, 열린책들, 2003.

18　'논픽션 세미나 : 현대예술작가'라는 과목에서 여섯 개의 예술에 대한 비평이라고 명시하여 다루고 있는데, 이는 '창의적 글쓰기' 프로그램이 소속된 '예술대(School of Arts)'의 6개의 전공과 연계된 글쓰기 강좌라 할 수 있다.

램은 학부생을 위한 것이 아니라 아이오와 대학이 별도로 운영하고 '창의적 글쓰기 프로그램'에서 석사과정생과 일반인들을 위해 개설한 다양한 글쓰기 과목들의 일부이다. 아이오와 대학도 다른 대학과 마찬가지로 학부에서는 '창의적 글쓰기 학과'를 별도로 두지 않고 영문과 내 '트랙'으로 운영하고 있었다. 영문과 학생들은 '비평이론과 연계학문, 중세 & 근대문학과 문화, 창의적 글쓰기' 등의 6개 전공 중 하나로 창의적 글쓰기를 선택할 수 있고, 전공자는 위의 제시한 교과목 중에서 기초 글쓰기 과목 중에서 2개 이상, 작가 세미나에 2개 이상 참여, 고급 코스 중 2개 이상 수강하도록 설계되어 있었으며 작가 워크샵 참여를 적극적으로 권장하고 있다. 위의 교과목 구성에서 알 수 있듯 아이오와 대학은 비즈니스, 건강, 음식, 문화, 환경, 뉴미디어, 사회, 스포츠, 라디오, 영화, 텔레비전 능능 다양한 분야를 세분하여 글쓰기 상쇠를 열고 있으며, 시, 소설, 드라마라는 문학장르 구분에 대해 좀더 유연하게 사유하고 있음을 알 수 있다.

물론 외국대학의 커리큘럼이 반드시 이상적이라고 할 수는 없지만 위의 커리큘럼을 참고 삼아 문예창작학과의 변화를 모색해볼 수 있다. 이에 대해서는 대체로 앞에서 논의했으므로 간단히 정리하도록 한다. 첫째, 비평은 물론, 문창과의 교과목은 '순수문학'의 구속에서 벗어나 지평을 확대하는 방안을 모색할 필요가 있다. 실험성과 전문적인 기술에 있어서 이미 포화상태에 이른 각각의 장르 규범과 위대한 전범에 대한 교육이 오히려 '문학의 진화'를 방해하고 있고, 학생들의 창의성 발현을 저해할 수 있다.

그러나 이러한 해체적 발전 모색이 영상매체와의 맹목적인 융복합일

필요는 없으며, 그 실현성 또한 불가능하다고 본다. 그런 의미에서 '문예창작학과'는 '문예창작'이라는 분과 이름의 구속에서 벗어나 '창의적 글쓰기'로 나아가야 한다고 생각한다. 물론 이러한 방향에서 새로운 과목들을 개설하고 수행하고 있는 국내 대학들도 있다. 이 지점에 있어서 다양한 영상매체 콘텐츠 창작이 아니라 그것의 밑그림으로서의 '글'이라는 점을 염두에 둔다면, 문예창작학과의 교과목 계발은 좀더 탄력성을 가질 수 있다. 가령 시, 소설, 비평 등의 완결된 문학 장르 개념 대신, 감성, 서사, 스토리텔링, 논픽션, 에세이, 다큐멘타리적 구성 등의 구분 아래 실용적인 매체적 글쓰기 과목을 개설하는 것도 한 방법이라고 생각한다.

마지막으로 '논픽션' 장르에 대한 적극적인 수용이다. 이는 앞에서 충분히 논의했으므로 생략한다.

4. 결론을 대신하여

이상에서 필자가 제기한 '비평'의 확장과 교과과정의 재구축은 사실 '문학'의 갱신에 대한 문제이다.

현재 국내 문창과의 교과과정은 대체로 18세기 이후 확립된 근대문학의 규율에 따른 것이라고 볼 수 있다. 그러나 문학(literature)이란 본래 '읽고 쓰는 기법 일반'을 의미했고, '문헌'을 의미했다.

애초에 문학이란 무엇인가? (…중략…) 어원은 라틴어 '문자' 'littera'입니다. 프랑스어로 되었던, 당초에 이것은 먼저 쓰는 것, 쓰는 방법 그리고 읽고 쓰는 데 필요한 문학적 학식 일반을 의미했습니다. 다음으로 어떤 문제에 대해 공간(公刊)된 저작의 총체를 의미했습니다. 지금으로 말하면 '문헌'이나 '서지'에 가깝겠지요. (…중략…) 현재 통용되고 있는 의미에서의 '문학', 즉 아름답거나 오락을 위한 언어예술 작품으로서의 '문학'이라는 의미는 18세기가 되어야 나타납니다. (…중략…) '문학'이란 읽고 쓰는 기법 일반을 말했습니다. 지금 이 의미는 리터러시 literacy라는 말이 맡고 있습니다만 원래는 문학이 바로 그런 의미였습니다. 이것이 어떤 의미를 지니는지 생각해보겠습니다. 예컨대 철학자 존 로크와 데이비드 흄, 그리고 물리학자 아이작 뉴턴을 공통의 한 분야로 부른다면 당시 사람들은 뭐라고 불렀을까요? 당연히 '문학'이고, 그들은 '문학사' 였습니다. (…중략…) 과학은 물론이고 철학, 수필, 역사학 그리고 경제학을 비롯한 사회과학이 문학과 구별된 것은 그 후의 일입니다. 예컨대 18세기 최대의 경제학자, 게다가 '경제학의 아버지'라 불리는 애덤 스미스의 출세작은 『도덕감정론(*Theory of Moral Sentiments*)』(1795)입니다. 하지만 그 전에 그가 에든버러에서 무엇을 가르쳐 명성을 얻었는지, 아니 이 저작 이후에도 계속 가르쳤던 과목이 무엇이었는지 아십니까? 수사학과 문학이었습니다. 그는 문학 선생님이었고 문학자였던 것입니다.[19]

사사키 아타루의 글의 일부이다. 사사키 아타루의 『잘라라 기도하는 그 손을』은 '근대문학의 종언'을 선언한 가라타니 고진을 겨냥한 것이

---

19 사사키 아타루, 송태욱 역, 『잘라라, 기도하는 그 손을』, 자음과모음, 2012, 53~54면.

다. 사사키 아타루는 '근대문학' 아니라 근대문학 이전의 '문학'의 개념으로, 루터와 무함마드를 통해 '혁명'을 가능하게 했던 '읽기와 쓰기'라는 '문학'의 개념을 상기해야 한다고 주장한다. 이 맥락에서 보자면 '문학의 죽음'이란 있을 수 없으며 죽음을 운운하는 자들은 성급한 종말론자에 불과하다는 것이다. 사사키 아타루의 주장대로 '경제, 과학, 사회'에 관한 전문적인 서적을 문학범주에 넣기에는 현대가 지나치게 분화되고 전문화되었지만, 일반 대중들에게 보편적으로 읽히는 넘쳐나는 서적들을 간과해서는 안 된다. 베스트셀러에서 구분되는 '픽션' '논픽션'에서 문창과는 '논픽션'이라는 거대한 대륙을 놓치고 있는 것은 아닌지 생각해보아야 한다. '문학' 개념의 확장 내지는 회복은 단절된 과거 고전문학과의 만남이기도 하고, 이미 세상에 존재하고 있는 다양한 '글'에 대한 발견이기도 하다.

문학(예술)은 의사소통의 한 형식이다. 그렇다는 것은 '독자'를 상정하지 않는 '문학' 혹은 '비평'이란 의미가 없다는 것이다. 문학이 앞으로 더욱 중요해진다면, 그것은 사사키 아타루의 말대로 넘쳐나는 정보화 시대에 '반(反)정보'로서의 '글', 즉 사유와 감성을 회태하고 독자들에게 끊임없이 촉발될 수 있는 가능성을 지니고 있는 일종의 에네르기이기 때문이다.(물론 과거에 비해 문학 독자가 많이 줄어들기는 했지만, 문학의 위기는 실제적 독자의 감소라기보다는 사회담론장에서 더 이상 오피니언 리더로서의 역할을 상실한 문학의 위상, '가치추구'와 무관한 오락화된 문학, 기예화한 문학예술에도 그 원인이 있다고 생각한다) 그런 의미에서 문예창작학과의 방향성을 '예술'에 두느냐, 인문학에 두느냐 하는 문제 또한 진지하게 생각해봐야 하는 문제이다. 우리 대학이나 외국대학에서 문창과는 예술대학 혹은 인문대에 속한 경우로 나뉘는데, 논란의 여지가 있지만 필자는 문학을 지나치게 예술화하여 '자율성' 안에 가둔다는 것은 바람직하지 않다고 본다. '허구성' '심미성' 등의 순문예적 규범은 문예창작을 전문화할 수 있으나, 다양한 글을 포함하는 '창의적 글쓰기'에는 걸맞지 않다. 또한 창작교육에 있어서 다양한 예술작품을 경험하게 하고 원리를 가르칠 수는 있어도 예술의 본질인 '창의성'을 전수할 수는 없다고 본다. 전범에 따른 교정과 완제품에 대한 강박은 수많은 에피고넨을 양산해낼 뿐이다. 예술교육에서 '창의성'에 관한 한 뛰어난 스승이 전수할 수 있는 것은 결국 '열정' 밖에 없다.

노벨 문학상은 '높은 예술성'을 지닌 문학작품에 부여되는 것이 아니라 독자의 인식의 지형을 바꿀 수 있는 인문학적 사유를 품은 '창조적인 글'에 주어지는 것이다. 문예창삭학이 인문학과 함께 쇠뢰할 것인지, 부흥할 것인지는 지금 우리가 걸어가는 방향에 의해 결정될 것이다.

〔부록〕

‘비평교육’을 위한 설문조사 & 결과

*문예창작학과에 소속되어 강의하고 있는 16명의 설문 응답자.

*설문응답자가 현재 재직하고 있는 학과.

① 문예창작학과(및 전공) ② 문화콘텐츠 관련학과 ③ 국어국문학과

④ 국교과 ⑤ 기타(교양학부 등등)

*재직 기간 (　)년 *전공 영역 : ① (시, 소설, 드라마·콘텐츠) 비평

② 창작

1. 재직하고 계신 귀 대학의 학과에는 비평전공 전임교수가 있습니까?
   비평 관련 교과목이 개설되어 있습니까?

   ① 예(82%) ② 아니오 ③ 없지만 비평 과목은 개설되어 있다.(18%)

   ─비평전공 전임교수가 있다면,

   ① 비평 관련 과목만 전담하고 있다(6%) ② 창작 전반에 관한 교육과 병

   행한다(19%) ③ 기타 학과기초 과목과 함께 강의하고 있다(75%)

2. 귀 학과의 커리큘럼에는 ‘비평’ 관련 과목이 있습니까? 있다면 몇 개나 있

   습니까?

   ① 없음(6%) ② 1~2개(25%) ③ 3~5개(25%) ④ 5개 이상(44%)

3. 비평 과목이 있다면 어떤 과목명으로 개설되었습니까?

   (복수 가능, 유사한 것에 밑줄 쳐주세요)

   ① (문학) 비평의 이해 ② (문학) 비평 세미나 ③ (문학) 비평 연습

   ④ (문학) 비평 워크숍 ⑤ (문학) 비평이론과 실제 ⑥ 문예미학 ⑦ 문학사

   ⑧ 문학비평방법론 ⑨ 시 비평 ⑩ 소설 비평 ⑪ 기타 (   )

4. **비평 과목 교재를 활용하고 계십니까?**

   있다면 ① 출간 된 저서(타인)(71%) ② 직접 편집하거나 쓴 비평, 이론

   텍스트(42%) ③ 작품 모음집 출간된 책이라면(7%)

   ① 문학비평의 이론과 실제(이상우, 이기한, 김순식)

   ② 문학비평의 방법과 실제(이선영)

   ③ 비평교육론(우문영)

   ④ 문학비평사 관련 책 (   )

   ⑤ 기타 (   )

5. **비평 과목에서 문학이론을 다루고 있습니까?**

   ① 문학이론을 강의하고 있다(82%) ② 문학이론을 강의하고 있지 않다(18%)

   －문학이론을 다루고 있다면, 주로 어떤 문학이론을 활용하고 있습니까?

   ① 주제 비평 ② 역사주의 비평 ③ 형식·구조주의 비평 ④ 문학사회학

   ⑤ 정신분석학 ⑥ 신화·원형적 비평 ⑦ 랑씨에르, 아감벤 등 최근 이론

   ⑧ 기타(: 대체적으로 비평이론을 골고루, 20세기 주요 비평이론을 개괄

   적으로)

6. 비평교육이 문학창작(시창작, 소설창작, 기타 방송·드라마 극본쓰기 등
의 실용과목) 교육에 필요하다고 보십니까?

① 매우 필요하다(69%) ② 필요한 편이다(31%) ③ 필요하지 않은 편이다

④ 필요하지 않다

7. 창작교육에 비평교육이 필요하다고 생각한다면, 그 이유는?

① 창작 텍스트의 사유의 깊이와 폭을 넓히기 위해(88%)

② 기존의 문학 작품(시작품, 소설작품)에 대한 지식과 문학적 성취를 학
  습하기 위해(13%)

③ 바람직한 미학적 취향을 습득하기 위해(6%)

④ 기타 (: 자신이 하고 있는 일의 의미와 가치를 이해하기 위해, 비평적
  안목이 곧 창작적 능력이므로)—중복답변 포함하여 수치화

8. 창작교육에 비평 교육이 불필요하다고 생각한다면, 그 이유는

① 창작에 이미 '비평'적 관점이 포함되어 있으므로 ② 창작 언어와 비평
언어는 다르므로 크게 도움이 되지 않기 때문에 ③ 비평은 학술적이므로
오히려 창작에 방해가 되기 때문에 ④ 기타 (   )

9. 문학 작품 이외에 다매체(영화, 광고, 신문, UCC 등) 텍스트 및 콘텐츠
를 비평에 어느 정도 활용하십니까?

① 거의 사용하고 있지 않다(6%) ② 조금 사용하고 있다(9%)

③ 보통 수준으로 사용하고 있다(25%) ④ 많이 활용하고 있다(13%)

10. 비평 교육에 있어 다음 어떤 것에 중점을 두는 편입니까?

    ① 주로 비평문 읽기와 쓰기(38%) ② 이론 읽기(13%)

    ③ 실제 비평문 쓰기(25%) ④ 기타 다양한 구성(19%)

11. 비평 수업에서 활용하는 비평문 중에 문학비평이 차지하는 비중은 어느

    정도입니까?

    ① 절대적 ② 70% 이상(56%) ③ 50% 이하(19%) ④ 30% 이하(25%)

12. 50% 이하일 경우, 귀하는 어떤 비평문을 활용하고 있습니까?

    ① 영화비평 등 다매체 비평(57%) ② 사회비평(14%)

    ③ 비평 이외의 글 ④ 기타(29%)

13. 문학 비평문을 읽힌다면, 주로 어떤 텍스트들을 대상으로 다룹니까?

    ① 한국문학 비평 글 중에 고전 선별 ② 최근 잡지에 실린 문학 비평글

    ③ 90년대 이후 비평

    ④ 기타 시기별, 평론가별 다양하게 구성(57%)

14. (문창과에서)에서의 비평 교육이

    ① 문학 장르에 대한 전문적인 비평 안목을 기르기 위해 주력해야 한다
    (50%) ② 전문적인 비평글을 훈련하는 데 주력해야 한다(19%) ③ 사회 전
    반에 대한 비판적 능력을 키우는 데 주력해야 한다고 생각한다.(31%) (부
    연이 필요하다면:)

15. 귀하는 문학교육과 관련하여 비평교육이 앞으로

① 더욱 강화될 것이다(31%) ② 변화 없을 것이다(25%) ③ 쇠퇴할 것이다(37%)) 보고 있으며,

그 이유는 (① 인문학 교육 강화와 더불어(31%) ② 변화는 없을 것이다(25%) ③ 문학의 쇠퇴와 더불어(37%))

④ 기타(: 비평의 자기 갱신 노력이 부족하므로)

16. 마지막으로 향후 문학 비평교육과 관련하여 제언하고 싶은 게 있다면?

ⓐ 대부분 문창과 학생의 경우, 인문학 강화에 따른 비평교육의 필요성에는 수긍하는 입장이나 비평(비평이론학습, 비평글쓰기)에 대한 두려움 혹은 경계심이 매우 높음. 이에, 비평에 대한 관심과 흥미를 유발시킬 수 있는 교육방법론 개발이 필요하다고 여겨짐.

ⓑ 15번 질문의 답에 부연하자면, 정책적으로 혹은 자발적으로 비평교육이 강화될지 아닐지 점치기는 어렵지만 비평은 문학교육의 핵심으로 강화되어야 한다고 생각한다.

ⓒ 어려운 문제인데, 폴 드 만의 「이론에 저항하여」란 에세이가 생각나는군요. 비평은 이론의 영역이면서 이론을 넘어서는 어떤 경계, 텍스트와 이론의 사이를 가로지르는 어떤 긴장, 텍스트를 먹이로 전혀 새로운 텍스트가 되는 어떤 것이라는 면에서……

ⓓ 전반적으로 문학 활동이 위축되어 있는 바, 다른 장르와의(영화, 연극, 방송, 뮤지컬) 연계를 고려하여 비평의 다양한 관심과 확장을 꾀해야 할 것이다

ⓔ 비평의 교육적 효과는 크지만 (비평을 통해 문학에 대한 거시적인 안목

을 얻을 수 있기 때문), 아직도 비평은 어렵다는 선입견이 많다. 비평에서 기본적인 이론들을 보다 쉽게 설명한 이론서들이 많이 나오고 학생들의 이해와 참여를 이끌어낼 수 있는 교수법이 다양하게 개발되어야 한다.

ⓕ 문학비평교육은 강화되어야 한다고 봅니다. 학생들이 전문적인 시인이나 작가가 되려면 문학과 세상을 보는 시야를 넓히고 사유의 깊이를 더해야 하는데, 그런 창작적 역량은 비평적 안목 없이는 불가능하다고 봅니다.

ⓖ 비평교육은 전공여부를 떠나서 그 폭을 넓혀야 하는데, 1) 전공학과에서는 문학적 안목을 신장하는 이론적, 방법적 교육을 2) 비전공학과 학생들에게는 비판적 안목과 교양의 증대를 위해 기여해야 합니다. 그러기 위해 교과목의 개선이 요구된다고 봅니다. 예를 들어 〈비평과 토론〉, 〈한국현대문화론〉 등으로 그 영역을 확장, 갱신해야 하지 않을까 사료됩니다.

ⓗ 비평 교육이 동시대 텍스트를 통해 이뤄질 수 있도록 하는 것, 다양한 텍스트를 이론과 연결된 보편적 언어로 분석해 능력 함양, 비평의 흥미와 현장성 강화를 위해 실제 비평 텍스트 창작 작업 실습, 교재 개발의 다양화, 다원화

ⓘ 비평 교육은 필수불가결하게 이론비평(철학이론 및 문학이론)과 실제비평(시비평, 소설비평, 메타비평)에 대한 교육을 병행해야만 한다고 봅니다. 또한 "문학비평론" 등등의 이름으로 출간된 문학비평 개론서를 가지고서는 충실한 비평 교육이 이루어지지 어렵다고 판단됩니다. 실제비평에서 요구되는 문학작품에 대한 심미안과 개론서에서 기술된 이론의 체계와 내용이 그다지 잘 부합하지 않기 때문입니다. 따라서 철

학이론 및 문학이론의 개념 구성과 담론 체계를 소개하는 동시에, 그것이 어떤 문학 텍스트에 적용될 수 있는지, 나아가 이러한 적용이 텍스트의 분석과 해석, 평가에 어떤 영향을 끼치며 어떤 결과를 낳는지를 섬세하게 교육할 필요가 있는 것 같습니다. 이러한 이론과 텍스트의 적확한 순환 작용을 통해서만, 비평 교육이 충실하게 이루어질 수 있을 것으로 사료됩니다.